BEN BAUHAUS

Puppenruhe

Über das Buch:

Mir war klar, dass ich keine Urlaubsbilder von Densch auf Maui sehen würde. Und auch keine Katzen-Memes. Das waren Tatortbilder, und so holte ich noch einmal tief Luft, als würde ich in kaltes Wasser tauchen. Eisige Kälte hätte mir nicht stärker den Atem verschlagen können.

Auf dem ersten Bild konnte ich zunächst gar nicht erkennen, was ich dort sah. Vielleicht ein Foto aus einer Schlachterei. Schweinekadaver besaßen manchmal dieses wachsartige, bläuliche Aussehen. Ich konnte verschorftes und vernarbtes Gewebe sehen und Rippenbögen, die aus rotem Fleisch hervorstachen.

Mein Blick glitt zu den nächsten Fotos, und ich versuchte, zu verstehen. Es war, als würde man endlos eins von diesen 3D-Bildern anstarren, die keinen Sinn ergeben. Und plötzlich macht es Klick, *und man begreift, was man dort vor sich sieht. Einen Kadaver. Den eines Menschen. Ohne Arme, ohne Beine. Fett, aufgedunsen und der gesamte Korpus gewaltsam geöffnet. Wie bei einem geschlachteten Tier.*

Das Bier, das ich abstellen wollte, fiel mir fast vom Tisch. Meine Hände zitterten, Übelkeit stieg in mir auf. »Was zum Teufel ist das?«

Über den Autor:

Ben Bauhaus wurde 1973 in Berlin geboren und ist in Niedersachsen aufgewachsen. Nach einem Studium der Amerikanistik an der FU Berlin arbeitet Bauhaus derzeit als Game-Designer. Er hat drei Kinder und wohnt mit seiner Familie in Berlin.

Die Romane von Ben Bauhaus bei LYX:

Johnny Thiebeck im Einsatz

1. Bullet Schach
2. Killerverse
3. Puppenruhe

BEN BAUHAUS

PUPPENRUHE

Roman

LYX

LYX in der Bastei Lübbe AG

1. Auflage
Redaktion: Kathleen Weise
Umschlaggestaltung und -illustration: © bürosüd, München
unter Verwendung eines Motivs von Michael Bartos /
EyeEm, Getty Images
Satz: Greiner & Reichel, Köln
Druck und Bindung: CPI books GmbH, Leck
Printed in Germany
ISBN 978-3-7363-0174-0

www.lyx-verlag.de

MIX
Papier
FSC FSC® C083411

1

»Mutter ist tot«, sagte die Gestalt, die im Dunkeln auf der Treppe zu meinem Hauseingang saß und rauchte.

Ich konnte nicht mehr als die Glut der Zigarette ausmachen, aber die Stimme erkannte ich sofort, auch wenn ich meinen Adoptivbruder seit fünfzehn Jahren nicht gesehen hatte.

Ich blieb in der Durchfahrt stehen. Das passte ganz gut zu unserer gemeinsamen Geschichte.

Jan war zwei Jahre vor meiner Geburt von meinen Eltern adoptiert worden, weil es so aussah, als könnten sie keine Kinder bekommen. Vier war er gewesen, als er zu uns gekommen war. Zwei Jahre, bevor ich geboren wurde, und damals hatte er bereits drei Pflegefamilien hinter sich gehabt.

So richtig hatte er nie seinen Weg in die Familie gefunden. Jan hatte uns allen irgendwie immer übel genommen, dass unser Leben nicht halb so verkorkst war wie seins.

Jahrelang hatte ich alles für ihn getan. Er war mein *Bruder* gewesen. Auf dem Schulhof hatte ich mich sogar für ihn geschlagen, weil er dauernd Ärger hatte. Wenn er Stress hatte, meistens weil er ihn verursacht hatte, und ihm drohte, von mehreren die Jacke vollzubekommen, dann war sein kleiner großer Bruder stets zur Stelle gewesen. Die Ermahnungen, die ich damals kassiert hatte, waren seinetwegen gewesen.

Er dagegen war nach der Schule aus mehreren Ausbildungsstellen geflogen, hatte Anzeigen wegen Körperverletzung, Diebstahl und Sachbeschädigung erhalten und war schließlich im Knast gelandet.

»Ja«, antwortete ich ins Dunkel. »Papa und ich haben sie beerdigt.« Der Satz kam mir dämlich vor, und es war kindisch, darin einen Vorwurf mitschwingen zu lassen, aber ich konnte nicht anders. Es hatte mich verletzt, als Jan schließlich entschieden hatte, nicht mehr Teil unserer Familie sein zu wollen, und einfach abgehauen war. Aber im Gegensatz zu meinen Eltern war ich darüber hinweggekommen.

Seine Zigarette glimmte heftig auf und flog kurz darauf in hohem Bogen durch die Tordurchfahrt und zerstob in einem kleinen Funkenregen an der in der Dunkelheit nicht sichtbaren Mauer.

»Hast du einen Schnaps für mich?«

Wortlos ging ich an ihm vorbei die Treppe hinauf, um aufzuschließen. Er lehnte sich bloß leicht zur Seite, sodass ich mich an ihm vorbeischieben musste. So war es immer gewesen. Wenn einer von uns beiden irgendwohin wollte, physisch oder psychisch, musste er meistens durch den anderen durch.

Ich verzichtete darauf, das Licht anzuschalten, und er stieg hinter mir im Dunkeln die Treppe hinauf.

Oben angekommen setzten wir uns in die Küche. Ich holte den Wodka aus dem Gefrierfach und stellte die kleinen Gläser auf den Tisch.

Jan hatte sich in den letzten Jahren verändert, natürlich. Sah nicht mehr so rund aus, hatte die Weichheit im Gesicht verloren. Früher hatten die Leute oft gesagt, er hätte ein *Hamstergesicht*. Heute würden sie ihn vermutlich eher eine Ratte nennen. Er trug seine kurzen Haare gescheitelt, sie glänzten dunkel vor Gel. Sein Gesicht zierten Schnurr- und Kinnbart. Das ließ ihn älter aussehen und verdeckte etwas die Narbe an der Lippe. Seine Haut wies eine tiefe Bräune auf, wie sie nur über einen langen Zeitraum entstand.

Auf eine schlitzohrige Art sah er sogar gut aus. Ich konnte

mir vorstellen, dass Frauen, die keine Angst vor ihm hatten, ihn vermutlich attraktiv fanden.

Nachdenklich rollte Jan sein Glas zwischen den Händen. »Das sind die gleichen Stampfer, die wir zu Hause hatten.«

Die Papa immer noch hat, dachte ich, sagte aber nichts. Ich wartete ab, bis er das Glas endlich abstellte, und schenkte uns beiden bis zum Rand ein. Wir erhoben die Gläser, sahen uns einen Moment lang in die Augen und tranken dann auf ex. Verzogen beide das Gesicht.

Er holte ein Päckchen Zigaretten raus, klopfte eine davon nach draußen. Osteuropäische Marke.

»Tut mir leid«, sagte ich und schüttelte den Kopf, um ihm das Rauchen zu verbieten.

»Natürlich«, erwiderte er mit einem unverschämten Grinsen. »Als Nächstes erzählst du mir, dass du Veganer bist und auf Kaffee verzichtest.« Er deutete auf die Schnapsgläser. »Ich bin erstaunt, dass du das Zeug noch trinkst.«

»Wie hast du von Mutters Tod erfahren?«, fragte ich und ignorierte seine Bemerkungen.

»Ich war die letzten drei Jahre in Tschechien. Bin erst vor knapp einer Woche wieder zurückgekommen«, sagte er, ohne auf meine Frage zu antworten.

»Hast du mit Papa gesprochen?«

Jan schüttelte den Kopf, deutete mit dem Glas auf die Flasche. »Noch nicht.«

Ich schenkte ihm nach, mir dagegen nicht, weil ich nicht vorhatte, mich mit Jan zu besaufen. Dafür hatte ich zu viel Respekt vor unseren Differenzen. Er war immer schon ein wenig unberechenbar gewesen.

»Rufst du ihn an?«

»Denke schon.« Er kippte den nächsten Wodka herunter. »War es schön? Auf der Beerdigung, meine ich?«

Ich wollte mit den Schultern zucken, sagen: *Wann ist eine Beerdigung wohl schön?*, aber ich verstand, was er meinte. »Ja, es war nett. Sie hätte sich darüber gefreut. Ich glaube, wir haben es ganz gut gemacht.«

Er nickte heftig, als hätte er die Antwort erwartet, nahm sich die Flasche und füllte nach. Ich beäugte den Füllstand misstrauisch. Jan wurde gleichzeitig jähzornig und melancholisch, wenn er trank.

»Was hast du jetzt vor?«

Er hob den Kopf, sah mich mit leicht blutunterlaufenen Augen an und antwortete: »Paps besuchen.«

»Weiß er, dass du in der Stadt bist?«

Er schüttelte resigniert den Kopf, als würde ihm der Gedanke körperliche Schmerzen bereiten. »Bist du noch bei den Bullen?«

»Nein, die haben mich rausgeschmissen.«

Jan hob die Augenbrauen. »Echt? Den Mustersohn und Streber? Wieso das denn?«

»Du wirst es nicht glauben, aber bei der Polizei war ich jahrelang der Bad Cop.«

Er schnaubte. »Wer's glaubt.«

Ich griff nach der Flasche, um mir doch noch einen einzuschenken.

»Kann ich vielleicht hierbleiben? Auf deiner Couch oder so?«

»Auf keinen Fall.«

Er schien nicht überrascht über die kategorische Ablehnung. Trotzdem verspürte ich das Bedürfnis, eine Erklärung hinterherzuschieben. »Du bist einfach weggegangen. Hast uns ausgeknipst, *der Letzte macht das Licht aus*, als hätte es uns nie gegeben.«

»Kein Problem, ich suche mir eine Pension.«

Vermutlich würde er Papa fragen, ob er bei ihm bleiben konnte. Kurz dachte ich darüber nach, es ihm zu verbieten, aber ich hielt die Klappe. Es würde ohnehin nichts nützen, eher im Gegenteil, vielleicht brachte es ihn erst auf die Idee. Und falls Papa ihn wirklich sehen wollte, ihn ertrug, wer war ich dann, eine Begegnung zu verbieten?

»Es tut mir leid, dass wir uns so weit voneinander entfernt haben.« Müde hob er den Blick und sah mich an. »Auch wenn du mir unsagbar auf die Nerven gegangen bist, habe ich dich trotzdem immer irgendwie vermisst. Also, nachdem ich weg bin.«

»Mir tut's auch leid«, sagte ich, aber ich klang wenig überzeugend. Er war damals wirklich ein Arschloch gewesen. »Hast du eine Nummer, unter der ich dich erreichen kann?« Ich fragte nicht, weil ich wirklich vorhatte, ihn anzurufen, sondern mehr, weil man das in so einer Situation einfach tat.

Er nickte, schnappte sich einen Brief von meiner Kfz-Versicherung, der auf dem Tisch lag, und kritzelte eine Nummer darauf. »Ich denke, ich mach mal 'nen Schuh.«

Stumm nickte ich.

»Kann ich die mitnehmen?«, fragte er, die Hand bereits um den Hals der Wodkaflasche gelegt.

Ich nickte erneut, und wir hoben zum Abschied beide bloß matt die Hand. Hinter ihm schloss ich leise die Wohnungstür und rieb mir übers Gesicht. Ich hatte noch nichts gegessen, der Wodka zeigte bereits Wirkung. Ich ging ans Fenster und riss es auf, um den Geruch von kaltem Rauch rauszulassen, den Jan hereingeschleppt hatte.

In der Nacht schlief ich schlecht. Ich träumte von meiner Mutter und Jan. Düstere, beunruhigende Träume, in denen Mutter immer wieder Partei für ihn ergriff.

Daraufhin verbrachte ich quasi den kompletten Tag im Gym. Trainierte, boxte mit den Jungs und coachte ein paar von den Neulingen.

Zwischendrin spielte ich einige Partien Schach mit Schmolli, der mich zur Abwechslung mehrfach besiegte.

»Abgelenkt?«

Ich nickte und nahm meinen Turm vom Feld.

Am frühen Abend war ich wieder zu Hause und hatte gerade angefangen, mich um die Hausarbeit zu kümmern, als mein Handy vibrierte.

Ich wischte mir die nassen Finger an einem Handtuch ab und schaute nach. Eine Nachricht von Jana: *Bist du zu hause oder beim training?*

Jana Kleidermann war meine ehemalige Kollegin vom LKA. Wir hatten damals zusammen bei der Mordkommission gearbeitet, bis man mich suspendiert und mir den Prozess gemacht hatte.

Ich textete zurück: *Zu hause. Warum?*

Keine fünf Minuten später klingelte es an der Tür. Ich musste kein Hellseher sein, um zu wissen, dass das Jana war. Ich öffnete ihr und ging zurück in die Küche, um mich weiter um den Abwasch zu kümmern. Ich hörte sie in den Flur kommen und rief: »Bin in der Küche.«

»Bei der Hausarbeit, wie ich sehe.«

Ich schaute über die Schulter zu ihr, die Hände noch im schaumigen Wasser. Jana war nicht allein gekommen, und meine Miene verdüsterte sich. Ich hatte nicht gern unangekündigten Besuch.

Im Türrahmen stand eine kleine Frau, sie kratzte knapp die eins sechzig. Türkin oder Kurdin, vermutete ich. Sie mochte vielleicht Ende zwanzig, Anfang dreißig sein, aber ihr Alter war schwer zu bestimmen. Ihr Gesichtsausdruck jedenfalls war genauso grimmig wie meiner.

Jana trat zu mir und umarmte mich unbeholfen, da ich immer noch am Waschbecken stand. Ich trocknete die Hände erneut an einem Handtuch ab und drehte mich zu den beiden um.

»Johannes, das hier ist Tulay Tassin. Von der Drogenfahndung.«

»*Tough* Tassin. Ich habe schon von Ihnen gehört.« Die Kleine hatte sich einen Namen gemacht, weil sie *ziemlich Straße* geblieben war, wie die Jungs sagen würden. Keine, die sich verkauft hatte, bloß, weil sie zu den Bullen gegangen war.

Sie nickte. Ich nahm an, dass sie auch wusste, wer ich war. Zu meiner aktiven Zeit hatte ich mich nie an Spielregeln gehalten und galt als ungenügend domestiziert. Möglicherweise war sie ähnlich drauf wie ich damals.

»Kann ich euch irgendwas anbieten? Tee, Kaffee, Wein, Bier? Einen Schnaps?« Ich deutete auf die Stampfer, die ich gerade abgewaschen hatte. »Soll ich was kochen? Ich habe noch nicht gegessen.«

»Danke, nein.« Jana setzte sich, bot Tassin ebenfalls einen Stuhl an.

Ich blieb stehen.

Die beiden Frauen saßen sich an meinem kleinen Tisch gegenüber und konnten unterschiedlicher kaum sein. Jana war groß für eine Frau und blond. Tassin dagegen hatte einen dunklen Teint und schwarze Haare. Während Janas Gesicht offen und ebenmäßig war, ein bisschen wie das hübsche Pferdemädchen von nebenan, war Tassins kantiger, mit einer dominanten Nase und hohen Wangenknochen. Jana war praktisch ungeschminkt, Tassin trug jede Menge Make-up um die großen Augen herum und knallroten Lippenstift.

»Es geht um einen Job«, sagte Jana unvermittelt und sah mich an.

Das war ein sensibles Thema zwischen uns. Nachdem ich den Fall um den Serienkiller Pieter Gorlaff für sie und ihren Chef, Mirko Densch, gelöst hatte, war mir angeboten worden, wieder in den aktiven Dienst zurückzukehren. Aber es war vollkommen unklar, in welchem Dezernat und in welchem Team das sein würde. Stellen für Kriminalhauptkommissare ließen sich nicht so einfach aus dem Hut zaubern.

Es war nicht einmal sicher, dass es sich um eine Stelle in Berlin handeln würde. Natürlich hatte ich abgelehnt. Ich wollte keine Kleinkriminellen in Paderborn jagen oder bei der Sitte Huren auf die nackten Ärsche starren. Ich wollte zur Mordkommission, und ich wollte vor allem wieder mit Jana zusammenarbeiten. Wir waren ein tolles Team gewesen. Jetzt war sie die rechte Hand von diesem Bürokratenpenner Densch, der alles immer genau nach Vorschrift machte.

»Ich glaube nicht, dass ich diesen Job möchte.«

Jana sah zu Tassin, die daraufhin übernahm.

»Wir brauchen einen V-Mann. In der Drogenszene.«

Ich schnaubte. »Und aus irgendeinem Grund habt ihr zwei Hübschen das Gefühl gehabt, der alte Thiebeck würde doch einen hippen V-Mann abgeben. Was mache ich da, auf Raves gehen? Nachts in der Hasenheide Shit kaufen?« Ich schüttelte den Kopf. »Ihr spinnt.«

Tassin zuckte mit den Schultern. »Man erzählt sich über dich, dass du dein eigenes Ding machst und unkonventionell bist. Und dass du Wege und Lösungen findest, wo es keine zu geben scheint.«

Es störte mich, dass sie unvermittelt zum *Du* übergegangen war, ohne mich zu fragen, und es störte mich noch mehr, dass ich mich dabei wie ein verdammter Spießer fühlte.

»Warum ich?«

»Wir haben keine Zeit, einen V-Mann aus der Szene zu rekrutieren. Ohnehin ist es schwierig, unsere Zielperson umgibt sich mit einem dicht gewebten Netz aus persönlichen Freunden. Wir brauchen jemanden, den wir von außen einschleusen können.«

»Jemanden, der auf sich aufpassen kann«, sagte Jana.

Tassin nickte. »Der Job ist nicht ungefährlich. Von dir wissen wir, dass wir uns keine Sorgen um deine Sicherheit machen müssen. Du bist ungeschliffen genug, dass sie an dir nicht sofort den Bullen riechen, und du kennst dich in der Szene aus.«

»Was geht dich das an?«, wollte ich von Jana wissen.

Tassin grinste und antwortete an ihrer Stelle: »Die Schwester schuldet mir noch einen Gefallen.«

»Und ich soll dich jetzt auslösen, oder was?«

»Johannes, du bist genau der Richtige dafür«, warf Jana ein.

Ich sagte einen Augenblick lang nichts und schaute Tassin an. »Warum muss das so schnell gehen?«

»Wir haben eine neue Droge auf dem Markt. Synthetische Partydroge, die über die üblichen Koks-Kanäle verbreitet wird. Das Zeug sieht auf den ersten Blick harmlos aus, aber Studien aus Australien haben gezeigt, dass für Langzeitnutzer verheerende Aussichten entstehen. Üble Nervenschäden können die Folge sein, mit Wirkungen ähnlich wie Parkinson.«

»Wie heißt das Zeug?«

»Straßennamen sind Brom, Broom oder Boom. Wir glauben, dass es aus den Laboren in Tschechien stammt, die auch für das meiste Crystal Meth verantwortlich sind.«

»Und ihr habt jemanden im Auge, der das Zeug vertickt?«

Tassin nickte.

Ich drehte mich um und zog den Stöpsel aus dem Waschbecken. Gurgelnd lief das Wasser ab.

»Das klingt für mich immer noch nach einem Scheißplan. Ich wüsste nicht, warum ich dafür meinen Kopf hinhalten sollte.«

»V-Männer werden nicht schlecht bezahlt«, gab Tassin zu bedenken.

Ich verzog das Gesicht und wandte mich an Jana. »Du hast ihr nicht viel über mich erzählt, oder?« Zu Tassin sagte ich: »Lady, auf die Kohle scheiße ich. Wenn ich Bock auf den Job hätte, würde ich den umsonst machen. Das war noch nie ein Maßstab für mich. Aber das schmeckt mir alles nicht. Ihr müsst euch einen anderen dafür suchen.« Ich ging in den Flur und öffnete die Wohnungstür.

Jana und Tassin tauschten Blicke aus. Schließlich standen sie auf und gingen an mir vorbei ins Treppenhaus.

»Ich komme gleich«, sagte Jana, und wir schauten beide zu, wie Tassin nach unten stieg.

»Es tut mir leid, dass ich nicht etwas anderes für dich habe«, sagte sie leise. Sie stand direkt vor mir und schaute mir erst auf die Brust, dann hoch ins Gesicht.

Jana war nicht gerade klein für eine Frau, aber ich überragte sie trotzdem um anderthalb Köpfe. *Thiebeck, das Tier* hatten sie mich damals getauft. Zuerst wegen meiner Körpergröße, später wegen meiner Umgangsformen und der Dienstaufsichtsbeschwerden.

»Ist schon okay. Nicht deine Schuld.« Wir hatten uns schon öfter darüber gestritten. Sie wollte, dass ich wieder in den Polizeidienst eintrat, weil sie fand, dass ich ansonsten noch mehr verwilderte. Ich dagegen wollte nicht weniger als das, was ich einmal gehabt hatte. Immerhin hatte ich damals im Fall Gorlaff und bei den Serienmorden des *Gluecifers*, eines Killers, der seinen Opfern Nase, Mund und Augen mit Kleber verschloss, mit ihr zusammengearbeitet.

Ich umarmte sie, und für einen Moment lang standen wir eng umschlungen da. Wer sich mehr am anderen festhielt, hätte ich nicht sagen können.

2

Eine knappe Stunde später stand ich im Gym und zog mich um. An diesen Ort kam ich immer, um mich abzureagieren. Und der Besuch von Jana und Tassin hatte mich aufgeregt. Mich ärgerte, dass ich mich immer noch in einer kompletten Sackgasse befand und es nicht schaffte, diese verdammte Bullensache hinter mir zu lassen. Ich war einfach kein Kommissar mehr!

Ich bandagierte mir die Fäuste, um mit Schmolli eine Runde in den Ring zu steigen. Schmolli war die rechte Hand vom Coach, fast genauso groß wie ich, und ihm machte es nichts aus, sich von mir durch den Ring prügeln zu lassen.

Draußen erwartete er mich bereits, mit Kopfschutz und Polstern an den Fäusten ausgerüstet.

Er sprach undeutlich mit seinem Mundschutz. »Alles klar?«

Ich nickte, zog mich hoch, um über die Seile zu steigen, und ging ihn an. Die Mitts oder Bratzen, die er an den Händen trug, waren dick gepolsterte Schützer, auf die ich ungehemmt eindreschen konnte, ohne Angst zu haben, ihn zu verletzen. Anstrengend war es für ihn trotzdem, immerhin musste er sein nicht unbeträchtliches Körpergewicht permanent dagegenstemmen, um durch die Wucht meiner Schläge nicht von den Füßen geholt zu werden.

Innerhalb kürzester Zeit lief mir der Schweiß über Gesicht, Hals und Brust, aber ich verlangsamte mein Tempo nicht.

Durch die Verletzungen, die ich mir beim Kampf gegen Pieter Gorlaff zugezogen hatte, war ich mehrere Monate im Training zurückgeworfen worden, und der Coach hatte einen

Kampf von mir gegen einen Litauer absagen müssen. Erstaunt hatte mich vor allem, wie lange ich psychisch gebraucht hatte, um meinem Körper wieder zu vertrauen und keine Angst mehr vor weiteren Verletzungen zu haben. Jetzt war ich so weit, und der Kampf gegen Tauras Bussas, genannt *Buzzsaw*, war bereits in ein paar Wochen angesetzt.

»Hey, wir haben Besuch«, rief jemand von der Ringseite.

»Ladybesuch!«, bekräftigte jemand anderes.

Schmolli und ich unterbrachen das Training, um zum Eingang zu sehen. Als ich Tassin erkannte, verzog ich das Gesicht.

»Was soll das?«, fauchte ich, während ich an die Seile trat und mich mit den Handschuhen dort abstützte. Offensichtlich hatte die Kleine beschlossen, mir zu folgen und mich weiter zu bearbeiten, damit ich den Job annahm.

Tassin ignorierte mich, hob eine kleine schwarze Sporttasche, die sie in der Rechten hielt, und fragte in die Runde: »Ich will ein Probetraining machen. Kann ich mich irgendwo umziehen?«

Die Jungs brachten ihre Zustimmung lautstark zum Ausdruck.

»Vergiss es«, rief ich.

Kizzo, Marty und Hannes, die uns beim Sparring zugesehen hatten, begriffen, dass ich diese *Lady* auf keinen Fall im Gym haben wollte. Und taten deswegen alles dafür, damit genau das passierte. Kizzo und Hannes zeigten ihr die Umkleide, während Marty sich mir in den Weg stellte, falls ich Tassin daran hindern wollte, sich umzuziehen. Er feixte mich vergnügt von unten an.

»Das ist doch Kinderkacke«, brummte ich und wandte mich wieder Schmolli zu, gab ihm mit einem Nicken zu verstehen, sich bereit zu machen, und drosch weiter auf die Mitts ein.

Irgendwann bemerkte ich mit einem Seitenblick, dass Kizzo sich wie ein zweitklassiger Türsteher mit verschränkten Armen vor dem Durchgang zur Umkleide aufgebaut hatte. Es gab bei uns nur eine Kabine, weil wir im Club keine weiblichen Mitglieder hatten, und offenbar machten sich die Jungs Sorgen um Tassins Tugend.

»Augen geradeaus«, befahl Schmolli, und ich ließ meine Wut an den Polstern aus.

Als ich mich gerade aufrichtete und mir mit den Bandagen den brennenden Schweiß aus den Augen wischte, sah ich, wie Tassin hoch in den Ring hüpfte.

»Darf ich auch mal eine Runde?«, fragte sie an Schmolli gewandt. Sie trug knöchelhohe Boxstiefel, eine Hose, die ähnlich wie an den meisten Boxern grotesk groß an ihr aussah, Handschuhe und einen Kopfschutz. Sie machte einen durchtrainierten Eindruck, und ich konnte ihr Sixpack unter der dunklen Haut erkennen. Titten hatte sie keine.

»Lass den Scheiß, Tassin«, sagte ich und wollte mich abwenden.

»Also, ich würde das gerne sehen«, rief Marty, der oben in den Seilen hing, als könnte er es kaum erwarten.

Schmolli schien meine Meinung zu teilen, denn er betrachtete Tassin zweifelnd. Nahm sich den Schutz aus dem Mund und fragte: »Haben Sie schon mal geboxt?«

»Neun Jahre Kickboxerfahrung«, antwortete sie trocken.

»Das ist nicht ganz dasselbe.«

Sie zuckte mit den Schultern. »Ich lass einfach die Füße weg. An seine Schultern würde ich ohnehin nur schwer kommen.«

Die Jungs lachten.

»Sehr witzig.« Ich hatte die Faxen dicke und trat auf sie zu. »Was wiegst du? Fünfzig?«

»An guten Tagen.« Sie lächelte zu mir hoch, aber der harte Ausdruck in ihren Augen veränderte sich nicht.

Kurz glaubte ich, dass sie es wirklich ernst meinte. »Ich bringe knappe hundertzehn auf die Waage. Wir können nicht kämpfen.«

»Wir kämpfen nicht, wir sparren«, stellte sie fest.

»Hast du Angst vor ihr, Johnny? Komm schon, sei kein Frosch«, rief Marty.

In dem Moment wurde mir alles zu viel. Dass Tassin mich bis hierher verfolgt hatte, dass ich mich in einer Situation befand, aus der ich bloß als humorloser Mistkäfer herauskommen konnte, und dass Jana überhaupt zugestimmt hatte, Tassin zu mir zu bringen. Das Neongelb ihrer Hose und des Sport-BHs nervte mich am meisten. »Also gut, eine Runde. Wenn's klingelt, bist du selbst schuld, Nervensäge.«

Sie grinste mich mit ihrem Mundschutz raubtierhaft an.

Schmolli verzog sich aus dem Ring, und wir näherten uns vorsichtig. Ich hatte keine Ahnung, was ich tun sollte. Bei meiner Größe kämpfte ich häufig gegen kleinere Gegner. Es war nicht ungewöhnlich, dass ein Kämpfer bis zu zwei Köpfe kleiner war –, aber so bodennah wie Tassin waren sie selten. Und wenn, waren sie meist dreimal so breit. Um gegen mich im Schwergewicht kämpfen zu dürfen, mussten sie mindestens neunzig Kilo mitbringen, das war bei einer derart kleinen Körpergröße schon jede Menge Masse. Gegen Tassin zu kämpfen war, wie gegen einen von Schmollis Jungs anzutreten. Der Älteste war vierzehn. Aber schlagen wollen würde ich die auch nicht. Ich wusste nicht einmal, wo ich meine Fäuste für die Deckung halten sollte.

Tassin hatte offenbar mit unserem Größenunterschied kein Problem. Sie kam furchtlos auf mich zu, deckte den Kopf vorbildlich und fing an, mich mit Schlägen zu traktieren. Gegen die Brust, die Oberarme und sogar gegen die Rippen. Sie war schnell und bewegte die Fäuste in einem atemberaubenden Stakkato. Dass sie boxen konnte, musste ich ihr bereits innerhalb der ersten zwanzig Sekunden zugestehen. Ich hatte keine Chance, mich gegen die Treffer zu wehren. Aber das musste ich auch gar nicht. Die Schläge waren spürbar, aber keine Wirkungstreffer. Ich hätte mich eine halbe Stunde mit ausgestreckten Armen hinstellen können, ohne einen Effekt zu merken.

Von der Seite kamen jede Menge Ermunterungen und Anfeuerungsrufe für Tassin. »Mach den Gorilla fertig!«, »David gegen Goliath!« und: »Tanz wie ein Schmetterling, Johnny, flieg ihr einfach davon.«

Frustriert wich ich einfach bloß zurück, schützte mich ungenügend und lauschte dem Grunzen und Stöhnen, mit dem Tassin jeden ihrer Schläge begleitete. Sie arbeitete sich an mir ab, wie ich es vorher an den Polstern getan hatte.

Irgendwann stieß sie sich von mir weg, wie man es machte, um aus dem Infight zu kommen, und stand strahlend, glänzend und schweißüberströmt vor mir. Atmete aus dem Zentrum, bewegte diesen wunderbar trainierten Bauch auf und ab. Sie schien zufrieden, die Jungs auch.

»Fertig?«, fragte ich wütend.

Sie funkelte mich bloß an, nahm die Fäuste wieder hoch, erwartete mich mit rollenden Schultern. Eigentlich wollte ich bloß irgendwie aktiv werden und nicht mehr wie ein Sandsack behandelt werden. Aber irgendwas klickte in meinem Kopf, und die Reflexe übernahmen, bevor ich es verhindern konnte.

Ich machte einen Schritt nach vorn, stieß einen Jab mit der Führhand gegen ihre Deckung, noch einen, machte einen halben Schritt zur Seite und drosch ihr einen rechten Haken von unten an der Deckung vorbei. Ich erwischte sie am Ohr und fetzte sie einfach von den Füßen. Tassin klatschte auf den Ringboden, rutschte ein Stück und blieb benommen liegen.

»Johnny!«, schrie jemand, mindestens ein lautes »Scheiße!« durchschnitt die vom beißenden Schweißgeruch geschwängerte Luft, und von allen Seiten sprangen die Jungs in den Ring, um nach Tassin zu sehen und mich zu packen. Als könnte ich mich jede Sekunde ein weiteres Mal auf sie stürzen. *Thiebeck, das Tier*.

»Alter, bist du malle in der Birne?«, herrschte mich Schmolli an. »Du hast die Kleine umgekloppt wie nichts.«

Ich wollte etwas sagen, verschluckte mich fast daran, hielt aber die Klappe. Was hätte ich auch sagen sollen? *Sie hat angefangen? Ihr habt mich provoziert?* Es gab keine Entschuldigung dafür, die Beherrschung verloren zu haben, und das wusste ich. Ich fühlte mich müde und ausgelutscht. Ohne ein Wort und ohne mich noch einmal umzudrehen, ging ich in die Umkleide.

Gut zwanzig Minuten später kam ich mit feuchten Haaren aus der Dusche. Tassin saß auf einer der Bänke, gegen die Spindtüren aus Metall gelehnt, in der immer noch bandagierten Faust ein Iso-Getränk. Von den anderen war nichts zu sehen.

»Hab ich rausgeschickt«, erklärte sie, als sie meinen Blick bemerkte. Sie trug immer noch ihre feuchten Sportklamotten, ich bloß ein Handtuch um die Hüften.

Ich entschied mich gegen falsche Scham und ging zu meinem Schrank, um mich anzuziehen. Ließ das Handtuch fallen.

»Es tut mir leid«, sagte sie unvermittelt.

Ich drehte mich um und schaute sie überrascht an.

Sie streifte meine Nacktheit kurz mit einem Blick, lächelte

fast scheu und wandte den Kopf zur Seite. »Ich hätte nicht herkommen und dir auf den Sack gehen sollen. Das war eine unnötige Provokation.«

Ich nickte, um ihr zuzustimmen. »Mir tut es auch leid. Ich hätte dir keine derartige Klatsche verpassen sollen. Normalerweise lege ich mich nur mit Gleichgroßen an.«

Sie lachte, trank einen Schluck und verzog das Gesicht. »Gleichgroße? Das dürfte dir schwerfallen.« Sie bewegte mit der Hand den Kiefer, als ob er ihr Schmerzen bereitete. »Das war ein ganz schöner Kracher.«

»Ein Zweihundertfünfzigpfünder, wie sie im Englischen sagen würden. Nach imperialer Rechnung.«

»Mein Vater hat so etwas immer einen *Kaventsmann* genannt«, stimmte sie zu.

Ich schlang mir das Handtuch erneut um die Hüften und trat an Schmollis Schrank, zog die Tür auf und holte einen Sixpack heraus. *Eiserne Reserve* nannte Schmolli das. Ich fand, die Situation rechtfertigte das Anbrechen der Ration. Ich nahm zwei Flaschen, schnippte den Deckel der einen mithilfe der anderen quer über den Fußboden und reichte sie Tassin.

Die sah kurz auf ihr Iso-Getränk und fragte lächelnd: »Lauwarm?«

»Knallt besser.«

Als sei das Erklärung genug, nahm sie die Flasche, wartete, bis ich mir ebenfalls eine geöffnet hatte, und stieß dann mit mir an. Mit dem Flaschenboden, wie es sich gehörte. »Frauen und Bier stößt man unten an«, hatte mir Schmolli an meinem ersten Tag im Gym erklärt.

Wohlwollend nahm ich zur Kenntnis, dass Tassin sich offenbar auskannte.

Immer noch im Handtuch setzte ich mich auf die Bank ihr gegenüber und musterte sie, während wir tranken. Sie strich sich eine Strähne hinters Ohr, als sei ihr meine Musterung unangenehm.

»Was sollte das? Im Ring?«

Sie ließ sich Zeit mit der Antwort. »Mir sagen sie nach, ich sei ein Beißer.« Ihr Blick traf meinen. »Ich höre nicht auf, weiß nicht, wann es Zeit ist, loszulassen.«

Ich nickte, trank von dem wirklich beschissen warmen Bier. Dasselbe hatten sie mir in der Vergangenheit beim LKA auch schon nachgesagt. Von einem *Terrierblick* hatte mal jemand gesprochen.

»Ich schätze, ich bin hergekommen, um das zu beweisen. Um klarzustellen, dass es kein Hindernis gibt, durch das ich nicht mit dem Kopf durchgehe. Auch wenn es zwei Meter groß ist, zweihundertfünfzig imperiale Pfund wiegt und im gesamten Polizeibetrieb als ausgemachter Hornochse gilt.«

»Und das soll mich jetzt so sehr beeindrucken, dass ich mitmachen will?«

Sie schüttelte den Kopf. »Quatsch. Nein, es geht um das Vertrauen und die Zuverlässigkeit als V-Mann-Führer.«

»Als was?«

»Das bin ich. V-Mann-Führer. Ich bin das Bindeglied und die Schnittstelle, und genauso wie du beim Bergsteigen deinem Sicherungsseil komplett vertrauen können musst, ist das bei V-Leuten nicht anders.«

»Du hast noch mehr?«

»Im Moment zwei, ja.«

»Jetzt weiß ich jedenfalls, was für Scheiße du gebaut hast, um deinen Spitznamen zu bekommen«, sagte ich, schüttelte den Kopf und trank mein Bier leer. »*Tough* Tassin.«

Sie grinste. »Du hast keine Ahnung. Jedenfalls müssen meine V-Leute keinen Schiss haben, enttarnt zu werden.«

»Ich habe keine Angst.«

»Schon klar, großer Mann. Das wäre für dich natürlich ein Spaziergang im Park. Aber du hast vermutlich gerade Wichtigeres zu tun …«

»Geh mir nicht wieder auf die Eier, Tassin. Ich habe gerade angefangen, dich zu mögen.« Ich hob warnend den Zeigefinger.

Ihre Züge verhärteten sich, und sie lehnte sich nach vorn. »Aber mir ist scheißegal, ob du mich magst oder nicht, Thiebeck. Ich brauche dich, um dieses verschissene Drogennest auszuheben. Ansonsten könntest du mir mit deinen Allüren glatt mal gestohlen bleiben.«

Ich sagte nichts, starrte sie bloß an. Stimmte das? Ging es hier um meine persönlichen Befindlichkeiten? Wollte ich bei der Sache bloß nicht mitmachen, weil mein Stolz verletzt war?

»Also gut. Wir besorgen uns noch ein paar Bier und setzen uns an den Hafen. Du erzählst mir mehr, und ich entscheide dann. Deal?«

»Geht klar.«

»Aber geh vorher duschen. Wir fahren mit meinem Wagen, und in dem Zustand steigst du da nicht ein.«

3

Ich steuerte den Ford Richtung Kanal, während Tassin entspannt im Sitz neben mir saß, die Füße gegen die Armatur gestützt. Wir hatten ihren Wagen, einen kleinen, schnittigen Mazda, auf dem Parkplatz des Gyms stehen lassen.

»Fette Karre«, sagte sie und warf einen Blick in den Rückspiegel.

Ich hatte gerade an der Ampel eine C-Klasse versägt. »Ford Granada. Umgebauter V-Acht-Motor. Du willst gar nicht wissen, wie viele hundert Stunden Arbeit in der Restaurierung von dem Teil stecken.«

Tassin nickte anerkennend. »Passt zu dir.« Mit einem Zwinkern fügte sie hinzu: »V-Motor für einen V-Mann.«

»Witzig.«

Ich parkte den Wagen auf einer Tanke in der Nähe der Beusselbrücke, wir bewaffneten uns mit einem weiteren Sechserpack Bier und liefen dann im Dunkeln einen schmalen Weg am Ufer hinunter, bis wir uns auf einen Abhang zwischen magere Büsche setzen konnten. In unregelmäßigen Abständen funzelten Gaslichtlaternen matt vor sich hin, und wir mussten aufpassen, wo wir unsere Füße hinsetzten.

»Was für ein romantisches Date«, witzelte Tassin und rutschte mit dem Hintern hin und her, um es sich bequem zu machen.

Im Gym hatte sie mich beeindruckt, da sie sich nach meiner kleinen Ansprache einfach die Klamotten vom Leib gezogen hatte und in die Dusche gestiegen war. Ich hätte gern einen Blick auf den Rest ihres athletischen Körpers geworfen, wollte unser Verhältnis aber nicht weiter verkomplizieren. Als sie vom Duschen zurückgekommen war, hatte ich mich längst aus der Umkleide verzogen.

Vor uns lag der Westhafenkanal, im Hintergrund die Stadtkulisse, durchbrochen von Verlade- und Baukränen. Orangenes Halblicht der Stadt. Wieder öffnete ich die Pullen.

»Ich kannte mal einen, der hat die mit den Zähnen aufgemacht.«

Ich nickte. »Geht auch mit der Augenhöhle. Hat ein Kumpel aus dem Club früher immer getan. Wär aber nichts für mich.«

»Mit dem Auge ist ein bisschen eklig.«

Wir stießen an, tranken.

Unvermittelt fragte sie: »Was hat es mit den Schachbrettern überall im Gym auf sich?«

»Das ist das, was wir da trainieren.«

Sie lachte, schüttelte den Kopf. »Für mich sah das nicht wie ein Schachklub aus.«

»Schachboxen«, entgegnete ich knapp und trank.

»Schachboxen«, wiederholte sie.

Ich nickte.

Sie schlug mir gegen den Arm. »Okay, wir stellen fest, ich habe keine Ahnung. Jetzt lass dir nicht alles aus der Nase ziehen.«

»Du boxt eine Runde im Ring, danach spielst du eine Runde Blitzschach. Und danach wird wieder geboxt. Bis einer k. o. oder schachmatt geht.«

»Krass«, stieß sie hervor. »Das muss doch voll irre sein. Ich meine, du bist vom Adrenalin aufgepumpt und willst dem anderen die Fresse polieren, und dann musst du dich hinsetzen und Schach spielen?« Sie klang beeindruckt.

»Genau das ist die Herausforderung. Dieses schnelle Umschalten, Runterkommen.«

»Habt ihr eure Handschuhe noch an am Brett?«

Ich sah zur Seite und konnte ihre Zähne in einem Grinsen aufblitzen sehen. »Die Bandagen«, antwortete ich ernsthaft.

»Wie bist du darauf gekommen? Nichts für ungut, aber irgendwie hätte ich etwas *Straighteres* als Schachboxen bei dir erwartet.«

Ich zuckte mit den Schultern. »War'n Zufall. Ich hab's ausprobiert, fand's cool und bin dabei geblieben.« Nach einem Moment fügte ich hinzu: »Ich habe immerhin schon Schach gespielt, Blitzschach. Mit meinem Vater, meinem Bruder, mit Kollegen. Geboxt habe ich im Job, da lag es nicht so fern, das zu kombinieren.«

Sie antwortete nicht, sondern starrte raus aufs Wasser. Ich hatte keine Ahnung, ob sie verstand, was ich ihr sagte. Also wechselte ich das Thema.

»Okay, dann schieß mal los. Was ist mit der Sache?«

Sie starrte auf das dunkle Glitzern der Wasseroberfläche und sammelte sich kurz. »*Boom* ist scheißgefährlich. Es handelt sich um ein Derivat des Halluzinogens Phenethylamin. Das Problem ist die Dosierung. Für eine Wirkung braucht es nicht besonders viel von dem Wirkstoff. Wir reden hier vom Mikrogrammbereich, teilweise reicht ein millionstel Gramm. Kannst dir ja vorstellen, zu welchen Überdosierungen das führen kann.«

»Wer nimmt so was?«

»Momentan sieht es so aus, als ob das über unser Kokainnetzwerk läuft, da etabliert sich das gerade als neue Hausdroge. Wir haben auch einen gewissen Verdrängungsfaktor bei den Partygängern, aber da ist eher der versehentliche Konsum das Problem. Die Leute verwechseln Boom mit LSD und sind dann überrascht, wenn sie der Trip vollkommen aus der Bahn schmeißt.«

»Was ist mit Nebenwirkungen?«

»Teilweise vollkommene Orientierungslosigkeit und Wahnvorstellungen. Aggressionen und Krämpfe sind auch nicht ungewöhnlich. Aber am schlimmsten sind die Nervenschäden. Wir haben Berichte aus Australien bekommen, wo das Zeug schon länger zirkuliert, die besagen, dass Langzeit-User unter ziemlich heftigen Störungen leiden, die Parkinson nicht unähnlich sind. Oft lässt sich das von einem natürlichen Krankheitsverlauf nur schwer unterscheiden.«

»Das heißt, euch fehlen die abschreckenden Bilder von Crystal Meth und Co?« Seit Jahren kursierten Bilder vom rapiden körperlichen Verfall von Meth-Usern im Netz, die vermutlich aber genauso gut oder schlecht funktionierten wie die dicken, schwarzen Todeswarnungen auf Zigarettenpackungen.

Tassin nickte. »Jedenfalls gehen wir davon aus, dass der Hauptvertriebsweg im Moment das Koksnetz von einem unserer besten Bekannten ist.«

»Also Drogen per Hauslieferung?«

»Ja. Schwer zu knacken. Schwieriger jedenfalls als Straßendeals.«

»Über wessen Netz läuft das?«

»Victoire Bassemane. Sagt dir das was?«

»Nope. Schätze, dafür bin ich zu lange raus aus eurem Verein.« Selbst in der Mordkommission hatten wir ab und an Schnittmengen mit den Kollegen vom LKA 4 gehabt, die für organisierte Kriminalität zuständig waren.

»Sie nennen ihn den *Baseman*. Ein großer Schwarzer von der Elfenbeinküste. Seine Mutter ist Französin.«

»Und an den wollt ihr ran?«

»Bassemane steht schon seit einiger Zeit ganz oben auf unserer Abschussliste. Das *Boom* macht es bloß ein wenig dringender, ihn jetzt aus dem Verkehr zu ziehen.«

»Und das soll ich machen?«

»Nein, das soll *ich* machen. Du sollst mir bloß dabei helfen.« Sie warf mir einen bedeutungsschwangeren Seitenblick zu, als müsste sie prüfen, ob ich es wirklich geschnallt hatte.

»Aha.« Ich trank von meinem Bier.

»Keine Heldentaten. Ich brauche keinen *Last Action Hero*, der Bassemane im Alleingang fertigmacht. Sobald du irgendwas in der Richtung abziehst, bist du raus. Klar?«

»Ich habe noch nicht mal gesagt, dass ich es mache, Lady.«

Sie machte eine Handbewegung, als hätte mein Einwand keine Bedeutung. »Ich habe einen Informanten, einen kleinen Kurier, der für Bassemanes Organisation arbeitet. Bei dem würdest du in der WG unterkommen. Wir besorgen dir eine Coverstory als Ex-Knacki, der gerade gesessen hat.«

»Wegen häuslicher Gewalt? Mord? Oder Bankraub?«

Sie lachte. »Das hättest du wohl gerne. Nein, wegen Drogendelikten natürlich. Irgendwelchen kleineren Deals. Nichts Großes, sonst hätten die Jungs längst von dir gehört.«

»Ich habe Probleme mit Autorität, hat Jana davon nichts erzählt?«

Im Dunkeln konnte ich ihre weißen Zähne leuchten sehen. »Ich habe kein Problem mit Männern, die Probleme mit Autorität haben. Bislang habe ich die noch alle handzahm bekommen.«

»Ach so.«

»Ohne Scheiß, Thiebeck, ich weiß doch, wie das läuft. Wie gesagt, ich bin selbst nicht die Stubenreinste. Mein Chef hat mich auch lieber auf der Straße als im Dezernat.«

»Wer ist dein Chef?«

»Herford. Sascha Herford.«

»Kenne ich.« Wobei das übertrieben war. Ich war Herford zwei-, dreimal in meiner aktiven Zeit begegnet. Ruhiger, kompetenter Typ, Familienmensch. Etwas farblos. Aber farblos war gut, wenn man Karriere machen und nicht nach ein paar Jahren durchgekaut und ausgespuckt werden wollte, dachte ich bitter. So wie ich. Mir hätte ein bisschen Farblos auch gut gestanden, damals bei der Affäre Lammert.

»Dein Informant, wie heißt der?«

»Sage ich dir nicht. Noch nicht. Erst, wenn du mir dein Wort gegeben hast, dass du mit an Bord bist.«

Ich antwortete nicht, sondern trank weiter Bier. »Irgendwie habe ich nicht das Gefühl, dass ich mit deinen Spielregeln besser klarkommen würde als mit denen des Polizeipräsidenten von Berlin. Du hast jede Menge Regeln, oder?« Meinen Blick von der Seite her beachtete sie nicht, sondern starrte geradeaus und nippte an ihrem Bier. Im Profil des schwachen Lichtscheins erschien ihre Nase noch dominanter als ohnehin schon, und trotzdem kam sie mir in diesem Moment unglaublich attraktiv vor. Ich erinnerte mich daran, wie sie im Ring ausgesehen hatte. Bevor sie von mir von den Füßen geholt worden war. Kurz dachte ich darüber nach, wie es wäre, wenn wir wirklich einfach bloß für ein Date hier am Ufer sitzen und gleich knutschend übereinander herfallen würden.

»Du müsstest komplett untertauchen, das ist dir klar, oder? Keine Freunde mehr sehen, nicht ins Gym zum Training. Keine Familie, keine Lover. Packst du das?«

»Bin nicht so der anhängliche Typ. Jana hat mich früher einen Einsiedlerkrebs genannt. Und eine Auster.« Ich musste an Tamina denken und daran, was sie von meiner großspurigen Aussage wohl halten würde. Und davon, dass ich gerade noch daran gedacht hatte, wie es wohl wäre, mit *Tough* Tassin rumzumachen.

Tamina und ich waren nicht richtig zusammen, aber vor allem waren wir auch nicht *nicht* zusammen.

»Ich glaube ja, dass du dabei bist«, sagte Tassin schließlich.

Ich wartete ab, ließ sie reden.

»Jede Wette, du hängst schon längst am Haken und würdest am liebsten gleich heute Abend in dieser WG aufschlagen.« Sie schaute mich wieder an.

Ich konnte die Wärme ihres Körpers an meinem Arm spüren. Musste an ihren Bauch denken.

Tamina war sportlich, verdiente ihren Lebensunterhalt mit Yoga. Sie besaß jede Menge Körperspannung, aber sie war kein Athlet. Ich konnte mir vorstellen, dass Sex mit Tassin eine komplett andere Erfahrung wäre. Vielleicht ein bisschen wie auf einer Fünfzehnhunderter Ducati voll aufgedreht die Landstraße runterbrettern.

»Du bist so ein Adrenalinjunkie. So einer, auf den dieses Klischee zutrifft, dass man Berge besteigt, bloß weil man kann.«

Mit einem Schnauben antwortete ich: »Ich besteige *dich* gleich.« Ich hatte keine Lust, dass sie so tat, als würde sie in mir wie in einem Buch lesen. Ich sah mich eher als eine Art vielschichtige Graphic Novel, die man nicht beim ersten Mal verstand.

»*Das* wiederum kannst du nicht«, antwortete sie.

»Ach ja?«

Sie hielt meinem Blick stand. Während ich rüber aufs Wasser und auf die Lichter der Kräne schaute, bekam ich das Gefühl, sie hatte mich korrekt eingeschätzt. Ich hatte in der Tat Bock auf die Geschichte, und wenn es bloß war, um zu sehen, ob die Penner um Bassemane wirklich nicht sofort den Bullen an mir riechen würden.

Ich atmete tief durch, leerte die Pulle. »Gibt da bloß noch ein Problem.«

»Und das wäre?«

»Ich muss es meiner Freundin erklären.«

»Die ist vielleicht ganz froh, wenn sie mal Pause von dir hat.« Sie stand auf. »Wollen wir?«

Ich grinste, sah zu ihr hoch. »Wir gehen zu Fuß.« Fassungslos starrte sie mich an. »Warum?« Sie hatte erwartet, dass ich sie zurück zum Gym bringen würde.

»Ganz einfach: Betrunken Auto fahren ist eine beschissene Idee.«

»Was ist mit deinem Auto?«

»Den Wagen hole ich morgen früh.« Ich warf ihr einen Blick zu. »Kannst du noch fahren?«

»Nach anderthalb Bier? Klar.« Sie schnaubte und feuerte ihre halb leere Flasche ins Gebüsch.

Ich zuckte mit den Schultern. »Bei deiner Körpergröße? Reicht vielleicht auch ein Fingerhut voll.« Ich stemmte mich hoch und machte mir das nächste Bier auf. Proviant genug für den Weg nach Hause hatte ich.

»Ich fahr dich und deine Protzkarre zurück zum Gym«, bot sie an.

»Keine Chance. Im Leben lass ich dich nicht an mein Auto. Komm schon, es ist nicht weit, und man kann den ganzen Weg die Autobahn hören. Total romantisch«, sagte ich, während wir Richtung Osten am Ufer entlanggingen. In der Hand trug ich den Rest des Sixpacks.

4

Pünktlich um elf Uhr morgens klingelte Tamina. Ich hatte sie am Tag zuvor angerufen und gefragt, ob sie zum Frühstück vorbeikommen wollte. Abends hatten wir uns nicht gesehen, weil sie einen Kurs gegeben hatte, und jetzt war sie direkt nach ihrer Yogastunde zu mir gekommen.

Ich erwartete sie oben an der Haustür und schaute ihr zu, wie sie die Stufen hochstieg. Das Licht, das durch die schmutzigen Fenster auf den Absatz flutete, ließ ihr lockiges Haar in gefährlichem Rot auflodern.

Als sie meinen Blick bemerkte, blieb sie stehen und lächelte zu mir hoch. »Soll ich einen Moment hier stehen bleiben, damit du dich sattsehen kannst?«

»Du sollst hier hochkommen, damit ich mich insgesamt an dir sättigen kann!«

Ihr Lächeln wurde noch breiter, und mit schnellen Sätzen flog sie mir in die Arme. Ich riss sie hoch, vergrub mein Gesicht in ihren Haaren und sog ihren Duft ein.

»Hey, Kleiner«, sagte sie, nachdem wir uns lange und ausgiebig geküsst hatten.

»Hey, Kleine.« Ich trug sie in die Wohnung und kickte die Tür hinter uns zu. Ein weiterer Kuss folgte. Und danach gingen wir direkt ins Bett.

Eine gute Stunde später saßen wir endlich in der Küche beim Frühstück.

»Das war ganz schön dringend, oder?«, grinste sie.

Ich zuckte mit den Schultern. Tatsächlich wäre ich genauso zufrieden gewesen, einfach nur so mit ihr ins Bett zu gehen, ohne Sex. Mich in ihr zu vergraben und sie in mich aufzusaugen. Unsere Beziehung war das, was manche Menschen *kompliziert* nennen würden. Zu Beginn hatte ich Bindungsängste gehabt, hatte ihr sehr wehgetan, und als ich endlich begriffen hatte, wie sehr ich sie wirklich wollte, hatte ich sie bereits so verletzt, dass mit uns irgendwie alles schwierig war. In den letzten Monaten hatten wir uns jedoch wieder angenähert und mehr Zeit miteinander verbracht. Deswegen hatte ich Sorge, ihr von Tassins Plan zu erzählen.

»Warum schaust du mich so an?«

»Ich habe einen Job angeboten bekommen.«

»Und?« Ihre Reaktion blieb verhalten.

In der Welt unserer Beziehung gab es zwei Arten von Jobs: die, die mit der Polizei zu tun hatten und von denen Tamina nicht wollte, dass ich sie annahm. Und dann alle anderen. Bis sie nicht wusste, um welche Art es sich handelte, hielt sie sich offenbar bedeckt. Sie fand, dass mich die Arbeit als Polizist verrohen ließ, und wollte nicht, dass ich wieder dahin zurückgezogen wurde. Sie mochte Jana, aber die Tatsache, dass die mich als Bullen wollte, sorgte immer wieder für Reibungen zwischen uns. Dass Tamina selbst bereits zur Zielscheibe für einen Killer geworden war, half bei der ganzen Sache nicht gerade. Am liebsten wäre es ihr gewesen, ich würde das alles komplett hinter mir lassen.

»Sie haben mir einen Job als V-Mann angeboten. In der Drogenszene.«

»Was bedeutet das?«

»Eine Vertrauensperson. Ein Zivilist, der mit der Polizei zusammenarbeitet.«

»Du wärst also kein Polizist?«

Ich schüttelte den Kopf. »Ich soll undercover in eine WG ziehen und helfen, einen Drogenring auseinanderzunehmen.«

»Ob das gefährlich ist, muss ich nicht fragen, oder?«

Ich antwortete nicht.

»Willst du es machen?«

»Ich weiß nicht.« Das entsprach der Wahrheit. »Es reizt mich, und die Beamtin, mit der ich zu tun hätte, macht einen guten Eindruck.«

»Bekommst du Geld dafür? Viel Geld?«

»Keine Ahnung.« Tatsächlich wusste ich nicht, was man mir dafür geben würde, aber ich hatte noch im Kopf, dass zu meiner Zeit V-Leute teilweise durchaus gut bezahlt wurden.

»Das ist dir auch nicht wichtig, oder?«, fragte sie mit einem Lächeln.

Ich schüttelte den Kopf.

»Fragst du mich um Erlaubnis?«

»Irgendwie schon.«

»Das finde ich niedlich, aber das brauchst du nicht. Es ist deine Entscheidung.«

Ich zögerte.

Sie fuhr fort: »Ich meine, eigentlich will ich natürlich nicht, dass du das machst. Was passiert, wenn sie rausfinden, wer du bist?«

»Vermutlich bekomme ich die Dresche meines Lebens.« Ich hatte ein schlechtes Gewissen, dass ich sie belog. Die Kerle, mit denen ich es zu tun haben würde, hätten keine Skrupel, mich auf irgendeiner Industriebrache verschwinden zu lassen, aber wie hätte ich ihr das erklären sollen und immer noch darauf bestehen können, den Job zu machen?

»Wir könnten uns nicht mehr so oft sehen«, sagte ich stattdessen.

»Oh.«

»Aber ich könnte nachts in deinen Hinterhof schleichen, an der Fassade hochklettern und dich auf deinem Balkon küssen. Romeo und Julia. Wie wäre das?«

»Sehr romantisch«, stimmte sie zu. »Bis wann musst du dich entscheiden?«

Ich wusste nicht, wie viel Zeit mir Tassin geben würde, aber meine Vermutung war, dass es nicht lange dauern würde, bis sie mir wieder kläffend am Hosenbein zog.

»Demnächst«, sagte ich bloß lahm.

»In Ordnung.« Sie sah mich an. »Wollen wir über etwas anderes reden?«

Ich zuckte mit den Schultern. »Cool. Über was?«

»Was ist mit Urlaub? Wollen wir wegfahren, wenn diese Sache durch ist? Irland? Oder Schottland, wenn du lieber magst?«

Ich wollte gerade zustimmen, froh darüber, sie mit irgendwas besänftigen zu können, als mir der Kampf gegen Tauras wieder einfiel. Wenn ich jetzt abtauchte, würde ich alle Vorbereitungen, alle Trainings in die verbleibenden Wochen quetschen müssen.

Sie bemerkte meinen Gesichtsausdruck. »Was? Nicht gut?«

»Der Fight«, antwortete ich.

»Gegen diesen Litauer?«

Ich nickte.

»Aber der ist doch erst in über einem Monat.«

»Der Coach wird mich komplett in Beschlag nehmen. Vollständig meinen Tagesablauf bestimmen. Ich werde auf keinen Fall in Urlaub fahren können, nicht mal für ein paar Tage.«

Sie versuchte, sich ihre Enttäuschung nicht anmerken zu lassen. »Gut. Dann vielleicht danach? Nach dem Kampf?«

»Sicher. Danach gerne.«

Sie lächelte, beugte sich vor, um mich zu küssen, aber ich hatte das Gefühl, einen Fehler gemacht zu haben.

Tatsächlich klingelte bereits nachmittags mein Telefon. Es war Tassin. »Und, wie sieht's aus?«

Ich saß am Schreibtisch in meiner Wohnung und schaute gerade über ein Sicherheitskonzept für eine Fertigungsanlage draußen in Bad Freienwalde. Damit hielt ich mich mehr oder weniger gut über Wasser: als Berater für Sicherheitsfragen. Den Job hatte mir ein ehemaliger Kollege besorgt, und wenn ich Aufträge hatte, verdiente ich sogar einigermaßen gut. Das Problem war, dass mich diese Jobs zu Tode langweilten und ich meistens alles dafür tat, sie *nicht* anzunehmen, selbst wenn man sie mir aufzwang.

Während Tassin am anderen Ende auf eine Antwort wartete, starrte ich auf den Bildschirm mit den Blaupausen.

»Ich bin dabei.«

»Gut. Ich melde mich nachher noch bei dir und gebe dir ein paar Infos.«

»Alles klar.«

Wir verabschiedeten uns. Ich stand auf und ging ins Bad. Stellte mich vor den Spiegel und überlegte, was ich mit meinem Aussehen machen sollte. Gesagt hatte Tassin nichts, aber ich hielt es für angemessen, zumindest ein wenig meine äußere Form anzupassen.

Meine halblangen Haare, die mir bis knapp über die Schultern hingen, waren bereits von jeder Menge Silber durchzogen. Ich packte sie und zog sie hinter dem Kopf zusammen. Für einen Pferdeschwanz würde es nicht reichen, der hätte perfekt ins Milieu gepasst. Jana hatte mich früher immer überreden wollen, mir die Haare kürzer zu schneiden. *Zuhälterhaarschnitt* hatte sie meine Frisur genannt. Eigentlich also perfekt für einen Undercover-Einsatz in Neukölln, aber zu dicht an dem, was ich die letzten Jahre getragen hatte.

Nachdem ich einen Moment lang unschlüssig vor dem Spiegel gestanden hatte, entschied ich mich dafür, das Problem von jemand anderem lösen zu lassen.

Zwei Stunden später war ich zurück und stand erneut vor dem Spiegel.

Ich hatte mein neues Aussehen in die Hände von Ömer gelegt, einem Türken, der einen kleinen Barbiersalon an der Ecke betrieb. Ich strich mir über die glatt rasierte Haut meiner Wangen. Keine Ahnung, wann ich mich das letzte Mal nass rasiert hatte, aber Ömers aufwendige Prozedur mit heißen Tüchern und einem Bindfaden, um die hartnäckigen Haare auf den Wangen auszureißen, war eine ganz eigene Erfahrung gewesen. Vorsichtig zupfte ich an den Koteletten, die er mir hatte stehen lassen, und an dem Schnurrbart, der jetzt meinen Mund einrahmte. Er ging mir fast bis zum Kinn. *Slawenhaken* hatte Ömer den lachend genannt. Meine früheren Kollegen hätten wahrscheinlich eher vermutet, dass ich eine Kiezgröße der Nutellabande aus den Siebzigern nachahmen wollte. Meine Haare hatte er an den Seiten kurz geschnitten, bis auf wenige Millimeter, sodass diese jetzt silbrig glänzten. Oben hatte er genug stehen lassen, um einen schönen Hipster-Scheitel zu ermöglichen. Normalerweise hätte man mich mit so einer Frisur nicht einmal tot erwischt – was für ihre Tauglichkeit im Rahmen meiner Mission sprach.

Jedenfalls war nicht mehr viel von dem Thiebeck übrig, den ich kannte. Ein bisschen wie ein böser Zwilling. Es juckte mich, Bekannte und Freunde aufzusuchen und auszuprobieren, ob sie mich auf den ersten Blick erkennen würden, aber solange ich nichts an meiner Körpergröße ändern konnte, war das vergebliche Liebesmüh. Für Tassins Einsatz sollte es aber reichen.

Aus der hintersten Ecke meines Kleiderschranks kramte ich

ein altes Hawaiihemd hervor, das man mir vor Jahren mal für einen Junggesellenabschied besorgt hatte. Nachdem ich mit meinem Outfit zufrieden war, suchte ich die Nummer meines Vaters heraus.

»Johannes«, meldete er sich.

»Hallo, Papa. Wie geht's dir?« Eigentlich wollte ich eine ganz andere Frage stellen: *Ist Jan bei dir gewesen?* Und: *Wie geht's dir damit?*

Aber das konnte ich nicht fragen, weil ich keine Ahnung hatte, ob Jan seine Drohung wahr gemacht hatte. Es würde meinen Vater bloß aufregen, wenn er wüsste, dass Jan in der Stadt war, mit mir gesprochen, aber nicht den Weg zu ihm gefunden hatte.

Also tauschten wir Nichtigkeiten aus. Ich fragte ihn, was seine Arthritis machte, was der dauernde Regen mit dem Rasen anstellte und ob ich demnächst mal vorbeikommen und ihm im Garten helfen sollte. Er dagegen wollte wissen, wie es mir und Tamina ging, wann wir mal wieder zum Kaffee kommen würden, und erzählte mir, welche Gebrechen die alte Neumann plagten. Frau Neumann war die älteste Freundin meiner Eltern gewesen, und nun war sie bloß noch eine Freundin meines Vaters.

»Irgendwas Ungewöhnliches passiert in letzter Zeit?«, fragte ich schließlich, als ich ungeduldig wurde.

»Was meinst du?«

»Na, ich meine alles, was irgendwie komisch war. Unüblich.«

»Du willst doch auf was hinaus. Raus mit der Sprache«, brummte er. Mein Vater war nicht der geduldigste Mensch, wenn er das Gefühl hatte, jemand tanzte um den heißen Brei herum.

»Nein, nichts, war bloß so eine Frage«, gab ich den Versuch wieder auf. Kurz darauf verabschiedeten wir uns.

Danach saß ich noch da und versuchte mir auszumalen, wo Jan sich jetzt gerade befand. Was er zu diesem Zeitpunkt gerade tat, warum genau er wirklich nach Berlin gekommen war und mich besucht hatte. Wirklich bloß, um über Mama zu reden? Das konnte ich mir kaum vorstellen.

Eine Weile saß ich in Gedanken versunken da, dann griff ich erneut nach dem Telefon. Strich mir mit Zeigefinger und Daumen über die Mundwinkel, als würde mir meine Entscheidung so leichter fallen, und suchte schließlich die Nummer des Coaches heraus.

»Wir müssen reden«, sagte ich bloß, nachdem er sich gemeldet hatte.

Es fühlte sich komisch an, aus dem Auto zu steigen und ohne Trainingstasche ins Gym zu gehen. Das letzte Mal, als ich das getan hatte, war vermutlich gewesen, nachdem David Bremer, der Sohn des Coaches ermordet worden und ich gegangen war, um ihm zu erklären, dass ich irgendwie in der Sache drinhing. Um zu gestehen, dass ich indirekt am Tod seines Sohnes schuld war.

Ich trat in die Halle, sog den Geruch aus Eisen, Leder und Schweiß ein, mit dem die gesamte Atmosphäre gesättigt war, und suchte mir meinen Weg nach hinten, zu seinem Büro. Es waren nicht viele der Jungs anwesend. Ein Nicken hier, eine erhobene Hand dort, und meine Faust, die gegen die bandgierte Hand von Danny stieß, der gerade aus den Umkleiden kam.

In dem schmalen Gang, der zu Spinden und Duschen führte und von dem das Büro von Emil Bremer abging, hingen die ganzen Bilder. Fotos von ersten Kämpfen, großen Kampfabenden oder anderen besonderen Ereignissen. Seit über einem Jahr wollte der Coach hier ein Foto vom Kampf Thiebeck gegen Bussas hängen haben. Wollte eine Erinnerung daran, wie sein Goldjunge den Litauer *fett gemacht* hatte, wie er es ausdrückte. Aber da hing noch keins.

Ich klopfte gegen den Türrahmen. Bremer schaute über den Rand seiner Lesebrille, als würde er von irgendwo tief unten auftauchen, und zu mir rüber. »Johnny. Komm rein.«

Eigentlich hatte ich eine Bemerkung zu meinem Style erwartet, aber dem Coach schien das überhaupt nicht aufzufallen. Ich setzte mich auf den Stuhl, der seinem Tisch gegenüber stand und der einem nicht einmal genug Platz bot, die Knie vor den Körper zu nehmen. Aufgrund der Enge musste man breitbeinig wie ein Cowboy sitzen, ich ganz besonders.

»Du wolltest mit mir reden?« Er schob die Unterlagen, die er gerade studiert hatte, zur Seite. Ausnahmsweise war der Bildschirm des kleinen Fernsehers auf dem Seitenschränkchen schwarz. Normalerweise ließ der Coach im Hintergrund Fights laufen, von uns, von unseren Gegnern, von anderen Boxern und Schachboxern oder alte Klassiker. »Was gibt es?« Wie um die Frage zu unterstreichen, zog er sich die Brille von der Nase und warf sie auf den überfüllten Schreibtisch.

»Es geht um den Fight gegen Bussas.«

Der Coach nickte. »Viereinhalb Wochen noch. Aber du bist auf einem guten Weg.«

»Ich muss für eine Weile weg.«

Er kniff die Augen zusammen. »Was meinst du? Wohin weg? Und was ist eine Weile? Reden wir hier von einer halben Stunde, einem halben Tag?« Er sprach ohne jeden Humor, und ich wusste, dass er nur zum Teil scherzte. Der Coach hatte, besonders für die letzten drei Wochen vor dem Kampf, einen strikten Trainings-, Essens- und Lifestyleplan entworfen, dem ich folgen sollte.

»Ein paar Tage. Vielleicht eine Woche.« Dass der Job möglicherweise sogar noch länger gehen würde, verschwieg ich ihm lieber.

Bremer setzte die Lesebrille wieder auf, dann schien er zu bemerken, dass er mich damit nicht sehen konnte. Erneut zog er sie runter, behielt sie aber diesmal in der Hand, um damit in meine Richtung zu gestikulieren. »Warum?«

»Es ist ein Job.«

»Und da bist du nicht in Berlin, oder was?« Er musterte mich misstrauisch. Selbst wenn ich Arbeit auf einer Bohrinsel in der Nordsee angenommen hätte, wäre ihm vermutlich ein Weg eingefallen, wie ich trotzdem regelmäßig zum Training kommen konnte.

»Ich muss komplett weg. Keine Verbindung, keine Telefonate. Nichts. Ganz sicher kann ich nicht ins Gym kommen.«

»Steht das schon fest?«

»Fürchte schon.«

Er schien zu überlegen. Sein Gesichtsausdruck hatte sich nicht groß verändert, aber das lag vor allem daran, dass der Coach immer latent missgelaunt aussah. »Das gefällt mir nicht, Johnny.«

Ich nickte, weil ich gewusst hatte, dass er das sagen würde.

»Du bist in guter Form und auf dem besten Weg. Aber du bist noch nicht so weit, dass du Bussas besiegen kannst. Auf uns wartet noch jede Menge Arbeit.«

»Das weiß ich.«

»Und ich will nicht, dass du den Fight auf die leichte Schulter nimmst. Du weißt, dass der Kerl kämpfen kann. Und wie gut er am Brett ist.«

Ich nickte. Der Coach hatte mir die Videos von Bussas oft genug gezeigt. *Buzzsaw*, die Kreissäge. Kleiner als ich, aber fast genauso schwer. Ein kompakter Powerboxer, der einen unglaublichen Turbo einschalten konnte.

»Hast du Angst vor dem Kampf?«, wollte der Coach plötzlich wissen, die kleinen Augen zu Schlitzen verengt.

Instinktiv schüttelte ich den Kopf, fragte mich aber gleichzeitig, ob es vielleicht doch der Fall war. Die Planungen für diesen Fight gab es schon so lange, er war bereits mehrmals verschoben worden, und mein letzter richtiger Fight lag bestimmt fast zwei Jahre zurück. War ich nicht längst zu alt für diesen Mist? Möglicherweise würde mich Bussas, schneller, jünger, cleverer, im Ring oder am Brett fertigmachen, und wie würde ich mich dann fühlen? Ich hatte Zeit meines Lebens behauptet, dass Aufgeben schlicht nicht in meiner DNA verankert sei, dass Thiebeck immer kämpfte, aber stimmte das auch in diesem Fall? Vielleicht suchte ich unterbewusst nach einer Hintertür, um Bussas aus dem Weg zu gehen. Ich beschloss, mich selbst sehr genau zu beobachten, um sicherzugehen, dass das nicht passierte.

»Ich habe keine Angst, Coach. Das weißt du. Aber das Ding ist wichtig. Ich zieh das durch, so schnell wie möglich, und dann bin ich wieder für dich da. Dann mach ich jeden Scheiß, den du von mir willst. Ich ziehe Autoreifen den Strand lang, boxe gegen Schweinehälften im Schlachthaus, trinke zum Frühstück sechs rohe Eier.« Ich hatte keine Ahnung, ob der Coach den Film *Rocky* je gesehen hatte oder ob die Witze möglicherweise bloß von ihm abprallten, aber ich versuchte mich an meinem gewinnbringendsten Lächeln. »Pfadfinderehrenwort«, schob ich hinterher.

Schließlich nickte der Coach und brummte: »Hindern kann ich dich ja ohnehin nicht, oder?«

»Der Vertrag ist bereits unterschrieben«, log ich, froh darüber, dass er anscheinend einigermaßen besänftigt war.

»Gut. Hau ab«, sagte er und setzte die Lesebrille wieder auf. Nahm sie dann ein weiteres Mal ab, um in meine Richtung zu stechen, während ich mich gerade erhob. »Du wirst wie ein Tier trainieren, das ist dir hoffentlich klar, oder?«

Mit einem Grinsen nickte ich. Thiebeck, das Tier! *You got it.*

Bevor ich aus seinem Kabuff verschwinden konnte, rief er mir noch hinterher: »Wirst du für deinen Job Hosen mit Schlag tragen müssen?«

Ich stutzte, und er deutete auf mein Gesicht. Und ich verstand, dass ihm mein Look zwar aufgefallen war, in der Prioritätenliste von Dingen, die man besprechen musste, aber sehr weit unten rangierte. Ich lächelte und hob zum Abschied die Hand.

5

Tassin hatte nachmittags angerufen und mich aufgefordert, zum Hermannplatz zu kommen und mir an einer Bude an der Südseite eine Currywurst ohne Darm zu holen. Ich hatte mir jede Frage nach dem absurden Detailreichtum der Anweisung gespart. Ohne Darm passte mir ohnehin besser.

Ich stach gerade meinen Plastikpieker in eins der Stückchen, als Tassin unvermittelt hinter mir zischte: »Nicht umdrehen! Aber geile Frise.«

Ich lehnte am Alutresen, um zu essen, und sie hatte sich von hinten genähert.

»Ich gehe jetzt da zu den Bänken und hocke mich hin. Du isst auf und kommst dann rüber, setzt dich auf dieselbe Bank, aber nicht direkt neben mich. Sieh mich nicht an. Klar?«

Ich kaute, nickte und bemerkte aus dem Augenwinkel, dass sie wieder verschwand.

Nachdem ich meine Schale in den Mülleimer geworfen hatte, ging ich zu der Bank hinüber und setzte mich, den Arm über die Lehne gelegt. Während ich auf sie zugesteuert war, hatte ich bereits einen unauffälligen Blick riskiert. Tassin sah aus wie eine türkische Turbo-Biene: weiße Jogginghose, glitzernde Sneaker und ein türkisfarbener Blouson. Das mit Strasssteinen besetzte Basecap in Knallrot und ein kurzer Zopf vervollständigten das Ensemble. Ich musste zugeben, dass ihre Verkleidung großartig war. Nie im Leben hätte ich sie so auf der Straße erkannt.

»Am Outfit musst du noch was machen«, sagte sie, den Blick

abgewandt. Sie sprach gerade so laut, dass ich sie noch verstehen konnte. »Aber ich mag das Hemd. Und die offenen Knöpfe. Steh auf Männer mit ordentlich Brustbehaarung.«

»Dein Look ist auch ziemlich fesch«, antwortete ich in ihre Richtung gewandt.

Und zuckte zurück, als sie drohend mit dem Zeigefinger nach mir stach und mich anbrüllte: »Mach's Maul zu, du Hure! Fick dich, Mann.« Sie drehte sich wieder weg, zündete eine Zigarette an und fing an, hektisch und flach zu atmen. »Halt einfach die Fresse, Typ. Komm mal klar, du Loser!« Sie schaffte es sogar perfekt, den leicht nasalen Ghettoslang zu imitieren.

Ich brauchte eine Sekunde, um den Schock zu verdauen, und musste mich dann zusammenreißen, nicht laut loszulachen. Stattdessen hob ich abwehrend die Hände wie ein alter Sack, der die Reaktion auf seine blöde Anmache verstanden hatte.

Mit flacher Stimme fragte ich: »Wie geht's weiter?«

Tassin antwortete zwischen zwei Zügen. »Ich habe mit Schoko gesprochen. Du kannst übermorgen da einziehen. Geht das klar?«

Mehrmals warf sie mir dabei drohende Seitenblicke zu, als wäre ein unsittlicher Rückfall zu erwarten.

»Sicher.«

»Wenn ich nachher aufstehe, lasse ich eine Plastiktüte liegen. Die schnappst du dir. Da ist ein Telefon mit Prepaidkarte drin. Dein eigenes Telefon nimmst du nicht mit in die WG, kapiert?«

Ich zögerte.

»Hast du mich verstanden, Thiebeck? Wenn jemand dein Handy findet, und da sind irgendwelche alten Nachrichten drin oder Nummern gespeichert, die dich auffliegen lassen, ist das ganz schlecht. Dann bist du am Arsch, das verstehst du, oder?«

Ich dachte daran, wie ich Kontakt mit Tamina halten würde, sagte aber: »Sicher.«

»Hier ist der Vertrag drin.« Tassin legte eine Zeitung neben uns auf die Bank.

Ich beachtete sie nicht.

»Da steckt auch ein Kuli dran. Schau's durch und unterschreib. Hinten drin findest du deine und Schokos gemeinsame Vergangenheit.«

Wir schauten auf das Chaos auf dem Hermannplatz, während links, rechts und hinter uns die Autos fuhren. Immer wieder stoben Tauben in kleinen Schwärmen auf, wenn jemand ihren Weg kreuzte. Es stank leicht nach Urin, und aus dem U-Bahn-Eingang rechts von mir wehte warme Luft. Ich legte den Kopf in den Nacken, schloss die Augen und hielt das Gesicht eine Weile in die Sonne, bevor ich die Zeitung neben mir ergriff. Darin eingewickelt war ein Klemmbrett mit dem Vertrag. Ich überflog das Schriftstück.

»Ich bin grundsätzlich und aus freien Stücken zur Tätigkeit als V-Mann *blabla* bereit, *blabla* mich streng an die Aufträge der mich führenden Person zu halten.« Ich schnaubte und musste mich zurückhalten, nicht zu Tassin rüberzuschauen. »*Blabla* meine Tätigkeit berechtigt mich nicht, strafbare Handlungen zu begehen.« Dann noch irgendwas über eine Probezeit von sechs Monaten. Ich hatte nicht vor, so lange in dieser WG zu bleiben. Ich nahm die Summe wahr, die unten auf dem Blatt auftauchte. Nicht so hoch, wie ich erwartet hatte, aber auch nicht gerade Peanuts. Berlin musste sparen, nahm ich an.

Vor mir rollte ein junger Punk mit seinem Longboard entlang.

Ich nahm den Kugelschreiber in die Hand und unterschrieb. Die paar Seiten mit meiner Charakterbeschreibung faltete ich zusammen und steckte sie mir in die Hosentasche. Dann legte ich die Zeitung wieder auf die Bank und verschränkte die Arme hinter dem Kopf, um die Sonne zu genießen. Tassin ließ eine Weile verstreichen, bevor sie das Bündel wieder einpackte.

»Warum weiß dieser Typ, dieser Schoko, eigentlich über mich Bescheid? Warum nicht den im Unklaren lassen? Ein potenzielles Leck weniger.«

»Weil du dann nie reingekommen wärst. Ohne Bürgen. Du fängst ganz unten an, aber Schoko und sein Mitbewohner sind Kuriere für Meißner. Die hätten nicht einfach eine Anzeige aufgegeben und einen neuen Mitbewohner gesucht, und sie hätten auch nicht jeden x-Beliebigen genommen. Dafür musste ich Schoko, zumindest ein Stück weit, reinen Wein einschenken.«

»Dass ich Bulle war, weiß er aber nicht, oder?«

»Quatsch. Ich bin doch nicht blöd.«

»Okay. Bekomme ich noch genauere Anweisungen?«

»Wenn ich weg bin. Übers Telefon. Hast du noch Fragen?«

Ich verneinte.

»Gut.« Tassin stand auf, strich sich die Jogginghose glatt und verschwand mit wackelndem Arsch in Richtung U-Bahn.

Erst nachdem ich ihr einen Augenblick lang hinterhergeschaut hatte, fiel mir ihre erste Anweisung wieder ein: Auf der Bank lag jetzt eine Plastiktüte.

Ich rutschte hinüber und griff sie mir. Darin befanden sich ein Handy und ein Briefumschlag mit Geld. *Spesen* hatte jemand in dynamischer Handschrift draufgeschrieben. Falls das Tassins Handschrift war, mochte ich sie. Sah fast ein bisschen männlich aus. Ich steckte das Geld in die Jackentasche und schaltete das Handy ein. Keine fünf Sekunden später klingelte es bereits. Ich ging ran.

»Alles gut?«, wollte Tassin wissen.

»Klar. Hübscher Hintern.«

»Halt's Maul. Pass auf, die Nummer, unter der ich dich jetzt angerufen habe, kannst du speichern. Denk dir einen unverfänglichen Namen aus. Mit dem Handy kommuniziere ich bloß mit dir. Außerdem gibt's in deinem Nummernspeicher noch eine andere Nummer, *Mama*. Das ist die Notrufnummer, unter der du mich oder mein Team Tag und Nacht erreichen kannst. Klar so weit?«

»Yup.«

»Ansonsten speicherst du in dem Handy nur Nummern, die du in deiner neuen Rolle bekommst. Keine anderen, okay? Meinetwegen kannst du mit dem Handy sonst wohin telefonieren, aber speicher die Nummern nicht ab und lösch das Gesprächsprotokoll hinterher. Ernsthaft, das Erste, was die Jungs machen, wenn sie Verdacht schöpfen, ist, dein Telefon zu kontrollieren. Bau damit keinen Scheiß. Ansonsten ziehst du in zwei Tagen bei Schoko ein, der erwartet dich bereits. Und lern deine Rolle.«

»Um was für Infos geht es euch?«

»Alles, was mit Bassemane zu tun hat. Alles, was mit Drogen zu tun hat. Schokos Chef ist Harro Meißner. Der ist direkt dem Baseman unterstellt. Ich lasse mir noch was einfallen, wie der auf dich aufmerksam werden könnte. Aber das ist meine Sorge, du hältst einfach die Füße still und die Ohren offen, okay?«

»Wie liefere ich die Informationen?«

»Du kannst mich anrufen oder mir eine SMS schicken. Alle Textnachrichten löschst du, wenn sie rausgegangen sind, logo. Falls es kompliziert ist oder du Schwierigkeiten hast, nicht reden oder texten kannst, bitte mich um ein Treffen. Ich gebe dir dann Zeit und Ort durch, ähnlich wie heute.«

»Was ist meine Hintergrundgeschichte?«

»Schau in das Briefing. Lern es auswendig. Das ist das, was du die nächsten zwei Tage machen wirst. Pauken, als wenn es um dein Leben ginge.« Sie lachte. »Weil es das tut.«

Ich schaute auf ein Pärchen, das sich eine Portion Pommes teilte. Sie biss liebevoll von einem Stück auf seiner Plastikgabel ab, er kleckste Mayonnaise auf ihren Schuh. Die beiden stritten.

»Wann höre ich das nächste Mal von dir?«

»Ruf mich an, falls du noch Fragen zu deinem Profil hast. Ich schicke dir eine SMS im Voraus, wenn ich mit dir reden will, dann kannst du dich irgendwohin absetzen.«

»Wird das dann so abenteuerlich wie jetzt?«

»Da kannst du deinen Arsch drauf wetten.« Sie legte auf.

Ich saß da, kratzte mir über die ungewohnt glatten Wangen und überlegte, ob das wirklich eine schlaue Aktion gewesen war, sich auf die ganze Sache einzulassen. Tassin war offenbar eine ziemliche *Wildcard*, und ich hatte das Gefühl, mit ihr könnte ich entweder eine Menge Spaß oder einen großen Haufen Ärger bekommen. Oder, was wahrscheinlicher war, beides gleichzeitig.

Dann schnappte ich mir mein Rollenprofil und schaute mir an, wer dieser Johnny Ticker so war.

Ich hatte Schoko über dessen Tante kennengelernt. Schoko hatte eine Weile in einem Jugendfreizeitheim gejobbt, wo er auch mit dem Dealen angefangen hatte. Seine Tante arbeitete ebenfalls dort, und mit der hatte ich ein Verhältnis gehabt. So waren wir uns damals begegnet.

Die Backstory kam mir jetzt weder besonders einfallsreich noch zu exotisch vor, insofern war sie vermutlich perfekt für unsere Belange. Ich versuchte, mir alles möglichst gut einzuprägen, inklusive der Namen aller Beteiligten, wusste aber, dass ich da noch ein paarmal drübergehen musste, um alles zu behalten.

Bis ich vor der WG stehen würde, hatte ich ja noch ein wenig Zeit.

6

Ich drückte den Klingelknopf neben *Schiller König Kotthuber*. Die Wohnung befand sich auf der Neuköllner Seite des Kottbusser Damms, in einer kleinen Seitenstraße. Das Kopfsteinpflaster und die Gaslichtlaternen verhießen eine falsche Idylle, aber die leer stehenden und abgeranzten Läden, der Alki mit seinem Einkaufswagen und die verbrauchten Gesichter, denen ich auf der Straße begegnete, beschrieben eher die Wahrheit über den Zustand des Kiez.

Der Summer ertönte, und ich ging hinein, in der Hand eine Sporttasche mit Klamotten. Der Altbau befand sich im schwebenden Zustand zwischen Verfall und noch bestehender Substanz. Eigentlich hätte alles ganz hübsch sein können: die in dunklem Rot gestrichene Wand, die Teppichhalter aus Messing auf der Treppe und das grüne Geländer. Aber irgendwie war alles ein paar Jahre zu alt, ein wenig zu heruntergekommen und vermittelte das Gefühl eines sterbenden Patienten auf der Intensivstation. Der Sisal war an vielen Stellen durchgewetzt, die Farbe an den Wänden abgeplatzt und mit schwarzem Edding vollgeschmiert und die Teppichstangen lose, sodass man Sorge haben musste, sich auf der Treppe auf die Fresse zu packen.

Ich stieg in den zweiten Stock hoch, wo ich bereits von einem schlaksigen jungen Mann mit herausgewachsener Frisur erwartet wurde. Er sah aus, als versuchte er verzweifelt seit Monaten, sich einen Dreitagebart wachsen zu lassen, aber die weichen und unregelmäßigen Stoppeln ließen ihn eher noch jünger aussehen.

Nervös strich er sich die halblangen Haare von einer Seite auf die andere. »Bist du Johnny Ticker?«

Tassin hatte sich den Namen ausgedacht. Ich hatte bloß mit den Augen gerollt.

»Schoko?«

Er lächelte nervös. »Tulay hat dich angekündigt.« Nachdem er mir Platz in der Tür gemacht hatte, betrat ich den engen Flur. Er schloss die Wohnungstür und streckte mir die Hand entgegen. Ich ließ mir nichts anmerken, während ich die weiche und leicht schwitzige Haut berührte.

»Komm rein.« Er führte mich in ein Wohnzimmer, das ein wenig aussah, als würde er bloß für seine Oma die Wohnung hüten. Ein großes Ledersofa mit hölzernen Beinen, zwei dazugehörige Sessel und ein gläserner Couchtisch passten hervorragend zu den massiven Eichenschränken und dem Sideboard, auf dem mehrere leere Whiskyflaschen thronten. Zur Linken bildete ein Durchgang in eine kleine Küche den Abschluss des großen Wohnzimmers.

Schoko ließ sich auf das Sofa fallen und sammelte alle Utensilien für einen Joint zusammen. Ich stellte meine Sporttasche klackend auf das Laminat, setzte mich in einen Sessel und sah zu, wie Schoko mit geschickten Fingern ein massives Ding zusammenbaute.

Nachdem er es angezündet und angeraucht hatte, reichte er es ohne ein Wort zu mir rüber. Dann erst ließ er den Rauch mit einem gequetschten Laut nach und nach zwischen den Lippen entweichen. Ich nahm ein paar kräftige Züge, bevor ich die Tüte wieder zurückreichte.

Behutsam lehnte ich mich im Sessel zurück. Es war Jahre her, dass ich Gras oder Shit angerührt hatte, und ich wusste nicht, wie gut ich es noch vertrug. Soweit ich sehen konnte, hatte Schoko eine ganze Menge Gras in dem Ding verteilt.

Es dauerte nicht lange, bevor ich wieder an der Reihe war. Schweigend rauchten wir das Teil bis zum Tip runter. Ich drückte es schließlich in einem riesigen, überfüllten Aschenbecher aus Rauchglas aus. Eine wohlige Entspannung erfasste mich, und meine Wangen fühlten sich merkwürdig an. Als hätte ich das Bedürfnis, zu lächeln. Stattdessen zwang ich mich, düster auszusehen.

»So«, sagte er gedehnt.

Ich erwiderte nichts.

»Tulay schickt dich also.«

»Was hat sie dir erzählt?«

Er verzog das Gesicht. »Eigentlich nichts. Ich soll dich hier wohnen lassen. Und keine dummen Fragen stellen.«

»Hast du nich' Schiss?«

Er schürzte die Lippen und schüttelte den Kopf. »Nee, wovor denn?« Aber seine Augen verrieten etwas anderes.

»Keine Ahnung. Vor mir. Vor deinem Boss. Vor *Tough* Tassin.«

Sein unglücklicher Gesichtsausdruck schien sagen zu wollen: *Sollte ich denn Angst haben?*

»Erzähl mir was von Meißner.«

Er rutschte auf dem Sofa zur Seite, um die Beine auszustrecken, und drehte sich eine Zigarette. »Meißner is' ganz cool. Der lässt uns machen. Solange wir keinen Scheiß bauen. Der wohnt nicht weit von hier, in einem fetten Penthouse am Kottbusser Damm. Oberstes Stockwerk, mit einer dicken Dachterrasse, Blick über ganz Kreuzkölln. Ist echt geil da im Sommer. Manchmal hat er mit uns gegrillt.«

»Wer ist *uns?*«

»Na, die anderen Kuriere. Vor allem Chris und ich. Chris ist mein Mitbewohner. Unser Mitbewohner«, verbesserte er sich. Dann schwang er die Füße auf den Boden und erhob sich.

»Komm, ich zeig dir die Wohnung.« An der Tür blieb er abrupt stehen, sodass ich ihn fast anrempelte. »Das Wohnzimmer und die Küche kennst du schon.« Er ging in den Flur, deutete auf eine angelehnte Tür zu einem komplett abgedunkelten Raum. »Mein Zimmer.« Dann zeigte er auf eine verschlossene Tür. »Hier wohnt Chris. Da willst du sowieso nicht rein.«

Ich nickte.

»Und das ist dein Reich.« Er stieß eine schmale Tür direkt neben dem Eingang auf.

Es handelte sich um wenig mehr als eine umgebaute Berliner Speisekammer, maximal fünf oder sechs Quadratmeter groß. Neben einer Liege stand noch ein Regal, das sich an der Wand anlehnen musste, damit es nicht umfiel. Es roch muffig, ein Fenster gab es nicht. Bloß eine kleine Luke, deren graues Fenster man ankippen konnte.

»Andi hat nachts immer die Tür aufgelassen«, erklärte Schoko. »Der hatte Angst, da drin zu ersticken. Hat aber auch gefurzt wie ein Pferd. Das war echt schlimm.« Er wandte sich zur Seite. »Und hier ist das Bad.«

Das Badezimmer war nur wenig größer als meine Kammer, und es roch keinen Deut besser. In der Badewanne war der Ausguss mit einem dicken Haarpfropf verschlossen, sodass man vermutlich keinen Stöpsel benötigte, um zu baden. Der Duschvorhang war in verschiedenen Tönen von Gelb, Beige und Braun eingefärbt, obwohl er ursprünglich mal weiß mit grünen Blümchen gewesen sein mochte. Überall klebten Dreck, Haare und eine gelbliche Schicht aus Kalk. Das Klo stank, als hätten die Jungs vor Monaten bereits aufgegeben, die Spülung zu betätigen.

Aber all das erschütterte mich nicht. Vor knapp zwanzig Jahren hatte ich genauso gewohnt, und es hatte mich nicht gekratzt. Nur weil die Ladys vor Ekel Pickel bekommen hatten, hatte ich überhaupt in Erwägung gezogen, etwas an den Zuständen zu ändern. Vielleicht mussten Jungs eine Weile so hausen, quasi in ihrem eigenen Urschlamm, bevor sie sich evolutionär so weit fortentwickelt hatten, dass sie auch in saubereren Verhältnissen leben konnten.

»Alles peachy?«, wollte Schoko wissen.

»Im Knast sieht es meist auch nicht besser aus.«

Er warf mir einen betroffenen Seitenblick zu. »Scheiße, Knast, Mann. Das tut mir leid.« Plötzlich veränderte sich sein Gesichtsausdruck. »Fuck, Alter, du warst ja gar nicht im Bau.« Ein fettes Grinsen überzog sein Gesicht. »Fast hättest du mich gehabt, du Arsch.«

Ohne Vorwarnung packte ich ihn und drückte ihn gegen den Türrahmen. Mein Unterarm presste hart gegen seine Kehle, sodass er den Kopf zur Seite drehen musste, um weiter atmen zu können.

Trotzdem kam sein nächster Satz nur gepresst heraus. »Was soll das, Mann?«

»Mein Name ist Johnny Ticker, und ich habe zweieinhalb Jahre in der JVA Billwerder in Hamburg gesessen. Weswegen bin ich eingefahren?«

Er keuchte. »Unerlaubter Handel mit Betäubungsmitteln und räuberische Erpressung.«

»Ganz richtig. Warum bin ich jetzt schon draußen?«

»Weil du einen guten Anwalt hast?«

»Auch.« Ich entspannte mich, der Druck auf seinen Adamsapfel ließ nach. »Und weil wir einen Richter unter Druck gesetzt haben.« Ich schob mich wieder ganz dicht an Schoko heran, meine Stimme war leise und drohend. »Vergiss das nie wieder, Arschloch. Sonst reiße ich dir den Kopf ab und scheiß dir in den Hals, ist das klar?«

Für einen Moment lang starrte er mir bloß auf die Brust,

sein Puls ging immer noch heftig. Dann verhärteten sich seine Züge, und er sah zu mir hoch. Ich konnte sehen, dass ich ihm immer noch Angst machte, aber seine Wut war größer.

Er fauchte mich an: »Okay, richtig, das war große Scheiße gerade, das darf mir nicht mehr passieren. Aber halt mal einen Moment die Luft an, ja, immerhin geht's hier auch um meinen Kopf.« Er drückte sich zurück, um Abstand zu gewinnen, bewegte sich ins Badezimmer. »Wenn die Wichser rausfinden, dass ich ihnen Mist erzählt habe, wenn du das Ding gegen die Wand fährst, wo denkst du, kommen die zuerst hin?« Er zeigte hektisch auf sich. »Zu mir kommen die, verstehst du? Und dann gibt's nicht bloß ein paar Backpfeifen, dann bin ich richtig am Arsch, klar? Also komm mal runter und hör auf, so zu tun, als ginge es hier bloß um dich. Für mich steht hier mindestens so viel auf dem Spiel.« Mit gesenktem Kopf und blutunterlaufenen Augen stand er da, heftig atmend, als wollte er sich jede Sekunde auf mich stürzen.

Ich musste zugeben, dass er mir imponierte. So viel Mumm hatte ich ihm gar nicht zugetraut.

»Du hast recht. Tut mir leid.«

Er sah mich an, verstand erst nicht richtig, nickte dann aber langsam. Ich bot ihm die Hand, er schlug ein. Mit angewinkelten Armen, auf Männerart.

»Sind wir cool?«

Noch ein Nicken. Ich klopfte ihm auf den Rücken, und wir gingen zurück ins Wohnzimmer.

»Wie arbeitet ihr?«, fragte ich, nachdem wir wieder in den gefräßigen Lederteilen lagen. Ich nahm an, wenn man noch ein, zwei von den dicken Joints rauchte, kam man bis zum nächsten Morgen nicht mehr hoch.

»Wir bekommen einen Anruf, fahren los und übergeben die Ware.«

»Fahren? Mit dem Auto?«

»Chris hat ein Auto. Ich einen Roller. Vespa. Oder wir fahren Fahrrad, gehen zu Fuß oder nehmen die Öffentlichen.« Er grinste. »Wenn wir schon zu sehr druff sind.«

»Was liefert ihr?«

»Hauptsächlich Koks. Aber auch anderes Zeug. Amphetamine, MDMA, LSD, Liquid X und inzwischen auch öfter Meth. In ganz abgefahrenen Fällen sogar so was wie Viagra. Meist in Verbindung mit anderem Zeug.«

»Wie läuft das ab? Habt ihr die Sachen hier?«

»Spinnst du? Nee, wir kriegen einen Anruf, wo wir den Kram holen sollen, kriegen das abgepackt in die Hand gedrückt, und die Info, wo wir das droppen sollen. Die Kohle bringen wir mit und übergeben sie wieder. Das war's.«

Ich deutete auf den Tisch und die Zigarrenbox, die die Papers und die zerfetzten Reste einer Zigarettenschachtel für die Tips sowie den Stoff für die Joints enthielt. »Und das ist für euren privaten Gebrauch?«

Als hätte ich ihn an die Existenz der Drogen erinnert, setzte sich Schoko auf, öffnete die Schachtel und fing mechanisch an zu bauen. »Ja, das ist unser Zeug. Wir verticken auch noch ein bisschen nebenbei, hier aus der Wohnung. Ganz entspannt. Die Kollegen kommen vorbei, sampeln die Ware, suchen sich was aus und kaufen ein.« Er leckte mehrere Papers an, um sie aneinanderzukleben.

»Was habt ihr hier? Und wie viel?«, wollte ich alarmiert wissen. Tassin hatte mir versichert, dass die Jungs keine Drogen im Haus hatten.

»Gras und Shit. Nichts Hartes. Und keine größeren Mengen. Vielleicht ein Pfund, wenn's hoch kommt.«

Ich starrte ihn an, aber er ließ sich nicht beirren, beendete die Tüte und betrachtete sie zufrieden.

»Und davon weiß Meißner auch?«

Jetzt hielt er inne, warf mir einen schnellen Blick zu, um mich zu prüfen, schüttelte den Kopf und verzichtete auf eine flapsige Bemerkung.

Im Flur drehte sich ein Schlüssel im Schloss.

»Das ist Chris«, merkte Schoko überflüssigerweise an.

Kurz darauf tauchten zwei junge Männer in der Tür auf. Der eine ähnelte im Körperbau Schoko, war aber deutlich kleiner. Die kurzen Haare in schmutzigem Blond standen ihm wild vom Kopf ab, und er trug Cargopants und Flanellhemd. Der zweite Typ sah türkisch oder arabisch aus, mit kurzgeschorenem Haar und einer beeindruckenden Körperfülle. Er trug einen Trainingsanzug, der gut zu Tassins Verkleidung passte. Noch so eine Turbo-Biene.

»Wersndertyp«, wollte der Dicke wissen, während er sich ächzend zu Schoko auf die Couch zwängte.

Der andere nahm einen Sessel und stemmte den Fuß gegen die Tischkante, direkt neben mein Bein.

»Das ist Johnny. Unser neuer Mitbewohner.«

Der Blonde sah nicht gerade glücklich aus über die Tatsache, aber immerhin lehnte er sich vor und reichte mir die Hand. »König. Aber du kannst mich Chris nennen. Oder *King*. Das da ist Rico.«

»Nenn mich *Razor«*, unterbrach ihn Rico. Keine Ahnung, wo der Kerl den Spitznamen für sich gefunden hatte. Der sah eher nach Wurst in Pelle aus, nicht nach einer scharfen Klinge. Ich nickte bloß.

»Gleich vorweg«, sagte Chris, »ich war dagegen. Wollte nicht, dass irgend so ein Penner, den keiner kennt, hier einzieht.« Seine Augenbrauen wanderten nach oben, wie um mich zu warnen.

»Schoko kennt mich«, gab ich zurück.

»Du warst im Knast?«, unterbrach Rico grob.

Ich schaute ihn an.

»Mein Onkel hat auch gesessen. Für wie lange warst du drin?«

»Zweieinhalb.«

»Pfff, Peanuts«, winkte Rico großspurig mit einer fetten Hand ab. »Ich kenne Leute, die waren fast zehn Jahre im Bau.«

»Ich auch«, gab ich zurück.

»Entspannt euch mal, Leute«, sagte Schoko und stand auf. »Hier, raucht mal 'ne Runde die Friedenspfeife.« Er steckte dem kleinen König im Vorbeigehen die Tüte in den Mund und fädelte sich zwischen unseren Beinen hindurch, um in die Küche zu gehen.

Während Chris den Joint anzündete, hörte ich Schoko in der Küche rumoren.

»Coke ist alle«, rief er.

»Coke oder Coke?«, fragte ich Chris. Machte eine Handbewegung zum Mund, hielt mir dann die Nase zu.

»Coke«, sagte er bloß, ohne aufzusehen.

»Ich geh runter zum Späti.« Schoko stellte sich hinter mich. »Braucht jemand was?«

Ich schüttelte den Kopf.

Chris antwortete: »Bring Schoki mit. Und Chips. Flips. Und Erdnussbutter. Und Marshmallows.«

Schoko nickte bloß, als würde er die Bestellung tatsächlich ernst nehmen.

Gerade als die Wohnungstür zuklappte, reichte Chris den Joint an Rico weiter. Der nahm ihn nicht sofort zwischen die Lippen, sondern benutzte ihn, um damit auf mich zu zeigen. »Was bist du so für einer?«

Ich starrte ihn an.

»Ich meine, wie tickst du so?«

»Ich ticke nicht mehr. Hab meine Zeit abgesessen.«

Rico musterte mich kurz, nahm dann einen langen Zug vom Joint und reichte ihn zurück an Chris. »Der Typ hat'n Clown gefrühstückt. Hält sich für witzig.«

Chris nickte, rauchte. »Wann verschwindest du wieder?«

Ich stand auf und ging in die Küche, um mir ein Glas Wasser zu holen. Der Rauch kratzte mir in der Kehle.

Im Türrahmen blieb ich stehen, prallte wie gegen eine unsichtbare Wand. Die Küche war bloß unwesentlich größer als meine Kammer. Die Fliesen am Boden und an der Wand über der Aluspüle waren teilweise gesprungen, manche sogar herausgebrochen. Die Hängeschränke hatten einen verblichenen Gelbton angenommen, und überall standen leere Flaschen aus Glas und Plastik, Müllsäcke und jede Menge dreckiges Geschirr. Zum Teil lag das angeschimmelte Essen noch auf den Tellern, in den Gläsern stand undefinierbare braune Flüssigkeit, die auch Tuschewasser hätte sein können. Ich war mir ziemlich sicher, dass sich in den Hängeschränken kein einziges sauberes Teil mehr befinden konnte, bei den Bergen, die sich auf der Anrichte stapelten.

»Wenn du was brauchst, musst du es abwaschen«, bestätigte Chris meine Vermutung.

Ich entschied, dass ich nicht so durstig war. Zurück im Wohnzimmer musterte ich die beiden Typen auf dem Sofa. Der eine klein und schmal, der andere fett und aufgedunsen. Der eine starrte mich düster an, der andere grinste aufreizend.

Rico stieß Chris an. »Der Schwanzlutscher überlegt, mit wem von uns beiden er es als Erstes treibt.« Er grinste und zog mit gespitzten Lippen am Joint, simulierte einen Blowjob.

Genervt machte ich einen Schritt nach vorn, aber Rico kam mir zuvor.

Er legte den Joint an der Tischkante ab und kam erstaunlich flink auf die Beine. Breitete die Arme aus, erwartete mich. »Hör zu, du Spast, mach mal hier keinen auf dicke Hose. Denkst du, du kommst aus dem Knast hier reinmarschiert und würdest uns beeindrucken. Pfff, hau ab, du Schlampe.« Er verzog verächtlich das Gesicht. »Du kleine Kackwurst hast für so Kindergartenscheiß gesessen, damit beeindruckst du hier keinen. Wir kennen Mutterficker, die reißen dich Stück Scheiße einfach mal in kleines Konfetti, weißt du?«

Ich versuchte, mit seinen ganzen metaphorischen Bildern nicht durcheinanderzukommen, und beschloss, sie einfach zu ignorieren. Inzwischen hatte er noch einen Schritt nach vorn gemacht, und ich konnte unproblematisch die Distanz überbrücken. Ich versenkte einen Haken in seinem fetten Bauch und ließ ihm dann die Linke an die Rübe krachen, als er leicht in sich zusammenklappte. Wie ein Teigklumpen fiel er nach hinten, halb aufs Sofa. Chris starrte uns wortlos an.

Ich trat zwischen Ricos ausgestreckte Beine und beugte mich vor, um den Joint aufzunehmen. Nachdem ich abgeascht hatte, setzte ich mich wieder in den Sessel und rauchte das Ding zu Ende.

Eigentlich hatte ich längst genug und wusste nicht, wie schlau es war, beim ersten Mal gleich in die Vollen zu gehen, aber ich wollte die Jungs beeindrucken. Zum einen, damit sie mir nicht länger auf den Sack gingen, zum anderen, weil mir meine Rolle Spaß machte. Scheiße, ich wollte der beste Johnny Ticker sein, den die Welt je gesehen hatte.

Ächzend und mit vor Schmerz verzogenem Gesicht rappelte sich Rico wieder hoch, glitt zurück in das Ledermonster.

Nachdem ich am Pappfilter angekommen war, schnippte ich den noch glimmenden Rest gegen seinen runden Schädel, der vor Schweiß leicht glänzte. Er zuckte zusammen, und Chris beeilte sich, den Stummel vom Sofa zu heben und im Ascher auszudrücken.

Die Wohnungstür öffnete sich, und kurz darauf kam Schoko mit einer Plastiktüte voller Getränke, Knabberzeug und Süßkram und drei weiteren Personen ins Wohnzimmer. Während er in der Küche verschwand, standen die drei unschlüssig vor der Schrankwand. Rico erhob sich und murmelte irgendwas, um sich an ihnen vorbeizudrücken. Chris folgte ihm.

Die drei übernahmen das Sofa und schauten mich mit offenen, freundlichen Gesichtern an, als würde ich ihnen gleich einen Schwank aus meinem Leben erzählen. Ich schätzte alle drei auf Mitte zwanzig, nicht älter.

Die beiden Kerle waren genauso hager wie Schoko und Chris, die Frau dagegen hatte eine eher rundliche Figur. Einer der Typen besaß eine kleine Stupsnase, die in merkwürdigem Gegensatz zu seinem sonst eher kantigen Gesicht stand. Die kurzen Haare trug er in einem hippen, unordentlichen Durcheinander mit einer verwegenen Sturmtolle. Er war in ein Longsleeve und Jeans gekleidet. Sein Kumpel dagegen machte ein wenig den Eindruck eines BWL-Studenten. Wegen des schlanken Körperbaus schien das rundliche Gesicht nicht ganz zu ihm zu passen. Sein Haarschnitt war ebenfalls kurz, sehr ordentlich, und komplettierte den Aufzug aus Hemd und schwarzer Jeans hervorragend.

Die Lady hatte sich die Augen stark geschminkt, Strähnen lila gefärbt und zeigte jede Menge Ausschnitt. Am Schlüsselbein konnte ich den Ansatz eines Tattoos erkennen. Ihre Klamotten waren eine Mischung aus schwarzer Spitze und jeder Menge Rüschen. Trotz ihres überladenen Make-ups war sie ganz hübsch. Ich hatte Mühe, meinen Blick von ihrem aggressiven Dekolleté abzuwenden.

Jedenfalls schien ihr meine Aufmerksamkeit nicht entgangen zu sein, denn sie lehnte sich vor, was ihre Brüste noch mehr zur Geltung brachte, und streckte mir die Hand entgegen.

»Ich bin Nora.«

Ich schüttelte ihr die Hand. Sie fühlte sich kühl, aber angenehm an.

»Was braucht ihr?«, fragte Schoko aus der Küche.

»Harz. Gib uns dreimal fünf Gramm.« Dann wandten sie sich den Schüsseln zu, die Schoko auf dem Tisch abgestellt hatte. Im Wesentlichen handelte es sich um Fett und Zucker, in unterschiedlichen Zusammenstellungen und verschieden in ihrer Konsistenz. Nora griff mit der Hand mitten in die Erdnussflips, der BWLer schnappte sich gleich zwei Schokoriegel.

Während Schoko hantierte, saßen wir anderen uns einfach gegenüber. Der Typ mit der Tolle schaute aus dem Fenster, auf seine Finger, auf seine Jeans und an die Wand. Kein einziges Mal sah er zu mir rüber. Der mit dem Mondgesicht dagegen streifte mich ab und zu mit einem kurzen Blick, und immer zuckte es irgendwo in seinem Gesicht. Ich konnte nicht erkennen, ob er jedes Mal zu einem Lächeln ansetzte oder eine Grimasse schneiden wollte. Und Nora lächelte immer wieder. Bei ihr wusste ich nicht, ob sie schon was genommen hatte, leicht bekloppt oder, ebenfalls eine Möglichkeit, wirklich einfach nur freundlich war. In dem Fall tat sie mir leid, dass sie mit diesen beiden Idioten abhängen musste.

Schoko kam aus der Küche zurück. Ich machte mir eine mentale Notiz, später mal zu schauen, wo die Jungs in diesem Siff den Stoff versteckt hatten. Offenbar hatte Schoko das Zeug dort ja vorbereitet. Er reichte beiden Männern ein Piece in Aluminiumfolie und bekam dafür einen Fünfziger, einen *Fuchs*, vom BWLer zurück.

»Wollt ihr noch einen bauen?«, fragte er und ließ sich geräuschvoll in den Sessel neben mich fallen.

Die Männer schüttelten den Kopf, während Nora lächelte, als fände sie die Idee toll. Sie standen auf, mussten kurz auf Nora warten, bis die sich ebenfalls erhob, und verschwanden dann im Gänsemarsch aus dem Wohnzimmer. Kurz darauf klackte die Tür hinter ihnen.

Ich schob mich im Sessel zurecht und legte mein Schlüsselbund auf den Tisch.

Schoko beäugte neugierig die Pick-Werkzeuge, die sich daran befanden. »Was ist das?«, fragte er. »Darf ich?«

Ich nickte.

»Ist das so Zeug, um Schlösser zu öffnen?«

Ich nickte noch mal.

»Geiler Scheiß. Kannst du damit umgehen? Türen aufmachen?«

»Logo. Ich hab die Dinger nicht am Bund, um damit Bierflaschen zu öffnen.«

»Mach mal«, sagte Schoko. Er hatte meine Schlüssel in der Hand und strahlte vor Begeisterung. »Jetzt komm.«

Eigentlich wollte ich ihn abblitzen lassen. »Alter, ich bin kein Zirkusbär«, grummelte ich, stand aber auf. Konnte nicht schaden, hier ein bisschen Eindruck als Johnny Ticker zu schinden. Street-Credibility quasi.

Schoko hielt mir die Tür auf und die Picks hin. Sobald ich draußen war, knallte er sie mir vor der Nase zu. Keine Minute später öffnete ich sie wieder.

»Okay, aber das war easy, weil die nicht abgeschlossen war, oder?«

Ich deutete ein Nicken an. Er ließ sie wieder zufallen, ich hörte das Schloss. Einmal, zweimal.

Diesmal dauerte es etwas länger, aber wieder schwang die Tür auf. Und diesmal kam ich rein. Ich hatte keinen Bock, dass er sich noch mehr Spielchen ausdachte und ich noch länger da draußen rumhängen musste. Mit verbundenen Augen, mit einem Arm auf dem Rücken, im Kopfstand oder im Schneidersitz, mit dem Mund voller Marshmallows.

»Das ist echt heiß«, sagte er und schlug mir auf die Schulter, während wir wieder zurück ins Wohnzimmer gingen. »Komm, ich bau noch einen.«

7

Am nächsten Tag bekam ich morgens eine SMS von Tassin: *Komm zum hermannplatz. Eingang auf dem platz, richtung u8. 12. 30 uhr.*

Ein paar Stunden später lief ich die Treppe hinunter und sah mich nach ihr um, als ich angerempelt wurde. Eine kleine Frau in Reiterhosen und Steppjacke, die eine Sporttasche in der Hand trug, hatte sich rüde an mir vorbeigedrängt und befand sich auf dem Weg zur U-Bahn. Ihre Haare waren in einem strengen Dutt zurückgezogen.

Ich brauchte einige Sekunden, bevor ich raffte, dass das Tassin war. Ich beeilte mich, ihr zu folgen. Stieg hinter ihr in die Bahn und setzte mich auf den Platz neben ihr. Sie hatte eine Zeitschrift in der Hand, mit der sie sich immer wieder Luft zufächelte. Dazwischen hielt sie sich das Heft gegen die Lippen, als würde sie überlegen. Ich trug ein Hoodie und hatte die Kapuze tief in die Stirn gezogen, um ungestört meine Umgebung beobachten zu können.

Nachdem die Türen sich geschlossen hatten und sich der Zug in Bewegung gesetzt hatte, sprach sie leise mit mir.

»Alles gut mit Schoko und dir?«

Ich antwortete nicht sofort. Immerhin hatte ich keine Zeitschrift. Kurz überlegte ich, ob ich mir ihre leihen und genauso affektiert damit herumwedeln sollte. Ich war mir nicht sicher, ob Tassin die Komik zu schätzen gewusst hätte.

»Schoko ist cool, aber Chris ist ein dummer Wichser.«

»Ja. Halt dich einfach von ihm fern.«

Nach unserem Aufeinandertreffen hatten wir uns nur noch einmal gesehen, als er ins Bad und ich hinaus wollte. Nach einem kurzen Moment, in dem wir uns böse angestarrt hatten, war er mir aus dem Weg gegangen.

»Worum geht's? Ich hab kein Ticket gelöst.«

»Ich bekomme Druck von oben. Herford will Ergebnisse sehen und Bassemane aus dem Verkehr ziehen.«

»Und? Möchte er das nicht schon seit geraumer Zeit?«

»Keine Ahnung, warum ihn jetzt der Hafer sticht. Jedenfalls will er, dass ich deine Sache eskaliere. Damit du schneller Ergebnisse lieferst.«

»Eskalieren klingt irgendwie ungemütlich.«

»Ich werde dafür sorgen, dass ihr Besuch bekommt. Von der Konkurrenz.«

Ich ließ sie reden.

»Wenn ich denen stecke, dass Schoko und Chris Stoff bei sich lagern, werden sie bei euch vorbeischauen, um das Zeug abzugreifen.« Sie hörte auf, ins Nichts zu reden und sah mich einen Moment lang an.

Sie hatte wirklich außergewöhnlich große und schöne Augen, die mich an Tamina erinnerten.

»Von dir wissen die Kerle nichts. Du mischst die auf und bekommst auf diese Weise vielleicht die Chance, mit Meißner direkt zu reden.«

Wir hielten in der Boddinstraße. Ein paar Fahrgäste stiegen ein und aus.

»Das ist doch hirnverbrannt!«, zischte ich lauter als gewollt.

Ein Junge uns gegenüber, der zu laute Musik über seine Kopfhörer hörte, nickte im Beat und stimmte mir zu. Seine halb geschlossenen Augen sahen zwischen uns ins Nichts.

»Wer hat sich das denn ausgedacht?«

Die Türen schlossen sich wieder, und wir fuhren an.

»Herford. Hör zu, mir passt das auch nicht. Das ist nicht die Art, wie ich arbeite.«

»Dann sag ihm, er kann uns am Arsch lecken.«

»Die Option habe ich nicht.«

»Scheiße, was ist mit *Tough* Tassin passiert? Mit der Ansage, dass die dich alle mal können und du dich an keine Regeln hältst? Dass du voll die Rebellenschwester bist?« Ich hatte alles Theater aufgegeben und mich ihr zugewandt. Es war mir jetzt auch egal, wenn wir unser kleines Agentenspiel nicht mehr hundertprozentig durchziehen konnten.

Sie packte die Zeitschrift weg und sah mich an. »Herford sagt, er stoppt meine ganze Operation, wenn ich nicht kusche. Und da hängen noch mehr Menschen dran. Leute, die ich nicht einfach so von der Leine lassen kann. Sind nicht alles so knallharte Typen wie du, Thiebeck. Und länger bei der Operation dabei als du.«

»Das klingt nach einer echt beschissenen Idee, Tulay.« Ich benutzte ihren Vornamen, um ihr klar zu machen, wie ernst es mir war.

Sie nickte. »Ich weiß. Und es tut mir leid. Aber ich würde das nicht machen, wenn ich nicht glauben würde, dass du damit klarkommst.«

»Was sind das für Typen?«

»Kleine Dealer. Mit denen hatten Schoko und Chris schon öfter Ärger. Einer von den Kerlen hat mal versucht, in Bassemanes Organisation zu kommen.«

»Aber?«

»Ist selber User. Das macht Bassemane nicht. Jedenfalls nicht bei harten Drogen. Und die Typen sind kein Stück professionell. Ich weiß, dass Schoko die ganze Sache auch oft nicht so ernst nimmt, aber die sind echt weich in der Birne.«

»Gefährlich?«

Sie sah mich an, grinste dann. »Für so'n Tier wie dich?« Kopfschütteln. »Wie gesagt, nicht die Hellsten. Ich gehe davon aus, die kommen zu zweit, vielleicht zu dritt. Das reicht, um die beiden Grünschnäbel einzuschüchtern. Vielleicht haben sie ein Basi dabei oder eine Fahrradkette. Ein Messer möglicherweise.«

Ich schnaubte. Auch für einen ausgebildeten Boxer war es keine Kleinigkeit, gegen blanke Klingen oder Baseballschläger anzugehen. Dabei konnte leicht mal was schieflaufen.

Wir fuhren in der Leinestraße ein.

»Mann, Thiebeck, die sind untrainiert. Junkies. Mach dir da nicht so'n Kopp drum. Das bekommst du schon hin. Und Herford hat recht, danach *muss* Meißner mit dir reden. Das ist dein goldenes Ticket in die Organisation.«

»Okay, also was, ich soll denen ein bisschen die Fresse polieren und so viel Angst einjagen, dass sie nicht mehr wiederkommen?«

»Genau. Ich stecke denen hinterher, dass sie einer Ente aufgesessen sind. Dann ist die Geschichte durch. Wenn du mit ihnen fertig bist, ist ihnen das bestimmt auch lieber.«

Ich lehnte mich zurück, den Hinterkopf gegen die kühle Scheibe. »Das Ganze klingt absolut bescheuert. Da kann alles Mögliche schiefgehen.«

Sie nickte. »Das ist mir klar.«

»Was ist, wenn ich mich weigere?«

Es dauerte ein paar Sekunden, bis sie antwortete. »Ich kann dich nicht zwingen. Aber dann hätte ich echt ein Problem.«

»Komm mir nicht auf die Tour!«

»Ich sag dir bloß, wie's ist. Nicht mehr und nicht weniger.« Eine ganze Weile saßen wir da, schweigsam wie der Rest der Fahrgäste.

»Hermannstraße. Wir müssen raus.«

Draußen auf der Plattform streckte sie mir etwas entgegen, das wieder in eine Tüte eingewickelt war. »Falls du dich doch entscheidest, mitzumachen.«

»Und falls nicht?«

Sie lächelte und zuckte mit den Schultern. »Dann behalt sie als Andenken an mich.«

Ich nahm das kleine Paket, das erstaunlich schwer war. Ein metallisches Schaben war zu hören, während ich es wegsteckte.

»Hau rein, Thiebeck. Ich nehm die S-Bahn«, sagte sie und wandte sich ab, um die Treppe hochzulaufen.

Ich sah ihr hinterher, während sie zum Gruß den Arm hob, ohne sich noch einmal umzudrehen.

Unschlüssig stand ich da, bis ich mich schließlich auf die andere Seite des Bahnsteigs bewegte und in die wartende Bahn einstieg, um zurück nach Norden zu fahren.

Erst nachdem sich der Zug längst in Bewegung gesetzt hatte, holte ich die Tüte aus meiner Tasche. Vorsichtig wickelte ich Tassins Geschenk aus und starrte auf zwei matt schimmernde Schlagringe aus brüniertem Stahl. Fassungslos schaute ich aus dem Fenster, als könnte ich in dem im vollen Tempo vorbeiziehenden Tunnel noch einen Blick auf Tassin erhaschen. Ich konnte nicht glauben, dass sie mir die Dinger tatsächlich zugesteckt hatte. Das konnte sie ihren Job kosten, die Teile waren verboten. Aber dann musste ich daran denken, wie sie zu ihrer Reputation gekommen war, und grinste. Das war vermutlich genau der Grund, warum sie sie mir gegeben hatte. Sie wollte, dass ich begriff, wie ernst es ihr war. Dass ihr Arsch mindestens so sehr in der Schlinge steckte wie meiner und dass sie das gemeinsam mit mir durchzog.

Unter den Waffen lag noch eine Nachricht auf dickem Papier in der Tüte, auf dem handgeschrieben stand: *Ich hoffe, du musst sie nicht benutzen.*

Das hoffte ich auch. Schlagringe hinterließen ziemlich bösartige Verletzungen. Selbst hatte ich noch nie einen benutzt, aber dafür oft genug gesehen, was sie anrichten konnten. Ich strich über die schwarze Oberfläche der schnörkellosen Waffen. Anders als viele Schlagringe wiesen sie keine Dornen oder Nieten vorn an der Schlagfläche auf, sie waren nicht darauf ausgelegt, besonders großen Schaden anzurichten. Stattdessen machten sie in ihrer Schlichtheit eher den Eindruck von Designerspielzeug. Aber als ich einen von ihnen überstreifte, wusste ich, dass sie ihren Job perfekt erledigen würden. Sie passten hervorragend, selbst auf meine riesigen Pranken. Ich hob den Kopf, und mein Blick kreuzte den einer älteren Dame, die mit einer Zeitschrift auf dem Schoß mir gegenüber saß. Sie schaute auf den Schlagring in meiner Hand und zog bloß eine fein geschminkte Augenbraue in einem beeindruckenden Bogen nach oben. Dann las sie weiter. Ich steckte die Ringe rechts und links in die Jackentaschen, um sie nicht klimpern zu lassen, und zog die Kapuze noch etwas weiter über die Ohren.

8

Am Nachmittag legte ich mich eine Runde hin. Schoko und Chris waren nicht da. Ich hatte keine Ahnung, wie der restliche Abend verlaufen würde, aber Schoko hatte bereits angekündigt, dass wir *nach der Arbeit* vielleicht noch eine Runde feiern gehen würden. Da ich die Nacht zuvor auf der durchgelegenen, kleinen Matratze nicht besonders toll geschlafen hatte, konnte mir eine Mütze Schlaf nur guttun.

Ich wurde von lauter Musik geweckt.

Während ich mich groggy hochstemmte, riss Schoko die Tür meiner Kammer auf und drückte mir ein Bier in die Hand. »Hast du Hunger? Es gibt Chinesisch.«

Kurz darauf saß ich im Wohnzimmer, in einer Hand eine Styroporschale mit würzigem asiatischem Essen, in der anderen eine eiskalte Pulle Pils. Aus den Boxen dröhnte deutscher Rap, irgendwas mit Kanaken, Atzen, AMGs und Ledersitzen, SMGs und Bitches, die die Fresse halten sollten.

Mir gegenüber saß Chris, der aber ein Paar Stäbchen benutzte, um sich das Zeug direkt in den Mund zu schieben. Ich nahm mir einen der Löffel, die Schoko zusammen mit den Servietten auf den Tisch gelegt hatte.

»Habe Chris von dem Stunt mit der Tür erzählt. Geil.«

Chris nickte anerkennend.

»Kannst du uns das irgendwann zeigen, JT?« Er sprach es englisch aus: *JayTee*.

Ich sah ihn an, die Augenbrauen hochgezogenen, grinste aber über meinen neuen Spitznamen.

»Wie spät ist es?«, fragte ich mit vollem Mund.

»Kurz vor sieben. Unsere ersten Touren fangen gleich an.«

»Mhm?«

»Es ist Freitagabend. Demnächst werden die ersten Anrufe kommen, von irgendwelchen Wichsern, die dringend und ganz schnell Drogen brauchen.«

Ich nickte. »Wechselt ihr euch ab?«

Schoko grinste. »Theoretisch schon. Bloß, dass Chris immer rummault und diskutiert, sodass ich am Ende zwei Drittel aller Touren selbst fahre.«

Chris, dem vornübergebeugt Gemüse aus dem Mund hing, machte sich nicht die Mühe zu antworten, sondern schüttelte bloß leicht den Kopf und gestikulierte mit den Essstäbchen in Schokos Richtung.

Wir waren gerade beim zweiten Bier, das *Geschirr* hatte ich unzeremoniell zusammengeräumt und in den überfüllten, riesigen Mülleimer gekloppt, als das Handy auf dem Tisch brummte. Das war das Fahrerhandy, so viel wusste ich schon. Chris, wie um etwas zu beweisen, ging ran. Er hörte zu, brummte ein, zwei Bestätigungen und legte dann ohne Verabschiedung auf.

»Und?«, wollte Schoko wissen.

»Kleistpark.«

»Machst du?«

Chris nickte, stand auf, kippte den letzten Rest Bier herunter und ging dann in den Flur, um sich seinen Schlüssel vom Haken zu schnappen. Wir hörten die Tür zuklappen.

»Wie viele Calls kommen da jetzt so in den nächsten Stunden?«

»Weiß der Geier. Das ist komplett unterschiedlich.«

In diesem Augenblick klingelte es an der Haustür. Schoko stand auf, um zu öffnen. Reflexartig verspannte ich mich. War das der Besuch, den Tassin organisiert hatte? Sollte ich mit zur Tür gehen? Das kam mir albern vor, aber was, wenn die Penner Schoko gleich an der Tür eins verpassten?

Ich hörte Gemurmel, und kurz darauf kam Schoko zurück ins Wohnzimmer. »Setzt euch«, sagte er und verschwand Richtung Küche.

Zu mir an die Sitzecke traten zwei Typen, beide vielleicht Mitte zwanzig. Der eine hatte kurze, fettige Haare in Straßenköterblond und monumentale Augenringe. Er steckte in einem Hoodie, in dem auch mein Körper locker Platz gefunden hätte, und versank dementsprechend darin. Sein Kumpel trug einen ganz ähnlichen Haarschnitt und sah deutlich gepflegter aus. Sein Gesicht zierten ein krauser, dünner Bartwuchs in einem hellen Rostton und eine beeindruckende Hakennase, die auch einer Hexe hervorragend gestanden hätte. Sogar eine kleine Warze konnte ich erkennen. Er war genauso abgemagert wie sein Kumpel, und beide trugen schmutzige Trainingshosen.

Der mit den fettigen Haaren nickte mir zu und zog die Nase hoch. Sein Freund schnitt eine Grimasse, als wollte er ein Lächeln andeuten.

»Was braucht ihr?«, fragte Schoko, der zurückgekommen war und hinter mir stand.

Die beiden warfen sich kurze Blicke zu. Der mit den Augenringen strich sich wiederholt ganz schnell über die Oberschenkel.

»Können wir was probieren?«, fragte der andere und sah mit geschlitzten Augen zu Schoko hoch.

Der sagte nichts, sondern drängte sich an mir vorbei, um sich in den zweiten Sessel fallen zu lassen. »Gras? Shit?«

Wieder der Blickkontakt zwischen ihnen. Dann sagte der Linke zögerlich: »Beides?«

Der andere schaffte jetzt ein ganzes Lächeln. »So was wie die Pepsi-Challenge.«

»Ja, mit verbundenen Augen.« Der Kerl strich sich so schnell über die Beine, dass das Geräusch richtig laut wurde.

Ich wollte mich gerade an Schoko wenden und fragen, ob ich die beiden Clowns einfach rauswerfen sollte, als er bereits an seine Box ging. Parallel drehte er zwei amtliche Prügel, einen mit den grünen Locken, den anderen mit den dunklen Krümeln gefüllt. Er sparte nicht mit dem Dope, was die Jungs ihm gegenüber mit glänzenden Augen und gebannter Aufmerksamkeit quittierten.

Ich nutzte die Gelegenheit, um die beiden ungestört betrachten zu können. Entweder waren sie die besten Schauspieler, die ich je zu Gesicht bekommen hatte, oder aber das waren nicht Tassins Leute. Sie hatte zwar behauptet, die Kerle, die sie schicken würde, wären Junkies, aber das traf vermutlich auf so einige Typen von Schokos Klientel zu. Die hier machten mir nicht den Eindruck, als könnten sie einer Fliege etwas zuleide tun. Ich versuchte, mich etwas zu entspannen, aber gleichzeitig glitt meine Rechte in die Jackentasche und fühlte nach einem der beiden *Zwillinge*, wie ich die Schlagringe getauft hatte. Das kühle Metall beruhigte meinen Puls etwas. Vermutlich würde es Tassin amüsieren, wenn sie das wüsste.

Schoko reichte die Joints über den Tisch, nachdem er die überstehenden Reste der Papers mit dem Feuerzeug abgeflammt hatte.

Jeder der beiden nahm einen, entzündete ihn an Schokos angebotener Flamme und inhalierte tief.

Schoko grinste. »Und, wisst ihr, was ihr habt?«

Die Hexe nickte mit angehaltenem Atem, während der andere sich einfach nach hinten ins Sofa fallen ließ.

»Das ist guter Shit«, sagte er nach einem Moment mit gequetschter Stimme, um den Rauch möglichst lange in der Lunge zu halten.

»Das Gras hier ist auch richtig geil«, stimmte sein Begleiter zu.

Die beiden rauchten bedächtig und in langen Zügen und machten keinerlei Anstalten, die Tüten zu teilen. Mir war es egal, denn ich hatte nicht vor, an diesem Abend zu kiffen. Brauchte meinen *Edge*, wie Schmolli sagen würde. Schoko war es wahrscheinlich auch egal, der hatte vermutlich nicht das Gefühl, zu kurz zu kommen, was Drogen betraf. Aber es sagte eine Menge über die beiden Kerle aus.

Schoko zog sein vibrierendes Handy aus der Tasche. Es folgte eine kurze Konversation, nicht unähnlich der, die Chris geführt hatte. Nachdem er aufgelegt hatte, sah er mich an. »Ich muss kurz weg. Kommst du klar?« Er deutete den Hauch einer Bewegung in Richtung der zwei Vogelscheuchen auf dem Sofa an.

Ich nickte.

An die beiden gewandt, sagte er: »Wisst ihr, was ihr wollt? Dann verarzte ich euch gleich. Ansonsten müsst ihr warten, bis ich oder Chris wieder zurück sind.« Er sah auf die Jungs runter, die ganz entspannt im Sofa lagen.

»Wir kommen klar«, stieß einer schließlich hervor. Der Satz endete in einem leichten Husten. Er saugte erneut am Joint.

Ich bedeutete Schoko, er könne abschwirren. Kurz darauf war er weg.

Sobald ich das Klacken der Haustür hörte, entzog ich der Anlage den Strom. Ich hatte genug von *Pussies, whacked Wichsern* und *stahlharten Samensträngen.* Die Beats und die stumpfen, harten Texte sorgten dafür, dass ich mich noch mehr als Fremdkörper in dieser Umgebung fühlte. Ich schaffte es nicht so richtig, im *Flow* mitzuschwimmen und wirklich Johnny Ticker zu sein.

Ich lehnte mich zurück, entschlossen, den Kollegen einfach die nächste Stunde oder so beim Kiffen zuzusehen. Wenn sie mir auf die Nerven gehen würden, hätte ich kein Problem damit gehabt, ihnen die Box rüberzuschieben. Sollten sie sich einfach noch so ein paar fette Möhren bauen, auf Schokos Kosten, bis sie nicht mehr geradeaus sehen konnten. Mir egal. Hauptsache, sie gingen mir nicht auf die Eier.

Aber so lange musste ich gar nicht warten. Die Haustür öffnete sich, und kurz darauf kam Chris herein. Er warf den Kiffern einen Blick zu, sah mich dann genauso verächtlich an, als hätte ich die beiden angeschleppt, und ging, um die Anlage wieder einzuschalten.

Ich werd dich fronten. Lass uns batteln, du Keck! Und jede Menge *Aal im Darm* knallte aus den Lautsprechern. Ich war kurz versucht, den Lärm wieder auszuschalten oder zumindest leiser zu drehen, wollte vor Chris aber nicht den Spießer geben. Also machte ich nichts, hing genauso bewegungslos wie alle anderen in meinem Sessel.

»Ich muss weg«, sagte die Hakennase schließlich, ohne sich zu rühren.

Sein Kumpel nickte.

Es dauerte allerdings noch fast zehn Minuten, bis der Mann sich endlich stöhnend aufrichtete und es in die Vertikale schaffte. Wir anderen drei sahen ihm zu, wie er eine Weile planlos dastand, sich schließlich verwirrt die Taschen abklopfte und sich dann mit staksigen Bewegungen Richtung Ausgang bewegte. Zwischendrin kam er noch mal zurück. »Bringst du das Zeug mit?«

Sein Kumpel nickte erneut.

Wieder dreißig Sekunden später steckte er den Kopf zur Tür rein. »Hast du die Kohle?«

Der mit den fettigen Haaren durchsuchte seine Taschen. Jackentaschen, Hosentaschen. Dann begann er von vorn. Ganz ruhig und methodisch. Chris und ich sahen ihm dabei zu, als würde er uns langsam hypnotisieren. Schließlich fand er offenbar, wonach er gesucht hatte, und nickte dem anderen zu. Wenig später war der tatsächlich weg.

»Was für'n Vollspast«, sagte Chris und baute einen.

Ich wusste nicht genau, welchen von beiden er meinte. Sein Kumpel protestierte nicht, sondern rauchte die Tüte runter.

Diesmal griff ich einfach zu, nachdem Chris den Joint gebaut, angeraucht und dann abgegeben hatte. Spürte die Lunge voll Rauch, bevor mir bewusst wurde, dass ich ihn eigentlich hatte weiterreichen sollen. Den Spießer spielen. *Scheiß drauf*, dachte ich und nahm den nächsten Zug. Spürte die wohlige Wärme in Armen und Beinen, merkte, wie sich mein Bauch entspannte. Möglicherweise kämpfte es sich entspannter, wenn ich nicht wie ein Drahtseil gespannt war, entschied ich. Jetzt spielte es ohnehin keine Rolle mehr.

Fettlocke schnippste mit den Fingern. Ich verzog das Gesicht, sah ihn tadelnd an und zog am Joint. Er ließ sich nicht beeindrucken, schnippste erneut. Schließlich gab ich nach und reichte ihm das Ding rüber.

»Don't bogart that joint, my friend«, lachte er keckernd.

»Pass it over to me«, ergänzte Chris mit sanfter Stimme.

Es klingelte erneut. Chris zog die Augenbrauen hoch und machte mit dem Finger eine Bewegung in meine Richtung. Ich sah ihn fragend an. Er zeigte auf die Tür, machte eine Husch-husch-Bewegung. Ich schnaubte bloß, grinste und ließ den Kopf nach hinten sinken. Nachdem der Joint noch einmal bei mir vorbeigekommen war, fühlte ich mich viel zu entspannt, um mich über den Penner zu ärgern. Ein weiteres Klingeln, und diesmal bildete ich mir ein, dass es schriller, ärgerlicher klang.

Schließlich erhob sich Chris und drückte sich an mir vorbei, um in den Flur zu gehen. Eine ganze Weile passierte gar nichts, dann hörte ich, wie sich die Wohnungstür öffnete. Und dann Chris' Fluch: »Fuck!«

Im Flur ertönte ein Poltern, ein Schlag, und noch während ich versuchte, aus meinem Tran aufzutauchen, stürzte Chris der Länge nach ins Wohnzimmer. Er hatte eine Platzwunde über dem Auge und schrie auf, während er die Arme hob, um sich zu schützen. Im Türrahmen stand ein pausbäckiger Typ mit Kinnbart und Wollmütze, der gerade mit einem Teleskopschlagstock ausholte. Als ich es endlich schaffte, mich vom Sessel zu lösen, fuhr die Waffe herunter und brach Chris mit einem trockenen Knacken den Arm. Sein Geheul zerriss die drogengeschwängerte Luft.

Ich blieb mit dem Fuß hängen, stolperte nach vorn und landete mit beiden Händen auf dem Teppich, als mich ein Tritt seitlich am Schlüsselbein traf. Schmerz zuckte den Hals entlang, und mit einem Grunzen ließ ich mich fallen, rollte zur Seite.

»Halt die Fresse, du Arschgesicht«, sagte der Typ und schlug noch einmal nach Chris, der immer noch wie am Spieß brüllte. Ob er ihn traf, konnte ich nicht sehen. Ich hatte mich über die Schulter weggedreht und kam vorsichtig hoch, tief geduckt, um auf einen weiteren Angriff gefasst zu sein. Aber der Typ mit der Wollmütze stand jetzt bloß da, den Schlagstock in der Hand. Hinter ihm war ein weiterer Mann aufgetaucht, Mitte zwanzig, schätzte ich, mit kantigem Gesicht und einem Körper, der offenbar jede Menge Sport machte.

»Halt's Maul, hab ich gesagt«, zischte er bösartig und beugte sich drohend über Chris.

Der krümmte sich zusammen, um seinen Arm zu schützen, und sein Schreien ging nach und nach in ein Wimmern über.

»Okay, ihr Clowns, jetzt mal die Köppe hoch. Wir sind nicht hier, um euch fertig zu machen. Haltet einfach die Füße still, dann sind wir ganz schnell wieder weg. Alles klar?« Der mit der Wollmütze sah erst mich, dann den Kiffer an. Ich nickte, ohne ihn aus den Augen zu lassen. Der Kiffer schaute die beiden bloß an. Nachdem ihn der Schläger einen Moment lang angestarrt hatte, meinte er zu seinem Kumpel: »Hilf ihm hoch.«

Der andere, der eine glatte Lederjacke trug, wollte Chris packen, erwischte dabei aber den falschen Arm. Neuerliches Geschrei war die Folge.

»Reiß dich zusammen!«, brüllte der Große, während der Stämmige ihn anfuhr: »Penner!«

Schließlich hatten sie Chris auf den Füßen. »Wo ist der Stash?«, fragte der mit der Wollmütze zischend.

»In der Küche«, stöhnte Chris. Blut hatte sich in seinem Mundwinkel gesammelt und lief ihm jetzt das Kinn herunter.

»Los«, sagte die Wollmütze, aber dann fiel ihm auf, dass ich im Weg stand. Er machte eine Bewegung mit dem Schlagstock und bedeutete mir, wieder zurück in die Sessel zu kriechen. Ich zögerte, versuchte zu entscheiden, wann ich meine Chance nutzen sollte. Als könnte er meine Gedanken lesen, hob der Größere ein Stahlrohr. Dicker als der Schlagstock und zylindrisch. Es war aus dunklem Metall, vielleicht so lang wie mein Unterarm und so dick wie das Handgelenk einer jungen Frau. Die Oberfläche war geriffelt und vermittelte damit noch mehr den Eindruck, ein brutales Werkzeug zu sein.

Er hielt Chris das Rohr an den Schädel, und plötzlich begriff ich, worum es sich handelte. Es war ein Bolzenschussgerät, mit dem man Schweine und Kühe tötete. Eine Druckpatrone jagte einen Bolzen ein Stück weit aus dem Rohr und durchschlug mühelos Haut und Knochen. Das Ding war natürlich vollkommen nutzlos, wenn man es dem Opfer nicht direkt an den Körper hielt, aber genau das tat der Typ jetzt. Er hatte es Chris an die Schläfe gesetzt und schaute mich mit geweiteten Augen an.

Ich breitete die Arme aus, zog mich zurück.

»Gut«, grunzte der Stämmige. »Geh mit ihm in die Küche und hol das Zeug. Ich behalte die Wichser hier im Auge.«

Der Große schob sich mit Chris im Arm an seinem Kumpel vorbei, und sie verschwanden in der Küche. Ich versuchte, ganz regelmäßig zu atmen, mich zu konzentrieren.

Laute Rufe und Flüche ertönten aus der Küche. Die Wollmütze wich aus, als Chris der Länge nach neben ihm hinschlug. Offenbar war er aus der Küche gestoßen worden.

»Das ist alles, was die Pisser dahaben«, stieß der Große aufgebracht hervor und zeigte zwei Tupperdosen mit jeweils einer Handvoll Gras und einem Klumpen Haschisch.

»Wollt ihr uns verarschen?« Die Wollmütze fragte niemand Bestimmten, trat aber nach Chris, der versuchte, auf dem schmutzigen Fußboden unsichtbar zu werden.

»Es tut mir leid, ich müsste mal gehen«, sagte der Junkie vom Sofa her mit einem dünnen Stimmchen und erhob sich langsam. Er schoss mir einen kurzen Blick zu, ein gequältes Lächeln huschte über sein Gesicht. »Hab da noch was vor.« Ohne mich aus den Augen zu lassen, schob er sich am Couchtisch vorbei und lief dabei gegen den Großen, der ihm den Weg verstellt hatte. Er stieß ein leises Quieken aus, als er am Kragen gepackt wurde.

»Ich glaube, du Arsch gehst nirgendwo mehr hin«, sagte der Typ, beugte sich leicht vor und hielt das Bolzenschussgerät an das Knie des Junkies. Dann drückte er ab, ein Knall ertönte.

Und wahnsinniges Geheul. Der Typ klappte einfach zusammen, verschwand quasi außer Sicht hinter dem Tisch. Ich kam hoch, das Adrenalin längst bis zum Anschlag aufgedreht.

Den Kopf gesenkt wie ein aggressiver Jungbulle, starrte ich auf den Großen. Ich sah, wie sich sein Adamsapfel heftig auf und ab bewegte, wie es in seinem Kopf rotierte. Sein Blick fiel auf das Bolzenschussgerät, ohne neue Treibladung nicht mehr wert als ein Knüppel. Entschlossen packte er das Ding fester, ich sah, wie sich seine Knöchel weiß verfärbten. Noch bewegte sich keiner von uns beiden.

»Hey«, brüllte der andere.

Ich sah zur Seite. Die Wollmütze hatte eine Knarre gezogen. Ein hässliches, altes Ding, sah aus wie eine PM, eine Pistole Makarov. Nicht besonders gut gepflegt, aber ich hatte keine Lust, auszuprobieren, ob sie es noch tat. Ich breitete die Arme aus.

»Jetzt bläst du dich nicht mehr so auf, du Arschgeige, was?«, brüllte der Kerl, dass die Spucke flog. Er machte einen Schritt auf mich zu, die Kanone ausgestreckt, als wollte er mich damit füttern. Sein Gesicht verfärbte sich langsam. »Ich knall dich einfach ab, du Ratte«, rief er, und irgendwie glaubte ich ihm.

Doch dann war es auch egal.

Ich warf mich nach vorn, an seinem ausgestreckten Arm und der Pistole vorbei, quer über einen Sessel. Riss den Kerl um, er prallte hart gegen das Schränkchen an der Wand. Irgendwas knackte, Holz oder Knochen, die Pistole und der Schlagstock knallten aufs Laminat. Ich riss den Ellbogen hoch, rammte ihn wieder runter. Erwischte Kiefer und Hals. Keuchen, Grunzen, der Typ zappelte unter mir. Ich drückte mich hoch, ihm dabei die Luft weg, weil ich mich auf seinem Brustkorb aufstützte, kam halb hoch, schlug zu. Mit beiden Fäusten, links, rechts, links. Starrte auf sein Gesicht, der Kopf halb zur Seite, die Augen geschlossen. Adrenalin pumpte durch meinen Körper, ich sprang auf. Sah mich nach dem anderen um.

Der stand da, das fette Stahlrohr mit beiden Händen angehoben, wie es der Schlagmann beim Baseball tat. Unschlüssig. Das Teil war auf jeden Fall fett genug, um Knochen zu brechen.

Meine Hände verschwanden in den Taschen, kamen wieder heraus. Ohne hinzusehen, wusste ich, dass er das Funkeln der Zwillinge bemerkt hatte. Ich wollte den Typ fertigmachen.

Mit einem Poltern ließ er das Stahlrohr fallen, sprang zur Tür. Ich setzte hinterher.

Im Flur strauchelte er, riss die Türklinke nach unten. Blieb halb in der Tür hängen, sodass ich ihn fast erreicht hatte. Mein Schlag streifte seinen Rücken nur, aber Schmerzlaut und Zucken zeigten mir, dass er nicht ohne Wirkung geblieben war.

Im Flur quietschten seine Turnschuhe über das PVC, während er verzweifelt versuchte, Tempo aufzunehmen.

Ich rannte ihm hinterher, nahm drei Stufen auf einmal, sprang den Rest hinunter auf den Absatz wie er. Ich benutzte das Treppengeländer, um härter und schneller um die Ecken springen zu können.

Einen Absatz später landete er schlecht, verlor eine Mikrosekunde, um sich zu fangen, und hatte mich im Kreuz. Über hundert Kilo rissen ihn zu Boden, gleichzeitig schlug ich ihm in die Nieren. *Piss Blut, du Wichser*, dachte ich, als ich an ihm hochrutschte und zum nächsten Schlag ausholen wollte. Doch in letzter Sekunde stoppte ich.

Wir lagen unter dem Fenster, er war durch seinen Sturz offenbar gegen die Wand gestoßen, hatte benommen die Augen halb geschlossen und kaum auf meinen Schlag reagiert. Blut lief ihm aus der Nase.

Schwer atmend sah ich auf den Kerl herab, versuchte, das Adrenalin, das durch meinen Körper rauschte, wieder unter Kontrolle zu bringen. Um ihn nicht einfach totzuschlagen. Dann sprang ich auf, riss ihn entschlossen mit mir hoch. Schleifte ihn die Treppe wieder nach oben in die Wohnung und malte mir dabei aus, was die freundliche Oma von nebenan sagen würde, wenn sie wegen des Lärms die Tür öffnete. Und mich sah, wie ich einen Leblosen wegschleifte.

Aber die Türen blieben geschlossen. Die Leute wussten es vermutlich besser, als neugierig nachts die Köpfe aus den Türen zu stecken.

Oben ließ ich ihn einfach im Flur fallen und schaute ins Wohnzimmer. Der Junkie lag auf dem Boden und weinte, hielt sein Knie umklammert. Chris hatte sich auf einen Sessel geschleppt und starrte mir bleich entgegen. Sein gesunder Arm lag schützend um den gebrochenen. Der andere Typ, dem die Wollmütze längst vom Kopf gerutscht war, lag bewusstlos, benommen oder tot immer noch auf dem Boden.

Ich starrte auf seine leblose Form und ließ mich dann in einen Sessel fallen. »Scheiße«, sagte ich.

Chris nickte bloß. »Was machen wir jetzt?«, flüsterte er.

»Du musst ins Krankenhaus. Der Pisser da auch«, fügte ich mit einem Blick auf den Junkie hinzu.

Chris nickte erneut.

»Ich kann dich auf deinem Roller fahren«, probierte ich mich an einem Scherz und betrachtete die zwei Bewusstlosen. Keine Ahnung, was wir mit denen machen sollten.

Chris verzog keine Miene.

Plötzlich kam mir eine Idee. Ich kniete mich neben den Stämmigen und durchsuchte seine Taschen. Ein Schlüsselbund, eine abgewetzte Brieftasche und Kleingeld. Der Große hatte ebenfalls mehrere Münzen und einen kleinen Schlüsselring in der Tasche. Und einen einzelnen Autoschlüssel, Marke Nissan. Ich hielt ihn hoch, und Chris nickte müde. Dem wäre vermutlich am liebsten gewesen, ich hätte den Notarzt gerufen, aber wegen eines gebrochenen Arms wäre der kaum gekommen. Vielleicht, wenn ich das durchschossene Knie noch in die Waagschale geworfen hätte.

»Klebeband?«

»Im Schrank, im Flur.«

Ich ging, um das silberne Gaffa zu holen und die beiden Kollegen damit zu verarzten. Beiden fesselte ich die Arme auf den Rücken. Der Große war immer noch weggetreten, aber der Stämmige stöhnte immerhin schon wieder.

»Bin gleich wieder da«, sagte ich und verließ die Wohnung.

Unten brauchte ich nicht lange, um die Karre zu finden. Es war zwar der Schlüssel einer uralten Möhre ohne Zentralverriegelung, sodass ich nicht einfach auf den Knopf drücken konnte und es piepte irgendwo, aber da auf der anderen Straßenseite ein abgewrackter Nissan in zweiter Reihe stand, brauchte es das auch nicht. Ich ging rüber zu dem Auto, das früher mal Metallictürkis gewesen war. Vor dem großzügigen Auftragen von grauer Rostschutzfarbe an Türen und Kotflügeln. Der Schlüssel passte, und ich beeilte mich, wieder nach oben zu kommen.

»Auf geht's«, sagte ich zu Chris, während ich den Großen in den Flur schleifte.

Als sich hinter mir die Wohnungstür öffnete, zuckte ich herum.

Schoko starrte erst mich an, dann die leblose Form zu meinen Füßen. »Was ist passiert?«

»Erklär ich dir später. Chris und euer Kunde müssen ins Krankenhaus. Kümmer dich um die beiden, ich versorge die zwei Penner.« Damit zog ich den Körper an Schoko vorbei auf den Absatz und wuchtete ihn mir mit einem Grunzen auf die Schulter. »Beeilt euch«, drückte ich noch hinterher, während ich bereits die Stufen hinunterlief.

Unten wartete ich kurz ab, bis die Straße menschenleer war, und bugsierte dann den Kerl auf den Rücksitz. Immer noch bewusstlos, fiel sein Kopf nach hinten auf die Hutablage. *Mir egal*, dachte ich und knallte die Autotür zu. Sah mich um, konnte aber niemanden entdecken. Irgendwo bellte ein Hund.

Ein Stockwerk unter der Wohnung kamen mir die drei entgegen. Schoko hatte den Arm um den Junkie gelegt und hielt ihn aufrecht, während der auf einem Bein, mit schmerzverzerrtem Gesicht, jede Stufe einzeln herunterhopste. Chris folgte ihnen, stumm und mit bleichem Gesicht.

»Das ist bloß ein gebrochener Arm«, sagte ich munter und klopfte ihm auf die unversehrte Seite, nachdem er mich passiert hatte.

Der Stämmige ließ sich, obwohl er weniger wog, nicht so leicht tragen. Zu viel Körpermitte. Aber ich schaffte es, mit mehrmaligem Nachfassen, ihn ebenfalls nach unten zu bringen. Die Türen im Haus blieben nach wie vor geschlossen, und ich kam nicht in Erklärungsnot.

Unten musste ich feststellen, dass auf der Straße doch wieder Passanten unterwegs waren. Ich wartete in der Dunkelheit des Eingangs, bis Schoko schließlich auftauchte.

»Wo bleibst du?«, zischte er. »Was ist, wenn der andere aufwacht?«

»Dann verpasst ihr ihm eins«, sagte ich. »Fass mal mit an.«

Zu zweit konnten wir den Körper bewegen, als hätte da jemand möglicherweise bloß einen über den Durst getrunken. Das hier war Neukölln, da wurden nachts vermutlich ganz anders Typen komatös durch die Gegend getragen.

Wir schafften es bis zum Auto, und ich ignorierte die fragenden Blicke von zwei Typen, die mit ihren Mate-Flaschen spazieren gingen. Dort wies ich Schoko an, den Kofferraum zu öffnen, und wuchtete den Typ anschließend hinein.

»Ich hoffe, der kotzt mir nicht alles voll«, rief ich etwas lauter.

»Was machst du?«, fragte Schoko.

Ich warf einen Blick auf das Auto. Chris saß vorn, der Junkie direkt dahinter.

»Ich werde die Typen los, und dann fahre ich mit den beiden ins Krankenhaus. Danach komme ich wieder.«

Schoko sah mich an, als wollte er sagen: *Das ist alles?*

Schließlich zuckte er mit den Schultern. »Okay. Bis gleich.«

Ich wollte einsteigen, hatte aber etwas Mühe mit dem Platz. Offenbar war nicht der Große gefahren. Also rammte ich den Sitz nach hinten, ohne auf die Kniescheiben des Bewusstlosen zu achten. Irgendwann saß ich einigermaßen bequem und startete den Wagen.

Ich fuhr nach Süden Richtung Flughafenstraße und bog ein. Columbiadamm, an der Moschee vorbei und dann auf den leeren Parkstreifen. Dort wartete ich einen Moment, bis weder Verkehr noch Passanten in Sicht waren, und stieg aus, um den Poller umzulegen, der den Weg versperrte. Den kleinen Vierkantschlüssel dafür hatte ich am Schlüsselbund, alte Gewohnheit aus meinen aktiven Polizeitagen.

Ich bog in den Park ein und fuhr langsam den breiten, geteerten Weg hoch. Links und rechts stoben Gestalten davon, Dealer, die hinter meinen Scheinwerfern eine Wanne der Polizei vermuteten. Die veranstalteten regelmäßig Treibjagden in der Hasenheide, hetzten die meist dunkelhäutigen Ticker durch die Nacht.

Ich hielt an, ließ den Motor laufen und zerrte den ersten Kerl vom Rücksitz und ließ ihn zwischen die Sträucher in ein Gebüsch fallen. Öffnete die Heckklappe, und der andere folgte seinem Kollegen.

Kurz darauf befanden wir uns wieder auf dem Columbiadamm. Zügig fuhr ich zurück nach Norden, um die beiden Verletzten ins Urbankrankenhaus zu bringen.

Knapp eine Stunde später war ich zurück in der Wohnung. Schoko saß leicht verstört im Wohnzimmer, in der Hand einen halb gerauchten Joint.

»Bau mir auch einen«, sagte ich, während ich mich in einen Sessel fallen ließ.

»Was zum Teufel war das?«, fragte er, beugte sich aber vor, um meiner Aufforderung nachzukommen.

»Fragst du mich? Die Arschlöcher waren hier, um euer Zeug zu klauen. Nicht meins. Ich bin kein Dealer.«

Er schüttelte den Kopf, während er die Papers anleckte. »Aber das ergibt keinen Sinn. Alle, die eine Ahnung davon haben, was wir machen, wissen auch, dass hier nichts zu holen ist. Bis auf den Kleinscheiß da«, sagte er und deutete auf die Tupperdosen auf dem Tisch. »Meine Fresse.« Er zündete den Joint an und reichte ihn mir.

Während ich in langen Zügen rauchte und spürte, wie ich langsam wieder runterkam, dachte ich an Meißner. Daran, dass ich Tassin vielleicht mit einem Blumenstrauß ins Urban schicken sollte und sie froh sein konnte, dass das Ganze nicht schlimmer ausgegangen war.

Als hätte Schoko meine Gedanken gelesen, sagte er: »Ich muss Meißner anrufen. Ihm von dem Scheiß hier erzählen.« Er bedachte mich mit einem langen Blick. »Und dem Superheldenkram, den du abgezogen hast.«

Ich erwiderte den Blick nicht, sondern rauchte bloß weiter. Musste kurz husten. Aber ich spürte, wie er mich weiterhin ansah. Als würde er etwas ahnen. Ich wartete bloß, dass er mich geradeheraus fragen würde.

Stattdessen seufzte er, lehnte sich nach vorn und hob die Zwillinge auf, die auf dem Couchtisch lagen. Fast ehrfurchtsvoll strich er über das Metall. »Die sind schon irgendwie sexy.«

»Was du mit denen machen kannst, sieht nicht besonders sexy aus.« Ich war froh drüber, dass ich mich zurückgehalten und dem Typen bloß in die Nieren gedroschen hatte. Dass ich ihm nicht komplett die Visage eingeschlagen hatte. Dann hätte ich jetzt etwas Härteres als ein paar Joints gebraucht, um klarzukommen.

Ich wusste gar nicht, warum ich so ausgetickt war. Eigentlich waren mir Chris und der Junkie egal, was kümmerte es mich, wenn die von irgendwelchen Schlägern fertiggemacht wurden? Mich hätte bloß interessieren sollen, Tassins Job klarzumachen und elegant aus der Sache rauszukommen. Aber der Junkie, irgendwie hatte der so einen erbärmlichen Eindruck gemacht. Wie so ein Hund, warum muss man den treten? Und Chris? Das war ein Arsch, aber immerhin war der mein Mitbewohner.

Ich musste fast über mich selbst lachen, dass ich inzwischen eine Art Teamgeist entwickelt hatte.

»Chris hat immer gesagt, wir sollen uns was besorgen. Waffen. Keine Ahnung, Messer oder Schreckschusspistolen oder so Zeug.«

Ich zuckte mit den Schultern. »Wenn du so was hast, läufst du auch Gefahr, dass der Scheiß eskaliert. Heute hätte ich die Dinger nicht gebraucht.« Ich zeigte auf die Zwillinge.

»Pfff, du bist ja auch gebaut wie eine Doppelschrankwand. Kein Wunder, dass du so Kiki nicht brauchst.«

»Was erzählst du Meißner?«

»Keine Ahnung, Mann.«

»Okay. Ich geh ins Bett.« Ich stand auf, gab ihm die Hand und zog mich zurück. Auch wenn ich wusste, dass es vermutlich eine ganze Weile dauern würde, bevor das THC den Kampf gegen das Adrenalin gewinnen würde.

9

»Wann bist du wiedergekommen?«, fragte ich Chris, als ich ins Wohnzimmer trat, wo die zwei Jungs schon beim Frühstück saßen.

Er trug den gegipsten Arm in einer Schlinge und sah ziemlich übernächtigt aus.

»Heute Morgen um drei oder vier«, sagte er. »Die haben mich stundenlang in der Notaufnahme rumhängen lassen, ich dachte, ich muss kotzen.«

Ich setzte mich auf das Sofa neben ihn und goss mir Kaffee aus der Kanne ein, schnappte mir ein Brötchen und schnitt es auf. Schoko hatte offenbar bereits die schlimmsten Schäden der Keilerei beseitigt. Nur das Schränkchen stand noch etwas schief. Ich schnappte mir mein Handy und tippte eine SMS an Tassin: *Check. Besuch war da. Alles gut.*

Das Arbeitshandy der Jungs klingelte. Schoko stand auf und ging damit in den Flur. Ich konnte ihn dumpf sprechen hören.

»Hilfst du mir mal?«, fragte Chris und reichte mir ein Glas Marmelade.

Während er festhielt, öffnete ich den Deckel mit einem Plopp.

»Danke.«

Ich sah zu, wie er ungeschickt einen Riesenhaufen Marmelade auf sein Brötchen hob. »Kommst du klar?«

Er nickte. Biss vom Brötchen ab, kaute, schluckte. Zögerte. Sagte dann: »Für gestern wollte ich noch Danke sagen.« Endlich schaute er mich an.

Ich konnte mir vorstellen, wie schwer ihm das fiel.

»Nicht dafür«, erwiderte ich und schob zwei Scheiben Bierwurst in mein Brötchen. »Das hat mir Spaß gemacht. Ich habe jedenfalls lieber so einen Besuch als diese verhärmten Drogenleichen, die sonst bei euch auf dem Sofa sitzen.«

Er musste lachen und kleckerte sich Marmelade auf die Hose. Ohne zu zögern, nahm ich mein Messer und kratzte sie ihm ab.

»Ey, ich bin kein Vollinvalide«, protestierte er, in der Hand das eigene Messer.

»Sorry«, sagte ich und schob mir große Teile meines Brötchens in den Mund.

Schoko tauchte wieder auf. »Das war Meißner. Ich soll zu ihm kommen. Du auch, JT.«

»Okay«, antwortete ich gespielt ruhig und mit vollem Mund. Tassin würde vor Freude im Quadrat springen, dass ihr dämlicher Plan so gut funktioniert hatte. »Wann?«

»Jetzt gleich.« Schoko stand mit dem Handy in der Hand neben mir, als erwartete er, dass ich jeden Moment aufspringen würde.

»Wir frühstücken.«

»Bei Meißner gibt es auch was zu essen.« Er schien verärgert, dass ich widersprach. »Und bestimmt geileren Kram als bei uns.«

»Oh, Mann.« Ich feuerte den Rest des Brötchens auf den Teller und trank den schwarzen Maschinenkaffee in einem Zug. »Nur für den Fall, dass es bei Meißner bloß Tee oder so gibt«, fügte ich hinzu, als ich Schokos Blick sah.

»Und was ist mit mir?«, fragte Chris ungehalten, der unseren Austausch beobachtet hatte.

»Du bist nicht eingeladen«, antwortete Schoko trocken und ohne Mitgefühl.

»Was ist das denn für ein Bockmist?«

»Vielleicht hättest du dir nicht einfach so den Arm brechen lassen sollen«, sagte ich und zwinkerte ihm zu.

»Arschloch«, antwortete er, aber so leise, dass ich es kaum verstand.

Kurz darauf standen wir unten auf der Straße. »Hier, du fährst«, rief ich und warf Schoko den Schlüssel des Nissans zu. »Ich ertrage es nicht, mit dem beschissenen Teil durch die Gegend zu gurken. Da blutet mir das Herz.«

Er warf mir den Schlüssel wieder zurück. »Wir müssen bloß über den Kottbusser Damm rüber, ist keine zehn Minuten von hier. Oben, an der Brücke.«

»Wie praktisch.«

Wir liefen raus auf den Kottbusser Damm und dann nach Norden Richtung Landwehrkanal. Straßen und Gehwege waren voll, und immer wieder mussten wir Fahrradfahrern, türkischen Frauen mit Tüten und Kindern und anderen Hindernissen ausweichen. Um die vier Fahrbahnen zu überqueren, brauchten wir auch ein paar Minuten.

Schließlich standen wir vor einer unscheinbaren Tür, fast ganz oben am Damm, das letzte Haus vor dem Kanal. Schoko drückte auf einen Klingelknopf, und nach einem Augenblick fragte uns eine männliche Stimme: »Ja?«

»Schoko hier.«

Der Buzzer ertönte, und wir stießen die Tür auf, um in das kühle Dunkel dahinter zu gelangen.

Links von uns befanden sich jede Menge in die Wand eingelassene Edelstahlbriefkästen, und am Ende des kargen Flurs wartete bereits ein Aufzug mit geöffnetem Maul auf uns. Eine Treppe gab es nicht.

Also betraten wir den Fahrstuhl. Dort suchte ich vergebens nach Knöpfen.

»Was soll der Mist?«, wollte ich an Schoko gewandt wissen, als sich die Türen schlossen. Auf dem Display war eine rote Fünf zu sehen.

»Entspann dich, Alter, alles im grünen Bereich.«

Ich schnaubte.

Es ging mit ziemlicher Geschwindigkeit nach oben. Obwohl es in dem Kasten ohne Fenster keine Außenreferenz gab, spürte ich die Beschleunigung im Magen.

Als die Kabine anhielt, öffneten sich nicht die Türen, durch die wir eingetreten waren, sondern die hinter uns. Ich drehte mich um und konnte sehen, dass wir bereits im Vorraum eines riesigen Lofts standen. Offenbar gehörte Meißner die komplette fünfte Etage, und der Aufzug hielt dort nur für ihn.

Der Vorraum machte mit seinen weißen Fliesen und den zwei Pflanzenkübeln einen mediterranen Eindruck. Dahinter lag ein offener Wohnraum, dessen Boden durch das dunkle Holzparkett unmittelbare Wärme und Wohnlichkeit ausstrahlte. Hohe Fenster, vom Boden bis zur Decke, machten quasi die gesamte Westfront der Wohnung aus und öffneten sich auf eine riesige Dachterrasse.

Schoko führte mich durch die geöffneten Doppeltüren nach draußen, und ich warf bloß noch einen schnellen Blick auf Designersofas, Glastische, einen Flachbildschirm, der die Leinwände in kleineren Kinos neidisch machen würde, und andere Luxusaccessoires. Meißner hatte Geld und keine Scheu, das zu zeigen, so viel war klar.

Auf der Terrasse standen Gartenstühle und ein Tisch aus Tropenholz, nahm ich mal an, und mehrere Liegestühle, ebenfalls aus Holz. Auf einem von ihnen lag eine Frau in einem Badeanzug, der Anfang des letzten Jahrhunderts modern gewesen sein mochte: durchgehend geschlossen, mit Stoff bis zur Mitte der Oberschenkel, ganz in Schwarz mit weißen Streifen.

In einem Stummfilm hätte die Lady damit auch nicht deplatziert gewirkt. Ich schätzte sie auf Ende zwanzig, Anfang dreißig. Sie trug die langen, unglaublich schwarz glänzenden Haare offen. Kurz überlegte ich, ob sie vielleicht gefärbt waren, so übertrieben wirkte die Farbe auf mich.

Sie machte nicht den Eindruck, als ob sie sich für uns interessieren würde. Durch die Sonnenbrille wusste ich nicht einmal, ob sie die Augen geöffnet hatte.

Ganz anders Meißner. Zumindest nahm ich an, dass der Mittfünfziger in Shorts und Hemd, mit beachtlichem Kugelbauch und einem sorgfältig gestutzten Bart Harro Meißner war. Seine grau melierten Haare trug er bis kurz über dem Nacken, und die kleinen Löckchen schimmerten feucht.

Er lächelte breit, kam auf uns zu und breitete die Arme aus. Schüttelte erst enthusiastisch Schoko die Hand, dann mir.

»Willkommen, meene Freunde. *Mi casa es su casa!*« Seine Aussprache war furchtbar, das Berlinerische schimmerte sogar im Spanischen durch.

»Schoko, kleene Perle, et jibbt watt zu essen. Komm, nimm dir mal, daste nich vom Fleisch fällst, weeste?« Er lachte und wandte sich mir zu. »Ticker?«

Ich nickte.

»Schoko hat mir ja schon bisschen watt erzählt. Nich schlecht, Herr Specht, hab ick da jesacht. Macht der Kolleje die Knaben einfach mal lang, wa?« Er lachte und hieb sich mit der Faust in die offene Hand. »Kaffee? Tee? Saft? Wie sieht's aus, Männer, watt brauchter?«

Er führte uns an einen reich gedeckten Tisch, der überzuquellen schien vor Delikatessen. Dabei hatte der eigentliche Tisch, der von sechs Stühlen umstellt war, nicht ausgereicht, sodass man auch noch auf einen Beistelltisch ausgewichen war. Es gab verschiedene Quarks und Joghurts, Früchte und Obstsalate, pochierten Lachs, Antipasti, Salate, Hühnchenbrust, Wurstspezialitäten, Roastbeef und Wraps. Schoko hatte recht gehabt, das war schon ziemlich *geiler Kram*.

Meißner sah mich immer noch fragend an.

»Latte Macchiato«, entgegnete ich.

Schoko wollte einen Espresso.

Meißner schnippste mit den Fingern. »Nadine, Täubchen? Machste mal zwee Latte und een Expresso klar? Komm sei so jut …«

Nadine schwang die langen Beine vom Liegestuhl und erhob sich ohne ein Wort, um hineinzugehen. Ich sah ihr kurz hinterher und verstand nicht, warum sie ihren Körper in diesem grusligen Badeanzug versteckte. Braun wurde man so nicht. Und sie hätte nackt rumlaufen können und dabei vermutlich toll ausgesehen.

Meißner hatte sich gerade ein Stück Fleisch in den Mund gesteckt und sprach munter weiter. »So lob ick mir ditt, so woll'n wa ditt ooch, vastehste?«

Schoko sah nicht so aus, als hätte er auch nur ein Wort verstanden, aber er nickte trotzdem.

Meißner schaute in meine Richtung, musterte mich und sagte dann, ohne sich umzudrehen, an Schoko gewandt: »Schoko, kiekste mal, watt die Nadine mit'm Kaffee macht? Vielleicht kannste der ma kurz watt helfen. Unter de Arme greifen.«

Schoko nickte und schob sich an uns vorbei, da rief Meißner ihm hinterher: »Unter de Arme, nich zwischen die Beene, Kleener. Und ooch nich so unter die Arme, daste an den Hupen landest!« Er lachte meckernd, legte mir den Arm auf die Schulter und führte mich an die Seite.

Unter uns konnte ich die Kottbusser Brücke, das Planufer und das geschäftige Treiben von Kreuzberg sehen. Auf dem Kanal fuhr gerade eine Besichtigungsbarkasse vorbei, und ganz entfernt konnte man das Gebrabbel des Reiseführers über seine Lautsprecher hören.

»Johnny, is doch okay, wenn ich dich Johnny nenne?«, fragte Meißner, der auf einmal kaum noch berlinerte.

Ich nickte.

»Pass auf, die Sache gestern, das war'n knallhartes Ding. Und du hast genau die richtigen Register gezogen, aber alle. Schoko hat's mir erzählt.«

»Das waren bloß ein paar Penner«, winkte ich ab.

»Richtig, ganz richtig.« Er nickte enthusiastisch und betrachtete mich.

Ich sah rüber auf die Häuser auf der anderen Kanalseite. Wo die ganzen Althippies und -punks jetzt wohnten, die fette Jobs in den Medienkonzernen abgegriffen hatten und wo nicht mehr viel übrig war vom Geist der Alt-Achtundsechziger. Bunt sahen die Häuser immer noch aus, aber reich und wohlgenährt, und innen war es bestimmt kaum ärmlicher als bei Meißner.

»Das waren bloß ein paar dumme Penner, aber sie wollten an mich ran, verstehst du? An meine Organisation. Dass sie dachten, sie nehmen bloß die beiden aus, das spielt keine Rolle. Ich sorge für meine Leute, kapiert?«

Ich nickte.

»Und gestern konnte ich das nicht. Aber du warst ja da. Und dafür bin ich sehr dankbar.« Er drehte sich ebenfalls zur Seite, um über die Stadt zu sehen. »Du hast gesessen?«, fragte er dann. »Schoko hat da was erzählt.«

»Ja, in Hamburg. Nicht lange.«

»Wie war's da drin?«

»Wie soll's gewesen sein? Beschissen. Bin froh, dass ich da wieder raus bin.«

Er lachte. »Hör zu, vielleicht habe ich noch Verwendung für dich. Kann sein, dass es mal eine Tour gibt, wo du einspringen könntest. Möglicherweise was, wo's potenziell Ärger gibt. Wo ich nicht die Hühnchen schicken will.« Er deutete mit dem Daumen in Richtung des Penthouses, um auf Schoko hinzuweisen.

Ich nickte.

»Chris ist jetzt eh erst mal raus.« Er kratzte sich am Hals. »Jedenfalls, falls sich da mal was ergibt … Hättest du Interesse?«

»Sicher, warum nicht.«

»Prima.« Er grinste. Bemerkte dann, wie Schoko und Nadine herauskamen, und breitete die Arme aus. »Ditt hatt ja jedauert! Musstet ihr den Kaffee erst anbau'n, oder watt?« Er ging auf den Tisch zu und bedeutete mir, ihm zu folgen. Nachdem wir unsere Kaffeegläser von einer stoisch dreinblickenden Nadine empfangen hatten, bediente sich Meißner am Obst. »Greift zu, Kerls, es is jenuch da.« Nachdem er die Kerne mehrerer Weintrauben über das Geländer nach Kreuzberg gespuckt hatte, sagte er zu Schoko: »Komm mal mit, ick muss ma watt mit dir bequatschen.« Er legte ihm den Arm über die Schulter, zwinkerte mir zu und gab Nadine im Vorbeigehen noch einen Klaps auf den Hintern. Die beiden verschwanden im Loft.

Nadine, die ihre Sonnenbrille immer noch trug, sah sich offenbar in der Pflicht, die Rolle der Gastgeberin zu übernehmen.

»Dich habe ich noch nie gesehen«, sagte sie. »Du bist keiner von Harros Jungs, oder?«

Ich antwortete nicht, nahm einen Schluck vom Kaffee und schaute mich suchend auf dem Buffet um. Überlegte, wie Johnny Ticker wohl reagieren würde.

Am Ende schnappte ich mir einen Windbeutel, biss davon ab und betrachtete Nadine. »Gab's dich zum Loft dazu?«, wollte ich wissen.

Unter der Sonnenbrille wanderten ihre Augenbrauen nach oben.

Mit dem Rest des Gebäcks deutete ich auf ihren Badeanzug. »Du siehst nicht so aus, als müsstest du was verstecken. Warum hast du so 'ne Omaklamotte an?«

»Hast du keine Angst, dass ich Harro erzähle, was für Sprüche du hier klopfst?«

Ich schüttelte den Kopf. »Kenne den Mann ja noch nicht so lange, aber irgendwie kann ich mir kaum vorstellen, dass er sich darüber aufregen würde. Immerhin hat er *mir*, im Gegensatz zu Schoko, auch nicht verboten, dir zwischen die Beine oder an die Titten zu gehen.« Ich zwinkerte ihr zu und bildete mir ein, einen Anflug von Röte unter der Sonnenbrille aufsteigen zu sehen. Ob aus Scham oder Wut konnte ich allerdings nicht sagen. Es tat mir fast ein bisschen leid, die Kleine so auf die Palme zu bringen, aber wenn sie sich hinterher über mich bei Meißner beschweren würde, dann konnte das für Johnny Tickers Ruf nur gut sein.

»Du hältst dich für einen ziemlichen Checker, oder? Du weißt, was abgeht. Scannst alles mit einem Blick, bist voll im Bilde.«

»Meistens schon, ja.« Und ich fand, das war nicht mal gelogen, behielt aber einen neutralen Gesichtsausdruck.

Sie zog die Sonnenbrille ein wenig tiefer, sodass ich ihre braunen Augen sehen konnte, und musterte mich. Schöne, intensive Augen, die man sich auch gut länger anschauen konnte.

»Das mag vielleicht sogar stimmen. Du siehst zwar scheiße aus, aber ich halte dich nicht für blöd. Das Problem ist, dass du derart borniert bist, dass du gar nicht merken würdest, wenn du vollkommen danebenliegst. Und *das* ist dann nicht halb so sexy, wie es wirklich draufzuhaben.« Sie wandte sich ab, um sich Saft einzugießen, und ich ärgerte mich darüber, dass ich ihr unwillkürlich auf den Hintern starrte.

Es dauerte knapp zehn Minuten, bis Meißner und Schoko wieder auftauchten. In der Zeit hielt ich mich von Nadine fern. Ich wollte es mit der Provokation nicht übertreiben. Es würde mir kaum helfen, wenn Meißner zurückkam und sehen musste, wie mir seine Gespielin fauchend ins Gesicht sprang. Eine kleine Stimme in mir fragte sich allerdings, ob ich nicht vielleicht auch auf Abstand ging, weil ich mir nicht sicher war, ob ich ihr wirklich gewachsen war.

»Jungs, so leid es ma tut, ick muss euch ma wieder vor die Türe setzen. Die Arbeit ruft, und ick muss ma zurückrufen.« Er lachte über seinen eigenen Scherz und verabschiedete erst mich, dann Schoko per Handschlag. »Machet jut, ick mach's besser.«

Während Schoko sich ebenfalls artig bei Nadine verabschiedete, warf ich ihr bloß ein kühles Lächeln zu und bekam das entsprechende Echo zurück. Hier hatten sich zwei Freunde fürs Leben gefunden, dachte ich, als wir wieder im Fahrstuhl nach unten fuhren.

10

Bis zum Nachmittag hing ich im Park herum, sah den Joggern und Frisbeespielern zu und versuchte, den latenten Geruch von Hundekot zu ignorieren, der sich manchmal wie eine Art Grundnote unter alles andere mischte. Tassin hatte mir eine SMS geschickt, dass sie mich sehen wollte. *14.30 sonnenallee, höhe nummer 14. Ich sammel dich auf.*

Ich trank den Rest meines Wassers, stellte die leere Plastikflasche neben einen Mülleimer, damit die Sammler sich nicht allzu sehr bemühen mussten, die Flasche aus dem Mülleimer zu fischen, und schlenderte aus dem Park über den Hermannplatz in die Sonnenallee.

Höhe Nummer 14 stellte sich als die Kreuzung mit der Hobrechtstraße heraus, die von Norden nach Süden verlief. Ich besorgte mir in einem Späti eine Packung Kaugummi und einen Sixpack Bier in einer Plastiktüte und wartete ab.

Um kurz vor halb drei hielt ein getunter, schwarzer Golf in zweiter Reihe, und die Beifahrertür wurde geöffnet. Durch die getönten Scheiben konnte ich Tassin nicht erkennen, ich nahm aber an, dass der Wagen meinetwegen gehalten hatte.

Es war in der Tat Tassin, und ich beeilte mich, einzusteigen. Mit Vollgas zog sie die Sonnenallee runter.

»Alles klar?«, fragte sie mit einem schnellen Seitenblick auf mich.

»Klar. Wo geht's hin?«

»Ein paar Bekannte von dir haben mich gebeten, dich einzusammeln.«

Ich entgegnete nichts, weil ich das Gefühl hatte, sie wollte mich provozieren. Ich sollte nach Antworten fischen. Stattdessen holte ich eine Dose Bier heraus und öffnete sie. Bot eins Tassin an, aber die schüttelte bloß den Kopf. Ich trank das eiskalte Pils.

»Was waren das für Typen gestern Abend?«, wechselte Tassin das Thema.

»Keine Ahnung. Amateure. Aber nicht ungefährlich, die waren auf irgendwas drauf. Hätte leicht ins Auge gehen können.« Ich umriss ihr grob, was passiert war.

»Tut mir leid, dass die eine Knarre dabei hatten. Das war so nicht geplant.«

Ich seufzte. »Ja, aber weißt du, der Plan war so selten dämlich, da war nicht wirklich viel dran geplant, oder?«

Sie musste grinsen.

»Aber das passt schon, ich revanchiere mich irgendwann.«

»Wie war Meißner drauf?«

Ich überlegte kurz. »Der ist komisch, ein bisschen wie Jekyll und Hyde. Gespaltene Persönlichkeit. Als könnte er zwischen verschiedenen Charakteren hin und her switchen.«

Tassin nickte. »Lass dich von ihm nicht täuschen. Der macht gerne auf alt und harmlos, kann aber auch knallhart. Wir hatten ihn mal in Verdacht, einen jungen Kurier totgeprügelt zu haben. Konnten ihm das aber nie nachweisen.«

»Aber er scheint ganz gut auf mich zu sprechen zu sein. Hat angekündigt, dass ich demnächst vielleicht mal eine Tour machen kann, wenn es für die Milchbubis zu hart wird.«

Tassin verzog das Gesicht.

»Was? Passt dir nicht?«

Sie sah mich kurz an. »Versteh mich nicht falsch, eigentlich ist es das, was wir wollten. Aber es geht mir ein bisschen zu schnell, und ich habe Sorge, dass er dich zu irgendwem hinschickt, wo du Dinge tun musst, die …«, sie zögerte, »… nicht abgedeckt sind von unserer Vereinbarung. Du weißt, was ich meine?«

»Schon klar. Mach dir keinen Kopf. Ich pass auf mich auf.«

Wir fuhren Richtung Tiergarten. Ich musste mir fast auf die Zunge beißen, um nicht endlich zu fragen, wohin die Reise ging.

Meine Bekannten, die mich sehen wollten, waren Jana und Mirko Densch. Tassin war auf den Hinterhof des LKA gefahren, und wir hatten den Aufzug nach oben genommen.

Jetzt saßen wir in einem Besprechungszimmer. Tassin und ich an der einen Seite des Tischs und Jana und Densch an der anderen. Auf dem Tisch standen Wasserflaschen, Kaffeekannen und sogar etwas Gebäck. Wie bei einem Höflichkeitsbesuch unter Freunden. Jana hatte ich herzlich begrüßt, wenn auch etwas angespannt, weil ich wissen wollte, warum ich hier war, und mir gleich Spott für mein neues Aussehen abgeholt. Densch dagegen hatte von mir die bekannte und beliebte kalte Schulter abbekommen, bei der es gerade mal für ein knappes Nicken gereicht hatte.

Getränke hatte ich abgelehnt und mir stattdessen das zweite Bier aufgemacht. Als ich gerafft hatte, dass es zum LKA ging, hatte ich meine Plastiktüte fest gepackt und war entschlossen gewesen, sie mit hoch zu nehmen. Die Gelegenheit, Densch an den Koffer zu pinkeln, hatte ich mir nicht nehmen lassen wollen.

Und tatsächlich streifte sein missbilligender Blick die Bierdose, die ich auf dem Tisch abgestellt hatte und die dort bereits Kondenswasserringe hinterließ.

»Danke, dass ihr gekommen seid«, sagte Jana an Tassin und mich gewandt.

Wir nickten.

Jana wandte sich mir zu. »Tassin weiß bereits Bescheid, weswegen das hier vor allem an dich geht.«

»Okay.« Ich lehnte mich nach vorn, die Unterarme auf den Tisch gestützt. Langsam bekam ich das Gefühl, ich hätte mich vielleicht etwas weit aus dem Fenster gelehnt und mich mal wieder zum Affen gemacht. King Kong.

Densch nahm einen Ordner zur Hand und öffnete ihn. Dann legte er mehrere Fotos auf dem weißen Tisch aus, in meine Richtung gedreht. Ich schaute ihm in die Augen, bis er endlich fertig war, mich ansah und mir zunickte.

Mir war klar, dass ich dort keine Urlaubsbilder von Densch auf Maui sehen würde. Und auch keine Katzen-Memes. Das waren Tatortbilder, und so holte ich noch einmal tief Luft, als würde ich in kaltes Wasser tauchen.

Eisige Kälte hätte mir nicht stärker den Atem verschlagen können.

Auf dem ersten Bild konnte ich zunächst gar nicht erkennen, was zu sehen war. Vielleicht ein Foto aus einer Schlachterei. Schweinekadaver besaßen manchmal dieses wachsartige, bläuliche Aussehen. Ich konnte verschorftes und vernarbtes Gewebe sehen und Rippenbögen, die aus rotem Fleisch hervorstachen.

Mein Blick glitt zu den nächsten Fotos, und ich versuchte, zu verstehen. Es war, als würde man endlos eins von diesen 3D-Bildern anstarren, die keinen Sinn ergeben. Und plötzlich macht es *Klick*, und man begreift, was man dort vor sich sieht.

Einen Kadaver. Den eines Menschen. Ohne Arme, ohne Beine. Fett, aufgedunsen und der gesamte Korpus gewaltsam geöffnet. Wie bei einem geschlachteten Tier.

Das Bier, das ich abstellen wollte, fiel mir fast vom Tisch. Meine Hände zitterten, Übelkeit stieg in mir auf. »Was zum Teufel ist das?«

»Das ist die Leiche von Gunnar von Geram. Wir haben ihn gestern Morgen gefunden. Beziehungsweise Bauarbeiter sind auf ihn im ersten Stock eines Rohbaus im Westend gestoßen und haben uns informiert.«

»Sind dem die Arme und Beine amputiert worden?«

Jana nickte. »Sogar einigermaßen fachgerecht. Und die Wunden sind gut versorgt worden.«

»Daran ist er also nicht gestorben?«

»Nein. Todeszeitpunkt war vermutlich vorgestern Nacht irgendwann. Die Amputationen sind ihm vor zirka zwei Wochen zugefügt worden.«

»Scheiße. Die Öffnung des Körpers … War das die Obduktion?«

»Nein.« Jana atmete tief durch und fuhr fort: »Das war, soweit wir momentan wissen, die Todesursache.«

Densch übernahm. »Möglicherweise fragen Sie sich, warum Sie wohl hier sind. Das ist eigentlich ganz einfach. Gunnar von Geram war ein Offizier aus dem Organisationskader um Victoire Bassemane.« Er nickte in Tassins Richtung, die nickte zurück.

Als hätte ich irgendwas angezweifelt.

»Von Geram war ein *Enforcer*, ein sogenannter Vollstrecker. Jemand, der gefährlich war.«

»Er wurde mit einem sehr scharfen Gegenstand aufgeschnitten, vermutlich einem Jagdmesser. Der Brustkorb ist aufgebrochen und Organe wie Lunge und Herz entnommen worden. Er hat vermutlich noch eine ganze Weile gelebt nach der Amputation. Von den Leichenteilen fehlt jede Spur. Wir haben nur den aufgeschnittenen Körper gefunden.«

»Fundort war nicht der Tatort?«

»Nein. Die Leiche hat man ausbluten lassen, bevor sie in den Rohbau geschafft wurde«, sagte Jana.

Ich betrachtete noch einmal den dicken, weißen Körper. Wie ein gestrandeter Wal.

Densch reichte mir ein weiteres Foto. Es zeigte einen Mann, vielleicht Anfang vierzig, mit hellem Haar und gestutztem Bart. Er war kräftig, aber nicht dick.

»Das ist er? Ist aber schon eine Weile her, oder?«

Jana schüttelte den Kopf. »So sah von Geram noch vor einem Monat aus, bevor er verschwunden ist.«

»Hat ihn der Baseman als vermisst gemeldet?«

»Nein, aber sobald wir ihn gefunden hatten, haben wir uns umgehört. War nicht schwer, herauszufinden, dass der Typ vor ein paar Wochen das letzte Mal gesehen worden ist. Mit allen Gliedmaßen.«

»Da hat er aber ordentlich zugenommen.«

»Arne untersucht noch die Leberwerte, aber wir gehen davon aus, dass er gemästet worden ist.«

»Künstlich ernährt«, ergänzte Densch. »Vermutlich über Katheter. An seinem Körper sind verschiedene Einstichstellen gefunden worden.«

Ich verzog angewidert das Gesicht. »Ihr geht davon aus, dass der Typ entführt worden ist, dann hat ihm jemand Arme und Beine abgeschnitten, ihn daran aber nicht sterben lassen, sondern die Wunden sorgfältig verbunden, um ihn zu mästen … Wie lange? Ein paar Wochen, und ganz zum Schluss hat man ihn aufgeschnitten wie eine Weihnachtsgans?« Ich holte tief Luft.

»Sieht so aus, ja«, sagte Jana.

»Kranker Shit.«

Densch nickte. Offenbar stimmten wir zur Abwechslung mal in irgendwas überein.

»Und um dem Ganzen die Krone aufzusetzen: Das ist nicht der erste Tote. Vor knapp vier Wochen haben wir bereits eine andere Leiche gefunden, auf die gleiche Weise zugerichtet.«

»Wen?«

»Marcin Grasser, ein polnisch-stämmiger Deutscher.«

»Und?«

»Der gehörte ebenfalls zu Bassemanes Organisation«, sagte Jana tonlos.

Auf einmal verstand ich, warum Tassin mich hergefahren hatte. Wer wäre besser geeignet, in Bassemanes Umfeld zu ermitteln, als ein V-Mann, der ohnehin auf dem Weg in dessen Organisation war? Ich nahm an, dass das Ganze hier Janas Idee gewesen war, und ich konnte mir nur vage vorstellen, was sie alles hatte tun müssen, um Densch zu überreden, mich mitspielen zu lassen. Thiebeck, der ihm *mal wieder* in einen seiner Fälle pfuschte – und in die Suppe spuckte. Densch war bestimmt begeistert gewesen.

»Es geht noch weiter«, holte er mich aus meinen Gedanken an den Tisch zurück.

Ich musste mich zusammenreißen, nicht laut zu stöhnen. *Was soll jetzt noch kommen*, dachte ich.

»Das Opfer ist über Wochen hinweg misshandelt worden.«

»Auf welche Weise?«

»Wir haben jede Menge Brandnarben am Körper gefunden. Vermutlich gehen die meisten davon auf Elektroschocks zurück, die dem Mann zugefügt wurden. Dann gibt es welche, die offenbar mit einem glühenden Gegenstand wie mit einer Eisenstange oder ähnlichem herbeigeführt worden sind, und wir haben großflächige Verbrennungen gefunden, die zum Beispiel entstehen, wenn das Opfer mit kochendem Wasser übergossen wird.«

Jana übernahm. »Außerdem findet sich eine große Menge an Hämatomen und Läsionen von stumpfer Schlageinwirkung am Körper. Es ist davon auszugehen, dass das Opfer über einen längeren Zeitraum mehrfach am Tag geschlagen wurde. Mit

Fäusten, Tritten, aber auch harten, stumpfen Gegenständen. Keine Verletzungen mit scharfen Gegenständen, außer den Amputationen«, schränkte sie ein. »Offenbar, um das Opfer möglichst lange am Leben zu halten.«

Ich kam mir vor wie bei einem Boxkampf, in die Ecke gedrängt, wenn der Gegner einen mit seinen Fäusten bearbeitet und der einzige Gedanke, der sich im eigenen Kopf noch halten kann, der ist, nicht hinzufallen. *Nichthinfallennichthinfallennichthinfallen …*

Jetzt drohte mir ebenfalls heftiger Schwindel. Ich hielt mich nicht gerade für zartbesaitet, und durch meine Arbeit beim LKA hatte ich weiß Gott genug Dinge gesehen, die einem unruhige Nächte bereiten konnten, aber das hier besaß noch einmal eine ganz andere Qualität. Ich versuchte mir vorzustellen, wie das wohl sein mochte: hilflos und allein, vollkommen wehrlos, weil einem alle Gliedmaßen abgenommen worden waren, und man unablässig gefoltert wurde.

»Wisst ihr, wie der Täter die Opfer in seine Gewalt gebracht hat?«, versuchte ich meine Gedanken wieder in geordnete Bahnen zu lenken.

»Leider nein. Dadurch, dass beide Männer so lange gefangen gehalten wurden, bevor man sie schließlich getötet hat, machen sie es der Pathologie ziemlich schwer. Es gibt keine verlässlichen Aussagen darüber, wie man sie überwältigt hat. Die körperlichen Misshandlungen verdecken alle Spuren eines etwaigen Kampfes, und jedes Medikament wie beispielsweise ein Betäubungsmittel sind vom Körper längst abgebaut worden.«

Wir hatten eine Pause gemacht, und ich war nach draußen auf die Raucher-Terrasse gegangen. Gut eine Stunde später saßen wir wieder im Besprechungsraum. Ich hatte mir auch die Bilder von Grasser angesehen. Jetzt waren alle wieder hier, aber schlecht war mir immer noch.

Jana hatte kurz gefragt, ob jemand etwas essen wollte, aber aus irgendeinem Grund hatte keiner von uns Appetit verspürt.

Densch sammelte die Fotos ein und steckte sie wieder zurück in den Ordner. »Wir sind uns noch nicht hundertprozentig sicher, aber die Pathologie geht davon aus, dass es sich bei beiden Fällen um denselben Täter handelt. Grasser wurden ebenfalls alle Gliedmaßen amputiert, er wurde durch künstliche Ernährung wochenlang gemästet und schließlich aufgeschnitten und aufgesägt. Von seinen Organen fehlt ebenfalls jede Spur.«

»Strafaktionen?«, fragte ich. »Vielleicht haben sie Mist gebaut, und der Baseman hat sich ihrer entledigt.«

Tassin schüttelte den Kopf. »Das passt nicht zu dem, was wir über Bassemane haben. Das ist nicht seine Art. Eine Kugel in den Kopf oder ein paar gebrochene Knochen, dann die Kugel, das wäre eher sein Stil. Aber wer auch immer das hier war, das war ein richtig krankes Arschloch.«

»In welcher Richtung vermutet ihr den Täter?«

»Schwer zu sagen. Es könnte sich natürlich um jemand aus Bassemanes eigener Organisation handeln, jemand, der auf eigene Faust tötet. Entweder aus falsch verstandener Loyalität oder aber, weil er Bassemane eine Lektion erteilen will. Tatsächlich wissen wir noch nicht so genau, ob Grasser und von Geram auf seiner Linie standen oder vielleicht dabei waren, auszuscheren.«

»Es gibt aber auch noch eine andere Möglichkeit«, wandte ich ein.

Jana nickte und übernahm. »Das ist uns klar. Das prüfen wir ebenfalls. Bassemanes größter Konkurrent ist ein gewisser David Petrow, ein Deutscher. Der hat sehr solide Verbindungen in den ehemaligen Ostblock, vor allem nach Prag. Zwischen den beiden hat es in der Vergangenheit bereits öfter Ärger gegeben. Möglicherweise ist es Petrow, der gezielt versucht, Bassemanes Schlüsselleute auszuschalten.«

»Wobei auch dabei zu klären wäre, warum es sich um derart grausame Taten handelt.«

»Ja, allerdings gibt es bei einem Bandenkrieg natürlich zusätzlich die Möglichkeit, dass es einfach um Abschreckung geht. Irgendwer begeht die Morde auf möglichst bestialische Weise, um Bassemane und seinen Leuten eine Nachricht zu schicken.«

Ich überlegte einen Moment, schob die grausigen Fakten in meinem Kopf hin und her. »Was wollt ihr von mir?«, fragte ich schließlich.

Jana zögerte, sah Densch an und ließ dann ihn sprechen.

»Wir möchten von Ihnen, Herr Thiebeck, dass Sie uns helfen, den Mörder von Marcin Grasser und Gunnar von Geram zu fassen. Die Ermittlungen kommen nur schleppend voran, wie Sie sich denken können. Niemand redet mit uns, die beiden waren offiziell nicht einmal vermisst gemeldet. Und auch intern haben wir es nicht gerade leicht. Es gibt genügend Leute, die das Gefühl haben, mit der Aufklärung könnte man sich auch noch etwas Zeit lassen. Vielleicht krepieren noch ein paar mehr von den Mistkerlen. Es hat bisher ja keine Unschuldigen erwischt.« Wie widerwärtig Densch diese Art des Denkens war, stand ihm ins Gesicht geschrieben.

Vielleicht hatte ich mich geirrt, und Jana hatte gar nicht so viel Überzeugungsarbeit leisten müssen, um mich hinzuzuholen. Möglicherweise war die Sache verfahren genug, dass Densch die Idee sogar begrüßt hatte. Das wäre ihm umso höher anzurechnen.

Ich konnte seine pedantische und bürokratische Art nicht leiden und hätte ihm bereits mehrfach gern seinen Stock aus dem Hintern gezogen, aber in diesem Fall war ich auf seiner Seite. Ein Mord war ein Mord, auch wenn er an einem Verbrecher verübt worden war, und zu glauben, dass man eine derartige Bestie frei herumlaufen lassen konnte, war im besten Fall fahrlässig. Ich war mir nicht sicher, ob diese beiden wirklich die letzten Opfer bleiben würden und ob der Täter sich tatsächlich nur an Kriminellen vergreifen würde.

»Wir brauchen dringend mehr Informationen über die beiden Opfer. Wie standen sie zu Bassemane? Gab es Ärger mit ihm? Haben sie auf eigene Rechnung operiert, und Bassemane hatte vielleicht sogar eine Rechnung mit ihnen offen? Oder waren es treue Gefolgsleute, und seine Truppe ist damit jetzt empfindlich geschwächt? Es fällt uns schwer auf all diese Fragen von außen eine Antwort zu bekommen, auch wenn wir es versuchen.«

Ich nickte, und Densch fuhr fort: »Teil Ihrer Operation ist es ohnehin, mehr über Bassemane zu erfahren. Wir bitten Sie nicht, aktiv zu ermitteln. Das ist zu gefährlich und würde möglicherweise Ihre eigentliche Aufgabe kompromittieren.«

Tassin nickte.

»Wir möchten, dass Sie passiv unsere Augen und Ohren darstellen. Schauen Sie, ob Sie irgendetwas herausfinden können, was uns weiterhilft.« Mit einem intensiven Blick sagte er schließlich: »Bitte.«

So hatte ich Densch noch nie erlebt. So unvoreingenommen mir gegenüber. Das musste ihn wahrlich eine Menge Stolz gekostet haben, und es zeigte, wie sehr der Fall ihm an die Nieren ging.

Ich sah zu Tassin rüber, um ihr Einverständnis einzuholen.

Sie nickte kaum merklich.

»Ich bin dabei, aber ich leite meine Informationen an Tassin weiter. Sie entscheidet, was damit passiert und was euch erreicht. Falls es zu einem Konflikt zwischen unseren und euren Ermittlungen kommt, hat sie das letzte Wort. Deal?«

»Deal«, sagte Jana, und auch Densch nickte.

In diesem Augenblick klopfte es an der Tür. Arne Hegert, Leiter des Erkennungsdienstes, zuständig für die Spurensicherung am Tatort, steckte den Kopf herein. In meiner aktiven Zeit hatte ich auch mit Arne zusammengearbeitet, aber vor allem war ich ihm bei den Fällen, in denen ich auf eigene Faust ermittelt hatte, ordentlich auf die Nerven gegangen.

»Kann ich dich kurz sprechen?«, fragte er Densch.

Der nickte, entschuldigte sich und trat mit Hegert vor die Tür.

»Habt ihr mit Professor Körner geredet?«, fragte ich Jana, nachdem sich die Tür geschlossen hatte.

»Ja, schon nachdem wir den ersten Toten gefunden haben. Von der zweiten Leiche weiß sie noch nichts.«

Professor Körner war eine ältere Dame mit einer Leidenschaft für antike Brettspiele, die den Trödelladen ihres verstorbenen Mannes im Wedding betrieb – und eine Polizeipsychologin. Das erste Mal war ich ihr begegnet, als wir versucht hatten, das Profil des Serienkillers zu entschlüsseln, der gegen mich eine tödliche Partie Schach gespielt hatte.

»Was hat sie gesagt?«

»Sie ist sich nicht sicher. Ihrer Meinung nach gibt es zwei mögliche Theorien. Entweder der Täter hat das Opfer abgrundtief gehasst, und das ist seine wahnsinnige Form einer angemessenen Bestrafung, oder aber die Folter und die Tötung sind eine Art Ritual und relativ losgelöst vom Opfer. Dann wäre vermutlich eher seine Position oder etwas anderes, Stellvertretendes, wichtig.« Sie seufzte. »Wirklich weitergeholfen hat sie uns nicht. Aber vielleicht fällt ihr jetzt mit dem zweiten Toten etwas ein.«

Die Tür öffnete sich, und Densch kam wieder herein. Er legte ein kleines schwarzes Gerät auf den Tisch. Es sah aus wie ein Diktiergerät.

»Was wir hier haben«, erklärte er, »ist eine Aufzeichnung des Toten. Sie befand sich auf einer microSD-Speicherkarte, die wir im Körper des Toten gefunden haben.«

»Welches Toten?«, wollte ich wissen.

»Das hier ist die Stimme von Marcin Grasser. Die haben wir identifizieren lassen. Es gibt einen zweiten Chip, den wir bei Gunnar von Geram gefunden haben. Wir gehen davon aus, dass es sich ebenfalls um die Stimme des Opfers handelt, müssen das aber noch verifizieren.«

»Wo genau wurde der Chip gefunden?«

»In seinem Schädel«, sagte Densch und bemühte sich, ein regungsloses Gesicht zu zeigen. »Eingewickelt in ein Kondom, eingeschoben über die Nase. Postmortem.« Er sah Tassin und mich an und drückte auf die Play-Taste.

Man hörte ein kratziges Hintergrundrauschen. Dann ertönte eine Männerstimme, dunkel und rau, mit leichtem polnischen Akzent.

»Hallo? Ist da wer? Hört mich denn niemand?« Man konnte in der Stimme das ungläubige Staunen eines Menschen erkennen, der sich vermutlich in der Dunkelheit wiederfand, gefesselt, und keine Ahnung hatte, was mit ihm geschehen sollte.

Ein Schauer lief mir über den Rücken.

Man hörte ein Ächzen, ein Schaben, als würde sich jemand bewegen. Leises Fluchen.

»Dieses verdammte Brummen. Es dröhnt und vibriert in meinem Kopf. Schaltet die Scheiße endlich ab, ihr Pisser.«

Dann gab es einen Schnitt, als hätte jemand das Audio bearbeitet.

»Lasst mich hier raus! Verdammte Wichser! Wo seid ihr?

Zeigt euch …« Die Beschimpfungen gingen eine Weile weiter und schließlich in ein gutturales Brüllen über.

Weiterer Schnitt.

»Meine Beine! Meine Beine, meine Beine …« Wimmern, Schluchzen.

Schnitt.

»… es tut so weh. Ich …« Das Keuchen und Stöhnen wurde laut, es hörte sich an, als würde etwas bewegt.

»… wo ich bin. Mir ist schrecklich kalt.« Die Stimme setzte einen Moment aus, und man konnte ein leises Schniefen hören. Offenbar weinte Marcin Grasser, schnaufte.

Ich bildete mir ein, bereits seine Fettleibigkeit hören zu können.

»Das Brummen macht mich fertig!«, rief er. »Stellt es ab. Einfach nur Ruhe, bitte, für einen Moment.«

Aber von einem Brummen war auf dem Audio nichts zu hören.

Kurzes Rauschen, weil die Aufnahme unterbrochen wurde.

Ein Flüstern: *»Hört mich jemand? Bitte?«* Weinen, leises Schluchzen. *»Bitte, falls das jemand hört, holen Sie mich hier raus. Ich kann nicht mehr.«*

Fast eine Minute Pause, gelegentliches Schniefen und Atmen.

»Ich kann nicht mehr.«

Das Weinen wurde lauter.

Densch schaltete das Gerät aus. »Insgesamt haben wir über vier Stunden Audio, vermutlich über den gesamten Zeitraum der Gefangenschaft des Opfers aufgenommen, bis hin zum Tod. Den wir im übrigens *nicht* dabei haben. Offenbar hatte der Täter seine Gründe, warum er den abschließenden Mord nicht aufgezeichnet hat.«

Knapp eine halbe Stunde später saß ich wieder bei Tassin im Wagen. Stumm steuerte sie das Auto zurück Richtung Neukölln.

»Was denkst du?«, unterbrach ich das Schweigen nach einer Weile.

»Weiß nicht. Das schmeckt mir jedenfalls nicht. Es passt mir nicht, dass sie dich dafür brauchen, dass ich mit denen reden muss. Über meine Operation. Es passt mir nicht, dass sie dich damit vielleicht gefährden, weil du deinen Kopf zu weit rausstrecken musst. Aber ich sehe ein, dass wir schlecht Nein sagen können. Das ist schon echt ein ziemlicher Haufen Mist.« Sie warf mir einen Seitenblick zu. »Danke, dass du für klare Fronten gesorgt und ihnen gesagt hast, dass ich die Hosen anhabe. Ich meine, ich weiß, wie lange du für den Verein gearbeitet hast und dass dich mit der Kleidermann viel verbindet. Umso wertvoller war die Aussage für mich.«

»Kein Ding«, erwiderte ich, hielt ihr die Faust zum Gegenstoßen hin und öffnete, nachdem sie die Geste erwidert hatte, ein Bier. Densch hatte mich gezwungen, meine Tüte wieder mitzunehmen. Inzwischen war die Plörre lauwarm, aber das war mir egal.

»Kannst du mir einen Mitschnitt dieses Audios besorgen? Und von dem zweiten am besten auch gleich eine Kopie?«

»Warum?«

Ich sah sie von der Seite her an. »Ernsthaft? Das fragst du mich? Weil da möglicherweise Hinweise drauf sind. Ich weiß, dass Jana und Mirko das mit ihren Assistenten und Technikern auch immer wieder durchgehen werden, nach der Stecknadel im Heuhaufen suchen, aber ich will nichts dem Zufall überlassen. Möglicherweise sagt einer von denen was, das uns einen Hinweis liefert, mit dem ich was anfangen kann. Und große Teile des Tages sitze ich in der WG ohnehin auf dem Hintern und warte darauf, dass andere Menschen Entscheidungen treffen, da kann ich mir auch genauso gut ein paar Stunden Audio anhören.«

»Knappe acht Stunden Audio von Menschen, die gefoltert werden.«

Ich verzog das Gesicht und sah aus dem Fenster. Tatsächlich hatte ich etwas lax geklungen, das tat mir leid, als ich wieder an die arme Sau denken musste, deren Stimme ich vorhin gehört hatte. »Ja«, sagte ich bloß.

»Ich besorg dir die Dateien.«

Wir sagten kaum noch etwas, bis mich Tassin schließlich in Neukölln ablieferte und wir uns mit wenigen Worten verabschiedeten.

11

Am selben Abend hingen wir in der WG rum: Schoko, Chris und ich. Das Fenster stand offen, draußen pisste es wie aus Eimern, und frische Gewitterluft strömte zu uns in die rauchverhangene Bude herein. Wir hatten Pizza bestellt, extra groß, mit Käse im Rand, und Schoko hatte vorher Bier und Süßkram, vor allem Schokolade, besorgt.

Seit Stunden schon aßen, tranken, laberten und rauchten wir. Ich hielt mich zurück, weil ich daran denken musste, wie schwammig ich mich gefühlt hatte, als die Schläger gekommen waren, aber ab und an nahm ich ein paar Züge. Wir unterhielten uns darüber, warum *Tekken* tausendmal geiler war als *Soul Calibur*, ob es sexistischer Mist war, dass man bei *DOA* das Tittenwackeln der Kämpferinnen an- und ausschalten konnte, oder ob das vielleicht doch richtig geil war.

Darüber, ob Brad Pitt in *Snatch* oder in *Fight Club* abgefahrener war, und Chris klärte uns darüber auf, dass der Zigeuner, den Pitt in *Snatch* spielte, nur deswegen so nuschelte, weil er den englischen Akzent nicht hinbekommen hatte, den Guy Ritchie von ihm gewollt hatte. Chris wusste eine Menge Dinge über Filme, und er konnte das Zeug auf eine witzige Art erzählen. Er war nicht halb so ein Arsch, wie ich geglaubt hatte.

»Sag mal, die Kleine bei Meißner, wer ist das?«, wandte ich mich an Schoko, in der Hoffnung, unverfänglich nach ihr zu fragen.

Schoko reagierte nicht, sondern starrte weiter konzentriert auf eine Packung Haferkekse, die er in der Hand hielt.

Chris antwortete für ihn: »Schlag dir die Lady mal aus dem Kopf, die Schnalle gehört Meißner.«

»Wie heißt die?«

»Nadine.« Er sprach den Namen aus, als käme er aus dem Pott, Betonung auf dem E am Ende. »Nadine Vorbeck. Mehr weiß ich auch nicht.«

»Warum trägt die so komische Klamotten? So Oldschool-Zeug?«

»Mehr weiß ich auch nicht«, wiederholte er mit hochgezogenen Augenbrauen und bedeutungsschwangerem Blick. »Vergiss sie einfach.«

Ich ließ das Thema ruhen, für den Moment zumindest. Vielleicht konnte ich Schoko dazu noch mal später befragen.

Irgendwann klingelte das Diensthandy. Schoko ging ran.

»Hallooo«, sagte er und grinste uns an.

Chris und ich warfen uns einen Blick zu, und mir fiel plötzlich auf, dass Schoko einen nach dem anderen gebaut hatte. Der Typ war vollkommen breit!

»Na klar!«, sagte er gerade großspurig. »Null Problemo.«

Er nickte heftig. »Logo!«

Schließlich verabschiedete er sich, legte das Handy zur Seite und nahm den Joint wieder auf, den er so lange im Aschenbecher geparkt hatte.

»Ein Job?«, wollte Chris wissen.

Schoko nahm einen Zug. »Abholung hier um die Ecke, Lieferung nach Neukölln. Kein Ding, alles easy.«

»Alter, du bist vollkommen bekifft!«, rief Chris und setzte sich auf. »Auf keinen Fall kannst du so los.«

»Pfff, und dann? Machst du den Run?« Schoko zeigte auf den Gipsarm. *»Das glaube ich nicht, Tim.«* Er hatte seine Stimme für den Spruch verstellt, aber ich erkannte das Zitat nicht.

Chris wandte sich an mich. »Wir können den so nicht gehen lassen.«

Schoko lachte auf eine hohe, entrückte Art.

»Wieso nicht? Ich finde den ganz putzig.« Ich musste grinsen, als es Schoko in einem neuen Lachanfall am ganzen Körper schüttelte.

»Weil das Murks ist«, erklärte Chris. »Der liefert das Zeug an die falsche Adresse oder nimmt es selbst. Vergisst, dass er es dabei hat, wird hochgenommen oder geht in irgendeine Kneipe. Oder Club. Schmeißt da eine Party für die Weiber. Vielleicht lässt er sich abzocken, oder die machen ihn gleich fertig. Zieh dir das rein, Alter, du bestellst eine Ladung Koks, alles smart, hast einen coolen Dealer, und dann taucht so ein Clown auf, vollkommen high. Lacht sich bloß den Arsch weg. Würdest du dem Kohle geben? Nö, du nimmst ihm das Zeug ab und machst ihn glatt. Verstehst du, ich hab Angst, dass er einfach nicht wiederkommt.«

»Dann sagt ab. Sagt, ihr könnt grad nicht.«

»Mann, das geht nicht. Hätten wir vor ein paar Stunden machen können. Jetzt ist der Deal abgekaspert, dann muss auch geliefert werden.«

Irgendwie ahnte ich, worauf Chris hinauswollte, aber ich fragte trotzdem: »Und wie stellst du dir das vor?«

»Du musst das machen.«

»Na klar.«

»Komm schon, Alter. Hilf Schoko aus der Patsche. Wenn Meißner mitbekommt, dass er sich vollkommen zugedröhnt hat, kriegt der richtig Ärger. Da ist Meißner dann kein Spaßbär mehr.«

»Und Meißner hat aber nichts dagegen, wenn statt einem seiner Kuriere einfach mal irgend so ein dahergelaufener Mitbewohner das Zeug ausliefert?«

Schoko kicherte wieder heftig. »Irgend so ein Mitbewohner ist gut. Du bist sogar der *irgendsoste* Mitbewohner, den ich kenne.« Er ließ sich aufs Sofa fallen und zog die Beine an, um in Embryonalstellung liegenzubleiben.

»Sei keine Zicke! Du hast einen guten Eindruck gemacht, er hat dich zu sich bestellt. Schoko sagt, ihr hättet sogar unter vier Augen gesprochen. Das ist kein Ding. Jedenfalls allemal besser, als Schoko die Sache verkacken zu lassen.«

Ich musste daran denken, was Tassin wohl sagen würde, wenn sie jetzt auf meiner Schulter sitzen würde. »Also gut, ich mach's.« Ich warf einen Blick auf das Wetter draußen und bereute meinen Entschluss sofort wieder.

»Super.« Chris wandte sich an Schoko. »Wie lautet die Adresse?« Er musste die Frage auch kaum ein halbes Dutzend Mal stellen, Schoko dabei immer wieder an der Schulter packen und warten, bis dessen Lachflashs verebbt waren, bis er schließlich eine Adresse hatte, die er auf einen Zettel schrieb. »Das kenne ich. Geh in den Hinterhof, da bekommst du das Päckchen und die Adresse.«

»Alles klar.« Ich hatte auf keinen Fall vor, zu *gehen*. Ich würde mir den schrottigen Nissan ausleihen. Vorher ging ich in mein Zimmer, zu der Tasche, in der ich die Beute des gestrigen Abends versteckt hatte: ein Bolzenschussgerät ohne Treibgaspatrone, ein Teleskopschlagstock und eine ausgediente Makarov. Ich entschied mich für den Schlagstock.

Keine fünf Minuten später saß ich im Nissan. Zögerte. Wie viel hatte ich geraucht? Thiebeck fuhr nach ein, zwei Bier kein Auto mehr. Aber nach ein paar Tüten schon? Wie bekloppt war ich eigentlich? Aber ich konnte den Job unmöglich zu Fuß machen.

Selbst die hundert Meter zum Wagen hatten mich komplett durchnässt, und die quietschenden Scheibenwischer schafften es nicht annähernd, die Sturzbäche von der Scheibe zu entfernen. Ich würde mehr nach Gefühl als nach Sicht fahren müssen.

Plötzlich entspannte ich mich. Johannes Thiebeck würde bekifft nicht fahren. Thiebeck würde vielleicht nicht mal mehr kiffen. Aber ich war nicht Thiebeck. Ich war Johnny T, die geile Schnitte. Und Johnny T konnte auch nach einem Dutzend Joints noch fahren, entschied ich und startete den Motor. Merkte, dass mir ein fettes Grinsen im Gesicht klebte.

Die Adresse, die mir Chris aufgeschrieben hatte, befand sich im südlichen Neukölln. Ich brauchte nicht lange, bis ich die Einfahrt gefunden und den Nissan vorsichtig hindurchmanövriert hatte. Im dunklen Hinterhof parkten einige Autos und standen jede Menge Mülltonnen, aber ansonsten konnte ich nicht viel erkennen. Ich überlegte, ob ich aussteigen musste, als es an mein Fenster klopfte. Ich ließ es mit der schwergängigen Kurbel herunter.

Mehr als den Schemen eines Gesichts konnte ich unter dem dunklen Ölzeug nicht erkennen.

Eine tiefe Stimme fragte: »Was willst du?«

»Schoko.«

Ohne zu antworten, reichte mir eine Hand ein Päckchen Alufolie in den Wagen. Relativ flach, vielleicht DIN A5. Dazu bekam ich einen feuchten Zettel in die Hand gedrückt. »Das Zeug soll spätestens in einer Stunde da sein. Kohle geht direkt an Meißner. Ruf an, wenn du durch bist. Nummer steht unten drauf.« Die Hand packte mich, wenn auch nicht unsanft, an der Jacke, und der Kerl zischte: »Fünftausend, klar?«

Ich nickte, wartete, bis die Gestalt sich zurückzog, und legte dann den Rückwärtsgang ein.

Draußen auf der Straße hielt ich kurz in der zweiten Reihe und checkte die Adresse. Arridi, in Schöneberg, Nähe Kolonnenbrücke. Sollte kein Ding sein, das in knapp einer Viertelstunde zu schaffen. Aber Chris und Schoko waren ja auch nicht mit dem Auto unterwegs und hatten manchmal mehrere Lieferungen, die sie koordinieren mussten. Ich speicherte die Telefonnummer in mein Handy ein und schmiss den zusammengeknüllten Zettel aus dem Fenster in die Wassermassen, die hektisch auf einen Gully zurauschten.

In Schöneberg angekommen, parkte ich und stieg aus. Den Kragen der Jacke hochgekrempelt sprintete ich zwischen den Pfützen hindurch und bemerkte schon nach Sekunden, wie meine Turnschuhe durchweichten. Am Hauseingang konnte ich wegen des spärlichen Lichts die Klingelschilder kaum lesen und musste den Schein des Handys zu Hilfe nehmen. Kein Arridi. Den Namen, den ich suchte, gab es nicht.

»Fuck«, stieß ich hervor und sah mich um. Meine Jacke war längst durchtränkt, und das Wasser fing an, mir den Rücken hinunterzulaufen. Aber ich war mir sicher, dass ich mich weder in der Hausnummer noch beim Namen geirrt hatte.

Frustriert machte ich einen Schritt zurück, um an der grauen Häuserfassade hinaufzuschauen. Als könnte ich meinen Kunden oben am Fenster erkennen, der bereits nach mir Ausschau hielt. Dann fiel mein Blick auf das Restaurant, und ich verfluchte meine Dummheit. Arridi war nicht der Name des Kunden, sondern der des Scheißrestaurants, in das ich liefern sollte.

Mit schnellen Schritten lief ich hinüber zum Eingang und rettete mich aus dem Regen. Drinnen erwartete mich ein gemütlich eingerichteter Laden mit jeder Menge geknüpfter Teppiche an den Wänden und vielen Kerzen, die die weißen Tischdecken erstrahlen ließen. An einer Wand zog sich eine lange Theke mit gedimmten Lampen darüber entlang, an der vereinzelt Leute und Paare saßen und vermutlich einen Aperitif einnahmen.

Ein untersetzter, grauhaariger Mann kam auf mich zu und begrüßte mich mit einem freundlichen Lächeln. »Sind Sie allein?«, fragte er.

Ich sah mich unauffällig um. Gut ein Drittel der Tische war besetzt, aber in dem Laden war großzügig Platz, sodass man nicht mehr als gedämpftes Gemurmel hören konnte. »Ich soll hier etwas abliefern«, sagte ich. »Schoko.«

Er lächelte weiter, eher noch breiter. »Kommen Sie, hier, bitte.« Er führte mich zur Seite und zog den Stuhl an einem kleinen Tisch am Fenster zurück. Blick auf die Tür, Rücken zur Wand.

Gute Platzwahl, fand ich, auch wenn ich lieber gleich das Zeug losgeworden und gegangen wäre.

»Einen Augenblick bitte«, sagte er, verschwand und kehrte kurz darauf mit einer Karte wieder.

Ich musterte ihn von unten, mir meiner nassen Klamotten schmerzlich bewusst. »Hören Sie«, fing ich an, aber er unterbrach mich mit einer Handbewegung.

»Unsere Spezialität sind sardische und italienische Gerichte. Darf ich eine Empfehlung abgeben?«

Ich wollte gerade unwirsch etwas entgegnen, als ich seinen Gesichtsausdruck sah und verstand. Das hier war Teil des Spiels. *Also gut*, dachte ich und antwortete: »Sicher.«

Er lächelte erneut. »Wie wäre es mit Cefalo vom Holzkohlegrill, Meeräsche. Mit Knoblauch, sehr zu empfehlen. Oder ich könnte Ihnen das Spanferkel in Honigkruste ans Herz legen, auch eine Spezialität des Hauses.«

Ich klappte die Karte zu, ohne hineingesehen zu haben. »Spanferkel klingt großartig.« Ich hatte tatsächlich Hunger. Wollte ihm die Karte wiedergeben, aber er lehnte wortlos ab.

»Darf ich dazu einen Nepente di Oliena reichen, einen typischen Cannonau aus dem Herzen der Barbagia?«

»Natürlich.« Langsam wurde ich ungeduldig, und das Päckchen in meiner Tasche fühlte sich zunehmend schwerer an.

Aber der Typ verschwand, ohne danach zu fragen, und die nächste Viertelstunde saß ich einfach da, kaute auf, zugegeben leckeren, Pizzabrötchen und Oliven, die man mir gebracht hatte, und nippte an dem würzigen Wein. Schließlich servierte ein junger Kellner mein Ferkel, das einen köstlichen Duft verströmte, und kurz darauf setzte sich der ältere Mann zu mir an den Tisch.

Er sah mir zu, wie ich aß, nachdem er mir einen Buon Appetito gewünscht hatte, und erst nach einem Moment fragte er mit leiser Stimme: »Sie haben etwas für mich?«

Ich kaute, nickte, schluckte. »Sie auch für mich?«

Er lächelte, legte eine zweite Speisekarte auf den Tisch. Mit hochgezogenen Augenbrauen sah er mich an, bis ich die Karte nahm, aus der ich ursprünglich bestellt hatte, aufschlug und unter dem Tisch das Päckchen Alufolie hineinschob. Auf dem Tisch konnte man erkennen, dass meine Karte etwas offen stand, aber bei den Lichtverhältnissen fiel das vermutlich niemandem auf.

»Wie viel?«, fragte ich zwischen zwei Bissen Ferkel.

»Viertausend«, sagte er, ohne das Gesicht zu verziehen.

Ich führte einen weiteren Bissen zum Mund, kaute. *Super*, dachte ich. Meine erste Fahrt als Kurier, und der Kunde will mich gleich mal bescheißen. Zeigte aber keine Regung, sondern aß bloß weiter.

Schließlich, als ich hinuntergeschluckt hatte, antwortete ich: »Dann gehen Sie besser den Rest holen.« Ich nahm mir ein Stück Pizzabrötchen und wischte etwas Soße auf. »Wenn ich hier fertig bin, dann stehe ich auf und spaziere aus Ihrem Laden. Meine Lieferung nehme ich wieder mit. *Capiche?*« Ich nahm einen Schluck Wein.

In die Feuchtigkeit meiner Klamotten mischte sich Schweiß. Obwohl das Essen hervorragend war, schmeckte mir die Situation hier drinnen kein Stück. Ich fühlte mich exponiert.

Der Alte sah mich unter buschigen Augenbrauen an, sagte noch einmal: »Viertausend.« Fügte hinzu: »Das ist mehr als fair bei der Qualität. Rabatt für einen guten Kunden.«

Ich lehnte mich etwas vor. »Mir vollkommen egal, ob das fair ist oder nicht. Ich habe keine Ahnung, was Sie da von mir bekommen. Es könnte sich meinetwegen auch um ein Päckchen Backpulver handeln. Aber der Boss sagt: Geh da rein und bring fünftausend raus, und das mache ich. Oder ich nehme das Päckchen wieder mit.« Ich zuckte mit den Schultern und konzentrierte mich auf die Reste des Spanferkels.

An unseren Tisch trat eine Gestalt. Ich zwang mich, nicht aufzusehen, auch wenn sich mir alle Nackenhaare aufstellten. Sitzend fühlte ich mich defensiv und verletzlich. Am liebsten wäre ich aufgesprungen und hätte die Fäuste geballt.

Die Gestalt setzte sich auf den Stuhl zu meiner Linken. Ich sah zur Seite. Ein Mann, vielleicht Mitte dreißig, Drei-Tage-Bart und goldener Ring im Ohr. Teures Hemd, Weste, keine Krawatte.

»Das ist mein Neffe«, sagte der Mann. »Er wird jetzt die Lieferung übernehmen.«

Mit diesen Worten streckte der Neffe den Arm aus. Ich betrachtete die dünnen, blauen Streifen auf dem weißen Stoff. Das dicke Handgelenk mit der goldenen Uhr und den schwarzen Härchen. Als er nach der Karte griff, schoss meine Linke hervor und packte das Handgelenk. Ich drückte zu, ohne das Gesicht zu verziehen. Konnte an seinem Gesichtsausdruck sehen, dass der Griff ihn schmerzte. Überrascht sah er mich an, dann seinen Onkel. Er versuchte, die Hand zu bewegen, aber ich hielt sie eisern gepackt. Als seine andere Hand über der Tischkante auftauchte, wirbelte ich die Gabel in der Rechten kurz herum, sodass ich sie mit den Zinken nach unten hielt. Bereit, ein saftiges Stück Ferkelchen aufzuspießen.

Niemand sagte etwas, und für einen Augenblick lang verharrten wir in diesem makabren Tableau. Schließlich deutete der Ältere ein unmerkliches Kopfschütteln an, und der Neffe entspannte den Arm. Und ließ die Karte los. Ich hielt ihn noch kurz gepackt und öffnete dann ebenfalls meine Finger. Langsam zog er den Arm zurück, und es kam mir vor, als müsste er den Reflex unterdrücken, sich das Handgelenk zu massieren.

Der Neffe stand auf, beugte sich zu seinem Onkel hinunter und holte sich eine geflüsterte Unterhaltung ab. Schließlich richtete er sich abrupt auf und ergriff die andere Speisekarte, um damit abzuziehen.

Der Alte musterte mich, während ich die letzten Reste des Fleischs zusammenschob und zum Mund führte.

»Und?«, fragte ich, als ich mich zurücklehnte. Der Teller war leer, und mein Herz schlug mir bis zum Hals. Ich hatte keine Ahnung, mit wem ich mich hier auf einen Schwanzvergleich einließ. Kam der Neffe jetzt mit einem halben Dutzend Kerlen zurück? Mit einer vollautomatischen Waffe? Vielleicht hätte ich doch die Makarov mitnehmen sollen.

»Das war sehr dumm von Ihnen«, sagte mein Gastgeber unvermittelt. »Ich könnte Sie mit hinter mein Restaurant nehmen und dort fertigmachen, und niemand käme Ihnen zu Hilfe.«

Ich nickte, tupfte mir den Mund mit der Serviette ab. Das wollte ich gar nicht bestreiten. »Aber Sie haben keine Ahnung, was mit mir passiert, wenn ich mit unvollständiger Sendung zurückkehre.« Ich schürzte die Lippen. »Vielleicht denkt der Boss, ich hätte mir etwas in die eigene Tasche gesteckt? Soll vorkommen. Und so etwas kann man sich nicht leisten, oder?« Ich sah ihn an, zwang ihn zu einer Reaktion.

Ein Lächeln huschte über seine Lippen und verschwand wieder. »Nein, das kann man nicht.«

»Sehen Sie. Es ist nicht so, als ob ich eine Wahl habe. Ich mache einfach nur meine Arbeit.«

»Ich verstehe.«

Kurz darauf kehrte der Neffe wieder zurück, legte die Karte erneut auf den Tisch. Der Ältere schob sie mir zu. Ich nahm sie an mich, ohne meinen Teil herauszugeben. Nahm den Umschlag heraus, spähte unter dem Tisch hinein.

»Es ist alles da«, sagte der Neffe verärgert.

Ich ignorierte ihn, zählte das Geld. Es waren alles Fünfhunderter, zehn Stück, die mir da in wunderbarem Lila entgegenleuchteten. Ich faltete den Umschlag unzeremoniell und steckte ihn in die Innentasche meiner Jacke. Dann erst schob ich die zweite Karte hinüber.

»Meine Empfehlung an den Koch«, sagte ich, während ich aufstand. Ich trank den letzten Schluck aus dem Glas und ging dann Richtung Ausgang. Die Gänsehaut, die mich am ganzen Körper überzog, kam nur teilweise von meinen nassen Klamotten.

Draußen pisste es noch immer, und auf dem Weg zum Auto wurde das mit dem unangenehmen Gefühl nicht besser. Es gab Typen, die würden vielleicht hier draußen auf mich warten, wenn ihnen da drinnen so ein arroganter Arsch gerade richtig ans Bein gepisst hatte. Vielleicht zu zweit. Oder zu viert. Mit Knarren oder bloß mit Basis und Eisenstangen. Die würden mir die Scheiße aus dem Hirn prügeln, den Umschlag abnehmen und auf den blutigen Haufen spucken. Und dann erst schauen, wie sie das mit Meißner bereinigt bekämen. Da gäbe es sicher einen Weg. Sie würden vielleicht behaupten, der neue Kurier hätte Mist gebaut. Sich respektlos verhalten. Zur Not könnten sie Meißner dann immer noch die volle Summe überreichen, wenn es hart auf hart kam.

Das würde meinem zerschlagenen Körper hier draußen aber nichts nützen, dachte ich, als ich mich zwang, langsam die Straße zu überqueren. Den Schlüssel ins Schloss zu stecken, aufzuschließen. Ins dunkle Wageninnere zu gleiten. Dann erst erlaubte ich mir, einen vorsichtigen Blick zu riskieren. Ich konnte nichts erkennen. Zwang mich, ruhig ein- und auszuatmen.

Dann erst startete ich den Motor und fuhr durch aufspritzende Pfützen zurück Richtung Osten.

Auf dem Weg nach Neukölln wählte ich die Nummer, die auf dem Zettel gestanden hatte.

»Ja?«

Dunkle, raue Stimme. Nicht Meißner, wie ich gehofft hatte.

»Ich hab das Cash.«

Die Stimme nannte mir eine Adresse. Neukölln, südlich der Autobahn. Dann wurde die Verbindung unterbrochen.

Ich merkte, dass ich das Gaspedal durchgedrückt hatte und die Möhre ordentlich röhrte. Das Versteckspiel fing an, mir auf die Eier zu gehen. Als hätten die Jungs alle nichts Besseres zu tun, als in Trenchcoats Räuber und Gendarm zu spielen. Wenn die Drogenfahndung ihnen oder mir bereits am Arsch kleben würde, dann würden auch diese kleinen Agententricks nichts nützen.

Als ich die Adresse erreichte, hielt ich unschlüssig in zweiter Spur. Ich hatte keinen Namen. Sollte ich mich einfach vor die Tür stellen? Es regnete immer noch heftig. Sollte ich im Auto warten?

Plötzlich konnte ich in der Tordurchfahrt, links vom Hauseingang, eine Zigarette aufglimmen sehen. War das möglicherweise mein Kontakt?

Kurz dachte ich darüber nach, ihn im Regen zu mir kommen zu lassen, aber wenn ich Pech hatte, saß ich hier endlos, er haute irgendwann einfach ab und ich hatte einen Umschlag voller Geld, den ich mitten in der Nacht zu Meißner bringen musste.

Also startete ich den Motor, bog ab und rollte vorsichtig auf die Tordurchfahrt zu, nur mit eingeschaltetem Parklicht. Ich konnte niemanden erkennen, fuhr aber langsam weiter, bis ich komplett in der Durchfahrt stand. Links von mir war ein Treppenaufgang, in dem ich die Zigarettenglut erkennen konnte. Also kroch der Wagen die letzten zwei Meter nach vorn, mein ganzer Körper verspannt. Es wäre nichts leichter, als mir aus diesem Eingang heraus die Birne wegzupusten. Ich war kaum zu verfehlen.

Ich schluckte. Bremste.

Die Gestalt löste sich aus dem Schatten, ich konnte keine Waffe sehen. Also kurbelte ich das Fenster herunter und fragte: »Was willst du?«

»Schoko?« Eine männliche Stimme, aber ich konnte nicht sagen, ob es derselbe Kerl war, der mir bei der Hinfahrt die Drogen übergeben hatte.

Ich griff in die Innentasche und holte den leicht feucht gewordenen Umschlag heraus, reichte ihn nach draußen.

Als Antwort bekam ich einen Briefumschlag zurück, der im Dunkeln weiß leuchtete.

»Schönen Gruß vom Boss«, sagte die Gestalt, die Zigarette glimmte ein weiteres Mal auf, und ich konnte sehen, wie er am Auto entlangging, um nach hinten auf die Straße zu verschwinden.

Ich befühlte den Umschlag. Darin befand sich so etwas wie eine EC- oder Kreditkarte. Ohne ihn aufzumachen, steckte ich ihn weg und fuhr dann rückwärts wieder aus der Einfahrt.

Nach einer schnellen Zweipunktwende befand ich mich kurz darauf wieder auf dem Weg zurück zur WG.

Aber statt vor dem Haus zu parken, fuhr ich daran vorbei. Meine Klamotten waren nass und mir war kalt. Vielleicht war dieser Abend eine gute Gelegenheit, mein Versprechen wahr zu machen.

Ich trat aus dem Schatten der Durchfahrt in den Innenhof und sah zu den Fenstern hoch. Hinter einigen brannte noch Licht, vereinzelt konnte man Stimmen oder Musik aus offenen Fenstern hören. Es regnete noch immer, aber längst nicht so stark wie zuvor.

Ich fixierte den zweiten Stock, versuchte zu erkennen, ob dort ein Fenster offen stand. Schließlich trat ich kurzentschlossen auf den Sims der Parterrewohnung, zog mich an den Fenstervergitterungen hoch. Suchte Halt auf den hervorstehenden Klinkersteinen, die ihr hübsches Muster unter und über den Fenstern bildeten, fluchte, weil ich fast abrutschte. Viel Platz boten sie nicht, und die Nässe kam mir nicht gerade entgegen.

Aber ich schaffte es, mich einen Stock höher zu ziehen, balancierte dort vor einem dunklen Fenster. Hoffte, niemand würde unvermittelt in die Küche kommen, mich als Silhouette beleuchten und einen Herzanfall bekommen.

Weiterzukommen war schwieriger. Jetzt musste ich mir mit den Fußspitzen und Fingern ausgewaschene Stellen im Mauerwerk suchen. Auch hier rutschte ich mehrfach ab, aber immer bevor ich die Stelle mit meinem gesamten Gewicht belastet hatte.

Schließlich kroch mein rechter Arm nach oben, und ich packte den Sims, zu dem ich wollte. Mit einem Grunzen, das Gesicht vor Anstrengung verzerrt in den Regen und gen Himmel gestreckt, zog ich mich nach oben. Balancierte keuchend und ausgepumpt auf dem schmalen Grad und untersuchte das Fenster. Altbau, und noch älterer Verschluss. Es machte mir keine Mühe, mit einem meiner Picks am Fensterrahmen vorbei den Riegel hochzudrücken. Das innere Fenster schloss ohnehin nicht richtig, und so dauerte es nicht lange, bis ich erschöpft einsteigen konnte.

Mit einem letzten Blick auf den Hinterhof machte ich das Fenster zu. Überlegte, was wohl passieren mochte, wenn mich einer der Anwohner beim Klettern und Eindringen beobachtet hatte.

Ich zog die Klamotten aus, bis ich nackt im Bad stand. Stopfte die Sachen in den Trockner und ging dann fröstelnd über den Flur, bis ich die Schlafzimmertür erreichte. Ich drückte die Klinke hinunter, glitt hinein. Im Bett konnte ich Taminas schlafende Form erkennen.

Ich schob mich zu ihr unter die Decke und kuschelte mich an ihre Wärme.

»Gott, bist du kalt«, murmelte sie, streckte mir aber Rücken und Hintern entgegen, damit ich mich an sie schmiegen konnte. »Ich habe die Tür gar nicht gehört.«

»Ich bin auch durch das Fenster gekommen.«

»Du spinnst. Warum das?«

»Habe ich dir doch versprochen. Romeo und Julia.«

Ihre Hand tastete nach meinem Gesicht, streichelte mir die Wange. Zögerte. Plötzlich ging das Licht an.

Tamina blinzelte mich fassungslos an. »Wer bist du, Typ?«

Verlegen lachend fuhr ich mir über den Schnauzer. »Ich bin Johnny Tee, der böse Zwilling von Johannes Thiebeck.«

Mit einem Kopfschütteln vergrub sie den Kopf an meiner Brust und zog mich mit sich runter. »Du bist komplett verrückt.«

Dann löschte sie das Licht.

Ich küsste sie noch vor der Dämmerung wach.

»Mhm«, stöhnte sie. »Was willst du von mir, du stoppeliger Kerl?« Sie versuchte, meinem Gesicht zu entkommen.

»Ich muss los.«

Sie schob sich etwas nach oben in die Kissen, knipste ihre Lampe an und betrachtete mich einen Augenblick lang.

»Was?«, wollte ich wissen.

»Wie geht's dir?«

»Wie meinst du das?«

»Mit dem Job, meine ich.«

»Ob er mir gefällt?«

Sie antwortete nicht, betrachtete mich bloß weiter.

»Was meinst du?«, fragte ich erneut, langsam genervt. Ich wollte wieder los, auf die Straße, zurück zu den Jungs. Irgendwie kam es mir so vor, als hätte ich sie mit Tamina betrogen. Als hätte ich Tassin mit ihr betrogen. Johnny Ticker hatte keine Beziehung mit Tamina. Und Thiebeck hatte gerade Pause.

»Ich weiß nicht.« Sie zuckte mit den Schultern. Sah jetzt meinen Oberkörper an, streckte den Arm aus, um eine Narbe an meinem Schlüsselbein zu streicheln.

Meine alte Sportverletzung.

»Du bist so unendlich weit weg.« Sie sah mich mit ihren dunklen Augen an, und ich musste daran denken, dass sie das schon einmal gesagt hatte.

Direkt, bevor ich unsere damalige Beziehung beendet hatte und auf Abstand gegangen war. Ich war vollkommen verwirrt und komplett durch den Wind gewesen. Aber jetzt war das anders, oder? Ich wollte eine Beziehung mit Tamina. Wollte sie nicht mehr von mir fernhalten, wünschte mir, gemeinsam mit ihr zu verreisen. Wir hatten sogar Schlüssel ausgetauscht.

Trotzdem wollte ich in diesem Moment nur weg, wie ich es aus den Zeiten meiner One-Night-Stands kannte. Leise aufstehen, möglichst im Flur anziehen, bloß keinen Lärm machen. Hoffen, dass es keine Haustiere oder Mitbewohner gab, die einen verraten konnten.

Ich ziehe den Job durch, gewinne den Fight, und dann fahren wir weg, versprach ich mir, während ich versuchte, ihrem Blick standzuhalten. Irland oder Schottland. Wochenlang.

Ohne zu antworten, beugte ich mich vor, küsste sie auf die Stirn und stand auf. Nackt verschwand ich aus dem Zimmer, holte meine Sachen aus dem Trockner und zog mich an.

12

Ich war wieder in der WG, lange bevor Schoko und Chris wach waren.

Da die Jungs noch schliefen, beschloss ich, das Angenehme mit dem Nützlichen zu verbinden, und zog mir Sportklamotten an.

Ich suchte mir einen Weg durch die Straßen bis hoch zum Kanal, joggte dort ein paar Kilometer hin und zurück und kam dann mit einer Tüte Brötchen wieder in die WG. Duschte, deckte den Tisch und weckte die Jungs mit dem Geruch von frischem Kaffee. Ich hatte uns sogar den Luxus gegönnt, Teller, Besteck und Tassen abzuwaschen, statt wie sonst in diesem Haushalt üblich, bereits benutztes Zeug zu recyceln.

»Raus aus den Federn«, rief ich, während ich klappernd die Jalousie in Schokos Zimmer nach oben zog und das Fenster öffnete, um Licht und Luft in den Pumakäfig zu lassen.

»Oh, *shit*, lass das«, rief Schoko und rollte sich auf die andere Seite.

Unerbittlich trieb ich ihn und Chris aus den Zimmern, und wenig später saßen wir bei geöffnetem Fenster, Sauerstoff und Kaffee im Wohnzimmer.

Die beiden sahen ziemlich verkatert aus, wollten aber natürlich wissen, was am Abend zuvor gelaufen war. Ich fasste die Geschichte kurz zusammen, stellte sie dabei allerdings weniger dramatisch dar, als ich es empfunden hatte.

»Was war in dem Umschlag?«, fragte Chris.

»Keine Ahnung, hab noch nicht nachgesehen.«

»Geh ihn holen, Mann.«

Schoko nickte. »Ja, hol mal.«

Während ich in den Flur ging, rief Chris mir hinterher: »Vielleicht hat er dich reich gemacht, Alter.«

Ich kam zurück und warf Schoko das Ding zu.

Er sah mich fragend an.

»Mach auf.«

Er schlitzte den Umschlag auf und sah hinein.

»Und, was ist es?«, wollte Chris ungeduldig wissen.

»Eine Schlüsselkarte.« Schoko hielt eine weiße, unbeschriftete Karte hoch.

»Was soll der Scheiß?« Chris hatte das Gesicht verzogen. »Das ist ein echter Downer.«

»Quatsch, Downer. Du hast einfach keine Ahnung.« Schoko grinste. An mich gewandt sagte er: »Das ist eine Schlüsselkarte für Harros Penthouse. Damit kommst du unten rein und kannst den Aufzug benutzen. Das ist quasi eine Einladung in sein Heiligtum.«

»Scheiße, echt?« Chris war plötzlich wieder interessiert. »Woher wusste Harro, dass du den Job gestern gemacht hast?«, fragte er plötzlich besorgt.

Ich zuckte mit den Schultern. »Der Typ, der mir das Päckchen gegeben hat, wird wohl gesehen haben, dass da keine Hühnerbrust im Wagen saß.« Ich strich mir über den Schnauzer. »Glaub, selbst im Dunkeln kann man uns auseinander halten.«

»Warum er dir die Karte wohl gegeben hat? Hat der Typ noch was dazu gesagt?«, wollte er von mir wissen.

Ich schüttelte den Kopf und schenkte mir Kaffee nach. »Was heißt das jetzt? Ist das eine Einladung zu ’nem Date oder so? Will er, dass ich ihn nachts besuchen komme?« Ich musste an Nadine denken und fragte mich, ob die auch irgendwann so eine Blankokarte erhalten hatte.

Die beiden Jungs sahen sich ratlos an.

»Keine Ahnung, was das jetzt heißt«, gab Schoko schließlich zu.

»Harro wird sich schon melden, wenn er was von dir will«, vermutete Chris.

Schoko war sich nicht so sicher. »Was, wenn er erwartet, dass Johnny da jetzt aufkreuzt? Dann wird er bestimmt pissig, wenn er das nicht macht.«

»Was, wenn er genau das *nicht* erwartet? Was, wenn er gerade in dieser geilen Schnitte steckt, von der du erzählt hast? Wenn du aus dem Aufzug steigst, stehst du praktisch in seinem Loft. Ich will nicht in Johnnys Haut stecken, wenn Harro es da gerade irgendwem auf der Couch besorgt.«

Schoko musste grinsen, gab aber zu, dass das möglicherweise Ärger bedeuten konnte.

Genervt sagte ich: »Also mache ich erst mal gar nichts. Das ist doch Kindergartenscheiße.«

»Reg dich nicht auf. Freu dich lieber, dass das so gut gelaufen ist und Harro dich für eine coole Socke hält. Danke übrigens dafür, dass du das für mich gemacht hast.« Schoko prostete mir mit der Kaffeetasse zu. »Chris hat mir ausführlich erzählt, in was für einem Zustand ich mich befunden habe.«

»Nicht dafür«, brummte ich wieder einmal, immer noch angezeckt davon, dass Meißner so einen Blödsinn nötig hatte.

Während die beiden noch im Wohnzimmer abhingen, verzog ich mich in den Flur, um Tassin zu texten.

Gestern abend run gemacht. 5k. Alles gut gelaufen. Hab schlüsselkarte von meißner.

Keine zwei Minuten später kam ihre Antwort: *Können wir telefonieren?*

Ich schrieb zurück: *Klar, jetzt? Dann geh ich runter in den park.*

Sie: *In zehn minuten?*

Ich bestätigte und ging dann, um mich vollständig anzuziehen. Bevor ich die Wohnung verließ, rief mich Schoko noch einmal zurück.

»Ich gehe nachher zum Training. Pumpen. Wie sieht's aus, kommst du mit?«

Ich musste sehnsüchtig an das Gym denken und daran, wann ich das letzte Mal eine Runde mit Schmolli im Ring gedreht hatte. Dagegen wäre Hanteltraining bloß ein blasser Abklatsch, aber besser als nichts. »Klar.«

Schoko grinste und verabschiedete mich mit erhobener Hand.

Eine Viertelstunde später war ich auf dem Weg in die Hasenheide. Ich hatte mir auf dem Weg noch einen ordentlichen Kaffee geholt und setzte mich jetzt, die Kapuze meines Hoodies hochgezogen, auf eine Bank und wartete auf Tassins Anruf. Der ließ nicht lange auf sich warten.

»Krass, so schnell«, sagte sie zur Begrüßung.

»Schoko ist gestern ausgefallen. Da haben sie mich geschickt. Muss offenbar jemandem aufgefallen sein, dass ich das war.«

»Cool.« Sie zögerte. »Fünftausend ist ganz schön viel. Normalerweise transportieren die Jungs kleinere Mengen. Was war da los?«

Ich beschrieb kurz, was sich im Restaurant ereignet hatte und wie die beiden Übergaben vonstattengegangen waren. Zwischendrin hielt ich immer mal wieder kurz inne, wenn mir Jogger und Spaziergänger zu nahe kamen.

Tassin pfiff leise durch die Zähne, als ich ihr die ganze Geschichte erzählt hatte. »Das war ein Test«, stellte sie fest.

»Wirklich? Blödsinn.«

»Na klar. Meißner wollte dich auf die Probe stellen. Jede Wette, wenn ich den Typen aus dem Restaurant durch das System laufen lassen, finde ich raus, dass das ein Spezi vom Meißner ist.« Sie lachte. »Nicht schlecht. Und du hast mit Bravour bestanden.«

»Und was mache ich jetzt?«

»Mit der Karte?«

»Ja. Was, wenn die wirklich vom Penthouse ist? Was will der von mir?«

Sie überlegte. »Ich würde sagen, falls er sich bis heute Abend nicht gemeldet hat, gehst du mal vorbei. Schaust nach, was er macht.«

»Okay.«

»Möglicherweise ist das auch noch ein Test. So eine Art Initiativbewerbung. Er will vielleicht schauen, wie aktiv du bist. Deswegen würde ich nicht zu lange auf dem Ding sitzen bleiben.«

»Alles klar.«

»Aber bevor du da hochgehst, gibst du mir Bescheid, klar? Ich hänge dann irgendwo mit meinem Golf rum, mit fetten Beats, und bin dein Back-up. Verstanden?«

»Yes, Ma'am!«

»Ich meine das ernst, Thiebeck. Deine Alleingänge sind legendär. Aber nicht während meiner Wache, klar? Ich will mir nicht bis zur Pension von Frau Kleidermann anhören müssen, dass ich *ihren* Thiebeck verloren habe.«

Jetzt musste ich lachen. »Alles klar, ich sage Bescheid. Bis dann.«

Ich steckte das Handy weg und blieb noch eine Weile dort sitzen. Die Sonne war über die Baumwipfel in den Park gekrochen gekommen und fing an, mich aufzuwärmen. Ich schloss die Augen und lehnte den Kopf zurück.

Den Nachmittag verbrachte ich in einem angenehmen Dämmerzustand, nachdem ich tatsächlich fast drei Stunden lang mit Schoko in seinem Studio gepumpt hatte. Es war ein Fitnessstudio oben im siebten Stock eines Kaufhauses mit einem coolen Blick quer über Berlin. Dort gab es die übliche Mischung aus Trainierenden, mit einem leicht erhöhten Anteil an Püppchen und Hengsten. Aber die Atmosphäre war nicht unangenehm, und vor allem hatten wir uns ungestört große Teile der Zeit im Freihantelbereich tummeln können. Schoko hatte irgendwas für mich gedealt, sodass ich gegen eine geringe Gebühr ein Dutzend Mal zum Probetraining kommen konnte, bevor ich mich für einen monatlichen Beitrag entscheiden musste.

Anschließend hingen wir auf dem Sofa rum, hörten Musik, und zur Abwechslung kiffte mal niemand. Schoko schien von der letzten Nacht noch genug zu haben, sodass wir stattdessen einfach das Fenster offen stehen ließen.

»Wir wollen heute Abend noch in den Beta-Club. Kommst du mit?«

»Was ist das für ein Laden?«

»Hip-Hop. Bisschen Elektro.« Er zuckte mit den Schultern. »Bin aber nicht sicher, ob sie einen wie dich überhaupt reinlassen. Möglicherweise haben sie da eine Altersbeschränkung.«

Ich schnaubte. »Immerhin habe ich schon Haare am Sack.«

Schoko lachte. »Ja, und in der Nase und den Ohren, und das nicht zu knapp.«

»Wenn ich nicht so platt wäre, würde ich dich jetzt fertigmachen.«

»Soll ich deinen Pfleger rufen?«

Ich winkte ab.

Als Schoko sich gegen acht bereit machte, ein paar Freunde zu treffen, ging ich los, um meine Schlüsselkarte auszuprobieren.

»Und du kommst nachher noch ins Beta?«

»Warum nicht?«

»Alter, ich wünsch' dir Glück.« Er stieß seine Faust gegen meine und zog dann die Tür hinter sich zu.

Ich textete Tassin: *Geht los. Bin in zehn minuten bei meißner.*

Ihre Antwort erfolgte wieder sofort: *Alles klar. Bin da.*

Das Wetter schien sich nicht entscheiden zu können. Ab und an ging ein heftiger Wind durch die Straßen, der Abfall und Zeitungen aufgriff, sie ein Stück mitnahm und am bleiernen Himmel graue Wolken vor sich her hetzte. Es lagen Sturm und Regen in der Luft, aber in Berlin blieb das Gewitter häufig bloß ein Versprechen: Wie ein *Coitus interruptus*, mit jeder Menge Aufregung und Elektrizität in der Luft, aber dann geschah nichts weiter.

Ich mochte diese Stimmung, wenn alles irgendwie hochgepowert war, diese Dynamik, die man fast schmecken konnte. Nur Autofahren vermied ich, wenn ich konnte, denn unter solchen Bedingungen benahmen sich die Berliner wilder als eine Horde freigelassener Legehennen.

Am Kottbusser Damm knallte ein Teenie sein Skateboard auf den Bürgersteig und sprang auf. Die Wand aus dahineilenden Menschen, durch die er sich kämpfen musste, schien ihn nicht abzuschrecken.

Ich lief nach Norden, immer mit einem Auge Ausschau nach Tassin haltend. Keine Ahnung, ob sie bei Meißner auf mich wartete oder sich überhaupt zeigen würde, aber es war wie ein kleines Spiel. Zu sehen, ob ich sie enttarnen konnte, bevor sie sich zu erkennen gab.

Als ich vor Meißners Tür stand, hatte ich immer noch keine Spur von Tassin erblickt. Ich zögerte kurz und überlegte, ob ich auf sie warten sollte. Kramte mein Handy heraus und sah, dass sie mir eine Nachricht geschickt hatte: *Bin da, big boy. Kannst reingehen.*

Ich musste grinsen. Drückte auf die Klingel, wartete. Nichts passierte. Klingelte noch einmal. Hieß das jetzt, Meißner war nicht da? Sollte ich einfach hoch? Würde ich dann in seiner Wohnung stehen? Oder war die Karte möglicherweise gesperrt, wenn er nicht da war? Saß er da oben und erwartete mich, weil das wirklich ein Test war? Ich hasste diese Art von Spielchen. Aber es half ja nichts, Tassin wollte, dass ich hochging.

Ich sah mich also noch einmal um und zückte dann die Schlüsselkarte. In dem Moment trat ein Anzugträger neben mich und wartete darauf, mit mir reinzugehen. Ich nickte ihm kurz zu, als der Summer ertönte und uns reinließ. Weil ich keine Lust hatte, mir mit dem Kerl den Aufzug zu teilen, tat ich so, als müsste ich an mein Handy gehen.

»Ja, sicher, was gibt's?«, fragte ich, während ich zusah, wie der Typ seine Karte ans Display hielt, sich die Aufzugtüren öffneten und er eintrat.

»Na klar«, sagte ich noch, während sich die Türen bereits schlossen. Dann steckte ich das Handy weg und ging zum Aufzug. Ich konnte nicht einmal sagen, warum ich ihn hatte vorausgehen lassen, aber ich kam mir vor, als würde ich bei Meißner einbrechen. Tatsächlich erwartete ich gar nicht, dass ich ihn oben vorfinden würde, aber ich wusste nicht, was mir unangenehmer vorkam: ihn zu überraschen oder seiner leeren Wohnung zu stehen.

Ich strich die Karte über das Display und wartete darauf, dass die Kabine zügig wieder nach unten fuhr. Stieg ein. Oben öffneten sich die Türen wie ein Vorhang nach links und rechts, und ich konnte Meißners Appartement sehen.

Oh Shit, dachte ich, als ich zögernd einen Schritt nach vorn machte.

»Hallo?« Ich versuchte, meine Stimme tief, dunkel und entspannt klingen zu lassen. Ich war mir nicht sicher, wie gut mir das gelang.

»Herr Meißner? Johnny hier. Johnny Ticker. Herr Meißner?«

Nach und nach machte ich vorsichtige Schritte in den offenen Raum hinein. Bekam keine Antwort auf meine Rufe. Nichts zu sehen. Bis auf den umgeworfenen Blumenhocker und die zerschlagene Schale auf dem Boden. Reste einer Topfpflanze und Erde auf dem Holzparkett. Alles in mir verspannte sich. Ich ging weiter, halb geduckt, erwartete jeden Moment einen Angriff.

Weiter vorn lag eine Glaskaraffe auf dem Teppichboden, ihr Inhalt in den flauschigen Teppich gesickert. Sichernd sah ich mich um, konnte aber immer noch nichts entdecken.

Hinter der Sofagruppe lag ein zerschmettertes Glas auf dem Parkett, ein Whisky-Snifter. In den Scherben Reste einer goldbraunen Flüssigkeit. Ich kniete nieder, roch daran. In der Tat, Whisky. Daneben gab es ein paar Spritzer einer dunkleren Flüssigkeit. Blut, nahm ich an. Möglicherweise war hier jemand niedergeschlagen worden.

Schnell überprüfte ich die restlichen Räume, fand aber auch dort niemanden. Das Penthouse war definitiv leer. Ich schaute nach weiteren Spuren, konnte aber nur im Wohnzimmer das Resultat eines Kampfes finden. Offenbar war Meißner an der Tür überrascht und im Wohnzimmer überwältigt worden.

Ich unterzog die Wohnung einer oberflächlichen Untersuchung. Dabei musste ich vorsichtig sein, ich hatte keine Handschuhe dabei und wollte keine Fingerabdrücke hinterlassen. Aber Meißners Computer war passwortgeschützt, und ich entdeckte weder persönliche noch geschäftliche Aufzeichnungen. Ich fand keine Drogen und nicht einmal eine Waffe, rein gar nichts, was darauf schließen ließ, dass hier oben ein ranghohes Mitglied eines Drogenhändlerrings wohnte.

Ich lief zurück zum Fahrstuhl, zog die Schlüsselkarte über das Display und wartete auf den Aufzug.

Schließlich stand ich unten auf dem lauten Kottbusser Damm, inmitten des Verkehrs und des Gedränges auf dem Bürgersteig und hatte das Gefühl, ich könnte erst jetzt wieder durchatmen. Als wäre ich in der Wohnung von irgendjemandem oder irgendetwas beobachtet worden.

Ich fummelte mein Handy aus der Hose, zögerte dann.

Mein erster Impuls war es gewesen, Jana anzurufen. Das hatte ich bisher in allen Fällen getan, seit ich nicht mehr beim LKA arbeitete. Fälle, in denen ich über Mordopfer oder Hinweise gestolpert war. Nie hatte ich Densch angerufen, aus einem kindlichen Trotz heraus. Er hatte mir nicht aktiv meinen Posten weggenommen, aber er saß jetzt da, wo ich einmal gesessen hatte, und viel schlimmer, er hatte mich als Janas Partner ersetzt. Ich war mir im Klaren darüber, dass viel von meiner Antipathie Densch gegenüber besser auf den Schulhof gepasst hätte, aber ich konnte mir nicht helfen.

Aber in diesem Augenblick rief ich nicht Jana an, obwohl Grasser und von Geram ihre Fälle waren. Ich wählte Tassins Nummer.

»War er nicht da?«, sagte sie ohne Begrüßung. »Bist du oben reingekommen?«

»Ich war oben, aber Meißner ist weg. Es hat wahrscheinlich einen Kampf gegeben. Möglicherweise hat sich der Doktor-Killer Meißner geschnappt.«

»Doktor-Killer?«

Ich ahnte, dass sie das Gesicht verzog. »Was auch immer«, sagte ich. Es war eine alte Berufskrankheit, Tätern und Fällen immer irgendwelche farbigen Titel zu verpassen, damit man sie auseinanderhalten konnte. »Ich hätte auch sagen können: Möglicherweise hat sich der Mörder, der die Amputationen an von Geram und Grasser durchgeführt hat, Meißner geschnappt. Besser? Jedenfalls habe ich Jana noch nicht angerufen.« Ich machte eine Pause, um das einsinken zu lassen.

»Danke«, sagte sie pflichtschuldigst. »Aber es ist okay, du kannst ihr Bescheid geben.« Sie atmete schwer ein und aus.

»Kann aber sein, dass ich damit für euch verbrannt bin, das ist dir klar?«

»Natürlich«, erwiderte sie patzig.

Wenn das LKA bei Meißner einrollte, kurz nachdem ich dort gewesen war, würde irgendjemand auf jeden Fall dumme Fragen stellen. Und ich war mir nicht sicher, ob ich dann vor Ort sein wollte, um sie zu beantworten.

»Gott, das wäre echt beschissen, wenn es Meißner auch erwischt hätte.«

Ich wusste, dass sie mit *echt beschissen* nicht *echt beschissen für Meißner, die arme Sau* meinte, sondern eher *echt beschissen für Tulay Tassins Fall*, weil ihr auf einmal mein Kontakt zu ihm weggebrochen war. Aber ich sagte nichts, weil ich wusste, dass ich an ihrer Stelle vermutlich genauso gedacht hätte.

»Alles klar. Ich melde mich später noch mal.«

Als Nächstes rief ich Jana an. Ich beschrieb ihr, was ich in der Wohnung vorgefunden hatte. Eine Weile sagte sie nichts, dann fragte sie: »Und du glaubst, er ist entführt worden?«

»Sag du es mir. Kampfspuren, das zerschmissene Glas, Blut.«

»Ist euch klar, was das für Tassins Ermittlungen bedeuten könnte?«

»Ich hab zuerst mit ihr gesprochen, sie hat grünes Licht gegeben.«

»In Ordnung, ich schicke Arne und seine Crew vorbei, die sollen das aufnehmen.« Sie fluchte leise.

»Meißners Freundin, oder Geliebte, heißt Nadine Vorbeck. Ich habe sie bei ihm getroffen. Vielleicht könnt ihr die ausfindig machen?«

»Okay, kümmere ich mich drum.«

»Damit verhärtet sich die Theorie, dass jemand gezielt Bassemanes Kommandostruktur ausschalten will, oder?«

»Vermutlich schon.« Nach einem Moment fügte sie hinzu: »Ich würde dich und Tulay gerne noch einmal bei uns sehen. Ich fürchte, mit Meißners Verschwinden haben wir jetzt eine etwas andere Gemengelage. Ich will mit ihr besprechen, ob ihr morgen noch einmal vorbeikommen könnt, ist das in Ordnung für dich?«

»Natürlich, kein Problem.«

»Danke.« Sie zögerte. »Es tut mir leid, dass unser Fall jetzt euren durchkreuzt.«

Ich schnaubte. »So ist das manchmal. Mach dir keinen Kopp. Wir sehen uns morgen, in Ordnung?«

»Ja. Danke.«

Wir legten auf.

Ich stand da, schaute auf das Treiben um mich herum und wich einem jungen Mann aus, der mit gesenktem Kopf und wild gestikulierend direkt auf mich zukam. Dann suchte ich Schokos Nummer raus und rief ihn an.

»Was geht ab, Mann? Bist du bei Harro schon raus?«

»Meißner ist weg.«

»Was meinst du mit weg?«

»Das Penthouse ist leer. Hier hat es einen Kampf gegeben, Zeug ist kaputtgeschlagen und auf dem Boden war Blut. Jede Menge Blut«, übertrieb ich, damit Schoko gar nicht erst auf die Idee kam, ich würde überreagieren.

»Fuck, nicht dein Ernst?« Er schien zu überlegen, sagte eine ganze Weile gar nichts.

»Was macht ihr bei so etwas? Ich meine, habt ihr einen Ansprechpartner, falls ihr Meißner nicht erreicht?«

»Wir haben die Nummern von Robert und Alpay, das sind seine Leutnants.«

»Ruf einen von denen an, erzähl ihnen, was ich dir gesagt habe. Die müssen das so schnell wie möglich wissen.«

»Kannst du nicht …?«

»Mann, Schoko«, unterbrach ich ihn barsch. »Außer Meißner kennt mich doch keiner. Die wissen vielleicht gar nicht, dass Meißner neulich Lachsbrötchen mit mir gefrühstückt hat und jetzt mein bester Buddy sein wollte. Im schlimmsten Fall schnappen die mich, um mich mal ein bisschen genauer zu befragen.«

»Soll ich etwa sagen, dass ich da oben war?«

»Quatsch. Du sagst, es war ein Neuer, der gerade erst angefangen hat, für Meißner zu arbeiten. Irgendwann werde ich schon mit denen reden müssen, aber wenn es nach mir geht, dann möglichst spät. Nicht jetzt jedenfalls, wo sich erst mal alle aufregen. Mach schon, ruf sie an!«

Er verabschiedete sich, und ich wanderte in Gedanken versunken Richtung Hermannplatz die Straße hinunter. Natürlich wollte ich, dass mich jemand aus der Organisation zu Meißners Verschwinden befragte, am besten Bassemane selbst. Damit würde ich die Lücke, die Meißners Verschwinden so plötzlich gerissen hatte, ganz elegant einfach überspringen. Aber ich hatte keine Lust, von einem übereifrigen Enforcer auf den Rücksitz eines Autos gezerrt zu werden wie bei einem ersten Date. An mir musste sich kein kleiner Drogenstreber beweisen und nach oben strampeln, wenn ich es verhindern konnte.

13

Ich nahm den Nissan und fuhr zu meinem Vater.

Nachdem ich den Wagen vor dem Haus abgestellt hatte, betrat ich durch das kleine Tor im Jägerzaun den Garten. Als ich an der Haustür klingelte, öffnete niemand. Das hatte ich auch nicht erwartet, weil alle Fenster dunkel waren. Also schloss ich mit meinem Schlüssel auf und ging hinein. Meine Eltern hatten immer darauf bestanden, dass ich mein Schlüsselbund vom Haus behielt, selbst als ich längst ausgezogen war.

»Du sollst kommen und gehen, wann du willst«, hatte meine Mutter gesagt und mir die Hände auf die Wangen gelegt. »Mein kleiner Schatz soll immer wissen, wo sein Nest ist«, hatte sie mit gespitzten Lippen und verstellter Stimme hinzugefügt.

Ich war trotzdem selten bei ihnen gewesen, wenn sie fort waren, weil ich mich dann wie ein Eindringling gefühlt hatte.

»Nein!«, hatte meine Mutter protestiert. »Komm her, iss was, lass uns einen Zettel da. Es gibt mir ein gutes Gefühl, zu wissen, dass du in der Zwischenzeit hier warst. Als würden noch Spuren von dir verbleiben, auch wenn du schon längst wieder gegangen bist.«

Jetzt stand ich in dem Flur, in dem ich schon eine Million Mal gestanden hatte. Vor mir die Treppe, die ich immer im Höllentempo heruntergestürmt war, sodass es im Haus geklungen hatte, als ob es einstürzt. Einmal war ich gefallen und hatte mir durch meinen Flug fast die Vorderzähne ausgeschlagen. Am Ende war bloß das Lippenbändchen durchtrennt worden.

Das Häuschen, in dem mein Vater inzwischen allein wohnte,

war sowohl Teil meiner Kindheits-DNA als auch gleichzeitig ganz furchtbar fremd. Es fühlte sich an, als würde ich bereits ein ganzes Leben woanders wohnen.

Ich durchquerte den Flur, ging ins Wohnzimmer und vermied die Bohlen, die seit Jahrzehnten so furchtbar laut knarrten. Ging in die Küche, von der aus man einen tollen Blick in den Garten und auf den Pflaumenbaum hatte, den ganzen Stolz meiner Mutter. Sie hatte diesen Baum geliebt, und jedes Jahr musste ich kommen und die gewaltige Menge an Früchten abernten, damit mein Vater nicht auf die Leiter stieg.

»Hallo, Johannes«, sagte mein Vater, der auf einem Stuhl im Dunkeln saß.

»Papa! Meine Güte, hast du mich erschreckt.« Ich trat zu ihm. Berührte ihn an der Schulter, spürte kurz darauf seine Handfläche auf meiner Hand. »Dachte, du bist nicht da.« Ich zog mir einen Stuhl heran und setzte mich neben ihn. »Willst du was trinken?«

Er zögerte kurz. »Hol uns einen Obstler«, entschied er dann.

Ich stand auf, ging zum Hängeschrank und holte Flasche und Stampfer heraus. Alles noch im Dunkeln. Ich hätte mich in dieser Küche blind zurechtgefunden, meine Eltern hatten kaum jemals etwas verändert, seit ich ausgezogen war. Zum Eingießen machte ich das kleine Licht über der Anrichte an, und mein Blick fiel auf das Päckchen Zigaretten, das dort lag. Tschechische Zigaretten.

Ich machte das Licht aus und ging mit den Stampfern zurück. Wir stießen an, immer noch im Dunkeln, und starrten in den Garten hinaus.

»Er war hier«, stellte ich fest.

Mein Vater warf mir einen Seitenblick zu, als sei er überrascht. »Woher weißt du das?«

»Was wollte er?«

»Reden, glaube ich.«

»Wie geht's dir?«

Er nahm noch einen Schluck. »Es ist komisch, dass erst deine Mutter sterben musste, damit er zurückkommt.«

»Hat er nach ihr gefragt?«

»Ja, jede Menge. Er wollte ganz viel wissen, vor allem über sie, aber auch über dich. Ich glaube, er bereut, dass er weggegangen ist.«

Ich unterdrückte ein Schnauben. »Hättest du mir erzählt, dass er da war?«

Er überlegte. »Ich weiß nicht genau.«

»Weswegen?«

»Vermutlich hätte ich gedacht, dass du dich über ihn aufregst. Ich wusste nicht, ob du ihm vergeben hast. Ich hab es jedenfalls.« Er fuhr fort: »Ich bin nicht sicher, ob wir gute Eltern für ihn waren.«

Ich schaute ihn von der Seite her an und sah Tränen in seinen Augen glitzern. Das wenige Licht von der Straße, das sich zu uns hereinverirrte, wurde in ihnen gefangen. Ich streckte den Arm aus und ergriff seine Hand. Er drückte zurück.

»Wir haben immer versucht, euch beide gleich zu behandeln. Ihn nicht spüren zu lassen, dass er nicht unser leiblicher Sohn ist. Aber vielleicht war das der Fehler.« Er sah mich an. »Mir war immer wichtig, dass wir dich nicht besser behandeln als ihn. Vielleicht hätte er einfach mehr Aufmerksamkeit, mehr Liebe gebraucht als du.«

»Was hättest du anders gemacht?«

Er seufzte, stand auf und schenkte uns Obstler nach. »Ich weiß es nicht. Ist nur so ein Gefühl. Wir haben immer hohe Ansprüche an ihn gestellt, aber die hat er nicht erfüllen können.«

Ich antwortete nicht. Weil ich nicht daran glaubte, dass man die Latte nur tief genug legen musste, damit jeder ohne Mühe drüber kam. Vermutlich war genau das der Grund, warum mein Vater mir nicht hatte erzählen wollen, dass Jan bei ihm gewesen war.

Er schien zu merken, dass wir bei dem Thema auf keinen grünen Zweig kommen würden, und so saßen wir eine ganze Weile einfach da, nebeneinander, und schauten ins Dunkel.

»Kannst du mir irgendwann helfen, den Zaun hinten zu reparieren? Da müsste man mal mit Kaninchendraht nachflicken, damit die kleine Ratte, dieser Pinscher von den Rebrechts, nicht immer durchkommt und mir in den Garten pisst.«

»Klar.« Auch wenn ich noch keine Ahnung hatte, wann ich das schaffen würde.

Bevor ich ging, lief ich noch eine Runde durch den Garten. Stellte mich neben den Pflaumenbaum, *ihren* Pflaumenbaum, und schaute hoch zum Schlafzimmerfenster. Dort hatte sie gelegen, da oben war sie ermordet worden. Ich konnte mich immer noch daran erinnern, wie friedlich sie ausgesehen hatte. Als hätte sie sich für ihren Mittagsschlaf hingelegt. Nur die Visitenkarte, im Kopfkissenbezug versteckt, war der Hinweis darauf gewesen, dass sie umgebracht worden war. Um mich zu bestrafen.

Schließlich ging ich rein, umarmte meinen Vater noch einmal für eine gefühlte Ewigkeit und machte mich dann auf den Weg zurück nach Neukölln.

Als ich den Flur der WG betrat, prallte ich zurück. Vor mir stand ein kräftiger Typ in Lederjacke mit kurz geschorenen Haaren und einer großen Narbe quer über dem Schädel. An den Fingern trug er jede Menge fetter, silberner Ringe: ein Totenschädel, ein Adlerkopf und anderes Zeug, das ordentlich schmerzen würde, wenn er einem damit eins verpasste.

»Bist du Ticker?«, fragte er mich, sobald er mich sah.

»Wer will das wissen?«, knurrte ich.

Aus dem Wohnzimmer steckte noch ein Typ den Kopf in den Flur. Ebenfalls sehr kurze Haare und ein feiner Schnurrbart. Sah türkisch aus. »Komm rein«, sagte er und winkte mir.

Der Kerl mit der Lederjacke machte mir Platz.

Meine Nackenhaare stellten sich auf, als ich mich an ihm vorbeischob und damit zwischen ihnen stand. In einem engen Flur. Keine Situation, auf die ich besonders scharf war. Ein klein wenig entspannte ich mich, nachdem ich Schoko und Chris im Wohnzimmer erblickte, aber das währte nicht lange. Die beiden sahen aus wie ein Häufchen Elend und saßen nebeneinander, als hätte man sie zum Nachsitzen dort platziert.

»Was geht ab?«, fragte ich lässig und ging in die Küche. Dort holte ich mir ein Glas Wasser. Um Zeit zu schinden, um besonders cool auszusehen und um ein schweres Wurfgeschoss in der Hand zu haben, falls es hart auf hart kam. Die richtigen Waffen waren in meiner Tasche im Zimmer.

»Johnny, das sind Robert und Alpay«, sagte Schoko. Er klang nicht besonders entspannt. »Ich habe dir von ihnen erzählt.«

Die beiden nickten, ich auch. Wir maßen uns mit Blicken, wie es Kämpfer vor einem Fight tun. Die beiden waren definitiv nicht von demselben Kaliber wie die Penner, die ich das letzte Mal an genau dieser Stelle im Wohnzimmer vermöbelt hatte. Die hier würden ein härteres Stück Arbeit werden, falls es dazu kommen sollte.

»Was verschafft uns die Ehre?« Ich sah Robert und Alpay direkt an.

Es war Alpay, der Türke, der antwortete. »Meißner ist verschwunden. Aus seiner Wohnung, einfach weg.« Er machte eine Handbewegung, als sei er ein Zauberer, der einen magischen Trick andeuten wollte. »Und wir haben gehört, du warst in der Wohnung. Heute Abend. Korrekt?«

»Korrekt.«

»Wo ist er?«, wollte Robert wissen.

Ich starrte ihn an. »Bist du dumm? Hast du nicht zugehört? Er war nicht da, als ich zu ihm hoch bin.«

Bei meinen Worten machte Robert einen Schritt nach vorn, aber Alpay hielt ihn zurück. »Entspannt euch, Bitches. Wann warst du bei Meißner?«

Irgendwas in der Stimme des Türken kam mir bekannt vor, aber ich wusste nicht genau, was es war. »Weiß nicht genau, halb neun, glaube ich.«

»Warum warst du da?«

»Weil Meißner mir seine Scheißschlüsselkarte gegeben hat«, sagte ich. »Ich wollte wissen, was Phase ist.«

»Du bist also einfach bei ihm aufgekreuzt, nur so. Keine Einladung.«

»Nur die verkackte Karte, bist du taub?« Ich wusste, dass es ein schmaler Grat war zwischen *einen auf dicke Hose machen*, damit Meißners Homies mich respektierten, und sie so weit auf die Palme bringen, dass sie uns alle drei fertigmachen wollten. Ich hatte keine Ahnung, auf welcher Seite des Grats ich mich gerade befand.

»Das ist aber irgendwie ein komischer Zufall, findest du nicht?« Der Türke musterte mich mit dunklen Augen, und auf einmal wusste ich wieder, woher ich seine Stimme kannte.

»Du hast mir doch die Karte gegeben, oder nicht? Neulich Nacht?«

Ein Zucken um seine Augen verriet mir, dass ich ins Schwarze getroffen hatte. Alpay hatte mir zuerst die Drogen übergeben und mir später dafür das Geld abgenommen.

»Hört mal, was wollt ihr von mir? Ich habe die dumme Karte

bekommen, und ich hatte keine Ahnung, was ich damit machen soll. Ich habe Schoko gefragt, der hat mir erzählt, es ist eine Schlüsselkarte für Meißners Loft. Also habe ich eine Weile gewartet, um zu schauen, ob er sich meldet. Mir sagt, was das soll. Hat er nicht, also bin ich heute Abend mal rüber, um zu sehen, was er zu sagen hat.« Ich breitete die Arme aus, zuckte mit den Schultern. Die *italienische Geste*, wie mein Bruder sie immer genannt hatte. »Was soll das? Jetzt ist Meißner weg, aber was kommt ihr hierher und geht uns auf die Eier? Wir haben den hier nirgendwo versteckt.«

»Wer hat den Bullen davon erzählt?«, fragte Robert grollend.

»Was weiß ich? Du Spast glaubst doch nicht im Ernst, *ich* hätte die angerufen, oder?« Jetzt machte ich einen drohenden Schritt nach vorn.

Bevor Robert meiner Aufforderung zu einer Auseinandersetzung nachkommen konnte, stellte sich Alpay dazwischen. »Keine Ahnung, wer die angerufen hat, aber die ganze Sache stinkt zum Himmel.« Er packte Robert an der Jacke. »Wir sind noch nicht fertig miteinander«, drohte er mir mit dem Zeigefinger.

»Kommt gerne wieder, jederzeit«, rief ich, als sie längst im Flur waren. Kurz darauf klackte die Wohnungstür.

»Scheiße«, platzte Chris heraus. »Ich dachte, die reißen uns den Arsch auf.«

»Blödsinn. Die beiden Penner können froh sein, dass sie den Ausgang gefunden haben, bevor wir die mal richtig durchziehen.« Aber ich fühlte mich längst nicht so cool, wie ich tat. Mir war klar, dass die Konfrontation auch locker ins Auge hätte gehen können. Wahrscheinlich hatten die Kerle sogar Schusswaffen dabeigehabt.

Ich ließ mich in einen Sessel fallen. »Bau mal einen«, befahl ich Schoko. Ich konnte das Adrenalin noch pumpen fühlen und hoffte, ein Joint würde mich etwas runterbringen.

Schoko kam der Aufforderung nach und schnappte sich seine Kiste.

»Du darfst nicht so ein loses Maul haben«, ermahnte er mich dann, ohne aufzusehen. »Ich bin erstaunt, dass du damit durchgekommen bist. Glaube, das war bloß, weil weder Alpay noch Robert einschätzen können, was da mit dir und Meißner vorher gelaufen ist.«

»Was hätten sie machen sollen?«

»Pfff, keine Ahnung, dich umlegen?«, sagte Schoko sarkastisch mit hochgezogenen Augenbrauen. »Alter, unterschätz die nicht. Das sind keine kleinen Wichser. Mit denen willst du dich wirklich nicht anlegen.«

»Und die wollen sich wirklich nicht mit *mir* anlegen«, sagte ich, klang dabei aber schon etwas kleinlauter.

Schoko hatte recht. Ich hatte keine Ahnung, was für Schwergewichte die beiden waren, und es war grob fahrlässig gewesen, sie auf diese Weise zu reizen. Ich würde Tassin bitten müssen, mir mehr Informationen über Meißners Umfeld zu geben. Bisher hatte ich darauf verzichtet, weil ich keine unnötigen Infos haben wollte, die *Johnny Ticker* nicht haben würde. Um nicht unabsichtlich zu stolpern. Meine Art von *method acting*.

»Gehen wir jetzt los?«, wollte Chris wissen.

»Wohin? Dieser Beta-Club?«

»Ex-akt«, erklärte Schoko. »Fette Beats, heiße Weiber und kalte Getränke.«

»Nice«, stimmte ich zu, obwohl ich absolut keine Lust hatte, mich in eine Art Hip-Hop-Biotop zu begeben. Aber Johnny Ticker würde bestimmt nicht jeden Abend in dieser Bruchbude abhängen. Also gab ich mir einen Ruck. Zur Not konnte ich mich immer noch volllaufen lassen.

Fast zwei Stunden und ein paar Wegbiere später betraten wir ein altes Industrieareal im Süden Neuköllns, auf dem sich der Club befand. Am Eingang gab es eine lockere Kontrolle durch zwei gepumpte Bouncer, die aber offenbar bloß Leute aussortierten, die offensichtlich in keiner Verfassung mehr für eine friedliche Party waren.

Innen gab es kleine Freiflächen mit jeder Menge Stände, an denen es Essen und Merchandise verschiedenster Art gab. Die Jungs, die hier rumliefen, trugen teilweise schon fast so etwas wie eine Uniform: Reebok-Schuhe, Trainingshosen, weite Shirts und Basecaps, von denen kaum eine gerade auf dem Kopf saß. Königsketten, in Gold glitzernd, jede Menge Kopftücher, auch unter den Caps, und alle gingen, als müssten sie mit breiter Brust *Welle schieben*. Trotz dieser großen Portion Testosteron schien das Konfliktpotenzial minimal zu sein. Es herrschte eine friedliche Atmosphäre. Anscheinend war mit dem theatralischen Gehabe bereits alles gesagt.

Schoko führte uns in das niedrige Hauptgebäude, aus dem sich uns schon die erwähnten fetten Beats entgegenschoben und auf den Magen drückten. Bei dem Song, der gerade lief, handelte es sich um deutschen Hip-Hop mit Streicher-Einlage, aber als Nächstes kam schneller amerikanischer Sprechgesang mit einem Chorus, der im Ohr blieb.

Schoko holte an der Bar die erste Runde Bier, und eine Weile lehnten wir einfach an der Theke und sahen dem Treiben zu. Die *Weiber*, wie Schoko die Frauen genannt hatte, waren teilweise tatsächlich ziemlich heiß, wenn auch für meinen Geschmack oft etwas aufgetakelt, und alle deutlich zu jung für einen alten Sack wie mich. Manche von ihnen sahen aus, als hätten sie die Schminke nicht mit der Hand aufgetragen, sondern die Make-up-Pistole benutzt. Aber ich vermutete, wir würden trotzdem einen coolen Abend hier verbringen, weil die

Mädchen fast genauso eine Welle schoben wie die Kerle. *Das* zumindest fand ich ziemlich heiß.

Schoko beugte sich zu mir rüber und rief mir etwas ins Ohr. Er brauchte zwei Anläufe, bis ich verstand. »Komm mal mit raus, ich zeig dir was.«

Chris ließen wir zurück, weil der gerade eine junge Frau begrüßt hatte und sich unterhielt.

Wir verließen das Gebäude durch einen Seitenausgang und betraten eine Art Innenhof. Hier standen mehrere Blechtonnen, in die mit spitzen Gegenständen Löcher gestanzt worden waren, und in denen Feuer brannten, als befänden wir uns in der Bronx. Allerdings wärmte sich niemand über ihnen die Hände. Zu unserer Rechten stand auf einer flachen Bank eine riesige tragbare Anlage in matt schimmerndem Schwarz und versuchte, gegen das Dröhnen aus dem Haupthaus anzukommen. Den Jungs und Mädels, die dazu auf einer glattgezogenen Betonfläche Breakdance-Moves durchführten, schien es zu reichen. Es war schwer zu erkennen, wer Zuschauer und wer Akteur war. Immer wieder verließ einer der Tänzer den Innenring und irgendwer anders hüpfte mit schnellen Füßen hinein und fing an, sich vor allem auf dem Boden zu drehen. Manche der Leute klatschten rhythmisch dazu.

Mir stieg ein beißender Geruch in die Nase. »Was stinkt hier so?«, fragte ich Schoko.

»Der Tunnel«, antwortete er und deutete mit der Flasche auf einen runden Eingang hinter den Tänzern. »Da drinnen können sich die Sprayer austoben und ihre Tags und Graffitis anbringen. Aber wenn die gerade am Sprühen sind, solltest du ohne Maske nicht reingehen.«

Ich nickte und nahm einen Schluck von meinem Bier.

»Schoko, *my man*, was geht ab?« Ein untersetzter, türkisch aussehender Kerl mit kurz geschorenen Haaren und einem beeindruckenden, angespitzten Schnurrbart begrüßte Schoko überschwänglich: gegeneinander geschlagene Handflächen, ein Griff an den Unterarm, dann ein Zusammenstoßen der Unterarme und zum Schluss eine Umarmung und zwei Küsschen, links, rechts.

»Johnny, das ist Docker. Docker, das ist Johnny Ticker, eine alte Connection.«

»*Der* Docker«, korrigierte er. »Ticker?« Er zog eine Augenbraue hoch. »Ist der Name Programm?«

Ich antwortete nicht, sondern zuckte bloß mit den Schultern.

»Ich geh' kurz nachfüllen«, sagte der Docker und hob seine leere Flasche wie zum Beweis.

Wir sahen zu, wie er abzog. Er war deutlich kleiner als wir beide, vielleicht eins fünfundsechzig, aber kräftig. Ich schätzte, dass er vermutlich etwa so alt war wie ich, Anfang vierzig, auch wenn sein Gesicht eine gewisse alterslose Qualität besaß. Er trug eine Bomberjacke und Jeans, dazu Turnschuhe.

»Wer ist der Kerl? Ein Kunde?«, fragte ich, als er außer Hörweite war.

Schoko schnaubte. »Der Docker ist kein Kunde. Der Docker ist ein *Mover*. Hat früher selbst Zeug verschoben, aber in größerem Maßstab. War vor allem ein Transporteur.«

»Jetzt nicht mehr?«

Schoko trank und schüttelte den Kopf, während er den Blick nicht von einer kurzhaarigen Brünetten lassen konnte, die gerade im Kreis auf der Schulter herumwirbelte.

»Hat den Ausstieg geschafft. Ist im Musikbiz.«

»Was heißt das?«

»Er ist Rapper geworden. Hat ein eigenes Label gegründet und produziert jetzt Tracks, seine eigenen und die von seinen Schützlingen.«

»Wie heißt er wirklich?«

»Nazir irgendwas. Kommt aus dem Libanon, soviel ich weiß.« Schoko hörte auf zu reden, weil der Docker zurückkam, in der Hand drei Flaschen. Wir erhielten jeder eine, und Schoko und ich beeilten uns, unsere ersten zu leeren. Dann stießen wir an.

»Warst du schon mal hier?«, wollte der Docker wissen.

Ich schüttelte den Kopf.

»Solltest mal freitags vorbeikommen, da gibt's hier echte Battles.«

Ich sah ihn verständnislos an.

Er warf Schoko einen Blick zu und lachte. »Beef Battles. Rap. *Capiche*?«

In diesem Moment sprang eine Blondine Schoko auf den Rücken und kabbelte sich mit ihm. Lachend wehrte er sie ab, bevor sie ihn am Arm in Richtung des Haupthauses zog. Der Docker und ich sahen ihm hinterher, als hätte man uns plötzlich die Stützräder weggezogen. Vielleicht ging es aber auch bloß mir so, immerhin war der Docker hier zu Hause.

Ich bemerkte, dass er mich musterte. Von der Seite und von unten. Ich wandte mich ihm zu, auf den nächsten flotten Spruch vorbereitet.

Aber er überraschte mich. »Hat Schoko vor, dich bei sich unterzubringen? Als Ticker?«

Ich ließ mir Zeit mit der Antwort. »Was weißt du darüber?«, wollte ich wissen.

Er strich sich mit dem Daumen über die Nase, grinste dann. »Mann, ist ja kein Geheimnis, dass die Jungs verkaufen. Auch nicht, dass sie es nicht auf eigene Rechnung machen. Ich war früher in dem Biz unterwegs, hab Steine bewegt, wenn du weißt, was ich meine.«

Stones war ein anderer Name für Crack, aber ich bezweifelte, dass der kleine Kerl wirklich relevante Mengen an Crack transportiert oder verschoben hatte. Ich beschloss, Tassin nach ihm zu fragen. Aber statt meine Zweifel zu zeigen, nickte ich bloß stumm.

»Versteh mich nicht falsch, ich weiß genau, wieso die Jungs das machen. War bei mir nicht anders. Wir hatten keine Kohle, waren jung und brauchten das Geld.« Er lachte. »Wollten das Geld«, korrigierte er sich. »AMG fahren ist geiler als die Scheiß-BVG, Roastbeef cooler als Döner. Aber am Ende frisst es dich auf. Du hast gesessen, hat Schoko erzählt?«

Ich nickte.

»Dann weißt du, wovon ich rede. Du musst nicht zurück in die Mühle.«

»Alter, was quatschst du mir hier ein Ohr ab?«, sagte ich gedehnt. Schaffte es inzwischen besser, in die Rolle des Tickers zu rutschen. »Bist du von der Fürsorge und bringst die verirrten Schäfchen zurück ins Trockene?«

Anstatt sich aufzuplustern, lachte er bloß. »So in etwa, ja. Bei mir im Label sind jede Menge Jungs, die ansonsten fett abgerutscht wären. Die hätte es bestimmt irgendwann erwischt. Aber so haben sie eine zweite Chance bekommen. Was aus ihrem Leben zu machen. Auch für dich ist es nicht zu spät, Bruder.« Er sah mich von unten mit einem zugekniffenen Auge an. »Auch wenn deine Lebensuhr schon etwas weiter getickt ist als bei meinen üblichen Schützlingen.«

»Ich kann nicht mal singen«, sagte ich und trank aus der Flasche.

»Musst du auch nicht, um zu batteln. Kannst du kämpfen?«

Unwillkürlich rollte ich mit den Schultern. »Logo.«

»Siehst du. Rap ist wie Kämpfen, nur nicht mit den Fäusten, sondern mit dem Kopf.« Er tippte sich mit der Flasche gegen die Stirn. »Außerdem ist Rap eine Geschichte vom Schmerz, weißt du? Und auch wenn du vielleicht für die meisten nicht so aussiehst, aber ich weiß, dass du jede Menge Schmerz in dir trägst, mein Freund. *Schmerz ist der Vater und Liebe die Mutter der Weisheit.*«

Ich verstand nicht, was er mir damit sagen wollte.

»Es tut mir leid«, sagte Schoko, der wieder zu uns stieß. »Ich hätte dich nicht mit ihm allein lassen sollen. Ich hab gewusst, dass er dich vollquatschen wird und zu bekehren versucht.«

Der Docker schüttelte milde den Kopf. »Kleiner Schoko, auch du wirst eines Tages verstehen, dass die Welt nicht nur aus schnellem Geld besteht.«

»Korrekt!«, rief Schoko an mich gewandt. »Schnelles Geld, schnelle Autos und viel wichtiger: schnelle Frauen! Komm, ich will dir jemanden vorstellen«, rief er und zog mich mit sich.

Im Weggehen hob ich die Flasche, um mich von Docker zu verabschieden. Er erwiderte die Geste und sah uns mit einem Lächeln hinterher.

14

Ich wachte morgens auf dem Sofa der WG auf. Die Sonne stand bereits im Zimmer, und ich checkte mein Handy. Halb neun. Eine SMS: *Ich hol dich um neun ab, kollege.*

Mein Schädel brummte, und meine Zunge fühlte sich an, als sei sie zu dick für meinen Mund. Halb über mich gerollt lag eine junge Frau, Saskia oder Sasha oder so, und ihr Top war hochgerutscht, sodass eine nackte Brust gegen meine Rippen drückte. Erleichtert stellte ich fest, dass wir noch angezogen waren. Uns gegenüber hing Schoko im Sessel und schnarchte mit offenem Mund und jeder Menge Speichelfäden, die bei jedem Atemzug flatterten. Von Chris war nichts zu sehen.

Ich erinnerte mich vage, dass Schoko mich dieser Saskia oder so und ihrer Freundin vorgestellt hatte. Wir hatten getrunken, geraucht, getanzt und gelacht. Die Kleine war ziemlich offensiv gewesen und hatte sich immer wieder an mir gerieben, und als Schoko vorgeschlagen hatte, die Party zu uns zu verlegen, war das auf große Zustimmung gestoßen.

Hier hatten wir auf dem Sofa mit Bier, Schnaps und Joints weitergemacht, und die Kleine hatte versucht, mich zu überreden, ihre *Titten zu massieren*, wie sie es ausgedrückt hatte.

Ich sah zur Seite und musste zugeben, dass sie recht gehabt hatte: Es waren wirklich ziemlich schöne Brüste. Jedenfalls die eine, die ich sehen konnte.

Vorsichtig löste ich mich von ihr und sah zu, wie sie sich wie eine kleine Schnecke auf dem Sofa zusammenrollte. Ich bemühte mich sogar, ihr das Top wieder etwas herunterzuziehen.

Im Bad versuchte ich, mich einigermaßen zu restaurieren und die Augenringe zu ignorieren. Möglicherweise kam ich langsam in das Alter, in dem ich über Make-up nachdenken sollte, um die Spuren allzu heftigen Feierns zu überdecken. Minutenlang starrte ich in den Spiegel, knetete an der Gesichtshaut herum und versuchte, mich an das fremde Gesicht, abgekämpft und müde, mit ungewohntem Bart und Haarschnitt, zu gewöhnen. Johnny Ticker. Plötzlich musste ich grinsen. Bis vor Kurzem hatte ich den guten Ticker noch für ein ziemliches Arschloch gehalten und mich in seiner Haut nicht besonders wohl gefühlt. Vielleicht würde sich das noch ändern.

Ich klatschte mir links und rechts auf die Wangen, wie es der Coach manchmal vor dem Training mit uns machte, und verließ endlich das Bad. In der Küche schnappte ich mir ein Stück kalte Pizza vom Vorabend, oder dem Abend *davor*, und ging dann runter auf die Straße.

Dort wartete bereits der Golf mit den abgedunkelten Scheiben auf mich.

»Mann, siehst du scheiße aus«, begrüßte mich Tassin, während sie mit quietschenden Reifen durchstartete. »Harte Party gehabt?«

»Sagen wir so, ich bin heute Morgen in meinen Klamotten und einer nackten Titte auf dem Bauch aufgewacht.«

Sie nickte. »Klingt nach harter Party.«

Kurz darauf standen wir in dem großzügigen, sonnigen Besprechungsraum im LKA, in dem wir auch damals beim Fall Gorlaff unsere Meetings abgehalten hatten. Ich feierte ein Wiedersehen mit der großen Kaffeekanne und ließ mir von ihr schwarze Brühe in eine große Tasse spritzen.

Jana hatte uns im Erdgeschoss abgeholt, oben waren wir auf Densch und Kunzi gestoßen.

»Wir warten noch auf Frau Professor Körner«, erklärte Densch mehr Tassin als mir, »und Hauptkommissar Alexander Kirill vom LKA 4 wird ebenfalls zu uns stoßen.«

Die Vier war für organisierte Kriminalität und Bandendelikte zuständig, und Kirills Anwesenheit würde für einen spannenden Balanceakt sorgen. Streng genommen gehörten Tassins und meine Ermittlungen bereits ebenfalls in den Bereich des LKA 4, da es immerhin um Bassemanes gesamte Bande ging. Tassin und Herford mussten sich also bewusst sein, dass es bei einem großen Erfolg der Operation durchaus sein konnte, dass die Vier übernehmen würde. Und auch Jana und Densch drohte jetzt zumindest Kompetenzgerangel, da die Vier natürlich auch ein Wort mitreden würde, sobald klar war, dass es sich bei den Morden tatsächlich um einen Bandenkrieg des organisierten Verbrechens handelte. Ich bereute, mir nicht einen großen Eimer Popcorn mitgebracht zu haben.

Ich hatte Alexander Kirill zwar nie getroffen, aber einiges über ihn gehört. Er war ein Hardliner und ein No-Nonsense-Bulle, dessen brüske Art bei Densch bestimmt auf jede Menge Gegenliebe stoßen würde.

»Herr Thiebeck, wie schön, Sie wiederzusehen«, begrüßte mich in diesem Moment die Stimme von Professor Hedwig Körner. »Ich mag Ihr neues Aussehen. Sehr frisch, es steht Ihnen. Wie geht es dem Monster in Ihrem Schrank?«, fragte sie mich mit einem Lächeln.

Ich hatte ihr die Hand gegeben, die sie zwischen ihre Hände nahm. Ihre Haut fühlte sich warm und weich an. Die alte Dame stellte den Urtyp der Märchendame dar, legte viel Wert auf gute Manieren und besaß einen wunderbar scharfen Verstand.

»Dem Monster geht es gut«, erwiderte ich. »Manchmal traue ich mich sogar in den Schrank hinein.«

Frau Körner hatte damals meine Angst vor einer Beziehung zu Tamina mit der Furcht vor einem Monster im Schrank verglichen.

Manchmal ist es besser, aufzustehen und in den Schrank hineinzusehen, als sich die ganze Nacht auszumalen, was für Monster sich dort drin verstecken könnten, hatte sie gesagt. Ich hatte Tamina davon erzählt und sie als mein *kleines Monster im Schrank* bezeichnet. Seitdem war das so eine Art Witz zwischen uns geworden.

»Das ist schön«, sagte Frau Körner und tätschelte meine Hand.

Wir wurden unterbrochen, weil jemand das Besprechungszimmer betrat. Ein Mann, vielleicht eins fünfundachtzig, mit athletischer Figur, breiten Schultern, markanten Zügen und kurzen, dunklen Haaren. Densch und Jana begrüßten ihn und stellten ihn anschließend vor.

»Kriminalhauptkommissar Alexander Kirill, das sind Frau Professor Doktor Körner, unsere Psychologin, Kriminalkommissarin Tulay Tassin von der Drogenfahndung, Daniel Kunzi, unser Assistent, und Johannes Thiebeck.«

Er schüttelte uns nacheinander die Hände, und der Blick, mit dem mich Kirill musterte, sagte mir, dass er über meine Vergangenheit beim LKA informiert war. Es war ein ordentlicher Händedruck, und ich hoffte, dass er seine Kräfte bei Frau Körner etwas gezügelt hatte.

Kirill war mir als Macher beschrieben worden, und dieser Eindruck bestätigte sich jetzt. Durchaus jemand, mit dem ich eher etwas anfangen konnte als mit Denschs blutleerer Art.

»Und das ist Kriminalkommissar Arne Hegert vom Erkennungsdienst«, stellte Densch Hegert vor, der inzwischen ebenfalls den Raum betreten hatte. »Er wird uns die bisherigen Erkenntnisse aus Meißners Wohnung vorstellen.«

Hegert begrüßte die Runde bloß mit einem Nicken und trat bereits ans Whiteboard. Er war nicht der Typ für Small Talk.

»Wo ist Henni?«, fragte ich Jana flüsternd.

Henni Herzog hatte neben Kunzi ebenfalls eine Assistenzstelle inne und mich vor ein paar Monaten in den *Gluecifer*-Fall gezogen.

»Kommt noch«, gab Jana knapp zurück.

Hegert hatte Densch angesehen, der ihm mit einem knappen Nicken ein Zeichen gegeben hatte.

»Von Meißner fehlt nach wie vor jede Spur. Es hat in der Wohnung definitiv einen Kampf gegeben, und anhand der Blutspuren, die wir gefunden haben, wissen wir auch, dass Meißner dort verletzt wurde.«

Densch nickte und erklärte: »Wir gehen im Moment also davon aus, dass Meißner entführt wurde. Falls er irgendwann wieder auftaucht, schwer verkatert, und sich herausstellt, dass ihm bloß seine Freundin eine Ohrfeige verpasst hat, umso besser.«

»Der oder die Täter haben sich nach momentanem Erkenntnisstand nicht gewaltsam Zutritt zur Wohnung verschafft. Es ist also möglich, dass Meißner denjenigen kannte, der ihn überwältigt hat.«

Jana unterbrach ihn. »Durch Johannes wissen wir allerdings auch, dass Meißner Schlüsselkarten rausgegeben hat, mit denen man direkt über den Fahrstuhl in die Wohnung kommt.« Sie streckte die Hand aus, und ich gab ihr die Karte. »Untersucht die mal. Spannend ist für uns, ob der Zugang zum Beispiel zeitlich begrenzt ist. Möglicherweise hat Meißner die Möglichkeit, eine Art Timer in die Dinger zu programmieren. Und überprüft seine Computer, vielleicht kann man dort nachvollziehen, wann er diese Karten ausgestellt hat. Wenn wir Glück haben, können wir damit das Zeitfenster, in dem er verschwunden ist, deutlich einengen.« Sie ging zu Hegert und überreichte ihm das Stück Plastik.

»Was ist mit dieser Nadine?«, wollte ich wissen.

»Nach der suchen wir noch«, antwortete Jana. »Bisher haben wir noch nichts über sie, aktenkundig ist sie jedenfalls nicht.« Sie drehte sich zum Board um und hängte ein weiteres Bild auf.

Meißner, der mich mit wachen Augen vergnügt ansah.

»Harro Meißner ist noch *nicht* tot. Lassen Sie mich das wiederholen. Das hier ist unser drittes Opfer, aber nicht unsere dritte Leiche. Behaltet das im Kopf. Wenn wir gut und zügig arbeiten, dann können wir Meißner noch retten. Falls der Täter sein Vorgehen nicht großartig verändert, hat er Meißner irgendwohin verschleppt, wo er ihn foltern kann. Und unsere Aufgabe ist es, diesen Ort zu finden. Schreibt Meißner nicht ab! Ich habe vor, unseren Täter zu finden, bevor Meißner dasselbe Schicksal wie von Geram und Grasser ereilt. Ist das klar?«

Einhelliges Nicken in der Runde. Nicht einmal ich konnte mich dem entziehen.

Sie kam zurück zu uns und fuhr fort: »Zum aktuellen Stand der Ermittlungen lässt sich sagen, dass wir mithilfe der Kollegen von der Vier bereits angefangen haben, sowohl Bassemane und seine Leute sowie die Gegenseite auszuquetschen.«

Densch übernahm, als sei das sein Stichwort. »Wir haben den Kollegen Alexander Kirill gebeten, zu uns zu stoßen. Wenn sich der Verdacht erhärtet, dass es sich um einen internen oder externen Bandenkrieg handelt, werden wir eng zusammenarbeiten.«

Kirill nickte und übernahm das Wort. Er pinnte ein großformatiges Foto an das Whiteboard. Es zeigte einen Mann, vielleicht Mitte dreißig, mit Pausbacken und blondierten Haaren. »Das ist David Petrow, ein Deutscher und Victoire Bassemanes größter Konkurrent. Falls es sich nicht um eine interne Säuberungsaktion handelt, ist es am wahrscheinlichsten, dass es sich um einen Angriff von Petrow handelt.« Er brachte ein weiteres Bild an der Tafel an. Es zeigte einen Türken oder Araber mit kurzen Haaren und einrasiertem Scheitel. Durch sein hageres Gesicht traten die dunklen Augenringe noch mehr hervor, aber er sah trotzdem auf eine männliche Art gut aus. Ich konnte mir vorstellen, dass er durchaus bei den Ladys ankam.

»Das ist Abasi Sawatha, Palästinenser. Er ist einer der Männer fürs Grobe bei Petrow. Sawatha werden Beziehungen und eine aktive Zeit in der Hamas nachgesagt, und seine Spezialität war das sogenannte Kneecapping.«

Kirill nickte Hegert zu, der daraufhin übernahm. »Der Name dieser Bestrafungsart ist tatsächlich ein Misnomer, also ein fälschlich verwendeter Name, weil bei der Verletzung nur äußerst selten die Kniescheibe, also das *kneecap*, verletzt wird. Stattdessen wird dem Opfer, meist mit einer Handfeuerwaffe, seitlich ins Knie, aber auch in die Ellbogen oder die Knöchel geschossen, um es oft für den Rest seines Lebens zu verkrüppeln.« Mit Zeigefinger und Daumen machte er eine Pistolen-Geste und deutete einen Schuss an. »Historisch gesehen haben vor allem die Hamas im Gaza-Streifen und die IRA bei ihrem Kampf in Nordirland diese Form der Bestrafung eingesetzt.«

Bereits früher hatte mich amüsiert, dass Hegert in diesen kleinen Lehrstunden so aufging. Manchmal fragte ich mich, ob er an der Uni nicht besser aufgehoben gewesen wäre.

An Kirill gewandt fragte Jana: »Glauben Sie, dass die Amputationen eine Weiterentwicklung dieser Verkrüppelungen sein könnten?«

»Durchaus möglich. Sawatha ist nicht für seine Skrupel bekannt, und zuzutrauen wäre ihm diese Art von Grausamkeit auf jeden Fall.«

Hegert schaltete sich mit einem Räuspern ein. »Allerdings gilt es dabei zu bedenken, dass diese Form der Bestrafung, *limb punishment shooting*, wie es offiziell korrekt heißt, vor allem als Maßnahme in den eigenen Reihen angewendet wird. In der IRA ist es eine *Polizeimaßnahme* gewesen, um für Frieden zu sorgen, während der militärische Gegner, also die Polizeikräfte und Mitglieder der britischen Armee, meist einfach getötet wurde. Auch die Hamas verwendet die Verkrüppelungen eher, um kritische Stimmen aus Reihen der Palästinenser zum Verstummen zu bringen.«

»Was wollen Sie damit sagen?«, knurrte ihn Kirill aggressiv an.

»Wenn man eine Parallele zwischen *limb punishment shooting* und den Amputationen ziehen möchte, würde es demzufolge eher Sinn ergeben, die Täter in den Reihen der eigenen Organisation zu suchen.«

Hegert hielt sich trotz des Gegenwinds ganz gut, fand ich.

Kirill machte eine wegwerfende Handbewegung, und ich fragte mich, ob er vielleicht ein gesteigertes Interesse daran hatte, Petrow als Auslöser auszumachen, weil sein Dezernat dann heftiger einsteigen konnte.

»Das ist Quatsch«, sagte er und verzog missmutig das Gesicht.

Ich musste plötzlich an die beiden Schläger denken, die Tassin uns auf den Hals gehetzt hatte und die mit ihrem Bolzenschussgerät ebenfalls genau diese Art von Bestrafung verteilt hatten. Aber diese namenlosen Dealer in Verbindung mit Sawatha und der Mordserie zu bringen, kam mir schon ziemlich paranoid vor. Allerdings wäre es möglicherweise auch ein arg großer Zufall, dass die Jungs ausgerechnet ein Bolzenschussgerät mitgebracht hatten.

Frau Körner war neben Hegert getreten und fragte Kirill mit freundlichem Lächeln: »Darf ich?«

Er nickte, und Hegert machte ihr Platz.

»Es ist natürlich möglich, dass die Strafaktionen, die Herr Hegert beschrieben hat, eine Verbindung zu den vorgefundenen Amputationen haben. Allerdings hat die Amputation ja eine sehr viel längere Geschichte aufzuweisen. Im Mittelalter wurden zum Beispiel Dieben die Hände abgehackt. Auch in der Neuzeit gibt es einen solchen Strafkatalog, und zwar bei den sogenannten Hadd-Strafen im islamischen Recht. Dort werden für bestimmte Vergehen wie Spionage, schweren Diebstahl oder Straßenraub kreuzweise Hand und Fuß amputiert.«

»Sawatha ist Islamist«, warf Kirill ein.

Frau Körner nickte, nahm den Einwand aber nicht weiter zur Kenntnis. »Allerdings gibt es kaum noch islamische Staaten, die aktiv diese Bestrafung durchführen.«

»Was jemanden wie Sawatha ja nicht davon abhalten würde.«

»Das ist richtig. Allerdings gibt es dort einige Ungereimtheiten. Warum den ganzen Arm, das ganze Bein? Statt Hand und Fuß?«

»Weil das Vergehen zu groß war?«, bot Kirill an.

»Warum alle vier Gliedmaßen? Warum nicht nur zwei, kreuzweise?« Sie ließ Kirill diesmal keine Zeit, zu antworten. »Außerdem wäre es wohl kurzsichtig, sich bloß auf die Amputation zu konzentrieren. Obgleich diese Maßnahmen im Vergleich zu üblichen Verbrechen übertrieben scheinen, ist es vor allem die Tatsache, dass die Opfer zusätzlich noch gefoltert, künstlich ernährt und gemästet und schließlich ausgeweidet worden sind, die darauf schließen lässt, dass es hier um mehr geht. Und es keinesfalls genug Indizien gibt, damit wir uns auf Sawatha als Täter konzentrieren.« Sie warf Kirill einen abschließenden Blick zu, den dieser mit düsterer Miene erwiderte. »Momentan haben wir noch keine Ahnung, was es zu bedeuten hat, dass der Täter seinen Opfern die Organe entnommen hat. Haben sie eine spezielle Bedeutung für ihn? Hat er sie aufgehoben? Oder war ihm stattdessen wichtig, dass sie sich nicht mehr im Körper befinden? Die Wahrheit ist, dass wir das nicht wissen, aber dass diese Unterscheidung wichtig sein wird für die Kategorisierung des Täters. Dafür brauchen wir weitere Erkenntnisse.« Sie machte eine Pause, um uns Gelegenheit zu geben, Einspruch zu erheben. Nachdem das niemand tat, fuhr sie fort: »Ein ganz wesentlicher Bestandteil dieser Tat scheint das Ritual zu sein. Der Täter hat sich unglaublich viel Zeit gelassen. Wir reden über einen Zeitraum von mehreren Wochen. Warum lässt man sein Opfer derart lange leiden? Entweder, weil ansonsten die Strafe nicht angemessen groß genug erscheint oder der Täter die Handlung, für sich oder das Opfer, besonders lange ausdehnen will. Von den vier Grundmotiven, die üblicherweise bei Serienmördern zu finden sind, kommen in diesem Fall momentan noch alle in Frage: Ob der Täter sich als Visionär sieht, ob er denkt, er hätte einen speziellen Auftrag zu erfüllen, oder ob es ihm allein um die Erfüllung seiner Lust beziehungsweise seinen Drang nach Kontrolle geht, können wir noch nicht sagen. Deswegen ist es momentan noch unmöglich, ein engeres psychologisches Profil zu erstellen.«

Jana bedankte sich bei Frau Körner und deutete in meine Richtung. »Johannes Thiebeck, der für Frau Tassin und die Drogenfahndung als V-Mann arbeitet, war in Meißners Wohnung und hat festgestellt, dass dieser verschwunden ist.« Direkt an mich gewandt fragte sie: »Wie hat seine Organisation bisher reagiert?«

Ich beschrieb kurz, was Schoko und Chris gesagt hatten und wie Meißners Enforcer bei uns aufgetaucht waren. »Im Moment habe ich das Gefühl, dass die Reaktionen dem entsprechen, was zu erwarten ist. Es handelt sich zwar bloß um die niederen Ränge, aber ich glaube nicht, dass da jemand seine Finger im Spiel gehabt hat.«

Kirill nickte, als hätte ich ihm damit in die Hände gespielt. Offensichtlich gab es in seiner Wahrnehmung tatsächlich bloß die Frage, ob der Killer aus Petrows oder Bassemanes Reihen kam. Mir erschien das etwas zu kurzsichtig.

»Wir brauchen aber einen direkten Einblick in Bassemanes Organisation. Schaffen Sie das?«, fragte Kirill mich brüsk. »Zügig?«

Ich ließ mich nicht aus der Ruhe bringen und wollte gerade etwas entgegnen, als Tassin mir zuvorkam.

»Wir werden Thiebeck ganz sicher nicht vorschnell exponieren. Die Tatsache, dass die Polizei bei Meißner war, kurz nachdem er sich dort aufgehalten hat, könnte misstrauisch genug machen. In der Tat habe ich schon mit Sascha Herford gesprochen, ob wir ihn nicht abziehen müssen.« Sie warf mir einen schnellen Blick zu, wie um sich zu entschuldigen, dass sie das vorher nicht mit mir besprochen hatte. »Aber in jedem Fall werde ich nicht zulassen, dass er seinen Kopf zu weit vorstreckt. Das ist zu heikel.«

»Bullshit!«, brauste Kirill auf. »Ihr Mann ist unsere beste Chance, herauszufinden, ob es eine interne Strafaktion ist oder ob es sich um einen eskalierenden Bandenkrieg handelt. Was glauben Sie, was passiert, wenn Bassemane sich bedroht genug fühlt und entscheidet zurückzuschlagen? Wollen Sie das verantworten? Das könnte in bestimmten Bezirken Krieg bedeuten. *Ich* für meinen Teil würde das gerne verhindern.«

Tassin blieb bewundernswert ruhig. »Ich auch. Aber wie gesagt, ich bin nicht bereit, Thiebeck dafür zu opfern. Wir werden weiterhin alle Ermittlungsergebnisse mit Ihnen und dem LKA 1 teilen, aber keine unnötigen Risiken eingehen.«

Auch wenn ich Janas Gesicht nicht sehen konnte, wusste ich, wie sehr sie innerlich mit den Augen rollte. Dass jemand mal die Worte *Thiebeck* und *keine unnötigen Risiken* im selben Satz aussprechen würde, hätte sie sich bestimmt nie träumen lassen.

Gegen Ende der Besprechung trat Frau Körner zu mir. »Ich hoffe, Sie schauen demnächst mal wieder in meinem Laden vorbei«, sagte sie. »Sie dürfen gerne auch Ihre Gefährtin mitbringen.«

Ich hatte ihr damals erzählt, dass *Gefährtin* der von Tamina präferierte Ausdruck war, nachdem wir es bisher nicht geschafft hatten, die Normalität einer handelsüblichen Beziehung zu erreichen.

Ich versprach ihr, sie bald in Moabit in ihrem Trödelladen zu besuchen, und schaute gerade nach Tassin, als Kirill sich mir in den Weg stellte.

»Thiebeck«, sagte er, eine Mischung aus Feststellung und Frage.

Ich sah ihn an. Was hätte ich auch sagen sollen?

»Ich hoffe, Ihnen ist klar, wie wichtig Ihre Informationen für uns sein werden.« Er schaute mich mit dunklen, durchdringenden Augen an.

Ich konnte mir vorstellen, dass die Mädels auf den Kerl standen, er schien wie eine Art gefährlicher Latin Lover.

»Dort draußen läuft noch ein Killer frei herum. Er wird weitere Menschen töten. Auch wenn manche diese Kerle für Abschaum halten, gehört er aus dem Verkehr gezogen.«

Ich nickte bloß.

»Außerdem kann ich mir kaum vorstellen, dass Sie ein Interesse daran haben, dass diese Sache zwischen Petrow und Bassemane eskaliert.«

»Nein.« Mehr gab ich ihm nicht, da er anfing, mir auf die Nerven zu gehen.

»Und ich hoffe, dass Sie nicht aus falsch verstandener Loyalität zögern werden, mit uns zu kooperieren.«

Ich sah zu Jana hinüber, die sich mit Kunzi unterhielt. Kirill meinte vermutlich sie. »Keine Sorge, ich bin mir sicher, dass Sie und die Kollegen von der Eins alle Informationen sinnvoll verwenden werden. Aber mein direkter Ansprechpartner ist und bleibt Frau Tassin.« Ich zeigte zu ihr hinüber. »Schönen Tag noch, Herr Kirill.« Damit ließ ich ihn stehen.

»Wollen wir?«, fragte Tassin, während ich zu ihr trat. »Ich hole nur kurz noch ein paar Unterlagen, und wir treffen uns draußen.«

Auf dem Flur wurde ich unsanft angerempelt, aber als ich mich gerade mit einem Fluch umdrehen wollte, bemerkte ich Henni, die neben mir aufgetaucht war.

»Dachte schon, ich verpasse dich.«

Wir begrüßten uns mit einer Umarmung.

»Lassen sie dich am Fall mitarbeiten?«, wollte ich wissen.

»Ja, aber das ist kein Spaß, kann ich dir sagen.« Sie verzog das Gesicht. »Die Kerle sind alle stumm wie die Fische, und ich fürchte, ich bekomme noch irgendwann Albträume. Da sind ein paar echt fiese Typen dabei.«

Densch gab ihr von der Tür her ein Zeichen.

»Ich muss«, verabschiedete sie sich. »Bis bald?«

Ich nickte, sie lächelte kurz und verschwand im Besprechungszimmer.

Tassin sah ihr hinterher, während sie auf den Flur trat. »Wir können.«

Erst als wir uns in ihrem Golf aus der Ausfahrt in den Verkehr gefädelt hatten, fragte Tassin: »Wer ist die Kleine?«

Ich sah sie überrascht an. »Henni? Henni Herzog ist die Assistentin von Jana und Densch. Wir hatten bei einem Fall zu tun. Sie ist in Ordnung.«

»Hattet ihr was miteinander?« Tassin blitzte mich an, aber ich war mir nicht sicher, ob sie wirklich bloß einen Scherz machte.

»Spinnst du? Die könnte meine Tochter sein.«

»Ich mein ja nur. Sie ist ’ne Süße.«

»Eifersüchtig, Tassin?« Jetzt war es an mir, zu grinsen.

»Pfff, bild dir keine Schwachheiten ein, Thiebeck. So grobe Klötze wie du habe ich an jeder Hand ein Dutzend. Außerdem …« Sie zögerte, sah mich an, lächelte. »Außerdem bist du mir echt ein bisschen zu viel *Mann*.«

»Du weißt nicht, was du verpasst«, sagte ich gegen das Fenster.

»Was wollte Kirill?«, wechselte sie unvermittelt das Thema.

»Mich kurzschließen«, antwortete ich mit einem Lachen. Tassin warf mir einen Seitenblick zu. Sie verstand nicht.

»Er wollte, dass ich mit ihm direkt rede, wenn ich was habe. Wollte mir klarmachen, wie wichtig die Vier für diese Ermittlungen ist.«

»Und?« Sie bemühte sich, lässig zu klingen, aber ich konnte die Anspannung in ihrer Stimme hören.

Und ich verstand, warum das so war. Ihre Ermittlung, bei der es um den Influx von *Boom* ging und die nichts mit den Toten zu tun hatte, drohte, zwischen die Räder der Eins und der Vier zu geraten. Nicht verwunderlich, dass Tassin sich dabei angespannt zeigte.

»Ich habe ihn abblitzen lassen. Was sonst?«

Bei meiner Nonchalance musste sie lächeln. »Was sonst?«, wiederholte sie. »Pass aber auf mit dem Kerl. Sie nennen ihn *la cerilla*.«

»Was heißt das? Ist das spanisch?«

»Ja. Das Streichholz.«

Ich musste lachen. Tassin, die gerade rechts abbog, warf mir einen missbilligenden Blick zu.

»Mein Vater hat früher immer den Spruch gebracht, ich solle zu Fasching als Streichholz gehen.«

Tassin runzelte die Stirn, schüttelte ungeduldig den Kopf, weil sie nicht verstand.

»Ganz einfach: Du rennst nackt rum, einen roten Kopp bekommste von allein, das war's.«

»Sehr witzig.«

»Okay. Verstehe. *Tough* Tassin ist nicht zu Scherzen aufgelegt. Dann spuck's schon aus, warum nennen sie ihn das Streichholz? Und wer überhaupt?«

»Kirill hat eine mexikanische Mutter und war ein paar Jahre als Berater für die mexikanische Polizei tätig. Daher hat er den Spitznamen. Und sie nennen ihn so, weil er gerne alles in Brand steckt. Sprichwörtlich«, fügte sie hinzu, nachdem sie meinen Blick bemerkte. »Nicht lange fackelt. Ich glaube, in manchen Dingen seid ihr euch gar nicht so unähnlich. Kirill nimmt manchmal auch lieber den kürzesten Weg, und nicht unbedingt den dienstlichen. *He gets shit done*, hat mal jemand über ihn gesagt.«

Ich starrte aus dem Fenster. Das passte zu dem, was ich über ihn gehört hatte. Ich wusste bloß nicht, ob die Tatsache, dass wir uns vielleicht nicht unähnlich waren, ihn mir sympathisch machte.

»Mir macht eher ein wenig Sorgen, dass Kirill ein guter Freund meines Bosses ist. Da habe ich möglicherweise weniger Spielraum, als ich gerne hätte.«

»Ein Freund von Herford?«

Sie nickte. »Die beiden kennen sich schon ewig. Eventuell ist das sogar der Grund, warum sie Kirill geschickt haben. Damit es dort eine Art *Liaison* gibt.« Sie sprach das Wort aus wie eine Krankheit. »Jedenfalls bin ich froh, wenn die Kommunikation komplett über mich läuft. Reicht, wenn sie mich damit aufreiben, dich muss das Kompetenzgerangel nicht belasten. Du hast andere Sorgen.«

»Was ist Kirill so für ein Typ? Nach einem Teamplayer klingt der nicht.«

»Ich habe doch gesagt, dass der dir nicht unähnlich ist. Hatte auch schon mehrere Dienstaufsichtsbeschwerden wegen Übergriffen und Polizeigewalt an den Hacken.«

»Wegen seiner kurzen Lunte? Das Streichholz?«

Sie zuckte mit den Schultern, um zuzustimmen.

Ich nickte, immer noch in Gedanken. Um Kirill machte ich mir weniger Gedanken. Stattdessen fragte ich mich, was Bassemane und Meißners Jungs als Nächstes machen würden.

15

Am nächsten Morgen befand ich mich allein in der WG. Ich war gerade dabei, die Küche aufzuräumen, als mein Handy klingelte. Ursprünglich hatte ich vorgehabt, mich einfach den Jungs anzupassen und mit dem Saustall zu leben, aber nachdem ich morgens in der sonnendurchfluteten Küche gestanden hatte, mir der Gestank des ungespülten Geschirrs in die Nase gestiegen war, und ich ernsthaft überlegen musste, ob ich mir Kaffee machen oder lieber draußen holen wollte, hatte ich die Schnauze voll gehabt. Also hatte ich mich fast zwei Stunden Abwasch und Küchenputz gewidmet. Gerade fing der Geruch von Kaffee aus der entkalkten Maschine an, durch die Küche zu schweben, da klingelte das Telefon. Unbekannte Nummer.

»Ticker«, sagte ich, nachdem ich abgenommen hatte.

»Johnny Ticker?« Die Stimme war tief, sehr tief, sodass man sie fast mehr spürte als hörte.

Baseman, schoss es mir durch den Kopf.

»Ja, Johnny Ticker«, wiederholte ich. »Wer will das wissen?«

»Hier spricht Victoire Bassemane. Sie haben schon von mir gehört?« Er sprach exzellentes Deutsch, auch wenn der Hauch eines französischen Akzents darin mitschwang.

Mein Herz klopfte mir bis zum Hals. Das hier war's, dachte ich. Das Ticket, was sie alle wollten: Jana, Densch, Kirill, Tassin und Herford. Den direkten Kontakt zu Bassemane. Zugriff auf die Hauptschlagader seines Drogenimperiums. *Vermassel das nicht, Thiebeck*, zischte ich mir in Gedanken zu.

»Natürlich. Klar, Herr Bassemane.« Ich hatte meine Attitüde schlagartig angepasst. Wie ein kleiner Schmalspurdealer, der plötzlich mit seinem großen Idol spricht.

Er lachte. Es war eine volle, tiefe Lache, die klang, als könnte man von der auch nächste Woche noch zehren.

»Entweder wir machen ein Monsieur Bassemane oder ein Victoire daraus.«

Ich bemühte mich, mein trockenes Schlucken hörbar zu machen. »Sicher«, quetschte ich heraus.

»Ich würde mich gerne mit Ihnen unterhalten, Johnny. Darf ich Sie Johnny nennen?«

»Natürlich! Gerne.«

»Gut. Wie gesagt, können wir reden?«

»Sicher. Soll ich irgendwohin kommen?«

Meine Eilfertigkeit schien ihn weiter zu amüsieren, er lachte erneut. »Ich schicke Ihnen einen Wagen. In einer Stunde, passt das?«

»In einer Stunde, klar.«

Er nannte die Adresse der WG, und ich bestätigte, dass ich dort sein würde.

»Also gut, bis dann. Ich freue mich.« Ohne eine Antwort abzuwarten, legte er auf.

Ich ging zur Kaffeemaschine, füllte die größte Tasse, die ich finden konnte, und rief Tassin an.

»Oi, Kollege, was geht ab?« Sie klang ausgesprochen fröhlich und aufgeräumt.

»Ich habe gerade einen Anruf vom *Baseman* bekommen. Er will mich sehen und schickt einen Wagen.«

»Scheiße! Im Ernst?«

»Ganz im Ernst.«

»Okay.« Sie schien hektisch zu überlegen. »Okay, okay!« Pause.

Dann: »Was meinst du, will er dir an den Kragen?«

»Keine Ahnung. Vielleicht will er bloß reden. Rausfinden, was ich über Meißner weiß.«

»Was, wenn nicht? Was, wenn er dich abholen will, um dich abzuservieren?«

»Ich habe das im Griff«, versuchte ich sie zu beruhigen.

»Shit, nix hast du im Griff. Das ist die Höhle des Löwen, in die du da gehst. Fuck, wann holt er dich ab?«

»In einer Stunde.« Ich sah auf die Uhr. »In fünfundfünfzig Minuten«, korrigierte ich mich dann.

»Kacke. Ich bin noch nackt.« Tassin dachte laut nach, und ich lachte.

»So genau will ich das gar nicht wissen.«

»Ich schaff das. Ich bin da. Hat er gesagt, was für einen Wagen er schickt?«

»Nein. Aber wenn das Ding vor der Tür steht, schick ich dir eine SMS, okay?«

»Danke.« Sie machte eine Pause. »Ich weiß, dass du das Ganze für einen Witz hältst, aber vertrau mir, das ist ernster *Shit*. Ich will dich da nicht allein lassen.«

»Schon gut, Tassin, ist mir klar. Ich nehm' das ernst. Jetzt mach hin, sieh zu, dass du an den Start kommst. Keinen Bock, dass du uns nackt durch die halbe Stadt hinterherrast.«

»Arsch.«

»Ja, auch wenn deiner bestimmt schick aussieht.«

Wir verabschiedeten uns, und ich trat ans Fenster, um meinen Kaffee zu trinken.

Gut eine Stunde später hielt ein schwarzer SUV unten in der zweiten Reihe und gleichzeitig klingelte mein Handy, ein einziges Mal. Ich musste nicht aufs Display schauen, um zu sehen, wer der Anrufer war.

Auf dem Weg nach unten suchte ich Tassins Nummer heraus. Sie ging sofort ran.

»Alles gut, Cowboy, ich bin schon auf meinem Posten. Ich sehe die fette Karre, die sie dir geschickt haben.«

»Hast du was an?«

Sie lachte. »Für ein knappes Höschen hat's gerade noch gereicht. Was hast *du* für diese Gelegenheit angezogen?«

Ich schaute an mir herunter. »Mein feinstes Hawaiihemd«, sagte ich und zupfte an dem bunten Stoff.

»Ich bin mir sicher, Baseman wird es lieben. Hast du was dabei?«

Bei Schoko und Co. wäre das eine Frage nach Gras oder Shit gewesen, aber ich wusste, was Tassin meinte. »Nein. Keinen Bock, dass sie mir das Zeug abnehmen. Zum Treffen mit dem *Big Boss* nimmst du doch keine Waffen mit.«

»Mhm ... Hoffen wir mal, dass du das nicht bereust. Ich versuche, an euch dranzubleiben. Das Kennzeichen habe ich schon. Falls ich euch verliere, pinge ich dich unauffällig an. Versuch dann, mir eure Location durchzugeben.«

»Yes, Ma'am!«

»Viel Glück!«

Wir beendeten das Gespräch, und ich trat aus dem Haus in die warme Mittagssonne.

Die Fahrertür öffnete sich, und ein großgewachsener, muskulöser Schwarzer stieg aus, um mir die hintere Tür zu öffnen. Er war nicht ganz so groß wie ich, insgesamt aber trotzdem eine imposante Erscheinung. Er trug eine dunkle Jeans und ein Hemd, dessen offener Kragen die glatte Brust zeigte. Sein Haar war fast bis auf den Schädel herunterrasiert.

Ohne ein Wort zu sagen, sah er zu, wie ich einstieg und mich mit einem Nicken bedankte, während er die Tür hinter mir schloss.

Er schob sich hinter das Steuer und startete den Wagen. Als wir losfuhren, unterdrückte ich den Reflex, mich nach Tassin umzusehen.

Stattdessen konzentrierte ich mich darauf, welche Route wir nahmen. Nachdem wir Richtung Süden tiefer nach Neukölln gefahren waren, bog er ab, und wir passierten das Tempelhofer Feld. Folgten dem T-Damm ein Stück bis zur Autobahn, fuhren aber gleich wieder am Kreuz Schöneberg ab, um erst durch Steglitz zu fahren und schließlich tief nach Lichterfelde einzudringen. Im Süden wurden die Häuser größer, die Straßen breiter und die Autos teurer. Wir hatten eine echte Villengegend erreicht, als der Wagen schließlich langsamer wurde und vor einem sich automatisch öffnenden Tor wartete.

Das Handy vibrierte in meiner Hose, und ich schaute nach der SMS. Sie war von Tassin: *Alles cool. Bin da.*

Drinnen fuhren wir durch einen kleinen Park auf ein beeindruckendes Anwesen zu. Hoch anfragend und trotzdem massiv, erinnerte es mich an Filme, in denen ältere englische Landhäuser auftauchten. Es war auf eine edle, düstere Art ziemlich einschüchternd. Meine Vermutung war, dass das genau der Grund war, warum Victoire Bassemane hier wohnte.

Ich wartete, bis der Fahrer mir die Tür öffnete und mich dann über eine hohe Treppe zu einer offen stehenden, doppelflügeligen Haustür führte. Von irgendwoher konnte ich Musik mit fetten Bässen sowie lautes Kinderlachen und -kreischen hören.

Vor der Tür drehte sich der Mann um und bedeutete mir stumm, die Arme zu heben. Er tastete mich ab, extrem gründlich, und nickte dann.

Drinnen wies er mich an, den Eingangsbereich und einen Flur, in dem eine breite Treppe in die oberen Stockwerke führte, zu durchqueren.

In einem verwinkelten Wohnzimmer, das sich offenbar über mehrere kleinere Räume erstreckte, denen man die Zwischenwände entnommen hatte, erwartete mich ein weiterer hochgewachsener Schwarzer. Er war sogar noch einen Hauch größer als ich und besaß die schlaksige Geschmeidigkeit eines Leichtathleten oder Basketballers. Sein Schädel glänzte wie poliert, und ein gepflegter Bart, ein sogenannter Henriquatre, zierte Oberlippe und Kinn.

Er lächelte, während er sich in seinem maßgeschneiderten Anzug aus einem Sessel faltete und auf mich zukam.

»Johnny Ticker? Ich bin Victoire Bassemane.« Es war die tiefe Stimme, die mich bereits am Telefon so beeindruckt hatte, und mit einem Nicken schüttelte ich ihm die Hand.

»Das ist Arsene Touré, meine rechte Hand. Danke, Arsene«, sagte er, und der Mann verschwand durch die Tür, durch die wir gekommen waren.

»Einen Drink?«, fragte Bassemane und drehte sich zu einem enormen Spirituosenschrank aus dunklem Holz. Er füllte ein Glas mit klirrenden Eiswürfeln, wandte sich zu mir um und wartete ab.

Ich kam mir vor wie in einem Film, in dem ich gerade den Superbösewicht kennenlernte. Fehlte bloß noch die weiße Katze für seinen Schoß.

»Ich nehme, was Sie nehmen«, sagte ich und schob ein unsicheres »Danke« hinterher.

»Dann einen Single Malt auf Eis«, entschied er. *»Überall ist das Unheil der Alkohol.«*

»Wie bitte?«, fragte ich verwirrt, nicht sicher, ob ich ihn korrekt verstanden hatte.

»Ein berühmter russischer Dichter hat das einst gesagt.«

Ich hatte auf der Fahrt darüber nachgedacht, wie Johnny Ticker, oder *JayTee*, auf Bassemane reagieren würde. Und mich entschieden, dass, egal wie kaltschnäuzig und cool der Ticker sonst war, einer wie Bassemane ihm einen gehörigen Respekt abnötigen würde. Ihn vielleicht sogar verstummen ließ wie einen Fisch. Das war also mein Plan: mich gebührend beeindruckt zeigen.

»Das ist ein schönes Haus, das Sie hier haben«, sagte ich, als ich das Glas von ihm erhielt. Ich roch kurz daran.

Mit einem breiten Grinsen zeigte er seine weißen Zähne und hob das Glas zu einem Toast. »Warte, bis du den Garten gesehen hast. *Die Blumen des eigenen Gartens duften nicht so stark wie die wilden Blumen. Dafür halten sie länger.*«

Er war übergangslos zum Du gewechselt, und ich hatte keine Ahnung, ob ich es ihm gleichtun sollte. Vielleicht blieb ich sicherheitshalber besser beim Sie.

Das Kinderkreischen draußen wurde lauter, und während wir die ersten Schlucke von einem unglaublich rauchigen Whisky tranken, kamen mehrere Kinder durch die Verandatür ins Wohnzimmer geplatzt. Alle drei Jungen waren im Alter von acht oder neun, schätzte ich, zwei davon mit dunkler Hautfarbe, und sprudelten ein schnelles Französisch heraus. Bassemane antwortete und schickte sie mit einer Handbewegung wieder nach draußen.

»Es tut mir leid, hier ist immer viel los. Gehen wir in den Wintergarten.«

Der Wintergarten war eine Art Anbau primär aus Glas, der ein Stück weit in den Garten hineinragte. In ihm stand ein langer Tisch mit einem halben Dutzend dazu passender Stühle und tatsächlich viele leuchtend grüne Pflanzen. Durch die Fenster konnte ich sehen, dass hinter dem Haus auf einer großen Rasenfläche so etwas wie eine Gartenparty tobte. Lange Tische, festlich gedeckt, Lampions in den Bäumen, eine große Anlage, aus der die Beats dröhnten, und jede Menge Menschen.

Weiter hinten spielte eine Gruppe Krocket, und überall standen kleine Menschentrauben, zwischen denen die Kinder herumliefen.

Bassemane zog einen Stuhl zurück, um sich zu setzen, und bedeutete mir, es ihm gleichzutun. »Du fragst dich bestimmt, warum ich dich hierher gebeten habe«, sagte er und nippte an seinem Glas.

Ich deutete ein höfliches Nicken an.

»Du warst in Harros Wohnung, nachdem er verschwunden ist.«

»Er ist noch nicht wieder aufgetaucht?«

»Nein, leider nicht.« Bassemane musterte mich. »Kurz nach deinem Besuch war die Kripo in der Wohnung.«

»Ja, das haben mir die beiden Schläger von Meißner auch schon ins Gesicht gespuckt.«

Er lächelte, auf eine gefährliche Art.

»Aber ich habe damit nichts zu tun.« Ich wusste, dass ich mich auf dünnem Eis bewegte. Wenn er dachte, dass ich den Bullen einen Tipp gegeben hatte, war es für ihn vermutlich am sinnvollsten, mich einfach verschwinden zu lassen.

»Ich habe ein paar Nachforschungen angestellt über dich.« Er spielte mit dem Glas in seinen langen Fingern. »Warum bist du bei Schoko aufgetaucht?«

»Ich habe eine Bleibe gesucht. Er hat mir noch was geschuldet.«

»Das war's?«

»Das war's.« Jetzt musterte ich ihn. »Waren Sie schon mal in der Wohnung?«

Er zog die schmalen Augenbrauen nach oben, verwundert.

»Sie sollten mal die Küche sehen. Es hat mich heute Morgen mehrere Stunden gekostet, dort so weit klar Schiff zu machen, dass ich mir einen Kaffee kochen konnte. Das ist nicht unbedingt das Ritz, wenn Sie verstehen, was ich meine.«

»Ja, ich verstehe.« Jetzt starrte er aus dem Fenster. Die Jungs, die eben noch drinnen gewesen waren, rannten nun mit Wasserpistolen hinter zwei jüngeren Mädchen in bunten Kleidchen her. Mit einem Mal schaute er mich wieder an. »Johnny, ich fürchte, wir bewegen uns mit schnellen Schritten auf einen Konflikt zu.«

Ich sagte nichts, sah ihn aufmerksam an.

»Wie diese Sturmforscher, die direkt auf die Tornados zufahren, um sie besser studieren zu können. Harro ist nicht abgehauen.«

Ich nickte. *Okay*, sollte das heißen.

»Jemand hat ihn entführt.«

Ich räusperte mich. »Wer sollte das tun?«

Wieder dieses gefährliche Lächeln. »Das weiß ich noch nicht. Aber ich habe vor, es herauszufinden. Und in der Zwischenzeit zurren wir die Fensterläden fest, falls es wirklich einen Sturm gibt. Bist du jemand, der in einem solchen Sturm zu gebrauchen ist, Johnny? Kann man sich auf dich verlassen?«

»Auf jeden Fall.« Ich musste mich zwingen, ganz entspannt zu bleiben. *Locker durch die Hose atmen,* wie Schmolli sagen würde. Es schien, als ob Bassemane mich in der Tat nicht hatte kommen lassen, um mich hinter dem nächsten Gebüsch umzulegen, sondern um zu checken, auf welcher Seite ich stand.

»Den guten Steuermann lernt man erst im Sturme kennen.«

Ich reagierte nicht.

»Seneca«, fügte er hinzu.

Ich behielt weiterhin einen stoischen Gesichtsausdruck. Johnny Ticker hatte vermutlich keine Ahnung von den alten Römern. »Tatsächlich kommt mein Vater aus Norddeutschland. Ich bin heftige Stürme also gewohnt.«

»Sehr gut. Du hast wegen Drogenbesitz gesessen?«

»Drogenhandel«, korrigierte ich ihn.

»Kannst du kämpfen, Johnny?«

»Besser als die meisten.« Ich versuchte, nicht arrogant zu klingen. Reflexartig ballten sich meine Fäuste. Ich wusste nicht, ob er die etwas theatralische Geste bemerkt hatte.

Bassemane wechselte völlig unvermittelt die Schlagzahl, hörte auf, um den heißen Brei herumzureden. Quatschte nicht mehr von Stürmen und Fensterläden. »Hast du schon mal jemanden getötet, Johnny?«

»Ja.«

»Wen?«

»Einen schlechten Menschen. Jemand, der kleine Kinder getötet hat. Unter anderem.«

Bassemane beobachtete mich genau. Machte mit der Hand eine Bewegung, dass ich weitererzählen sollte.

»Die Bullen konnten ihm nichts nachweisen. Nicht genug. Er wäre freigekommen. Also habe ich ihn mir vorgeknöpft.«

»Was ist passiert?«

Ich zuckte mit den Schultern. »Ich war in seiner Villa, es gab eine Schlägerei. Am Ende ist er vom Balkon gestürzt, und sein Körper ist ziemlich unglücklich auf einem Patio und einigen Blumenkübeln aufgeschlagen. Das war's.«

Die Geschichte war nicht einmal erfunden. Ich wusste nicht, warum ich ihm nicht einfach eine Story von einem toten Dealer auf dem Hamburger Kiez erzählt hatte, warum mir irgendwie wichtig war, dass ich nicht log. Jetzt war es zu spät.

Aber Bassemane schien die Geschichte zu mögen. Er hatte sich vorgelehnt und ließ mich nicht aus den dunklen Augen. Schließlich nickte er befriedigt. »Harro scheint Gefallen an dir gefunden zu haben. Möglicherweise kann ich dich brauchen.«

»Das würde ich sehr begrüßen.«

»Es gibt da einen Mann, David Petrow. Der will das haben, was ich habe.« Er vollführte eine Geste mit dem Arm, als würde Petrow ihm tatsächlich den Garten, seine Kinder, die Gäste und seine Krocket-Schläger wegnehmen wollen.

Na klar, nickte ich, *wer will das nicht.*

Bassemane überlegte einen Moment, bevor er fortfuhr: »Es gibt Gerüchte, nach denen Petrow einen neuen Mann hat. Oder eine Frau. Einen Killer. Sie nennen ihn *La Sorcière Noire*, die Schwarze Zauberin. Oder die Schwarze Hexe. Bist du abergläubisch, Johnny?«

»Kein Stück.«

Er lächelte. »Das ist gut. Manche von meinen Leuten lassen sich zu viel Angst machen von dieser dunklen Gestalt. Aber wenn du etwas über die Morde in den letzten Wochen gehört hast …«

Ich sah ihn ausdruckslos an. Wusste nicht, wie viel der Ticker über die Opfer wissen würde.

»… dann weißt du auch, dass diese dazu geeignet sind, Ängste zu schüren. Ich glaube nicht an Geister und übernatürliche Wesen, aber ich weiß, dass mir diese Schwarze Zauberin nicht noch mehr meiner Männer wegnehmen wird.«

Klingt nach einer Kampfansage, dachte ich. *Wird Tassin bestimmt nicht gefallen, Kirill dafür umso mehr.*

Bassemane wollte gerade noch etwas sagen, als Touré den Kopf hereinsteckte und etwas in schnellem Französisch sagte.

»Ich komme«, antwortete Bassemane. »Würdest du mich einen Augenblick entschuldigen? Du kannst dich gerne draußen unter meine Gäste mischen. Nimm dir etwas zu essen, trink …« Er machte eine einladende Geste in Richtung der Panoramafenster, und ich erhob mich, sah ihn dann fragend an. Er deutete auf eine Tür hinter mir. »Dort hindurch, den Flur entlang, die letzte Tür links. Dann kommst du nach draußen.« Wieder dieses strahlend weiße Lächeln wie aus der Werbung.

Er und Touré verschwanden im Haus, und einen Moment lang zögerte ich. Überlegte, ob ich es wagen konnte, auf eigene Faust herumzuschleichen und zu schauen, ob ich für Tassin ein Souvenir abgreifen konnte. Entschied mich dann dagegen, und während ich nach draußen trat, fragte ich mich, ob ich dafür vielleicht einfach zu feige war.

Die Musik, die ich gehört hatte, war französischer Hip-Hop, der melodiöser und weicher klang als der deutsche und amerikanische, den die Jungs in der WG hörten.

Ich stand etwas planlos in der offenen Tür, schaute mich um, während eine junge Schwarze mit Kurzhaarfrisur und einem knielangen, roten Kleid bereits lächelnd auf mich zukam.

»Elaine Bassemane«, stellte sie sich vor. »Kommen Sie, ich bringe Sie zum Buffet.«

Ich ließ mich von ihr an der Hand an die Ecke des Hauses führen, wo im Schatten einiger mächtiger Bäume mehrere reich gedeckte Tische aufwarteten.

»Bitte, bedienen Sie sich! Kann ich Ihnen etwas zu trinken bringen?«

Ich war noch am Überlegen, mit dem warmherzigen Empfang latent überfordert, als eine Stimme sagte: »Ich glaube, ein kühles Bier könnte ihm guttun.«

Wir drehten uns beide zu der Sprecherin um. Nadine Vorbeck stand dort, in der Hand ein Glas Sekt, und strahlte uns mit einem aufgesetzten Lächeln an.

»Sicher«, sagte Elaine, nicht mehr ganz so freundlich, wie sie mich eben noch begrüßt hatte. Mir ließ sie aber noch ein schnelles Lächeln da, bevor sie in Richtung Haus davonging. Ich unterdrückte den Reflex, ihr auf den wohlgeformten Hintern zu starren.

»Was für eine Überraschung, Sie hier zu sehen«, sagte ich und nahm mir eine Schale mit Fruchtquark.

»Das Gleiche könnte ich auch von Ihnen sagen«, erwiderte sie humorlos. Sie stand da, das Glas an die Lippen erhoben, und beobachtete mich.

Ich konzentrierte mich auf meinen Quark.

»Wie ich höre, haben *Sie* die Wohnung leer vorgefunden«, sagte sie.

Die Spitze entging mir nicht. »In der Tat. Wo waren Sie denn, als Meißner verschwunden ist?« Ich verzichtete darauf, zu erwähnen, dass die Polizei immer noch nach ihr suchte. Das Wissen um diese Information würde mir vermutlich auch bei Bassemane einigen Ärger einhandeln. Allerdings würde der Verdacht potenziell nun ohnehin auf mich fallen, wenn ich Jana davon erzählte, wo ich Nadine Vorbeck getroffen hatte und sie daraufhin aufgegriffen wurde.

Sie schüttelte leicht den Kopf, und unwillkürlich musste ich ihre seidig glänzenden, rabenschwarzen Haare betrachten. Sie hätte problemlos in einer dieser Zeitlupen-Shampoo-Werbungen mitspielen können. Trotz des warmen Wetters trug sie ein Kleid, das zwar eng anlag und ihren beeindruckenden Körper zur Schau stellte, die Arme aber fast bis zum Ellbogen bedeckte. Ich musste wieder an ihren merkwürdigen Badeanzug bei Meißner denken und fragte mich, was sie darunter wohl verbarg.

»Hat Bassemane Sie geerbt? Nach Meißners Verschwinden?«

Sie wandte sich mir zu. »Uh, da hat aber jemand schnell seine Aggressivität wiedergefunden.« Sie bleckte die Zähne, als wollte sie einen Hund nachmachen. »Dabei haben Sie Ihr Bier noch gar nicht bekommen«, fügte sie mit einer Kopfbewegung hinzu.

Elaine kam gerade wieder und reichte mir ein sehr kaltes Blondes. »Kommen Sie zurecht?«, fragte sie mich mit einem schnellen Seitenblick auf Nadine Vorbeck, und ich entließ sie mit einem Nicken und Lächeln.

Ich nahm einen Schluck, um mich besser konzentrieren zu können. Spürte ihre Nähe und Wärme direkt neben mir und hatte keine Ahnung, wie sie tickte. Das war ein bisschen wie damals auf dem Schulhof, wenn man immer von den Mädchen geärgert wurde. Die sich auch nicht entscheiden konnten, ob sie einen jetzt hassten oder gut fanden. Was wollte Nadine Vorbeck von mir?

»Meißners Verschwinden muss Sie ja wirklich hart getroffen haben, wenn Sie jetzt hier auf der Party trauernde Witwe spielen.«

Sie musterte mich abfällig. »Sie missverstehen, welche Art von Verhältnis Harro und ich haben. Und Sie haben *keine* Ahnung, wie ich zu Victoire stehe«, zischte sie.

Ich unterdrückte ein Grinsen, dass ich so offensichtlich ins Schwarze getroffen hatte. »Entschuldigen Sie mich«, sagte ich bloß, hob die Flasche Bier zum Gruß und ließ sie stehen.

Wanderte um die Hausecke herum, sah eine Weile zu, wie Erwachsene und Kinder die Holzkugeln über den Rasen schlugen, und orientierte mich dann zurück zum Haus. Zeit für den ältesten Trick der Welt!

Drinnen begegnete mir relativ bald eine grauhaarige, ältere Schwarze, die mich im Vorbeigehen anlächelte.

»Excuse me, the toilets?«, fragte ich in absichtlich schlechtem Englisch.

Mit einem breiten Lächeln machte sie wegwerfende Handbewegungen nach hinten, als würde sie angeln wollen. Ich bedankte mich ebenfalls mit einem Lächeln und nutzte den Vorwand, tiefer ins Haus vorzudringen.

Ich kam an die Stelle, an der ich die Toilette vermutete, ging aber an der schmalen Tür vorbei, um die breite Treppe zu betreten. Mit einem Blick in alle Richtungen vergewisserte ich mich, dass mich niemand sah, und lief dann schnell und leise die Treppe hinauf.

Im ersten Stock fand ich mich in einem langen Flur mit jeder Menge Türen wieder. Vorsichtig näherte ich mich einer von ihnen, lauschte. Nichts zu hören. Ich überprüfte der Reihe nach alle Türen. Hinter einer konnte ich Kinder hören, hinter einer anderen eine Frauenstimme. Ich warf einen Blick nach oben. Es gab noch einen zweiten Stock, und kurz überlegte ich, ob sich so etwas wie Bassemanes Büro vielleicht eher dort finden würde.

Noch während ich überlegte, öffnete sich eine der Türen zu meiner Linken. Ohne nachzudenken, hastete ich so leise wie möglich die Stufen hoch in die nächste Etage. Warf einen schnellen Blick nach unten und sah, wie zwei junge Frauen nebeneinander ins Erdgeschoss gingen.

Ich sah mich um. Hier oben führten fast so viele Türen weg wie ein Stockwerk tiefer, aber es standen mehrere von ihnen offen. Ich warf kurze Blicke hinein: ein geräumiges Badezimmer, in dem man fast unsere ganze WG hätte unterbringen können, ein opulent eingerichtetes Schlafzimmer und eine Art Trainingszimmer mit zwei Laufbändern und Gewichtsmaschinen.

Ich hielt vor einer der Türen inne, als ich Bassemanes tiefe Stimme hindurch hörte. Er sprach französisch, ich nahm an, mit Touré. Ein Handy klingelte.

Eine zweite Stimme, die ich noch nicht kannte, ging ran: »Ja? Einen Moment bitte.« Ebenfalls ein Bariton mit französischem Akzent. Touré. Einen Augenblick später, leise: »C'est le schmitt.«

Schmidt war alles, was ich verstand.

»Merci«, sagte Bassemane zu Touré. Lauter: »Was gibt es? … Das weiß ich. Ist mir klar. … Gut. Halten Sie mich regelmäßig auf dem Laufenden. Und wenn die Vier wirklich mitspielt, sagen Sie mir *sofort* Bescheid, verstanden? Ich habe keine Lust, von dem *putain* Kirill mitten in der Nacht überrascht zu werden, *comprendre?* … Gut. Sie können Arsene jederzeit anrufen.« Seine Stimme wurde noch ein paar Oktaven tiefer. »Spielen Sie keine Spielchen mit mir, Schmidt. Ich bin der Schwarze Mann, der nachts unter Ihrem Bett lauert.« Bassemane lachte und legte auf.

Touré fragte etwas auf Französisch. In der Sekunde bemerkte ich, dass seine Stimme näher kam, und ich beeilte mich, auf Zehenspitzen rüber zum Fitnesszimmer zu kommen. Sicherlich würde keiner der beiden jetzt aufs Laufband wollen.

Ich schob die Tür sacht hinter mir zu und stieß ein kleines Dankesgebet aus, dass der Holzfußboden aus solidem Parkett und nicht aus alten Bohlen bestand, die möglicherweise furchtbar knarrten. Bassemane und Touré tauchten auf, unterhielten sich weiter, während sie die Treppe hinuntergingen. Bassemane lachte, klopfte seinem Untergebenen auf die Schulter.

Ich wartete, bis die beiden längst verschwunden waren, und schlich wieder an das Geländer. Riskierte einen Blick nach unten, konnte die Männer aber nicht mehr sehen. Vorsichtig drückte ich die Türklinke des Zimmers hinunter, in dem sie sich gerade noch befunden hatten, und spähte hinein.

Ein kleines Arbeitszimmer mit einem halbrunden Schreibtisch und zwei großen Monitoren, Tastatur und Maus. Zwei Lederstühle und ein Flatscreen-Bildschirm, der an der Wand befestigt war. Papiere konnte ich keine sehen.

Ich ließ mich hinter den Schreibtisch gleiten und betätigte die Maus. Kein Standby-Modus, die Monitore blieben dunkel.

Also suchte ich nach dem Rechner unter dem Tisch, schaltete ihn ein.

Wartete kurz darauf, dass er zum Leben erwachte, und verzog bei jedem Piepen, bei jedem Brummen und Surren das Gesicht. Wenn jetzt jemand hereinkommen würde, konnte ich schwerlich behaupten, dass mich die freundliche alte Dame zum Pinkeln hier hochgeschickt hatte.

Die Monitore strahlten auf, und meine Stimmung sank. Passworteingabe. Oft gab es eine gute Chance, Passwörter zu erraten, wenn man Menschen ein wenig kannte. Wie schlampig mit Passwörtern umgegangen wurde, darüber hatte es schon zu meiner Zeit im LKA jede Menge Vorträge gegeben. Laut Internet war das beliebteste Passwort seit vielen Jahren *123456*, dicht gefolgt von *password*.

Aber für so dumm hielt ich Bassemane nicht.

Frustriert gab ich 123456 ein, wurde aber nicht belohnt. Also schaltete ich den Rechner kurzerhand wieder aus. Dann fiel mein Blick auf das Telefon, das auf dem Tisch lag. Hatten die beiden damit telefoniert? Irgendwie hatte ich damit gerechnet, dass es Bassemanes Handy gewesen war, auf dem dieser Schmidt angerufen hatte, aber das ergab keinen Sinn. Wieso sollte dann Touré rangehen?

Mit beschleunigtem Puls nahm ich das Gerät auf und suchte die Verbindungsnachweise. Und tatsächlich, ein Gespräch mit einer Dauer von 2 Minuten und 34 Sekunden, geführt vor knapp fünf Minuten. Ich speicherte die Nummer, die angerufen hatte, in meinem eigenen Handy ein und rief mich dann mit Bassemanes Telefon an. Speicherte auch diese Nummer und löschte den Anruf schließlich aus dem Speicher. Dann checkte ich, ob im Verlauf weitere Nummern auftauchten, die vielleicht mit Klarnamen versehen waren, aber es gab überhaupt keine Namen, nur Nummern. Ich machte vom gesamten Nummernspeicher Fotos und schaute dann nach SMS-Eingängen. Gab keine, alle gelöscht. Ausgänge ebenso.

Bassemane war möglicherweise nicht der paranoideste Mensch der Welt, aber komplett sorglos war er ganz offenbar auch nicht.

Ich schaute mich in dem Zimmer noch kurz um, konnte aber nichts entdecken, wo sich verwertbare Informationen verstecken konnten. Also glitt ich wieder hinaus auf den Flur, lauschte. Überlegte kurz, ob ich das Risiko eingehen konnte, blindlings eine der Türen zu öffnen.

Machte mich kurz über mich selbst lustig, Thiebeck nervös wie der katholische Chorknabe vor der Konfirmandenfreizeit mit evangelischen Mädchen. Ich drückte entschlossen eine Klinke herunter, schaute in ein Kinderzimmer. Zum Glück leer.

Das nächste, das ich erwischte, war offenbar ein Kleider- und Bügelzimmer. Hohe Kleiderschränke, viele Spiegel, ein Bügelbrett.

Ich stand wieder im Flur und wollte mir gerade das nächste Zimmer vornehmen, als ich von unten Stimmen vernahm. Touré. Und er kam die Treppe herauf!

Ich zog mich wieder in den Fitnessraum zurück und hielt die Tür einen Spalt offen, um nach draußen spähen zu können.

Touré tauchte auf der Treppe auf, hielt inne. Lauschte. Drehte langsam den Kopf, wie bei einer Ortung mit Sonar. Er machte einen Schritt auf das Arbeitszimmer zu, und ich wagte es nur, gepresst zu atmen.

Aber er ging nicht hinein, horchte bloß wieder. Ich merkte, wie sich mein Puls beschleunigte, mir das Herz bis oben in den Hals schlug. Wie mir der Schweiß langsam den Schädel hinunterlief. Über die Schläfen wanderte. Wie sich feine Tropfen ihren Weg mein Gesicht herunter suchten. Mich am Kinn kitzelten, bis sie schließlich in die Tiefe fielen, auf das Parkett. Das Geräusch kam mir unglaublich laut vor.

Touré betrat das Zimmer nicht. Stattdessen ging er wieder nach draußen, an das Geländer der Treppe. Sah nach unten, lauschte.

Plötzlich rief er: »Je viens. Un moment, s'il vous plait«, sodass mir fast der Atem stockte. Er drehte sich abrupt um, durchquerte den Flur und verschwand im Arbeitszimmer. Schloss die Tür hinter sich, und einen Augenblick später hörte ich ihn halblaut reden, verstehen konnte ich aber nichts.

Mein Puls flatterte. Blieb ich jetzt hier oben und wartete ab? Irgendwas hatte offenbar sein Misstrauen erregt. War es meine Abwesenheit gewesen? Würde er vielleicht sogar in die Räume hier oben schauen? Dann sollte ich mich möglichst schnell verziehen. Aber rannte ich dann Bassemane auf der Treppe in die Arme?

Scheißegal, beschloss ich. Ich öffnete die Tür, lief mit schnellen, leisen Schritten rüber zur Treppe und ging hinunter, immer zwei oder drei Stufen auf einmal. Die ganze Zeit bereit, auf der Stelle umzudrehen, sobald mich jemand erwischte. Nicht, um zu entkommen, sondern um zu vermitteln: Ich komme gerade von unten und will nach oben. Um klarzumachen, dass ich auf *keinen Fall* aus dem oberen Stockwerk kam. Vielleicht albern, aber meinem Hühnerhirn half der Gedanke.

Im ersten Stock ging plötzlich eine Tür auf, und ein vielleicht sechzehnjähriges Mädchen rief: »Arsene?« Verzog dann verlegen das Gesicht und knallte die Tür ohne ein Wort wieder zu.

Ich machte, dass ich nach unten kam, und hatte gerade den Fuß von der letzten Treppenstufe genommen, als Bassemane aus der Halle auf mich zukam und rief: »Wo bist du gewesen?«

Ich breitete die Arme aus und sagte: »Hab mich verlaufen. Ich war auf der Suche nach einer Toilette.«

Er deutete auf die schmale Tür, die ich zu Beginn meiner Reise ignoriert hatte.

Ich schüttelte den Kopf, lächelte verlegen. »Ich bin oben fündig geworden.«

»Komm, ich will dir jemanden vorstellen.« Er bedeutete mir, ihm zu folgen, und führte mich den Flur hinunter in Richtung des Gartens.

Ich hoffte, dass ihm nicht auffiel, dass mein Hawaiihemd bereits vollkommen vom Schweiß durchnässt war.

»Hey!«, rief Touré plötzlich von oben.

Bassemane blieb stehen, ich auch.

Touré, die Stirn in tiefe Falten gezogen, fragte etwas auf Französisch. Deutete in meine Richtung. Ich nahm an, er wollte wissen, wo ich gesteckt hatte.

»Sur la toilette«, antwortete Bassemane lapidar und setzte sich wieder in Bewegung.

Touré und ich tauschten letzte Blicke aus, dann folgte ich seinem Boss.

Draußen lief ein kleines Mädchen, vielleicht vier oder fünf, kreischend auf Bassemane zu und flog ihm in die Arme. Er drehte sich ein paar Mal um die eigene Achse mit ihr und ließ sie dann wieder runter. Wie ein bunter, betrunkener Käfer taumelte sie lachend über den Rasen davon.

»Wie viele von denen hier sind Ihre?«, fragte ich, nachdem ich zu ihm aufgeschlossen hatte.

Er grinste mich an. »Ein paar. Ich weiß es nicht so genau.« Mit einem Zwinkern steuerte er gedeckte Tische unter den Bäumen an.

»Nadine, darf ich dir Johnny Ticker vorstellen? Johnny, das ist Nadine. Sie ist Harros Schwester.«

Mit einem süßlichen, komplett falschen Lächeln erhob sich Nadine von ihrem Stuhl und bot mir die Hand an. Die Haut fühlte sich angenehm kühl an, ihr Händedruck war kräftig.

»Sehr erfreut.«

»Ich habe Nadine versichert, dass wir alles dafür tun, Harro so schnell wie möglich zu finden.« Er warf mir einen Blick zu, der besagte, ich sollte jetzt bloß nichts Falsches sagen.

Ich nickte bloß.

»Entschuldigt mich, Elaine hatte mich gesucht«, sagte Nadine, legte mir wie zufällig die Hand auf den Arm und ging mit einem letzten, sehr professionellen Lächeln davon. Bassemane sah ihr hinterher.

»Meißners Schwester? Im Ernst?«

Er schürzte die Lippen. »Eine besondere Familienähnlichkeit sehe ich auch nicht.«

»Wird sie die Geschäfte übernehmen? Von ihm?«

Bassemane schüttelte den Kopf. »Nein, das ist nichts für sie.«

»Nur so aus Neugier, was macht sie? Beruflich?«

Bassemane sah ihr hinterher, als müsste er sich auf die Frage konzentrieren. »Ich glaube, irgendwas mit Grafikdesign oder so.«

Ich behielt einen neutralen Gesichtsausdruck bei, auch wenn ich niemals im Leben glaubte, dass Nadine Vorbeck so etwas wie Grafikerin war. Ich war mir sicher, dass sie eine ganz eigene Agenda verfolgte und es sicherlich kein Zufall war, dass ich sie jetzt hier bei Bassemane getroffen hatte. Wenn die Kleine wirklich Meißners Schwester war, würde ich einen Besen fressen.

Ich hatte schon eine ganze Weile über einen Gedanken gegrübelt, und jetzt entschloss ich mich, ihn einfach auszusprechen. »Ich habe gehört, dass neues Zeug auf den Straßen unterwegs ist. Harter Shit.«

Er lächelte. »Jeden Tag kommt neues Zeug aus den Pharmaschmieden, vor allem im Osten. Was genau meinst du?«

»*Boom* nennen sie das Zeug.«

Seine Augen verengten sich zu Schlitzen. »Wo hast du das her?«

»Hier und da. Man redet drüber. Jemand fragt danach, irgendwer behauptet, er kann es besorgen. Ich hab's selbst noch nicht in der Hand gehabt.«

Bassemane spuckte aus. Ich war mir nicht sicher, ob es eine abfällige Geste oder bloß eine alte Angewohnheit war.

»Nein, *Boom* gehört nicht zum Repertoire. Ich habe gehört, das Zeug sei ziemlich krass. Wir haben ein, zwei Kunden, die danach gefragt haben. Aber das sind *first mover*, den Großteil der Klientel interessiert so neumodischer Kram noch nicht. Die stehen auf das bekannte Zeug.«

»Okay«, sagte ich. Ich wollte nicht zu aufdringlich werden.

Bassemane wurde bald darauf wieder von mehreren Kindern in Beschlag genommen, und ich nutzte die Gelegenheit, um mich zu verabschieden. Ich hatte genug Beute für Tassin gemacht, auf der sie eine Weile herumkauen konnte.

»Wir bleiben in Kontakt, Mann«, sagte Bassemane und schlug in meine Hand ein. Erst die Handflächen, dann die Finger ineinander. »Soll Arsene dich wieder zurückbringen?«

Ich lehnte ab. »Ich gehe ein Stück zu Fuß und rufe dann einen Freund an. Vielen Dank.«

Er begleitete mich bis vors Haus, wo sich das große Tor leise surrend öffnete. Ich hatte nicht bemerkt, dass er irgendeinen Schalter oder Knopf betätigt hatte.

Bassemane hob die Hand, Daumen und kleiner Finger ausgestreckt, und tat so, als würde er telefonieren. Ich verstand und nickte. Mit einem letzten Gruß lief ich nach draußen auf die Straße und merkte erst da, dass ich wieder etwas entspannter durchatmen konnte. Ich hielt mich für einen ziemlich harten Kerl, aber diese Spion-Nummer war irgendwie auf Dauer nichts für mich.

Ich zog mein Handy heraus und tippte eine SMS an Tassin ein: *Bin wieder draußen. Fahr mir nach und sammel mich irgendwann ein.*

Gut zehn Minuten später, als ich bereits mehrere Straßen überquert hatte und an einem Park entlanggelaufen war, hielt der Golf neben mir. Ich stieg ein.

16

»Wie ist es gelaufen?«

»Ganz passabel. Diese Nadine Vorbeck war bei Bassemane.«

»Die kleine Schnecke von Meißner? Was macht die da, sich nach oben schlafen?«

»Das Witzige ist, Bassemane hat sie erzählt, dass sie Meißners Schwester ist.«

Tassin schnaubte. »Nie im Leben.« Sie fuhr rechts ran und parkte den Wagen.

»Was machen wir?«

»Ich spendier dir ein Eis, Kleiner«, sagte sie mit einem Grinsen. »Und dafür erzählst du mir alles, was du rausgefunden hast.«

Wenig später saßen wir im Schatten auf einer Parkbank und leckten jeder an einer fetten Tüte Eis.

»An dieser Vorbeck ist irgendwas komisch.«

»Was meinst du?«

»Ich habe weiß Gott schon genug Mädels erlebt, die sich an die dicken Jungs ranhängen wie Putzerfische, auch an alte, hässliche Kerle wie Meißner. Die willig sind, für ein gutes Leben eine Weile die Beine breit zu machen. Aber die Vorbeck, die hat irgendwie eine eigene Agenda. Das war auch bestimmt kein Zufall, dass die da bei Bassemane rumhing.«

»Wie meinst du das?«

»Ich weiß auch nicht, kann den Finger grad nicht drauflegen. Aber frag mal Jana, ob die was zu der rausgefunden hat. Möglicherweise heißt die auch gar nicht so.«

»Denkst du, die hat was mit Petrow zu tun?«

»Überraschen würde es mich nicht.«

»Okay, kümmer ich mich drum. Hat Bassemane Verdacht geschöpft? Gab es Ärger?«

»Nein. Ich glaube nicht, dass der wirklich denkt, ich hätte was mit den Bullen am Hut. Dafür hat er mich zu offen, zu freundlich empfangen. Warum hätte er mir was vorspielen sollen?«

»Was hältst du von ihm?«

»Scheint ein ganz sympathischer Kerl zu sein. Wahnsinnig viele Kinder auf diesem Anwesen. Der macht schon echt viel Kohle mit den Drogen, oder? Die Villa ist beeindruckend.«

»Kannste deinen Arsch drauf verwetten.«

»Ich habe ihn nach *Boom* gefragt. Angeblich läuft das nicht über seine Kanäle.«

»Na ja, würde er dir gleich beim ersten Date davon erzählen? Wie ist die Stimmung insgesamt so?«

»Bassemane richtet sich auf einen Krieg ein. Faselt was von Stürmen, die charakterbildend sind, und hat gefragt, ob er sich auf mich verlassen kann.«

»Sehr gut. Also nicht, dass er sich auf Ärger vorbereitet, aber dass er sich darauf vorbereitet, dich in die Familie aufzunehmen.«

»Dachte ich mir, dass dir das gefällt.«

Tassin setzte sich plötzlich aufrecht hin, das Eis in der Hand vergessen.

»Du tropfst«, sagte ich.

»Was ist, wenn das beides miteinander zu tun hat?«

»Wie meinst du das?«

»Vielleicht hat der plötzliche Influx von *Boom* etwas mit den Morden zu tun. Stell dir vor, irgendwer in Bassemanes Organisation hat angefangen, das Zeug nebenher zu verticken, ohne sein Wissen. Und die Morde sind jetzt eine Art interner Machtkampf um die Führung.«

»Mhm, überzeugt mich nicht. Warum dann nicht einfach eine Kugel ins Gesicht?« Ich deutete mit der Hand eine Pistole an und hielt sie Tassin vor die Nase.

Sie behob endlich den Schaden an ihrem Eis.

»Sagt dir der Name Schmidt was?«, fragte ich unvermittelt. Zeit, meine Bombe platzen zu lassen.

»Schmidt?«

»Keine Ahnung. Schmidt, Schmitt, Schmid. Das war ein Franzose, der den Namen gesagt hat. Hab's bloß gehört.«

»Erst mal nicht, nein. Wer ist das?«

»Ein Maulwurf, bei euch im LKA.«

Das Eis fiel ihr fast aus der Hand. »Du machst Witze.«

»Kein Stück. Bassemane hat mit dem telefoniert. Ging um eure Ermittlungen, und dass er auf dem Laufenden gehalten werden will. Bassemane hat besonders großes Interesse daran, ob die Vier und Kirill bei den Ermittlungen mitmischen.«

»Kacke!«

Ich nickte. »Ganz großes Aa. Falls es einen Maulwurf gibt – weiß der was von mir?«

Sie schüttelte vehement den Kopf. »Da habe ich eiserne Regeln. Außer mir kennt niemand Details über dich.«

»Gut.« Wir ignorierten beide die Tatsache, dass mein Cover nach dem kleinen Auftritt im LKA vielleicht nicht mehr ganz so geheim war.

»Hast du sonst noch was?«

»Eine Telefonnummer.«

»Von diesem Schmidt?«

»Genau.«

»Gute Arbeit, Thiebeck. Du mauserst dich noch zu einem ganz passablen V-Mann.«

»Yeah«, sagte ich tonlos. »Mein großer Traum.«

Sie lächelte, wurde wieder ernst. »Das wird Sascha ja ganz und gar nicht gefallen. Wenn der Kerl schon länger mit Schmidt in Kontakt steht, dann ist die Wahrscheinlichkeit groß, dass der aus unseren Reihen stammt.«

»Oder aus der Vier.«

Sie schien nicht überzeugt.

»Möglicherweise solltet ihr auch das Dezernat 34 einschalten.«

Tassin verzog das Gesicht. Die 34, der Bereich für Korruptions- und Polizeidelikte, war nicht gerade beliebt. Niemand wollte gern die internen Ermittler am Hintern kleben haben.

»Das wird langsam eine Suppe mit zu vielen Köchen«, sagte sie missmutig.

»Ich versteh deinen Schmerz, Schwester. Pass auf, ich schicke dir mal die Telefonnummer von diesem Schmidt und die restlichen Nummern, die ich aus Bassemanes Handy gezogen habe, und ihr schaut, wer der Vogel ist. Wenn wir den fangen, kriegen wir ja möglicherweise auch noch ganz neue Informationen. Vielleicht lösen sich dann beide Fälle auf einen Schlag in Wohlgefallen auf.«

»Genau, weil das ja auch immer passiert.«

Ich grinste sie an. *»Hoffnung erhält den Armen am Leben, Furcht tötet die Reichen.«*

Tassin sah mich befremdet an. »Was ist denn mit dir los? Hast du ein Zitatebüchlein verschluckt?«

»Bassemane hat mich angesteckt«, sagte ich mit einem Grinsen. »Der haut auch dauernd so Dinger raus.«

»Großartig. Hat er irgendwas gesagt, wie's weitergeht?«

»Nein. Er meldet sich bei mir.«

»Na gut. Schätze, da dürfen wir auch nicht zu ungeduldig

sein.« Sie biss von der Waffel ab. »Soll ich dich noch irgendwohin fahren?«

»In die WG.«

»Alles klar, dann iss mal auf. Mit dem Eis kommste mir jedenfalls nicht ins Auto.«

Knapp eine Stunde später hing ich frisch geduscht und bei offenem Fenster in der WG rum. Ich hatte mein Handy an die Anlage gehängt und mal ein wenig ordentliche Musik aufgedreht.

Schoko kam zerknittert ins Wohnzimmer. »Alter, was machst du denn hier für ein Zinnober? Dreh das mal leiser.«

Mit breitem Grinsen drehte ich die Lautstärke noch weiter hoch und gab ihm eine volle Packung Alternative Rock. Genervt ging er in die Küche und prallte an der Tür zurück. »Warst du das?«

»War er was?«, wollte Chris wissen, der sich gerade in Unterhose, Hemd und Socken aufs Sofa fallen ließ. Ihm schien die Musik zu gefallen, jedenfalls versuchte er sich mit seinem gesunden Arm am Luftgitarrespielen.

»JT hat die Küche aufgeräumt! Die kleine Fee!«

»Zeig.« Chris sprang auf, und gemeinsam bewunderten sie von der Tür aus mein Werk, als trauten sie sich nicht, hineinzugehen.

»Ich war in der Villa vom *Baseman*.«

»Fuck.«

Fast gleichzeitig drehten sich die beiden um. Schoko stieß dabei gegen Chris' Arm in der Schlinge, aber das schien der gar nicht zu merken.

»Und? Was wollte er von dir?«

Die beiden setzten sich zu mir und fragten mir jede Menge Löcher in den Bauch. Ich schilderte ihnen alles, was keine Relevanz hatte: die Größe der Räume, die Höhe der Decken, die Ausmaße des Gartens und die Schönheit der anwesenden Frauen.

»Krasse Scheiße, da kommt die Zecke, nistet sich hier bei uns ein, macht einmal das Ding klar, und zack, landet der beim Oberboss auf der Gartenparty«, sagte Chris.

»Vorsicht, Kollege«, drohte ich ihm mit dem Finger, »immerhin habe ich deinen Arsch mit der Aktion gerettet.«

»Ja, ja …«

»Ja, ja heißt: Leck mich am Arsch.« Ich bewarf Chris mit einem Kissen.

»Wir könnten heute Nachmittag grillen«, schlug Schoko vor.

»Den ganzen Mist in den Park schleppen?« Bei dem Gedanken verzog ich das Gesicht.

»Quatsch, Park, wir zeigen dir mal unsere Dachterrasse. Die steht nämlich der von Meißner in nichts nach.«

Mit einsetzender Abenddämmerung befanden wir uns oben auf dem Dach. Die Krone war komplett flach, und über ein bereits geknacktes Schloss im vierten Stock hatten wir uns Zugang verschafft und nach und nach alles an Zubehör und Essen hochgeschleppt. Schoko hatte einen kleinen Alugrill mitgebracht, den er mit Kohle befeuerte, und wir holten Grillfleisch, Würstchen und Salate aus dem Supermarkt. Das Bier nahmen wir aus dem Kühlschrank und stießen dort oben an, während wir in verschiedenen kaputten Liegestühlen mit verblichener Stoffbespannung saßen.

»Geile Aussicht«, sagte ich und ließ den Blick über Neukölln und das angrenzende Kreuzberg streifen. »Echt kein Stück schäbiger als die von Meißner.« Ich schürzte die Lippen, nickte andächtig und trank.

»Bloß Bikinimiezen haben wir keine hier oben«, stellte Schoko fest.

Ich verzog das Gesicht. Auf so ein Weib wie Nadine Vorbeck konnte ich gut verzichten.

»Alles schon angeleiert«, sagte Chris mit einem Grinsen. »Weiber sind unterwegs.«

»Hast du die bestellt, oder was?«

»Nee, aber was meinst du, was passiert, wenn ich den Chicks stecke, dass wir mit Grillzeug und Bier hier oben auf dem Dach sitzen. Da fliegen die drauf.« Er zwinkerte mir zu. »Saskia kommt auch, vielleicht könnt ihr das mit ihren Brüsten noch mal richtig machen.«

Schoko und Chris mussten lachen, aber als ich gerade etwas erwidern wollte, brummte mein Handy.

Ich entfernte mich von den beiden, brachte fast fünfzig Meter, mehrere alte Antennen und Schornsteine zwischen uns und ging ran. Es war Tassin.

»Hey, was gibt's?«, meldete ich mich.

»Stör ich gerade?«

Ich schaute über die Häuser von Berlin, nahm einen Schluck von meinem Bier und grinste. »Nö. Haste was?«

Sie seufzte. »Nicht wirklich. Zunächst einmal: Wir haben natürlich ein paar Schmidts hier in der Firma. Ich bin dran, die zu überprüfen.«

»Hast du den Rest eingebunden?«

»Noch nicht. Ich will das erst mal auf kleiner Flamme kochen. Wir haben so viele Leute, die an diesen Ermittlungen beteiligt sind, dass wir diesem Schmidt auch gleich ein Memo hinlegen können, wenn ich das an die große Glocke hänge.«

»Finde ich gut.« Ich nahm noch einen Schluck.

»Also, ich hoffe, wir haben morgen früh eine Liste von allen Schmidts und Schmitts und so, die hier arbeiten. Dann können wir die durchgehen. Außerdem haben wir die Nummer gecheckt. Leider eine Prepaid-Karte.«

»Okay, war zu erwarten. Können wir die orten?«

»Dafür brauchen wir einen richterlichen Beschluss. Ist beantragt, kann aber noch dauern«, sagte sie entschuldigend. »Wir versuchen auch, eine Abhörgenehmigung zu erwirken, aber da das alles auf einem von einem V-Mann belauschten Telefonat beruht, weiß ich nicht, wie weit wir kommen.«

»Schon klar.« In Gedanken suchte ich bereits nach einer Alternative. Es würde nicht besonders lange dauern, bevor der Maulwurf etwas von dieser Suche mitbekam, so etwas ließ sich nicht lange geheim halten. Und spätestens dann würden Schmidt und Bassemane einfach die Nummern wechseln, und alles wäre für die Katz gewesen. Ich hatte nicht vor, es so weit kommen zu lassen.

»Bist du noch da?«

»Mhm«, brummte ich.

»Tut mir leid, dass es bis jetzt noch keine besseren Nachrichten gibt. Ich hoffe auf den Durchbruch morgen früh«, versuchte sie, mich aufzumuntern.

Wir verabschiedeten uns, und ich tippte eine Nummer ein, die ich auswendig kannte: die von Kai Stehrs.

Stehrs hatte früher mit mir zusammen beim MEK gearbeitet, und dann alles Mögliche probiert: Raub, Sitte, sogar bei der internen Ermittlung war er ein halbes Jahr gewesen. Schließlich hatte es ihn in die freie Marktwirtschaft verschlagen, und jetzt übernahm er jede Art von dreckigem Job, die man als Ermittler machen konnte. Stehrs sagte von sich, dass er keine Skrupel hatte, auch an den Höschen einsamer Frauen zu schnüffeln, wenn ihn der Ehemann dafür bezahlte. Wir hatten über die Jahre locker Kontakt gehalten, und seine zahlreichen Verbindungen auch zu *graueren* Elementen unserer Gesellschaft hatten mir schon öfter gute Dienste geleistet.

»Stehrs«, sagte er in neutralem Tonfall. Er kannte die Nummer nicht.

»Johnny hier«, sagte ich, die Stimme gedämpft. Normalerweise hätte ich mich mit Thiebeck gemeldet, aber ich wollte kein Risiko eingehen. Nicht, dass mich einer von den Rotzlöffeln noch dabei überhörte.

»Thiebeck, altes Haus, was macht die Kunst, Bruder?« Stehrs war so einer, der einem am Telefon immer das Gefühl gab, ein lang vermisster Freund würde anrufen, auch wenn man sich bloß einen Tag davor gesprochen hatte.

»Es läuft«, sagte ich und schob noch ein, zwei Sätze Small Talk hinterher, um nicht sofort mit der Tür ins Haus zu fallen. »Ich könnte deine Hilfe brauchen«, machte ich mich dann an die Überleitung.

»Logo. Worum geht's?«

»Ich habe eine Telefonnummer, und ich muss wissen, wo sich der Besitzer aufhält.«

»Ortung, alles klar.«

»Kriegst du das hin?«

»Kein Problem, natürlich. Reicht morgen früh?«

»Reicht.«

»Okay, komm zu mir nach Hause, ich organisier das. Sollte nicht viel kosten, zwei, drei Grüne vielleicht.«

»Super, danke. Bis morgen.« Wir verabschiedeten uns, und ich überlegte, ob ich Tassin wegen Spesen gleich anhauen sollte, entschied mich dann aber dagegen. Besser, ich lieferte erst Ergebnisse, dann fiel es meistens leichter, für derartig illegale Aktionen Kohle lockerzumachen.

Ich steckte das Handy weg und ging hinüber zum Rest der Party.

»Komm her, Süßer, wir haben dich vermisst«, sagte Saskia mit einem Lachen und klopfte auf die Dachpappe neben sich.

Ihr Ausschnitt stand schon wieder beachtlich weit offen. Die angekündigten Mädels waren angerollt!

»Tut mir leid, aber ich habe noch ein Date«, erwiderte ich, stellte die leere Bierflasche ab und machte mich daran, durch die Dachluke nach unten zu klettern. Die enttäuschten Rufe der Jungs und Mädels wehrte ich mit einer Handbewegung ab, bevor mein Kopf nach drinnen verschwand.

Ich fuhr in den Wedding, suchte fast fünfzehn Minuten lang nach einem Parkplatz und stand endlich vor Taminas Wohnung. Ich klingelte, aber sie machte nicht auf. Also trat ich auf die Straße und spähte hoch zu ihrer Wohnung, aber die Fenster waren dunkel.

Ihren Wohnungsschlüssel hatte ich nicht dabei und wollte ihn auch nicht holen. Es fühlte sich nicht richtig an. Ich musste über mich selbst den Kopf schütteln, als ich begriff, was mir da quer saß. Johnny Ticker besaß keinen Schlüssel zu Taminas Leben. Ich wusste, dass das albern war, konnte mich gleichzeitig aber nicht gegen das Gefühl wehren.

Also wartete ich darauf, bis einer der anderen Bewohner des Hauses durch die große Eingangstür ging, und schlüpfte hinein, bevor diese sich wieder schloss. Drinnen hockte ich mich auf die kleine Treppe, die runter zu den Kellern führte. Dort saß ich im Schatten, und wenn ab und an jemand an mir vorbeiging, um durch den Hof zu den Aufgängen von Hinterhaus und Seitenflügel zu gelangen, wurde ich meist gar nicht bemerkt.

Zwischendrin lehnte ich den Kopf gegen die Wand, schloss die Augen und döste sogar immer wieder ein wenig weg. Es machte mir nichts aus, auf diese Weise zu warten, im Gegenteil, es fühlte sich gut an. Machte mich irgendwie frei, weil es mir bewies, dass es sonst keinen Ort gab, an dem ich dringender sein musste.

Schließlich schreckte ich auf, weil ich Absätze auf den Fliesen hörte. Ich bildete mir ein, den Gang zu erkennen. Als ich den Briefkastenschlüssel im Schloss hörte, trat ich um die Ecke auf Tamina zu.

Sie fuhr herum, die Augen aufgerissen, den Mund offen. »Meine Güte, Johannes, hast du mich erschreckt.« Sie hielt kurz inne, als müsste sie überprüfen, ob ihr Herz noch regelmäßig schlug. Dann sah sie mich erneut an. »Was *machst* du hier?«

»Ich wollte dich besuchen«, gab ich etwas kleinlaut zurück. Irgendwie hatte ich mir unser Zusammentreffen anders vorgestellt. »Es tut mir leid, ich wollte dich nicht erschrecken.«

Kopfschüttelnd öffnete sie den Briefkasten, nahm die Post heraus und ging an mir vorbei zur Treppe. »Ich habe mich auch echt noch nicht daran gewöhnt, wie du aussiehst.«

»Ich habe dafür schon einiges an Komplimenten bekommen«, sagte ich, während ich ihr hinterherstieg.

»Ach ja? Also von mir jedenfalls nicht«, gab sie zurück.

Ich verkniff mir die Frage, warum sie derart schlechte Laune hatte, weil ich verstand, dass ich möglicherweise etwas plötzlich aufgetaucht war.

Oben angekommen schloss sie auf und ging hinein.. Ich folgte ihr.

»Was zu essen bekommst du von mir aber nicht mehr«, sagte sie ohne jeden Humor. »Ich bin absolut fertig. Will eigentlich nur noch unter die Dusche und ins Bett.«

»Wie viel Uhr ist es?«, fragte ich und drückte die Tür zu.

»Fast halb eins.«

Ich war beeindruckt, ich hatte echt lange dort unten im Flur ausgehalten. Mit einem leisen Stöhnen streckte ich meinen Rücken durch. Kein Wunder, dass er schmerzte, wenn ich ewig in unbequemer Haltung gesessen hatte. »Soll ich uns etwas machen?«, fragte ich versöhnlich und trat an sie heran, um ihr den Nacken zu küssen.

Sie drehte sich geschickt aus meiner Umarmung und schüttelte bloß den Kopf. »Ich hab doch gesagt, ich will nur noch schlafen.« Sie war auf dem Weg ins Bad und hatte sich bereits die Zahnbürste geschnappt.

Ratlos stand ich in der offenen Tür und sah zu, wie sie sich bettfertig machte. »Soll ich wieder gehen?«, fragte ich schließlich.

Ohne mit dem Putzen aufzuhören, zuckte sie mit den Schultern. »Das musst du wissen«, antwortete sie, doch es klang wie: *Dasch muscht du wischen*.

Langsam wurde es mir zu viel. Die Art von Zickigkeit war ich von Tamina nicht gewöhnt. Während sie die Zahnpasta in den Ausguss spuckte, fragte ich: »Was zum Teufel ist los?« Dabei klang ich barscher, als ich es gewollt hatte.

Sie drehte sich um, am Mund immer noch einen kleinen Flecken Zahnpasta. »Was los ist? Das fragst du mich, Johannes? Du bist derjenige, der hier mitten in der Nacht im Flur herumlungert, obwohl er einen Schlüssel hat. Der sich nicht meldet, und dem wichtig war, dass seine *Ermittlungen* möglichst keinen Bezug zur realen Welt haben.« Sie sprach das Wort *Ermittlungen* mit einer beeindruckenden Verächtlichkeit aus. »Versteh mich nicht falsch, es hatte was, dass du dich hier neulich reingeschlichen hast, in mein Bett, und ich mit dir wie mit einem Unbekannten rumgemacht habe. Reizvoll. Aber ganz ehrlich, diese Art von Spielchen nutzt sich ziemlich schnell ab. Ich will nicht gespannt darauf warten, wann der große Thiebeck von seiner geheimen Mission kommt und zu mir ins Turmzimmer klettert.« Sie seufzte, stieß den Atem aus und redete dann etwas weniger aufgebracht. »Ich meine, ich verstehe, warum du das machst. Also irgendwie, denke ich jedenfalls. Und es ist okay, ich habe dir immer gesagt, dass du dein Leben so leben sollst, wie du willst. Aber diese Abenteuer, die musst du dann ohne mich erleben. Nimm dir Ferien von uns, meinetwegen. Mach dein Ding, aber komm nicht nachts durch mein Fenster geklettert, okay?« Sie klang müde, sah erschöpft aus, und ich kam mir plötzlich vor, als würde ich wie im Zeitraffer von ihr weggefahren. Wie in so einem Film, wo die andere Person dasteht und immer kleiner wird, während man selbst sich rasend schnell nach hinten bewegt.

Ich setzte an, etwas zu sagen, wusste aber nicht was. Daher räusperte ich mich bloß und starrte sie an wie ein Dämlack.

Sie kniff die Augen zusammen, als würde sie auf eine Reaktion warten. Fuhr nachdenklich fort: »Irgendwie habe ich das Gefühl, dich gar nicht mehr richtig zu kennen. Du siehst anders aus, du redest anders …«

»Was meinst du?«, unterbrach ich sie.

»Ich weiß nicht. Du redest schneller, härter. Hast so einen Zug um den Mund, den ich nicht kenne. Es ist, als ob du dich gar nicht verkleidet hättest, sondern als ob da ein Stück weit der echte Johannes zum Vorschein gekommen ist. Der, den ich gar nicht kenne. Warst du mehr so, früher, als du noch Polizist warst?«

Ich überlegte, fühlte mich unsicher. Vielleicht. Der Job hatte eine bestimmte Art von Freiheit bedeutet, und es hatte mir selten etwas ausgemacht, dass er mich immer wieder fast aufgefressen hatte. Ich hatte keine kleine, heile Familienwelt gehabt, in die ich zurückkehren wollte, wie zum Beispiel Jana. Überstunden, Nachtschichten, die Drecksarbeit – ich hatte bloß die Arme ausgebreitet und innerlich gerufen: »Gebt mir mehr davon, *I can take it.*« Und es stimmte, irgendwie war das im Moment wieder ein bisschen so wie früher. Als könnte ich befreiter atmen, trotz der Heimlichkeiten und Lügen meiner

Rolle als Johnny Ticker. Möglicherweise steckte wirklich mehr vom Ticker in mir, als ich gedacht hatte.

Tamina lächelte plötzlich, machte einen Schritt nach vorn und streichelte mir über die Wange. »Geh und mach deinen Job, und wenn du fertig bist, dann kommst du wieder zu mir. Ja?« Sie sah so traurig, dabei so weich und verletzlich aus, dass es mir die Sprache verschlug.

Also nickte ich bloß, küsste ihre Hand, und keine zwei Minuten später stieg ich im Dunkeln die Treppe wieder nach unten.

Und irgendwie hatte ich dabei das Gefühl, als würde ich einen Teil von mir oben in ihrer erleuchteten Wohnung zurücklassen.

17

Am nächsten Morgen begrüßte Stehrs mich erst mit einem festen Handschlag und dann mit einer Umarmung, wobei er mir hart auf die Schulter klopfte, wie es die Jungs im Gym immer taten.

»Wir können gleich gehen«, sagte er und zog die Wohnungstür hinter sich zu.

Stehrs wohnte in einem Mehrfamilienhaus in Schöneberg, lebte von seiner Frau geschieden und hatte eine erwachsene Tochter namens Kathy. Er trug seine kurzen Haare meistens blond gefärbt oder manchmal sogar weiß gebleicht, mit Gel zu einem Igel hochgekämmt und sah damit aus wie ein Mitglied einer Techno-Crew. Über meine neue Frisur und den Bart hatte er nichts gesagt, bloß kurz eine Augenbraue gehoben, bevor wir uns begrüßt hatten.

Unten führte er mich zu einem Multivan mit rundherum abgedunkelten Scheiben, in den wir einstiegen. Neugierig warf ich einen Blick nach hinten, weil dort jede Menge technische Geräte in Kästen oder mit Gurten angeschnallt standen.

»Sieht ein bisschen aus wie in einer amerikanischen Vorabendkrimiserie«, sagte ich.

»Wart's ab, das wird sogar noch besser.« Er startete den Motor, und kurz darauf fuhren wir Richtung Westen.

»Wo geht's hin?«

»Wir müssen noch unseren Techniker am Bundesplatz abholen.«

Dort stieg ein junger, schlaksiger Mann zu uns in den Van. Er schob die Seitentür zu, schüttelte mir die Hand und schnallte sich auf der Rückbank an.

»Das ist Paul. Paul kümmert sich darum, dass der ganze Shizzle da hinten auch funktioniert. Ich fahr' ihn bloß durch die Gegend.«

»Wie läuft das Ganze ab?«

»Wir suchen uns ein lauschiges Plätzchen«, antwortete Stehrs mit einem Grinsen und bog vom Südwestkorso in eine kleine Nebenstraße ab. Dort parkte er den Wagen und bedeutete mir, mit ihm nach hinten zu klettern.

Paul hatte sich bereits der Technik zugewandt, und wir suchten uns Sitzplätze, auf denen wir nicht im Weg waren.

»Nummer?«, sagte Paul kurz angebunden und schnippte mit den Fingern.

Ich brauchte einen Moment, bevor ich begriff und Schmidts Nummer heraussuchte.

»Rede mit mir«, forderte ich Stehrs auf. Ich hatte keine Lust, bei der ganzen Aktion wie ein Ochs vorm Berge dabeizusitzen und nichts zu verstehen.

Stehrs wollte gerade zu einer Erklärung ansetzen, als Paul ihm zuvorkam. Während er Knöpfe drehte und Schalter umlegte, sodass verschiedene Anzeigen zum Leben erwachten, sprach er über die Schulter mit mir.

»Als Erstes versenden wir eine stille SMS. Hast du eine Ahnung, was das ist?«

»Schon mal gehört, ja.« Diese Art der Ortung war zu meiner aktiven Zeit noch nicht besonders häufig benutzt worden, hatte in den letzten Jahren aber zugenommen. Dabei wurde eine SMS an ein Handy gesendet, um es zu orten, ohne dass der Besitzer etwas davon mitbekam.

»Geht das so einfach?«

»Einfach ist relativ. Wir müssen uns auf jeden Fall dem Netzbetreiber gegenüber als etwas ausgeben, was wir nicht sind. Das Problem haben wir aber so oder so, egal, ob wir über GPS-Ortung, Funkzellen-Standort-Ermittlung oder halt die stille SMS reden.«

»Aha.«

Er grinste mich an. Offenbar war ihm bewusst, dass er sich ziemlich nerdy anhörte. »Entschuldigung, ich versuche, normal verständlich zu reden. Unterbrich mich, wenn ich zu schnell oder zu abstrus rede.«

Ich nickte.

»Mit der stillen SMS bekommen wir bereits einen ganz guten Überblick, wo sich das Ziel aufhält.« Er hielt kurz inne, konzentrierte sich und tippte etwas auf einer kleinen Tastatur ein. »So.«

Ich schaute Stehrs an.

»Lass ihn mal machen. Paul weiß, was er tut«, beruhigte der mich.

»Okay, wir haben eine Antwort. Reinickendorf.« Er nannte Stehrs eine Adresse.

»Da ist das Handy?«

Paul nickte, während Stehrs bereits an mir vorbei auf den Fahrersitz kletterte.

»Ich bleibe hinten«, verkündete ich und schnallte mich dann an.

»Du bist so eine Art Hacker und lässt dich von Stehrs anheuern, oder was?«, fragte ich Paul, als wir uns in Bewegung setzten.

Er grinste. »Ich bin Zahnarzt.«

»Wie bitte?«

»Na ja, eigentlich bin ich ein Student, der irgendwann gern mal Zahnarzt werden würde.«

Ich deutete auf die Technik. »Das ist aber nicht gerade Teil des Studiums, oder?«

Er legte den Kopf schief. »Immerhin haben Zahnärzte meistens geschickte Hände. Ich war immer schon Bastler, hab meistens mit Elektronik rumgespielt. Irgendwann habe ich mir das dann angeeignet.«

»Und das hier machst du nebenbei, parallel zum Studium?«

»Stehrs und seine Kollegen zahlen gut.« Er bemerkte meinen Gesichtsausdruck und fuhr fort: »Die Uni nimmt viel Zeit in Anspruch. Da habe ich keine Muße, nebenher Regale aufzufüllen oder Zeitungen auszutragen oder was man sonst heutzutage als studentische Hilfskraft alles macht. Der Job hier lässt sich meistens schnell erledigen, er ist hochspezialisiert und deswegen gut bezahlt, und ich kann das elegant neben dem Studium machen.« Er zuckte mit den Schultern. »Wenn ich hiervon nichts verstehen würde, hätte ich vielleicht versucht, bei einem Escort-Service oder so zu landen. Da ist dieser Job vermutlich die angenehmere Variante.«

»Hast du keine Angst, erwischt zu werden?«

Er grinste. »Ich versuche, diesen Gedanken so gut es geht zu unterdrücken. Irgendwas ist ja immer.«

»Was passiert, wenn wir in Reinickendorf sind?«

»Dann wird's geil!« Mehr wollte er offenbar nicht verraten.

Eine knappe halbe Stunde später parkte Stehrs den Wagen. »Alles klar«, sagte er und kam wieder nach hinten. Aus einem kleinen eingebauten Schrank holte er drei Flaschen Mineralwasser und verteilte sie.

»Okay, spuckt mal aus, was passiert denn jetzt für eine schwarze Magie?«

»Jetzt«, sagte Paul und wechselte die Position, »aktivieren wir den IMSI-Catcher.«

Ich machte mir nicht die Mühe nachzufragen, in dem Vertrauen, dass Paul sich hoffentlich noch erklären würde.

»Das Ding tut so, als sei es eine Funkzelle. Das heißt, das Handy klinkt sich hier ein und denkt, es sei mit seinem Provider verbunden. Dadurch können wir nicht nur jederzeit eine stille SMS schicken für eine punktgenaue Ortung, sondern wir können sogar Gespräche mithören.«

»Krasser Scheiß. Wo habt ihr denn die Technik geklaut? Beim BND?«

Paul strahlte übers ganze Gesicht. »So'n Ding kann man ziemlich einfach selbst bauen. War eins der ersten Projekte, auf das mich die Jungs angesetzt haben.«

Stehrs nickte wie ein stolzer Papa.

»Wie, und mehr braucht's nicht? Der Catcher sagt bloß ›hier bin ich‹ und schon machen die Handys die Beine breit? Das ist doch Quatsch.«

»Kein Quatsch. Das ist einfach eine Lücke im System. Jedes Handy muss sich quasi seinem Mobilfunknetz gegenüber ausweisen, aber nicht andersherum. Deswegen können wir einfach so tun, als seien wir ein Mobilfunknetz, und das Handy, das wir suchen, gerät in unsere Fänge.«

Ich blieb skeptisch. »Aber du hast behauptet, wir können Gespräche mithören. Wie soll das gehen, wenn das Handy sich einfach bloß bei uns einklinkt?«

»Ganz einfach, auf der anderen Seite tun wir so, als wären wir ein Handy. Und reden mit dem Netz. Das funktioniert so ähnlich wie ein Man-in-the-Middle-Angriff in Computernetzwerken.«

»Ich bin raus«, sagte ich und breitete die Arme aus. »Willkommen im Club«, lachte Stehrs. »Aber es ist völlig egal, dass wir zwei Hirnis kein Wort verstehen, die Magie wirkt nämlich trotzdem.«

Wir beobachteten Paul dabei, wie er eine ganze Weile mit der Technik herumspielte, vor allem auf der kleinen, verdreckten Tastatur, die zu dem Krempel gehörte.

»So. SMS ist raus. Uuuuuuund … da ist das kleine Schätzchen.« Er schaltete einen zweiten Monitor ein, der eine Umgebungskarte anzeigte. Und einen roten Punkt, vermutlich das Handy.

»Was ist das für eine Adresse?«

Stehrs suchte sie heraus und diktierte sie mir.

»Okay, jetzt haben wir die Adresse. Aber zum Mithören von Gesprächen, muss auch jemand telefonieren. Wie lange wollen wir hier warten?«

Paul grinste schon wieder, sodass ich ahnte, dass ich, ohne es zu wissen, mal wieder Stichwortgeber gewesen war.

»Zweite Nummer«, befahl er und schnippte wieder mit den Fingern.

So sympathisch mir der Kerl war, diese Angewohnheit ging mir schwer auf die Nerven. Ich suchte ihm Bassemanes Nummer heraus.

»Jetzt rufen wir an. Bloß eine Sekunde lang, um auf dem Display aufzutauchen.« Er legte ein paar weitere Schalter um, drehte einen Lautstärkeregler hoch.

Plötzlich war ein Freizeichen zu hören, übertrieben laut, wie es mir vorkam.

»Ja?«, sagte die dunkle Stimme von Bassemane.

Eine Männerstimme, deutsch, ohne Akzent, antwortete: »Sie haben mich angerufen?«

Irgendwie kam mir die Stimme bekannt vor, aber ich konnte sie nicht verorten. Ich kniff die Augen zusammen, um alles andere auszublenden.

»Wie? Nein. Haben Sie Informationen für mich? Was ist mit der Soko?« Bassemane klang schroff.

»Es gibt noch nichts Neues. Aber ich habe Gerüchte gehört, dass das Dezernat 34 eingeschaltet wurde. Die interne Ermittlung. Mir wird das langsam zu heiß.«

»Blödsinn!«, sagte Bassemane. »Nichts wird zu heiß. Wir sind hier in Deutschland, da kann ich sogar noch im Hochsommer mit einem Wollpullover rumlaufen.«

Ich konnte mir bildlich vorstellen, wie er dabei grinste.

»Das ist nicht witzig. Es sind schon wieder jede Menge Befragungen durchgeführt worden. Unter anderem bei Petrows Männern. Wir sollten unseren Kontakt eine Weile auf Eis legen …«

Schmidt wurde durch ein aggressives Zischen unterbrochen. »Nichts ist mit Eis. Ich bezahle Sie, und solange ich das tue, erwarte ich Ergebnisse. Verstehen Sie?«

Am anderen Ende der Leitung war es kurz still, dann antwortete der Deutsche: »Ja.«

»Gut. Finden Sie heraus, was die Sondereinheit als Nächstes vorhat, und rufen Sie mich oder Arsene an. Wir haben nicht mehr viel Zeit.« Ohne ein weiteres Wort wurde die Verbindung gekappt. Bassemane hatte offenbar aufgelegt.

»Haben wir das?«, fragte ich Paul.

Der nickte. »Ist alles digital aufgezeichnet.« Er wollte noch etwas sagen, als er sich selbst unterbrach, den Finger hob und einen Schalter umlegte. Wieder das Freizeichen.

Ein Unbekannter meldete sich. Klang wie ein weiterer Deutscher. »Was gibt's?«

»Ich habe gerade eben mit Bassemane gesprochen. Er macht sich Sorgen wegen der Ermittlungen.«

Ein verächtliches Schnauben. »Kann ich mir vorstellen.«

»Und ich glaube, dass er langsam unruhig wird wegen der Morde. Und Meißners Verschwinden.«

»Was soll das heißen?«

»Ich bin mir nicht sicher. Aber ich könnte mir vorstellen, dass er irgendwas plant.«

»Der kleine Kanake soll mal schön die Füße still halten, sonst blase ich ihm die Lichter weg.«

»Soll ich ihm das ausrichten?«

»Wenn du ihm stecken willst, dass du auch mit mir im Bett bist, bitte, nur zu. Ich würde gerne sein Gesicht sehen, wenn er das erfährt.«

Schmidt sagte nichts. Anscheinend war er auch nicht von der Idee überzeugt.

Der andere sprach weiter. »Wenn Bassemane irgendwas fallen lässt, irgendeinen Hinweis auf das, was er vorhat, meldest du dich bei mir. Sofort, ist das klar?«

»Ja.«

»Bis bald.«

Die Verbindung wurde unterbrochen.

»Haben wir das auch?«

Paul lächelte geduldig. Ich kam ihm vermutlich vor wie eine Oma, die den Enkel anruft und sagt: »Ich habe das Internet kaputt gemacht!«

»Ja, das haben wir auch«, sagte er.

»Kannst du mir das auf die Karte vom Handy packen?«, fragte ich und streckte ihm das Telefon hin.

»Sicher.«

»Hast du, weswegen du gekommen bist?«, fragte mich Stehrs.

»Glaub schon. Wir haben eine Adresse, damit sollte sich dieser Schmidt lokalisieren lassen, und wir haben seine Stimme.« Wieder beschlich mich dieses Gefühl, dass ich eigentlich wissen müsste, wer da gesprochen hatte, aber die Erkenntnis entzog sich mir wie eine eingebildete Spukgestalt, die immer dann verschwand, wenn man sich nach ihr umdrehte.

»Falls du uns noch einmal brauchst, sag Bescheid. Das hier lässt sich einigermaßen kurzfristig einrichten.«

»Solange ich nicht gerade Vorlesung habe«, warf Paul ein und reichte mir das Handy zurück, aus dem er zwischenzeitlich die SD-Karte entnommen hatte, um die Dateien aufzuspielen.

»Was bekommt ihr?«

»Das klären wir nachher«, sagte Stehrs mit einem Seitenblick auf Paul, der dabei war, diverse Geräte wieder in den Ruhestand zu versetzen. »Komm, ich fahr dich zurück.« Er kletterte wieder nach vorn.

Ich folgte ihm.

Meine Vermutung war, dass er mir ohnehin nur die Kohle für Paul und vielleicht die Technik abknöpfen würde, er selbst würde vermutlich von mir gar kein Geld haben wollen. Aber wenn ich das mit Tassin und den Spesen klären konnte, würde ich ihn vielleicht umstimmen können und Vater Staat für seine Dienste zahlen lassen.

Kurze Zeit später hatte mich Stehrs bei sich zu Hause vor der Tür abgesetzt und war mit Paul weitergefahren. Ich stieg in mein Auto und rief Tassin an.

»Hey«, begrüßte sie mich.

»Hast du Zeit? Ich hab was.«

Sie zögerte. »Eigentlich habe ich in einer halben Stunde ein Meeting im Dezernat.«

»Das ist heiß, was ich hier habe«, schob ich nach.

»Okay, scheiß drauf. Wo treffen wir uns?«

Ich nannte ihr ein Café an der Grenze zu Kreuzberg, wir verabschiedeten uns, und ich machte mich auf den Weg.

Im Café saß ich bereits an einem der hinteren Tische, als sie hereinkam und sich suchend umschaute. Nur wenige Gäste verteilten sich auf den großzügigen Raum: ein junger Mann mit Laptop, zwei Frauen, die sich tief über ihren Tisch gebeugt unterhielten, und ein älterer Mann, der Zeitung las.

Die Bedienung nahm Tassins Bestellung auf und zog sich wieder zurück. Ich schob meine Bratkartoffelreste zusammen und wischte das Öl mit einem Stück Brot auf.

»Ich habe auch was«, eröffnete mir Tassin.

»Okay, dann du zuerst«, entschied ich mit vollem Mund, damit ich in Ruhe aufessen konnte.

»Victoire Bassemane kommt aus der Elfenbeinküste. Von der Elfenbeinküste? Egal.«

Ich nickte, kaute, den Blick auf den Teller gerichtet. »Ja, ich weiß.«

»Die Elfenbeinküste ist, zusammen mit Togo und Ghana, das Epizentrum des Voodoo in dem Teil von Afrika. Auch wenn man Spuren davon quasi im gesamten Westafrika findet.«

»Okay.«

»Bassemane ist tief im Landesinneren, in der Nähe der Grenze zu Burkina Faso, geboren worden. Seine Mutter, und das ist der spannende Teil, war dort eine mächtige Voodoo-Priesterin.«

»Und?« Ich verstand nicht, was dieser kulturgeschichtliche Exkurs sollte.

»*La Sorcière Noire?* Steh nicht auf dem Schlauch, Thiebeck.« Sie lehnte sich zurück, weil ihr Getränk und ihr Essen kamen. Sie hatte sich einen griechischen Salat und eine Apfelsaftschorle bestellt.

Ich trank von meinem Bier. »Raff ich nicht. Bassemane hat mir erzählt, dass Petrow angeblich einen Killer mit diesem Namen hat. Und das soll jetzt seine eigene Mutter sein? Was für eine abgedrehte Räuberpistole wird das denn?«

Tassin sah mich missbilligend an. »Sei mal nicht so vernagelt. Bassemane hat dir davon erzählt, ja. Aber warum? Und vielleicht hat er dir nicht die ganze Wahrheit erzählt.« Sie beugte sich vor, der Salat für den Moment vergessen. »Was ist«, fragte sie und stach mit der Gabel nach mir, »wenn Bassemane der Mörder ist? Und sich von seiner Mutter den Nimbus der Voodoo-Hexe geliehen hat? Um seinen eigenen Leuten Angst zu machen?«

»Warum sollte er das tun?«

»Was weiß ich. Aber wir haben so oder so noch kein Motiv, egal in welche Richtung. Aber Bassemane spricht Französisch, und wir haben einen französischen Spitznamen für einen möglichen Killer. Ich finde das nicht allzu weit hergeholt.«

Ich zuckte mit den Schultern, war noch nicht überzeugt. Aber insgeheim fragte ich mich, ob mein Widerstand, Bassemane als möglichen Täter zu sehen, vielleicht nur damit zu tun hatte, dass ich den Kerl persönlich kennengelernt und ganz sympathisch gefunden hatte.

Tassin schien meine Gedanken zu ahnen. »Thiebeck, der Kerl führt einen Drogenring. Du glaubst doch nicht im Ernst, dass man das wird, ohne ab und zu Dinge zu tun, über die die Engel weinen, oder?«

Ich schüttelte den Kopf, trank noch einen Schluck. »Du hast recht. Es ist eine Möglichkeit.«

»In Ordnung. Und jetzt du. Was hast du rausgefunden?«

Ich holte mein Handy heraus, schaute mich um, um sicherzustellen, dass niemand mithören konnte, und spielte ihr den ersten Mitschnitt vor.

Schon beim ersten Austausch wurde Tassin kreidebleich. Ich hatte ja bereits geahnt, dass ich die Stimme hätte kennen müssen, und ihre Reaktion zeigte mir, dass ich mich nicht getäuscht hatte.

»Das ist Sascha«, sagte sie gequetscht.

»Sascha Herford?« Leiter der Drogenfahndung und Tassins unmittelbarer Boss? Kein Wunder, dass mir die Stimme bekannt vorgekommen war.

Sie nickte.

»Scheiße, das ist euer Maulwurf? Oh Mann.«

»Ich …« Tassin brach ab, setzte erneut an, schüttelte bloß den Kopf.

Ich verstand, dass sie keine Ahnung hatte, was sie sagen sollte.

»Du hast gesagt, von mir weiß niemand was. Kannst du garantieren, dass der Herford keine Ahnung von mir hat? Ich muss dir nicht sagen, was es bedeutet, wenn der Bassemane von mir erzählt.«

»Ich hab's dir gesagt, ich bin dein einziger Kontakt. So arbeite ich.«

»Aber Kirill, Herfords bester Kumpel, weiß jetzt von mir.«

Sie sagte nichts. Wusste, dass das ein Clusterfuck war. Aber da konnten wir im Moment nichts machen.

»In Ordnung. Ich bin leider noch nicht fertig«, sagte ich und suchte den nächsten Track, um ihn abzuspielen.

»Was denn noch?«, stöhnte sie und vergrub das Gesicht in den Händen.

Wieder erklang Herfords Stimme, aber erst bei der des zweiten Mannes kam Tassin hinter ihren Händen hervor. Ihre Augen waren noch größer geworden. »Das ist Petrow«, quetschte sie heraus.

»Bist du dir sicher?«

Sie nickte. »Wir hatten den schon zweimal bei uns, ich erkenne seine Stimme, kein Zweifel.«

»Dir ist klar, dass das möglicherweise kein Zufall ist, oder?«

»Soll heißen?«

»Was ist, wenn Herford auch mit den Morden zu tun hat?«

Ihr Gesicht verzog sich vor Abscheu. »Niemals!«

Ich packte ihre Arme, die auf dem Tisch lagen. »Bis vor einer Stunde hättest du vermutlich auch deine Hand ins Feuer dafür gelegt, dass Sascha Herford nicht mit Drogendealern paktiert. Jetzt weißt du es besser. Wer sagt dir, dass du den Mann überhaupt richtig kennst?«

»Nein, ich meine, das ist absurd. Das kann einfach nicht sein.« Sie machte sich los und ließ sich frustriert gegen die Lehne fallen. »Das glaube ich nicht!«

»Vielleicht bezahlt ihn einer der beiden dafür. Oder setzt ihn unter Druck. Eventuell macht er das gar nicht freiwillig«, versuchte ich mich an einer milderen Version.

Tassin konnte bloß den Kopf schütteln. »Ich fasse das alles gar nicht.«

»Iss deinen Salat«, sagte ich und schob ihr den Teller hin. Es tat mir leid, die toughe Kleine so niedergeschlagen zu sehen, als hätte ihr jemand mit zwei, drei harten Hooks die Luft abgelassen. Das hatte sie nicht verdient.

»Was machst du jetzt mit der Info?«, fragte ich nach einer Weile.

»Scheiße, keine Ahnung. Ich denke, ich muss mit irgendjemandem bei der Internen reden. Und über kurz oder lang muss ich auch Jana und Mirko Bescheid sagen, das betrifft schließlich auch ihren Fall.«

»Und Kirill.«

»Und Kirill«, stimmte sie missmutig zu. Sie stocherte in ihrem Essen herum. Plötzlich hielt sie inne, die Gabel auf halbem Weg zum Mund. »Wo hast du das eigentlich her?«

»Das willst du nicht wissen. Aber ich brauche ein paar Hundert Euro für Spesen.«

»Nicht dein Ernst, oder?«

Ich breitete die Arme aus. »Ich nehme an, Jana hat dich gewarnt, bevor du zu mir gekommen bist. Ich erledige Dinge auf meine Weise. Und es ist ja nicht so, als hätte ich bisher nicht geliefert, oder?«

Mit einem Nicken stimmte sie zu, schob sich Salat in den Mund. Ihr Handy, das auf dem Tisch lag, brummte. Sie griff danach, verkündete: »Jana!«, und ging ran. »Hallo.« Schaute mich an, hörte zu. Nickte. Stieß »Wir kommen!« hervor und legte wieder auf.

»Was ist passiert?«

»Weiß ich nicht. Jana will, dass wir uns etwas ansehen«, sagte sie und schnappte sich ihre Autoschlüssel.

18

Tassin fuhr Richtung Kreuzberg. Irgendwo in der Nähe der Yorkstraße bogen wir in eine Seitenstraße und wurden gestoppt. Weiter vorn war Blaulicht zu sehen, das über die Häuserwände wusch, es standen jede Menge Uniformierte herum.

Wir stiegen aus und näherten uns dem Absperrband.

»Soll ich im Wagen bleiben? Hat das was mit dem Fall zu tun? Nicht, dass wir gesehen werden?«, wollte ich wissen.

Tassin winkte ungeduldig ab, ihre Gedanken schienen woanders zu sein. Vielleicht hatte Jana ihr am Telefon doch mehr gesagt, als sie an mich weitergegeben hatte. Ich schlug zumindest die Kapuze des Hoodies hoch, um mich rudimentär zu maskieren.

»Was ist passiert?«, fragte Tassin eine Beamtin und zeigte ihre Marke vor.

»Verkehrsunfall.« Die Blonde hob das Band, um uns durchzulassen.

Langsam gingen wir auf zwei Streifenwagen zu, die die Straße blockierten. Hinter ihnen stand ein Jeep, die Fahrertür offen. Jana kam aus einer größeren Gruppe, in der ich auch Densch erkennen konnte, auf uns zu.

»Wieso seid ihr hier?«, fragte Tassin misstrauisch.

»Fahrerflucht mit Todesfolge«, erklärte Jana.

»Und?«

Sie warf einen Blick über die Schulter in Richtung des Geländewagens. Schaute wieder uns an. »Es ist die Schwester von David Petrow.«

»Ach du Scheiße«, entfuhr es mir.

Jana nickte bloß, während Tassin stumm hinüber sah.

»Sie hat ihre Tochter vom Kindergarten abgeholt. In zweiter Reihe geparkt, das Kind angeschnallt und hatte gerade die Tür geöffnet, um selbst einzusteigen. Da wurde sie von dem Fahrzeug erfasst, mitgerissen und die halbe Straße mitgeschleift. Sie ist dabei zu Tode gekommen. Ihre Tochter hat alles mit ansehen müssen.«

»Ihr habt den Fahrer?«, fragte Tassin.

Jana schüttelte den Kopf. »Aber den Wagen. Stand mit laufendem Motor zwei Ecken weiter.«

»Das ist nicht alles, oder?« Janas Blick konnte ich entnehmen, dass das noch nicht alle Überraschungen waren.

»Das Auto gehört Bassemane. Es ist heute Morgen als gestohlen gemeldet worden.«

Ich schaute von Jana zu Tassin. »Das glaubt ihr aber nicht, oder?«

Müde und genervt wandte sich Jana mir zu. »Was genau glauben wir nicht?« Sie ersparte mir immerhin die Floskel *Wir glauben gar nichts, wir ermitteln*, die ich als Kommissar selbst oft genug gebraucht hatte.

»Dass das Bassemane war?«

»Keine Ahnung, Johannes. Woher soll ich das wissen? Fakt ist bloß, dass ihm das Auto gehört.«

Ich nickte heftig. »Aber ihr glaubt doch nicht ernsthaft, dass Bassemane das Fahrzeug als gestohlen meldet, sich dann da reinsetzt oder einer seiner Leute und am helllichten Tag Petrows Schwester totfährt, wo vollkommen klar ist, dass das zu einem Krieg eskaliert. Und *dann* auch noch das Auto stehen lässt, sogar mit laufendem Motor, damit es auch sofort jemandem auffällt. Jede Wette, da standen sogar die Türen offen.«

Jana sah erst so aus, als wollte sie nicht antworten, nickte jedoch schließlich. »Ja, standen sie. Aber das spielt gerade gar keine Rolle. Bassemane ist ein Verdächtiger, allein die Umstände sorgen dafür.«

Ich schluckte herunter, was ich dazu noch sagen wollte. Mein Blick suchte Densch, weil es mir in diesen Situationen leichter fiel, ihm die Schuld an solchen Verbohrtheiten zu geben als Jana. Auch wenn ich wusste, dass das ungerecht war.

Aber statt Densch bemerkte ich Kirill, der mit finsterem Gesichtsausdruck neben einem Beamten stand. Er sah mich an, nickte mir kurz zu. Keine freundschaftliche Geste, eher eine »Ich hab dich im Auge, Freundchen«-Bewegung. Er kam mir inzwischen vor wie ein Kettenhund, der es nicht abwarten konnte, von der Leine gelassen zu werden, um endlich Witterung aufzunehmen und seine Beute zu Tode zu hetzen. Vermutlich gefiel Kirill diese neue Wendung ganz gut.

»Was macht der hier? Habt ihr den gerufen?«, fragte ich und stieß dabei Tassin an, um sie auf Kirill aufmerksam zu machen.

»Nein. Der ist einfach aufgetaucht. Scheint einen guten Riecher zu haben, was solche Sachen angeht.«

»Wir müssen dir etwas zeigen«, sagte Tassin.

Abwesend schaute Jana sie an. »Jetzt? Hat das nicht Zeit?«

»Leider nein. Und glaub mir, das ist fast so eine dicke Bombe wie sie hier gerade geplatzt ist.«

Jana sah sich um, blies kurz die Wangen auf. »Okay, aber nur ein paar Minuten.« Sie hob die Hand, um Densch zu signalisieren, was sie machte.

Er sah darüber nicht gerade glücklich aus, und das wiederrum machte mich sehr zufrieden. Den Schulhofjungen in mir drin.

»Wir gehen zu meinem Auto«, erklärte Tassin, und gemeinsam machten wir uns auf den Weg hinter die Absperrung.

Ich setzte mich auf die Rückbank hinter Jana, die sich auf

den Beifahrersitz geschoben hatte, und spielte ihr den ersten Track von Herford vor.

»Das eine ist Bassemane. Und der andere?«

»Schmidt.«

Jana runzelte bei den ersten Sätzen bereits die Stirn, und ich nahm an, dass sie ebenfalls das Gefühl hatte, die Stimme zu kennen.

»Wer ist das?«, fragte sie.

»Sascha Herford«, haute ich heraus.

»Nee, oder?« Sie sah Tassin an.

»Leider doch«, bestätigte diese.

»Wir haben noch ein zweites Gespräch. Darauf ist David Petrow zu hören, ebenfalls mit Herford.«

Jana sah uns entgeistert an. »Nimmt der von beiden Geld?«

»Das wissen wir noch nicht. Tassin hat keine Ahnung, wie sie damit umgehen soll.«

Jana ließ sich nach hinten in den Sitz fallen. Atmete heftig aus. »Kacke. Mist. Mann!« Schlug auf die Armatur. Schließlich sah sie Tassin an. »Ich muss da wieder raus, Mirko unterstützen. Am besten reden wir im Dezernat noch mal darüber, wie wir mit der Situation jetzt umgehen. Ich weiß nicht, ob wir nicht auch Kirill und die Vier einbinden müssen.« Sie öffnete die Tür, stieg aus und ging zurück Richtung Absperrung.

»Was denkst du?«, fragte mich Tassin, die mich beim Grübeln erwischt hatte.

»Ich denke, dass wir schnell sein müssen. Wenn das erst an die große Glocke gehängt wird, kriegen wir Herford nicht. Dann entwischt der uns.«

»Was willst du machen?«

Ich überlegte, schüttelte den Kopf. »Ich glaube, du willst nicht wissen, was ich vorhabe. Ist besser für dich. Mein Vorschlag: Du steigst aus und lässt dich von Jana und Densch mitnehmen. Ihr müsst euch eh zusammenhocken. Ich nehme den Golf und schaue mal, was ich an Dingen auftreiben kann.«

Tassin sah mich wenig begeistert an.

»Hey, ich muss mobil sein. Ich tu deinem Golf schon nichts.«

»Der Golf ist mir egal. Der ist sichergestellt, den habe ich bloß ausgeliehen. Mich besorgt vielmehr, was du auf eigene Faust alles machen wirst.« Sie musterte mich, als könnte sie auf diese Weise Antworten auf ihre Fragen erhalten.

Ich zuckte mit den Schultern. »Deine Entscheidung. Ich habe euch auf Meißners Verschwinden aufmerksam gemacht, und ich habe dir Herford geliefert. Bisher ist meine Quote ganz gut, glaube ich.«

Sie sah mich noch einen Augenblick länger an, nickte dann und öffnete ihre Tür. Über die Schulter sagte sie noch: »Aber du meldest dich in regelmäßigen Abständen. Und wenn ich da noch rumhänge, wenn du fertig bist, holst du mich ab, klar?«

»In Ordnung, Boss.« Ich stieg ebenfalls aus, ging um das Auto herum und sah ihr nach, wie sie sich zu den anderen begab.

Mit einer knackigen Zweipunktwende drehte ich den Golf und fuhr dann mit heruntergelassenen Fenstern und lauter Musik Richtung Norden. Das hier war deutlich besser als dieser dämliche alte Nissan!

Wenig später kam ich in Reinickendorf an und hatte keine Schwierigkeiten, die Adresse zu finden, von der aus Herford telefoniert hatte.

Ich parkte den Wagen etwas weiter weg und ging dann unauffällig am Haus vorbei. Es handelte sich um ein Einfamilienhaus mit umliegendem Garten, geschützt durch eine niedrige Mauer und eine dahinterstehende, große Hecke.

Nachdem ich den Block einmal umlaufen hatte, entwickelte

ich eine Strategie. In der Straße hinter dem Anwesen der Herfords standen Mehrfamilienhäuser, die teilweise eigene Hinterhöfe besaßen.

Ich suchte mir einen, in dem eine Art Schuppen oder Unterstand neben den Mülltonnen stand, und versuchte, mit möglichst großer Selbstverständlichkeit dort entlangzuschlendern. Tat dann so, als würde ich etwas in die Tonnen werfen, schlüpfte hinter das verputzte Gebäude und war auf diese Weise außer Sicht. Anschließend zwängte ich mich durch die dichte Hecke in den Garten dahinter, ein Haus neben den Herfords. Dort gab es jede Menge kleiner Bäume und Sträucher, sodass ich vom Haus aus nicht sofort zu sehen war. Im geduckten Lauf bewegte ich mich in Richtung meines Ziels und quetschte mich erneut durch das Grün.

Als ich auf der anderen Seite herauskam, wiesen meine Arme und Knöchel einige Kratzer auf, aber immerhin befand ich mich jetzt im Garten der Herfords.

Allerdings gab es hier deutlich weniger Deckung als auf dem Grundstück nebenan. Die Herfords hatten auf großzügige Bepflanzung zugunsten einer Doppelschaukel, einer Rutsche, eines kleinen Planschpools und zweier angerosteter Fußballtore verzichtet.

Die Rückseite des Hauses bestand aus Glas, davor lag eine Steinterrasse. Ich hatte keine Ahnung, wie ich dort ungesehen hinkommen sollte.

Ich versuchte, im dunkler gelegenen Inneren irgendetwas zu erkennen, aber das war hoffnungslos.

Also bewegte ich mich seitlich an der Hecke entlang in Richtung Haus. Mit angehaltenem Atem, in der blinden Hoffnung, nicht entdeckt zu werden.

Schließlich hatte ich fast die Höhe der Terrasse erreicht und konnte hineinsehen. Das Wohnzimmer lag verwaist da. Daher riskierte ich es, überquerte die Steinfläche, auf der mehrere Gartenstühle und ein Tisch standen, und drückte mich gegen die Wand neben der Tür. Spähte hinein und konnte immer noch niemanden sehen. Ich tastete nach dem Griff, probierte ihn. Die Tür ließ sich öffnen!

Das würde mir die Mühe ersparen, das Schloss zu knacken, hieß aber auch, dass ich drinnen doppelt vorsichtig sein musste, weil sich vermutlich jemand im Haus befand.

Ohne lautes Geräusch, nur mit einem leichten Schaben, drückte ich die Tür auf und war kurz darauf drinnen. Direkt vor mir stand ein Esstisch mit sechs Stühlen, zwei Kerzen und kleinen Läufern. Weiter hinten gab es eine kleine Senke, offenbar mit einem Kamin, dessen Schornstein den Raum drittelte.

Dahinter befanden sich zwei Durchgänge, beide offen. Der eine führte offenbar in die Küche, der andere in einen Flur.

Ich wollte mich gerade weiter über den Fußboden aus grauem Stein bewegen, als ich einen Schemen in der Küche wahrnahm. Einen Augenblick später kreischte ein Mixer auf, und mein Herz blieb fast stehen.

Ich machte einen Satz nach vorn, Richtung Flur, und nutzte das anhaltende Geräusch des Mixers, um aus dem Wohnzimmer zu verschwinden. Obwohl ich die Gestalt nicht richtig hatte erkennen können, glaubte ich, dass es sich um eine Frau handelte. Frau Herford oder vielleicht eine Haushälterin. Bei der Größe des Hauses und Herfords Stellung auch nicht unwahrscheinlich.

Es führten Türen in die Küche, den Eingangsbereich mit Schirmständer und Kleiderstange sowie einen zweiten Flur, der nach rechts abging, mit zwei weiteren Türen. Mindestens ein Badezimmer, vermutete ich. Die Treppe, ein offenes Design aus Holz und Stahl, führte sowohl in den Keller hinab als auch hoch in den ersten Stock. Ich entschied mich für oben.

Im ersten Stock hatte ich wieder die Wahl zwischen einigen Türen, und ich fühlte mich an die Situation in Bassemanes Haus erinnert.

Wieder lauschte ich an mehreren Türen, bevor ich mich entschied. Hinter einer konnte ich eine Mädchenstimme plappern hören, während hinter einer anderen offenbar ein Videospiel lief.

Wenn das die beiden Kinderzimmer waren und es noch mindestens ein Badezimmer hier oben gab, müsste einer der Räume ein elterliches Schlafzimmer, der andere hoffentlich ein Büro sein.

Ich versuchte, mir vorzustellen, wie der Grundriss mit einem Badezimmer *en suite* wohl aussehen konnte, und entschied mich schließlich für eine Tür. Das Arbeitszimmer! *Gott, bin ich gut*, dachte ich mit einem Grinsen, als ich hineinschlüpfte.

Dort drinnen stand ein schmaler Schreibtisch mit einem zugeklappten Laptop darauf sowie einem Drucker, in einer Regalwand befanden sich Aktenordner.

Genau wie ich es bei Bassemane getan hatte, überprüfte ich kurz den Rechner, aber auch der war passwortgeschützt. Also überflog ich die Titel der Aktenordner. Vieles waren so triviale Dinge wie *Steuern*, *Haus*, *Kinder* oder *Förderantrag*, die man wohl in den meisten häuslichen Büros fand. Und dann eine ganze Reihe von Ordnern mit zwei oder drei Buchstaben. Ich zog einen davon heraus.

Es ging offenbar um einen kleinen Drogendealerring, den Herfords Leute vor ein paar Jahren hochgenommen hatten. Ich fotografierte einfach mal wild ein paar Seiten, weil ich nicht annahm, dass die Staatsanwaltschaft wusste, dass Herford derartige Daten bei sich zu Hause lagerte. Das konnte richtig Ärger für ihn bedeuten, und wer wusste, wozu ich das noch benutzen konnte.

Immer wieder ging ich an die Tür, horchte ins Treppenhaus, um sicherzugehen, dass ich nicht überrascht wurde.

Ich schnappte mir die Ordner, schaute hinein, um möglichst auf einen Blick festzustellen, worum es sich handelte.

Als ich den vierten oder fünften Ordner in der Hand hatte, betitelt *JW*, stutzte ich. Weiter hinten fand ich einen Vertrag. So einen, den ich ebenfalls unterschrieben hatte, für einen V-Mann. Ich blätterte weiter. Fand einen Umschlag, der dort eingeheftet war. Darin befanden sich Fotos von verschiedenen Dokumenten. Dort sprang mir ein Name ins Auge: Harro Meißner. Es handelte sich um einen Kaufvertrag für ein Haus in Brandenburg. Davon hatte offenbar jemand ein Foto gemacht und ausgedruckt. Es gab noch weitere Ausdrucke, unter anderem von Kontoauszügen und Bildern von Posteingängen auf einem Monitor. Ich fand einen weiteren Umschlag, diesmal mit Fotos, die mit Teleobjektiv von einem Café gemacht worden waren. Meißner und Alpay zusammen mit Bassemane. Eine ganze Serie, später tauchte auch noch Arsene Touré auf.

Ich sah hinten in den Ordner, fand aber keinen Aufhebungsvertrag. Der V-Mann musste also noch aktiv sein. Ich machte meine eigenen Fotos, um Tassin danach zu fragen, und stellte den Ordner wieder zurück. Starrte ihn an, zögerte.

Kurz entschlossen zog ich das Ding erneut heraus, heftete den Inhalt aus und steckte ihn mir vorn in den Hosenbund. Stellte den leeren Ordner wieder zurück.

Mein Blick glitt über die weiteren Kürzel und blieb bei *VB* hängen. VB konnte möglicherweise *Victoire Bassemane* heißen.

Hinweise, dass es um den *Baseman* ging, fand ich nicht, aber Kontoauszüge von Herford. Sie waren nicht vollständig, sondern bestanden aus einzelnen Blättern.

Offenbar ging es um regelmäßig wiederkehrende Zahlungen, die jeweils belegt waren. Das Konto lief auch nicht auf Herfords Namen, sondern auf den seiner Frau. Alle zwei Wochen wurden auf dem Konto fünftausend Euro eingezahlt. Ich fotografierte auch das. Falls ich recht hatte, waren das die Schmiergeldzahlungen, mit denen Bassemane Herford in die Tasche gesteckt hatte.

Zufrieden schob ich den Ordner an seinen Platz zurück und suchte nach dem nächsten. Nach *DP*, David Petrow. Und fand ihn.

Mit klopfendem Herzen nahm ich ihn mir vor, musste aber feststellen, dass er fast leer war. Nur ein paar Ermittlungsergebnisse gegen Petrows Organisation. Falls Herford also tatsächlich auch von Petrow Geld annahm und damit Bassemane betrog, dann gab es darüber keine Dokumente. Enttäuscht stellte ich ihn wieder zurück.

»Was machen Sie hier?«, fragte eine verärgerte Frauenstimme.

Fuck, zu lange hatte ich keinen Blick mehr in den Flur geworfen! Langsam wandte ich mich um. In der halb offenen Tür stand eine schlanke Frau, vielleicht Mitte oder Ende dreißig. Sie hatte die dunklen Haare halblang geschnitten, mit einem geraden Pony, der ihr bis über die Augen ging. Sie trug ein gut sitzendes Kostüm, das ihren sportlichen Körper zur Geltung brachte. In der Hand hielt sie eine Pistole, die sie auf mich gerichtet hatte.

»Bitte«, sagte ich, die Hände ausgebreitet. Meine Gedanken rasten. Das hatte ich nicht erwartet, als ich darüber nachgedacht hatte, was passieren würde, wenn man mich fand. Frau Herford war die Frau eines Polizisten. Hatte ihr Mann ihr Schießunterricht gegeben? Mir fiel auf, dass ich nichts über sie wusste. Im schlimmsten Fall war sie selbst ein Bulle.

»Ich habe Sie etwas gefragt!« Sie fixierte mich mit wütendem Blick, und ich stellte fest, dass ihre Hand mit der Pistole kein bisschen zitterte.

Entsichert war sie jedenfalls. Ich musste also davon ausgehen, dass Frau Herford tatsächlich mit der Waffe umgehen konnte. Langsam machte ich mir Sorgen, dass ich mich in eine Ecke manövriert hatte, aus der ich so leicht nicht mehr rauskam. Frau Herford kam mir cooler vor, als ich mich fühlte.

»Würden Sie die Pistole weglegen?« Ich versuchte mich an einem freundlichen, aber dominanten Tonfall. In Wahrheit hatte ich ordentlich Arschwasser und wollte mir nicht vorstellen, was passierte, wenn sie die Nerven verlor und einfach abdrückte. Oder keine Geduld mehr hatte.

Statt meiner Bitte zu folgen, packte sie die Waffe fester und hob sie ein paar Zentimeter an, als würde sie sich darauf vorbereiten, zu schießen.

Ich schaute an ihr vorbei in den offenen Flur. Probierte es anders. »Wollen Sie wirklich Ihren Kindern erklären, warum im Büro Ihres Mannes ein angeschossener oder sogar toter Mann liegt? Ich könnte mir vorstellen, dass das einige Sitzungen beim Familientherapeuten nach sich ziehen würde.« Ich bemühte mich, die aufkeimende Verzweiflung aus meiner Stimme herauszuhalten.

Sie zuckte, als würde sie den Reflex unterdrücken, sich ebenfalls umzudrehen. »Ich rufe jetzt die Polizei. Zwingen Sie mich nicht, zu schießen.«

Sie machte einen Schritt nach hinten, offenbar um ein Telefon zu holen. Dann schien ihr aufzufallen, dass sie mich schlecht allein lassen konnte. »Kommen Sie«, befahl sie.

»In den Flur?«

Sie zögerte. Nickte dann.

»Von da ist es nicht mehr weit bis zu den Kinderzimmern.« Ich versuchte, meinen Worten einen drohenden Unterton zu geben. Hoffentlich entschied die Lady nicht, dass die Gefahr für ihre Kinder zu groß war, und legte mich einfach um.

Ihre Pupillen weiteten sich. Ich konnte sehen, wie ihre Nasenflügel zitterten.

»Ich habe nicht vor, mich von der Polizei abholen zu lassen.« *Jedenfalls nicht, wenn ich es verhindern konnte.*

Sie sagte nichts, aber ich konnte die stumme Frage in ihrem Gesicht lesen. *Was machen wir also?*

Ich hatte mich entschieden. Beim Pokern würde man sagen, ich ging *all in*. Alles auf eine Karte. »Ich werde jetzt gehen. An Ihnen vorbei, zur Treppe, in den Flur. Sie behalten die Waffe und stellen sicher, dass ich keine Dummheiten mache. Ich werde Ihnen nichts tun, und Ihren Kindern auch nicht. Ich werde einfach verschwinden wie ein böser Spuk.« Ich machte eine Bewegung mit der Hand, wie ein Magier, der etwas verschwinden lässt. Nicht zu schnell, um sie nicht zu provozieren.

»Was, wenn ich das nicht will?«

»Dann passiert etwas anderes.« Ich warf einen bedeutungsvollen Blick auf die Waffe, eine vollautomatische 9mm. »Ich habe allerdings keine Ahnung was.«

Sie musterte mich, sagte nichts. Schien dann zu einer Entscheidung zu kommen und trat einen Meter zurück. Nickte mir zu. Ich folgte ihr, Schritt für Schritt.

An der Treppe wich sie weiter zurück, stellte sich zwischen mich und die Kinderzimmer. Ich stieg die ersten Stufen hinunter, sah sie dabei weiter an. Sie folgte mir, immer den gleichen Abstand haltend.

Schließlich kamen wir unten im Flur an. Ich bewegte mich auf die Haustür zu, drehte mich um. Sie stand immer noch auf der letzten Stufe.

»Rufen Sie nicht sofort die Polizei«, sagte ich. Ich versuchte, so tief und langsam wie möglich zu sprechen, ohne debil zu klingen. Die Stimme, die ich immer benutzt hatte, wenn ich als Kommissar Vertrauen schaffen oder einschüchtern wollte. Oder beides gleichzeitig.

Sie sah mich an, zögerte. Offenbar hatte sie das Gefühl, ich würde betteln, aber meine Stimme passte nicht dazu.

»Sprechen Sie zuerst mit Ihrem Mann. Lassen Sie ihn entscheiden, ob er will, dass man mich findet.«

Sie verstand immer noch nicht.

»Ihr Mann hat da oben eine ganze Menge Zeug gelagert, von dem die Welt besser nichts wissen sollte. Vor allem seine Kollegen vom LKA nicht. Oder die Staatsanwaltschaft. Ich habe Fotos gemacht, aber die sind bei mir in sicheren Händen.«

Wieder die Vergrößerung der Pupillen, als sie begriff. »Sie erpressen mich.«

Ich schüttelte den Kopf. »Nein, das tue ich nicht. Ich erzähle Ihnen bloß, was passieren könnte. Wie gesagt, fragen Sie Ihren Mann. Ob man mich fasst oder nicht, werden die paar Stunden nicht entscheiden. Glauben Sie mir, es ist zu Ihrem Besten. Dem Ihrer Familie. Erzählen Sie Ihrem Mann, dass ich hier gewesen bin, beschreiben Sie mich. Alles kein Problem. Er wird dann selbst entscheiden, ob er auf meinen Anruf warten möchte. Ich rufe ihn auf dem Handy an, das er auch benutzt, um mit seinen anderen, sagen wir speziellen Freunden zu telefonieren. Er weiß dann schon, was ich meine.« Herford würde ohnehin in Panik verfallen, wenn er hörte, dass jemand in seinem Büro gewesen war. Würde versuchen, so gut es ging, seine Spuren zu verwischen. Den Teil hatte ich versaut, und Jana und Densch hatten jedes Recht, mir dafür den Kopf abzureißen. Aber wenn ich Frau Herford überreden konnte, nicht die Polizei zu rufen, verhinderte ich damit immerhin, dass man mich zur Fahndung ausschrieb und Tassin und Jana dann noch mehr Ärger mit mir hatten.

Ich drehte mich um, langsam, und ging zur Haustür. Öffnete sie und trat hinaus, ohne mich noch einmal umzusehen. Ich ging den Weg hinunter zum Tor und konnte spüren, wie Frau Herford hinter mir an die Tür trat. Mich beobachtete.

Dann war ich durch das Tor und außer Sicht. Atmete tief durch, ließ die Schultern kreisen. War froh, dass mein Spiel aufgegangen war. In dieser Situation hatte ich mehr Glück als Verstand gehabt. Das war eine dämliche Aktion gewesen, aber meine Schritte fühlten sich trotzdem beschwingter an, während ich darüber nachdachte, was ich bei Herford gefunden hatte.

19

Ich rief Tassin noch vom Auto aus an.

»Wo bist du?«

»Ich habe mir Zeug von Herford besorgt. Er bekommt regelmäßig Geld von Bassemane, dessen bin ich mir sicher.«

»Bist du bei ihm eingebrochen?«

Ich ignorierte ihre Frage. »Aber leider habe ich nichts über Petrow bei ihm gefunden.«

Tassin schwieg einen Moment lang. »Ist alles glatt gegangen?«

Ich musste an Frau Herford und ihre Pistole denken. Mein Puls beschleunigte sich. »Keine Probleme. Bist du noch im Dezernat?«

Sie seufzte. »Ja, das zieht sich hier. Die wollen einzeln mit uns reden.«

»Die 34?«

»Ja.«

Ich musste an die Akte denken, die ich gefunden hatte. JW. »Ich bin der einzige V-Mann in Bassemanes Umfeld, richtig?«

»Natürlich, ja.« Sie klang genervt.

Hatte Herford vielleicht jemanden ohne ihr Wissen eingeschleust? Nicht unwahrscheinlich, falls er sich wirklich vom *Baseman* schmieren ließ. Möglicherweise hatte er gehofft, ihn auf diese Weise unter Kontrolle zu bekommen. Ich musste an das Telefonat denken. Da hatte es nicht so geklungen, als ob Herford irgendwelche Zügel in der Hand hätte, sondern Bassemane war ganz klar der Boss gewesen. Vielleicht hatte dieser V-Mann noch nichts ausgegraben?

»Bist du noch da?«, fragte Tassin ungeduldig. »Ich muss wieder los.«

»Soll ich dich abholen?«

»Nein, ich fürchte, das dauert hier noch.«

»Ruf mich an, wenn du fertig bist. Dann komme ich, und du bekommst dein Auto wieder.«

Wir verabschiedeten uns, und ich legte auf. Zog den Packen Unterlagen hervor, den ich bei Herford hatte mitgehen lassen, und legte ihn auf den Beifahrersitz. Der Umweg über meine Hose hatte den Stapel etwas leiden lassen, aber daran störte ich mich nicht.

Ich betrachtete die Papiere und merkte dann, dass ich heftig an meiner Unterlippe nagte. Wie würde ich herausbekommen, wer dieser V-Mann von Herford war? Irgendwie hatte ich das Gefühl, dass das eine Schlüsselinformation war, die ich dringend brauchte. Allein, um nicht die ganze Zeit in Bassemanes Umfeld darüber nachdenken zu müssen, wer oder was dort eine Rolle spielte. Und ich hatte mich noch nicht entschieden, ob dieser V-Mann ein Freund oder Feind war. Grundsätzlich standen wir auf derselben Seite, aber Herford war ein schmutziger Bulle und kontrollierte den V-Mann. Gut möglich, dass er also mehr Gegner als Stütze sein würde.

Ich nahm mir erneut die Unterlagen vor und schaute sie durch, auf der Suche nach einem Hinweis auf die Identität meines *Kollegen*.

Viel fand ich nicht. Herford hatte alle Kommentare ziemlich allgemein gehalten. Das meiste waren Protokolle von Gesprächen und Treffen, die aber allesamt wenig aussagten. Da stand so Zeug wie: *JW versucht weiterhin, Kontakt zu Meißner aufzunehmen. JW ist Meißner begegnet, offenbar kein bleibender*

Eindruck; keine weiteren Erkenntnisse. Und: *Treffen mit einem von Meißners Dealern, Marek Soldann; kleinere Mengen K und H wurden übergeben; Meißner nicht anwesend.*

Ich ging an den Anfang, um zu schauen, wie weit die Aufzeichnungen zurückreichten: knapp zwei Jahre. *JW hat eingewilligt, verdeckt zu arbeiten.*

Frustriert schaute ich das Zeug weiter durch, bis ich auf etwas stieß, das meine Aufmerksamkeit erregte. *Nächster Termin von JW bei Dr. Döwers; Zustand weiterhin stabil.*

Ich ging zurück in den Unterlagen, schaute, wann es das erste Mal eine Erwähnung dazu gab. Das war quasi direkt am Anfang: *Döwers bescheinigt auf Druck JW vollständige Dienstfähigkeit; ich musste ihr versprechen, JW im Auge zu behalten.*

Der Name Döwers sagte mir etwas, aber ich wusste nicht was. Ich schloss die Augen, drückte mir die Handballen gegen die Augen und versuchte auf diese Weise, mein Hirn zu stimulieren, das Erinnern zu erzwingen.

Und dann fiel es mir ein. Dr. Döwers war die Polizeipsychologin gewesen, die Henni und ihre Schwester damals im Fall des Klebstoffmörders betreut hatte. Sie arbeitete für das LKA als Therapeutin, und das konnte nur eins bedeuten: JW war entweder Polizist oder zumindest dort aktenkundig. Zumindest, falls es sich um dieselbe Dr. Döwers handelte.

Ich hatte keine Ahnung, ob man externe V-Männer auch therapeutisch von Polizeipsychologen betreuen lassen konnte, aber so oder so hatte ich eine Spur, der ich folgen konnte.

Ich startete den Wagen. Auch wenn Tassin mit ihren Besprechungen noch nicht durch war, würde ich trotzdem schon ins Dezernat fahren. Möglicherweise ließ sich dort etwas über Dr. Döwers' Patienten ausgraben.

Am Tor musste ich kurz warten, bis mich der Pförtner auf den Parkplatz fahren ließ. Er hielt Rücksprache mit Jana und winkte mich schließlich mit der Ansage durch, ich solle direkt hochkommen.

Ich parkte Tassins Wagen, überquerte den Parkplatz und lief die kleine Treppe an der Rückseite des Gebäudes hoch. Immer wieder kamen mir Beamte in Uniform und Zivil entgegen, nickten mir zu und grüßten. Reflexartig tat ich es ihnen gleich. Seit meiner Entlassung war ich schon ein paarmal wieder hier gewesen, und immer hatte es sich merkwürdig angefühlt. Seltsamer, als nach dem Auszug aus dem Haus meiner Eltern in mein Kinderzimmer zurückzukehren. Das hier war mein Kinderzimmer gewesen, jahrelang, dachte ich, während ich die Flure entlangging.

Ich kam an einem Kaffeeautomaten vorbei, der schon immer eine furchtbare Brühe serviert hatte, und an der Snackmaschine, die mehr als einmal mein Kleingeld gestohlen hatte, ohne dafür etwas herauszugeben.

Ich durchquerte das gesamte Gebäude und gelangte schließlich an den Empfang. »Wo finde ich das Büro von Dr. Döwers?«, fragte ich geschäftsmäßig. Versuchte, den Ton zu treffen, den ein Zivilbulle in Eile benutzen würde.

Die Beamtin warf mir einen flüchtigen Blick zu, schaute dann in ihre Unterlagen, nannte mir einen Raum. »Haben Sie einen Termin?«, fragte sie dann.

Ich lächelte, schüttelte den Kopf. »Muss bloß kurz was einwerfen«, sagte ich und hielt einen zusammengefalteten Zettel aus Herfords Unterlagen hoch. Ich hatte keine Ahnung, ob Dr. Döwers so etwas wie einen Postkasten an der Tür hatte, aber die Beamtin am Empfang bestimmt auch nicht.

Sie nickte und ließ mich gehen.

Ich suchte mir meinen Weg in den dritten Stock, bis ich

schließlich vor Döwers' Büro stand. Sah mich kurz um, vergewisserte mich, dass ich allein auf dem Gang war, und drückte die Klinke. Abgeschlossen. Kurz überlegte ich, ob ich es mir leisten konnte, die Tür zu knacken, verwarf den Gedanken aber schnell wieder. Sehr weit würde ich mit meinem Schmierentheater nicht kommen, wenn ich anfing, Türen aufzubrechen.

Da zwei Uniformierte den Gang hinunterkamen, machte ich mich wieder auf den Weg. Wohin jetzt? Es wäre großartig gewesen, in Döwers' Computer nach *JW* suchen zu können, aber das fiel aus. Es gab keine andere Möglichkeit, an ihre Patientenakten zu kommen.

Ich lehnte mich an eine Säule, nahm mein Handy heraus, bloß, um beschäftigt zu wirken. Dann schoss mir ein Name ins Hirn: Hegert!

Arne Hegert, Teil des Erkennungsdienstes und der Kriminaltechnik, hatte ich schon früher überreden oder gar zwingen können, mir zu helfen. Hegert war ein Freund von Jana, aber in meiner aktiven Zeit hatten wir ebenfalls öfter zusammengearbeitet. Ich machte mich auf den Weg zu seinem Büro.

Hegert hatte ein abgetrenntes Mini-Büro in einem größeren Raum der Kriminaltechnik, dessen Tür immer offen stand. Es erinnerte mich an das Büro vom Coach im Gym, mit dem Unterschied, dass dort alles dunkel und staubig war, während bei der Kriminaltechnik Glas, Edelstahl und helles Licht vorherrschten.

Ich hatte Glück, Hegert saß gerade an seinem Rechner. Leise klopfte ich an den Türrahmen.

Seine Miene verzog sich, als er mich sah. »Thiebeck.«

Früher waren wir bei *Arne* und *Johnny* gewesen. Aber ich hatte ihm einmal zu oft den sprichwörtlichen Arm verdreht, um an Insiderinformationen zu kommen, sodass sich unser Verhältnis deutlich abgekühlt hatte.

»Hallo, Sonnenschein.« Ich ging hinein und zog mir einen Drehhocker auf Rollen heran. »Du musst mir helfen«, sagte ich und berührte ihn an der Schulter.

Er sagte nichts, sondern wandte sich wieder dem Computer zu, in den er offenbar gerade Laborberichte tippte.

Mein Blick wanderte zu der offenen Tür. Ein geschlossenes Büro wäre mir lieber gewesen, aber immerhin befand sich gerade niemand in unmittelbarer Nähe.

»Ich brauche Zugriff auf ein paar Personaldateien.«

»Nicht von mir«, murmelte er, ohne mich anzusehen.

Ich stutzte. »Was? Komm schon, Arne, nichts Dramatisches, bloß die Daten, auf die ihr eh alle Zugriff habt.«

Er drehte sich zu mir um. »Nimm's mir nicht übel, Thiebeck, aber diesmal nicht. Ich habe keine Lust mehr, dein kleiner Kasper zu sein, der dir jedes Mal Informationen auf dem Silbertablett serviert, wenn du Jana und Mirko mal wieder auf der Nase herumtanzen willst.« Er klang müde.

»Es tut mir leid, wenn dir das …«

»Spar dir die Mühe, bitte«, unterbrach er mich. »Wirklich nicht. Ich habe zu tun.« Er wandte sich wieder dem Bildschirm zu, und ich saß da und hatte keine Ahnung, was ich tun konnte.

In der Vergangenheit hatte ich es manchmal geschafft, ihn etwas einzuschüchtern, um ihn besser überreden zu können. Ich war sogar schon in seine Wohnung eingebrochen. Ich hatte wirklich verdient, dass er mich so abblitzen ließ, dachte ich, als ich aufstand. Im Weggehen klopfte ich ihm noch auf die Schulter, um zu zeigen, dass ich ihm das nicht übelnahm. Ich hatte früher Infos von ihm verlangt, die ihm ordentlich Ärger bereitet hätten, wäre herausgekommen, dass er sie mir gegeben hatte. Offenbar hatte er sich jetzt entschieden, sich gegen den Bully Thiebeck zur Wehr zu setzen.

Ich ging an den Schreibtischen in dem Großraumbüro entlang und überlegte, ob ich eine Chance hatte, irgendwo einen ungesperrten Computer zu erwischen und mir die Daten aus dem Intranet zu ziehen. Aber zum einen war die Wahrscheinlichkeit nicht besonders hoch, und zum anderen glaubte ich kaum, dass ich genügend Zeit haben würde, bevor mich jemand entdeckte. Und wer wusste schon, wie lange meine Suche nach der Nadel im Heuhaufen namens JW dauern würde?

Aber eine alte Verbindung hatte ich hier noch: Henni Herzog. Die Kleine war mir noch etwas schuldig, weil sie mich um Hilfe gebeten hatte, und ich gegen den Willen von Jana und Densch für Henni in deren Fall ermittelt hatte.

Kurze Zeit später klopfte ich an den Türrahmen ihres Büros. Sie teilte sich einen Raum mit ein paar anderen Assistenzkräften, und außer ihr saßen noch ein junger Mann und eine Frau um die dreißig an ihren Schreibtischen.

Henni sprang auf und kam auf mich zu, um mich zu umarmen. Sie begrüßte mich derart stürmisch, dass ich kurz erwartete, sie würde an mir hochspringen, als sei sie ein kleines Mädchen.

Stattdessen sah sie zu mir hoch und grinste mich an. »Hattest du Sehnsucht nach mir?«

Ich lächelte und machte eine Bewegung mit dem Kopf nach hinten. »Hast du einen Augenblick Zeit?«

»Klar, für dich immer.«

Kurz darauf standen wir draußen auf dem Flur.

»Gehen wir zum Wasserspender«, schlug sie vor. »Was gibt's?«

Ich wartete kurz, bis sich niemand in unmittelbarer Nähe befand. »Ich müsste mal kurz an deinen Rechner«, sagte ich dann leise.

»Oh-oh, das ist aber nicht von Jana und Mirko abgesegnet,

nehme ich an.« Sie schaute mich an, zog sich dann einen Becher und ließ gluckernd Wasser hinein. Reichte ihn mir, füllte einen zweiten.

»Das ist eiskalt«, stellte ich fest.

Sie nickte. Sah mich immer noch an, wartete auf eine Antwort.

Ich räusperte mich. »Nein, ist es nicht. Und wenn mich jemand erwischt, könnte das richtig Ärger bedeuten.«

»Du könntest an meinen Platz gegangen sein, während ich weg war.«

»Ja, aber ihr sollt eure Rechner sperren, wenn ihr aufsteht.«

Sie verzog das Gesicht. Dann erhellte sich ihre Miene. »Was ist, wenn ich einen wichtigen Anruf bekomme? Zum Beispiel von meiner Mutter? Und in Eile aufstehe? Wenn du dann an die Kiste gehst, werde ich zwar einen Rüffel bekommen, aber niemand kann mir so richtig den Kopf dafür abreißen. Vor allem, wenn außer dir noch andere anwesend sind.« Sie verzog das Gesicht zu einem unschuldigen Schulmädchenausdruck. »Wer hätte das auch ahnen können? Dass der legendäre Thiebeck so etwas macht?«

Ich musste lachen. »Du bist ganz schön ausgekocht. Okay, so machen wir's.« Wir befanden uns bereits auf dem Rückweg, und wenig später betraten wir wieder das Büro.

Wir führten ein Fantasiegespräch über den Meißner-Fall, damit Henni später behaupten konnte, ich hätte sie deswegen angesprochen.

Kaum hatten wir uns hingesetzt und sie den Rechner entsperrt, stand sie auf, entschuldigte sich und ging ans Telefon.

»Was?« Alarmiert sah sie mich an.

Ich musste gestehen, dass ich für einen Augenblick lang tatsächlich glaubte, es sei etwas passiert. An ihr war eine hervorragende Schauspielerin verloren gegangen.

»Aber wieso das? Wo ist er denn?« Sie bedeutete mir mit dem Finger, dass es nur einen Augenblick dauern würde, ging dabei aber tief ins Gespräch versunken langsam Richtung Tür. Ihre Kollegen sahen kurz auf, warfen ihr besorgte Blicke nach.

»Nein, natürlich nicht. Damit hatten wir nicht gerechnet. Ja, habe ich, aber ich kann mir nicht vorstellen, wo er hin ist …« Ihre Stimme wurde leiser und war schließlich gar nicht mehr zu hören, während sie den Flur hinunterging.

Ganz lässig und entspannt wandte ich mich dem Computer zu, als wollte ich die Zeit sinnvoll nutzen.

Ich griff auf das Intranet zu, um mir die Personaldateien der Drogenfahndung anzeigen zu lassen. In diesen von allen zugänglichen Dateien stand nicht viel: Name, ein Foto, Dienstrang und bisherige Aufgabengebiete. Alle weiteren Informationen befanden sich tiefer in der Struktur und konnten nur mit besonderen Befugnissen aufgerufen werden.

Aber das hier war besser als nichts. Ich filterte die Suche nach allen Personen, die vor zwei Jahren im aktiven Dienst gewesen waren: der Zeit, als Herford seinen Spitzel bei Bassemane ins Rennen geschickt hatte. Dann ließ ich mir eine alphabetische Sortierung anzeigen und begann mit den Namen, die mit W anfingen. Wenn ich Glück hatte, dauerte das nicht allzu lange. Wenn ich Pech hatte, würde ich einfach gar nichts finden. Vielleicht stand *JW* gar nicht für Initialen, oder ich hatte mich getäuscht und die Person war gar kein Polizeibeamter gewesen. Oder Herford hatte niemanden aus der Drogenfahndung angeheuert.

Ich scrollte mich durch die Liste aus knapp zwanzig Einträgen. Schaute mir die Fotos an, in der Hoffnung, ein bekanntes Gesicht zu finden. Überflog die Namen, falls da irgendwas klingelte.

Aber da war nichts. Frustriert war ich am Ende der Liste angekommen.

Ich lehnte mich zurück, überlegte. Mir kam eine Idee, und ich rief Herfords Datei auf.

Der war vor acht Jahren zur Drogenfahndung gekommen, davor war er bei der Sitte gewesen.

Okay, also noch einmal dasselbe Spiel: Namen mit W und alle Einträge, die zwei Jahre zuvor bei der Sitte gewesen waren.

Diesmal ungefähr fünfundzwanzig Einträge, wieder ging ich sie der Reihe nach durch.

Und da starrte sie mich an! Die Haare waren auf dem Bild rot, nicht schwarz, und sie war quasi überhaupt nicht geschminkt, aber trotzdem war es unverkennbar sie: Aus dem Monitor schaute mich Nadine Vorbeck an. Allerdings hieß sie in Wirklichkeit Jasmin Wilhelm. JW.

Wie benommen sah ich nach ihren Daten. Vor sechs Jahren war sie zur Sitte gekommen, und vor etwas weniger als zwei Jahren hatte man sie auf Wunsch von Herford zu einer Sondereinheit versetzt. Wahrscheinlich war sie in dieser Einheit allein, dachte ich, als ich mich an Herfords Unterlagen erinnerte. Möglicherweise gab es sonst in der Drogenfahndung niemanden, der wusste, dass sich Nadine oder Jasmin undercover in Bassemanes Organisation befand.

»Hey, was machst du hier?«, rief mich Jana plötzlich von der Tür an. »Der Pförtner hat dich schon vor Ewigkeiten gemeldet.«

Mit zwei schnellen Klicks sperrte ich den Rechner. »Wieso kann ich hier nicht ins Netz?«, fragte ich verärgert. »Ich muss was nachschauen.«

»Sie haben keine Berechtigung, hier an irgendwelche Computer zu gehen«, sagte Densch grob, der hinter Jana aufgetaucht war und auf mich zukam, als wollte er mich vom Tisch wegzerren.

Das hätte ich gern gesehen, aber ich spielte brav weiter meine Rolle. »Schon gut, hat ohnehin nicht geklappt«, sagte ich und breitete die Arme aus. Ich stand auf, und Densch packte mich am Arm.

»Gehen Sie da weg.«

Für eine Sekunde blieb ich stehen, rückte sogar noch näher an ihn heran, sodass ihm klar wurde, welche Grenze er gerade überschritten hatte. Er starrte auf meine Brust, sah dann zu mir hoch, und während seine Kiefermuskeln arbeiteten, wusste ich, dass er meine Pheromone inhalierte. »Übertreiben Sie's nicht, Densch. Meine Geduld hat Grenzen.«

Er ließ mich los, warf mir aber noch einen letzten drohenden Blick zu, um ein wenig das Gesicht zu wahren. Eben war Henni im Türrahmen aufgetaucht und fing sich einen missbilligenden Blick von Jana ein.

»Du hast den Rechner gesperrt«, sagte ich vorwurfsvoll.

»Sorry«, kam es von ihr kleinlaut zurück. »Vorschrift.«

Ich schob mich an ihr und Jana vorbei auf den Gang, wo bereits Tassin auf uns wartete.

»Können wir abhauen?«, fragte ich. »Die Luft hier ist schon ziemlich verbraucht.«

Ich verabschiedete mich von Henni und Jana, und wenig später warf ich Tassin auf dem Weg zum Auto die Wagenschlüssel zu.

Erst als wir längst vom Hof gefahren waren, sprach Tassin. »Was war das für eine Aktion?«

»Ich musste was überprüfen.«

»Etwas, auf das du eigentlich keinen Zugriff hast? Und die kleine Herzog hat dir dabei geholfen?«

Ich schaute Tassin mit einem Seitenblick an. Irgendwie hatte ich nicht das Gefühl, dass sie das Recht hatte, jemand anderes als klein zu titulieren. Henni war vermutlich noch ein paar Zentimeter größer als sie, aber Tassin litt offenbar unter derselben Art Größenwahn, der auch kleine Hunde erlagen: Sie hatten kein Empfinden für die eigene Größe und legten sich mit allem und jedem an. Ich musste an unseren Fight im Gym denken, und dass sie den Beweis dafür schon längst geliefert hatte.

»Henni hat mir nicht geholfen. Die hat sich strikt an die Vorschriften gehalten. Aber ich habe trotzdem etwas herausgefunden.«

»Und? Mach's nicht so spannend.«

»Herford hat einen V-Mann bei Bassemane.«

Tassin bremste abrupt, weil ein Wagen vor ihr ausgeschert war. Drückte mehrmals die Hupe, beschleunigte rabiat, um wieder Boden gutzumachen. Sie war eine ziemlich aggressive Fahrerin. »Bist du dir sicher?«

»Fast zu hundert Prozent. Ich habe bei Herford zu Hause eine Akte gefunden, die danach klang, dass er jemanden bei Bassemane und Meißner hat. Seit fast zwei Jahren. Dort gab es einen Hinweis auf eine Therapiesitzung bei Frau Dr. Döwers.«

»Die vom LKA?«

»Ja. An deren Akten bin ich allerdings nicht rangekommen.«

»Und?«

»Der V-Mann von Herford läuft unter *JW*. Und rate mal, wen ich mit den Initialen JW in euren Akten gefunden habe?«

Sie verzog das Gesicht und machte sich nicht die Mühe, zu antworten. Ich konnte das nachvollziehen, diese Spielchen machten mir selbst auch keinen Spaß. Jedenfalls nicht, wenn ich derjenige war, der auf die Info wartete.

»JW ist niemand anderes als Nadine Vorbeck, die ich sowohl bei Meißner als auch bei Bassemane getroffen habe.«

»Ohne Scheiß? Die ist von uns?«

»Heißt in Wirklichkeit Jasmin Wilhelm. War offenbar eine Zeit lang mit Herford bei der Sitte, jede Wette, dass es da eine gemeinsame Vergangenheit gibt. Und dann hat er sie zu einer Sondereinheit versetzen lassen. Bei euch, bei der Drogenfahndung.«

»Was denn für eine Sondereinheit?« Tassin runzelte die Stirn.

»Keine Ahnung, das geht aus der Datei nicht hervor. Meine Vermutung ist, dass das ein Cover dafür ist, dass sie als verdeckter Ermittler und V-Mann arbeitet. Ich meine, *das* wird in euren Akten ja wohl kaum vermerkt.«

Tassin grunzte, wollte offenbar Zustimmung andeuten. »Was machen wir jetzt mit der Info?«

»Kannst du irgendwie versuchen, mehr über die Lady herauszufinden?«

»Schwierig. Vor allem, solange wir Herford offiziell noch nicht belastet haben. Sobald wir das an die Interne übergeben haben, vielleicht. Aber auch da gibt's die Chance, dass die sich lieber selbst drum kümmern. Weiß nicht, wie viele Informationen dann noch bei uns landen.«

Ich überlegte. Vielleicht gab es noch eine andere Möglichkeit. Ich suchte mit dem Handy im Netz.

»Was machst du da?«

»Das willst du immer noch nicht wissen«, gab ich zurück.

Sie warf mir einen Seitenblick zu, und ich ahnte, dass sie eigentlich protestieren wollte.

»Wirklich«, bekräftigte ich. Dann hatte ich gefunden, wonach ich gesucht hatte.

»Wo soll ich dich rauslassen?«, fragte Tassin. Wir waren die ganze Zeit Richtung Süden gefahren.

»Du musst noch einen Schlenker fahren.« Ich nannte ihr eine Adresse in Kreuzberg.

»Wer wohnt da? Was machst du dort?«

»Auch das willst du nicht wissen«, sagte ich mit einem breiten Grinsen und bildete mir ein, ihr Zähneknirschen hören zu können, während ich aus dem Fenster starrte und die vorbeiziehenden Häuser betrachtete.

20

Ich sah zu, wie Tassin mit röhrendem Auspuff davonzog, und wandte mich erst dann den Klingelschildern zu. Suchte den Namen, den ich gegoogelt hatte, und drückte die Klingel: Dr. Döwers.

Ich hatte nicht erwartet, dass mir jemand antworten würde, aber überraschend meldete sich eine Frauenstimme durch die Gegensprechanlage: »Ja, bitte?«

Eigentlich hatte ich gehofft, Frau Döwers wäre beim LKA und ich könnte ungestört in ihre Wohnung einbrechen. Ich war mir ziemlich sicher, dass sie teilweise von zu Hause aus arbeitete beziehungsweise Zugriff auf ihre Akten von dort brauchte. Und hatte mir ausgerechnet, dass es einfacher sein würde, von ihrer Wohnung aus die Informationen über Jasmin Wilhelm zu bekommen als im LKA.

Dass die Döwers ausgerechnet heute zu Hause hockte, war natürlich schade, aber auch das bremste mich nur zeitweise aus.

Ich sagte nichts und ging weg, während hinter mir die Anlage noch ein paar Mal aufquakte, weil Frau Doktor herauszufinden versuchte, wer da geklingelt hatte.

Ich suchte mir einen Hauseingang schräg gegenüber, neben einer Baubrache, und hockte mich dort hin. Den Kopf auf die verschränkten Arme, wusste man nicht genau, ob ich bloß auf jemanden wartete, meinen Rausch ausnüchterte oder auf Kleingeld hoffte. Hier in Kreuzberg war das alles nicht ungewöhnlich und fiel kaum auf. Über meinen Arm hinweg konnte ich den Eingang von Döwers' Haus gut beobachten und linste immer wieder hinüber. Wie sie aussah, wusste ich von einem Bild im Netz, und jetzt hoffte ich, dass sie irgendwann abhauen würde. Vielleicht doch noch ins LKA fahren oder Besorgungen machen, was auch immer. Hauptsache, sie verschwand aus ihrer Wohnung. Natürlich hatte ich keine Ahnung, ob diese anschließend wirklich leer sein würde. Aber das würde ich spätestens dann herausfinden. Es war ja nicht so, als ob ich gerade dringend woanders sein musste.

Ich musste knapp anderthalb Stunden warten, bis unten im Hauseingang plötzlich eine Gestalt auftauchte, bei der es sich um Dr. Döwers handelte. Sie stieg in einen blauen Polo und fuhr davon. Ich wartete, bis sie um eine Ecke verschwunden war, und überquerte dann die Straße. Drückte ein weiteres Mal ihre Klingel, wartete. Nichts passierte. Noch einmal, wieder nichts.

Ich holte meine Pick-Werkzeuge heraus, und öffnete die Tür in Sekunden. Den Klingelschildern nach musste sich Döwers' Wohnung im zweiten Stock befinden, und so lief ich mit schnellen Schritten die Treppe hinauf. Fand ihre Wohnungstür, lauschte kurz, ob ich im Treppenhaus etwas hörte, und öffnete das Schloss. Sie hatte die Tür bloß zugezogen, was darauf schließen ließ, dass sie nicht lange wegbleiben würde. Ich hatte also nicht viel Zeit.

Schnell verschaffte ich mir einen Überblick: kurzer Flur, davon ging als Erstes rechts die kleine Küche ab, dahinter das Bad. Beide Räume machten einen tadellosen Eindruck, frisch geputzt, aufgeräumt. Definitiv eine Wohnung für eine Person. Am Ende des Flurs lag das Schlafzimmer. Die Tür stand offen, und ich schaute hinein. Großes Doppelbett, Holzkasten, eine riesige Tagesdecke in Dunkelblau darüber. Ein kleiner Nachtschrank und ein großer Kleiderschrank, der die gesamte linke Wand einnahm, bildeten die restlichen Einrichtungsgegenstände.

Im letzten Raum, dem Wohnzimmer, kam mir eine Katze entgegen. Dick und wollig, nachtschwarz, mit blitzenden Augen, schnurrte sie bereits, als sie sich mir näherte und sich an meinen Hosenbeinen rieb.

Im Zimmer selbst befanden sich eine u-förmige Couch, mehrere Regale mit Aktenordnern und Büchern, ein Sekretär und zwei niedrige Tische sowie ein kleiner Schreibtisch mit Laptop. *Bingo*, dachte ich, als ich an den Tisch trat und den Holzstuhl zurückzog. Zum Wohnzimmer gehörte ein Balkon, der auf einen Hinterhof blickte, aber dünne Vorhänge in Weiß verschleierten die Aussicht.

Kleine blinkende Lichter am Laptop zeigten seine Bereitschaft, mit mir zu kommunizieren, und ich klickte auf die Maus, um ihn zum Leben zu erwecken.

Mein Hochgefühl über meinen genialen Plan verschwand schlagartig, als ich den Log-in-Screen erblickte. Frau Doktor hatte sich abgemeldet und es mir nicht wirklich leicht gemacht.

Auf dem Schreibtisch befand sich auch eine von diesen Papierunterlagen, auf denen man herumkritzeln konnte, um sich Notizen zu machen. Ich überflog das, was Döwers geschrieben hatte, in der Hoffnung, sie hätte sich vielleicht ihr Passwort irgendwo aufgeschrieben. Aber nachdem ich die wenigen Kandidaten, die dafür in Frage kamen, ausprobiert hatte, war klar, dass ich hier nicht weiterkommen würde.

Frustriert stand ich auf, und mein Blick glitt über die Ordner, aber auch dort wurde ich nicht fündig. Frau Doktor nahm offenbar keine Patientenakten mit nach Hause.

Ich war gerade wieder in den Flur getreten, als ich den Schlüssel im Schloss hörte. Ohne nachzudenken, hüpfte ich ins

Schlafzimmer, hinter die offene Tür, und drückte mich in die Zimmerecke.

Ich hörte, wie die Döwers hereinkam, von der Katze begrüßt wurde und mit ihr redete.

»Siehst du, ich habe es dir geholt. Musst du nicht Hunger leiden, du armes kleines Wollknäuel. Komm mal her!« Sie hatte ihre Stimme beim Sprechen auf *debil* gestellt, wie es manche Menschen taten, wenn sie mit Kindern redeten, aber ich bildete mir ein, das Schnurren der Katze wäre lauter geworden.

»Mein Schnutzi-Putzi, ich mach dir schnell was zu essen, ich hör doch, wie dein Magen knurrt.«

Offenbar ging sie in die Küche, denn ich hörte ein metallisches Ratschen wie beim Öffnen einer Dose.

Kurz darauf kam sie wieder den Flur entlang und ging ins Bad. Ich überlegte, ob ich wagen konnte, in der Zeit die Wohnung zu verlassen, aber als ich einen Blick in den Flur warf, sah ich, dass die Lady die Badezimmertür weit offen stehen gelassen hatte. Ich hörte es plätschern, während sie weiter mit ihrer Katze redete.

»Salino, übermorgen kommt mein Bruder. Der bringt seinen Mops mit, weißt du? Arthur? Aber wenn der sich nicht benehmen kann, sperren wir ihn einfach auf den Balkon. Und Arthur auch.« Sie lachte über ihren eigenen Witz, während die Spülung ertönte.

Der Kater Salino fand das offen stehende Bad anscheinend genauso wenig attraktiv wie ich, denn er kam um die Schlafzimmertür geschnurrt und rieb sich wieder an meinen Beinen. Er roch nach Katzenfutter.

Unruhig starrte ich auf den hübschen Kater herab und überlegte, wie ich den wieder loswerden konnte, ohne zu viel Aufmerksamkeit zu erregen. Das Letzte, was ich wollte, war, dass seine Besitzerin ihn suchen kam und das Tier zwischen meinen Beinen vorfand.

Aber Frau Döwers ging offenbar aus dem Bad direkt ins Wohnzimmer, ohne nach dem Verbleib ihrer Katze zu schauen. Ich hörte das Klackern der Tastatur, nachdem sie ihre Arbeit am Laptop wieder aufgenommen hatte. Jetzt würde ich gehen können, entschied ich und machte gerade einen vorsichtigen Schritt über das Katzentier, das mich neugierig von unten her ansah, als mir eine Idee kam. Ich ging in die Knie und hob Salino hoch. Sein Schnurren ließ seinen ganzen Körper vibrieren, während ich ihn langsam in den Flur trug. Ein kurzer Blick ins Wohnzimmer zeigte, dass Doktor Döwers vollkommen vertieft in ihre Arbeit war.

An der Wohnungstür drückte ich die Klinke herunter, bemüht, keinen Lärm zu machen, und öffnete sie einen Spalt. Dann horchte ich ein letztes Mal auf das Tastaturklackern und ließ Salino in hohem Bogen in den Flur springen. Eigentlich warf ich ihn, aber er machte daraus einen Sprung. Er kam mit einem deutlich hörbaren *Plumps* auf und tat das, was ich mir erhofft hatte: Er miaute.

Ich öffnete die Tür noch ein Stück mehr, um den Luftzug zu erhöhen, und horchte.

»Salino?« Kein Klacken mehr, dafür die Bewegung des Stuhls auf den Dielen, und ich verzog mich zügig in die Küche, hinter die Tür.

Ich hörte die Döwers in den Flur kommen, ihren Laut, eine Mischung aus unterdrücktem Schrei und heftigem Luftholen.

»Salino!« Sie stürzte an mir vorbei durch die offene Tür.

Kaum war sie draußen, duckte ich mich in den Flur zurück und ließ die Tür zuknallen. Für eine Sekunde oder so herrschte vollkommene Stille. Als würden Salino, Frau Doktor Döwers und ich alle gemeinsam die Luft anhalten.

Dann hörte ich Schritte, jemand ruckelte an der Tür. Ein leiser Laut, wieder so eine Mischung, diesmal aus Schluchzen und Stöhnen.

Ich beeilte mich, leise ins Wohnzimmer zu kommen und überließ Frau Döwers sich selbst. Ich hatte ein schlechtes Gewissen: Sie würde sich Vorwürfe machen, dass sie die Tür offenbar nicht richtig verschlossen hatte und die Katze so hatte entkommen können, dass sie dumm genug gewesen war, in ihrer Angst ohne Schlüssel vor die Tür zu gehen. Aber all das würde sie nicht umbringen. Sie würde jetzt Salino wieder einfangen, und dann vermutlich bei einem Nachbarn klingeln. Entweder Freunde oder Familie mit einem zweiten Schlüssel anrufen oder aber auf den Schlüsseldienst warten.

Kurz hielt ich inne und dachte darüber nach, was passieren würde, wenn Frau Doktor einen zweiten Schlüssel direkt bei einem Nachbarn deponiert hatte. Aber dann gab es immer noch die Chance, dass dort niemand zu Hause war. Immerhin war es tagsüber, an einem Werktag.

So oder so, falls ich demnächst einen Schlüssel im Schloss hören würde, dann musste ich mir etwas anderes einfallen lassen.

Für den Moment ließ ich mich am Laptop nieder, der mich mit seinem Monitor beschien.

Ich brauchte nur wenige Sekunden, um mich zurechtzufinden. Frau Döwers hatte in der Tat gearbeitet. Ich ignorierte die offene Akte, in die sie einen Befund geschrieben hatte, und benutzte die Suchfunktion.

Die Patientenakten waren chronologisch nach ihrer Erstellung geordnet, und ich versuchte, mich daran zu erinnern, was in Herfords Unterlagen gestanden hatte. Dann fiel es mir wieder ein, und ich gab das Datum ein, das etwas mehr als zwei Jahre zurücklag. Vermutlich war Jasmin Wilhelm Döwers' Patientin gewesen, bevor Herford angefangen hatte, über sie den Ordner anzulegen.

Es dauerte nicht lange, bis ich Wilhelms Akte gefunden hatte. Um keine Zeit zu verlieren, schaute ich nicht hinein, sondern öffnete den Internetbrowser. Suchte mir eine Seite heraus, auf der ich mir eine *Ten-Minute-Mail* erstellen konnte, also eine E-Mail-Adresse, die nach wenigen Minuten wieder verfiel.

Von Döwers' Account verschickte ich Wilhelms Patientenakte an die temporäre Mail-Adresse und leitete sie von dort weiter an eine von meinen Adressen.

Dann löschte ich die gesendete Mail aus Döwers' Verlauf. Natürlich konnte sie dort immer noch gefunden werden, wenn man wusste, wonach man suchen musste und genau genug hinschaute, aber zumindest auf den ersten Blick würde es Döwers nicht auffallen. Und die Akte zu meinem Mail-Account zurückzuverfolgen wurde auch unmöglich, wenn in wenigen Minuten der temporäre Account verfiel und gelöscht wurde.

Danach stellte ich das Fenster, an dem sie gearbeitet hatte, wieder her und überzeugte mich, dass ich keine Spuren hinterlassen hatte. Ich wollte nicht nur, dass Frau Doktor im eigentlichen Fall keinen Verdacht schöpfte, sondern vor allem wollte ich nicht, dass sie das Gefühl bekam, jemand sei in ihrer Wohnung gewesen. Nachdem ich ihr bereits so übel mit der Tür mitgespielt hatte, wollte ich ihr wenigstens dieses Unwohlsein ersparen.

Zufrieden mit meiner Arbeit erhob ich mich und ging zur Wohnungstür. Schaute durch den Spion, lauschte, konnte aber weder etwas sehen noch hören. Vorsichtig öffnete ich die Tür, bereit für ein lautes Kreischen, falls Frau Döwers voller Verzweiflung mit ihrem Kater außer Sicht auf der Treppe sitzen würde.

Aber nichts passierte.

Ich ging nach draußen, horchte erneut und zog dann die Tür zu. Erst hatte ich überlegt, ob ich ihr den Gefallen tun und die Tür offen lassen sollte, mich dann aber dagegen entschieden. Zum einen hatte ich keine Ahnung, wann sie wiederkehren und wer sonst noch eine offene Tür als Einladung sehen würde, und zum anderen musste ihr dann definitiv klar sein, dass jemand in der Wohnung gewesen war. Besser so, und sie ertrug die Umstände.

Auf der Treppe merkte ich, dass ich mich immer noch verspannte, auch wenn es dafür gar keinen Grund mehr gab. Jetzt konnte mich niemand mehr erkennen. Wenn Frau Döwers mir auf der Treppe entgegenkommen würde, hätte sie keine Ahnung, wer ich war. Nur Salino würde mich verraten können, aber über dessen Schweigen war ich mir gewiss.

Gut eine Stunde später hockte ich in einem türkischen Telecafé, in dem man Rechner und Internet pro Stunde mieten konnte, und schaute mir an, was mein Beutezug bei Frau Doktor so ergeben hatte. Neben mir saß ein gut aussehender junger Türke, der angenehm roch, sich aber in wirklich penetranter Lautstärke mit dem Typ hinter dem Tresen unterhielt. Etwas weiter weg zockten zwei Typen nebeneinander irgendein Computerspiel und riefen sich immer wieder etwas zu, obwohl beide Headsets trugen. Ich versuchte, mich auf meinen Monitor zu konzentrieren.

Ich hätte mir die Mail natürlich auch auf meinem Handy anschauen können, aber bei dem kleinen Display war mir das zu anstrengend, und ich befürchtete, wichtige Details zu übersehen.

Es gab viele transkribierte Gespräche zwischen Doktor Döwers und Wilhelm, teilweise auch Audio-Aufzeichnungen. Ich klickte wahllos auf eine der ersten Sitzungen.

Dr. Döwers: *Wie geht es Ihnen?*
J. Wilhelm antwortet nicht. Sieht aus dem Fenster.
Dr. Döwers: *Haben Sie gut geschlafen?*
J. Wilhelm: *Ich schlafe nicht. Schon seit Wochen nicht mehr.*
Notiz: J. Wilhelm sieht in der Tat sehr müde aus. Abgespannt. Aber keine direkten Anzeichen für Insomnie. Vermutlich eine typische eigene Fehlbeurteilung der Störung.
Notiz: Möglicherweise Polysomnographie anordnen, falls Wilhelm einverstanden ist.
Dr. Döwers: *Seit dem Vorfall?*
J. Wilhelm nickt.
Dr. Döwers: *Haben Sie noch einmal von ihm geträumt?*
J. Wilhelm (sehr aggressiv): *Von wem?*
Dr. Döwers: *Huber.*
J. Wilhelm schüttelt den Kopf.
Dr. Döwers: *Haben Sie von … dem anderen geträumt?*
J. Wilhelm: *Jede Nacht ist er da. Und ich kann ihn nicht stoppen. Meistens vollendet er das, was er damals nicht geschafft hat.*
Dr. Döwers: *Was ist mit Huber?*
J. Wilhelm: *Der ist längst tot. Genauso wie es wirklich war.*
Dr. Döwers: *Und Sie können ihm nicht helfen?*
J. Wilhelm: *Ich kann ihm nicht helfen, und er mir nicht. Ich weiß nicht, was schlimmer ist.*
Dr. Döwers: *Wünschen Sie sich, Sie könnten sich besser wehren? Gegen Ihren Gegner kämpfen?*
J. Wilhelm: *Natürlich. Ich will ihn töten, jede Nacht. Ich will ihm seine Gedärme rausreißen, ihn bluten lassen für das, was er uns angetan hat.*
Dr. Döwers: *Empfinden Sie Hass?*
J. Wilhelm (sehr leise): *Abgrundtiefen!*

Ich lehnte mich zurück. Huber, irgendwas war da. Obwohl ich mich zu erinnern versuchte, kam da nichts. Ich öffnete ein Suchfenster im Browser. Gab die Namen ein: *huber* und *wilhelm*, dazu noch *polizei*.

Die Suche spuckte mir ein Foto aus, das ich sofort wiedererkannte. Mord an einem Polizisten. Das hatte damals ziemliche Wellen geschlagen, natürlich. Solche Taten hinterließen immer bei allen Kollegen tiefe Spuren. Soweit ich wusste, war der Täter nie gefasst worden.

Mit schnellen Blicken flog ich über den Artikel, von dem mir bloß Bruchstücke im Hirn hängengeblieben waren. Die Berichte drehten sich um den spektakulären Mord an einem verdeckten Ermittler, Johann Huber. Er hatte mit seiner Partnerin, Jasmin Wilhelm, für die Sitte gegen einen Menschenhändler- und Prostitutionsring ermittelt. Offenbar waren die beiden aufgeflogen, und Huber war ermordet worden. Wilhelm war zwar misshandelt und gefoltert worden, hatte aber fliehen können.

Gegen mehrere Männer war ein Prozess angestrebt worden, aus Mangel an Beweisen musste das Verfahren allerdings eingestellt werden.

Ich klickte mich durch verschiedene News-Meldungen, in manchen standen mehr, in anderen weniger Details. Wilhelm war mit kochendem Wasser überschüttet worden und wies am ganzen Körper Verbrennungen auf, als man sie gefunden hatte. Außerdem war sie mehrfach vergewaltigt worden.

Auf einem der Portale gab es ein Bild von drei Männern zu sehen, die in Zusammenhang mit der Tat verhört worden waren. Dem vordersten, dem Hauptverdächtigen, hatte man einen schwarzen Balken über das Gesicht gelegt, aber das dahinter war klar zu erkennen: Es war das rundliche Gesicht von David Petrow.

Ich startete eine neue Suche mit *huber, mord* und *petrow* als Suchbegriffe. In einer kleinen News-Meldung wurde ich fündig: *»Einer der Männer aus dem Kreis der dringend Tatverdächtigen, David Petrow, betrieb zu dem Zeitpunkt den Saunaclub, in dem sich Huber und Wilhelm offenbar am frühen Abend aufgehalten hatten. Die Staatsanwaltschaft hatte die Vermutung ausgesprochen, dass in diesem Club möglicherweise sogar die Tat oder Teile davon geschehen sind. Bei Durchsuchungen konnte dies allerdings nicht nachgewiesen und Petrow nicht belangt werden.«*

Ich wandte meine Aufmerksamkeit wieder den Dateien von Dr. Döwers zu, scannte die Sitzungsberichte nach dem Namen Petrow.

Dr. Döwers: *Können wir über etwas reden, das Sie bisher immer vermieden haben?*
J. Wilhelm: *Was wäre das? Davon gibt es so viel.*
Dr. Döwers: *Ich rede von dem großen Unbekannten. Der Mann, dessen Name ich aus dem Untersuchungsbericht kenne, den Sie in meiner Gegenwart aber nie ausgesprochen haben.*
J. Wilhelm: *Worauf wollen Sie hinaus?*
Dr. Döwers: *Können Sie diesen Namen verbalisieren?*
J. Wilhelm: *Das möchte ich lieber nicht.*
Dr. Döwers: *Darf ich ihn aussprechen?*
J. Wilhelm: *Wenn Sie wollen.*
Dr. Döwers: *Ist es wirklich in Ordnung für Sie?*
J. Wilhelm: *Ich komme schon klar.*
Dr. Döwers: *Die Rede ist von David Petrow.*
Notiz: Bei Erwähnung des Namens ›Petrow‹ reagiert Wilhelm zunächst gar nicht.
Haben Sie verstanden? David Petrow?
Notiz: Wilhelm verharrt in einer Art katatonischer Starre.

Dr. Döwers: *Frau Wilhelm? Ist alles in Ordnung?*
J. Wilhelm (klingt müde): *Ich möchte jetzt bitte gehen.*

Ich fand einen kurzen Bericht, den Dr. Döwers offenbar als Antwort auf die Frage nach einer möglichen Versetzung verfasst hatte:

»Unter den gegebenen Umständen halte ich Wilhelms Einsatz als V-Mann für nicht ganz unkritisch. Zwar könnte die Konzentration auf eine andere Persönlichkeit kurzzeitig Ablenkung verschaffen, jedoch halte ich es nicht für unwahrscheinlich, dass Wilhelm Schwierigkeiten haben könnte, aus ihrer Rolle wieder aufzutauchen. Meine Empfehlung wäre, weitere Therapiesitzungen und Fortschritte in Wilhelms Wiederherstellung abzuwarten, bevor ein solcher Schritt vollzogen wird.«

Diese Datei war knapp zwei Wochen vor dem Termin datiert, an dem Herford Wilhelm offenbar seiner Sondereinheit zugeteilt und damit Döwers' Empfehlung komplett missachtet hatte.

Als Nächstes schaute ich nach irgendetwas, in dem tatsächlich beschrieben wurde, was Wilhelm passiert war. Fündig wurde ich in einem Memo von Dr. Döwers selbst:

»Kriminalmeister Jasmin Wilhelm von der Sitte wird an mich überstellt. Sie war Teil eines verdeckt operierenden Teams, das in besonders schweren Fällen von Menschenhandel und Prostitution ermittelt hat.

Ihr Kollege, Johann Huber, wurde im Dienst erschossen. Er wurde an einen Türrahmen gefesselt, über einen längeren Zeitraum hinweg geschlagen und missbraucht und schließlich durch einen gezielten Schuss in den Hinterkopf getötet.

Wilhelm hat diese Misshandlungen mit ansehen müssen und wurde nach Hubers Tod an denselben Türrahmen gebunden. Dort wurde sie ebenfalls mehrfach das Ziel von Schlägen, von vaginalem und analem Missbrauch, unter anderem auch durch Gegenstände, und wurde mit mehreren Litern kochendem Wasser verbrüht. Wilhelm leidet momentan unter einer schweren posttraumatischen Belastungsstörung und ist nur bedingt diensttauglich. Unsere Sitzungen sollen unter anderem ergeben, ob sie wieder auf eigenen Wunsch in den leichten Innendienst versetzt werden kann.«

Fuck! Ich lehnte mich zurück, strich mir übers Gesicht, als könnte ich auf diese Weise Dinge wieder aus meinem Hirn quetschen, die ich besser nicht gewusst hätte.

Deswegen also der Oldschool-Badeanzug. Wegen der Verbrennungen. Und obwohl mir Nadine Vorbeck, oder Jasmin Wilhelm, mit ihrer Art heftig auf die Nerven gegangen war, erschien jetzt alles in einem anderen Licht. Fast wehmütig musste ich mich von einigen Antipathien verabschieden. Kein Wunder, dass die Braut komisch drauf war, nach dem, was sie ihr angetan hatten.

Ich suchte Tassins Nummer heraus und rief sie an.

»Hey«, meldete sie sich.

»Können wir uns treffen?«

Sie zögerte. »Okay. Wo soll ich dich abholen?«

Ich gab ihr die Adresse. »Kannst du einen Laptop mitbringen? Ich muss dir etwas zeigen.«

»Was hast du gefunden?«

»Komm her, dann zeige ich es dir. Ich glaube, ich bin auf unsere *Sorcière Noire* gestoßen.«

21

Ich stieg zu Tassin in den Wagen und deutete ihr an, einfach loszufahren. Ohne zu widersprechen, lenkte sie das Auto nach Süden. Irgendwann ließ ich sie in einer belebten Straße in Mariendorf anhalten, und wir stiegen aus.

Wir setzten uns in ein Eiscafé, in dem man in den Bechern keine Kugeln serviert bekam, sondern sich eine Bechergröße aussuchte und diese mit den gewählten Eissorten gestrichen voll bekam. Ich hatte diese Art von Eis seit Jahren nicht mehr gegessen, erinnerte mich aber aus meiner Kindheit noch gut daran. Ich hatte geglaubt, die Kette gäbe es längst nicht mehr.

Als wir uns an einen Tisch draußen gesetzt hatten, in den Händen die dicken Pappbecher, schob Tassin mir ihren kleinen weißen Laptop rüber. Ich klappte ihn auf, öffnete ein Browserfenster und meldete mich mit meiner Mail-Adresse an.

Dann umriss ich ihr in knappen Zügen, was ich über Jasmin Wilhelm beziehungsweise Nadine Vorbeck herausgefunden hatte, und untermauerte das immer wieder mit den verschiedenen Dateien.

»Hast du dich ins LKA gehackt?«, fragte Tassin zwischendrin fassungslos. Sie hatte den grünen Plastiklöffel wie vergessen im Mund stecken und starrte mich an.

»Ich habe dir gesagt, das willst du lieber nicht wissen. Aber ich habe mich bei den Ermittlungen zivilisiert benommen. Sagen wir, einigermaßen zivilisiert.« Ich war nicht sicher, ob Dr. Döwers den Missbrauch an ihrer Katze genauso bezeichnen würde, aber ich dachte, es wäre besser, ich würde Tassin nicht in allen Einzelheiten von meinem Ausflug berichten.

Sie sah mich noch einen Augenblick lang zweifelnd an und schob sich dann mehr Eis auf den Löffel. »So langsam beginne ich zu ahnen, dass es selbst für mich zu viel sein könnte, mit dem berühmt-berüchtigten Thiebeck klarzukommen. Ich bin überrascht, dass Jana nach all den Jahren überhaupt noch mit dir spricht. Du hast ihr bei euren gemeinsamen Fällen bestimmt jede Menge zugemutet, oder?«

Ganz ernsthaft nickte ich. »Jede Menge. Jana ist die Beste.«

Tassin ging nicht darauf ein und wandte ihre Aufmerksamkeit wieder dem Monitor zu. »Du gehst also nicht nur davon aus, dass Jasmin Wilhelm Nadine Vorbeck ist, sondern du hältst es auch noch für möglich, dass sie unser Killer ist?«

»Warum nicht? Wenn du dir das psychologische Profil durchliest, dann wirst du sehen, dass die einen ordentlichen Schlag abbekommen hat. Das ist heftig, was sie mitmachen musste. Und ich habe dir das mit dem Badeanzug erzählt. Vermutlich ist ihr ganzer Körper immer noch von Brandnarben bedeckt.«

Tassin schüttelte energisch den Kopf. »Das ergibt aber doch überhaupt keinen Sinn. Erstens«, sie stach mit dem glitzernden Löffel in meine Richtung, »frage ich mich dann, warum sie sich Meißner als Betthase anbietet, also wenn ihr Körper so vernarbt ist, dass sie den keinem zeigen will. Würde man dann doch nicht machen, oder? Und zweitens gilt ihr Hass doch Petrow. Wieso in aller Welt sollte sie dann rumrennen und Bassemanes Leutnants killen? Erklär's mir, Thiebeck.«

Mehrfach bedeutete ich ihr, die Stimme etwas zu senken, wenn muntere Familien mit ihren Eisbechern an uns vorbeikamen, und antwortete erst, als niemand mehr in direkter Hörweite war. »Ich sage ja nicht, dass damit alles geklärt ist. Warum jemand diesen Kerlen die Arme und Beine abschneidet, sie mästet und schließlich ausweidet, das kann uns vermutlich am Ende nicht einmal ein Psychologe sinnvoll erklären, aber was wir definitiv haben, ist eine verdeckte Ermittlerin, die durch die Hölle gegangen ist und die sich jetzt in Bassemanes Umfeld herumtreibt. Ich meine, wenn sie, nach dem, was ich jetzt weiß, Petrow so eiskalt verstümmelt und getötet hätte, wüsste ich nicht mal genau, ob ich's nicht verstehen könnte. Aber ganz wichtig: eine Ermittlerin, die von Herford, der selbst jede Menge Dreck am Stecken hat, dort eingebracht wurde, und, am wichtigsten, die eine Frau ist, die früher einmal rote Haare hatte. Jetzt nicht mehr. Jetzt sind sie pechschwarz. *Noir*«, sagte ich und sprach das französische Wort mit so viel *Verve* aus, wie es mir als Nicht-Sprachbegabtem möglich war.

Tassin nickte ungeduldig. »Ja, klar. Sie hat sich die Haare gefärbt. Und früher war sie ein Rotfuchs. Verbrennt die Hexe! Wo sind wir denn, im Mittelalter?«

Langsam wurde ich wütend. »Tu nicht so, als wärst du die kleine Schwester vom Densch, und tu vor allem nicht so, als seist du leicht minderbemittelt. Das steht dir nicht.«

Tassin funkelte mich an und beugte sich vor. »Und dir steht nicht, dass du den Superhelden spielen willst. Ich weiß, dass du den Scheiß gern im Alleingang regeln willst, totale Kontrolle, nur du auf der Straße. Aber so läuft das nicht, Thiebeck, hier ist Teamplay gefragt. Ich bin beeindruckt, dass du die Scheiße über Herford ausgegraben hast, das bringt uns auf jeden Fall einen Schritt weiter nach vorne, aber das heißt nicht, dass du hier Theorien wie Luftschlangen verschießen kannst und die kleben bleiben. Das ist Blödsinn, und das weißt du. Wir fahnden weiterhin nach Nadine Vorbeck, und wenn wir sie haben, dann werden wir sie fragen, ob sie sich einen französischen *nom de guerre* zugelegt hat und auf bestialische Weise Menschen umbringt. Aber bis dahin«, und diesmal drohte sie mir mit dem ausgestreckten Zeigefinger und nicht mehr mit dem niedlichen Löffelchen, »gehe ich nicht davon aus, dass eine missbrauchte Polizistin, die besonders schnell zurück in den Dienst wollte, eine Serienmörderin ist.« Sie atmete tief durch und lehnte sich zurück, behielt mich dabei im Auge, als könnte ich jederzeit außer Kontrolle geraten und mit neuen Theorien kommen.

Ich versuchte es aus einer anderen Richtung. »Was, wenn eine der früheren Annahmen stimmt und Grasser, von Geram und Meißner alle Beef mit Bassemane hatten? Oder wenn sie ihm irgendwie im Weg waren? Vielleicht ist er einen Deal mit dem Teufel eingegangen, mit Wilhelm, und sie räumt die Kerle jetzt für ihn aus dem Weg.«

»Warum sollte sie das tun?«

»Möglicherweise hat er ihr versprochen, Petrow für sie zu erledigen? Vielleicht geht der Handel sogar noch weiter und sie hat ihm Informationen zu Petrow geliefert, aus ihrer Zeit als verdeckte Ermittlerin in seiner Szene, und damit kann Bassemane jetzt agieren.«

»Ja, eventuell gibt's da so einen Austausch, und Bassemane weiß sogar, wer sie in Wirklichkeit ist. Wobei ich das für arg weit hergeholt halte. Aber dann ergibt es immer noch null Sinn, dass sie nicht nur Petrow mit Informationen ans Messer liefert, sondern gleich auch noch wie eine durchgeknallte Irre Leute ermordet. Über Wochen hinweg. Wenn die Lady so scheißgefährlich ist, warum schnappt sie sich dann nicht Petrow einfach so, ohne diesen ganzen Zinnober zu veranstalten? Sag mir das mal, Thiebeck.« Ihre Stimme war gegen Ende wieder ziemlich aggressiv geworden. »Außerdem bleibt dabei die ganze Sache mit Petrows Schwester voll außen vor. Warum ist die denn totgefahren worden?«

Ich kniff mir in die Stirn. Stimmt, das ergab alles irgendwie keinen Sinn. »Habt ihr Bassemane deswegen reingeholt?«

»Ja, haben wir. Also Jana und Mirko. Aber Bassemane hat für die Tatzeit ein Alibi. Und noch offensichtlicher hätte er es wirklich nicht machen können. Sein Auto, Petrows Schwester.«

»Vielleicht war genau das der Plan.« Es stimmte nicht mit meinem Bild von Victoire Bassemane überein, aber im Moment konnte ich mich nicht allein auf mein Bauchgefühl verlassen, dafür war an dieser Geschichte zu viel nicht koscher. »Möglicherweise wollte er ein fettes Zeichen setzen und Petrow sagen: Sieh her, du Arsch, ich töte deine Schwester, ganz offensichtlich, und die Bullen können mir gar nichts.«

Tassin brütete vor sich hin.

Ich legte nach. »Was, wenn das auch Nadine Vorbeck war? Könnte auch Teil ihres Plans zur Eskalation sein.«

Tassin sah mich verärgert an. »Was ist los, Thiebeck? Bist du so scheiße auf sie zu sprechen, weil sie dich in die *Friendzone* verbannt hat und dich nicht ranlässt? Ist es das?«

Ich sagte nichts und löffelte mein Eis, bis ich unten am Boden kratzte. Dass ich nicht wusste, was eine *Friendzone* war, wollte ich nicht zugeben.

»Schön«, sagte ich und wusste, dass ich leicht eingeschnappt klang. Das war ich auch. »Aber weißt du, immerhin könnt ihr jetzt mal anfangen, nach Jasmin Wilhelm zu fahnden, einer echten Person. Und nicht nach einer erfundenen Figur. Ihr habt sogar ein Bild von ihr.«

Sie schnaubte. »Bitte! Auf den Schwanzvergleich willst du dich einlassen? Mach dich nicht lächerlich, Thiebeck.« Sie lehnte sich wieder gefährlich nach vorn. »Darf ich dich mal daran erinnern, warum du in dieser WG gelandet bist? Wir haben immer noch einen massiven Anstieg an Boom-Usern, und über diese Droge habe ich aus deiner großen Klappe irgendwie noch keine Erkenntnisse gehört. Vielleicht setzt du deinen Arsch mal in Bewegung und ermittelst in der Sache genauso erfolgreich? Das wäre toll, Thiebeck.« Damit stand sie auf, feuerte ihren halbvollen Becher in eine Tonne neben uns und sagte im Weggehen: »Danke fürs Eis.« Es klang, als hätte sie dabei einen Teil noch für sich behalten. So etwas wie *Danke fürs Eis, Schwachkopf* oder *Danke fürs Eis, Arschgeige*.

Ich sah ihr nicht nach, sondern starrte in die letzte Pfütze meiner Milchspeise.

Irgendwann stand ich auf, um ziemlich schlecht gelaunt mit den Öffentlichen in die WG zurückzufahren.

»Gehen wir heute Abend weg?«, fragte mich Schoko, der tatsächlich gerade dabei war, den Abwasch zu machen, als ich nach Hause kam. Seit meiner großen Aufräumaktion hatten auch die Jungs angefangen, sich ein wenig am Riemen zu reißen.

»Party machen, Dampf ablassen!« Er grinste.

»Dampf ablassen ist gut«, sagte ich, holte mir ein Glas Wasser und ließ mich auf die Couch fallen. »Wie geht es mit euren Geschäften weiter? Hat das Verschwinden von Meißner darauf irgendeinen Einfluss?« Tassins Seitenhieb, dass ich mich um unsere ursprüngliche Ermittlung kaum noch gekümmert hatte, hatte tatsächlich gesessen. Allerdings hatte ich keine Ahnung, wie ich dort weitermachen sollte. Kein Mensch wusste etwas über dieses Boom.

»Ich mach uns ein Curry«, verkündete Schoko und ignorierte meine Frage. »Chris ist noch im Bad. Danach können wir losziehen.«

Ich hob den Arm, roch an meiner Achsel und stellte fest, dass mir eine Dusche vermutlich auch ganz gut tun würde. Vielleicht wäre es wirklich das Beste, den ganzen Scheiß für den

Moment zu vergessen und sich heute Nacht auf *Party* zu konzentrieren. JT, das Biest, das auf Neukölln losgelassen wurde!

Ein paar Stunden später, nachdem wir ein Sixpack auf dem Dach vernichtet hatten, im Bauch ein gutes Curry und frisch geduscht, war ich tatsächlich wieder in ziemlich guter Stimmung. Ich freute mich auf den Abend mit den Jungs.

Diesmal war es anders, als wir im Club ankamen. Hatte ich das letzte Mal alles mit wachem Blick beobachtet, ließ ich mich nun einfach nur treiben. Als die ersten schwachen Sounds der Bässe durch die Nacht zu uns drangen, lange bevor wir das Partygelände überhaupt erreicht hatten, nickte ich bereits mit dem Kopf.

»Heute Abend ist Doppeldeckerabend«, sagte Schoko, als wir die Türsteher draußen passiert hatten und uns auf dem Weg zum Hauptgebäude befanden.

»Was heißt das?«

»Du holst dir einen Drink und bekommst zwei«, erklärte er.

Chris ergänzte von hinten, zwischen unseren Köpfen: »Du laberst eine Schlampe an und nimmst zwei mit nach Hause.« Er rempelte mich an. »Du machst einen Dreier klar, du landest mit vieren im Bett.« Er lachte dreckig, Schoko grinste, und selbst ich musste ein wenig lächeln.

Chris ging mir gar nicht mehr auf die Nerven, obwohl sich an seiner dämlichen Art nichts geändert hatte. Es war, als hätte JT einfach mehr Toleranz für solche Schmocks.

»Was geht ab«, begrüßte Schoko einen stämmigen Pumper mit zurückgedrehter Basecap. Die beiden stießen die Fäuste gegeneinander, *Brofist*.

»Das ist Toni«, stellte er den Kerl in Muskelshirt und Trainingshose vor, der mir zunickte. Ohne Attitüde, ohne Stress zu wollen.

Ich nickte zurück.

»Toni macht manchmal ein paar Tracks mit Docker. Überhaupt gibt's hier eine ganze Menge Jungs, die über Docker vernetzt sind. Pitbull da drüben zum Beispiel. Der auch.« Er zeigte mir einen Typen, deutsch, vermutete ich, ebenfalls im Muskelshirt, aber im Gegensatz zu Tonis beeindruckenden Oberarmen erschreckend dürr. Er hatte halblange Haare, die ihm glatt und etwas speckig ins Gesicht fielen, und unterhielt sich gerade mit einer Blondine.

»Sieht nicht danach aus, hat aber eine richtig geile Stimme. Kann dir zu Hause mal ein paar Tracks von ihm und Docker vorspielen.«

Ich nickte erneut, ließ den Blick weiterwandern. Hier und da erkannte ich Gesichter, die ich schon beim letzten Mal gesehen hatte, ein oder zwei Leute waren sogar schon auf unserem Dach gewesen.

»Lass mal reingehen, ich habe Durst«, sagte Chris und zog uns mit dem gesunden Arm hinter sich her.

Der Abend verlief ein wenig wie eine Fahrt mit dem Kettenkarussell mit halb geschlossenen Augen. Alles verwischte irgendwie, und ich hatte überhaupt nicht mehr das Gefühl, ich müsste mich oder irgendwas anderes festhalten. Ich ließ mich treiben, nahm lachend Bier in Empfang, wenn einer der Jungs an der Bar gewesen war, oder holte selbst neue Flaschen. Manchmal nur für uns drei, bei anderen Gelegenheiten noch für ein, zwei andere Leute, die bei uns herumstanden. Dazwischen flirtete ich mit einer der blutjungen Barfrauen oder quatschte kurz mit einem der tätowierten Männer hinter der Theke.

Einmal stieß ich mit einem Typen zusammen, wir verschütteten beide ein wenig Bier und starrten uns an, als wollten wir uns schlagen. Er mit kleinen, blutunterlaufenen Augen, während ich mir einbildete, meine wären ungetrübt und wasserklar. Dabei sah ich wahrscheinlich genauso aus wie er.

Jedenfalls schauten wir uns an, von unten nach oben, er war deutlich kleiner als ich, dafür kompakter, und irgendwie grinsten wir plötzlich beide, stießen an und tranken auf das Wohl des jeweils anderen. Und weil ich den Überblick verloren hatte, tat ich es mit Chris' Bier, der deshalb in dieser Runde bloß ein halbes bekam.

Manchmal dockten Mädchen und junge Frauen an unserer Runde an, und wir unterhielten uns mit ihnen. Oft stellte ich eine Art Magnet dar, größer und älter als die beiden Jungs, und mit meinem hübschen Hawaiihemd. Diesmal machte es mir nichts aus. Es war alles Teil der Szenerie. Einmal wickelte eine Kleine im Minirock ihr langes Bein um meins, und ein anderes Mal zog eine meinen Kopf herunter, als müsste sie mir etwas sagen, nur um dann an meinem Ohr zu knabbern und mein Gesicht in ihren Ausschnitt zu drücken. Ich lachte, trank Bier und wippte mit dem Kopf im Takt der Musik.

Irgendwann war ich sogar auf der Tanzfläche, hatte keine Ahnung, ob meine Bewegungen hip waren, aber ich hatte Spaß, und ich schwitzte wie ein Schwein. Stand dann schwer atmend und durchnässt wieder bei Schoko und Chris, nahm das nächste Bier in Empfang und legte den Kopf in den Nacken, um zu trinken.

Mit geschlossenen Augen musste ich daran denken, wie ich das letzte Mal mit Tamina tanzen gewesen war. Wir hatten uns aus einer Laune heraus eine »Balkan Beats«-Veranstaltung in der Nähe des Schlesischen Tors herausgesucht und eine Nacht auf der Tanzfläche verbracht, nach der wir ausgepumpt fast zusammengebrochen waren. Ich hatte sie danach, bereits in der Morgendämmerung, auf dem Rücken die Schlesische Straße am Wrangelkiez Richtung U-Bahn getragen. Bei einem türkischen Bäcker hatten wir uns frische Butterringe geholt und sie mit fettigen Fingern auf dem Bahnsteig gegessen. Tamina war in der Bahn eingeschlafen, und ich hatte sie zum Umsteigen auf den Armen wie eine Braut hochgehoben. Selbst nachdem sie aufgewacht war und wieder heruntergelassen werden wollte, hatte ich sie weiter in den Armen gehalten. Wie ein Urmensch, der seine erste echte Frau erbeutet hat. Tamina hätte es hier gefallen. Vielleicht sollte ich sie irgendwann mit hierher nehmen, sie dem Docker vorstellen.

Als ich meine Flasche absetzte, sah ich jedoch *sie*. Nadine Vorbeck. Auf der Tanzfläche. Die langen, schwarzen Haare, die im Rhythmus des Beats mitschwangen und immer wieder ihr Gesicht verdeckten. Ich fluchte, setzte mich in Bewegung, stieß dabei irgendwen aus dem Weg. Vermutlich Chris, und auch noch seinen kaputten Arm. Das war mir egal.

Erbarmungslos drängte ich mich durch die schwitzenden Leiber, schob Menschen zur Seite und ignorierte, dass meine Hände dabei selten auf Rücken, sondern meist auf Bäuchen, an Rippen und manchmal auf Titten landeten. Die Proteste ließ ich wie Kielwasser hinter mir zurück, nahm sie kaum wahr.

Die ganze Zeit versuchte ich, den schwarzen Schopf, der sich von mir entfernte, im Visier zu behalten.

Gar nicht so einfach, es gab kaum ausreichendes Licht, bloß zuckende Blitze von einem Stroboskop, und immer wieder Körper im Weg.

Plötzlich stolperte ich durch eine Tür nach draußen, saugte die frische Luft ein wie die Wolken aus einem superfetten Joint, und es tat genauso gut. Hier waren weniger Menschen, man konnte laufen, aber ich fühlte mich desorientiert. Konnte sie nirgendwo finden. Der Luftzug über meinem nassen Körper ließ mich frösteln, und ich taumelte vorwärts. Drehte den Kopf, links, rechts, links, rechts, wie ein Radar, das ein unbekanntes

Flugobjekt längst verloren hat. Jemand knallte mir eine Bierdose vor den Bauch, ich sollte trinken, ein Teil davon landete in meinem Hemd. Um voranzukommen, packte ich die Dose, lief weiter, trank. Ignorierte den Ärger hinter mir, drückte die Dose zusammen und schmiss sie weg. *Ich bin der Techno-Viking und nichts kann mich aufhalten*, dachte ich irgendwo tief in mir drin, und mich überkam das Bedürfnis, zu kichern.

Da, vor mir, zwei Knutschende. Sie hatte langes, schwarzes Haar. Ich griff hinein, zog ihren Kopf zurück. Ihr Lover war auch ein Mädchen, kurze blonde Haare, beide stark geschminkt. Die Schwarze schaute mich bloß an, den Kopf zurückgebogen. Als sei es das Normalste der Welt, dass ich sie derart gepackt hielt. Ich murmelte eine Entschuldigung, ließ sie los.

Mir ging der Dampf aus, ich blieb stehen. Auch hier draußen tanzten noch Menschen, weniger enthusiastisch, mehr als eine Art Hommage, mit kleinen, sanften Bewegungen, aber mir war es immer noch zu viel. Schwindel erfasste mich, und ich drohte vornüberzufallen.

Ich wollte mich gerade umdrehen, um mir einen Weg zurück zu suchen, zu den anderen, da legte mir jemand die Hand auf die Schulter. Meine Fäuste fuhren hoch, ich drehte mich um, bereit, den Schlag abzuwehren.

Der Docker lachte. »Alles klar bei dir? Du siehst etwas mitgenommen aus.«

Ich schüttelte die Spinnweben aus dem Kopf. »Ich hab sie verloren.«

Er schnalzte mit der Zunge. »Das kommt in den besten Familien vor. Deswegen gibt es so viele Songs über die Liebe. Ist im Rap nicht anders. Hast du über mein Angebot nachgedacht?«

»Was für'n Angebot?« Ich blieb stehen.

»Dir mal das Studio anzusehen. Bisschen am Mike rumzuspielen.«

»Ich singe nicht.«

Er grinste. »Aber du redest. Jetzt und hier, mit mir, Mann. Das ist alles, was du brauchst. Und du hast Augen und Ohren und eine Nase, und du gehst durch die Stadt. Du fühlst, hast ein Herz.« Er schlug mir mit der Unterseite der Faust gegen die Brust.

Ich wollte ihn abwehren, reiner Reflex, aber ich war zu langsam. Wie unter Wasser kam meine Hand viel zu spät.

Er bemerkte es entweder nicht oder es war ihm egal. Lachte wieder. »Rap macht da weiter, wo die Lieder der Schwarzen, der Sklaven, damals angefangen haben, weißt du.«

»Schwarze? Du bist doch Türke.« Ich versuchte, mich zu konzentrieren, konnte spüren, wie sich meine Stirn heftig in Falten legte.

»Kurde. Kleiner, aber feiner Unterschied. Ist aber auch scheißegal, Mann. Verstehst du, in der Gesangskabine, da hocken sie alle zusammen: Araber, Türken, Kurden, Deutsche, Russen, Albaner, scheißegal, weißt du, weil es nur um die Wahrhaftigkeit geht. Um das, was dich ausmacht.«

Ich bin nicht JT, schoss es mir durch den Kopf. *Ich muss ihm sagen, dass ich nicht wahrhaftig bin*, dachte ich und wollte gerade den Mund aufmachen, als mich von hinten jemand ansprang. Es war Schoko, der mir schon wieder ein neues Bier in die Hand drückte.

»Wo warst du denn? Wir haben gedacht, du bist mit der Iro-Braut abgezogen, aber die leckt da hinten an einem anderen Typen rum.« Er lachte, zu laut und zu dreckig, eher wie Chris.

Ich versuchte, mich auf den Docker zu konzentrieren und es ihm zu erklären. Das war wichtig, das mit der Wahrhaftigkeit, er hatte ja recht.

»Ich bin nicht Ticker«, sagte ich dann, musste mich auf jedes einzelne Wort konzentrieren. Vielleicht schloss ich sogar ab und zu die Augen, um mich besser konzentrieren zu können. »Ich bin nicht wahrhaftig«, fuhr ich dann fort.

Schoko packte mich an der Schulter und sah mich aus aufgerissenen Augen an. »Was laberst du denn? Halt die Fresse!«

»Lass ihn reden«, unterbrach ihn der Docker gutmütig und legte ihm die Hand auf den Arm. »Ich habe ihm gerade gesagt, er soll reden, jetzt mach ihn nicht gleich wieder mundtot.«

Aber ich hatte längst wieder vergessen, was ich sagen wollte, und musste wieder an Nadine Vorbeck denken. *»La Sorcière Noire«*, murmelte ich.

Keiner von den anderen hatte verstanden, was ich gesagt hatte.

»Was will er?«, fragte Schoko.

»Sie war hier«, entgegnete ich.

»Ich glaube, es wird Zeit, dass wir dich nach Hause bringen, großer Krieger.«

Ich stieß die Faust gegen Dockers, und untergehakt machten Schoko und ich uns auf die Suche nach Chris.

»Falls der nicht inzwischen irgendwo eine Pussy abgestaubt hat«, lachte Schoko.

Auf dem Heimweg sah ich mich immer wieder um. Was, wenn Nadine uns folgte? Was, wenn sie entschied, dass Schoko und Chris auch zu Bassemanes Organisation gehörten? Oder ich? Würde sie dann heute Nacht kommen und sich einen von uns holen? Alle drei?

Ich packte die Schultern von Schoko und Chris fester, die sich sofort beschwerten.

»Da vorne hat noch ein Laden offen, ich brauch' was zu essen. Döner, irgendwer?«, fragte Schoko.

»Wegbier?«, konterte Chris.

Sie entschieden sich für Bier *und* Döner.

Während wir auf das Zeug warteten, pisste ich an einen Busch und starrte ins Dunkel. In die Richtung, aus der wir gekommen waren. Lauerte dort irgendwo die schwarze Hexe? Beobachtete sie uns gerade mit leuchtenden Augen und stellte sich vor, wie sie uns die Gliedmaßen abnahm? Ein Schauer überkam mich, und ich hatte Mühe, meine Hose richtig zu verschließen. Während ich zu den anderen trat, musste ich den Reflex unterdrücken, mich andauernd nach Nadine umzusehen.

Wir aßen die Döner im Gehen, das Bier in die Hosentaschen gesteckt, und ich war mir sicher, dass ich die Hälfte des Fleischs, des Rotkohls und der Zwiebeln auf dem Gehweg zurückließ, als sei ich Hänsel, der einer blutgierigen Gretel den Weg zu seinem Häuschen zeigte.

Oben in der WG wies ich Schoko ungefähr ein halbes Dutzend Mal an, ja gut abzuschließen, und fiel dann in meinen Klamotten wie komatös auf mein Bett.

22

Am nächsten Morgen wachte ich mit einem heftigen Schädel auf. Die Jungs lagen noch im Bett, und nachdem ich einen Blick in den leeren Kühlschrank geworfen hatte, entschloss ich mich, mir mein Frühstück draußen zu besorgen.

Oben am Ufer, in der Nähe der Kottbusser Brücke, gab es einen türkischen Wochenmarkt, auf dem ich Kaffee, Orangensaft und alles andere für ein Katerfrühstück bekommen würde.

Ich trat vor die Tür, verzog das Gesicht und bereute, keine Sonnenbrille mitgenommen zu haben.

Das Treiben auf dem Kottbusser Damm half, vom Pulsieren in meinen Schläfen abzulenken, und ich fühlte mich fast schon wieder wohl in meiner Haut, als ich oben am Wasser ankam.

Neben der Brücke fütterte ein alter Mann mit silbernem Bartschatten die Enten aus einer leuchtend orangenen Tüte, wie sie für Pide und anderes Gebäck benutzt wurde, und wie inspiriert von dem Anblick holte ich mir einen noch warmen Butterring von einem der Stände.

Auf dem Markt wurde ich radikal verlangsamt. Es gab keine eigene Geschwindigkeit mehr, sondern nur noch die der Masse. Türkische Männer und Frauen, jede Menge Kinder, Kreuzberger Familienväter und alternatives Jungvolk mischten sich wild durcheinander und schauten nach Obst und Gemüse, gigantischen Knopfsammlungen, hoch gestapelten Stoffballen, billigem Elektrozeug, den verschiedenen Essbuden mit Fleisch, Wurst, Fisch und Getränken. Dazwischen gab es immer wieder kleine Stände, an denen frisch gepresster Orangensaft verkauft wurde. Ich ließ mir einen halben Liter davon geben und spülte damit die Reste des Butterrings herunter, während ich nach Kaffee Ausschau hielt.

Ich hatte knapp die Hälfte des Markts überquert und war gerade dabei, mir die Auslage eines Obsthändlers anzusehen, als ich etwas aus dem Augenwinkel bemerkte. Ich sah hoch und glaubte, einen Schopf langer, schwarzer Haare hinter einer Ecke verschwinden zu sehen.

Für einen Moment stand ich einfach bloß da. Nadine Vorbeck und meinen Verfolgungswahn von gestern Nacht hatte ich fast vergessen. Beziehungsweise war bereit gewesen, mir einzubilden, das wäre alles bloß ein Hirngespinst gewesen. War sie das jetzt tatsächlich? Hatte sie meine Spur aufgenommen?

Ich drängte mich gegen den Strom zurück, bewegte den Kopf wild hin und her, um einen weiteren Blick auf sie zu erhaschen, aber sie blieb verschwunden.

Als ich schließlich die Ecke erreicht hatte, war dort nichts mehr von ihr zu sehen. Ich blieb stehen, sah mich um. Konnte sie aber nicht entdecken.

Die Lust am Bummeln war mir vergangen, und ich warf den Rest des O-Safts in einen Mülleimer und ging zurück Richtung WG.

Dabei wandte ich unsere alten Kniffe an, die wir bei der Obs, der Observation, gelernt hatten: Ich blieb stehen, um mir Schaufensterauslagen anzusehen und sie als Spiegel zu benutzen, bog unvermittelt um Ecken oder wechselte die Straßenseite. Einmal drehte ich sogar auf halbem Weg in die Straße um und kam wieder zurück. Alles, um meine mögliche Verfolgerin zu verwirren und sie vielleicht zu erwischen.

Aber entweder folgte sie mir nicht mehr oder ich hatte mir ihre Präsenz bloß eingebildet. Oder, noch eine Variante, die ich mir kaum eingestehen wollte: Sie war so gut, dass meine zugegeben etwas eingerosteten Fähigkeiten einfach nicht ausreichten.

Kurz vor der WG schossen mir Bilder vom Haus meiner Eltern durchs Hirn. Ein anderer Killer hatte in der Vergangenheit Menschen aus meinem Umfeld nach einem für ihn klaren Plan ermordet. Aber meine Mutter hatte sterben müssen, weil ich für ihn aus der Reihe getanzt war. Was, wenn Nadine Vorbeck einen ähnlichen Gedankengang hatte? Musste ich mir Sorgen um meinen Vater machen, oder machte sich in mir Paranoia breit?

Für ein paar Minuten stand ich einfach bloß da, an die Hauswand gelehnt. Ratlos. Ich wusste nicht, was ich tun sollte. Meißner lebte vermutlich noch, starb aber langsam irgendwo. Höchste Priorität sollte sein, ihn zu finden. Aber wie?

Ich hatte das Gefühl, der schnellste Weg lief über Nadine Vorbeck, aber ich wusste nicht, wie ich sie stellen sollte. Bis mir nach einer Weile eine Idee kam. Ich holte das Handy heraus und rief Bassemane an.

Es war Arsene Touré, der sich meldete. »Ja, bitte?«

»Hier ist Ticker. Kann ich mit Victoire sprechen?«

»Monsieur Bassemane ist im Moment leider nicht zu sprechen. Ich richte ihm aus, dass Sie angerufen haben.«

Klick. Keine Verabschiedung, kein Warten auf eine Antwort. Einfach aufgelegt.

Aber ich malte mir ohnehin keine großen Chancen aus, Nadine über Bassemane zu finden. Im besten Fall hatte er eine Handynummer für mich, und ich konnte mit Stehrs Hilfe versuchen, sie zu orten. Immerhin würde mir das dabei helfen, zu verstehen, ob ich unter Wahnvorstellungen litt oder nicht. Wenn sich Nadine Vorbeck in meiner unmittelbaren Nähe aufhielt, wäre das ein gutes Anzeichen dafür, dass ich *nicht* langsam wahnsinnig wurde.

Ich musste wieder an meinen Vater denken und beschloss, ihm einen Besuch abzustatten. Meine Paranoia wollte mich davon abhalten, aber meine Ratio und mein Stolz siegten. Ich war in der Lage, jeden Verfolger abzuschütteln – sofern es überhaupt welche gab.

Also stieg ich in den Nissan und warf einen Blick in den Rückspiegel. Nichts zu sehen. Aber auf meiner Fahrt Richtung Spandau benutzte ich ähnliche Tricks wie zu Fuß. Abrupte Spurwechsel, Abbiegen in letzter Minute oder schnelle U-Turns. Wieder fiel mir kein Fahrzeug auf, das ich mehr als einmal sah oder das meinen wilden Kapriolen folgte.

Während ich zu dem Haus meiner Kindheit fuhr, versuchte ich, ein wenig meine Schultern zu entspannen.

Ich stellte den Wagen ab und grüßte eine Nachbarin, die in ihrem Vorgarten stand und die Hecke schnitt. Die meisten Menschen in der Straße kannten mich noch persönlich und hätten vermutlich viel dafür gegeben, mir einen Schwank aus meiner Kindheit zu erzählen. Wie ich Äpfel gestohlen, Hunde geärgert oder Klingelstreiche gemacht hatte. Aber ich hatte mich immer allen Versuchen meiner Eltern widersetzt, mich zu solchen Begegnungen mitzunehmen. Gartenfeste, Tortennachmittage oder Abendessen. Ich hatte keine Lust, mich als Kuriosität begaffen und in die Wange kneifen zu lassen.

Ich öffnete das Gartentor und ging, um an der Haustür zu klingeln. Es machte niemand auf. Möglicherweise war mein Vater hinten im Garten, und so lief ich, statt meinen Schlüssel zu benutzen, einmal ums Haus.

Hinten fand ich jedoch nicht meinen Vater, sondern Jan, der auf einem Gartenstuhl an dem kleinen runden Tisch saß und rauchte.

»Hallo, Johannes«, begrüßte er mich. »Schicker Haarschnitt.

Ich mag den Bart.« Er strich sich über den eigenen Schnurrbart.

»Wo ist Papa?«

»Im Baumarkt. Ich soll ihm helfen, den Zaun zu reparieren. Da kommt immer der kleine Kläffer von den Rebrechts durch.«

»Papa hat mir davon erzählt.« *Und ich habe keine Zeit dafür gefunden.*

»Kein Ding, das dauert nicht lange«, sagte er, und ich wusste nicht, ob er das tat, um mich zu beruhigen oder um mich eher noch mehr auf die Palme zu bringen. Zuzutrauen war ihm beides.

Noch weniger Grund für mich, das nicht längst erledigt zu haben.

»Warum bist du gekommen?« Mein Tonfall klang aggressiver, als ich es gewollt hatte, aber Jan reagierte gar nicht darauf.

»Ich wollte mit Paps zu Abend essen«, sagte er.

Ich betrachtete meinen Bruder. Meinen Adoptivbruder.

Ich hatte nie akzeptieren wollen, dass er *bloß* adoptiert war. Hatte unbedingt gewollt, dass wir echte Brüder waren. Aber irgendwie hatte das nicht funktioniert. Er hatte nie zugelassen, dass einer von uns vergaß, wo er ursprünglich hergekommen war.

Und es war schmerzhaft gewesen, immer für ihn einzustehen, vor allem, weil er das nie erwidert hatte. Insofern war es fast eine Erleichterung gewesen, als er uns damals den Rücken zugewandt hatte. Auch wenn mich mein eigenes Gefühl angewidert hatte, war ich froh gewesen, mich nicht mehr für ihn entscheiden zu müssen.

Ich setzte mich ihm gegenüber. »Was hast du in den letzten Jahren gemacht?« Die Frage klang so harmlos. Eigentlich lautete sie: *Was hast du in den verdammten letzten fünfzehn Jah-*

ren gemacht, seit du spurlos abgehauen und unserer Mutter das Herz gebrochen hast? »Wie ist es dir ergangen?«

Er zuckte mit den Schultern. »Mal dies, mal das. Ich war unter anderem ein paar Jahre in Frankreich. *Comme ci, comme ça«*, fügte er mit einem Grinsen hinzu.

»Wir hätten gerne von dir gehört.« Ich versuchte, meine Stimme neutral zu halten, formulierte es bewusst vorsichtig.

»Ich weiß. Es tut mir leid. Irgendwie ist mir immer wieder was dazwischengekommen.«

Das kommentierte ich mit einem leisen Schnauben. »Warst du noch mal im Knast?«

»Du sagst das, als hätte ich ein Abo darauf oder so.«

»Weiß nicht. Sah eine Weile tatsächlich so aus.«

Er griff sich theatralisch ans Herz, um anzuzeigen, wie tief ich ihn verwundet hatte. Die Zigarette steckte ihm im Mundwinkel, und mit seinen zusammengekniffenen Augen sah es fast aus, als würde er mir zuzwinkern. »Autsch. Das tat weh. Tja, weißt du, wir konnten ja nicht alle so ein mustergültiger Sohn sein wie du.«

»Warum nicht?« Die Frage platzte so aus mir heraus, aber ich meinte es durchaus ernst.

Überrascht sah er mich an, schüttelte dann bloß stumm den Kopf.

Ich vermutete, weil er wirklich keine Antwort hatte. »Du hast Mama das Herz gebrochen. Sie hat immer alles für dich getan, das weißt du.«

»Ja, für den kleinen verlausten Straßenjungen, der trotzdem immer bloß mit Dreck geworfen hat. Ich habe nie verstanden, warum sie mich nicht einfach zum Teufel gejagt haben.« Er krempelte sich die Ärmel hoch und mir fiel auf, dass er auch dort überall gebräunt war. Er hatte mehrere Tattoos auf den

Unterarmen. Schriftrollen, ein Seepferd mit gefährlichen Stacheln und etwas, das wie ein Ring mit Haaren aussah. Hässliches Teil.

»Du hast dir jedenfalls alle Mühe gegeben, dass sie das tun«, sagte ich.

Er nahm einen letzten Zug von der Zigarette, nickte und drückte sie im Ascher aus. Starrte dann in den Garten und nahm sich geistesabwesend das Päckchen, um noch eine herauszuklopfen.

»Wieso bist du wirklich hier? Hast du Geschäfte am Laufen?«

»Ich war an ihrem Grab. Es ist wundervoll still dort.«

»Technisch gesehen ist es kein Grab. Es ist ein Ruheort.«

Er grinste. »Du bist so ein gottverschissener Klugscheißer. Kannst du bei so etwas nicht einfach mal das Maul halten?«

Ein wenig musste ich auch lächeln. »Irgendwie bringst du immer das Schlechteste in mir zutage.«

»Vielleicht ist genau das auch immer unser Problem gewesen, Brüderchen. Vielleicht wären wir einzeln viel besser zurechtgekommen.« Er zuckte mit den Schultern, inhalierte den Rauch und blies ihn dann in den Himmel. »Aber wir sind ja nie gefragt worden.«

»Wärst du wirklich zufriedener gewesen, wenn sie dich nicht aufgenommen hätten?«

»Wahrscheinlich nicht. An so viel erinnere ich mich nicht.« Er schaute auf sein Handy. »Pass auf, ich muss noch mal kurz weg. Falls Paps wiederkommt, sag ihm, dass ich in 'ner Stunde oder zwei wieder da bin, ja? Mach's gut, Big Boy.« Er stand auf und klopfte mir im Weggehen auf die Schulter. Nachdenklich beobachtete ich, wie er um die Ecke verschwand, und wenig später hörte ich das Aufheulen eines getunten Motors.

Ich hatte mir einen Kaffee gemacht und wollte gerade wieder in den Garten gehen, als mein Vater nach Hause kam.

»Hallo, Johannes«, begrüßte er mich. »Wo ist Jan?«

»Musste noch mal weg. Kommt aber bald wieder.«

Mein Vater nickte, stellte eine große Rolle Kaninchendraht in die Ecke und legte eine Tüte aus dem Baumarkt, offenbar mit Werkzeug, auf den Tisch. Wir umarmten uns.

»Soll ich dir mit dem Zaun helfen?«

Er winkte ab. »Jan hat angeboten, das zu machen. Ich würde ihm gerne die Gelegenheit geben, mich zu unterstützen. Ich glaube, das bedeutet ihm viel.«

Ich nickte. »Sicher, kein Problem.«

»Habt ihr euch unterhalten?«

»Er hat mir nichts über seine Vergangenheit erzählt. Dir? Was hat er die letzten Jahren in Tschechien gemacht?«

Mein Vater schüttelte den Kopf und bestückte die Kaffeemaschine, um sich ebenfalls einen Espresso zu machen. »Dies und das, glaube ich. Er sagt, er ist für einen dicken Job nach Deutschland gekommen. Ein tschechischer Geschäftspartner hat ihn hier mit jemandem in Verbindung gebracht.«

Mir kam ein Verdacht. »Hat er hier geschlafen?«

Mein Vater stand an der Maschine und musterte mich, als müsste er die Antwort sorgfältig abwägen. Schließlich nickte er. »Immer mal wieder, ja. Er hat in deinem alten Zimmer übernachtet. Ich hoffe, es macht dir nichts aus.«

»Natürlich nicht.« Ich versuchte, abgeklärt zu klingen. Aber meine Gedanken kreiselten hin und her. *Ab und an* klang, als ginge das Ganze schon eine Weile. Aber mein Bruder hatte behauptet, erst seit Kurzem wieder in Berlin zu sein. Mir ging die Geheimniskrämerei auf die Nerven. Erst verschwieg mir der eigene Vater, dass Jan längst Kontakt mit ihm aufgenommen hatte, und jetzt das. Aber ich hatte keine Lust mehr, meinem

Vater Antworten aus der Nase zu ziehen, wenn dieser offensichtlich keine Lust hatte, mir mehr zu erzählen.

Ich entschuldigte mich und ging die Treppe hoch ins Badezimmer im ersten Stock. Wusch mir die Hände und warf dann einen schnellen Blick in mein altes Zimmer. Meine Mutter hatte damals darauf bestanden, noch Etliches hierzubehalten, obwohl ich eigentlich alles ausmisten und in Kartons hatte verpacken wollen.

Auf ihren Wunsch hin ließ ich einige Poster an den Wänden hängen, von Fußball- und American-Football-Spielern und von einem deutschen Fußballer, der Kicker bei einem amerikanischen Profiteam geworden war. Ein Poster von van Halen hing auch noch dort.

Mein Bett hatte ich damals mitgenommen, aber meine Mutter hatte einfach das gleiche Modell noch einmal gekauft. »Ein Gästebett brauchen wir ja ohnehin«, war ihre Antwort gewesen.

Der kleine Schreibtisch mit dem Stuhl, der dazu passende Nachttisch und die Kommode waren noch meine von früher, die hatte ich ebenfalls hiergelassen. Den rotlackierten Spind, den ich von meinem Patenonkel geschenkt bekommen hatte, hatte ich mitgenommen, und den wollte meine Mutter auch nicht ersetzen. Dafür stand dort jetzt ein billiger Einbauschrank aus Pressspan in Holzoptik.

Das Zimmer sah tatsächlich nicht so aus, als hätte hier jemand lange drin gelebt. Ein paar Sachen lagen verstreut auf dem Boden, eine alte Zeitung, eine Plastiktüte und mehrere einzelne getragene Socken, aber es gab keine Tasche. Offenbar lebte mein Bruder nicht permanent in meinem alten Zimmer. Das zumindest war eine gute Nachricht.

Neben dem Kopfkissen lag ein Buch. Ich schaute kurz nach draußen, ob mein Vater mich bereits vermisste, und betrat den kleinen Raum. Jan hatte als Kind und Jugendlicher nie gelesen. Manchmal hatte er sich Comics angeschaut, aber meistens waren seine bevorzugten Medien Fernseher und Computer gewesen. Umso mehr überraschte es mich, dass er sich freiwillig Lektüre mit hierher genommen hatte.

Ich hob es auf und starrte auf den Titel: *Le Chemin de Centrafrique.*

Ich blätterte darin herum, aber das ganze Buch war auf Französisch. An mehreren Stellen befanden sich Eselsohren, als hätte der Besitzer sich interessante Stellen markiert. Konnte das wirklich die Lektüre meines Bruders sein? In der Schule hatte er keine Sprache beherrscht, nicht einmal Deutsch, und freiwillig hätte ihn niemand dazu gebracht, Vokabeln zu lernen. Wie kam es, dass er jetzt offenbar in der Lage war, sogar ein Buch in dieser Sprache zu lesen?

»Johannes?«, rief mich mein Vater von unten.

Hastig legte ich das Buch wieder zurück an seinen Platz und trat auf den Flur. »Ich bin hier. Hab einen Blick in mein altes Zimmer geworfen.«

Er stand am Fuß der Treppe und sah zu mir hoch. Ich bildete mir ein, einen Vorwurf in seinem Gesichtsausdruck zu sehen, als hätte er bemerkt, dass ich Jan hinterherschnüffelte und dass ich ihnen beiden misstraute.

»Ich bin auch manchmal noch da drin gewesen«, sagte er mit einem milden Lächeln. »Nicht so oft wie deine Mutter, aber ab und an.«

»Jetzt kannst du das alte Museum vielleicht wirklich mal auflösen und ein echtes Gästezimmer draus machen. Jan muss ja nicht unter meinen alten Postern schlafen«, sagte ich, zog die Tür zu und ging die Treppe zu ihm hinunter.

»Bleibst du noch zum Abendessen? Jan wollte etwas kochen.«

Ich drückte seinen Arm. »Lieber nicht. Ich habe noch einiges auf dem Zettel. Ich komme dich wann anders noch einmal besuchen.« Mit einer Umarmung und einem Kuss auf die Wange verabschiedete ich mich und ging zurück zum Auto. Dabei dachte ich die ganze Zeit immer noch über Jan nach.

Ich wurde das Gefühl nicht los, dass er etwas vor mir und meinem Vater verbarg. Etwas, von dem ich nicht glaubte, dass wir es gutheißen würden. Aber ich hatte keine Ahnung, worin er diesmal seine Finger hatte. Wäre es nicht um meinen Vater gegangen, hätte ich es vermutlich auch gar nicht wissen wollen.

Mit diesem grimmigen Gedanken stieg ich ins Auto und fuhr zurück in die Stadt.

23

Unterwegs fing es an zu regnen. Während die fetten Tropfen auf meine Windschutzscheibe prallten und die armseligen Scheibenwischer sich alle Mühe gaben, das Glas von Wasser und Schmutz zu befreien, ließ mich ihr hypnotischer Rhythmus an Meißner denken. Warum, wusste ich nicht, aber plötzlich hatte ich dieses klare Bild von ihm vor Augen, irgendwo festgeschnallt, während er darauf wartete, dass man ihm die Gliedmaßen abnahm.

Ich verpasste eine Grünphase, obwohl andere hinter mir längst hupten, und ein besonders ungeduldiger Sportwagen schoss bei Orange links raus und zischte über die Kreuzung.

Ich entschuldigte mich bei meinen Hinterleuten mit erhobener Hand, auch wenn diese die Geste kaum erkennen durften. An der Heckscheibe hatte der Nissan nämlich keinen funktionierenden Wischer mehr. Als es wieder grün wurde, fuhr ich bei nächster Gelegenheit rechts raus und rief Tassin an.

»Hey«, begrüßte sie mich knapp. Sie klang, als hätte sie unsere letzte Auseinandersetzung noch nicht vergessen.

»Hallo, Tassin«, sagte ich. »Es tut mir leid, dass wir uns gegenseitig so angegangen sind. Ich verstehe, warum du den Fokus offener halten willst.« Ich holte kurz Luft. »Was ich dir nicht richtig vermitteln konnte, ist die Tatsache, dass ich die Lady bereits zweimal getroffen habe, und irgendwas stimmt mit der nicht. Die ist komisch, und alles, was ich zu ihr herausgefunden habe, passt dazu.«

»Ich wäre auch komisch, wenn man mich in einem Türrahmen aufgehängt und mehrfach vergewaltigt hätte.« Ihre Stimme klang unversöhnlich.

Ich seufzte und wollte zu einer Entgegnung ausholen, als sie mir zuvorkam.

»Du hast recht. Mir tut es auch leid. Es war blöd, wie das gelaufen ist. Ich hätte dich nicht so abkanzeln sollen. Vergessen wir's.« Ihr Tonfall veränderte sich, wurde weicher. »Hast du irgendwas für mich?«

Ich behielt für mich, dass ich mich seit gestern Abend von Nadine Vorbeck verfolgt fühlte. Dass ich Paranoia schob, sie würde Freunde oder Familie töten. Oder mich.

»Nein«, sagte ich stattdessen schlapp.

»Auf unserer Seite hat sich auch nicht viel getan. Jana und Mirko haben zusammen mit Alex Kirill Petrow reingeholt. Der Typ schlägt aus wie ein Pendel, zwischen absoluter Verzweiflung, Wut und reiner Mordgier. Das mit seiner Schwester geht ihm verständlicherweise ziemlich an die Nieren.«

»Was ist mit Bassemane?«

»Beteuert nach wie vor seine Unschuld. Aber aus verschiedenen Quellen wissen wir, dass sie sich vorbereiten. Es gibt Gerüchte über Waffen- und Autokäufe. Ich nehme an, bei euch Jungs werden sie sich ebenfalls bald melden und euch in einen Alarmzustand versetzen. Bassemane geht davon aus, dass Petrow zurückschlagen wird und es Krieg gibt. Und so, wie ich Petrow erlebt habe, glaube ich das auch.«

»Kann man die nicht alle präventiv aus dem Verkehr ziehen?«

Tassin lachte tonlos. »Auf welcher Grundlage? Die Staatsanwaltschaft beziehungsweise die Anwälte der Jungs würden uns was husten. Ich fürchte, diese Option steht uns nicht zur Verfügung.«

»Irgendeine Spur von Meißner? Die Zeit tickt.«

»Das musst du mir nicht sagen. Ich kann bloß sagen, wir sind dran. Die Mordkommission überprüft alle bekannten Kontakte von Grasser, von Geram und Meißner und versucht, da irgendwelche Schnittstellen zu ermitteln. Parallel läuft die Auswertung der beiden Audios, die wir haben, und der Spuren, die der Erkennungsdienst bei den zwei Fundorten aufgenommen hat. Aber das ist wie buddhistisches Kiesharken, wir sind da natürlich schon mehrfach drüber. Dabei hat sich nichts ergeben. Aber weil es keine neuen Spuren gibt, schaut man sich das alte Zeug halt noch mal an. Kennst das ja.«

»Ja. Was ist mit Herford?«

»Ist alles an die Interne übergeben. Ich glaube, sie haben ihn noch nicht aus dem Verkehr gezogen, aber sie haben jedenfalls alles, was sie brauchen. Der große Hammerschlag folgt dann noch: Hausdurchsuchung, Überwachung, Einsichtnahme in alle Konten. Der wird das kalte Kotzen bekommen.«

Meine Anteilnahme hielt sich in Grenzen. Einen Großteil der Unterlagen würde Herford ohnehin beiseiteschaffen, sobald seine Frau ihm von meinem Eindringen erzählte, aber ich war sicher, dass sie noch genug finden würden.

Aber ich musste an seine Frau denken und daran, ob sie das nächste Mal auch zögern würde, mich über den Haufen zu schießen, wenn wir uns begegneten. Ihr dämmerte vermutlich inzwischen, dass ich Teil des Problems war, das gerade ihre Familie in Stücke riss.

»Ich bleib dran«, sagte ich schließlich und versprach Tassin, mich sofort zu melden, wenn ich etwas hatte. Wir legten auf. Ich saß da, hörte dem Regen zu und schaute dann im Handy nach den Audio-Dateien, die mir Tassin schon vor einer ganzen Weile verlinkt hatte. Aber als ich auf Play drücken wollte, entschied ich mich anders. So würde das nichts werden, mit dem blechernen Sound des Handys.

Ich startete den Wagen und fuhr, vorsichtig aus dem Fenster spähend, weiter, bis ich einen Import-Export-Laden mit billigem Elektronikzeug entdeckte. Ich hielt in zweiter Reihe, Warnblinker eingeschaltet, und lief durch den Regen, um mir ein paar Kopfhörer zu besorgen.

Kurz darauf war ich zurück. Die Feuchtigkeit ließ die Scheiben beschlagen, sodass ich erst eine Weile mit dem Ärmel putzen musste, bevor ich die Fahrt wieder aufnehmen konnte.

Vor einem Späti hielt ich ein zweites Mal und holte mir eine kleine Flasche Schnaps. Danach suchte ich mir einen Platz neben einem Park, wo ich das Auto abstellen konnte, und kurbelte das Beifahrerfenster herunter. Dass der Regen dort hineinfiel und das Polster des Sitzes durchtränkte, war mir egal. Ich nahm nicht an, dass sich der Nissan auf diese Weise noch weiter ruinieren ließ.

Aber so kam immerhin frische Luft, durchtränkt von Feuchtigkeit, in den Wagen und machte mir das Atmen leichter. Vermutlich würde mir das gleich schwerfallen.

Ich stellte den Schnaps neben den Schaltknüppel, stöpselte die Kopfhörer ein und spielte das erste Audio ab. Gunnar von Geram.

»Wo bin ich?«, fragte eine Stimme. Eine wohlklingende Männerstimme, leicht heiser. Kein Akzent wie bei Marcin Grasser.

Ich versuchte, mir das Bild des Mannes ins Gedächtnis zu rufen. Helles Haar, gestutzter Bart. Nicht unsympathisch, hatte ich gedacht, als ich das Bild gesehen hatte. Jetzt erinnerte er mich irgendwie an Meißner. Aber das passte nicht zu Marcin Grasser, die Äußerlichkeiten konnten nicht die Grundlage bilden.

»Ich habe Kopfschmerzen. Wo bin ich hier? Was soll das?«

Von Geram sprach, als sei er immer noch benommen. *»Ich*

habe Geld. Meine Familie hat Geld, und es gibt Leute, die für mich bezahlen würden. Bitte! Wir können über alles reden.« Von Geram hielt kurz inne, als würde er lauschen.

»Ein Schluck zu trinken, bitte. Wasser. Oder Schnaps.« Er lachte, rau, heiser. Immerhin schien er seinen Sinn für Humor zu diesem Zeitpunkt noch nicht verloren zu haben.

»Ist das etwas Persönliches? Oder worum geht es? Business?« Ächzen und Stöhnen, als würde von Geram versuchen sich zu befreien. *»Verdammte Scheiße. Fuck!«*

Ich sprang weiter nach hinten in der Datei, in die Mitte.

»Warum bin ich hier? Warum?« Seine Stimme klang zitternd, leicht brüchig. Und noch etwas fiel mir auf: nicht mehr so heiser.

Nachdenklich öffnete ich die Audio-Datei von Marcin Grasser und überprüfte dort den Anfang. Klang auch sehr rau, fast erkältet. Manchmal räusperte er sich oder hustete.

Später dann nicht mehr. Das war also bei beiden Männern gleich. Ich beschloss, Hegert danach zu fragen. Möglicherweise lieferte uns das eine Spur, wie die beiden überwältigt worden waren.

Außerdem stolperte ich erneut über die Stelle, die ich schon bei der ersten Anhörung im LKA bemerkt hatte: *»Dieses verdammte Brummen. Es dröhnt und vibriert in meinem Kopf. Schaltet die Scheiße endlich ab, ihr Pisser.«*

Aber da gab es kein Brummen oder Dröhnen auf dem Band. Keine Ahnung, was Grassers Problem war.

Ich zwang mich, weiter die Audios zu hören. Lehnte den Kopf gegen den Sitz, schloss die Augen und tauchte in dieses Hörspiel des Grauens ein. Das Prasseln der Regentropfen auf Blech und Scheiben bildeten eine passende Sound-Atmo gegen diesen Strudel aus Leid, Keuchen, Stöhnen und Wimmern.

Ich war mir ziemlich sicher, dass ich bei beiden Männern den genauen Zeitpunkt bestimmen konnte, zu dem sie das erste Glied verloren hatten. Allerdings konnte ich mich nicht mehr daran erinnern, ob den Männern die Gliedmaßen paarweise oder einzeln abgenommen worden waren. Nur, dass sie nicht alle vier auf einmal verloren hatten, das wusste ich noch. Jedenfalls gab es diesen Punkt, an dem jede Art von aufkeimender Hoffnung erloschen war. Bis zu dem Zeitpunkt, an dem der Täter das erste Mal das Messer angesetzt hatte, konnten beide noch hoffen. Dass man sie als Geiseln hielt, als Druckmittel oder gegen Lösegeld, oder weil sie eine Weile von der Bildfläche verschwinden sollten. Selbst als man sie in der Zeit misshandelt hatte, steckten sie das vermutlich relativ gut weg. Grasser und von Geram waren harte Hunde, die selbst genug Menschen Schmerzen zugefügt hatten. Ich glaubte nicht, dass man die mit Prügel und Elektroschocks so schnell hatte beeindrucken können.

Aber wenn dann der Moment kam, an dem einem jemand Arme oder Beine, oder sogar beides, abnahm, da begriff man vermutlich, dass diese Geschichte kein gutes Ende nehmen konnte.

Manche Passagen hörte ich mir immer wieder an. Die, in denen ich das Gefühl hatte, dass der Täter vielleicht gerade bei ihnen gewesen war. In denen sie besonders den Eindruck machten, dass sie bettelten und flehten, Verhandlungen anboten. Das wurde nach und nach weniger, offenbar je länger sie allein blieben, um dann plötzlich erneut aufzuflammen, mit einer neuen Farbe der Verzweiflung in den Stimmen.

Ich stoppte die Wiedergabe. Wenn meine Theorie stimmte, dann bedeutete das, dass der Täter die Audio-Aufnahmen kontrollieren konnte, ohne selbst in Erscheinung zu treten. Selbst wenn man die Aufzeichnungen auf einer Festplatte speicherte und sich so über Datenmengen keine Gedanken machen musste, wurde das Gerät ja trotzdem ein- und wieder ausgeschaltet. Es sei denn, es hing permanent am Stromkreis und zeichnete quasi 24/7 auf. Aber dann hätte der Täter seine Audios aus unzähligen Stunden Material zusammenschneiden müssen. Das wäre eine absolute Sisyphusarbeit, ich konnte mir kaum vorstellen, dass sich der Täter das zugemutet hatte. Aber die Möglichkeit bestand.

Für viel wahrscheinlicher hielt ich, dass der Täter von außen entscheiden konnte, wann er aufnahm. Vielleicht besaß er sogar die Möglichkeit, die Opfer komplett zu überwachen. Durchaus möglich, wenn sich jemand schon eine solche Mühe gab, seine Opfer derart lange zu kontrollieren und zu quälen.

Es gab eine Person, die mir darauf vielleicht Antworten geben konnte, und sie hatte mich ohnehin bereits um einen Besuch gebeten: Professor Doktor Hedwig Körner.

Ich startete den Motor und machte mich auf den Weg nach Moabit.

Die kleine Türglocke am Eingang zu Doktor Körners Laden war für mich so etwas wie eine Metapher für sie selbst. Ich hatte die alte Dame noch nie niedergeschlagen oder schlecht gelaunt erlebt, sondern stets freundlich, zuvorkommend und höflich. Ein bisschen wie ihr fröhliches Glöckchen.

Innen erwarteten mich gedämpftes Licht, welches große Mühe hatte, sich durch die alten und zugestellten Scheiben hereinzustehlen, sowie der Geruch von alten Dingen, Möbeln und so viel Zeug, dass man sich wie durch ein Labyrinth einen Weg zu ihrem Schreibtisch am hinteren Ende des Ladens suchen musste.

Doktor Körner war Spezialistin für und Liebhaberin von antiken Brettspielen, und entsprechend fand sich auch jede Menge solcher Exemplare in den Regalen und Vitrinen, die der Laden beherbergte. Im Vorbeigehen betrachtete ich ein wahrhaft riesiges Backgammon-Brett, das sich bei meinem letzten Besuch noch nicht in ihrem Besitz befunden hatte. Die Steine schienen aus grüner Jade und einem lila-schwarzen, glatt polierten Stein zu sein, und das Brett aus edlem Holz war mit Intarsienarbeiten aus Metall verziert.

»Herr Thiebeck«, begrüßte mich Frau Körner, die am Tisch saß und offenbar Schreibarbeiten verrichtete.

Nachdem sie sich erhoben und mich begrüßt hatte, warf sie einen schnellen Blick auf den Schreibtisch, errötete leicht und sagte: »Sudoku. Eigentlich müsste ich mich um meine Steuern kümmern. Viel nimmt der Laden ja nicht ein, aber die Menge an Papierkram wird deswegen leider nicht kleiner.« Sie sah mich an, und ihr Lächeln kehrte zurück. »Wie geht es Ihnen? An Ihr neues Aussehen muss ich mich immer noch gewöhnen, aber der Stil steht Ihnen.«

Ich musste grinsen. Frau Körner war tatsächlich die Höflichkeit in Person und zu gut erzogen, um mich darauf hinzuweisen, dass ich in ihren Augen vermutlich scheußlich aussah. »Danke sehr«, sagte ich bloß und folgte ihr einen Moment später in das kleine Hinterzimmer, in dem mehrere Sessel, ein Couchtisch und Bücherregale standen. In ihrem vollgestellten Laden gab es kaum Platz, sich aufzuhalten, aber hier hinten hatte sie sich eine kleine Oase der Ruhe geschaffen. Den Flur weiter hinunter fand sich auch noch eine winzige Küche, in die sie nun verschwand, um uns Tee zuzubereiten und Kekse oder Kuchen zu holen.

Ich ließ mich in einen Sessel sinken und dachte daran, wie Jana und ich das erste Mal hier gewesen waren. Jana hatte mich abgeholt und mir angekündigt, dass wir mit einem Polizeipsychologen reden würden, der uns etwas über Gorlaffs tödliches

Schachspiel erzählen würde können. Niemals hätte ich damals erwartet, in diesem Trödelladen bei der kleinen Frau Körner zu landen.

Ich besuchte sie gern hier, und sie schien der Abwechslung ebenfalls nicht abgeneigt. Den Laden hatte sie von ihrem verstorbenen Mann übernommen, aber viel Umsatz machte er nicht. Ich hatte erst ein einziges Mal eine Kundin hier drinnen gesehen, und mein Verdacht war, dass Frau Körner den Laden als eine Art Hobby und vielleicht wie einen Gedenkschrein an ihren Mann betrieb. Geredet hatte sie allerdings noch nie über ihn.

»Wie kann ich Ihnen helfen?«, fragte sie mich, nachdem sie mir eine Tasse Tee gereicht und einen Teller mit Keksen auf den Tisch gestellt hatte. »Oder sind Sie gar nur auf einen Höflichkeitsbesuch hier hereingeschneit?« Sie sah mich auf ihre besondere Weise an, mit funkelnden Augen, bei der ich mir immer vorstellte, sie würde mir gleich zuzwinkern.

»In der Tat gibt es einen besonderen Anlass für meinen Besuch. Es geht um die Amputationsmorde.«

Sie nickte, trank vorsichtig von ihrem heißen Tee und beobachtete mich wachsam über den Rand ihrer Tasse hinweg. Vermutlich war ihr fast lieber, ich kam mit solchen Anliegen als bloß, um etwas Small Talk zu machen. So konnte sie ihren klaren Verstand einsetzen, ein wenig wie bei ihrem Zahlenrätsel vorn im Laden.

»Wissen Sie bereits mehr über eine mögliche Motivation des Täters? Mehr als bei unserem letzten Treffen?«, wollte ich wissen.

Sie überlegte kurz. »Auf welchen Aspekt genau wollen Sie hinaus?«

»Ich habe mir die Audio-Aufzeichnungen angehört. Warum hat der Täter seine Opfer aufgenommen? Und warum hat er uns das Material finden lassen? Und weswegen im Körper der Opfer versteckt? All das muss doch eine Signifikanz besitzen.«

»Davon gehe ich aus, ja. Bislang macht der Täter einen sehr kontrollierten Eindruck. Es gibt keine Merkmale der Tat, die auf Wut oder Kontrollverlust hinweisen. Selbst die verschiedenen körperlichen Misshandlungen, Folterungen, wenn Sie so wollen, scheinen mit Bedacht vorgenommen worden zu sein. Und großem Können. Das sagt jedenfalls die Pathologie. Momentan tendiere ich dazu, anzunehmen, dass die hauptsächliche Motivation des Täters Macht und Kontrolle sind. Andere Merkmale dürften eine Rolle spielen, aber wenn ich einen Schwerpunkt vermuten würde, dann wäre es in der Tat Kontrolle.«

»Also sind die Audios für uns gemacht worden?«

»Möglich. Oder der Täter hat sie für sich selbst aufgenommen und dann entschieden, uns ebenfalls teilhaben zu lassen.«

»Warum?«

»Um einen größeren Effekt zu erzielen? Es ist schwer zu sagen, wir wissen einfach noch zu wenig über den Täter. Aber es ist kaum zu verleugnen, dass der Horror, wenn man sich diese Audios anhört, noch verstärkt wird. Einen tieferen Eindruck hinterlässt, als es die verstümmelten Körper ohnehin schon tun.«

Ich nickte. Das leuchtete mir ein, bei mir hatte es jedenfalls funktioniert. Sofort hatte ich wieder die Stimmen der Männer im Ohr, und ein Schauer überlief mich.

»Von einer hedonistischen Komponente gehe ich jedenfalls erst mal nicht aus. Der Täter arbeitet zu funktional und zu sehr auf uns fokussiert, um bloß für seinen eigenen Lustgewinn zu töten. Ich glaube, er will uns bestimmte Nachrichten zukommen lassen.«

»Deswegen auch das Deponieren der Leichen in offen zugänglichen Bereichen?«

Sie lächelte. »Zum Beispiel. Warum hat er die Leichen nicht versteckt? Ihm muss klar sein, dass dadurch seine Chancen schwinden, unentdeckt zu bleiben. Würde er sich als Visionär sehen, dann müsste es ihm darum gehen, möglichst lange unerkannt zu bleiben. Ähnlich wäre es, wenn seine Morde missionsorientiert wären.«

»Das bedeutet, dass er eine bestimmte Mission erfüllen möchte, zum Beispiel die Welt von Drogendealern zu befreien?«

»Richtig. Oft, wenn wir es mit einem derart engen Opferkreis zu tun haben, und das kann man in unserem Fall mit Grasser, von Geram und Meißner wirklich sagen, dann ist es am ehesten eine missionsorientierte Motivation. Aber auch hier darf er sich nicht zu sehr eine Blöße geben, wenn er nicht gestellt werden will.«

»Was, wenn er sich für zu schlau hält, um erwischt zu werden?«

Sie lächelte. »Nicht unüblich bei vielen Psychopathen.«

»Offenbar ist es ihm in diesem Fall also wichtiger, dass wir Bescheid wissen, als seine Arbeit komplett im Verborgenen zu verrichten. Statt uns im Dunkeln tappen zu lassen, reibt er es uns unter die Nase«, überlegte ich.

Sie nickte, mich nicht aus den Augen lassend. Manchmal hatte ich das Gefühl, dass sie aus unseren Gesprächen mehr über mich als ich über den Fall lernte. Aber merkwürdigerweise störte es mich nicht, bei ihr auf der emotionalen Couch zu liegen.

»Warum hat er die Chips im Körper der Opfer versteckt? Warum im Schädel?«

Sie trank aus der Tasse und legte anschließend den Kopf schief. »Auch das ist schwierig zu beantworten, aber meine Vermutung wäre: Weil der Kopf die richtige Stelle dafür ist.«

Ich verstand nicht.

»Die Männer sprechen auf dem Audio. Sie atmen, stöhnen, keuchen. Alles Dinge, für die sie den Kopf brauchen. Ihre Lippen, die Zunge, die Stimmbänder. Und wir, die Rezipienten, brauchen ebenfalls einen Schädel, um all das aufnehmen zu können. Überhaupt ist bemerkenswert, dass der Kopf unversehrt geblieben ist.«

»Weil die anderen Gliedmaßen abgenommen wurden?«

»Ja. Der Täter hätte ja auch einen Torso ohne Kopf zurücklassen können. Das hat er aber nicht getan.«

»Wofür steht der aufgedunsene, ausgeweidete Körper?«

»Vielleicht die ultimative Bestrafung? Wenn Sie sich erinnern, wie ich von den mittelalterlichen Strafmaßnahmen erzählt habe, dann könnte man meinen, hier wollte jemand besonders gründlich sein.«

Das ergab für mich keinen Sinn. »Warum dann den Kopf dranlassen? Eine typische Strafe früher war doch das Köpfen. Und war das Ausweiden wirklich auch eine Strafe?«

Frau Körner schüttelte den Kopf. »Nicht wirklich, nein. Aber Sie sehen, es ist furchtbar schwierig, Licht ins Dunkel dieser tiefschwarzen Psyche zu bringen.«

Ich stöhnte und ließ mich zurückfallen. »Wo fangen wir an? Irgendwo muss es doch einen Hinweis darauf geben, was der Kerl will.« *Oder die Lady*, fügte ich in Gedanken hinzu. Nadine Vorbeck.

Ich wollte Frau Körner noch nicht von ihr erzählen, weil Tassins Worte in mir nachhallten, versuchte aber etwas anderes. »Nehmen wir einmal an, der Täter ist selbst früher schwer misshandelt worden. Gäbe das einen Hinweis auf seine Taten?«

Sie überlegte. »Grundsätzlich natürlich schon. Dann würde ich aber davon ausgehen, dass die eigenen Misshandlungen eine Beziehung zu den Taten aufweisen. Da wüsste ich aber nicht sofort, was eine Korrelation zu den Amputationen darstellen könnte.«

Ich musste an den Fall des *Gluecifers* denken, bei dem der Killer seine Opfer mit Sekundenkleber getötet hatte und als Kind selbst Bestrafungen des Vaters mit einem solchen Kleber erfahren hatte. Aber mir fiel auch nichts ein, was eine solche Parallele in diesem Fall darstellen könnte.

»Halten Sie es für möglich, dass es sich bei unserem Täter um eine Frau handeln könnte?«

»Möglich, aber nicht wahrscheinlich. Wie Sie wissen, sind die allermeisten Serienmörder ohnehin Männer, weibliche Täter haben wir deutlich weniger. Außerdem deckt sich die Vorgehensweise des Täters nicht mit einer typisch weiblichen.«

»Sie meinen Giftmorde?«

»Zum Beispiel. Und die Tatsache, dass es Serienmörderinnen häufig um den Erwerb materieller Güter geht, dass sie ihre Opfer meistens sehr gut kennen und oft sogar eine emotionale Verbindung mit ihnen besteht. Das alles heißt natürlich nicht, dass wir es nicht auch mit einer Anomalie zu tun haben könnten, aber es ist, wie gesagt, sehr unwahrscheinlich.«

Als ich daraufhin nichts sagte, fuhr sie fort: »Haben Sie jemanden im Auge?«

Ich zuckte mit den Schultern. »Möglich. Wenn ich mehr habe als ein blödes Gefühl in der Magengrube, komme ich zurück und sage Ihnen mehr.«

»Sicher.«

Mir fiel etwas ein, das Frau Körner früher erwähnt hatte. »Sie haben gesagt, dass die Pathologie davon ausgeht, dass der Täter ein großes Können besitzt. Worauf genau bezieht sich das?«

»Da müssen Sie schon mit den Kollegen selbst reden, aber soweit ich das verstanden habe, geht es darum, dass die Schnitte sehr gezielt und mit großer Kraft ausgeführt worden sind. Was im Übrigen auch eher für einen männlichen als für einen weiblichen Täter spricht.«

Ich musste an Nadine Vorbecks sehnige Stärke denken. Reichte das aus? In Gedanken war ich bereits ein Schritt weiter. Arne Hegert würde mir hoffentlich mehr Antworten auf diese Fragen liefern können.

Ich entschuldigte mich bei Frau Körner und machte einen abrupten Abgang, der sie etwas verdutzt zurückließ, aber ich versprach, bei erster Gelegenheit wieder vorbeizuschauen.

Während ich zu meinem Wagen lief, überlegte ich, wo ich Hegert um diese Zeit am besten antreffen könnte.

24

Durch einen Anruf beim LKA erfuhr ich, dass Hegert gerade keinen Dienst hatte und nicht im Haus war. Kurz überlegte ich, ob ich bei ihm zu Hause vorbeifahren und ihn überraschen sollte. Aber zum einen hatte er mir bei unserer letzten Begegnung deutlich gemacht, dass er nicht länger willens war, sich von mir einschüchtern zu lassen, zum anderen hatte ich tatsächlich auch ein schlechtes Gewissen, wie ich ihn in der Vergangenheit behandelt hatte.

Also suchte ich seine Nummer heraus und rief ihn an.

»Thiebeck«, begrüßte er mich, und das nicht besonders herzlich.

»Hey, kann ich dich sprechen?«

»Du sprichst bereits mit mir.«

Ich stutzte. Die Art von trockenem, und vor allem überlegenem Humor war ich von Hegert nicht gewohnt. »Persönlich«, sagte ich.

Er seufzte. »Thiebeck, ich glaube nicht, dass ich mit dir reden will. Ich habe dir schon gesagt, dass …«

Ich unterbrach ihn barsch. »Ich will keine Informationen, die du mir nicht geben darfst. Aber ich brauche ein paar Details aus erster Hand, um weiterzumachen. Es eilt.« Ich schob hinterher: »Ich weiß nicht genau, wie viel Zeit Meißner noch hat.«

Das saß offenbar. Als er antwortete, machte Hegert längst nicht mehr so einen überheblichen Eindruck. »Ich weiß wirklich nicht, ob das so eine gute Idee ist.«

»Mann, ich war gerade bei Frau Dr. Körner, um mir von ihr Infos zum Tätervorgehen zu holen. Sie hat Sachen erwähnt, bei denen sie mich auf dich verwiesen hat. Das ist alles.« Ich konnte ihn am anderen Ende atmen hören und fuhr unbarmherzig fort: »Wir machen es einfach wie im Swingerclub, alles kann, nichts muss. Du nennst mir ein Safeword, und wenn es dir unangenehm wird, hören wir auf. Oder du rufst Densch an. Wie hört sich das an?«

Noch ein Seufzer, aber diesmal einer, mit dem er aufgab. »Also gut. Meine Fresse, Thiebeck, du bist beharrlicher als jeder notgeile Teenager.«

Ich lächelte, sagte aber bloß: »Wann und wo?«

»In einer Stunde, an der Markthalle in Kreuzberg?« Er nannte mir ein Café ganz in der Nähe.

»Schaffe ich. Bis gleich.« Ich legte grußlos auf, um ihm keine Möglichkeit zu geben, es sich anders zu überlegen.

Nicht mal eine Stunde später glitt ein missmutig aussehender Hegert in den Korbstuhl mir gegenüber. Wir saßen unter einem Vordach, auch wenn es längst nicht mehr regnete. Die Feuchtigkeit glitzerte auf den Pflastersteinen und verlieh der ganzen Umgebung eine frühlingshafte Frische. Selbst die Menschen, die jetzt wieder in größerer Zahl unterwegs waren, wirkten ausgelassener und beschwingter.

Die Bedienung kam, und Hegert bestellte einen Eiskaffee, während ich in kleinen Schlucken von meinem Radler trank.

Gerade beobachtete ich eine Frau, die mit ihrer kleinen Tochter und einer quietschbunten Desigual-Tasche an uns vorbeilief.

»Was willst du?«, fragte Hegert, offenbar verärgert, weil ich so desinteressiert schien.

»Frau Körner hat gesagt, die Pathologie hat eine Aussage über den Täter beziehungsweise sein Können getroffen.«

»Ja. Zumindest über seinen Umgang mit den Klingen.«

»*Den* Klingen? Was meinst du?«

»Die Abtrennung der Gliedmaßen wurde bei beiden Männern mit einer Knochensäge durchgeführt, wie sie auch bei der Feldchirurgie zum Einsatz kommt.«

»Aber nicht nur?«

»Nein, nicht nur. Aber der Täter hat das Werkzeug sehr entschlossen und gekonnt eingesetzt. Es gibt keinerlei Spuren eines Zögerns, eines erneuten Ansetzens. Der wusste genau, was er tat.«

»Könnte also auch jemand mit medizinischem Hintergrund sein?«

Arne neigte den Kopf, ganz ähnlich, wie es Frau Körner getan hatte. »Davon gehen wir aus, ja.«

»Was habt ihr noch?«, wollte ich wissen.

»Es wurde ein Tourniquet benutzt.«

»Zum Abbinden der Extremitäten vor der Amputation?«

»Ja. Aber nicht irgendein Tourniquet, sondern ein militärisches. Das lässt sich aus den Hautläsionen, die zurückgeblieben sind, schlussfolgern.«

»Was genau heißt das, militärisch?«, fragte ich verwirrt.

»Die Art von sehr simplem, aber effizientem Gurtsystem, das von Streitkräften auf der ganzen Welt verwendet wird. Manche Survival-Spezialisten haben ähnliches Zeug dabei, aber aus naheliegenden Gründen hat das Militär das größte Interesse an der Entwicklung solcher Systeme.«

»Was schließt ihr daraus?«

»Erst einmal nichts. Aber wenn wir es zum Beispiel mit einem irre gewordenen Arzt zu tun hätten, der seine Opfer irgendwo in einem versteckten OP-Saal zerlegt, dann könnte man davon ausgehen, dass er eher ein medizinisches Abbindesystem verwendet hätte.«

»Verstehe.« Aber tatsächlich sagte mir das alles nichts. Weil ich nicht verstand, wie sich diese Informationen zu Nadine Vorbeck verhielten. Die hatte keinen militärischen Hintergrund. War sie möglicherweise eine Extremsportlerin? Ich musste mir die Unterlagen von der Döwers daraufhin noch einmal explizit ansehen.

»Okay, du erwähntest Klingen, was hat es damit auf sich?«

»Aufgeschnitten und ausgeweidet wurden die Opfer nicht mit einer Säge, sondern einem sehr scharfen Messer, wie es zum Aufbrechen von Wild verwendet wird.«

»Wer könnte so etwas noch besitzen?«

Hegert bekam seinen Eiskaffee und rührte darin herum, bevor er mit einem süffisanten Lächeln antwortete: »Jemand mit militärischem Hintergrund? Oder ein Jäger?«

»Komm, aber das liegt jetzt nicht unbedingt auf der Hand«, warf ich ein.

»Tut es nicht, das stimmt. Aber es stellt eben auch keinen Gegensatz dar«, gab er zu. Dann fiel ihm noch etwas ein. »Beide Opfer hatten übrigens Würgemale am Hals.«

»Wie sind die entstanden? Durch die Hände des Täters?«

»Nein, leider nicht. So hätten wir einen Anhaltspunkt für seine Größe. Die Male sind durch einen Draht entstanden.«

»Eine Garotte?«

»Ja, vermutlich.«

Eine Garotte war ein Mordwerkzeug, das aus einem dünnen Draht und zwei Griffen oder Schlaufen bestand, mit dem einem Opfer von hinten die Luft abgewürgt und es so innerhalb kürzester Zeit überwältigt werden konnte. Diese Art zu töten war vor allem bei Kriminellen im letzten Jahrhundert beliebt gewesen.

»Was denkst du, warum ist das so?«

Hegert zuckte mit den Schultern. »Wir gehen davon aus, dass der Täter die Opfer als Teil seiner Misshandlungen, vielleicht in einer Bestrafungsaktion, gewürgt hat. Die Male sind jedenfalls in beiden Fällen relativ alt gewesen und müssen aus der Anfangszeit der Gefangenschaft stammen.«

Plötzlich musste ich an die rauen Stimmen der beiden Männer denken. »Ihr habt immer noch keine Ahnung, wie Grasser und von Geram überwältigt worden sind, oder?«

Hegert leckte an seinem Löffel. »Leider nicht.«

»Mit einem Draht«, stellte ich mit grimmiger Miene fest.

Er sah mich überrascht an. »Woher weißt du das?«

»Auf beiden Audios klingen ihre Stimmen zu Beginn merkwürdig heiser. Brüchig. Was logisch wäre, wenn sie zuvor mit einer Drahtschlinge gewürgt worden wären. Und du sagst, es seien alte Verletzungen. Warum sollte der Täter, der seine Opfer immer wieder bis zum eigentlichen Tod gequält hat, sie nur zu Anfang würgen? Das ergibt keinen Sinn. Ich sage dir, er hat sie mit einer Garotte überwältigt und so verschleppt.«

In mir flammte eine heftige Befriedigung auf. Es war nicht mehr als eine Vermutung, und trotzdem war ich mir fast sicher, dass es so gewesen war. Es machte mich zufrieden, weil es uns endlich einen winzigen Ausblick auf den Täter und sein Vorgehen gewährte. Ein Täter, der seine Opfer mit einer solchen Schlinge überwältigte, vor allem harte Kerle wie Bassemanes Enforcer, musste relativ groß sein, einiges wiegen und sehr kräftig sein. Und sich komplett auf seine körperliche Überlegenheit verlassen können. Traf das auf Nadine Vorbeck wirklich zu?

Eine neue Idee durchzuckte mich. Was war, wenn Vorbecks damaliger Partner gar nicht gestorben war? Wenn die beiden sich zusammengetan hatten, um blutige Rache zu nehmen?

Wenn dieser Johann Huber quasi wiederauferstanden war und sich jetzt im Krieg befand?

Ich schloss die Augen, presste mir den Handballen gegen die Stirn. Aber dann ergab es noch weniger Sinn, dass Bassemanes Leute und nicht die von Petrow starben. Wieso sollten sich die beiden an Bassemane rächen wollen?

Hegert unterbrach meine Gedanken. »Ich tendiere dazu, deiner Theorie zuzustimmen. Das würde wirklich gut ins Bild passen. Und«, er hob einen Finger, »es untermauert unsere These mit dem militärischen Hintergrund. Manche Spezialeinheiten benutzen solche Drahtschlingen, um Gegner auszuschalten. Sie sind leicht zu transportieren, nehmen kaum Platz weg und sind sehr sicher in der Anwendung. Der Gegner hat kaum eine Möglichkeit, zu reagieren, wenn man mit ihnen geübt ist.«

Frustriert blies ich die Wangen auf. Das Gefühl, einen Blick auf die schattenhafte Gestalt des Täters geworfen zu haben, war wie weggeblasen. Lag das bloß daran, dass ich die Erkenntnisse nicht mit Nadine Vorbeck in Zusammenhang bringen konnte? War ich wirklich so vernagelt und Tassin hatte recht?

»Hast du dir die Audios echt komplett angehört?«, fragte Hegert unvermittelt.

Ich nickte.

»Gott, das Zeug ist dermaßen gruselig. Wie die Hörspielversion eines Snuff-Films. Und du weißt, dass die arme Sau da liegt, und kennst das Ende schon. Er nicht.« Es schüttelte ihn körperlich. »Ich habe mir bloß die Zusammenfassung geben lassen. Und die Typen von der Kriminaltechnik, die das aufbereitet haben, nicht gerade beneidet.«

Ich trank aus meinem Glas. Aufmunternd war das Zeug nicht, das stimmte. »Mehr habt ihr immer noch nicht?«

Hegert schüttelte den Kopf. »Jana und Mirko sind rund um

die Uhr damit beschäftigt, alle Kontakte der drei abzugrasen und zu versuchen, eine Schnittmenge zu erstellen. Es ist wirklich krass, wie dieser Fall alle anzugehen scheint.«

»Es passiert nicht oft, dass du einen Vermissten hast, von dem du mit ziemlicher Sicherheit weißt, dass er noch lebt.«

»Und Stück für Stück seine Gliedmaßen verliert«, stimmte Hegert zu.

»Was ist mit den Laboranalysen? Habt ihr an den Toten etwas gefunden, was euch weiterhilft?«

»Bedingt. Eine Sache ist ganz spannend. Wir haben sowohl an Grasser als auch an von Geram Bakterien gefunden, die nicht besonders häufig vorkommen und uns stutzig gemacht haben.«

»Was für Bakterien?«

»Aquincola tertiaricarbonis.« Hegert machte sich nicht die Mühe, den Begriff weiter zu erklären, aber ich hatte nicht das Gefühl, dass er das tat, um seinen Informationsvorsprung besserwisserisch auszukosten. Derartige Dinge in den Raum zu werfen, war einfach seine Art und brachte jemanden wie Densch gehörig auf die Palme.

Mich früher auch, musste ich zugeben, aber der Vergleich zu Densch führte dazu, dass ich absolut entspannt blieb. »Erklärst du's mir?«

»Die kleinen Kerlchen wurden erst vor knapp zehn Jahren entdeckt. Die kann es auch noch gar nicht so lange geben, weil die sich nämlich von Methyl-Tertiär-Butylether ernähren.«

»Ach ja?« Hegert stellte meine Geduld wirklich auf die Probe.

Er nickte. »Ja. Das gibt es ebenfalls noch gar nicht so lange. Die Umweltverschmutzung hat also diese Bakterien erst hervorgebracht.«

»Und was ist das? Methyl…«

»Methyl-Tertiär-Butylether, eine Ether-Verbindung«, wiederholte er, bevor ich mich damit verstolpern konnte. »Kurz auch MTBE genannt.«

»Sagt mir nichts.«

»Das ist ein Stoff, der dem Benzin beigemengt wird, um die Oktanzahl zu erhöhen und Klopffestigkeit zu verbessern.«

»Ah so.«

»Das Problem dabei ist: MTBE geht nicht wieder weg. Es wird nicht abgebaut. Das heißt, alles, was wir mit unseren Motoren davon in die Umwelt pusten, bleibt dort erhalten. MTBE kannst du inzwischen sogar schon in Regentropfen nachweisen. Und im Schnee.«

»Das heißt?« Langsam kroch Ungeduld in meine Stimme.

»Die Bakterien ernähren sich von dem Zeug. Fressen es einfach weg. MTBE und andere Sachen wie Benzol und Mineralöl-Kohlenwasserstoffe. Dabei funktionieren die so wie diese Öl fressenden Mikroben, die die Mineralölkonzerne schon seit Jahren an den Start bringen wollen, um ihre Havarien unter Kontrolle zu bekommen. Gefunden hat man die Kleinen übrigens ursprünglich unter brutalen Industriebrachen in der ehemaligen DDR. Leuna Chemiewerke. Absolut fantastisch. Du musst dir vorstellen, dass die Dinger sich überhaupt nur aufgrund der Umweltverschmutzung entwickeln konnten. Evolution im Zeitraffer.« Er bemerkte meinen Blick und sagte verlegen: »Entschuldigung. Dafür hast du vermutlich gerade kein Ohr.«

»Schon gut.« Langsam dämmerte es mir. »Und vor allem da findet man sie auch, richtig? Also in solchen Brachen?«

»Korrekt. Das heißt, wir wissen, dass der Täter seine Opfer vermutlich auf einer alten Industriebrache untergebracht hat. Zumindest für eine Weile.«

»Aber das ist doch großartig! Das ist doch mal ein Anhaltspunkt.«

Hegert verzog das Gesicht. »Weißt du, wie viele es davon gibt? Allein in Berlin, im Berliner Umland und in Brandenburg? Jana und Mirko sind da dran, Daniel und Henni haben bereits angefangen, Listen mit allen möglichen Kandidaten zu erstellen, aber ich sage dir, die Liste ist lang. Und vor allem sind das ja auch keine kleinen Datschen, die man mal eben so überprüfen kann. Teilweise reden wir da von Quadratkilometern und zahllosen Hütten, Häuschen und Hallen. Das ist ein echter Albtraum.«

»Shit.«

Er stimmte mir mit einem Nicken zu. »Ja. Wir waren zuerst auch ziemlich aufgeregt, als wir die Viecher entdeckt haben, aber da war ziemlich schnell klar, dass uns das nicht wirklich weiterhilft.«

»Puh.« Ich lehnte mich zurück, schloss die Augen und tastete in der Dunkelheit mental nach Anhaltspunkten. Dann fiel mir noch etwas ein. »Was ist mit dem Brummen?«

Hegert runzelte die Stirn. »Was meinst du?«

»Grasser redet mehrfach davon, dass ihn das Brummen in den Wahnsinn treibt. Aber auf den Audios ist davon nichts zu hören.«

Hegert zuckte mit den Schultern. »Die Tontechnik hat alle Geräusche seziert. Alles herausgefiltert, auf der Suche nach den kleinsten Nebengeräuschen. Die haben nichts gefunden.«

Ich versuchte mich zu erinnern, ob auch von Geram von einem Brummen geredet hatte. Aber ich war mir nicht sicher und beschloss, dass noch einmal zu überprüfen.

Die Ungeduld schob mich aus dem Korbsessel heraus. Ich streckte Hegert die Hand entgegen. »Danke für deine Hilfe, Arne. Ich weiß noch nicht wie, aber die Audios sind der Schlüssel zu Meißners Aufenthaltsort. Wenn ich was rausfinde, melde ich mich bei euch.«

Er nickte.

»Die Rechnung übernehme ich«, sagte ich und ging, um zu bezahlen.

Ich fuhr allerdings nicht sofort los, sondern saß im Auto, steckte mir erneut die Kopfhörer ins Ohr, um in die Düsternis der Audios hinabzusteigen. Ich versuchte, möglichst schnell durch von Gerams Aufnahmen zu kommen, um herauszufinden, ob ich auch bei ihm Klagen über dieses Brummen finden würde. Aber von Geram beschwerte sich über alles: über Hunger, Durst, Dunkelheit, Feuchtigkeit und vor allem Schmerzen, aber nicht über Geräuschbelästigungen. Hatte Grasser sich das eingebildet?

Ich rief Frau Körner an.

»Herr Thiebeck! Wie schön«, begrüßte sie mich, als hätten wir uns nicht erst vor Kurzem gesehen.

»Entschuldigen Sie bitte, dass ich gleich mit der Tür ins Haus falle, aber können Sie sich vorstellen, dass die Misshandlungen und die Folter bei den Opfern Wahnvorstellungen auslösen? Vor allem akustischer Art?«

Sie überlegte kurz. »Grundsätzlich nicht ungewöhnlich. Vor allem, wenn die Bedingungen sehr extrem sind, sind solche Wahnvorstellungen, sowohl akustischer als auch visueller oder sogar haptischer Art, durchaus häufig. Das Opfer versucht damit, ein Stück weit seinen Geist von der Situation zu entkoppeln und sich abzukapseln. Es findet eine sogenannte Kompartmentalisierung statt.«

»Vielen Dank, Frau Doktor.« Ich verabschiedete mich von ihr, versprach, bald wieder vorbeizuschauen und anzurufen, und saß dann, das Handy noch in der Hand, da und starrte nach draußen. War es das schon wieder? Ein kurzes Aufblitzen einer Spur, die sofort wieder in einem Strohfeuer verschwand? Vielleicht hatte sich Grasser dieses Brummen wirklich bloß eingebildet. Immerhin war davon auf den Tapes nichts zu hören gewesen.

Ich sprang an den Anfang seiner Aufzeichnungen. Da war es: »*Dieses verdammte Brummen. Es dröhnt und vibriert in meinem Kopf. Schaltet die Scheiße endlich ab, ihr Pisser.*«

Ich überprüfte die Stellen direkt davor und danach. Die Aussage war Teil des zweiten Parts, direkt nach dem ersten Schnitt, signalisiert durch ein kurzes Rauschen. Grasser war also noch nicht lange in seinem Gefängnis, und so wie ich das beurteilen konnte, war er auch noch nicht geschlagen oder anderweitig misshandelt worden. Offenbar hatte man ihn die erste Zeit einfach nur sich selbst überlassen. Demnach konnte ich mir kaum vorstellen, dass Doktor Körners Theorie griff. Warum sollte Grasser, ein knallharter Drogengangster, Wahnvorstellungen entwickeln, nur weil er eine Weile gefangen im Dunkeln saß? Das kam mir ziemlich seltsam vor.

Kurzentschlossen öffnete ich den Browser im Handy und tippte in die Suche: *mysteriös; brummen*

Die Suche lieferte keine überwältigende Anzahl an Treffern, aber immerhin fast zehntausend. Und jede Menge Schlagzeilen.

Mysteriöse Plage um rätselhaftes Brummen aus Stuttgart.

Mysteriöser Lärm: Brummton ist zurück von einer Hamburger Zeitung. *Mysteriöse Geräusche in der Oststadt*, Karlsruhe.

Undefinierbare Lärmquelle: Brummen wieder da, diesmal in Berlin.

Und so ging es weiter. Jedes Mal ging es um ein tiefes Brummen, Vibrieren und Klopfen, welches offenbar nur von einigen Menschen wahrgenommen werden konnte, diese aber dafür fast in den Wahnsinn trieb. Messungen hatten ergeben, dass es sich vermutlich um sogenannte Längstwellen oder ELF-Wellen, *extremely low frequency*, elektromagnetische Wellen unterhalb von 100 Hertz handelte.

Eine Quelle solcher Strahlen waren unter anderem die HAARP-Antennen der Amerikaner, mit denen die Kommunikation mit U-Booten, das Aufspüren unterirdischer Komplexe und die großflächige Überwachung jenseits der Erdkrümmung möglich waren.

Ich rieb mir übers Gesicht und sah zu, wie ein Fahrradfahrer bei Rot haarscharf an einer Mutter mit zwei Kindern vorbeirauschte. Dann konzentrierte ich mich wieder auf die Artikel, überflog sie, auf der Suche nach relevanten Hinweisen. Mein Blick blieb an etwas hängen: *elektromagnetische Wellen*. Keine Schallwellen.

Möglicherweise waren die Impulse also auf den Bändern zwar nicht zu hören, aber zu *sehen*. Es war durchaus vorstellbar, dass die Tontechnik sich auf das Audio beschränkt hatte.

Wenn das so war, gab es vielleicht doch eine Möglichkeit, zu beweisen, dass Grasser die Geräusche nicht nur in seinem Kopf wahrgenommen hatte.

Kurz überlegte ich, Jana anzurufen. Die Kriminaltechnik darauf anzusetzen. Aber was hatte ich bisher? Ausrufe eines Sterbenden im Audio und eine Handvoll Schlagzeilen über Bürger, die in Verdacht standen, sich dieses Phänomen einzubilden. Ich konnte mir Denschs verächtlich verzogenes Gesicht bildlich vorstellen.

Nein, ich würde dafür sorgen, dass ich mehr in der Hand hatte als ein paar Fetzen. Und ich wusste auch schon, wer mir diese Informationen besorgen würde.

25

Ich suchte Stehrs Nummer heraus.

Er ging nach ein paar Freizeichen ran. »Was geht ab, Bruder?«, begrüßte er mich.

»Hey, pass auf, ich bräuchte noch mal die Hilfe deines Elektronikspezialisten. Es geht um Audio-Aufzeichnungen.«

Stehrs zögerte. »Grundsätzlich kein Problem, aber Audio ist jetzt nicht gerade sein Spezialgebiet. Immerhin ist der Mann Zahnarzt.« Er lachte leise über seinen eigenen Witz.

»Geht weniger darum, dass es Audios sind. Er soll die Dateien auf elektromagnetische Impulse untersuchen, die sich eventuell mit auf den Bändern befinden. Geht das?«

»Klingt für mich erst mal alles wie böhmische Dörfer, aber für ihn ist das wahrscheinlich glasklar. Schick mir die Dateien, ich leite es weiter, und wenn er noch Fragen hat, soll er sich bei dir melden. Kann aber eine Weile dauern, Paul ist heute bis abends an der Uni. Wie schnell brauchst du es?«

Ich dachte an Meißner, irgendwo versteckt. Vernahm Grassers Stimme in meinem Kopf: *Bitte, falls das jemand hört, holen Sie mich hier raus. Ich kann nicht mehr.*

Unwillkürlich bekam ich wieder eine Gänsehaut. »So schnell wie möglich«, sagte ich knapp.

»Okay.« Stehrs klang nicht überrascht.

Es kam selten vor, dass ich ihn brauchte und Zeit keine Rolle spielte.

»Und sag Paul, dass er sich die Audios nicht anhören soll. Das ist keine schöne Geschichte.«

Auch das schien Stehrs irgendwie nicht zu beeindrucken. »Gut, sage ich ihm. Kann er dich anrufen? Auch nachts?«

»Ja, auch nachts«, gab ich zurück. »Jederzeit.«

Wir beendeten das Gespräch, und ich schaute auf das Gerät in meiner Hand, das geballte acht Stunden Leid enthielt. Dann machte ich mich daran, Stehrs den Link zukommen zu lassen, mit dem Paul seine Untersuchung starten konnte.

Danach legte ich das Handy nicht aus der Hand, sondern starrte darauf. Wählte schließlich Taminas Nummer.

Sie ging nicht ran. Ich ließ es so lange klingeln, bis mich eine Frauenstimme darüber informierte, dass der Anrufer leider im Moment nicht zu erreichen sei.

Ich begann, eine SMS an sie zu tippen, löschte alles wieder, fing von vorn an. Ich musste an den Brief denken, den ich ihr vor einer Weile geschrieben hatte. Einen Liebesbrief an Tamina, hatte Henni von mir gefordert, aber es hatte mich damals so unglaublich viele Anläufe und Versuche gekostet, bis ich es hinbekommen hatte, dass mich allein die Erinnerung daran jetzt das Handy entnervt auf den Beifahrersitz werfen ließ.

Ich startete den Motor, um zurück zur WG zu fahren.

Mitten in der Nacht schreckte ich hoch, geweckt durch das durchdringende Piepen meines Handys. Da ich es normalerweise immer bloß auf Vibrationsalarm gestellt hatte, erschien mir das Geräusch seltsam fremd.

Benommen griff ich nach dem Telefon und schaute nach der Uhrzeit. Halb drei. Unbekannte Nummer, mobil.

»Ticker.« Fast wäre mir *Thiebeck* rausgerutscht.

»Paul hier. Störe ich?« Der kleine Zahnarzt klang unangemessen fröhlich für diese Uhrzeit.

»Kein Stück.« Ich räusperte mich, um etwas den Belag von der Stimme zu bekommen. »Hast du was für mich?«

»Ich rufe jedenfalls nicht an, um Small Talk zu machen. Dafür ist mir mein Schönheitsschlaf zu wichtig.«

Ich konnte mir sein Grinsen bei der Bemerkung vorstellen. »Schön.«

»Also, ich habe die Datenstruktur untersucht. Und es gibt tatsächlich Ausschläge, die auf der Audiospur nicht auftauchen. Ich musste versuchen, die einzelnen Frequenzen unterhalb der 100 Hertz voneinander zu trennen, da es hier einige natürliche und natürlich-technische Interferenzen gibt.«

Ich ließ Paul reden und versuchte, den Kopf klar zu bekommen. Hegert und Paul würden bestimmt großartig miteinander auskommen.

»Stoppen Sie mich, wenn ich zu technisch schwafel«, fuhr er munter fort. »Jedenfalls, wenn man die sogenannte Netzfrequenz von ungefähr 50 Hertz herausfiltert und die ganz niedrigen Frequenzen, die den Schuhmann-Resonanzen zuzuordnen sind, dann bleibt ein Signal übrig, das auf knapp unter 80 Hertz gesendet wird.«

»Und das taucht auf den Bändern auf?«

»Korrekt. Und zwar genau alle 12 Sekunden. Und die Frequenz ist hoch genug, um teilweise vom menschlichen Ohr wahrgenommen zu werden.«

Aber nicht von allen. Grasser, aber nicht von Geram. Ich musste an Harro Meißner denken. Konnte er die Frequenz hören, jetzt, wo auch immer er gerade lag?

»Irgendeine Idee, wovon das Signal stammen könnte? Welche Einrichtungen strahlen solche Wellen aus?«

»Tut mir leid, das kann man den Aufzeichnungen nicht entnehmen, davon verstehe ich auch nichts. Da müsste man wohl einen Radiotechniker befragen. Ich bin ja bloß …«

»Zahnarzt, ja, ich weiß«, unterbrach ich ihn unwirsch.

Er lachte, vollkommen unbeeindruckt.

»Alles klar, danke.« Ich verabschiedete mich von ihm und legte auf. Danach lag ich im Dunkeln und starrte ins Nichts. Was bedeutete diese Information? Was konnte ich damit anfangen?

Ich wusste nicht, wie lange ich wach lag und nachdachte, den leeren Korridoren in meinem Hirn folgte, ohne irgendwo anzukommen. Frustriert schnappte ich mir irgendwann das Handy und suchte im Netz. Probierte *ELF-Wellen*, *extremely low frequency*, Strahlung und alle möglichen anderen Suchbegriffe.

Bis ich schließlich über einen Eintrag in einem Weblog stolperte: *Codename Teddybär*. Mit müdem Blick überflog ich die Seiten, in denen beschrieben wurde, wie Anwohner in Berlin Tempelhof immer wieder über ein kaum wahrnehmbares Brummen und mögliche gesundheitliche Folgen berichteten, und wie die Betreiber des Blogs versucht hatten, dem Phänomenen technisch auf die Spur zu kommen.

Und da stand es: 79,6 Hertz. Der alte Flughafen Tempelhof beziehungsweise die früher von den Amis betriebene Radarkugel, die dort immer noch stand und von der Bundeswehr übernommen worden war, stand in Verdacht, Ursache dafür zu sein.

Mir war es vollkommen egal, wie wahrscheinlich es war, dass diese Anlage ein ähnliches Signal wie die riesige HAARP-Anlage in den Staaten verursachte, ich ignorierte die Verschwörungstheorien, die Tempelhof mit einem ähnlichen Fall in New Mexico, dem *Taos-Hum*, in Verbindung bringen wollten – für mich war nur eines wichtig: Tempelhof! War das ein Anhaltspunkt? Ein Ort, an dem ich etwas finden würde?

Ohne das Licht anzuschalten, schlüpfte ich in meine Klamotten. Schlich mich aus der Wohnung, obwohl die Jungs vermutlich nicht einmal durch eine Blaskapelle geweckt worden wären. Drogen-induzierter Tiefschlaf.

Unten auf der Straße atmete ich die kühle Luft ein, schaute auf den schmierigen Horizont, der bereits langsam die Farbe wechselte.

Vereinzelt waren Menschen unterwegs, ausgelassen, angetrunken. Jemand hob eine Bierflasche, um mich zu grüßen, und auf dem Weg zum Auto wurde ich zweimal angesprochen, ob ich Feuer hätte. Wer um diese Uhrzeit unterwegs war, gehörte zur selben großen Familie. Bis auf die Frühaufsteher, die arbeiten mussten. Oder Menschen wie ich, die ruhelos eine Spur suchten. Einen Hinweis, der sie zu einem Gefangenen in seinem Folterkeller führen würde.

Ich kurbelte die Fenster herunter, auch wenn der Fahrtwind mich schnell frösteln ließ. Hatte zu Anfang noch das Radio an, musste es aber schnell ausstellen. Es ging mir unter die Haut, als würde jeglicher Sound eine Art Misston produzieren. An manchen Ampeln standen Wagen neben mir, in denen ausgelassene Menschen saßen, deren Lachen und Gespräche zu mir herüberwehten. Oder ihre Musik. Von Jazz über Elektronik und Alternative zu Hip-Hop war alles dabei. Ich schaffte es, das wie einen Soundtrack auszublenden. Dachte bloß an Meißner. Und an dieses Radarding auf dem Tempelhofer Feld. War es das, was Grasser so verrückt gemacht hatte?

Bald schon hatte ich den Columbiadamm erreicht. Wurde langsamer, blieb fast stehen. Auf der zweispurigen Straße war kaum Verkehr, sodass es mir niemand übelnahm.

Dort war das weiße Ding. Der Turm sah aus wie ein überdimensionierter Golfball auf seinem zu großen Golftee, das aus vier Stelzen bestand. Bereit zum Abschlag, weit weg über die Stadt.

Ich stellte den Wagen in zweiter Reihe ab, horchte. Konnte aber kein Brummen, kein Vibrieren, kein Geräusch wahrnehmen. Nur das Rauschen der Stadt im Hintergrund. In der Ferne die Autobahn und die S-Bahn, und ab und an war schwach das charakteristische Heulen der Züge zu hören, wenn sie in die Station ein- oder ausfuhren.

Ich stieg aus und überquerte die Straße. Sah mich um, schaute die langen Reihen von Straßenlaternen entlang und überlegte, wie weit dieses Niederfrequenzgeräusch wohl tragen mochte. In einem Bericht hatte es geheißen, die Wellen wären noch kilometerweit entfernt messbar, aber nicht mehr stark genug, um noch wahrgenommen zu werden. Wie weit war weit?

Mein Blick fiel auf das Flughafengebäude. Tempelhof, der riesige, von den Nazis errichtete Prachtbetonklotz, ein Monumentalbau unvorstellbarer Größe. Wie ein Monster starrte er zu mir und dem Riesengolfball herüber, wollte sehen, was wir zwei mitten in der Nacht zu bereden hatten. Ich betrachtete den gesicherten Zaun vor mir. Meterhoch, mit Stahlspitzen und zusätzlichen Rollen aus Nato-Stacheldraht dahinter. Ein automatisches Tor und ein kleines Häuschen, in dem sich zwei Soldaten aufhielten.

Als ich mich dem Tor auf ein paar Meter näherte, kam einer von ihnen heraus, das Sturmgewehr in der Armbeuge. Ich nickte, bewegte mich weiter. Drehte der Anlage den Rücken zu, denn eigentlich wollte ich ja weniger wissen, was sich darin befand, als vielmehr, wohin sie ihre Funkwellen warf. Im Norden lag ein gentrifiziertes Viertel von Kreuzberg, in dem ganze Häuserblöcke modernisiert und für viel Geld vermietet und verkauft worden waren. Über eine Brache hinweg konnte ich in zwei, drei der riesigen, bis zum Boden reichenden Fenster in erleuchteten Wohnungen sehen. Südlich der Bergmannstraße, bester Kiez also.

Im Westen befand sich der Platz der Luftbrücke, dominiert durch das Flughafengebäude. Und im Osten die Tempelhofer Freiheit, das ehemalige Flugfeld, und der Columbiadamm, der zwischen der riesigen Brachfläche und der Hasenheide hindurchlief. Wo gab es hier eine Industriebrache?

Eine der am nächsten gelegenen Flächen, die in Frage kam, war das Südgelände in Schöneberg, aber selbst das lag ziemlich weit weg. Ratlos drehte ich mich um die eigene Achse wie ein Tänzer in einem melancholischen Ballett. Der Soldat starrte mich immer noch missmutig von der anderen Seite des massiven Tors aus an.

Ich kam nicht weiter. Also ließ ich den Nissan für den Moment stehen, ohne abzuschließen. Wer würde das Ding schon klauen? Und ging weiter Richtung Platz der Luftbrücke mit seiner gewaltigen Betonkralle, dessen Pendant in Frankfurt am Main stand. Rechts tauchte die Columbiahalle auf, um diese Uhrzeit seltsam verlassen. Sonst drängten sich hier oft schon nachmittags die jungen Menschen, warteten sehnsüchtig auf den Einlass zu verschiedenen Konzerten.

Links schob sich der Flughafen immer näher heran, und ich musste den Reflex unterdrücken, nicht andauernd nachzuschauen, ob er sich vielleicht auf mich zubewegt hatte.

Früher war ich öfter hier gewesen, aber das musste zwanzig Jahre her sein. In einem Club, der aus einem der Gebäude heraus betrieben worden war, Alternative und Indie hatten sie gespielt. Hinter dem Zaun erstreckten sich große Parkplätze; für die vielen Menschen, die hier in den Büros arbeiteten. Es hatten sich vereinzelt private Firmen im ehemaligen Flughafen niedergelassen, aber er beherbergte auch große Teile der Berliner Polizei. Sogar der Polizeipräsident hatte hier seinen Sitz sowie der Abschnitt 44, und die von den Beamten genutzte Fläche stellte den weitaus größten Teil der dreihunderttausend Quadratmeter dar, die das Gebäude umfasste.

Das MEK hatte zu meiner Zeit ebenfalls eine Weile von Tempelhof aus operiert, und ich konnte mich noch gut an die endlosen, engen Korridore, das fehlende Licht und die klaustrophobischen Fahrstühle erinnern. Und an die Keller. Man hatte uns sogar mal eine Führung nach dort unten gegeben, so wie allen, die neu im Flughafen arbeiteten, und mit einem Guide waren wir in die Katakomben hinabgestiegen.

Durch winzige Gänge gelaufen, hatten riesige verrußte Hallen durchquert und uns Bunker angesehen. Angeblich gab es mehr als dreihundert Bunkeranlagen dort unten, noch nicht alle erforscht.

Abrupt blieb ich stehen, starrte auf die geschwungene Form des Gebäudes, von dem ich wusste, dass es auf der anderen Seite die monströsen Hangars beherbergte, von denen aus die Flugzeuge auf das Rollfeld gestartet waren.

Hegert hatte gesagt, dass die Bakterien nicht nur dieses MTBE, sondern auch Benzol fraßen. In Kerosin befand sich Benzol, und nicht zu knapp. Und Flugzeuge brauchten jede Menge Kerosin, und das war massenhaft im Flughafen gelagert worden. Vermutlich war über die Jahrzehnte ordentlich Gift aus Tanks und Hallen in den Boden oder die Keller gelangt, damit die Bakterien dort jetzt jede Menge zu fressen fanden.

Mein Puls beschleunigte sich. Möglicherweise hatte sich Hegert geirrt und wir suchten überhaupt keine Industriebrache. Was gäbe es für einen besseren Ort, um ein Opfer wochenlang zu verstecken, als Europas größtes Baudenkmal? Mit Keller- und Bunkeranlagen, Wasserspeichern und Tresoranlagen, die teilweise brachlagen oder unerforscht waren? Sogar Straßen- und Eisenbahnanlagen gab es dort, die über neunhundert Räume waren in bis zu zwölf Meter Tiefe gebaut worden.

Aber am wichtigsten: In den maroden Gebäuden, die teilweise eher Gefängnissen ähnelten als Büros, saßen sehr viele Polizeibeamte. Frau Körner hatte darauf hingewiesen, dass es dem Täter möglicherweise darum ging, uns vorzuführen. Was wäre besser geeignet, als die Opfer quasi direkt unter den Füßen der Beamten unterzubringen?

Meine Schritte beschleunigten sich, und ich kam an einem der Parkplatztore vorbei. Noch während ich das Handy aus der Hosentasche fummelte, um Tassin anzurufen, betrat ich das Gelände.

Ich musste es eine ganze Weile klingeln lassen.

»Hey«, murmelte Tassin schlaftrunken. »Was gibt's?«

»Ich glaube, ich weiß, wo Meißner versteckt ist«, sagte ich ohne Umschweife.

Sofort klang sie hellwach. »Was? Wo steckst du?«

»Ich bin mir ziemlich sicher, dass er sich im Flughafen Tempelhof befindet. Irgendwo unten in den Kellern.«

»Wie kommst du darauf?«

»Erklär ich dir später. Wie schnell kannst du hier sein?«

»Du bist schon da?« Ihre Stimme klang alarmiert.

Ich verzog das Gesicht. Den Teil hätte ich vielleicht lieber verschweigen sollen. »Ja, ich bin hier.«

»Oh Mann! Schätze, so in einer halben Stunde. Ich rufe Jana und Mirko an, und das MEK.« Sie zögerte, weil ihr offenbar klar wurde, was sie als Nächstes sagen musste. »Du gehst da nicht allein rein, Johnny, richtig?«

»Natürlich nicht. Ich warte auf euch und das Kommando.« Ich warf einen Blick auf die Silhouette des Betonmonsters gegen den heller werdenden Himmel. »Ich wüsste gar nicht, wo ich anfangen sollte.«

Nachdem wir das Gespräch beendet hatten, merkte ich, dass ich währenddessen weitergelaufen war. Auf den Tunnel zu, der runter zu den verschiedenen tiefer gelegten Höfen führte. Ich hatte nie vorgehabt, auf das Rollkommando zu warten, das war einfach nicht Teil meiner DNA. Trotzdem dachte ich kurz darüber nach, warum mir Meißner eigentlich so wichtig war. Warum musste ich mir hier nachts den Arsch aufreißen und in irgendwelchen Kellern herumsteigen, für einen Drogenboss und Kriminellen?

Ich hatte Meißner bei unserem Treffen nicht unsympathisch gefunden. Vielleicht etwas anstrengend, und er war sicher nicht jemand, den ich täglich um mich haben musste, aber er war auch kein ätzender Kotzbrocken gewesen. Und Bassemane konnte ich irgendwie auch leiden. Nach wie vor konnte ich mir nicht vorstellen, dass er der oder die *Sorcière Noire* war.

Aber eigentlich ging es gar nicht darum. Es ging nicht um Meißner und auch nicht um Bassemane. Es ging um die vielen Wochen, um die Amputationen und die Audios. Keine Ahnung, ob Marcin Grasser und Gunnar von Geram es verdient hatten, zu sterben. Ich kannte ihre Akten nicht, und je nachdem, wie liberal oder pseudoliberal man sich positionieren wollte, lautete die Antwort ohnehin, dass das niemand verdient hatte. Vielleicht hatte sogar Meißner Dinge getan, die, wenn ich sie wüsste, mich zögern lassen würden, nach ihm zu suchen.

Aber der Fakt blieb, dass ich die Stimmen der beiden Toten im Ohr hatte und den Gedanken nicht ertrug, dass Harro Meißner ebenfalls irgendwo lag, schwer atmete, keuchte, fluchte und weinte und darauf wartete, dass ihm Arme und Beine abgenommen wurden, er künstlich gemästet und dann aufgeschnitten wurde.

Ich hätte gar nicht *nicht* nach ihm suchen können. Meine Behauptung, ich wüsste nicht, wo ich anfangen sollte, war ohnehin gelogen gewesen. Ich hatte sehr wohl eine genaue Vorstellung davon, wo ich suchen musste. Beziehungsweise wo ich ein Opfer verstecken würde, wäre ich der Täter.

Wenn die Mutmaßung stimmte, dass der Täter einer von uns war, mit militärischem oder polizeilichem Hintergrund, dann war davon auszugehen, dass die für uns zugänglichen Bereiche, zum Beispiel die Polizeikeller oder die Orte der Führungen, ein Startpunkt waren. Natürlich würde niemand dort ein Opfer unterbringen, aber ich ging davon aus, dass die beste Chance darin bestand, von diesen Orten aus zu suchen. Vermutlich hatte sich der Täter von dort vorgetastet, bis er tief genug eingedrungen war, dass sein *Refugium* nicht unmittelbar bedroht war.

Am Ende des Parkplatzes, auf dem kein einziges Auto mehr stand, ging ich unter einem der langgezogenen Gebäude hindurch und eine steile Auffahrt hinauf. Als wir unsere Führung bekommen hatten, hatte eine kleine Firma für solche Touren aus einem Büro heraus in einem der Gebäude operiert, und ich wollte sehen, ob sie noch existierte.

Kurz darauf stand ich vor der Tür, und das Schild sagte mir, dass ich mich richtig erinnert hatte. Ein letzter Blick über die Schulter, aber es war niemand zu sehen. Ich knackte das Schloss. Nicht besonders schwierig, aber es erwartete vermutlich auch niemand einen Einbruch in einem solchen Büro. Wertgegenstände gab es hier wohl kaum.

Drinnen schaltete ich mein Handy auf Taschenlampe und suchte mir einen Weg zwischen den zwei Schreibtischen, Besucherstühlen und den schmalen Aktenschränken hindurch. Es musste irgendwo Karten der unterirdischen Anlagen geben.

Ich zog Schubladen und Hängeregister auf, ohne mich allzu viel um den Lärm zu kümmern, den ich dabei machte. Wahrscheinlich gab es auf dem Gelände Security, aber ich hatte keine Zeit, besonders subtil zu sein. Wenn Tassin und die Taskforce erst einmal hier anrollten, dann würden sie mich aus dem Verkehr ziehen, dafür würde schon Densch sorgen, und dann wäre ich zum Zuschauen verdammt. Das würde ich nicht zulassen.

Endlich fand ich, wonach ich gesucht hatte: einen Schuber voll mit verschiedenen Karten und Lageplänen, die sich ganz offensichtlich auf das Flughafengebäude bezogen. Ich erkannte die charakteristische Form des halbrunden Hangargebäudes.

Zum Suchen setzte ich mich auf einen der abgenutzten Drehstühle und blätterte zwischen den Papierbögen hin und her. Manche waren in DIN A4, andere in A3, und insgesamt war es ziemlich unhandlich, zwischen ihnen zu wechseln. Aber es dauerte nicht lange, bis ich gefunden hatte, wonach ich suchte: die Keller mit den riesigen Tanks, direkt unter den Hangars, aus denen die Flugzeuge betankt worden waren.

Von hier aus musste das Benzol in die Bausubstanz und den Boden eingedrungen sein, was bedeutete, dass sich Grasser und von Geram zumindest zeitweise irgendwo in der Nähe befunden haben mussten. Wenn ich recht hatte.

Direkt unter den Tanks, die sehr tief reichten, gab es keine weiteren Räume. Also musste sich das, was ich suchte, drum herum befinden.

Ich suchte eine Karte heraus, auf der die Tourguides ihre Routen eingezeichnet hatten. Das deckte sich ungefähr mit dem, was ich von unserem Ausflug in Erinnerung hatte. Ich überprüfte, ob die Strecke der Führungen irgendwo in die Nähe der Tanks kam, und tatsächlich gab es mehrere Schleifen, die nicht weit entfernt davon passierten.

Ich packte alle Karten, die mir relevant erschienen, unordentlich zu einem Stapel zusammen, knickte ihn und stopfte mir das Bündel in den Hosenbund. Dann löschte ich das Licht und suchte mir meinen Weg zurück zum Ausgang. Ich wusste, dass es teilweise Licht in den Gängen und Kellern gab, aber möglicherweise nicht überall, und ich musste anfangen, sparsam mit meinem Akku zu sein. Dort drinnen auf Meißner oder gar den Killer zu stoßen, ohne ein Licht zur Hand, erschien mir nicht gerade besonders attraktiv. Ich zögerte und schaute, ob ich in dem Büro eine Taschenlampe fand, hatte aber kein Glück.

Zum wiederholten Mal dachte ich darüber nach, warum ich eigentlich keine Waffe dabei hatte. Schon zu meiner Zeit als Kommissar hatte ich das Ding so gut wie nie benutzt. Irgendwie war mir immer wohler gewesen, mich auf meine eigenen Fäuste und meinen Körper zu verlassen, auch wenn das in vielen Fällen an Selbstzerstörung grenzte. Aber wenn ich mit meiner Theorie recht und der Täter die beiden Männer wirklich mit einer Garotte überwältigt hatte, musste ich mir keine großen Sorgen machen. Ich war darauf vorbereitet, würde mich nicht überraschen lassen und vor allem: Ich war groß. Körperlich große Menschen mit einer Garotte zu erwischen war deutlich schwieriger, als kleinere Menschen zu überwältigen. Ich musste erneut an Nadine Vorbeck denken. War sie die Täterin? Wie passte sie ins Bild?

Ich warf einen Blick durch die Fenster. Draußen war es inzwischen bereits schmierig hell geworden, und ich beeilte mich, aus dem Büro zu verschwinden.

26

Ich lief die breite Auffahrt wieder hinunter, zurück in Richtung Parkplatz, überquerte diesen und folgte einer weiteren Rampe, die aussah, als würde sie in ein Parkhaus führen. Allerdings handelte es sich hierbei um einen Teil des komplexen Wegesystems in Tempelhof. Am Ende des Tunnels führte die Straße auf einen Hof, und von dort aus ging es unterirdisch durch einen Tunnel weiter Richtung Süden.

Im Moment interessierte mich allerdings bloß der Hof. Hier waren mehrere Firmen ansässig, und deren LKWs und Transportfahrzeuge standen überall auf den Parkplätzen und warteten auf ihre Fahrer. Viele der direkt zugänglichen Räumlichkeiten waren ebenfalls vermietet, aber ich wusste, dass es hier auch einen Eingang zu den unteren Etagen gab, zu den Innereien des Flughafens.

Nachdem ich mich versichert hatte, dass sich außer mir niemand auf dem Hof befand, ging ich zu der Stahltür. Diese war abgeriegelt, mit einer Stahlkette und einem fetten Schloss. Das Licht reichte inzwischen vollkommen aus, um mit meinen Picks ohne Handy arbeiten zu können, und wenig später wurde ich mit einem Klicken belohnt. Das Schloss öffnete sich.

Obwohl ich mir große Mühe gab, die Kette möglichst geräuschlos zu entfernen, entglitt mir das Monstrum irgendwann und knallte donnernd gegen die Metalltür. Mit angehaltenem Atem wartete ich kurz ab, aber niemand tauchte auf oder rief etwas über den Hof.

Ich zog das Tor auf und ging hinein. Erst nachdem ich den

Spalt hinter mir wieder geschlossen hatte, suchte ich nach dem Lichtschalter. Brizzelnd erwachte das Neonlicht zum Leben und erhellte einen Vorraum, in dem sich einige leere Kartons, ein Hubwagen und zwei Sackkarren befanden. Es roch abgestanden und modrig.

Zu meiner Linken gab es einen Zugang zu einem Lastenaufzug, mit dem wir damals hier hinuntergekommen waren. Geradeaus führte eine doppelflügelige Tür, ebenfalls aus Stahl, tiefer ins Innere der Katakomben.

Ich zog die Flügel auf und fand in einem langen Gang erneut einen Lichtschalter. Sofort brummten die Neonröhren den ganzen Gang entlang, unter kleinen Metallkäfigen und aus trübem Glas, und spendeten weiches, gelbes Licht.

Ich warf schnelle Blicke in die Räume, die vom Gang abgingen, bis ich eine Art Werkzeugkammer fand. Dort suchte ich auf einer zugemüllten Werkbank, in Metallschränken und in Kisten auf dem Boden, bis ich sie fand: eine Taschenlampe. Groß, unhandlich und in Orange, mit schmieriger Oberfläche und funzeligem Licht, aber besser als nichts.

Ich beeilte mich, weiter hineinzukommen, und meine neue Lampe wies mir den Weg, tauchte jeden neuen Raum, jeden Winkel in mildes Licht.

Kurz darauf erreichte ich ein Treppenhaus und stieg tiefer hinab. Unten konsultierte ich kurz die Karte. Ich hatte nicht vor, der Tour zu folgen, sondern suchte mir den möglichst direkten Weg in Richtung Tanks. Dabei durchquerte ich leere Hallen, enge und sehr breite Flure, stieg zwei weitere, kurze Treppen hinunter und lief durch mehrere Werkhallen, in denen teilweise immer noch Maschinen standen. Andere Gewölbe waren komplett leer. Manchmal ging ich durch Spinnweben, die hoffnungsfrohe Achtbeiner in die Türen gewebt hatten, in Erwartung fetter Beute, und immer wieder stieß ich auf Tags und Sprüche, mit Spraydose und Edding an die Wände geschmiert oder mit harten Gegenständen gleich in den bröckeligen Putz geritzt.

Zweimal stand ich vor verschlossenen Türen. Ein kurzer Blick auf meine Karten versicherte mir, dass ich mich auf dem richtigen Weg befand, und beide Male öffnete ich die Tür. Das erste Mal konnte ich dazu noch das Licht im Raum anschalten, weil ich in der Dunkelheit nicht so gut arbeiten konnte, aber das zweite Mal gab es bereits keinen funktionierenden Schalter mehr. Ich wusste, dass es schlimmer werden würde, je näher ich meinem Ziel kam. Dort, wo Meißner versteckt lag, war die einzige funktionierende Infrastruktur vermutlich die, die der Täter installiert oder repariert hatte.

Also nahm ich das Handy in den Mund und leuchtete mir damit, um beide Hände frei zu haben. Das orangene Monster hätte ich nicht zwischen die Kiefer bekommen. Dabei versuchte ich, zu ignorieren, dass mir der Speichel aus dem Mund lief und mir eine Kiefersperre drohte. Aber schließlich hörte ich das Klack, und die Tür öffnete sich. Ein Blick auf das Handy, bevor ich das Licht wieder löschte, zeigte mir, dass ich noch knapp über zwanzig Prozent Akku hatte. Empfang war hier unten nicht vorhanden, was bedeutete, dass ich mir über zukünftige Telefonate erst einmal keine Gedanken machen musste.

Obwohl noch keine halbe Stunde vergangen war, kam es mir vor wie eine Ewigkeit. Hier unten schien die Zeit anders zu vergehen. *Wie in einem Feenhügel*, dachte ich, als ich unvermittelt innehielt. Es roch nach Moder, Kälte und Feuchtigkeit, aber darunter, kaum merklich, lag der schwache Geruch von Kerosin. Ich kam meinem Ziel langsam näher.

Ein Blick auf den Plan zeigte mir, dass sich zu meiner Linken ein kleiner Raum befinden musste, der einen Durchlass zu den Tankkellern bot. In diesen Räumen, in dem Bereich, waren es vier Stück hintereinander, alle jeweils in einem separaten Teil untergebracht. Es gab weiter südlich noch einmal zwei Areale, in denen sich Tanks befanden, aber hier war mir die Chance für einen Fund am höchsten erschienen. Die anderen Tanks waren von größeren Werkhallen umgeben, während sich an dieser Stelle viele kleinere Abteile befanden.

In dem Raum hatte jemand etwas mit schwarzer Farbe oder Kohle an die Wände geschmiert.

Ich zerrte den Kartenstapel aus dem Hosenbund und beleuchtete ihn. Der Weg nach links führte durch drei annähernd gleich große, quadratische Räume nach Osten, um dann einem verwinkelten, schmalen Flur nach Süden zu folgen. Die Tür rechts bot angeblich den Zugang zu einem größeren Raum, an den sich fast ein halbes Dutzend weiterer Kammern anschloss.

Ich entschied mich für rechts. Als ich die verdreckte Klinke herunterdrückte, tat sich nichts. Abgeschlossen.

Also wechselte ich von Industrielampe wieder zu Handy, klemmte es mir zwischen die Lippen und machte mich daran, das Schloss zu öffnen. Es erwies sich als widerspenstig, mehrmals rutschten meine Picks einfach ab.

Zusätzlich zum Speichel lief mir auch noch der Schweiß das Gesicht herunter und tropfte auf den Boden. Der ED würde mich verfluchen, wenn ich hier alle Spuren mit meiner DNA versaute. Aber das ließ sich leider nicht verhindern.

Endlich gab die Mechanik nach, und ich konnte mich mit schmerzendem Rücken aus meiner gebeugten Haltung erheben. Wieder wechselte ich das Licht und zog die Tür vorsichtig auf. Die Metallscharniere knarrten und knirschten, und drinnen huschte mein gedimmter Lichtkegel über eine Reihe von vollgestellten Werkbänken. Eine weitere Tür führte hinaus, ansonsten konnte ich außer dem Chaos nichts erkennen. Ich trat hinein, sah mich nach einem Lichtschalter um. Fand ihn, aber es knackte bloß, die Dunkelheit blieb.

Ich versuchte zu erkennen, wann das letzte Mal ein Mensch hier gewesen sein mochte, aber es kam mir vor, als wäre seit Ewigkeiten niemand mehr anwesend gewesen. Was natürlich genau der Eindruck war, den der Täter vermitteln wollen würde.

Langsam durchquerte ich den Raum, ließ den Schein der Lampe über jahrzehntealte Schichten aus Staub, Ruß und Spinnweben an den Wänden gleiten, bis ich die Tür erreicht hatte. Ebenfalls verschlossen. Mein Puls beschleunigte sich. Welchen Sinn hatte es, diese uralten Räume alle verschlossen zu halten? Es sei denn, es befand sich hinter ihnen ein Gefahrenbereich oder jemand wollte etwas verbergen. In meinem Fall traf möglicherweise beides zu.

Ein weiteres Mal knackte ich das Schloss. Die Dunkelheit, die zu Beginn meines Trips bloß ein lauernder Kontrahent gewesen war, erschien mir jetzt mehr und mehr wie ein ausgewachsener und vor allem ebenbürtiger Gegner. Funktionierendes Licht wäre toll gewesen.

Der Riegel bewegte sich zurück, ich stand auf und drückte die Klinke herunter.

Wild zuckte der Lichtschein meiner Taschenlampe hin und her. Ich fand den Lichtschalter. Kaltes Licht erwachte zum Leben, das Brummen kam mir unglaublich laut vor.

Das musste eine der Kammern sein, die der Täter benutzt hatte! In dem Raum standen Sachen, die nicht vor Jahren das letzte Mal Tageslicht gesehen hatten. Ein Feldbett, Packungen mit Fertignahrung und Wasser, modernes Arbeitsgerät. Ein Koffer mit Werkzeug. Ich schnappte mir ein Teppichmesser, schob es in die Gesäßtasche.

Wo war Meißner? Niemand befand sich hier drinnen, aber

eine breite Schiebetür aus blankem Metall, deren glänzende Oberfläche so gar nicht zum Rest des Ambientes passte, führte weiter geradeaus.

Diese Tür war erneut mit einer Kette und einem Vorhängeschloss gesichert, und wieder brauchte ich eine gefühlte Ewigkeit, bis ich es geöffnet hatte. Dabei schlug mir das Herz bis zum Hals. Vornübergebeugt und hilflos warf ich immer wieder schnelle Blicke über die Schulter, die mich von meiner Arbeit ablenkten und dafür sorgten, dass ich nicht vorankam.

Endlich öffnete sich das Schloss, und ich löste es, fädelte die Kette durch die eisernen Griffe. Wenn die Tür von außen mit einem Schloss gesichert gewesen war, konnte mich der Täter drinnen nicht erwarten. Das versuchte mir meine Logik zu erklären, aber das Herz klopfte mir trotzdem bis zum Hals. Als könnte ich das Schlagen auf der Zunge spüren.

Mit einem Ruck riss ich die Tür auf. Der Geruch verschlug mir fast den Atem. In dem Raum stank es nach altem Blut, der Eisengeschmack legte sich auf die Zunge, und nach Schweiß, Erbrochenem und menschlichen Exkrementen.

Drinnen herrschte Dunkelheit. Ich griff nach der Taschenlampe und ließ den Kegel durch den Raum huschen.

Zu meiner Linken stand ein Metalltisch, der das Licht teilweise reflektierte, und darauf lag eine Gestalt. Weißlich, matt im Dunkeln schimmernd wie eine Art Pflanze. Breite Streifen aus Dunkelheit liefen über den Körper, schufen eine Art Zebraeffekt. Auf dem mit Dreck verkrusteten Boden war jede Menge Blut getrocknet. Es sah aus, als wäre es bei verschiedenen Gelegenheiten vergossen worden. Vermutlich würde sich hier die DNA aller drei Männer finden lassen, die verschwunden waren.

Die Gestalt drehte den Kopf zu mir hin. Ich konnte wirre Haare, die an der Stirn klebten, und einen Bart erkennen.

»Bitte nicht«, flüsterte eine Stimme wie über Schmirgelpapier. »Nicht schon wieder.«

Noch während ich den Raum betrat, ließ ich das Licht wie einen Satelliten um mich herum kreisen. Niemand sonst im Raum, bloß Meißner.

Ich trat an den Tisch und betrachtete die käsige Haut, übersät von Blutergüssen, Schürfwunden und Quetschungen. Versuchte, den penetranten Gestank zu ignorieren, atmete konsequent durch den Mund.

»Nicht«, hauchte Meißner und schloss die glasig schimmernden Augen, als ihn mein Lichtstrahl traf.

Langsam wanderte der Schein der Taschenlampe seinen Körper entlang. Er war vollkommen nackt, und sein kleiner Penis verschwand fast vollständig in einem Nest aus schwarzen Haaren. Oberkörper und Arme waren mit breiten Synthetikgurten befestigt, wie man ihn bei Rucksäcken benutzte. Der Bauch ebenso, dort schnitt der Gurt tief ins Fett, aber ich hatte nicht das Gefühl, dass Meißner viel zugenommen hatte. Dick war er auch schon bei unserer Begegnung im Loft gewesen. Seine Hüfte war ebenfalls mit einem dieser Gurte am Tisch befestigt, und mehr brauchte es nicht. Beine besaß Meißner nicht mehr.

Dort, wo sie sich einmal befunden hatten, starrten mich bandagierte Stümpfe an, der Stoff braun von getrocknetem Blut. Offenbar gut versorgt, so wie Densch gesagt hatte. Wer hier gearbeitet hatte, verstand zumindest rudimentär etwas von Medizin. Ich sah mich um. Auf dem Boden lagen zwei schwarze Gurtsysteme, ein bisschen wie moderne Hundehalsbänder. Das mussten die Tourniquets sein, von denen Hegert geredet hatte. Der militärische Kram.

Ich holte den Cutter heraus, und Meißner zuckte bei dem ratschenden Geräusch des Werkzeugs zusammen. Er fing an zu wimmern.

Ich beachtete ihn nicht, sondern schnitt die Gurte durch, um ihn zu befreien.

»Nein …«, flehte er, während ich die losen Enden zu Boden warf.

»Ich bin hier, um dich rauszuholen«, sagte ich. Meine Stimme klang trocken und roh, als hätte ich die gleichen Schwierigkeiten zu sprechen wie er. Ich warf einen gehetzten Blick über die Schulter. Derart vornübergebeugt wäre es selbst für einen kleineren Gegner kein Problem gewesen, mir eine Garotte um den Hals zu legen. Aber hinter mir befand sich niemand.

»Mir ist kalt«, flüsterte Meißner.

Ich trat zurück an den Tisch und griff nach seinen Armen. Die Haut fühlte sich klamm und feucht an.

Mit einem Ruck drehte ich ihn auf die Seite, wandte ihm den Rücken zu und hievte ihn mir an beiden Armen auf den Rücken. Ihm entwich ein Schmerzlaut wie das Miauen einer kleinen Katze. Selbst griff er kaum zu, half mir nicht. Ich hatte keine Ahnung, wie viel er von der Aktion überhaupt mitbekam.

Ich packte ihn an den Oberarmen und ging mehrmals schnell in die Knie, um seinen Schwerpunkt an die richtige Stelle zu ziehen. Beugte mich vorsichtig vor, um die Taschenlampe aufzuheben und mir unter den Arm zu klemmen. Unbeholfen konnte ich mir damit leuchten. Dann trug ich ihn keuchend aus dem Raum. Wie einen Doppelzentner Kohle, immer schön auf der Hüfte.

An der Tür hielt ich kurz inne, warf einen Blick in die nächste Kammer. In dieser Haltung war ich so unglaublich hilflos. Würde mich kein Stück wehren können. Dafür pumpte ich zu sehr wie ein Maikäfer, während mir Meißner auch noch ins Ohr wimmerte. Kurz dachte ich darüber nach, ihn wieder herunterzulassen und Hilfe zu holen. Aber ohne Empfang musste ich ganz bis nach draußen, bis ich Jana erreichen konnte. Wagte ich es, Meißner so lange hier zu lassen? Die Vorstellung, wiederzukommen und nichts als eine leere Pritsche und möglicherweise Blutspuren auf dem staubigen Boden vorzufinden, ließ mich frösteln. Auf keinen Fall würde ich die arme Sau allein zurücklassen. Vermutlich würde er das ohnehin nicht zulassen. Er schien verstanden zu haben, was gerade geschah, denn inzwischen hatte er mit den Armen zugepackt, klammerte sich an meine Schultern, meinen Hals und drohte, mir die Luft abzuschnüren.

Ich drehte den Kopf, versuchte, den Druck zu lockern, indem ich ihn erneut verschob, aber wie erschrocken packte er bloß fester zu. Mit flachem Atem entschloss ich mich, so schnell wie möglich aus diesem unterirdischen Labyrinth zu entkommen.

Als wir in den ersten dunklen Raum traten, musste ich feststellen, dass in der Lampe nicht mehr viel Leben steckte. Das Licht war bereits extrem funzelig geworden und schaffte es kaum, mehr als einen hellen Schmier über den dunklen Raum zu legen.

»Na großartig«, knurrte ich bei der Aussicht, ganz ohne Licht herumzutappen.

»Er ist immer wiedergekommen«, flüsterte mir Meißner heiser ins Ohr, während ich mir vorsichtig meinen Weg nach draußen suchte.

Und hoffte, an den vielen Kreuzungen, Abzweigungen und Ausgängen nicht die Orientierung zu verlieren.

Immerhin war es an den Treppen einfach. Wenn ich konnte, stieg ich nach oben.

»Ich hab nie gewusst, ob ich froh sein soll, wenn er kommt, oder nicht. Man ist so allein dort im Dunkeln, kann nichts hören außer dem eigenen Atem. Immer wieder habe ich gerufen.«

Ich konnte es mir vorstellen. Hatte die Aufnahmen noch gut im Ohr.

Mehrmals hielt ich inne, weil ich glaubte, Geräusche gehört zu haben. Hinter mir, schabend, schlurfend.

Jedes Mal drehte ich mich um, versuchte, das Hämmern meines Pulses und mein eigenes Keuchen sowie Meißners Geräusche zu überhören. Lauschte in die Schwärze hinein und bildete mir ein, ich könnte sehen, wie die Lampe langsam herunterdimmte.

Aber ich war mir nicht sicher. War mir nicht sicher genug, um Meißner abzulegen und nachzuforschen.

Ich packte seine Oberarme fester, ignorierte die Schmerzen im Rücken, in Schultern und Armen, und ging weiter. Gebeugt unter meiner Last. Probierte, nicht an die Garotte zu denken. Was passieren mochte, wenn sie sich flüsternd über meinen Kopf legte. Würden mich Meißners Arme davor beschützen? Vermutlich würde ich einfach mit ihm zusammenbrechen, ein leichtes Opfer, das sich nicht wehren konnte.

Die Treppen waren besonders heftig. Dort merkte ich es in den Oberschenkeln, konnte spüren, wie sich die Muskeln verhärteten. Trotzdem waren sie mir am liebsten, weil ich wusste, dass es dort Richtung Tageslicht ging.

Immer wieder hielt ich inne, um zu lauschen. Außerdem brauchte ich Pausen, musste Kraft für immer kürzere Abschnitte sammeln. Ich wusste nicht, ob ich Meißner wirklich nach draußen bringen konnte. Möglicherweise würde King-Kong-Thiebeck irgendwann entkräftet aufgeben müssen.

Ich kam um eine Ecke, taumelte in den Türrahmen aus abbröckelndem Beton und tat dabei Meißner mehr weh als mir, als ein Lichtschein vor uns durch den Raum schwebte.

Instinktiv wollte ich mich zur Seite werfen, abrollen, Deckung suchen. Aber ich konnte nicht. Meißner pinnte mich fest. Mein Hirn fror ein, und ich tat einfach gar nichts.

»Polizei! Bleiben Sie stehen!«, rief eine Männerstimme barsch.

»Johannes!«

Ich erkannte Janas Stimme.

»Es ist Thiebeck, nehmen Sie die Waffe herunter«, fügte Densch hinzu.

Ich war angekommen.

27

Wenig später saß ich in eine Decke gehüllt an eine Wand gelehnt. Wir befanden uns im Innenhof, nicht weit entfernt von der Stelle, an der ich nach unten eingestiegen war. Mehrere SEK-Beamte in Masken und schusssicheren Westen hatten mir Meißner abgenommen, der sich zunächst heftig gewehrt und immer lauter geweint hatte, bis er sich beruhigte.

Draußen warteten bereits mehrere Einsatzfahrzeuge und ein Rettungswagen, und die Sanitäter hatten Meißner sofort erstversorgt und abtransportiert.

Jetzt standen Jana und Densch um mich herum und sahen auf mich herab.

»Du bist so ein dämlicher Idiot«, sagte Jana und strich mir das Haar aus dem Gesicht.

Ich hielt den Kopf gesenkt und wartete darauf, was Densch sagen würde. Aber der blieb stumm. »Ich konnte nicht warten«, murmelte ich, ohne aufzusehen.

»Irgendwie war mir das klar«, sagte Jana mit sanfter Stimme. Ich konnte ihr Lächeln hören.

Densch räusperte sich. »Gute Arbeit, Thiebeck.«

Ich sah zu ihm hoch. Er nickte, wie um seine Worte zu unterstreichen. Als würde ich ihm sonst nicht glauben.

»Danke«, gab ich kleinlaut zurück. Sah zu, wie Densch sich umdrehte und ging, um mit den SEK-Leuten zu reden.

Jana schaute ihm ebenfalls hinterher. »Ich glaube, er ist überrascht, dass du so handzahm bist.«

Fragend wandte ich mich ihr zu.

Sie zuckte mit den Schultern. »Normalerweise würde sich Thiebeck nach so einer Aktion auf der Brust rumtrommeln und seinen Urschrei rauslassen. Damit die ganze Stadt weiß, wer hier mal wieder ganze Arbeit geleistet hat.«

Ich fröstelte, erwiderte nichts. Musste daran denken, wie Meißner ausgesehen hatte, als sie ihn mit einem Ruck hinten in den Krankenwagen geschoben hatten. Er hatte mich mit dunklen Augen angestarrt, und ich konnte nicht sagen, wie viel von Harro Meißner noch in dem Blick übrig geblieben war.

»Was haben die Sanis gesagt?« Ich musste mich räuspern, bevor ich den Satz zusammenhängend herausbrachte.

»Körperlich geht es ihm relativ gut. Er ist entkräftet und dehydriert, aber die Wunden an den Beinen sind gut versorgt worden.«

»Körperlich.«

Jana nickte.

Welchen emotionalen und geistigen Schaden Meißner in den Tagen da unten erlitten hatte, würde sich erst noch zeigen müssen.

»Tulay hat uns angerufen. Sie müsste auch gleich hier sein.«

»Sie wollte dem MEK Bescheid sagen.«

Jana musste grinsen. Ich war früher beim MEK, dem Mobilen Einsatzkommando, gewesen. Zwischen uns und den Spezialkräften des SEK hatte immer eine Art freundschaftliche Rivalität geherrscht.

»Tut mir leid, aber bei der Aussicht, in den dunklen Gängen da unten auf einen bewaffneten Täter zu stoßen, da war die Lage klar. Fall fürs SEK.«

Neben uns rollte ein Wagen über den Asphalt und kam zum Stehen. Tassin stieg aus und lief zu uns. Sie berührte Jana zur Begrüßung am Arm und setzte sich neben mich an die Mauer. »Alles klar?«

»Alles klar«, antwortete ich mit flacher Stimme.

»Ich habe schon gehört, dass du Meißner rausgeholt hast. Respekt, *Dawg*.« Sie boxte mich gegen den Oberarm, der immer noch in die Decke gehüllt war.

Ich erwiderte erst mal nichts, sagte schließlich tonlos: »Meißner hat beide Beine verloren.«

»Johannes hat ihn rausgetragen. Wir sind mit dem Team rein und haben nach Spuren gesucht, als wir auf ihn gestoßen sind.«

»Woher wusstet ihr, wo ihr hinmüsst?«, fragte ich und musste husten. Meine Kehle fühlte sich durch Meißners festen Griff immer noch lädiert an. Ich packte den Plastikbecher, den mir die Sanis gegeben hatten, aber er war längst leer.

Tassin nahm ihn mir ab und ging, um ihn aufzufüllen.

»Es gab eine Meldung über einen Einbruch in eins der Büros hier. Von einem Tourguide-Unternehmen. Da haben wir eins und eins zusammengezählt. Mirko hatte eine ziemlich klare Vorstellung davon, wo du vermutlich steckst. Aber wir sind trotzdem fast eine halbe Stunde unten umhergeirrt, bis wir auf dich gestoßen sind. Du hast dich übrigens parallel zum Ausgang bewegt, das hätte sicher noch eine Weile gedauert, bis du allein rausgefunden hättest.« Sie musste lächeln, während ich bloß den Kopf schüttelte.

»Das war scheiße dämlich von mir, da unten reinzugehen.«

»Mach dich nicht so fertig. Du hast dafür gesorgt, dass wir Meißner gefunden haben. Wer weiß, wann wir ansonsten auf ihn gestoßen wären. Vermutlich zu spät.«

Meine Stimme senkte sich zu einem Flüstern herab. »Ich hab' echt eine beschissene Angst gehabt.«

Jana lächelte mitfühlend. »Du wirst es nicht glauben, aber so geht das normalen Menschen manchmal. Sie haben Angst.« Mit einer spielerischen Geste fuhr sie mir erneut durch die Haare, aber ich zog den Kopf zur Seite.

Sie seufzte. »Komm schon. Ist doch alles gut gegangen. Ich bin mir sicher, Meißner weiß zu schätzen, dass du für ihn reingegangen bist und nicht erst auf uns gewartet hast.«

»Der Kerl war ganz schön schwer.«

Tassin kam zurück und reichte mir den gefüllten Becher. Dankbar nahm ich ihn entgegen und trank gierig daraus.

»Wann kann ich mit Meißner sprechen?«

Jana verzog das Gesicht und sah hinüber zu Densch, der mit dem Einsatzleiter des SEKs redete. »Wenn wir mit ihm durch sind«, sagte sie entschieden.

»Kein Problem.«

Sie nickte, als hätte sie nicht erwartet, dass ich mich hinten anstellen würde.

»Komm, ich fahr dich nach Hause«, bot Tassin an und half mir auf die Füße.

Ich stand vor meiner eigenen Wohnung, nachdem ich Tassin mehrfach versichert hatte, dass alles in Ordnung sei und sie nicht mit nach oben kommen müsse. Schließlich hatte ich erleichtert zugesehen, wie ihre Rücklichter um die Ecke verschwunden waren. Aber die Aussicht, jetzt in meine Wohnung zurückzugehen, kam mir merkwürdig und absurd vor. Als wäre das gar nicht mehr mein Zuhause, so lange war ich bereits nicht dort gewesen.

Bevor ich verstand, was ich tat, hatte ich mich in Bewegung gesetzt und lief in Richtung von Taminas Wohnung.

Kurze Zeit später stand ich vor der Tür und klingelte. Erst als ewig nichts passierte und ich schließlich ihre verschlafene Stimme durch die Gegensprechanlage hörte, wurde mir klar, wie spät oder früh es war.

»Ja?«

»Ich bin's. Lässt du mich rein?«

Statt einer Antwort ertönte der Summer, und ich beeilte mich, im Treppenhaus nach oben zu kommen. Die Tür stand offen, aber Tamina konnte ich nicht sehen. Unsicher betrat ich die Wohnung, sah mich suchend um. Mit angezogenen Knien hockte sie auf dem Sofa im Wohnzimmer, sah mir zu, wie ich die Tür hinter mir zudrückte und auf sie zukam.

»Hast du geweint?«, fragte ich, als ich ihre roten Augen bemerkte.

Hastig schüttelte sie den Kopf. Antwortete nicht sofort, sagte dann: »Ich bin bloß schrecklich müde.«

»Es tut mir leid«, sagte ich und setzte mich an das andere Ende der Couch. Mein Instinkt warnte mich davor, ihr zu schnell zu nahe zu kommen. Der intensive Blick, mit dem sie mich ansah, machte mir Sorgen.

Sie machte eine wegwerfende Handbewegung, um meine Entschuldigung abzuwehren.

»Ich wusste nicht, wo ich hin soll«, versuchte ich mich an einer Erklärung. »Ich hatte … Das war eine krasse Nacht.« Ich musste wieder an Meißners Gesicht denken, wie der Schein der Taschenlampe über ihn gewandert war, und es schauderte mich. Gern wäre ich jetzt einfach zu ihr rübergerutscht und hätte mich von Tamina in den Arm nehmen lassen.

Wieder schüttelte sie den Kopf, aber diesmal war es eine andere Geste. Entschiedener, finaler. »Das geht so nicht, Johannes. Ich hatte dich gebeten, mein Leben zu respektieren. Nicht hineinzuplatzen, wie es dir gerade passt. Ich stelle keine Ansprüche, verlange nichts von dir, was du nicht willst, aber wenigstens das möchte ich. Warum ist das so schwer?«

Wie bei unserer letzten Begegnung, als sie mich quasi ins Treppenhaus geschoben hatte, wusste ich nicht genau, was ich erwidern sollte. In mir vermischten sich so viele unterschiedliche Emotionen. Ich wollte wütend auf sie sein, weil sie den

Ernst der Lage, die Dramatik, nicht erkannte. Weil es ihr ganz egozentrisch um sich selbst ging, während jemand wie Meißner seine Beine verloren hatte. Aber ich wusste, dass das Bullshit war. Überzogen und triefend vor Pathos.

Ich wollte ein wimmerndes Geräusch ausstoßen, meinen Kopf in ihren Schoss vergraben und ihr klarmachen, wie sehr ich sie jetzt brauchte. Aber genau das warf sie mir vor, oder? Dass ich blind angestürmt kam, wenn es *mir* passte.

Ich wollte einlenken, ihr recht geben, mich verständnisvoll zeigen. Alles wieder hinbiegen und zum Guten wenden. Aber ich hatte keine Ahnung wie.

So saß ich bloß da, stumm wie ein Fisch und mit ebenso feuchten Augen, und betrachtete diese wunderschöne Frau, die mir so wichtig war und die ich doch irgendwie nicht in mein Leben integriert bekam.

Sie seufzte. »Ich muss wirklich ins Bett. Es tut mir leid.« Mit diesem letzten Satz stand sie auf, ging ins Schlafzimmer, und als sich die Tür hinter ihr schloss, wusste ich, dass ich in dieser Nacht hier nichts mehr verloren hatte.

28

Am nächsten Morgen saß ich allein in meiner Küche und trank einen Kaffee, als mein Handy brummte. Das Ticker-Handy. Inzwischen hatte ich mein eigenes ebenfalls wieder in Betrieb genommen, die knapp zwanzig Anrufe in Abwesenheit ignoriert, das halbe Dutzend SMS überflogen und fühlte mich immer noch vollkommen fremd in Johannes Thiebecks Welt.

»Ich bin's«, sagte Tassin. »Jana und Mirko haben mit Meißner gesprochen. Der ist erstaunlich klar. Sie meinten, du wolltest auch mit ihm reden.«

»Auf jeden Fall.«

»Soll ich dich abholen?«

Kurz überlegte ich, ob Tassin angehalten war, als mein Aufpasser mitzukommen. Möglicherweise traute mir Densch so weit dann doch nicht über den Weg. »Klar«, antwortete ich. Schob noch ein »Gerne« hinterher.

Knapp eine halbe Stunde später hielt sie in der zweiten Spur, und ich stieg ein. Beim sportlichen Anfahren rutschte mir eine fettige Tüte direkt von der Armatur auf den Schoß.

»Croissants, noch warm«, sagte Tassin statt einer Begrüßung. Mit spitzen Fingern holte ich mir eins heraus, klemmte es mir zwischen die Zähne und bot ihr auch eins an. Tassin schüttelte den Kopf.

Mit einem Schulterzucken schloss ich die Tüte wieder und biss abwechselnd von beiden Croissants ab.

»Ich finde gut, dass du Meißner gefunden hast«, sagte Tassin irgendwann unvermittelt. Sie schaute in den Spiegel, setzte den Blinker und wechselte die Spur. Wir bewegten uns an der Bahn entlang Richtung Westen, sie fuhr deutlich zu schnell.

»Aber?«, fragte ich, weil ich den ungesagten Zusatz gespürt hatte.

Sie antwortete nicht. Ich warf ihr einen Seitenblick zu, konnte die Kiefermuskeln arbeiten sehen.

»Du bist unzufrieden, weil das nichts mit dem Boom zu tun hat, richtig? Weil ich nicht das mache, wofür du mich eingeschleust hast.«

Sie sagte immer noch nichts, aber ich konnte sehen, dass ich ins Schwarze getroffen hatte.

»Ich habe mir immer wieder die Audios der anderen beiden angehört. Diese Art von Folter wünsche ich echt niemandem.«

Sie widersprach nicht, was sollte sie auch sagen? Dass ich Meißner da unten hätte verrotten lassen sollen, um mich mit voller Power auf ihren Fall zu konzentrieren? Mich wunderte, dass sie überhaupt die Eier gehabt hatte, das Thema anzusprechen. Eierstöcke?

»Ich bin immer noch nicht davon überzeugt, dass der eine Fall mit dem anderen nichts zu tun hat«, erklärte ich, nachdem wir eine Weile schweigend weitergefahren waren. »Das wäre echt ein verdammt großer Zufall. Wer weiß, vielleicht kann uns Meißner irgendwas erzählen, das uns weiterhilft. Das uns den Schlüssel zu deinem Problem in die Hände gibt.«

»Sieht nicht so aus«, murmelte Tassin und zog rasant an einer Limousine vorbei.

Ich hatte das Gefühl, dass sie umso aggressiver Auto fuhr, je aufgewühlter sie war. Ich musste den Reflex unterdrücken, sie zu bitten, vom Gas zu gehen.

»Was meinst du?«

»Jana sagt, er kann dazu nichts sagen. Meißner ist bereit, zu kooperieren, aber der weiß nichts von den Drogen. Jedenfalls nichts vom Boom. Der hat keine Ahnung, warum es ihn erwischt hat oder worum es geht.«

»Ich muss trotzdem mit ihm reden.«

Sie zögerte einen Augenblick, sagte dann: »Ich wollte das nicht.«

»Was?«

»Dass du mit ihm redest.«

Ich verzog das Gesicht, verstand nicht.

»Die ganze Operation ist damit gefährdet. *Du* begibst dich in Gefahr.«

»Tassin, ich habe den Mann da rausgeholt. Der hat mich doch längst gesehen.«

»Aber vielleicht nicht erkannt. Der war fast im Delirium. Aber wenn du jetzt zu ihm ins Krankenzimmer spazierst, wo er unter Polizeischutz steht, ist dem doch vollkommen klar, dass du ein doppeltes Spiel treibst. Du bist dann verbrannt.«

»Aber nur, wenn er rauskommt und mit seinen Kumpels reden kann. Was ihr für eine Weile noch verhindern könnt.«

»Für eine Weile. Und es gefällt mir einfach nicht, dass jemand dein Cover so leicht auffliegen lassen kann.«

»Ich will trotzdem mit ihm reden.«

Sie verzog das Gesicht, als wüsste sie das.

Den Rest der Fahrt sprachen wir nicht viel. Ich nicht, weil ich damit beschäftigt war, die Tüte leer zu essen, und Tassin nicht, weil sie offenbar tief in Gedanken steckte.

Im Krankenhaus wies uns eine Schwester am Empfang den Weg. Wir nahmen den Aufzug nach oben und wurden bereits im Flur von einem der beiden Beamten begrüßt, die zu Meißners Schutz abgestellt waren. Mit einem Nicken öffnete er die Tür, und wir traten in das Einzelzimmer.

Meißner lag im Bett und starrte ins trübe Grau draußen. Direkt vor dem Fenster stand ein Baum, der bereits den Großteil seiner Blätter verloren hatte.

Erst als ihn Tassin begrüßte, drehte Meißner uns langsam den Kopf zu. Sein Blick wanderte zu ihr, glitt dann zu mir, zuckte zurück zu ihr. Seine Pupillen weiteten sich. Er hatte Tassin erkannt und die Gleichung im Kopf vollendet.

Für einen Moment lang huschte Verärgerung über sein Gesicht, doch dann krochen seine Mundwinkel ein wenig nach oben.

»Ist das der Grund, warum ich noch am Leben bin, du Arschloch? Weil du Bulle bist?«, fragte er mit heiserer Stimme.

Ich zog mir den einzigen Stuhl heran und schob seinen Krankenhaustisch, auf dem Kopfhörer, ein Apfel und mehrere Auto-Magazine lagen, etwas zur Seite. Tassin lehnte an der Wand, die Arme verschränkt.

»Schätze schon«, antwortete ich.

Er schüttelte den Kopf. »Ich hätte wissen müssen, dass mit dir was nicht koscher ist. Taucht so'n Typ aus dem Nichts auf, rettet meine Jungs und entpuppt sich mal als Überflieger. Das musste ja Beschiss sein.« Seine Augen zogen sich zusammen. »Wer bist du wirklich?«

Ich konnte sehen, wie sich Tassin versteifte. Die wollte, dass ich die Klappe hielt.

Stattdessen antwortete ich: »Johannes Thiebeck. Kommissar außer Dienst. Früher bei der Mordkommission.«

Er lächelte erneut, schien mir die Maskerade nicht zu sehr übelzunehmen. Mit einem Grunzen drehte er sich zur Seite und streckte mir die Hand entgegen. »Danke, Thiebeck. Dass du mir den Arsch gerettet hast.«

»Keine Ursache.« Ich schüttelte sie ihm. »Tut mir leid, dass ich zu spät für die Beine gekommen bin.«

Seine Miene verdüsterte sich. »Die Arme wären als Nächstes dran gewesen, oder?«

Ich nickte.

»So ein perverses Schwein. Ich wünschte, die Sau wäre mich mal von vorne angegangen.«

Ich beugte mich vor, um nach seinem Hals zu sehen.

Er hielt still, auch wenn er mich dabei misstrauisch beäugte. »Was?«

»Die rote Linie am Hals, war das eine Garotte?«

Seine Hand bewegte sich unwillkürlich zum Adamsapfel, der auf und ab ging. Er nickte. »Hat mir die Luft abgeschnürt, bis ich mich nicht mehr wehren konnte. Bevor ich den Draht von meinem Hals bekommen habe, ist mir schon schwarz vor Augen geworden.« Es schien ihm peinlich, dass er sich auf diese Weise hatte überrumpeln lassen. Wo er doch schon wusste, was den anderen beiden passiert war.

»Hast du ein Gesicht gesehen?«

»Nein. Er hat eine Maske getragen. Schwarz und glänzend, mit weißen Umrandungen an den Augen.«

Ich verzog das Gesicht, weil ich mir nicht vorstellen konnte, wie das aussah. Ich hätte eine schwarze Stoffmaske erwartet, wie sie Spezialkräfte trugen.

Plötzlich stutzte ich. »Er?«

Meißner musterte mich mit blutunterlaufenen Augen, nickte.

»Bist du dir ganz sicher? Ein Mann?«

»Ja.«

»Kein Zweifel? Könnte es nicht auch eine Frau gewesen sein?« Ich wusste, dass wir früher bei den Ermittlungen auch meistens von einem *Er* gesprochen hatten. Und uns damit rausgeredet hatten, dass es *der Täter* hieß und der überwiegende Teil unserer *Kunden* bei der Mordkommission Männer waren, aber tatsächlich war es manchmal schwer, unvoreingenommen zu bleiben und nach Mann oder Frau gleichermaßen zu fahnden. Möglicherweise war Meißner derselbe Fehler unterlaufen.

Ich bemerkte, wie Tassin mich ansah, reagierte aber nicht auf ihren Blick.

Meißner lachte rau. »Kein Zweifel, das war ein Typ.«

»Warum bist du dir so sicher?« Ich versuchte, möglichst neutral zu klingen. Ihm nicht das Gefühl zu geben, ich würde ihn herausfordern.

»Der Angreifer war muskulös, kräftig. Hat gegrunzt, das war eine Männerstimme. Ein Hauch von Schweiß, mit einem herben Deo. Ich hab ihn an den Handgelenken gepackt, die waren zu dick für eine Frau. Und zu haarig.« Er lachte leise. »Mann, glaub mir, ich hätte schon bemerkt, wenn das eine Uschi gewesen wäre, die da über mich herfällt.«

Jetzt schaute ich doch Tassin an, und ihr Gesichtsausdruck, wenn auch neutral, schien zu sagen: *Siehst du!*

»Was ist mit einem möglichen Komplizen? Hast du das Gefühl, das könnten zwei gewesen sein?«

»Nein, glaube ich nicht. Ich hatte immer das Gefühl, mit demselben zu tun zu haben.«

»Wo hat er dich angegriffen? Oben im Penthouse?«

»Ja. Ich bin abends nach Hause gekommen und war schon ein paar Minuten in der Wohnung, bevor er mich von hinten attackiert hat.« Er räusperte sich, rieb sich den Hals.

Ich fragte mich, wie lange ich noch mit ihm reden konnte, bevor seine Stimme versagen würde. Jana und Mirko hatten ihn vermutlich auch schon ordentlich gegrillt.

»Wir haben keine Einbruchsspuren gefunden. Hast du eine Ahnung, wie der Täter reingekommen sein könnte?«

»Das ist eine ziemlich moderne Anlage, scheißteuer gewesen, aber letztendlich: Wenn jemand sich auskennt und es unbedingt will, dann kommt es überall rein.«

Ich nickte. Das hieß also, dass unser Mann entweder selbst ein ziemlicher Elektronik-Wizard war oder so jemanden an der Hand hatte.

»Wo bist du wieder aufgewacht?«

»Da unten in diesem verkackten Keller. Auf den Tisch geschnallt. Ich konnte mich kein Stück bewegen.«

Mir kam ein Gedanke. »Haben die da ein Band gefunden?«, wollte ich von Tassin wissen.

Sie nickte. »Digitales Aufnahmegerät und Aufnahmen von Herrn Meißner.«

Er fluchte. Ich beschloss, später herauszufinden, wie die Aufnahmen gestartet worden waren.

»Und dann hat er dir irgendwann die Beine abgenommen?«

Sein Gesicht verdüsterte sich. »Er ist hereingekommen, ich glaube, nach ein oder zwei Tagen. Es war schwer, ein Zeitgefühl zu behalten. Ohne eure Leute hätte ich auch gar nicht gewusst, wie lange ich dort unten gelegen habe. Vielleicht war es sogar schon am nächsten Tag, nachdem er mich eingesperrt hatte.«

»Wie ist er vorgegangen?«

»Er hat mir die Oberschenkel abgebunden und dann die ersten Schnitte gesetzt.«

»Ohne Betäubung?« Ich warf Tassin einen Blick zu, die Meißner mit steinerner Miene betrachtete.

»Ja. Mein Kopf war ebenfalls festgeschnallt, und er hat mir das Maul mit einem Knebel gestopft. Mit dem linken Bein hat er angefangen. Irgendwann, nachdem er die Knochensäge angesetzt hat, bin ich ohnmächtig geworden.« Es schauderte ihn sichtlich.

Ich ließ ihm Zeit, sagte nichts.

Nach einer Weile fuhr er fort: »Als ich wieder aufgewacht bin, waren beide Beine weg.«

»Fuck«, entfuhr es mir. Frustriert fuhr ich mir durch die Haare. Nach wie vor verstand ich nicht, warum das alles ausgerechnet diesen drei Männern passiert war. Was den Täter dazu trieb. »Ist dir irgendwas Besonderes aufgefallen? Irgendwelche Geräusche, an die du dich erinnerst? Hat er irgendwann mal etwas gesagt? Vielleicht gab es einen kurzen Ausruf?«

Meißner schüttelte den Kopf.

»Ist dir ein Geruch im Gedächtnis geblieben?«

»Desinfektionsmittel. Damit hat er meine Stümpfe getränkt«, antwortete er bitter. »Sonst nichts.«

Ich ließ mich in den Stuhl zurückfallen. Unser wichtigster Zeuge, ein direktes Opfer des Täters, und nichts, was uns weiterhalf.

»Herr Meißner hat bereits zugestimmt, sich einer Hypnose zu unterziehen, um möglicherweise weitere Erkenntnisse über den Täter oder Tathergang zu gewinnen.«

Ich sah Tassin überrascht an. Hatte nicht erwartet, dass sie sich derart *polizeinormal* ausdrücken konnte.

»Also gut.« Ich sah Meißner an. Er machte einen erschöpften Eindruck, seine Gesichtsfarbe hatte bereits einen grauen Ton angenommen. Ich beschloss, ihm eine Pause zu gönnen. Sagte: »Vielen Dank, Meißner«, und schüttelte ihm noch mal die Hand und erhob mich. »Wir tun alles, um die kranke Sau zu erwischen.«

Er nickte, wenig Überzeugung in den Augen. »Haben sie dich bei mir eingeschleust, weil sie wussten, dass ich der Nächste sein würde?«

Ich wollte gerade zu einer Entgegnung ansetzen, als ich Tassins Gesichtsausdruck bemerkte. Hier bot sich die Gelegenheit, zu verhindern, dass ihre Undercover-Aktion gegen das Boom komplett aufflog.

Ich improvisierte. »Es war eine Möglichkeit. Das LKA reagiert besonders allergisch, wenn es um Serienmorde geht, auch wenn es sich bei den Opfern um Kriminelle handelt. So was hat höchste Priorität.«

»Beeindruckend kreativ. Nächstes Mal schaue ich genauer hin.« Dann fiel ihm noch was ein. »Was wussten die Jungs?«

»Schoko und Chris?«

Er nickte.

Ich verzog abfällig das Gesicht. »Die sind ein bisschen weich in der Birne, die konnten nichts dafür. Und ja, mit seiner Tante hatte ich was.« Ich grinste süffisant, machte eine Geste mit den Händen, die eine riesige Oberweite andeuten sollten. »Nippel, mit denen man Glas schneiden kann.«

Wir verabschiedeten uns, und Tassin folgte mir aus dem Zimmer.

»Was habt ihr mit Schoko vor?«, fragte ich auf dem Weg zum Fahrstuhl.

»Den lassen wir für eine Weile untertauchen. Sollte nicht allzu schwer sein, eine glaubhafte Geschichte zu finden. Ich kann mir nicht vorstellen, dass ihm Meißner nachstellen wird, wenn er wieder auf den Beinen ist.«

»Meißner kommt in diesem Leben nicht mehr auf die Beine«, erwiderte ich.

Tassin brauchte eine Sekunde, um meine bissige Bemerkung zu verstehen, verzog dann das Gesicht. »Das ist nicht witzig.«

»War auch nicht so gemeint«, entgegnete ich, während wir in den Fahrstuhl traten. »Vielleicht fällt mir zu Schoko noch was ein.«

Sie ging nicht darauf ein. »Ich fahre ins LKA, Meeting mit Jana und Densch. Willst du mitkommen?«

»Natürlich.«

Mein eigenes Handy vibrierte. Ich zog es aus der Tasche, sah, dass es mein Vater war, und murmelte: »Entschuldigung«, während ich ranging. »Papa, was gibt's?«

»Kannst du herkommen? Ich habe was gefunden.«

Ein merkwürdiges Gefühl stieg in mir auf. »Geht es um Jan?«

»Ja«, antwortete er mit belegter Stimme.

»Ich komme.«

Ich ließ mich von Tassin bis zur U-Bahn bringen und verabschiedete mich dort von ihr.

Diesmal machte mir mein Vater tatsächlich selbst die Tür auf. Wir umarmten uns, wie wir es immer taten, sagten dabei aber kein Wort.

Als ich ihm in die Küche folgte, fragte ich: »Was hast du gefunden?«

Er setzte sich an den Tisch und zeigte stumm auf eine Metallbox, die neben den beiden Kerzenständern aus Glas auf dem hellen Deckchen stand. Ich nahm mir ebenfalls einen Stuhl und zog die Kiste zu mir heran. Sie war etwas kleiner als ein Schuhkarton, aus dunklem Blech gearbeitet, und ich konnte nicht erkennen, welchen Zweck sie einmal erfüllt hatte.

Vorsichtig drückte ich mit den Daumen gegen den Rand und öffnete sie. Drinnen lagen Geldbündel, dicht gepackt. Euro-Scheine.

»Wie viel ist das?«, wollte ich wissen.

»Ich bin nicht sicher. Grob überschlagen würde ich schätzen, dass das fast eine Viertelmillion sein müsste.«

»Wo hast du es gefunden?« Ich musste mich bemühen, die Schärfe aus meiner Stimme herauszuhalten. Derart viel Geld, vermutlich aus dubiosen Quellen, im Haus meines Vaters zu verstecken, war genau die Art von Scheiße, die bloß Jan verzapfen würde.

»Zwischen den alten Sachen deiner Mutter. Ich habe ein Fotoalbum gesucht, weil ich Frau Neumann von einem Bild erzählt hatte. Das wollte ich ihr zeigen.«

»Und du hast das vorher noch nie gesehen?«

Er schüttelte den Kopf.

Ich griff in die Kiste, nahm mir ein Bündel Hunderter heraus. Untersuchte die Scheine. Auf den ersten Blick schienen sie echt zu sein.

»Glaubst du, Jan hat die Kiste bei dir versteckt?«, sprach ich endlich aus, was mir schon die ganze Zeit im Kopf herumschwebte.

»Möglich.«

»Aber du hast keine Ahnung, wo er das Geld her haben könnte?«

»Mir hat er nichts erzählt. Ich habe ihn auch nicht ausgefragt«, fügte er verteidigend hinzu.

Ich sagte nichts, auch wenn ich fand, dass er Jan erst einmal ins Kreuzverhör hätte nehmen sollen, bevor er ihn in sein Haus ließ.

»Ich kümmere mich darum«, sagte ich, und mein Vater nickte. Ich kannte ihn und wusste, dass ihm nicht so wichtig war, wo Jan das Geld her hatte. Ob es illegal in seinen Besitz gelangt war. Ihm war wichtig, dass ich mich darum kümmerte, sodass es aus seinem Haus verschwand. Dass ich geraderückte, was gegebenenfalls in Schieflage geraten war. Er vertraute darauf, dass ich Dinge in Ordnung bringen konnte, die außerhalb seines eigenen Einflussbereichs lagen.

»Ich gehe noch mal hoch in sein Zimmer«, sagte ich und schob das Kästchen auf die Anrichte im Flur. *In mein Zimmer*, dachte ich bei mir.

»Willst du einen Tee?«

»Mach mir Kaffee«, sagte ich und stieg die Treppe hinauf.

Oben öffnete ich die Tür und sah hinein. Es sah nicht anders aus als beim letzten Mal, und ich konnte nicht erkennen, ob Jan in der Zwischenzeit erneut hier geschlafen hatte. Auf dem Bett lag immer noch das französische Buch. Ich nahm es hoch, blätterte darin. Nahm mein Handy zur Hand und suchte online nach dem Titel. *Le Chemin de Centrafrique.*

Ich brauchte mir gar keines der Suchergebnisse genauer ansehen. Die ersten Bilder, die oben in der Suche auftauchten, sagten schon alles. Afrikaner, Soldaten, der Tschad. Und auf einmal konnte ich auch mit meinem vergessenen Schulfranzösisch den Titel übersetzen: Der Weg nach Zentralafrika.

Mein Puls beschleunigte sich. Jans Sprachkenntnisse, seine jahrelange Abwesenheit und das Buch ließen einen Verdacht in mir aufkeimen. Ich tippte *Fremdenlegion* in die Suche und wechselte zu den Bildern. Da war er, dieser Ring mit Haaren, den ich als Tätowierung auf seinem Unterarm bemerkt hatte. Eine siebenflammige Granate, eines der Abzeichen der Fremdenlegion, der *Légion étrangère*.

Jan war nicht noch einmal im Knast gewesen, aber die Frage war, ob ein Leben bei der Fremdenlegion eine deutlich andere Sozialisation als die hinter Gittern darstellte.

Ich setzte mich aufs Bett und suchte nach weiteren Informationen zur Fremdenlegion. Und blieb schließlich an zwei Wörtern in einem englischen Artikel über die Legion hängen: *la loupe.* Die Bezeichnung für eine typische Garotte aus zwei Schlingen, wie sie von den Spezialeinheiten der Fremdenlegion verwendet wird.

Schwindel erfasste mich.

Mit zitternden Fingern suchte ich Janas Nummer heraus und rief sie an.

»Hey, was gibt's?«, meldete sie sich.

»Hast du Hegert irgendwo in der Nähe?«, fragte ich ohne Begrüßung.

Sie zögerte, fing sich aber sofort. »Ja, Moment.«

Ich hörte ein Rascheln, als würde sie das Handy abdecken, und dann Hegerts Stimme: »Arne hier.«

»Die Spuren an den Hälsen der Männer, die Würgemale, stammen die von einem oder von zwei Schnüren oder Drähten?«

Hegert brauchte ebenfalls einen Moment, um sich zu orientieren. Schließlich antwortete er: »Ziemlich sicher mehr als einer. Zwei könnte auf jeden Fall hinkommen. Warum fragst du?«

Statt eine Antwort zu geben, legte ich auf. Saß vornübergebeugt auf dem Bett in meinem alten Kinderzimmer, in dem mein Bruder geschlafen hatte. Mein Bruder, der Söldner bei der französischen Fremdenlegion gewesen war. Oder es immer noch war. Der fließend Französisch sprach und vermutlich im Gebrauch einer Garotte ausgebildet war. *La Sorcière Noire.*

»Johannes? Der Kaffee ist fertig!«, rief mein Vater von unten.

»Ich komme«, rief ich halblaut zurück, musste es aber noch zwei weitere Male probieren, bevor er mich endlich verstanden hatte.

Ungläubig starrte ich auf die Sachen, die Jan im Zimmer verstreut hatte. Konnte das wirklich sein? War Jan derjenige gewesen, der die Männer überwältigt und gefoltert hatte, ihnen Arme und Beine abgenommen und sie schließlich ausgeweidet hatte? Warum? Das alles ergab genauso wenig Sinn wie vorher. Als ich noch gedacht hatte, dass irgendein unbekannter Psychopath die Männer umgebracht hatte. Und nicht Jan.

Auf dem Weg nach unten überlegte ich, ob ich riskieren konnte, meinem Vater *nichts* von alledem zu sagen. So tun, als ob hier nichts von Bedeutung passierte. Und entschied mich dagegen. Alle Welt hatte mir immer wieder zu erklären versucht, dass ich nicht am Tod meiner Mutter schuld war. Dass allein ihr Mörder diese Verantwortung zu tragen hatte, aber tief in meinem Herzen war ich mir sicher, dass ich es hätte verhindern können. Es hätte verhindern müssen.

Unten setzte ich mich zu meinem Vater an den Tisch.

»Du musst für eine Weile aus der Stadt«, sagte ich ansatzlos, nachdem ich einen Schluck Kaffee getrunken hatte.

»Machst du dir Sorgen wegen Jan?«

Ich nickte. »Möglicherweise steckt er in einem ziemlichen Haufen Ärger. Ich will nicht, dass du etwas damit zu tun bekommst.«

Mein Vater sagte nichts. Er war im Ruhestand, konnte theoretisch von heute auf morgen seine Sachen packen und irgendwohin gehen. Keine Verpflichtungen mehr. Aber die Frage war, würde er das auch wollen? Er stand mir in Sachen Dickköpfigkeit kein Stück nach, und ich wollte gerade zu mehr ansetzen, als er einfach sagte: »Gut.«

Der Blick, mit dem er mich ansah, zeigte, dass er ahnte, wie ernst es mir war. Wie ernst es um Jan stand.

»Was willst du machen?«

»Ich fahre zu Markus nach Dortmund. Wir schreiben uns schon seit Ewigkeiten hin und her und reden davon, dass wir uns mal wieder sehen.« Er zuckte mit den Schultern. »Das ist eine ganz gute Gelegenheit, schätze ich.«

Ich betrachtete meinen alten Herrn. In manchen Sachen war er ein Stoiker. Hatte nicht das Bedürfnis, sich aufzuregen, etwas zu ändern, nicht einmal, den Dingen auf den Grund zu gehen. In anderen Situationen dagegen hätte er mich herumkommandiert, als wäre ich sein Laufbursche, zum Beispiel wenn es um Reparaturen im Garten gegangen wäre.

»Das macht dir nichts aus? Auch wenn ich nicht genau weiß, was es damit auf sich hat?«

Er schüttelte den Kopf. »Stell dir einfach vor, ich hätte ohnehin vorgehabt, zu verreisen. So ist es vielleicht leichter.« Er klang müde. Wie fast immer seit Mamas Tod.

»Wann fährst du?«

»Ich rufe Markus nachher an. Möglicherweise schon in ein paar Stunden.«

»Soll ich dich zum Bahnhof bringen?«, fragte ich, bevor mir einfiel, dass ich ebenfalls mit den Öffentlichen hier war.

»Nicht nötig, ich nehme mir ein Taxi.«

Keine zwei Stunden später sah ich zu, wie er in das beige Fahrzeug stieg und zum Abschied kurz die Hand hob. Ich hatte einen dicken Kloß im Hals, weil ich wusste, wie sehr es ihn schmerzte, dass er fuhr. Weil ich seinen Sohn, der gerade erst wieder in seinem Leben aufgetaucht war, mit diesem schrecklichen Verdacht belastete.

Ich ging zurück ins Haus und suchte den Zettel mit Jans Nummer, den mein Vater mir irgendwo in der Küche hingelegt hatte. Versuchte, ihn anzurufen, aber er ging nicht ran.

Für einen Moment lang starrte ich den schwarz gewordenen Bildschirm an und aktivierte ihn dann erneut. Tippte Stehrs Nummer ein.

»Was liegt an, Bruder?« Offenbar hatte er inzwischen meine neue Nummer gespeichert.

»Ich müsste noch mal deinen Catcher benutzen.«

»Den IMSI-Catcher.«

»Richtig.«

»Kein Problem. Schick mir die Nummer, und ich kümmer mich darum, herauszufinden, wo sich die Assel befindet. Wir reden hier doch von einer Assel, oder?«, fragte er plötzlich besorgt.

Ich zögerte. »Das weiß ich noch nicht.«

»Puh. Plötzlich hatte ich Sorge, du suchst vielleicht nach deiner Freundin oder so.«

Tamina. Mich stach das schlechte Gewissen. Momentan spielte sie so gut wie keine Rolle in meinen Gedanken, in meinem Gefühlsleben. Lag das an dem Fall oder daran, dass ich sie nicht ernsthaft vermisste? Wie ging es ihr damit?

Ich schob den Gedanken beiseite. »Kommt sofort. Sag Bescheid, wenn du was hast.«

Wir beendeten das Gespräch, und ich schickte ihm Jans Nummer. Dann ging ich an den Schrank, nahm Papas Obstler heraus und füllte mir einen der Stampfer randvoll ein. Und ging hinaus in den Garten, setzte mich unter den Pflaumenbaum und schaute auf das Haus. Zu Mamas Fenster hoch.

Inzwischen war es empfindlich kalt geworden, und ich musste meine Jacke enger um mich ziehen, weil mich fröstelte.

Es dämmerte bereits, als mein Handy vibrierte und der Bildschirm blau aufleuchtete. Stehrs.

»Hast du was?«

»Wir haben die Nummer geortet. Das Handy befindet sich in Oberschöneweide.«

»Oberschweineöde«, berichtigte ich ihn reflexartig.

»Was?« Er kannte den Witz offenbar nicht.

»Schon gut. Könnt ihr sehen, wie lange es sich schon da draußen befindet?«

»Negativ. Ist bloß eine Momentaufnahme. Aber es bewegt sich nicht.«

Ich überlegte, ob ich raus nach Oberschweineöde fahren sollte, um meinen Bruder zu suchen. Um ihn mir vorzuknöpfen und die Info, woher das ganze verdammte Geld stammte, aus ihm herauszuprügeln.

29

»Gib mir mal die Nüsse«, sagte Stehrs und zeigte auf die Pistazien.

Wir saßen mit Paul zusammen im Transporter und warteten. Stehrs und ich hatten jede Menge Übung darin. Die Observationen, oder *Obs*, an denen wir im aktiven Dienst beteiligt gewesen waren, hatten zu neunzig Prozent aus Warten bestanden. Paul schien es ebenfalls nichts auszumachen, er hatte sich Unilektüre und einen E-Book-Reader mitgebracht, auf dem sich, seinen Worten nach, genug Lesestoff für eine ganze Bibliothek befand.

Paul hatte uns mit ziemlicher Sicherheit sagen können, in welchem Gebäude sich Jan befand, und dieses behielt ich nun im Auge. Wartete darauf, dass mein Bruder entweder telefonieren würde oder aber das Haus verließ, und wir ihm folgen konnten. Stehrs hatte neben dem ganzen Elektronikzeug aus dem Bus auch noch eine Kamera mit einem fetten Zoom mitgebracht, falls es etwas abzulichten gab.

Zwischen unseren Beinen stand ein Plastikmülleimer, in den in regelmäßigen Abständen die Pistazienschalen fielen, während Stehrs knisterte, knackte und kaute.

Auf einmal merkte Paul auf und legte den Reader beiseite.

»Haben wir was?«, fragte Stehrs mit vollem Mund.

Paul antwortete nicht, sondern drückte bloß Knöpfe. Die Lautsprecher erwachten zum Leben, und wir konnten das Freizeichen hören.

Ich spürte mein Herz schlagen, eine Ader oben im Hals zucken. Teile von mir wehrten sich immer noch dagegen, dass mein Bruder ein Mörder sein könnte. Der Junge, mit dem ich meine ganze Kindheit, meine Jugend verbracht hatte, sollte diese Taten vollbracht haben? Das kam mir vollkommen unwirklich vor, aber ich wusste, dass Menschen immer wieder derart rabiate Entdeckungen machen mussten. Gesine Lammert, die plötzlich mit der Erkenntnis konfrontiert worden war, dass der Mann, den sie jahrzehntelang geliebt hatte, vermutlich eine große Zahl an Menschen umgebracht hatte. Darunter kleine Kinder, Babys. Wie fühlte man sich, wenn man mit so etwas konfrontiert wurde? Möglicherweise hatte ich Gelegenheit, das für mich herauszufinden.

»Ja?«, meldete sich jemand, dessen Stimme ich nicht erkannte.

»Wir sind hier«, antwortete Jan. »Was ist mit dem restlichen Geld?«

»Haben wir dabei.«

»Gut. Wann seid ihr da?«

»In 30 Minuten.«

Einer von beiden legte einfach auf.

»Was war das denn?«, wollte Stehrs wissen.

Ich antwortete nicht, sondern grübelte darüber, was der Austausch zu bedeuten haben könnte.

»Achtung, Bewegung!«, rief Stehrs alarmiert.

Am Hauseingang konnte ich einen bulligen Typen mit kurzen Haaren in einem Windbreaker erkennen, der kurz stehen blieb, sich zu orientieren schien und dann von uns weglief. Am Hals trug er ein Tattoo, aber das Motiv konnte ich auf die Entfernung nicht erkennen.

Die Häuser der breiten Straße, in deren Mitte die Tramschienen verliefen, waren alle in verschiedenen Grautönen verputzt, mit unterschiedlichen Graden an Verschmutzung, die ihre ganz eigenen Nuancen zur Farbpalette beitrugen. Manche Gebäude standen leer, aber immerhin gab es weiter vorn, dort, wo der Kerl jetzt hinlief, eine Reihe von Geschäften und Imbissen, die immer noch in Betrieb waren. Ich kannte Gegenden, die ähnlich heruntergekommen waren und wo die Läden längst alle geschlossen hatten.

»Gib mir mal die Kamera«, forderte ich Stehrs auf. Ich stellte das Monsterobjektiv so ein, dass ich den Hauseingang, durch den der Typ gekommen war, gut im Visier hatte.

»Glaubst du, das war einer von ihnen?«, fragte mich Stehrs.

Paul hielt sich aus der ganzen Sache heraus, er hatte sich schon wieder sein E-Book vorgenommen.

»Anzunehmen. So eine Hackfresse würde schon zu Jan passen.« Bisher hatte ich nicht erwähnt, dass der Mann, den wir observierten, früher einmal mein Bruder gewesen war. Ich hatte außerdem keinen Hinweis darauf gegeben, warum genau wir hier standen, aber Stehrs hatte auch nicht gefragt.

Nach einer Weile kam der Typ im Windbreaker wieder zurück, unter dem Arm einen Stapel Pizzakartons und eine Plastiktüte, vermutlich mit Getränken.

Ich machte Fotos, während er an der Tür stand, klingelte und kurz darauf eingelassen wurde. Als er sich beim Warten umsah, konnte ich einen Schnappschuss von der Tätowierung machen: ein komplexes Spinnennetz, das sich fast um die gesamte linke Seite seines Halses zog.

Danach passierte eine Weile gar nichts, bis schließlich direkt vor der Tür zwei dunkle SUVs hielten. Eigentlich herrschte dort Parkverbot, aber ich nahm nicht an, dass das irgendwen kümmerte.

Ich hielt die Kamera bereit und fotografierte fünf Männer, die ausstiegen und an die Haustür traten, um zu klingeln. Zwei von ihnen waren ähnliche Stiernacken wie der Pizzaboy, allerdings in Anzügen, und einer von ihnen trug eine schwarze Sporttasche, die nicht besonders gut zu seinem Outfit passte. Ein Mann, vielleicht Mitte vierzig, mit wild abstehendem grauen Haar und elegantem Anzug sowie ein magerer Kerl in Jeans und Pullover flankierten jemanden, den ich bereits kannte: David Petrow.

»Ach du Scheiße«, sagte ich leise, während ich dabei unaufhörlich auf den Auslöser drückte.

»Was ist?«, fragte Stehrs, der ohne Zoom natürlich deutlich weniger erkennen konnte.

»Das ist jemand, den ich hier nicht erwartet hätte«, antwortete ich knapp.

Die Haustür wurde geöffnet, und die fünf verschwanden im Haus.

»Mach Bilder, wenn sie wieder herauskommen. Und sag mir Bescheid, wenn sich sonst was tut«, befahl ich knapp, drückte Stehrs die Kamera in den Schoß und stieg aus.

»Hey, was machst du?«, rief er mir hinterher. Meine Antwort war das Zuwerfen der Schiebetür.

Draußen fegte ein kalter Wind ungebremst durch die breite Straßenschlucht, und noch während ich vom Wagen wegging, fröstelte es mich. Kurz musste ich die Augen schließen, als mir klar wurde, dass die Ankunft von David Petrow bedeutete, dass ich mit meiner Befürchtung zumindest teilweise richtig gelegen hatte. Irgendwie hatte ich immer noch die Hoffnung gehabt, es gäbe eine legale Erklärung für das Geld in Jans Besitz.

Ich musste davon ausgehen, dass er das Geld von Petrow bekommen hatte, und es war unwahrscheinlich, dass die Verbindung der beiden nichts mit den Toden zu tun hatte. Ich war mir sicher, dass Jan bei der Fremdenlegion zu einem Killer ausgebildet worden war, und einen Killer suchten wir! Noch bestand die Möglichkeit, dass er irgendwie anders in der Geschichte steckte, dass es für alles eine einigermaßen harmlose Erklärung geben würde, aber das dumpfe Gefühl in meinem Magen sagte etwas anderes.

Mir war klar gewesen, dass eine derartige Menge Geld, versteckt im Haus meines Vaters, nichts Gutes verheißen konnte. Dass Jan in irgendetwas drinsteckte, was nicht gesund sein konnte. Aber dass er wirklich der Mann sein könnte, der Grasser und von Geram getötet hatte, das war zu viel. Ich hatte es in dem Bus nicht mehr ausgehalten. Wünschte mir fast, ich könnte mich übergeben, um alles loszuwerden, aber außer einem bitteren Geschmack im Hals spürte ich nichts, was auf ein Erbrechen hindeutete.

Ich fluchte laut, und eine Krähe, die auf einem verwilderten Grundstück nach Futter pickte, hüpfte protestierend auf. Ich hielt kurz inne, betrat dann durch ein großes Loch im Zaun die Freifläche. Der Vogel hopste erneut ein paar Meter weiter und beäugte mich misstrauisch aus dunklen Augen. Ich schenkte ihm weiter keine Beachtung, sondern lief über roten Sand zwischen Büscheln aus zähem Gras und geduckten Sträuchern hin und her, die Fäuste tief in den Taschen meiner Sweatshirtjacke vergraben.

Ging meine Optionen durch. Eigentlich müsste ich Jana und Densch anrufen. Vielleicht über Tassin. Ich musste ihnen sagen, was ich herausgefunden hatte. Ihnen die Bilder von Petrow zeigen.

Aber ich hatte noch keinen Beweis, nur Indizien. Nichts, was wirklich wasserdicht war. Ich kam mir selbst albern vor, als ich das in Gedanken durchging. Doch was, wenn Petrow sich zufällig dort aufhielt? Wenn er sich gar nicht mit meinem Bruder traf? Was, wenn das Ganze nichts mit den Morden zu tun hatte? Fadenscheiniger als ein Negligé im Mondschein, aber es war immerhin eine Möglichkeit, versuchte ich mir einzureden.

Ich blieb stehen, sah hoch. Auf eine marode Wand, hinter der sich die Häuser verbargen, die die Straße säumten. Und in einem davon besprach sich mein Bruder gerade mit Petrow. Oder nicht?

Ich kniff die Augen zusammen, fuhr mit beiden Händen über die immer noch ungewohnt kurzen Haare, als könnte mir das beim Denken helfen. Ich verstand dieses Puzzle immer noch nicht. Petrow wollte Bassemane ausschalten, vielleicht seine Organisation übernehmen, das ergab Sinn. Und dafür heuerte er externe Leute an, meinen Bruder und möglicherweise weitere Leute. Eine ganze Crew, bei dem Umfang auch nicht zu weit hergeholt. Die Art der Morde ergab nicht viel Sinn, dafür waren sie zu komplex, zu kompliziert, aber vielleicht ging es darum, Bassemane maximal einzuschüchtern.

Ich seufzte und legte den Kopf in den Nacken, starrte in den grauen Himmel, der schon wieder mit Regen drohte. Aber wie passte dann Herford ins Bild? Herford, der von Bassemane geschmiert wurde, ganz offensichtlich allerdings auch Verbindungen zu Petrow besaß. Und Nadine Vorbeck war immer noch eine Unbekannte, jemand, deren Rolle ich kein Stück einordnen konnte.

Plötzlich fiel mir noch etwas ein. Tassin hatte gesagt, dass Herford und Kirill gute Freunde wären. Möglicherweise war es wirklich kein Zufall, dass Kirill mit an Bord war. Tassin hatte vermutet, dass er vielleicht für Herford ein Auge auf die Untersuchungen werfen sollte. Aber da war sie von dem Bullen Herford ausgegangen, dem es um Ermittlungsarbeit und innerbehördliche Politik ging. Was, wenn der andere Herford Kirill geschickt hatte? Der korrupte Herford, der sich Sorgen um seinen Arsch machte, weil er Deals mit den gefährlichsten Drogenbanden der Stadt am Start hatte?

Ich zog das Handy aus der Hose und wählte Hennis Nummer.

»Henni Herzog?«, meldete sie sich.

»Thiebeck hier. Hast du eine Sekunde?«

»Hey!« Ihre Stimme wurde sofort fröhlich, ich konnte mir ihr Grinsen am anderen Ende vorstellen. »Sicher. Worum geht's?«

»Kannst du mir alles, was du über Alexander Kirill finden kannst, zusammenstellen?«

Sie zögerte. »Der Typ von der Vier?«

»Richtig.«

Noch eine kleine Pause. »Aber ich suche nur die Sachen zusammen, an die ich rankomme, ohne Alarm auszulösen, okay? Alles andere wäre gerade …«

»Kein Problem«, unterbrach ich sie. »Ich will nur ein Gefühl für den Mann bekommen. Es reicht, wenn du irgendwo den Hauch von dreckiger Wäsche riechen kannst, finden tue ich sie dann allein.«

»In Ordnung, ich schaue, was ich tun kann.«

»Danke.«

Nachdem ich aufgelegt hatte, behielt ich das Handy in der Hand. Wählte Stehrs Nummer.

»Wo bist du denn? Hast du es an der Prostata?«, scherzte er.

»Schalt bitte mal den Catcher aus.«

»Was?«

»Ich kann mal ein paar Minuten keine Aufzeichnungen gebrauchen.«

»Alles klar, kein Ding.«

Ich legte auf und wählte die Nummer meines Bruders. Ich musste eine Weile warten, bis er ans Telefon ging.

»Ja?«

»Johannes hier.«

Ich hörte ihn atmen. Stellte mir vor, wie er einen schnellen Seitenblick auf Petrow und seine Schläger warf, während er mit mir sprach. Vielleicht das Zimmer wechselte.

Schließlich sagte er: »Hey. Mit dir hätte ich jetzt nicht gerechnet.« Er gab sich Mühe, entspannt und aufgeräumt zu klingen, aber ich spürte die Nervosität in seiner Stimme.

»Wir müssen uns sehen.«

»Deine plötzlich auflodernde Brüderliebe ist herzerwärmend, aber ich fürchte …«

Ich unterbrach ihn barsch. »Ich weiß von dem Geld, das du bei Papa versteckt hattest.«

»*Hattest?* Ich bin nicht sicher, ob ich die Vergangenheitsform mag.«

»Ich habe das Geld sicher verwahrt. Und Papa weggeschickt. Wir müssen reden«, wiederholte ich stur. Ich konnte das Mahlen seiner Kiefer praktisch durch das Telefon hören. Ich wusste, dass er mich in diesem Moment hasste.

»Wann?«, fragte er endlich.

»Heute Abend. Am Westhafen.« Ich beschrieb ihm den Weg zu dem Uferstreifen, an dem ich mit Tassin an unserem ersten Abend gesessen hatte. »Halb zwölf. Komm allein.«

»Verstanden«, sagte er und legte auf.

Ich starrte für einen Moment lang auf die Leere der brachliegenden Wiese und den Vogel, der darin herumstolzierte, als gehörte sie ihm. Ich hatte keine Ahnung, ob ich mich an meine eigene Anweisung halten würde, allein zu kommen. Tassin, Jana, Densch, sie würden das alle für Wahnsinn halten. Wenn es sich bei Jan tatsächlich um den Killer handelte. *La loupe*. Und ich wusste nicht, ob ich ihm trauen konnte, wirklich ohne Begleitung dort aufzukreuzen. Was, wenn er ein paar von seinen oder Petrows Stiernacken mitbrachte?

Aber ich musste mit ihm reden, ihm die Möglichkeit geben, sich zu rechtfertigen. Sich zu erklären. Ich wusste, dass ich nach Strohhalmen griff, in der Hoffnung, Jan hätte eine einfache Erklärung für das Geld und das Treffen mit Petrow. Sodass ich feststellen würde, dass mein Bruder kein sadistischer Serienkiller war, der für Geld tötete. Weil ich wusste, dass es meinem Vater das Herz brechen würde.

Ich wollte gerade das Telefon wegstecken, als es vibrierte.

Tassin.

»Kannst du ins LKA kommen?«, wollte sie wissen, nachdem ich mich gemeldet hatte.

»Sicher. Was liegt an?«

»Hegert hat ein paar Befunde zu der Amputation von Meißner. Ich hätte dich gerne dabei.«

»Bin unterwegs.«

Wir legten auf.

Langsam ging ich zurück zur Straße, näherte mich dem Bus von hinten. Stehrs sah auf, als ich die Seitentür aufzog.

»Abbruch«, sagte ich bloß.

Er stellte keine Fragen, klopfte Paul nur auf die Schulter und signalisierte ihm, den Catcher für die Fahrt zu verstauen, und kletterte anschließend nach vorn, um sich hinter das Steuer zu setzen. »Hast du rausbekommen, was du wissen wolltest?«

»Ich fürchte schon, ja.«

»Das tut mir leid, Bruder«, sagte er, während er auf der breiten Straße wendete und zurück Richtung Westen fuhr.

»Kannst du etwas über jemanden herausfinden, der zur Fremdenlegion gegangen ist?«

Stehrs sog scharf die Luft zwischen den Zähnen ein. »Schwierig. Die Jungs sind traditionell echt heikel, was das Beschützen ihrer Personalien angeht. Ich meine, die vergeben sogar oft komplett neue Identitäten, weil bei denen so viele Leute aus dem Dunkel- und Graubereich der Gesellschaft anheuern.«

»Neue Pässe, oder was meinst du?«

»Wenn du möchtest, bekommst du von denen einen neuen Namen, inklusive erfundener Eltern, einen ausgedachten Geburtsort und einen fiktiven Geburtstag, und das steht dann auch in deinem Dienstausweis. Das ist das Einzige, was zählt. Kannst dir ja vorstellen, wie schwierig es ist, so jemanden dann zu finden.«

»Und das bleibt so, auch wenn man die Legion verlässt?«

»Ich glaube, das kommt darauf an, ob du französischer Staatsbürger wirst oder nicht. Kann sein, dass die falsche Identität für alle anderen dann erlischt.«

»Das heißt, wenn jemand nicht Franzose wird, würde man ihn danach wiederfinden, aber man weiß halt nichts über seine Zeit in der Legion?«

»Korrekt.«

Ich grübelte. Nannte Stehrs trotzdem die Details meines Bruders. Immerhin würde ich auf diese Weise erfahren, wie lange er durch die Fremdenlegion vom Radar verschwunden war. Falls er nicht inzwischen Franzose mit einem komplett falschen Pass geworden war.

Stehrs ließ mich bei meinem Auto raus, und wir verabschiedeten uns.

»Ich kümmere mich um die Suche nach deinem Bruder.« Nachdem ich ihm von Jan erzählt hatte, konnte er sich denken, warum ich die Überwachung gestoppt haben wollte.

Er schlug mir auf die Schulter und kletterte zurück in den Bus.

Gut anderthalb Stunden später betrat ich den großen Meetingraum des LKA, in dem wir uns bereits das erste Mal getroffen hatten. Ich begrüßte Tassin, Jana und Densch sowie Daniel Kunzi, der gerade geschäftig den Raum verließ, als ich kam, unter dem Arm einen Stapel Akten.

Arne Hegert und Alexander Kirill traten ein, und ich musterte den dunkelhaarigen Mann. Henni hatte sich noch nicht gemeldet, ob sie etwas über ihn herausgefunden hatte. Möglicherweise war sie deswegen jetzt nicht hier, weil ich sie auf seine Akten angesetzt hatte.

»In Ordnung, wir sind vorerst vollzählig«, verkündete Densch. »Bitte.« Er nickte Hegert zu.

Die Tür öffnete sich, und Kunzi kam wieder herein und versuchte dabei, sich möglichst unauffällig zu verhalten.

Hegert wartete einen Moment wie ein nachsichtiger Klassenlehrer, bevor er begann. »Wir haben inzwischen die vorläufigen Ergebnisse von Meißners physischer Untersuchung. Ihm sind vor wenigen Tagen beide Beine mit einer Amputation abgenommen worden. Die Wundheilung sieht im Moment gut aus.«

Densch nickte ungeduldig, um ihn voranzutreiben.

Hegert warf ihm einen Blick zu, der zu sagen schien: *Hetz mich nicht.* »Meißner wurde mit einem chirurgischen Skalpell fachmännisch ins Bein geschnitten. Soweit wir sehen können, wusste der Täter, was er tat und hatte eine ruhige Hand. Die Inzision wurde in einem sogenannten Froschmaulschnitt gelegt. Danach erfolgte die Osteotomie, also die Durchtrennung des Oberschenkelknochens, mit Hilfe einer sehr scharfen Knochensäge. Knochensägen werden heutzutage eher von Jägern oder in der Gastronomie eingesetzt, da in Krankenhäusern elektrisch betriebene Sägen zum Einsatz kommen. Unser Täter hat aber Wert auf Handarbeit gelegt und ein wenig Ellbogenschmalz investiert.«

Ein Seitenblick auf Jana und Tassin zeigte mir, dass ich nicht der Einzige war, dem bei dem Bild eines Täters, der mit viel Enthusiasmus und Körpereinsatz Meißners Beine absägte, etwas anders wurde.

»Ich glaube, wir können auf die malerische Ausschmückung verzichten«, ermahnte ihn Densch.

»Normalerweise hängt der Erfolgsgrad einer Amputation im Wesentlichen von der nachfolgenden Prothesenversorgung ab. Das heißt, die Operation wird auf eine Art durchgeführt, sodass der Patient hinterher möglichst gut eine Prothese nutzen kann.« Er sah in die Runde, als müsste er sicherstellen, dass wir ihm folgen konnten. »Das sollte in diesem Fall aber keine Rolle spielen. Natürlich wissen wir das nicht sicher, aber dem bisherigen Verlauf der anderen beiden Taten nach ist davon auszugehen, dass Meißner sterben sollte, nachdem ihm alle Extremitäten abgenommen wurden. In einem solchen Fall ergibt aber eine spezielle Aufbereitung der Wunde beziehungsweise des Knochens keinen Sinn.«

»War das bei Meißner auch so? Genau wie bei den anderen beiden?«, wollte ich wissen.

Hegert nickte.

»Was heißt Aufbereitung?«, fragte Densch ungehalten.

»Bei einer Amputation wird der Schnitt so gesetzt, dass er nicht nur eine optimale Wundheilung nach sich ziehen kann, sondern dass der verbleibende Stumpf auch bestens vorbereitet ist für die erwähnte Prothese. Mediziner reden hier von Weichteildeckung. Dabei handelt es sich um Haut und Muskeln, die den verbleibenden Knochen abdecken, damit der Patient eine Prothese möglichst beschwerdefrei benutzen kann.«

Densch machte eine ungeduldige Kopfbewegung.

Hegert fuhr fort: »Die Muskulatur wird so durchtrennt, dass sie postoperativ als Polster dienen kann, und auch die Nerven werden so platziert, dass sie hinterher möglichst tief im Gewebe liegen. Außerdem ist der Knochen an der Schnittstelle geglättet worden, mit einer Feile oder Raspel. Das geschieht normalerweise, um dem Patienten weniger Beschwerden zu verursachen.«

»Das ergibt aber überhaupt keinen Sinn«, warf Jana ein.

Hegert nickte. »Genau. Warum sollte sich jemand die Mühe machen, Harro Meißner auf ein Leben nach der Amputation vorzubereiten, und sich derartig viel Mühe bei der Operation geben? Nicht, wenn er seine letzten Tage ausschließlich auf diesem OP-Tisch hätte verbringen sollen. Daraus lassen sich zwei mögliche Schlussfolgerungen ziehen.« Er schaute uns an, als wären wir eine Klasse aus verständigen Schülern, die jetzt vor ihrem Mentor glänzen konnten.

»Er hatte nie vor, Meißner umzubringen, und wollte ihn eigentlich laufen lassen«, bot Jana an.

»Zu weit hergeholt«, warf Densch ein.

Hegert nickte zufrieden in Janas Richtung. Sah mich an. »Und die zweite Möglichkeit?«

Mir lag es auf der Zunge, aber ich wollte Hegert bei seinem Dozentenspiel nicht unterstützen, also hielt ich die Klappe.

Schließlich sagte Jana: »Er kann nicht anders. Weil er gelernt hat, auf eine bestimmte Weise Amputationen durchzuführen. Bei denen es um die Rettung von Menschenleben geht, und wo es sehr wohl wichtig ist, ob der Patient danach mit einer Prothese leben kann oder nicht.«

Hegert nickte wieder, ermunterte sie.

»Und jetzt befindet er sich in einer Situation, in der er eigentlich schlampiger arbeiten könnte, da die Nachsorge keine Rolle spielt, aber er kann nicht aus seiner Haut. Er macht es so, wie er es immer gemacht hat.«

»Militärischer Hintergrund«, bot ich an. Die Tourniquets hatten ja schon darauf schließen lassen, dass der Täter jemand sein konnte, der sich mit so etwas auskannte. Insofern passte diese Theorie ins Bild.

»Das heißt, wir suchen jemanden, der früher einmal bei der Bundeswehr gewesen ist. Oder einer anderen Armee, falls es sich um einen Ausländer handelt. Möglicherweise nach einem Sanitäter, Feldscher oder Arzt«, entschied Densch.

»Oder nach einem Söldner«, sagte ich. »Deren Feldversorgung ist noch rudimentärer, noch autarker. Ich bezweifle, dass es viele Bundeswehrsoldaten gibt, die eine Amputation durchführen können, aber im Umfeld von kommerziellen Söldnern dürfte ein solches Skillset eine deutlich größere Verbreitung haben.«

Einen Teil meiner Überlegungen ließ ich ungesagt. Nämlich dass die Fremdenlegion, eine Mischung aus regulärer Armee und Söldnertruppe, vermutlich ebenfalls hervorragende medizinische Fähigkeiten an ihre Kämpfer vermittelte, die oft komplett autark in unwirtlichen Regionen operierten.

»Ebenfalls möglich«, gab Densch zu. »Daniel, wir werden gemeinsam Parameter für eine Liste definieren, mit denen wir die Suche einengen können. Möglicherweise haben wir Glück und finden einige Kandidaten, die wir uns genauer anschauen können«, sagte er in Kunzis Richtung.

Der nickte ausdruckslos. Da würde eine Menge Arbeit auf ihn zukommen, aber die Chance, dass es irgendeine Schnittmenge mit den Opfern gab, durfte man natürlich nicht ignorieren.

Densch wandte sich an Tassin. »Wie geht es mit Thiebeck weiter?«

Dass er mich nicht direkt angesprochen hatte, sondern über mich sprach wie über einen ungezogenen Sohn oder ein Haustier, nahm ich ihm nicht übel. An seiner Stelle hätte ich vermutlich eine ähnliche Spitze verteilt.

»Sein Cover ist jetzt ja wohl aufgeflogen.«

Tassin nickte. »Jedenfalls soweit es Meißner betrifft. Der befindet sich noch unter Polizeischutz im Krankenhaus, aber wir wissen nicht genau, wie lange wir ihn dort behalten können.«

»Aber Sie wollen ihn doch nicht wieder auf die Straße lassen, oder?«, fragte Densch misstrauisch, mit einem Seitenblick auf mich.

Tassin schüttelte den Kopf. »Sein Einsatz ist beendet. Auch wenn möglicherweise noch nicht alle Ebenen von Bassemanes Organisation von seiner Rolle wissen, ist das Risiko natürlich zu groß.«

»Gut«, stellte Densch fest, und fast konnte ich mich der Illusion hingeben, dass er sich Sorgen um mich gemacht hatte. Die zerstörte er jedoch, als er mich mit durchdringendem Blick musterte.

»Was ist?«, ließ ich mich hinreißen.

Er lächelte mild. »Da Sie nicht mehr Teil der polizeilichen Ermittlungen sind, Herr Thiebeck, fürchte ich, muss ich Sie bitten, uns jetzt zu verlassen. Tatsächlich hätten wir das schon viel früher tun sollen.«

Ich bemühte mich, meine Gefühle hinter einer steinernen Miene zu verbergen. Dass sie mich jetzt nicht mehr einbeziehen würden, hätte mir klar sein müssen. Hätte ich auch nicht anders gemacht an seiner Stelle. Dass er es derart brüsk tun und nicht bis zum Ende des Meetings warten würde, damit hatte ich allerdings nicht gerechnet. Normalerweise war ich der Kindische von uns beiden, der sich diebisch über solche Sticheleien freute, während Densch sich Mühe gab, darüber zu stehen. Diesmal offenbar nicht.

Ich nickte kurz, wie um ihm zu verstehen zu geben, dass ich seine Attacke verstanden und die Bosheit gebührend zur Kenntnis genommen hatte. Dann öffnete ich die Tür, warf einen letzten Blick zurück. Ich konnte Jana ansehen, dass sie gern etwas gesagt hätte. Mir reichte, dass sie vermutlich Densch später für die Aktion an die Gurgel gehen würde. Ich lächelte ihr zu, wollte gerade die Tür schließen, als Tassin zu mir trat.

»Hast du noch Zeit? Ich würde gerne mit dir reden.«

»Melde dich, wenn ihr durch seid. Dann treffen wir uns irgendwo.« Ich hatte keine Lust, draußen im Flur darauf zu warten, dass die Herren und Damen Ermittler sich zu Ende besprochen hatten.

Das schien sie zu verstehen, sie nickte stumm, und ich zog die Tür zu.

Einen Moment stand ich da und atmete ein und aus, als sei die Luft hier draußen eine andere. *Densch, die kleine Bitch!*, dachte ich schließlich mit einem Grinsen. Seine Bosheit musste ich anerkennen, das hatte ich ihm tatsächlich nicht zugetraut. Irgendwie machte ihn das fast sympathischer, als wenn er mich fair behandelt hätte. Besser gelaunt machte ich mich auf den Weg zu den Fahrstühlen, als mir Henni entgegenkam.

»Ich wusste nicht, dass du hier bist«, rief sie erfreut.

Wir umarmten uns.

»Seid ihr da drin fertig?«, fragte sie und zeigte Richtung Besprechungszimmer.

»Ja«, lachte ich.

Sie verzog das Gesicht, weil sie meine gute Laune nicht verstand, fragte aber nicht nach. »Hast du einen Moment? Ich kann dir ein bisschen was erzählen. Zum Kollegen.« Sie musste nicht erwähnen, welchen Kollegen sie meinte.

»Sehr gut.«

Kurz darauf saßen wir in der Kantine an einem der vielen Tische entlang der riesigen Fensterfront, vor uns die Plastiktabletts mit gefüllten Tellern und Getränken. Henni hatte einen Pappordner neben sich gelegt.

»Hier war ich schon ewig nicht mehr«, sagte ich und sah mich um. Geändert hatte sich seitdem aber nichts.

»Hast nicht viel verpasst«, sagte sie und nahm einen Schluck

Wasser. »Immerhin ist das Essen besser als die Einrichtung.«

Ich betrachtete die trübe aus den Fenstern starrenden Kübelpflanzen, die neben uns standen, und versuchte, mich auf dem unbequemen Stuhl so hinzusetzen, dass ich nach dem Essen keinen Bandscheibenvorfall haben würde. »Die wollen wirklich, dass man hier so wenig Zeit wie möglich verbringt«, knurrte ich.

Henni schob sich eine Gabel Reis in den Mund. »Ich habe was gefunden«, verkündete sie kauend.

»Kirill?«

Sie nickte heftig, aß weiter.

Ich starrte sie an. »Was hast du?«, fragte ich schließlich.

»Oh. Entschuldige bitte.« Sie wischte sich den Mund ab, griff nach dem Ordner und schlug ihn auf. »Das ist ein ziemlich harter Hund.«

»Das habe ich auch schon gehört. Und Tassin hat so etwas anklingen lassen. Weswegen genau?«

»Der ist nicht zimperlich. Mehrfach haben sich Verdächtige und Verhaftete beschwert, dass er sie körperlich misshandelt hat.«

»Geschlagen?«

»Meistens. Einem Kerl soll er den Arm so umgedreht haben, dass die Schulter aus der Gelenkpfanne gesprungen ist. In einem anderen Fall hat er einen Verdächtigen angeblich mit dem Kopf auf den Tisch geschlagen und ihm die Nase gebrochen.«

»Disziplinarverfahren?«

»Mehrere. Der Großteil wurde eingestellt, manche sind noch schwebend. Alles gegen Menschen, die extrem *beratungsresistent* waren.«

»Was genau meinst du?«

»Wiederholungstäter oder solche, denen wir nicht genug nachweisen konnten. Leute, die wir laufen lassen mussten, weil wir zwar wussten, dass sie es waren, aber nicht genug in der Hand hatten.«

So wie im Fall Lammert. Von dem Jana und ich gewusst hatten, wie viele Menschen, und vor allem Kinder, er bereits umgebracht hatte, dem wir aber nichts wasserdicht hatten nachweisen können. Der davongekommen wäre. Wenn ich ihn nicht in seiner Villa im Grunewald besucht hätte, es nicht zum Streit gekommen und Lammert nicht von seinem Balkon geflogen wäre. Und damit sein Leben und meine Karriere bei der Polizei beendet wurden. Ich konnte die Hilflosigkeit nachvollziehen, die jemand wie Kirill dazu trieb, so zu handeln.

Ich schob mir etwas von meinem längst kalt gewordenen Essen in den Mund.

»Kirill hat eine mexikanische Mutter. Spricht fließend Spanisch und war zwei Jahre lang in Mexiko.«

»Was hat er da gemacht? Urlaub?«

Henni blätterte in den Unterlagen. »Das steht hier nicht.«

»Kannst du es herausfinden? Ich würde gerne wissen, ob der sich eine Auszeit genommen hat oder weswegen er drüben war.« Ich überlegte kurz. »Wie gehört der mit Herford zusammen?«

»Die kennen sich schon von der Schule. Sind zusammen in Hamburg aufgewachsen. Dann zwei Jahre gemeinsam an der Fachhochschule, in der Polizeiausbildung, und sie haben sogar eine Weile zusammen bei der Schutzpolizei Dienst getan.«

»Echte Kumpel also. Die große Frage ist jetzt, wie viel weiß Kirill von Herfords Beziehungen zu Bassemane und Petrow? Hat Herford den mit Absicht zu uns reingesteckt?«

Henni aß weiter, während sie in den Unterlagen stöberte.

»Schwer zu sagen. Wenn du dich so lange kennst, dann bist du bereit, einiges für den anderen zu machen.«

Wie war das mit Kirill, wie schaute es mit seinem Gewissen aus? Konnte er von Herfords Machenschaften wissen und sie ignorieren? Oder hatte ihn Herford nie eingeweiht, weil er zu viel Angst vor dessen möglicherweise ehernem Rückgrat hatte? Kirill konnte es offenbar nur schwer ertragen, wenn jemand davonkam.

»Ich glaube, dass er nichts davon weiß, dass Herford die Seiten gewechselt hat«, vermutete ich.

»Du hältst es für Zufall, dass er zu den Fällen hinzugezogen worden ist?«

»Das habe ich nicht gesagt. Ich würde eher davon ausgehen, dass Herford dafür gesorgt hat, dass es Kirill ist, der mit Jana und Densch redet, in der Hoffnung, auf diese Weise etwas über die Ermittlungen herauszufinden.«

Henni überlegte. »Irgendwie macht der auch echt keinen krummen Eindruck.« Sie grinste. »Und er sieht unverschämt gut aus.«

»Ist mir gar nicht aufgefallen«, brummte ich.

»Ach komm, nur weil du nicht mehr der einzige gutaussehende Kerl hier bist.«

»Gegen Kunzi, Hegert und Densch ist das ja nun auch keine große Kunst.«

»Och, Daniel finde ich eigentlich ganz schmuck«, sagte sie und grinste in ihr Wasserglas, während sie trank. »Sie nennen ihn übrigens *Le Papillon*.«

»Den Schmetterling? Kunzi?« Ich musste an den alten Film mit Dustin Hoffman denken, in dem er diese riesigen Glasbausteine als Brille getragen hatte. Dagegen war die Hornbrille von Daniel Kunzi ziemlich dezent.

»Quatsch. Kirill.«

»Wieso das denn?«

»Das habe ich noch nicht herausgefunden.«

»Wirklich viel hast du nicht, oder?«

Henni zeigte sich unbeeindruckt. »Du könntest mit seinem langjährigen Partner reden. Andreas Becker. Die beiden waren sechs oder sieben Jahre ein erfolgreiches Gespann.«

»Wo sitzt der Becker jetzt?«

»Sitzen ist gut. Im Rollstuhl. Aber in keiner Abteilung mehr. Der hat sich eine schwere Wirbelsäulenverletzung im Dienst zugezogen. Berufsunfähigkeit. Adresse habe ich dir aufgeschrieben.«

»Im Rollstuhl? Innendienst hätte er da doch immer noch machen können«, sagte ich unwillig.

»Was weiß ich. Möglicherweise ist das auch so ein Kungel-Deal. Er fängt sich für die Behörde was ein, und zur Belohnung darf er in den Vorruhestand und kriegt ordentlich Kohle.«

»Hast du da mehr zu?«

Genervt blähte sie die Wangen auf. »Nein. Habe ich nicht. Vielleicht war da auch alles sauber. Rede selbst mit dem Kerl.«

Ich schob mein Tablett weg. »Mache ich. Kommst du mit?« Ich hätte sie gern dabei gehabt.

»Tut mir leid, ich habe noch ein bisschen was auf der Uhr. Und ich fürchte, Kunzi wird mir einen Teil dieser Überprüfungen aufhalsen.«

»Von den Soldaten mit Sani-Hintergrund?«

Henni nickte. Ich erwiderte nichts, obwohl ich ihr hätte sagen können, dass die Mühe umsonst sein würde. *Konzentrier dich auf die Fremdenlegion*, sollte ich ihr sagen, damit sie und Kunzi nicht komplett ihre Zeit verschwendeten.

»Okay, danke für die Infos«, sagte ich stattdessen und nahm das Blatt Papier entgegen, das sie mir vorbereitet hatte.

»Nicht dafür, Boss«, erwiderte sie lächelnd, während wir unsere Tabletts wegbrachten.

Auf dem Weg nach unten schaute ich aufs Handy. Tassin hatte sich noch nicht gemeldet. Also stieg ich ins Auto und suchte Beckers Adresse auf Hennis Zettel heraus. Reinickendorf. Kurz überlegte ich, ob ich vorher anrufen sollte, aber zum einen wollte ich Becker keine Möglichkeit geben, mich abzuweisen, und zum anderen hatte ich ohnehin versprochen, darauf zu warten, dass Tassin Zeit hatte, mit mir zu reden. Da konnte ich ebenso gut einen Ausflug in den Norden Berlins machen.

Becker wohnte mit seiner Frau in einer Doppelhaushälfte in einer unauffälligen Gegend. Ich parkte den Wagen und lief über die Auffahrt zur Garage auf das Haus zu. Klingelte.

Eine Brünette mit kurzen Haaren, vielleicht Mitte vierzig, in Strickjacke und Jeans, öffnete mir die Tür.

Bevor ich mich vorstellen konnte, sagte sie: »Sie wollen zu meinem Mann.« Es war keine Frage.

Sie betrachtete mich aus dunklen, müden Augen, und ich sagte: »Ist er zu Hause?«

»Kommen Sie.«

Ich prallte fast gegen sie, als ich einen Schritt auf die Tür zumachte, sie mir aber entgegenkam und die Tür hinter sich zuzog. Gemeinsam gingen wir um das Haus herum, folgten einem Pfad aus Steinplatten, die in den sorgfältig gemähten Rasen eingelassen waren, bis wir auf den Patio hinter dem Haus traten.

Hier standen mehrere Gartenmöbel, ein Gasgrill und ein eingeklappter Sonnenschirm. Am Rand der Terrasse saß ein Mann im Rollstuhl, mit dem Rücken zu uns.

»Besuch, Andreas«, sagte Frau Becker so leise, dass ich nicht das Gefühl hatte, er könnte sie gehört haben. Tatsächlich war sie am Rand stehen geblieben, als hätte sie Angst, sich ihm zu nähern.

Mit geübtem Griff packte der Mann die Räder seines Rollstuhls und drehte sich zu uns um. Blondes Haar, bereits leicht schütter und auffällig stark zur Seite gekämmt, blaue, wässrige Augen und ein harter Zug um den Mund. Er sah mich abwartend an.

»Mein Name ist Thiebeck«, stellte ich mich vor und ging auf ihn zu, um die fehlenden Meter zwischen uns zu überbrücken und ihm die Hand anzubieten.

Sein Händedruck war kräftig. »Wollen Sie sich setzen?« Er klang, als hätte er auch kein Problem damit, wenn ich stehen blieb.

Ich zog mir einen der Gartenstühle heran und bemerkte, dass seine Frau sich bereits zurückgezogen hatte.

»Warum sind Sie hier?«

»Ich bin kein Polizist.«

»Nicht mehr, meinen Sie.«

»Ist das so offensichtlich?«

Becker zuckte mit den Schultern, ohne jeden Anflug eines Lächelns. Er sah auf die Hecke, die den Garten vom Nachbargrundstück trennte.

»Mein Name ist Johannes Thiebeck. Ich war früher bei der Mordkommission.«

»Sind Sie freiwillig gegangen?«

»Ich wurde gegangen.«

Er lächelte, als würde uns das irgendwie zu Komplizen oder zumindest Leidensgenossen machen.

»Sie haben viele Jahre mit Alexander Kirill zusammengearbeitet.«

»Ermitteln Sie gegen ihn?«

»Nein, warum? Sollte ich?«

Er ging nicht auf meinen platten Köder ein, sondern wandte sich mir zu und betrachtete mich aus Augen, die ähnlich erschöpft aussahen wie die seiner Frau.

»Was ist mit Ihrem Rücken passiert? Das war ein Dienstunfall, richtig?«

»Ich bin über ein Geländer in einem Treppenhaus gestürzt. Unglücklich aufgekommen. Die Ärzte haben alles versucht, aber letztendlich haben sie mir nicht helfen können.«

»Warum sind Sie damals nicht in den Innendienst gegangen? Weswegen dienstunfähig?«

Sein Gesichtsausdruck veränderte sich. Es war, als würde sich ein unsichtbarer Vorhang vor seine Augen ziehen. »Was wollen Sie?«, fragte er erneut. »Warum stellen Sie mir diese Fragen?«

»Haben Sie einen Grund, ihn zu decken?«

»Wen?«

»Erzählen Sie mir von Kirill.«

Er zögerte. Überlegte möglicherweise, ob er mich einfach aus seinem Garten schmeißen sollte. Ich stellte mir vor, wie das sein musste: in einem Rollstuhl zu sitzen und niemanden körperlich beeindrucken zu können. Wie ich damit klarkommen würde.

Schließlich sagte er: »Er ist kein schlechter Polizist. Einer, der bloß seine Arbeit machen will, an die Gerechtigkeit glaubt. Aber ungeduldig ist. Er kann sehr hart sein, sich selbst gegenüber, aber auch allen anderen.«

»Ihnen gegenüber zum Beispiel?« Ich hatte da kurz etwas in ihm aufflackern sehen, von dem ich nicht genau wusste, was es war.

»Wenn Sie selbst im aktiven Dienst waren, dann wissen Sie, wie es ist. Immer wieder die gleiche Scheiße, immer wieder die gleichen Visagen. Manche scheinen durch die Drehtür zu kommen. Ich habe schon verstanden, warum Alexander sich so aufgeregt hat.«

»Was hat er in Mexiko gemacht?«

»Mit den Narcos zusammen die Kartelle gejagt. Wenn er vorher schon keine Samthandschuhe anhatte, dann war das danach gleich vorbei. Nach Mexiko ist er eine ganz andere Gangart gefahren.«

Ich ließ ihn reden, hatte das Gefühl, Becker wäre fast froh, dass ihm jemand diese Fragen stellte.

»Alexander war einer von denen, die die Welt zu einem besseren Ort machen wollen. Nicht bloß so tun und ein Pflaster draufkleben. Ich weiß ja nicht, ob Sie damals das Gefühl hatten, Sie würden einen Unterschied machen. Ich habe mich das zwischendrin schon immer gefragt. Nicht Alexander, der ist einer von den Aufrechten.«

Er schaute auf seine Hände, die in seinem Schoß lagen. »Die erste Zeit habe ich es wirklich vermisst. Die Arbeit, meine ich.« Er sah mich an. »Es war, als hätte man mir etwas entfernt. So eine Art hohles Gefühl, verstehen Sie?«

Ich wusste genau, wovon er sprach. Immerhin hatte ich die gleiche Operation hinter mir.

»Wenn Sie jetzt gar kein Bulle mehr sind, warum sind Sie dann überhaupt hier?«, wiederholte er seine Frage von zuvor.

»Was wissen Sie über Kirill und Sascha Herford?«

Überrascht sah er mich an. »Die sind Freunde. Immer schon gewesen. Herford, von der Drogenfahndung?«

Ich nickte.

Er auch. »Ja, Freunde. Kumpels. Damals schon. Die beiden kannten sich von früher.«

»Sonst nichts?«

»Was meinen Sie?«

»Sonst gab es da nichts? Nichts, was man vielleicht hätte melden müssen?«

Seine Augen verengten sich. »Ob die beiden Dreck am Stecken hatten?«

»Zum Beispiel.«

»Nicht dass ich wüsste.« Er schüttelte den Kopf.

Ich glaubte ihm. Holte ein Stück Papier aus der Tasche, riss etwas davon ab und schrieb meine Nummer drauf. »Rufen Sie mich an, wenn Ihnen noch etwas zu Kirill einfällt. Oder zu Herford.« Ich musterte ihn einen Moment lang mit durchdringendem Blick, als könnte ich ihn auf diese Weise zwingen, meiner Aufforderung Folge zu leisten, und nickte dann.

Ich erhob mich, streckte ihm erneut die Hand entgegen, die er schüttelte. Ich bedankte mich und ging wieder um das Haus herum.

An der Tür stand seine Frau, beobachtete mich mit rot geränderten Augen. Kurz entschlossen blieb ich stehen.

»Es tut mir leid, was mit Ihrem Mann passiert ist.« Ich hatte das Gefühl, dass die beiden nicht mehr viel miteinander redeten. Vielleicht seit seinem Unfall. Ungewöhnlich war so etwas nicht. Becker hatte danach vermutlich therapeutische Betreuung angeboten bekommen und sie sehr wahrscheinlich ausgeschlagen. Er machte mir den Eindruck von jemandem, der seit geraumer Zeit in einer Depression steckte und damit vermutlich auch seine Frau unglücklich machte.

Sie antwortete nicht, starrte mich bloß an.

»Kennen Sie Alexander Kirill?«

Ihre Pupillen weiteten sich ein bisschen, und mir kam es vor, als würde sie den Atem anhalten.

»Es ist wichtig«, fügte ich hinzu. »Können Sie mir irgendetwas über ihn erzählen? Bitte?«

»Gehen Sie jetzt«, sagte sie mit nur mühsam kontrollierter

Stimme, machte einen Schritt zurück und schob die Tür zu. Durch das Glas neben dem Eingang betrachtete sie mich, als hätte sie die Gefahr, die ich für sie und ihr Leben darstellte, noch nicht erfolgreich gebannt. Tränen liefen ihr die Wangen hinunter.

Kurz überlegte ich, sie weiter zu bedrängen, aber dann nahm ich erneut den Zettel heraus, schrieb meine Nummer ein weiteres Mal auf ein Stück davon und steckte es durch den Briefschlitz. Sie sah mir dabei zu, ich nickte ein letztes Mal aufmunternd und ging dann zurück zur Straße. Ich war mir sicher, dass sie mich beobachtete, bis ich ins Auto stieg und davonfuhr.

30

Als ich im Dunkeln auf den Parkplatz rollte, flammten kurz die Scheinwerfer eines parkenden Autos auf. Ich stellte den Wagen ab und ging zu Tassins Golf. Zog die Tür auf und stieg ein. Wir befanden uns direkt am Westhafenkanal, unweit der Stelle, wo ich mit Tassin abends nach dem Training langgelaufen war, als wir uns kennengelernt hatten.

»Wie romantisch«, sagte sie. »Tolles Date. Hätte ich Bier und Chips mitbringen sollen?«

»Danke, dass du gekommen bist.« Ich schob mich bequemer in dem Schalensitz zurecht. Die Dinger waren nicht gerade für Leute meiner Größe gemacht. »Bin ich der Bier-und-Chips-Typ bei einem Date?«

Sie ging nicht darauf ein. »Warum hast du mich herbestellt? Du hast das ja sehr geheimnisvoll gemacht.«

»Ich brauche dich als Back-up.«

Sie nickte. »Dachte ich mir schon. Für was genau? Ich tappe nicht gerne komplett im Dunkeln.«

Als ich Tassin angerufen und gebeten hatte, am Abend mit mir zu dem Treffen zu gehen, hatte ich darüber nachgedacht, was ich ihr sagen würde. *Ich will mich mit unserem Killer treffen, eine Runde Small Talk halten. Kannst du auf dem Parkplatz warten, nur für den Fall, dass er mir auch eine Garotte anlegen will?*

»Ich bin mit meinem Bruder verabredet.«

»Du hast einen Bruder?« Sie schob den Oberkörper herum, sodass sie mich besser betrachten konnte. »Überrascht mich. Irgendwie hätte ich dich für ein Einzelkind gehalten.«

»Das ist kein Kompliment, oder?«

Sie lachte nur.

»Jedenfalls hat der ordentlich Ärger an den Hacken. Ist jetzt einer von den *bad guys*.«

Sie zog misstrauisch die Augenbrauen zusammen, als sie fragte: »Hat das irgendwas mit meinem Fall zu tun?«

»Nein«, gab ich zurück und hatte nicht einmal ein schlechtes Gewissen. Das war nicht ihr Fall. Jana hingegen hätte ich dieselbe Frage anders beantworten müssen. »Nicht dein Fall. Aber trotzdem wichtig.«

Sie zögerte. Dachte vermutlich darüber nach, ob sie mich einfach auflaufen lassen sollte. Mir erklären, dass sie gerade wirklich wichtigere Dinge zu tun hatte, als sich um meine dysfunktionale Familie zu kümmern. Ich hätte es ihr nicht mal verdenken können.

»Also gut«, entschied sie schließlich und drehte sich mit einem Ruck wieder nach vorn. »Trefft ihr euch hier?«

»Unten am Wasser. Wo wir beide auch schon gesessen haben.«

»Was soll ich machen?«

»Bloß hier sein. Wenn es Ärger gibt, wirst du es schon merken.« Ich klopfte ihr auf den Oberschenkel und öffnete die Tür. »Falls du dir wirklich Sorgen machst, kannst du das Fenster runterdrehen. Damit du nichts verpasst. Aber wie gesagt, ich gehe nicht davon aus, dass ich Hilfe brauche.«

»Das tust du nie, oder?«

Ich war schon ausgestiegen und beugte mich nach unten, um weiter mit ihr reden zu können. »Was meinst du?«, stellte ich mich dumm. »Ich kann hervorragend Hilfe annehmen. Nur brauch ich nie welche.« Ich klopfte auf das Wagendach und schloss die Tür, sodass ich ihre sarkastische Antwort verpasste.

Die Fäuste tief in die Taschen meiner Sweatshirtjacke vergraben, lief ich Richtung Ufer. Als mich der Wind vom Wasser her erfasste, zog ich mir die Kapuze tief ins Gesicht. Das Stereotyp vom Boxer, immer mit Hoodie, dachte ich, tat aber nichts, um mein eigenes Klischee zu revidieren.

Im urbanen Zwielicht suchte ich mir meinen Weg zu der Stelle, an der ich auf Jan warten wollte. Hockte mich dort wie ein Jugendlicher auf die Lehne einer Bank und versuchte, nicht zu viel über die kommende Begegnung nachzudenken.

Die abendliche Kälte war mir längst in die Glieder gekrochen und ließ mich steif und unbeweglich werden, sodass ich bereits bereute, derart früh hier gewesen zu sein, als ich am rechten Rand meines Sichtfelds eine Bewegung wahrnahm. Eine Gestalt kam auf mich zu. Ich konnte ein mechanisches Ratschen und einen kleinen Funkenregen sehen. Jan, der mit seinem Feuerzeug spielte.

»Lauschiges Plätzchen«, sagte er und blieb ein paar Meter von mir entfernt stehen. Vermutlich wollte er herausfinden, ob ich es wirklich war. Das Licht war ausreichend, damit er meine Umrisse erkennen konnte, aber nicht genug, um mich zu identifizieren. Außer vielleicht anhand der Größe.

»Bist du allein?«, fragte ich. Meine Stimme klang theatralisch heiser.

Statt zu antworten, kam er näher und schob sich neben mir auf die Bank. Ich merkte, wie sich mein Körper verspannte. Ich hatte nicht darüber nachgedacht, wie ich mich fühlen würde, wenn er mir so nah käme. Ich hatte nie Angst vor Jan gehabt, obwohl er älter war und bei allem weniger Skrupel gehabt hatte. War das immer noch so? Ein weiterer Windstoß ließ mich frösteln.

Er nestelte in seiner Jackentasche herum, und sofort musste ich an die Garotte denken. Verdrängte den Gedanken. Er holte seine Zigaretten heraus, bot mir mechanisch die Schachtel an. Ich musste daran denken, was Meißner erzählt hatte. Von den haarigen Unterarmen eines Mannes hatte er geredet. Waren Jans Unterarme besonders haarig? Unter der Jacke, in der Dunkelheit konnte ich nichts erkennen. Ich versuchte mich zu erinnern, wie das gewesen war, als ich ihn im Garten meines Vaters getroffen hatte.

Als ich nicht reagierte, zuckte er mit den Schultern, nahm eine heraus und zündete sie an. Der Rauch zog über uns hinweg, fort vom Wasser.

»Wo ist meine Kohle?«, fragte er unvermittelt, nachdem er einen langen Zug genommen und ausgeblasen hatte.

»Woher stammt das Geld? Und warum war es bei Papa?«

»Weil ich ein sicheres Versteck brauchte. Ich habe ihn nicht in Gefahr gebracht.« Er schüttelte den Kopf, zog an der Zigarette. »Wo ist das Geld?«

»Wer sind die anderen Typen?«

Sein Kopf ruckte herum.

Ich konnte sehen, wie die Zigarettenglut in seiner Hand leicht zitterte. »Der Typ mit dem Spinnennetz am Hals. Inwiefern steckt der da mit drin?«

»Hast du mich verfolgt?«

Ich schob mich etwas hin und her. Mein Arsch wurde auf der Lehne langsam taub. »Und was hast du mit David Petrow zu tun?« Als er nicht antwortete, bohrte ich nach. »Warum Grasser und von Geram? Warum mussten sie sterben?«

Er schien mir gar nicht zuzuhören. Sein Kopfschütteln wurde heftiger, und er zog an der Zigarette, schnippte sie nur halb geraucht ins Dunkel. »Steck deine Nase nicht in Dinge, die dich nichts angehen.« Er drehte sich zu mir, holte die nächste Kippe raus. »Das meine ich ganz ernst, Bruder. Nicht, um dir zu drohen, sondern um dich zu schützen.«

Ich verzog das Gesicht. Von den zwei Männern, die mich heute *Bruder* genannt hatten, wäre ich lieber mit Kai Stehrs verwandt gewesen.

»Erzähl mir von den beiden. Wie war das, sie gefangen zu halten, da unten?«

Er musterte mich mit gerunzelter Stirn, sein Gesicht kaum beleuchtet durch die Lichter auf der anderen Seite des Wassers.

»Diesmal hast du echt Scheiße gebaut, Mann«, sagte ich leise. »Was ist während der Zeit in der Legion passiert? Ist irgendwas übrig geblieben von dem Jan, den ich mal gekannt habe?«

Er antwortete nicht sofort, sondern starrte mich an. Sah schließlich nach vorn, raus aufs Wasser und den Hafen. Zündete die Zigarette an und zog daran. »Wenig. Sie formen dich da komplett um, weißt du. Aber das war genau das, was ich damals wollte.« Er richtete sich auf und fuhr fort, die Kippe immer noch zwischen den Lippen. »Ob ich das heute noch mal machen würde, weiß ich nicht.« Er lachte humorlos. »Aber man lernt da ein paar nützliche Dinge.«

Ich sah ihn an, wartete.

»Früher habe ich oft aus Angst gekämpft, wusstest du das? Die Schlägereien?« Als ich nicht antwortete, fuhr er fort: »Irgendwie steckte da immer so eine Furcht in meinen Knochen. Und um der zu entgehen, habe ich einfach zuerst zugeschlagen. Dann ist es wenigstens passiert. Als wäre Aufs-Maul-Bekommen weniger schlimm als das Darauf-Warten, wenn du verstehst, was ich meine. Und je besser ich wurde, umso weniger musste ich einstecken. Aber die Angst bin ich nie ganz losgeworden.« Er lachte abfällig. »Im Knast bringen sie dir auch noch mal ganz neue Dimensionen davon bei. Dagegen war alles vorher ziemliche Kinderkacke.«

»Und jetzt? Hast du keine Angst mehr?«

Er zog an der Zigarette, wir beobachteten beide, wie die Glut aufflammte, und dann sagte er mit gequetschter Stimme: »Nein, jetzt nicht mehr«, während er den Rauch ausstieß. »Bei der Legion haben sie mir beigebracht, ihr ins Gesicht zu sehen. Nach dem Motto: Der Feigling stirbt tausend Tode, der Held nur einen.« Die Glut leuchtete erneut auf.

»Haben sie dir deswegen das Töten beigebracht? Um deine Angst zu besiegen?«

»Nein, das haben sie lange vorher getan. Wie gesagt, sie haben mich komplett neu geformt.«

Ich musste an das denken, was mein Vater gesagt hatte. Dass wir alle nachsichtiger mit Jan hätten sein müssen. Hätte er das immer noch geglaubt, wenn er wüsste, womit der sein Geld verdiente?

»Hast du es nur wegen des Geldes gemacht?« Ich kam mir erbärmlich bei der Frage vor. Als würde es einen wesentlichen Unterschied machen, ob die Männer aus bloßer Habgier gestorben waren oder ob jemand dabei auch noch seinen Spaß gehabt hatte. Aber ich wusste, dass ich um Fragmente von Jan bettelte, die noch dem entsprachen, was ich damals gekannt hatte. Mit dem ich meine Jugend geteilt hatte.

»Ausschließlich«, stimmte er mit einem Nicken zu.

»Wer hat entschieden, auf welche Weise es geschehen soll?« Irgendwer musste sich die Perversitäten ausgedacht haben.

Er schien nicht zu verstehen. »Jemand weiter oben. Keine Ahnung, mit so etwas befasse ich mich nicht.«

»Sollte es eine Demonstration sein? Eine Nachricht für irgendjemanden?«, bohrte ich weiter.

Mit einem Seitenblick auf mich sagte er unvermittelt: »Tschechen.«

Ich verstand nicht.

»Die Typen? Sind Tschechen. Der mit dem Tattoo ist Ondrej. Mit denen willst du echt keinen Ärger, das sind schlimme Finger.«

»Ist das eine Drohung?«

Er lachte trocken. »Nein. Eine Warnung. Ich weiß, dass du kein Vertrauen zu mir hast, Johannes. Aber ich würde dir nie etwas tun. Wenn du die Kohle nicht rausrückst …«, ein Schulterzucken, »… muss ich mir eine Erklärung ausdenken, die den Jungs vermutlich nicht gefallen wird. Den Ärger muss ich ausbaden. Aber es ist nur Geld. Mach, was du für richtig hältst.«

»Hast du das jemals gemacht? Getan, was du für richtig hältst?«

Wir sahen uns in die Augen, versuchten beide, hinter die Maske des jeweils anderen zu blicken.

»Immer«, sagte er schließlich und erhob sich. Stand noch einen Moment lang vor mir, rauchte seine Zigarette konzentriert zu Ende und ließ auch diese in die Nacht fliegen.

Im Weggehen hob er die Hand und sagte beiläufig und über die Schulter: »Falls du mir die Kohle irgendwann zurückgeben willst, sag Bescheid. Ansonsten hoffe ich, dass wir uns in diesem Leben nicht mehr begegnen. Diese Familienzusammenführungen sind mir einen Ticken zu teuer.« Dann verschwand er in Richtung Parkplatz.

Wie benommen blieb ich sitzen, schaute ihm hinterher. Wurde nicht schlau aus der Begegnung und hatte vor allem keine Ahnung, was ich jetzt tun sollte. Übergab ich alles einfach ans LKA und ließ sie herausfinden, welche Rolle mein Bruder gespielt hatte? Der Gedanke an die Gespräche, sowohl mit Jana als auch mit Densch, drehte mir den Magen um. Aber war das wirklich Grund genug, ihnen *nichts* zu sagen?

Es verging sicher eine Viertelstunde nach Jans Abgang, bevor ich zu Tassin ins Auto stieg. Ein Frösteln schüttelte mich, es war kalt geworden da draußen.

»Hab ihn wegfahren sehen. Glaube, der hatte auch Back-up dabei«, sagte sie, nachdem sie mich einen Moment lang angesehen hatte.

»Was?«

»Als er weg ist, ist ihm kurz darauf ein zweiter Wagen hinterher. Da saßen zwei Typen drin. Glaube nicht, dass die für ein Date mit Bier und Chips hier waren.«

Keiner von uns beiden lachte.

Ich schaute auf die Ausfahrt des Parkplatzes. Vielleicht hatte Jan seine Tschechen mitgebracht. Ondrej. Umso merkwürdiger, dass er nicht darauf bestanden hatte, sein Geld zurückzubekommen. Wie viel Ärger würde er mit den Kerlen bekommen? Mich hatte erstaunt, wie cool er bei der Sache geblieben war, aber plötzlich überkamen mich Zweifel, ob es nicht gefährlich gewesen war, ihm die Kohle vorzuenthalten. Gefährlich für ihn!

»Was passiert jetzt?«

Ich sah Tassin an. »Jetzt fahre ich nach Hause, nehme eine heiße Dusche und lege mich ins Bett. Danke fürs Kommen«, sagte ich und berührte sie am Arm.

»Kein Ding.« Sie erwiderte die Berührung, und wir beide zögerten, als müsste jetzt eigentlich noch was kommen. Eine Verabschiedung, eine Umarmung, eine Brofist, ein Kuss, *wasauchimmer*. Irgendwie war es das Ende unserer Zusammenarbeit.

»Man sieht sich«, sagte sie, während ich ausstieg.

Ich wackelte ein letztes Mal mit den Fingern, ließ die Tür zufallen und ging langsam zu meinem Wagen. Bald konnte ich die Schrottschleuder wieder gegen mein echtes Auto eintauschen!

Ich hatte gerade geparkt, als mein Handy vibrierte. In meiner Straße hatte ich nichts gefunden, und so hatte ich ein paar Ecken weiter nach einem Parkplatz gesucht. Ich stieg aus, machte mir nicht die Mühe, die Karre abzuschließen, und war bereits auf dem Weg zu meiner Wohnung, als ich endlich das Gespräch annehmen konnte.

»Ja, bitte?«

Am anderen Ende hörte ich Schluchzen. Jemand zog die Nase hoch.

»Hallo?«

»Es war kein Unfall«, sagte eine weibliche Stimme. Belegt, kaum zu verstehen.

Ich brauchte ein paar Sekunden, bis ich sie identifiziert hatte. »Frau Becker, sind Sie das?«

»Er hätte ihn anzeigen müssen, das habe ich ihm immer gesagt. Aber das hat er nicht gemacht. Ich habe nie herausgefunden, ob es aus falsch verstandener Loyalität war, oder weil er sich nicht getraut hat.« Sie wurde von einem erneuten Weinkrampf erfasst.

Kurz überlegte ich, stehen zu bleiben, um mit ihr zu reden, aber ich fror. Also ging ich weiter, während ich mit ihr sprach. »Sind Sie zu Hause? Ist alles in Ordnung, Frau Becker? Geht es Ihnen gut?«

»Es ist, als ob in seinem Inneren auch etwas kaputtgegangen ist, damals, verstehen Sie?«

»Wo ist Ihr Mann jetzt?«

»Er schläft. Oder zumindest sagt er das. Er ist unten. Ich glaube, er hat etwas genommen. Und getrunken.«

Erleichterung erfasste mich. »Es ist also nichts passiert?«

»Heute nicht, nein. Damals.« Ihre Stimme klang gefasster, härter.

»Was war damals, Frau Becker? Erzählen Sie mir davon.«

»Er hat ihn die Treppe hinuntergeworfen. Dabei hat er sich so schwer verletzt, dass er in den Rollstuhl musste. Es war kein Dienstunfall.«

»Wer hat das getan? Kirill?«

»Ja. Er ist wütend auf Andreas geworden und wollte ihn bestrafen.«

»Wofür?«

»Sie hätten ihm die Marke wegnehmen müssen. Ihn anklagen und bestrafen müssen. Andreas ist auch nicht sein erstes Opfer gewesen.«

»Frau Becker, was hat Ihr Mann getan, für das ihn Kirill bestrafen wollte?« Ich passierte den kleinen Zeitungs- und Lottoladen an meiner Ecke, in dem hin und wieder Pakete für mich abgegeben wurden.

Sie hielt kurz inne.

Ich hörte im Lautsprecher meinen eigenen gehetzten Atem, während ich weiter auf meine Wohnung zusteuerte. »Frau Becker?«, fragte ich schließlich, als sie immer noch nicht antwortete. Mit der freien Hand kramte ich nach dem Schlüssel.

»Er …« Ihre Stimme drang nur mühsam zu mir durch, kämpfte sich durch Tränen, verdrängten Schmerz und Taubheit. »Er hat Beweismittel unterschlagen. Um jemandem einen Gefallen zu tun. Alex hat das herausgefunden.«

»Und ihm dafür das Rückgrat gebrochen?«

Frau Becker sog Luft ein, und es klang wie ein Röcheln. Sie flüsterte: »Andreas hat immer behauptet, es sei ein Unfall gewesen. Das hätte Alex nicht gewollt. Er habe ihn bloß erschrecken wollen. Aber stattdessen hat er Andreas zum Krüppel gemacht.« Sie weinte wieder.

Ich hörte auf, mit der rechten Hand in der linken Hosentasche nach den Schlüsseln zu fummeln. Blieb stattdessen in meiner Tordurchfahrt, bewegte mich langsam in Richtung Innenhof, während ich weitersprach. »Aber dafür bestraft worden ist Kirill nie.«

»Nein.« Ihr Weinen wurde lauter.

Mein Atem bildete kleine weiße Wolken in der Nachtluft. Irgendwo aus dem Hinterhaus schwappte sanfte elektronische Musik zu mir herunter. »Hatte Sascha Herford mit der Sache zu tun?«, fragte ich schließlich.

»Keine Ahnung. Sascha war mehrmals bei uns zu Besuch, nachdem Andreas aus dem Krankenhaus zurück war. Dort hat er ihn auch besucht.«

»Waren die beiden Freunde?«

Sie zögerte. »Bekannte. Wir haben uns alle öfter gesehen.«

Grimmig nickte ich. Das passte alles zusammen. Vermutlich hatten Herford und Kirill zusammen Druck auf Becker ausgeübt, dass der schön das Maul halten sollte. Und meistens zeigten derartige moralische Daumenschrauben Wirkung. Einen anderen Bullen anschwärzen, selbst für so eine Sache, das machte man nicht leichtfertig. Ich konnte mir gut vorstellen, wie Becker sich entschieden hatte, die Klappe nicht aufzumachen. Dass er selbst damals ein schlechtes Gewissen gehabt hatte wegen der Unterschlagung, was Herford und Kirill das Spiel vermutlich bloß noch leichter gemacht hatte. Möglicherweise war sogar Geld im Spiel gewesen, das man Becker gezahlt hatte, damit der den Mund hielt.

Mein Handy brummte.

»Frau Becker, ich habe einen Anruf auf der anderen Leitung, können Sie einen Moment dranbleiben?«

»Sicher«, presste sie heraus.

Ich nahm das Handy vom Ohr. Henni. »Hey, Henni, kann ich …«

Sie unterbrach mich, ihre Stimme klang gehetzt. »Wag es nicht, mich abzuwimmeln, Johnny. Das ist wichtig.«

Ich zögerte. »Geht es schnell? Ich habe Frau Becker auf der anderen Leitung.«

»Nein. Werd sie los. Das hier ist fett.«

»Okay.« Mit einem dumpfen Gefühl in der Magengegend wechselte ich die Anrufe. »Frau Becker?«

»Ich bin hier«, sagte sie leise.

»Kann ich Sie in ein paar Minuten zurückrufen? Ich habe hier eine Kollegin, und es ist sehr dringend. Ich melde mich so schnell ich kann, in Ordnung?«

»Sicher.«

Bevor ich noch etwas sagen konnte, ertönte das Knacken, das mir anzeigte, dass sie aufgelegt hatte.

»Scheiße.«

»Was?«, fragte Henni verwirrt.

»Schon gut. Ich hätte sie nicht abwürgen dürfen. Die ist am Auseinanderfallen.«

Henni schien mir kaum zuzuhören. »Ich hab was für dich.«

»Okay, lass mich bloß diese Scheißhaustür aufsperren, ich frier mir hier draußen die Eier ab«, sagte ich, während ich das Handy kurz in die andere Hand nahm und meine Schlüssel aus der Tasche holte. Ich schloss auf, hob das Telefon wieder ans Ohr und stieg die Treppe hinauf.

»Du wolltest doch wissen, was Kirill in Mexiko gemacht hat«, sagte Henni.

»Ja. Wie lange war der da, zwei Jahre?«

»Der war als Teilnehmer eines Austauschprogramms drüben. Quasi wie an der Schule, wenn man eine Weile ins Ausland geht.«

»Bloß als Polizist?«

»Ja. Damals waren es vor allem Spezialkräfte, SEK und so, die dorthin gegangen sind, um als Ausbilder und Beobachter bei den Narcos zu arbeiten. Um den Mexikanern im Drogenkrieg zu helfen. Boah, ich habe mir was zu dem Zeug durchgelesen, da wird einem echt ganz anders. Die haben allein in den ersten fünf Jahren, seit 2007, fast fünfzigtausend Tote gehabt. Das ist mancherorts ein komplett rechtsfreier Raum, und die Kartelle haben insgesamt über eine Viertelmillion Mann unter Waffen. Das scheint teilweise genauso schlimm zu sein, wie es in amerikanischen Blockbustern dargestellt wird. *El Infierno*, die Hölle, nennen sie es. Wusstest du, dass zwölf Prozent vom mexikanischen Staatsgebiet bereits von den Kartellen kontrolliert werden?« Sie stöhnte. »Das muss so ein krasses Gefühl der Ohnmacht sein, wenn irgendwie niemand noch was gegen die machen kann.«

»Und Kirill hat denen geholfen, da aufzuräumen? In Rambomanier? Das passt zu dem, was wir bisher über ihn wissen. Frau Becker sagt, er hat ihren Mann damals das Treppenhaus hinuntergefeuert.«

»Kirill hat ihn zum Krüppel gemacht? Weswegen?«

»Angeblich hat Becker eine krumme Tour durchgezogen.«

»Scheiße.«

Ich hatte meinen Treppenabsatz erreicht und schloss die Wohnungstür auf. Musste wieder an Frau Becker denken. »Warum war das jetzt alles so dringend?«

»Easy, Boss, da kommt noch mehr.«

»Ich bin ganz Ohr.« Drinnen tastete ich nach dem Lichtschalter, aber es blieb dunkel. »Fuck.«

»Was ist?«

»Nichts. Birne durchgebrannt. Also?«

»Du erinnerst dich daran, dass sie ihn *Le Papillon* nennen?«

»Seine Kollegen?« Ich stand in der Tür zum Wohnzimmer und drückte dort den Schalter. Nichts passierte. »Es ist die Sicherung.« Von draußen drang der Schein der Straßenlaternen herein und ließ meine Dielen sanft schimmern. »Muss ich mich gleich drum kümmern. Mach weiter.«

»Seine Kollegen, ja. Ich habe einen von denen gefragt, so ganz das neugierige kleine Mädchen.« Sie lachte. »Jedenfalls, der hat ein großes Tattoo auf dem Rücken, von einem enormen Falter. So einer Motte.«

Ich verzog das Gesicht. »Uh. Warum das?«

Sie lachte erneut. »Sinn für Theatralik? Daher hat er jedenfalls den Spitznamen, das Ding wird nämlich auch *Papillon-Devil* genannt, oder auf Spanisch: *Mariposa de la muerte!*«

»Was heißt das? Falter des Todes?«

»Fast. Schmetterling des Todes. *Ascalapha odorata*. Aber viel wichtiger für dich und deine Suche: Das Ding hat jede Menge anderer bildhafter Namen.«

Irgendwie wusste ich schon, was jetzt kommen würde, sagte aber nichts. Ging zurück in den Flur, um das Licht in der Küche zu probieren.

Henni klang, als würde sie die Informationen von irgendwo ablesen. »In der Karibik heißt das Ding *money moth*, ansonsten einfach nur die *Black Witch*, und gilt als Bringer des Todes. Nicht unähnlich der Krähe bei den Angelsachsen.«

Im Flur knirschte es unter meinen Schuhen. Glas.

»Kacke, die Birne ist geplatzt«, sagte ich und starrte nach unten, obwohl ich natürlich nichts erkennen konnte.

»Wieso ist dann die Sicherung raus?«, fragte Henni verwirrt, fuhr aber fort: »Auf jeden Fall, weißt du, wie sie das Teil noch nennen? Auf Französisch?«

Weil es nicht die Sicherung ist, zuckte es durch mein Hirn. Jemand hatte die Glühbirnen einfach aus der Fassung geschlagen, mit einem Schuh zum Beispiel. Deswegen lagen hier die Splitter auf dem Boden.

In diesem Moment prallte ein Arm gegen meine Hand, und

das Telefon flog durch den Flur. Etwas wickelte sich um meinen Hals und biss zu. Dünner Draht. *La Loupe.*

Wie eine Feuerlinie zog er sich quer über meine Kehle, und ich fühlte die Masse meines Angreifers hinter mir. Reflexartig griff ich nach dem doppelten Draht, versuchte, an ihm zu zerren wie Densch an seiner Krawatte. Aber zu tief hatte sich der Stahl bereits in die Haut gegraben, bot mir keinen Halt. Meine Finger wurden feucht. Blut. Ich roch herbes Aftershave.

Blitzartig ging mir mein früheres Training durchs Hirn. *Niemals versuchen, die Kehle zu befreien*, hatte es geheißen. Das spielte dem Angreifer bloß in die Hände.

Ich riss den Kopf zurück, versuchte, sein Gesicht mit dem Hinterkopf zu treffen. Er wich mir geschickt aus.

Verzweifelt trat ich mit dem Fuß nach seinem, in der Hoffnung, ihm den Spann zu brechen und so zum Loslassen zu bewegen. Ich verfehlte ihn, meine Bewegungen bereits zu unkontrolliert. Links und rechts verschwamm mein Sichtfeld, Zwielicht wurde langsam durch Dunkelheit ersetzt. Mein Blutdruck fiel schlagartig ab, bunte Lichter tanzten über meine Pupillen. Ich wusste, dass ich bloß noch Sekunden hatte, bevor ich ohnmächtig werden würde. Eine halbe Minute, bevor der Tod oder schwere Hirnschäden die Folge wären.

Ich streckte die Arme nach hinten, griff nach den Händen meines Angreifers. Folgte dem unbarmherzigen Draht um meine Kehle nach hinten, berührte eine Faust. Sackte kurz in die Knie, halb mit Absicht, halb durch meine Schwäche, und packte seine Handgelenke. Grobe Haare. Ich musste an Meißners Worte denken. Ein Mann.

Ich riss an den Handgelenken, wollte meinen Angreifer über die Schulter ziehen oder werfen, um auf diese Weise den Zug auf meinen Hals loszuwerden, aber mein Gegner arbeitete dagegen. Meine Kraft hatte mich längst verlassen. Ich fühlte mich wie damals vor meiner Krankenhaus-OP, als die Anästhetikumwellen durch meine Adern spülten und ich mich immer weiter gegen eine Ohnmacht gewehrt hatte, wohl wissend, dass ich den Kampf verlieren musste. Damals hatte es mir nichts ausgemacht, im Gegenteil, irgendwie war mir die Ausweglosigkeit attraktiv vorgekommen.

Jetzt nicht.

Oder doch?

Es war wärmer geworden in meinem Flur, alles wurde in ein wohliges Dunkel getaucht. Als würde alles von dunklem Samt ausgefüllt, ganz weich. Ich merkte, wie sich mein Körper entspannte, ich langsam nach unten sackte. Ein Teil meines Bewusstseins schlug Alarm, brüllte, wollte mich wecken. Faselte irgendwas von *Drosselvenen*, *Rückstau* und *Sauerstoffmangel im Blut*. Das war mir alles egal. Mich hatte eine sanfte Ruhe wie nach dem Orgasmus erfasst, und ich fühlte mich, als würde ich langsam zu Boden schweben. Würde dort vielleicht durch meinen Dielenboden sinken, zum Nachbarn unter mir. An dessen erstauntem Gesicht vorbei, weiter, ein Stockwerk tiefer. Ein fettes Grinsen breitete sich auf meinem Gesicht aus. Ich verspürte das Bedürfnis, es anzufassen, zu spüren, wie glücklich ich gerade aussah. Aber ich hatte längst keine Kontrolle mehr über meinen Körper.

Noch etwas ging mir in diesem Augenblick durch den Kopf: Asphyxiophilie. Der Lustgewinn durch Ersticken. Wie Hennis Toter am Fensterkreuz, bei einem ihrer früheren Fälle.

Dann knackte es, als hätte jemand einen Schalter umgelegt. Kurz wurde es komplett dunkel, dann sah ich irgendwo einen Lichtschimmer. Und hörte Stimmen. Dumpfes Gemurmel, vollkommen unverständlich. Ob das Henni war, die immer noch irgendwo im Flur auf dem Boden lag und keine Ahnung hatte, was vor sich ging?

Bei dem Versuch, genauer hinzuhören, zu verstehen, glitt ich weg.

31

»La Sorcière Noire«, kratzte eine dunkle Stimme außen an meinem Bewusstsein und gab sich Mühe, zu mir vorzudringen.

Meine Lider flatterten. Schmerz saß mir in der Kehle wie ein Tier, das sich nicht aus seiner Höhle vertreiben lassen wollte. Ich wollte die Augen öffnen, aber als Licht in meinen Schädel stach, kniff ich sie sofort wieder zu.

Ich stöhnte, versuchte, mich zu bewegen. Ich war gefesselt, an einen Stuhl. Gurte an den Beinen, den Armen und am Oberkörper.

Ich richtete mich etwas auf, um meinen Nacken zu entlasten. Jede Bewegung des Kopfes ließ den Schmerz in meiner Kehle stärker aufflammen. Wie Glut, in die jemand heftig hineinblies.

Schließlich schaffte ich es, die Lider einen Spalt zu öffnen. Ich saß in einer Garage, auf einem Holzstuhl. Nackt. Frösteln erfasste mich.

Der Raum wurde durch zwei Werkstatthängeleuchten erhellt, die an der Stirnseite angebracht waren und ein mildes Licht verbreiteten. Direkt vor mir stand ein Gestell aus Stahlrohren, offenbar von Hand geschweißt. Roh, aber nicht ungeschickt. Darauf befanden sich eine gepolsterte Liege und mehrere breite Gurte, die direkt an den Stahlrohren befestigt waren. Ich nahm an, dass ich auf dem Ding Platz nehmen würde, sobald es fertig war.

Das Garagentor musste sich hinter mir befinden, ich konnte es nicht sehen. Zu meiner Rechten gab es eine Stahltür, vermutlich der Zugang zu einem Haus. Unter den Leuchten stand eine langgezogene, gut sortierte und bestens gefüllte Werkbank mit jeder Menge Werkzeug. Ich musste an Meißners amputierte Beine denken, und ein weiterer Kälteschauer erfasste mich.

Eine Stimme ertönte hinter mir. »La Sorcière Noire. Das war es, was dir die Kleine nicht mehr mitteilen konnte«, sagte Alexander Kirill und trat in mein Sichtfeld. Er trug eine anthrazitfarbene Hose, teure Schuhe und ein weißes Hemd. Keine Krawatte. Er betrachtete mich von oben herab aus dunklen, fast schwarzen Augen. »So nennen sie den Falter im französischsprachigen Raum.«

»Du bist Herfords Handlanger. Du tötest auf seinen Befehl, damit er Bassemane und Petrow gleichzeitig loswird!« Meine Stimme klang, als würde sie sich mit nacktem Bauch über Schmirgelpapier schieben.

Er schüttelte den Kopf. »Sascha und ich sind Freunde, das ist alles. Aber er ist schwach. Nicht bereit, die Dinge zu tun, die notwendig sind.« Er wandte sich der Werkbank zu, ich konnte Klappern hören.

»Was passiert jetzt mit mir?«

Er hielt inne, drehte sich nach einem Augenblick um. Musterte mich, schien zu überlegen. Schließlich sagte er: »Ich werde dich töten, Thiebeck. Du hast mir Meißner weggenommen.«

»Henni weiß, was ich weiß. Und dann haben auch Densch und Kleidermann diese Information.« Ich musste husten, und das tat mehr weh als das Sprechen.

Er lächelte. »Darum geht es nicht. Ich will nichts vertuschen. Dafür ist es zu spät. Aber auch du wirst deine Reise antreten müssen, Thiebeck.«

»Was für eine Reise?«, fragte ich verwirrt.

»Du warst kein guter Polizist, damals. Hast dich nicht an die Regeln gehalten, sondern deine eigenen gemacht. Du hast einen Mordverdächtigen getötet.«

Ich widersprach nicht, obwohl ich Lammert nicht ermordet hatte. Der Mann, den wir damals in dringendem Verdacht gehabt hatten, über ein halbes Dutzend Menschen umgebracht zu haben, war von seinem Balkon gestürzt. Allerdings erst, nachdem ich ihn mit meinen Fäusten bearbeitet hatte.

»Aber darum geht es nicht. Falls der Kerl damals wirklich freigesprochen worden oder es nicht einmal zu einer Anklage gekommen wäre, war der Sprung vom Balkon für ihn sicher die bessere Lösung. Allerdings hast du Geld genommen.«

Die Geschichte hatte mir vor Gericht fast das Genick gebrochen. Der Großindustrielle Wegelow, ein entfernter Bekannter von Lammert, dessen kleiner Sohn in der Mordserie ums Leben gekommen war, hatte ein Kopfgeld auf den Mörder seines Kindes ausgesetzt. Eine mittlere, sechsstellige Summe.

Und genau dieses Geld war während meines Prozesses nach Lammerts Tod auf einem Schweizer Konto aufgetaucht, das auf meinen Namen lief. Wegelow hatte immer bestritten, dass das Geld von ihm war. Ich auch. Aber wir hatten keine gute Figur gemacht, beide mit einem Motiv.

»Das Geld war nicht von Wegelow«, sagte ich. »Der Sohn von Lammert hat es in meinem Namen hinterlegt, um mich dranzukriegen«, krächzte ich.

»Natürlich. Weißt du, genau das ist das Problem.« Er trat zu mir heran, in der Hand eine Knochensäge. »Immer ist es jemand anderes. Niemand übernimmt Verantwortung.« Er verstellte seine Stimme, klang hoch und nasal: *»Ich war es nicht, ich war es nicht!«* Abschätzig sah er auf mich herab, mein Blick streifte die grobe Klinge. »Ich bin es so leid. Ihr Krummbuckel und Speichellecker, wie Nacktschnecken windet ihr euch. Vollkommen ohne Rückgrat.« Er redete schneller, ich konnte Speichel in seinen Mundwinkeln sehen. »Aber ich biete dir einen Weg an, den du beschreiten kannst. Um dich zu verändern.«

Ich musste erneut an Meißners abgenommene Beine denken. Der würde nicht mehr viel *schreiten* in seinem Leben. »Indem du mir Arme und Beine abschneidest, mich mästest und dann ausnimmst?«

Er ging hinüber zur Werkbank und warf die Säge darauf. Drehte sich zu mir um und musterte mich. »Es geht um etwas ganz anderes. Eine Metamorphose. Weißt du, was eine Imago ist?«

Ich schüttelte den Kopf. Irgendwas mit Insekten.

»Die Imago ist das, was entsteht, wenn sich ein Insekt verpuppt. Seine Puppenruhe durchläuft und größer, stärker und schöner wieder zum Vorschein kommt. Zwischendrin besteht die Puppe ausschließlich aus einem undefinierten, klebrigen Brei. Alles verwandelt sich, alles wird neu transformiert. Und diese Chance biete ich dir. Etwas ganz Neues zu werden.«

Ich brauchte einen Augenblick, um zu verstehen, dass er das wirklich ernst meinte. »Du killst mich, um mich zu verwandeln?«, fragte ich ungläubig. »Alter, du bist doch meschugge.«

»Du wirst das noch verstehen. Die anderen haben es auch begriffen.« Er machte sich daran, die Garage zu verlassen.

Wütend rief ich ihm hinterher: »Warum nur Bassemanes Männer?« Ich hustete, würgte, beeilte mich, weiterzusprechen. »Das ist doch kein Zufall. Du bist Herfords Handlanger. Machst für ihn die schmutzige Arbeit. Was ist mit Herford? Der hat so viel Dreck am Stecken, warum liegt der nicht hier auf deinem Tisch? Warum hat der noch alle Gliedmaßen?«

Kirill lachte hart. »Saschas Zeit wird auch noch kommen. Er weiß genau wie ich, dass er auf Dauer seinem Schicksal nicht davonrennen kann.«

Ich wollte noch etwas erwidern, aber Kirill machte eine Bewegung mit dem Arm, die mich zusammenzucken ließ. Aber er schlug nicht zu, sondern legte mir stattdessen den Finger auf die Lippen. Für einen Moment lang stand er einfach so da, offenbar zufrieden, mich zum Schweigen gebracht zu haben.

Ich dagegen starrte ihn wie gebannt an. Nackt, frierend, verletzt und an den Stuhl gefesselt war ich nicht ganz so cool, wie ich das gern gewesen wäre.

»Wir haben noch viel Zeit, uns zu unterhalten. Ich kann dir viele deiner Fragen beantworten. Aber jetzt nicht. Hab Geduld, kleiner Schmetterling, deine Reise beginnt bald.« Mit diesen Worten verschwand er durch die Tür, und ich blieb wie benommen in dem kalten Raum sitzen.

Zwang mich, mich auf meine Fesseln zu konzentrieren. Ein Gurt um die Oberarme, der mir diese schmerzhaft nach hinten zog, zwei weitere an den Unterarmen, die mich unter anderem an den Stuhl fesselten, eine feste Bandage um Bauch und Oberkörper, ebenfalls mit dem Holz verbunden, und schließlich Gurte um Oberschenkel, Unterschenkel und um die Knie. Ich lehnte den Kopf zur Seite, um mir die Bindung ansehen zu können. Die Gurte schienen aus synthetischer Faser und stabil, die Ösen solide zu sein.

Ich wusste, wie man sich selbst aus den gründlichsten Fesselungen befreite, egal ob es sich dabei um Kabelbinder, Gaffatape, Seile oder Gurte handelte. Aber bei allen Strategien brauchte man Zeit und Ruhe. Unwahrscheinlich, dass ich beides haben würde. Ich glaubte nicht, dass Kirill so arrogant war, mich hier eine ganze Weile auf dem Stuhl hocken zu lassen, so lange, bis ich mich befreit hatte. Er würde vermutlich bald wiederkommen.

Bei dem Gedanken, was dann passieren würde, erfasste mich Panik. Er würde mich auf die Liege schnallen, und von dort würde ich kaum noch entkommen können. Dann würde er anfangen, an mir herumzuschneiden.

Ich zog und rüttelte an den Gurten, bis sie mir in die Haut schnitten, aber den Schmerz spürte ich kaum. Ohnehin hatte sich durch die Kälte ein Taubheitsgefühl in meinem Körper ausgebreitet, und ich bildete mir ein, Finger und Füße nicht mehr richtig spüren zu können.

Wieder zerrte ich an den Fesseln, aber ich wusste, dass ich die Gurte nur mit viel Geduld lösen konnte. Muskeln anspannen, lockern, sich hin und her bewegen, bis sich irgendwann genügend Spiel ergeben würde, um vielleicht eine Hand oder einen Arm zu befreien. Auf die Schnelle würde ich nichts erreichen.

Kurz dachte ich darüber nach, um Hilfe zu brüllen. Aber Kirill hätte bestimmt nicht auf einen Knebel verzichtet, wenn ich mich hier irgendwo befand, wo mich jemand hören konnte. Und selbst wenn – wollte ich, dass jemand hier hereinstolperte und möglicherweise zum nächsten Opfer wurde? Ich war mir ziemlich sicher, dass er mich nicht von sich aus aufgesucht hätte. Ich war sein nächstes Opfer geworden, weil ich ihm zu dicht auf die Pelle gerückt war. Vermutlich hatte er keine Skrupel, jemand anderen einfach zu beseitigen, wenn ich ihn dazu zwang. Also hielt ich den Mund und kämpfte weiter gegen die Gurte. Versuchte mich dabei an einem Mantra, um die in mir aufkeimende Panik in Schach zu halten: *Ganz ruhig, Brauner, ganz ruhig, Brauner, ganz ruhig, Brauner …*

Das hatte Jana immer zu mir gesagt. Jetzt half es mir tatsächlich, mich zu konzentrieren. Jenen Teil meines Gehirns wegzuschließen, der kreischend vor Angst weglaufen oder wimmernd zusammenbrechen wollte. Nur den besonnenen, klaren Thiebeck zurückzulassen, der uns jetzt den Arsch retten konnte.

Etwas knarrte. Erst glaubte ich, die Tür wäre wieder aufgegangen, und erschrocken zuckte mein Kopf hoch. Aber sie blieb geschlossen. Ich bewegte mich erneut, dasselbe Geräusch ertönte. Es war der Stuhl!

Gedanken schwirrten in meinem Kopf herum wie Bienen, die den Eingang zu ihrem Stock nicht fanden. Nicht die Gurte, der Stuhl! Das war der Weg, mich zu befreien.

Ich spannte die Muskeln in den Schultern, im Rücken, in den Oberschenkeln an. Versuchte, mich aufzurichten. Der Stuhl musste in verschiedene Richtungen dagegenhalten. Das Knarren wurde zu einem Stöhnen, als würde ich ihn foltern. Es wäre alles so viel simpler, wenn Kirill darauf verzichtet hätte, meine Beine an den Stuhl zu fesseln, dachte ich, als ich erneut den Oberkörper leicht nach vorn zog und wieder nach hinten ruckte. Ich hätte mich aufrichten und einfach mein immenses Körpergewicht benutzen können, um den Stuhl unter mir zu zertrümmern. Jetzt musste es anders gehen.

Ich ignorierte den Schmerz in Handgelenken und Beinen. Krämpfe drohten mir in den Waden und im Gesäß. Deshalb tat ich das, was ich beim Coach im Training gelernt hatte. Ich ging durch den Schmerz hindurch. Als würde er wie Nebel vor mir zurückweichen. Doch er hinterließ Spuren wie sanfte Feuchtigkeit, ein klammes Gefühl, ohne nennenswerte Schäden anzurichten. Ich merkte, dass ich das Gesicht zu einer Art irrem, angestrengtem Grinsen verzog. Erneut spannte ich den Körper an, drückte gegen und zog an den Gurten. Testete den Stuhl bis zu seiner Belastungsgrenze.

Plötzlich spürte ich eine winzige Bewegung im Rücken, und mit einem gutturalen Brüllen warf ich mich noch stärker nach hinten.

Und fiel.

Die Lehne war gebrochen, ich verlor das Gleichgewicht und

kippte mit beiden Stuhlhälften, immer noch durch die Gurte an mich gefesselt, nach hinten.

Ich landete auf dem Betonboden und schlug mir den Schädel an. Danach brauchte ich einen Augenblick, um Luft zu holen und die bunten Lichter zu vertreiben, die über meine Netzhaut tanzten.

Ungeschickt rollte ich mich zur Seite. Das geborstene Holz der Lehne bohrte sich in nackte Haut. Nachdem ich ein wenig mit den Armen herumgeruckelt hatte, rutschte einer der Gurte von der Lehne. Noch eine Bewegung, und ich konnte einen Arm herausziehen. Kurz darauf hatte ich den zweiten befreit und die Überreste der Lehne aus den Gurten gezogen. Die schwarzen, breiten Bänder lagen immer noch um Taille und den Bauch wie eine Art Kriegsschmuck, aber ich schenkte ihnen keine Beachtung.

Ich krümmte mich, packte zwei der Stuhlbeine, eines vorn, das andere hinten, und riss sie auseinander. Brach damit beide ab, wälzte mich mit einem Grunzen auf die andere Seite, um das Manöver dort zu wiederholen. Der Beton unter mir war kalt, mich fröstelte.

Nach und nach fischte ich die Bruchstücke des Stuhls aus den Gurten und befreite meine Beine, sobald ich genug Spiel hatte.

Ich wollte aufspringen, stürzte aber der Länge nach hin. Mein Kreislauf war vollkommen dahin, und meine Gliedmaßen zu lange gefesselt gewesen. Ich war noch nicht wieder Herr meines Körpers.

Vorsichtig richtete ich mich auf, eine Hand an der groben Wand der Garage. Ich wollte eben nach der Klinke greifen, als mein Blick auf die Überreste des Stuhls fiel. Keuchend bückte ich mich und packte eines der Stuhlbeine, die ich losgerissen hatte. Öffnete dann die Tür.

Hinter ihr lag ein Flur. Dunkel gefliest, mit Garderobe und Schirmständer. Subtiler Deckenleuchter, der ein mildes Licht verbreitete. Kurz warf ich einen Blick auf die Werkbank, überlegte, das Stuhlbein gegen einen Hammer oder eine andere Waffe einzutauschen, entschied mich aber dagegen. Das Holz lag gut in meiner Hand, und ich empfand eine merkwürdige Befriedigung, damit über Kirill herzufallen. Kosmische Gerechtigkeit, quasi.

Ich tapste vorwärts, ignorierte die Kälte unter den Füßen. Öffnete die nächste Tür, fand ein großes, offenes Wohnzimmer. Mit Kaminsenke und Durchgang zu einer Terrasse, die ich im Dunkeln nur erahnen konnte.

Zu meiner Linken eine Tür, die in einen weiteren Flur führte. Ich stand da und lauschte. Hörte meinen eigenen keuchenden Atem, den Puls, der mir in den Ohren rauschte. Und das Prasseln einer Dusche.

Am Ende des Flurs leuchtete Licht unter einer Tür hindurch, links führte eine Treppe hoch in den ersten Stock. Dort hinten, bei dem Licht, musste sich ein Bad befinden, indem jemand unter der Dusche stand. Kirill?

Vermutlich. Mich sichernd umsehend ging ich langsam auf die Tür zu und fühlte mich dabei wie ein Zombie. Sogar das ächzende und rasselnde Geräusch produzierte meine Kehle jetzt ohne Schwierigkeiten.

Vor dem Bad blieb ich stehen. Sah mich um, aber der Flur blieb dunkel, leise und leer. Kopfschmerz waberte durch meinen Schädel, und ich bildete mir ein, unter Sehstörungen zu leiden. Aber bei dem schwachen Licht war ich mir nicht sicher.

In der Rechten hielt ich das Stuhlbein, meinen improvisierten Knüppel, fest gepackt. Starrte auf das Ding hinunter, bemerkte, wie weiß meine Knöchel in der Dunkelheit aussahen.

Ich fühlte den unbändigen Drang, die Tür aufzureißen, mich auf Kirill zu werfen, um ihn zu bestrafen. Aber das wäre so selten dämlich, das war nicht mal eines Thiebecks würdig. Beide nackt, würden wir uns quer durchs Bad wälzen, über die Trümmer der Dusche hinweg. Und am Ende würde er die Oberhand gewinnen. Er war ausgeruhter, sein Kreislauf arbeitete, und das Überraschungsmoment würde mich nur so weit bringen. Meine Ratio flüsterte mir zu, ein Telefon zu suchen. Oder eine Waffe, eine echte. Mir etwas anzuziehen. Kirill nicht auf diese Weise gegenüberzutreten, mich nicht auf das Spiel einzulassen. Aber der sture Thiebeck, der, der nicht aufgeben konnte, der wollte nicht. Wieder dieses Gefühl von kosmischer Gerechtigkeit. Er nackt, ich nackt. Und dann erfüllte mich da noch dieses überwältigende Bedürfnis, ihm die Fresse zu polieren, für das, was er mir angetan hatte. Und vor allem angetan hätte.

Also wartete ich.

Stand im Flur, fror und zitterte und warf immer wieder einen Blick auf mein Stuhlbein, als müsste ich mich versichern, dass das alles real war. Mehrfach musste ich die Hand ausstrecken, mich an der Wand abstützen, wenn Schwindel mich zu erfassen drohte.

Schließlich verstummte das Wasser. Ich hörte eine Schiebetür, vermutlich trat Kirill aus einer Duschkabine. Mein ganzer Körper zitterte, vor Ungeduld, Kälte und Schwäche. *Komm schon, mach die Tür auf, du Pisser*, schrie ich ihm in Gedanken zu.

Endlich bewegte sich die Tür, ich trat einen Schritt zur Seite. Außerhalb des Blickfelds. Als sich ein nackter Fuß auf die Fliesen setzte, warf ich mich nach vorn und schlug zu.

Das Stuhlbein prallte am Schädel ab, erwischte die Schulter und schlug schließlich seinen linken Arm zur Seite. Dann war ich über ihm, riss ihn zu Boden. Dumpf prallten wir in der offenen Tür auf die Steinplatten, dunkel im Flur, hell im Bad. Dort brannte noch Licht, fette Nebelschwaden kondensierter Luft umwaberten uns, während wir grunzend auf dem Boden kämpften.

Der Schlag hatte ihn benommen gemacht, aber nicht überwältigt. Jetzt nutzte mir der Prügel nichts mehr, ich konnte auf dem engen Raum nicht mehr ausholen. Stattdessen versuchte ich, an seine Kehle zu kommen und zuzudrücken. Seine Beine umklammerten mich, versuchten, mich von ihm fernzuhalten. Meine Linke hielt sein Handgelenk gepackt, während er mit der Hand meinen Ellbogen von seiner Kehle fernhalten wollte.

Mit einer Körperdrehung schob ich mich höher, halb auf ihn drauf. Hielt ihn unter mir und dem Türrahmen gepinnt, konnte mit einem Ruck den rechten Arm höher ziehen. Der Ellbogen rutschte am Schlüsselbein entlang, Richtung Hals. Ich drückte weiter, nutzte mein Gewicht. Er gab ein gurgelndes Geräusch von sich. Befreite seine Linke, drosch mir in die Rippen. Schmerz durchzuckte mich, aber mit zusammengebissenen Zähnen wich ich ihm nicht aus. Im Gegenteil, mit jedem Hieb warf ich mich heftiger nach vorn, verstärkte den Druck. So würde er mich nicht loswerden.

Seine Beine zerrten an meinem Unterkörper, versuchten, ihn von sich loszubekommen, aber ich klebte an ihm. Schaffte es, mich noch ein Stück aufzurichten, noch heftiger nach unten zu drücken. Mein Ellbogen jetzt fest an seiner Kehle, Unterarm seitlich am Hals. Seine Augen verdrehten sich im Schädel, die Lider schlossen sich. Um sich zu konzentrieren. Mich nicht sehen zu müssen. Keine Ahnung.

Ich drückte noch fester, er zuckte unter mir wie eine Schlange, bäumte sich auf. Ich umklammerte ihn, um den Kontakt nicht zu verlieren. Plötzlich zitterte er. Seine nackten Füße schlugen auf die Fliesen, seine Hand ließ mich los. Patschte laut auf die Steine. Schließlich lag er still.

Ich hielt ihn weiter gepackt, als hätte sich alles an mir verkrampft. Als könnte ich ihn gar nicht mehr loslassen, selbst wenn ich gewollt hätte.

Erst nach einer Weile schaffte ich es, meinen Griff zu lösen. Wuchtete mich hoch. Zusammengekrümmt stand ich an den Türrahmen gelehnt, sah auf den Mann hinunter, der mich in Stücke hatte schneiden wollen. Ich konnte nicht erkennen, ob er noch atmete. Es war mir auch egal. Einen Arm packend, zog ich ihn ein Stück zur Seite, bis ich das riesige, schwarze Tattoo des Falters auf seiner Haut sehen konnte. Es bedeckte seinen gesamten Rücken und sah düster und unheimlich aus. Kein Wunder, dass sie ihm diesen Spitznamen gegeben hatten.

Immer noch zogen weiße Schwaden aus dem überhitzten Bad, als würden sie einer Hölle entfliehen. Ich kam mir vor wie auf Droge. Alles um mich herum drehte sich, ich konnte keinen klaren Gedanken mehr fassen. Für kurze Augenblicke wusste ich nicht einmal mehr, wo ich mich befand. Wessen Haus war das hier? Warum lag dort ein nackter Mann auf dem Boden?

Ich tastete mich zurück in den Flur, suchte mir den Weg zur Haustür. Öffnete sie, stolperte nach draußen. Es schüttelte mich, als die kalte Luft auf meine nackte Haut traf.

Eine kleine Treppe führte zu einem Weg aus Waschbetonplatten, dem ich nun folgte. Schemenhaft nahm ich einen Garten links von mir wahr, rechts standen Bäume, und es roch nach Wald.

Nach einer gefühlten Ewigkeit erreichte ich ein Gartentor aus Metall und die Straße. Das Haus stand als letztes direkt am Waldrand in einer Sackgasse. Überraschende Besucher hatte Kirill nicht befürchten müssen.

Ich tappte die Straße entlang, spürte, wie meine Knie langsam weich wurden. Plötzlich wusste ich nicht mehr so genau, warum ich rausgelaufen war. Warum hatte ich nicht drinnen nach einem Telefon gesucht?

Die Straße ging leicht abschüssig nach unten, und ich lief von Lichtkegel zu Lichtkegel, von einer Straßenlaterne zur nächsten.

Auf einmal kläffte ein Hund. Ich blieb stehen, merkte, wie ich schwankte.

»Alles in Ordnung?«, rief eine Stimme, und ich fragte mich noch, ob das wohl mir galt.

Im nächsten Moment kippte mein Bild merkwürdig zur Seite, und eine Hecke schlug über mir zusammen.

32

Ich hatte nicht einmal gemerkt, dass ich wieder bei Bewusstsein war, sondern bloß benommen auf blaue Wände gestarrt. Es hatte geklopft.

Bevor ich antworten konnte, öffnete sich die Tür. Jana steckte den Kopf herein. Hinter ihr konnte ich den besorgten Blick von Tassin erkennen. Jana lächelte und nickte ihr zu, schloss dann die Tür hinter sich.

»Wo sind die Blumen?«, wollte ich mit kratziger Stimme wissen, als ich bemerkte, dass sie mit leeren Händen gekommen war.

»Die kriegst du später, falls sie dich hierbehalten. Du bist noch in der Notaufnahme.«

Ich nickte, obwohl ich keine Ahnung hatte, wo ich mich befand. »Was ist passiert?«

»Henni hat uns alarmiert. Wir haben eine Fahndung nach dir und Kirill eingeleitet, und als auf der 110 ein verschreckter Reinickendorfer anrief, der sagte, dass ein riesiger, nackter Mann gerade bewusstlos in den Garten seines Nachbarn gestürzt sei, brauchten wir bloß eins und eins zusammenzählen.«

»Wart ihr bei Kirill im Haus?«

Sie nickte.

»Habt ihr ihn?«

Jana zögerte. »Er liegt immer noch im Koma. Du hast ihm ganz schön lange die Luft weggedrückt.«

Ich schob mich im Bett zurecht, versuchte, die schmerzende linke Seite zu entlasten. »Von mir aus muss der Penner auch gar nicht mehr aufwachen.«

»Das verstehe ich. Für unsere Ermittlungen wäre mir das aber schon ganz recht. Und ich könnte mir vorstellen, dass du das nächste Woche auch noch mal anders siehst. Weiß nicht, ob du in deinem Leben unbedingt noch einen zweiten Fall Lammert gebrauchen kannst.«

Ich verzog das Gesicht. Damit hatte sie vermutlich recht.

»Warum wollte er dich töten? Hat er was gesagt?«

Ich musste lachen, wurde aber stattdessen von einem schmerzhaften Hustenanfall geschüttelt. »Er wollte mich in einen Schmetterling verwandeln.«

Jana beugte sich vor, streichelte mir über die Wange und sagte: »Das bist du doch schon, Johannes. Ein wunderschöner.«

Wir mussten beide grinsen.

»Ich komme nachher noch mal wieder und bringe dir ein paar Klamotten mit. Deinen Schlüssel haben wir bei Kirill gefunden, den borge ich mir aus, in Ordnung? Deine anderen Sachen sind hier, die habe ich dem ED gleich abgenommen.«

Ich erhob keine Einwände.

Nachdem Jana gegangen war, schob sich Tassin ins Zimmer. »Hey, Großer. Wie geht's dir?«

»Besser als ihm.«

Sie nickte und setzte sich auf den Stuhl neben dem Bett. »Es tut mir leid, dass das derart eskaliert ist. Wir hätten besser auf dich achtgeben müssen.«

»Vergiss es. Du glaubst doch nicht im Ernst, dass ich überall nur noch mit Aufsicht hingefahren wäre. Immerhin haben wir ihn auf diese Weise aus der Reserve gelockt. Das passt schon.«

»Wir waren bei Kirill im Haus. Jana und Mirko haben mich mitgenommen.«

»Und?«

»Krasse Scheiße, wie man sagen würde.« Sie machte eine dramatische Pause, aber ich war müde. Ich wartete bloß ab.

Sie fuhr fort: »Kirill hat ein eigenes Archiv. Aus seiner Zeit in Mexiko.« Tassin schüttelte den Kopf. »Das ist so barbarisch, was da abgeht. Den Kartellen geht es nicht nur darum, Menschen zu töten. Sie wollen sie einschüchtern. Deswegen werden auch so viele Menschen enthauptet. Kirill hatte Bilder, wo Menschen auf öffentlichen Plätzen zur Schau gestellt wurden, ohne Arme und Beine.«

»Von den Kartellen umgebracht?«

»Vor allem, ja. Aber die Narcos, das Militär und die Polizei, die sind nicht viel besser. Die benutzen zum Teil dieselben Einschüchterungsmethoden. Das ist ein fürchterlicher Krieg da drüben.«

Ich starrte auf die Wand. »Ist bei ihm was kaputtgegangen, im Kopf?«

»Möglich. Das werden wir noch untersuchen müssen. Inzwischen haben wir herausgefunden, dass er, während er sich in Mexiko befand, für zwei Monate vom Radar verschwunden war. Keiner hier wusste, wo er sich befand.«

»Was ist passiert?«

Sie verzog das Gesicht. »Es gibt erste Hinweise darauf, dass er möglicherweise verschleppt worden ist, von den Kartellen. Und dann haben sie ihn gefoltert.«

»Aber er ist am Leben«, wandte ich ein, auch wenn ich wusste, dass das Argument hohl war. Zwei Monate reichten locker aus, um jemandem einen ordentlichen Knacks zu verpassen.

Sie nickte. »Aber wir wissen nicht, zu welchem Preis.«

Es klopfte erneut an der Tür, und ein bärtiger Pfleger steckte den Kopf herein. »Es tut mir leid, Herr Thiebeck, aber ich soll Sie zur Diagnostik bringen. Lungenfunktion.« Entschuldigend sah er erst mich, dann Tassin an.

»Meine Lungen haben nichts abbekommen.«

»Da testen die einfach, ob du richtig atmen kannst, du Depp. Ob da alles in Ordnung ist«, tadelte Tassin und deutete auf meine Kehle. Sie klopfte mir auf die Schulter. »Ich komme später noch einmal wieder. Im Moment wartet ohnehin jede Menge Papierkram auf uns.«

Als sie sich bereits zum Gehen gewandt hatte, sagte ich leise: »Tut mir leid, dass das alles unsere Operation derart torpediert hat.«

Sie verzog das Gesicht. »Mir auch.« Dann verschwand sie im Gang, während der Pfleger einen Rollstuhl in den Raum bugsierte.

»Ich kann allein gehen«, protestierte ich, obwohl ich tatsächlich keine Ahnung hatte, ob ich auch nur einen Schritt tun konnte, ohne zusammenzuklappen.

Ihn schien der Protest nicht zu beeindrucken. Er manövrierte das Ding geschickt neben mein Bett, zog die Bremsen an und half mir beim Umsteigen. »Ihr Bett wird oben auf Station schon auf Sie warten, wenn wir in der Diagnostik durch sind«, versuchte er mich zu ermutigen, als sei die Aussicht, mich von diesem Bett zu trennen, ein echter Schicksalsschlag.

Wenig später rollten wir den Gang entlang. Er steuerte mich mehrere Gänge hinunter, bevor er anhielt, erneut die Bremse feststellte und sagte: »Einen Moment, bitte.«

Ich saß da, ließ das geschäftige Krankenhausleben an mir vorbeitreiben und bemerkte kaum, dass er die Bremse wieder löste und wir erneut Fahrt aufnahmen.

Irgendwann fiel mir auf, dass sich der Fahrstil verändert hatte, und ich warf einen schnellen Blick nach hinten. Statt der weißen Pflegeruniform blickte ich auf einen dunklen Zweireiher und statt in das bärtige Gesicht eines Weißen in das glatt rasierte Gesicht von Arsene Touré, der rechten Hand von Bassemane.

»Scheiße«, entfuhr es mir.

Er verzog keine Miene, sondern beschleunigte bloß etwas das Tempo.

»Hilft es mir, wenn ich anfange zu schreien?«

Ein winziges Lächeln zuckte über seine Lippen, und er schüttelte kaum merklich den Kopf.

Ich war ohnehin nicht gerade scharf darauf, auszuprobieren, wie viel Chaos Touré hier im gut gefüllten Krankenhaus mit mir anzurichten bereit war. Also hielt ich die Klappe.

Wenig später rollten wir aus einem der Ausgänge und steuerten auf einen kleinen Parkplatz zu. Mich fröstelte, immerhin steckte ich bloß in einem dieser hinten offen stehenden Krankenhaushemden. Die Sonne schien, aber kräftige Winde schickten sich an, dunklere Wolken aus dem Westen aufziehen zu lassen.

Touré stoppte den Rollstuhl an einem schwarzen SUV, dessen Beifahrertür sich öffnete. Ein junger Weißer, ebenfalls im Anzug, stieg aus, um Touré zu helfen. Er hielt mir die Hintertür auf, und ich krabbelte hinein. Drinnen lag ein Stapel Klamotten, im Fußraum stand ein Paar Schuhe.

»Bitte, ziehen Sie sich an«, sagte der junge Typ, kurz bevor er die Tür schloss.

Er und Touré stiegen in den Wagen, und wenig später hatten wir das Krankenhausgelände verlassen. Da wir kurz darauf die Osloer Straße passierten, nahm ich an, dass man mich zur Erstversorgung entweder in die Charité oder die DRK-Kliniken gebracht hatte. Ich hatte eine ziemlich gute Vorstellung davon, wohin es jetzt gehen würde.

Eine stetige Reise nach Süden bestätigte meinen Verdacht, und es dauerte nicht allzu lang, bis wir uns ein weiteres Mal unseren Weg zwischen großen Villenanlagen in Lichterfelde suchten.

Als wir in die Einfahrt zu Bassemanes Villa einbogen, war ich fast ein wenig erleichtert. Wenn mir der *Baseman* für meinen Verrat eine Kugel in den Kopf jagen wollte, würde er das kaum zwischen seinen Krocket spielenden Kindern tun. Auf der anderen Seite wollte er mich vielleicht bloß noch einmal zu einer Audienz empfangen, bevor mir irgendwer irgendwo anders eine Kugel verpasste.

Touré parkte den Wagen, und der zweite Mann öffnete mir die Tür. Ich trug inzwischen die Sachen, die man mir zurechtgelegt hatte: eine graue Anzughose und ein dunkles Hemd, italienische Lederschuhe. Alles passte erstaunlich gut, dafür, dass ich es nicht anprobiert hatte.

Wir gingen zusammen über den Kies in Richtung des Gartens, am Haus vorbei. Dort passierten wir ein mit Netzen abgehängtes Trampolin und einen kleinen Pool. Kinder konnte ich keine sehen, aber in einer Sitzgruppe im Schatten eines riesigen Ahorns saßen Victoire Bassemane und Harro Meißner. Der eine in einem der weiß lackierten Stühle, der andere im Rollstuhl.

Auf einem runden Tisch standen eine Karaffe und mehrere Gläser.

Der zweite Mann war in Richtung des Hauses abgedreht, und so begleitete mich jetzt bloß noch Touré zu den beiden. Er zog einen Stuhl für mich zurück, wartete, bis ich mich gesetzt hatte und schenkte mir dann aus der Karaffe ein. In der durchsichtigen Flüssigkeit konnte ich Zitronenscheiben und Minzblätter erkennen. Die Sonne wurde inzwischen immer wieder durch größere Wolkenfelder verdeckt, sodass wir dann im Schatten saßen und es unangenehm kühl wurde.

Während Touré noch um mich herumschwirrte, spürte ich Bassemanes und Meißners Blicke auf mir liegen, erwiderte sie aber nicht. Ich wollte mit der Konfrontation warten, bis Touré sich zurückgezogen hatte.

Das tat er, und Bassemane hob sein Glas. Meißner tat es ihm gleich, und auch ich griff nach meinem.

»Auf das Dreckschwein Alexander Kirill, und darauf, was sie mit einem Bullen wie ihm im Knast machen«, sagte Bassemane.

Meißner grinste grimmig und nickte. Ich wartete bloß ab, trank, als es die beiden auch taten. In dem Glas befand sich außer den anderen Zutaten bloß Wasser.

Bassemane berührte seinen Hals, zeigte dann auf mich. »Beeindruckend.«

Ich musste den Reflex unterdrücken, die Spuren, die die Garotte auf meiner Haut hinterlassen hatte, zu berühren. Der Verband an meiner Kehle juckte.

»Das war eine recht spektakuläre Abholung aus dem Krankenhaus«, bemerkte ich trocken, als wir die Gläser wieder abgesetzt hatten.

Bassemane grinste. »Seine Idee.«

Meißner legte den Kopf etwas schief. »Ich dachte, Johnny T weiß den Hang zum Melodramatischen vielleicht zu schätzen.«

»Warum bin ich hier?«, fragte ich, ohne auf die Witzeleien einzugehen. Die Situation machte mich immer noch etwas nervös.

Bassemane schien das zu respektieren, auch sein Gesichtsausdruck wurde ernst. »Ich bin kein Freund davon, belogen zu werden. Vor allem nicht von Gästen, die ich in mein Haus einlade.«

Ich nickte und nahm den Tadel zur Kenntnis.

»Aber ich bin auch jemand, der weiß, wann solche Dinge zurückzustehen haben. Thiebeck, ist das Ihr Name?«

Er sprach den Namen Französisch aus, es klang fast ein wenig wie *Quebec*. Ich nickte.

»Sie haben uns einen großen Gefallen getan, Thiebeck. *Mir*

einen großen Gefallen getan. Sie haben nicht nur einen meiner besten Männer vor dem Tod gerettet, sondern auch einen guten Freund. Dafür schulde ich Ihnen etwas. Außerdem haben Sie vermutlich verhindert, dass sich Petrows und meine Leute gegenseitig an die Gurgel gehen. Niemand weiß, wie viele weitere Opfer das gefordert hätte.«

Ich machte eine abwehrende Geste. Wenn er bereit war, zu vergessen, dass ich mich als V-Mann in seine Organisation eingeschlichen hatte, dann würde mir das als Dank vollkommen reichen. »Was ist mit den Jungs?«

»Harro hat mir versichert, dass die keine Ahnung hatten.«

Ich nickte, beobachtete ihn dabei aufmerksam. Versuchte, so überzeugend wie möglich zu sein. »Schoko hatte nie eine Chance. Der dachte, der lernt da im Jugendzentrum den ganz harten Johnny T kennen, der seine Tante knallt.«

Bassemane hielt mich einen Moment lang mit seinem Blick gefangen, deutete dann ein Nicken an. »Ich habe eine Überraschung für Sie. Kommen Sie.« Er erhob sich und strich sich den makellosen Anzug glatt.

Meißner blieb, wo er war, streckte mir aber die Hand entgegen. »Ich hab mich zwar schon bedankt, mach's aber gerne noch mal, Partner.«

Ich schlug ein.

»Das vergesse ich so schnell nicht. Und jedes Mal, wenn ich diese Räder hier anpacke«, er ließ eine Hand auf den Rollstuhl fallen, »werde ich daran erinnert. Falls du mal was brauchst, melde dich bei mir. Alles klar?«

»Klar«, sagte ich und folgte dann Bassemane und Arsene, der sich uns angeschlossen hatte, über den Rasen.

Wir steuerten wieder auf den Parkplatz zu. Dort stiegen wir erneut in den SUV, Bassemane vorn zu Touré, ich hinten. Zu unserer Rechten konnte ich zwei weitere Fahrzeuge mit getönten Scheiben sehen. In eins davon stieg der zweite Mann, der mich mit aus dem Krankenhaus abgeholt hatte, und mir kam es vor, als könnte ich weitere Schemen im Fahrzeug erkennen.

Kurz darauf fuhr der Konvoi aus drei Wagen vom Hof, und ich versuchte, mich zu orientieren.

Nachdem wir Marienfelde durchquert hatten und uns in Richtung Buckow bewegten, ahnte ich bereits, wohin uns unser Weg führen würde: nach Oberschöneweide.

Und tatsächlich hielten wir unweit des brachliegenden Grundstücks, auf dem ich vor nicht allzu langer Zeit gestanden und mit meinem Bruder telefoniert hatte. Der Himmel hatte sich inzwischen bleigrau zugezogen und Wolken in verschiedenen Grautönen wurden wild über uns hinweggepeitscht. Am Boden wurden immer wieder Blätter, Unrat und andere Dinge aufgewirbelt, und ich schätzte, dass es nicht mehr lange dauern würde, bis es regnete.

»Wir sind da«, sagte Bassemane und öffnete die Wagentür.

Ich stieg aus und stellte mich auf dem Gehweg neben ihn. Weiter vorn hatte einer der Wagen direkt am Eingang des Hauses gehalten, in dem sich Jan und seine Jungs aufgehalten hatten, und drei von Bassemanes Leuten liefen ins Haus. Gezogene Waffen hatte ich nicht gesehen, aber alle hatten die Hände in den Jacken gehabt. Mein Magen krampfte sich zusammen, wenn ich mir vorstellte, was gleich passieren würde.

»Kommen Sie«, sagte Bassemane und nahm mich sanft am Arm. Hinter uns Touré, gingen wir langsam auf den Hauseingang zu. »Sie wollten doch wissen, was es mit dem Boom auf sich hat.« Ich nickte. Das war ja immerhin Sinn der ganzen Übung gewesen, und noch während ich mir dieser Geste bewusst wurde, begriff ich plötzlich, was mir Bassemane sagen und zeigen wollte. Das war die Connection zu Petrow gewesen!

Jan und seine Tschechen brachten das Boom nach Deutschland, und Petrow vertickte es dann über seine üblichen Kanäle.

Am Hauseingang wartete einer von Bassemanes Männern auf uns. Unter der offenen Jacke konnte ich die schwarzen Kanten einer vollautomatischen Waffe sehen, vermutlich einer Maschinenpistole. Außerdem trug der Mann eine schusssichere Weste.

Ich warf Bassemane einen schnellen Blick zu, während ich hinter ihm ins Haus trat. Weder er noch ich waren irgendwie für einen Kampfeinsatz ausgerüstet. Hatte er vor, mich einen *Unfall* haben zu lassen? Aber warum marschierte er dann selbst derart unbesorgt hier rein?

Vom kühlen Hausflur ging direkt vor der Treppe links eine Wohnungstür ab, an der ein zweiter Mann, ein Schwarzer, stand. Der hielt seine Maschinenpistole offen in den Händen, nickte uns zu und lehnte sich vor, um die Tür noch etwas weiter für uns aufzustoßen.

In den Räumen war es dunkel, die kleinen Fenster ließen kaum Licht hinein. Es roch staubig, als hätte hier länger niemand gewohnt. Direkt am Eingang stapelten sich im Hausflur alte Pizzakartons fast bis auf Hüfthöhe. Der Turm sah aus, als könnte er beim sanftesten Lufthauch umkippen.

Die Einrichtung bestand aus einer merkwürdigen Mischung von Uralt und Modern. Eine Lampe mit gusseisernem Fuß und gelbem Schirm machte den Eindruck, als sei sie deutlich älter als ich. Der Tisch, auf dem sie stand, ebenfalls. An der Wand, direkt darüber, hing ein moderner Druck, der überhaupt nicht dazu passte. Und so ging es weiter, der Teppich lag bestimmt schon seit der Nachkriegszeit auf dem Boden, aber im Wohnzimmer, das wir jetzt betraten, stand eine Musikanlage, die nicht älter als ein paar Jahre war. Schwere Sessel und ein behäbiges Sofa standen neben einem filigranen Glastisch, alte Oma-

Schränke, die vor Kartons, Bücher und anderem Zeug überquollen, befanden sich neben einer Vitrine, die in den meisten modernen Läden gut ausgesehen hätte.

Mein Blick wanderte von den schweren, dunklen Vorhängen, die ihr Übriges taten, um das Tageslicht draußen zu halten, zu den Füßen, die ich hinter dem Sofa erkennen konnte. Ich machte einen Schritt zur Seite, um besser sehen zu können. Erkannte den schwarzen, feuchten Fleck, der den Teppich verfärbt hatte.

Der Mann, der dort tot auf dem Teppich lag, war der Kerl, den ich beim Pizzaholen beobachtet hatte, das tätowierte Spinnennetz am Hals war deutlich zu erkennen. Ondrej. In seiner Brust waren zwei Einschusslöcher zu sehen.

»Gibt es noch mehr?«, fragte ich murmelnd.

Wie um zu antworten, trat der dritte Mann in den Durchgang zu einem weiteren Zimmer und zeigte nach drinnen. Ich ging und spähte an ihm vorbei. Bei dem Raum handelte es sich offenbar um ein Schlaf- und Arbeitszimmer. Unter einem Hochbett stand ein Tisch mit einem alten Computer. Ein weiterer Mann, ebenfalls mehrere Einschüsse in Oberkörper und Oberschenkeln, lehnte gegen die offene Tür eines riesigen Kleiderschranks, der Kopf merkwürdig abgeknickt und die Augen offen und glasig. In der Hand hielt er eine Automatikpistole, und reflexartig drehte ich mich um, um zu schauen, ob er in der Lage gewesen war, noch einen Schuss abzufeuern.

Ich sah nichts.

Zurück im Wohnzimmer stand ich einen Moment lang auf dem Teppich. Zu meinen Füßen gab es weitere Blutspuren, die aber nicht zu dem Toten hinter dem Sofa passten. Ich drehte mich im Kreis, als könnte ich so das Geschehene dechiffrieren.

»Was ist passiert?«, unterbrach Bassemane meine Gedanken mit seiner sonoren Stimme.

Ich zögerte. »Der Mann hinter dem Sofa und der im Zimmer, die sind exekutiert worden. Die waren komplett überrascht von dem, was passiert ist. Der im kleinen Zimmer hat immerhin noch seine Waffe gezogen, also ist er vermutlich als zweiter gestorben.« Ich machte einen Schritt nach vorn, zeigte auf das Blut. »Aber das ergibt keinen Sinn.«

»In der Küche ist noch einer«, meldete sich der Mann, der uns an der Wohnungstür erwartet hatte.

Ich ging in seine Richtung, betrat die kleine Küche, die er mir überließ. Hier klärte sich das Rätsel. Offenbar hatte ein Kampf stattgefunden, mehrere Stühle waren umgefallen, auf den schwarz-weißen Fliesen fand sich jede Menge Blut, und ein weiterer Typ, wie die anderen mit kurz geschorenen Haaren und bulliger Statur, lag tot zu Füßen eines hohen Tresens. Erleichtert stellte ich fest, dass von Jan keine Spur zu sehen war.

»Er ist erwürgt worden«, sagte der Mann an der Tür.

Ich warf ihm einen Blick zu, er zeigte mit dem Arm. Vorsichtig, um nicht in das halb getrocknete Blut zu treten, ging ich ein paar Schritte näher. Am Hals des Toten konnte ich rote, wütende Male sehen, die mich unwillkürlich an meinen eigenen Hals greifen ließen. Jemand hatte ihn mit einer Garotte gewürgt, vermutlich war er auf diese Weise auch gestorben. Seine Augen waren aus den Höhlen gequollen, und seine Zunge lag ihm schwarzblau und dick im offenen Mund. Schusswunden konnte ich nirgendwo sehen, aber auf dem Boden lag ein gefährlich aussehendes Messer, an dem sich Blut befand. Offenbar hatte sich dieser Mann hier gewehrt, bevor ihn jemand mit der Garotte getötet hatte. Jan, nahm ich an.

»Hier hat es angefangen, oder?«, fragte Bassemane, der neben seinem Mann stand.

Ich nickte. »Sie haben hier gekämpft, einer ist mit dem Messer verletzt worden. Der, der die anderen erschossen hat.« Ich sah auf, verzog das Gesicht. »Warum haben sie nichts gehört?« Auf dem Boden lagen ein zerschlagenes Glas und ein kaputter Teller.

»Vielleicht war die Musik sehr laut, oder der Fernseher.«

Ich nickte, ging an Bassemane vorbei. »In der Küche ist es zum Streit gekommen, die beiden haben gekämpft. Einer überlebt, kommt raus. Holt sich eine Schusswaffe, oder hat sie bereits dabei.« Ich stand im Eingang zum Wohnzimmer, ging bis zu der Stelle mit den Blutflecken. »Er schießt auf den nächsten, tötet ihn.« Ich ging weiter zu dem kleinen Zimmer, bemerkte eine winzige Blutspur am weißen Rahmen. Hier hatte er sich festgehalten. »Er erschießt den letzten Mann, der seine Waffe ziehen, aber nicht mehr feuern kann.«

Bassemane nickte. »Warum haben sie gestritten?«

Ich zuckte mit den Schultern, obwohl ich genau wusste, warum diese drei Männer hatten sterben müssen. Weil ihnen jemand ihr Geld geklaut hatte.

Was hatte Jan gesagt? *Wenn du die Kohle nicht mehr rausrückst, muss ich mir eine Erklärung ausdenken, die den Jungs vermutlich nicht gefallen wird. Den Ärger muss ich ausbaden. Aber es ist nur Geld. Mach, was du für richtig hältst.*

Ich hatte es ihm nicht wiedergegeben, und diese *schlimmen Finger*, wie er sie genannt hatte, waren irgendwann ungeduldig geworden. Vielleicht hatte er sich auch bloß keine besonders gute Geschichte ausgedacht, wohin die Kohle verschwunden war. Jan war nie besonders kreativ gewesen, was seine Lügen betraf.

»Wir haben keine Drogen gefunden«, sagte der Mann neben Bassemane.

Der Schwarze nickte. »Wer war das hier, Petrow? Hat er die Typen abgeräumt?«

»Schon möglich«, sagte ich, obwohl ich wusste, dass der damit nichts zu tun hatte. Mein Bruder war vermutlich längst über alle Berge und hatte das restliche Boom mitgenommen, falls es welches gab.

»Willst du deine Kollegen anrufen? Damit die hier aufräumen?« Bassemane sah mich von der Seite her an.

Ich wusste nicht, ob er mich mit der Frage auf die Probe stellte. Ob er prüfen wollte, inwieweit ich noch Bulle war. Immerhin war er wieder zum Du gewechselt, irgendwie beruhigte mich das. Aber ich war zu müde, um weiter Spielchen zu spielen.

Also nickte ich bloß. »Wenn es okay für euch ist. Die wollen wissen, was diese Tschechen hier verloren hatten.«

»Kein Problem.« Bassemane reichte mir ein Handy. »Wir sind draußen.«

Ich sah ihm hinterher, während er mit dem anderen Typen aus dem Zimmer ging. Während ich Tassins Nummer wählte, umzirkelte ich außen das Sofa, warf einen weiteren Blick auf Ondrej, der dort lag.

»Ja?« Sie hatte die Nummer natürlich nicht erkannt.

»Ich bin's.«

»Wo bist du?« Ihre Stimme klang aufgeregt.

»Ich habe was über dein Boom herausgefunden.«

»Hier im Krankenhaus behaupten sie, du wärst einfach abgehauen. Mit einem Typ im Anzug.«

»Ja.«

»Johnny, wo bist du jetzt?«

»In Oberschweineöde. Bei ein paar Tschechen.«

»Was? Ich verstehe kein Wort.«

Ich nannte ihr die Adresse. »Komm her. Und bring Jana und Densch mit, und den ED. Hier liegen ein paar Leichen herum.«

Sie fluchte. »Geht es dir gut?«

»Kommt einfach her.« Dann legte ich auf, löschte die Nummer aus dem Verlauf.

Draußen trat ich zu Bassemane und Touré.

»Kommen sie?«, wollte der *Baseman* wissen.

Ich nickte und reichte ihm das Telefon.

»Gut. Dann trennen sich hier jetzt unsere Wege.« Er bot mir die offene Hand an, ich schlug ein. »Für Harro«, schob er als Erklärung hinterher.

Ich nickte, hatte schon verstanden.

»Falls du irgendwann richtig auf die andere Seite wechseln willst, ruf mich an.«

Ich begriff nicht sofort, starrte ihn an.

»Das war beeindruckend, was du da abgezogen hast. Und ich kann jemanden mit deinem Skillset gebrauchen. Falls du also ein neues Betätigungsfeld suchst, melde dich.« Er zuckte mit den Schultern, grinste mich an. »Die Jungs werden dich durch die Hölle gehen lassen, dafür, dass du Bulle warst und für das, was du hier abgezogen hast, aber danach ist alles vergeben und vergessen. Der Job hat Zukunft. Denk drüber nach.«

Mein Nicken deutete an, dass ich das tun würde.

»Und nächstes Mal erzählst du mir die Wahrheit, JT, alles klar?«

»Alles klar.« Er hatte meine Antwort bereits nicht mehr abgewartet, sondern ging hinter Touré auf den Wagen zu, in dem wir gekommen waren.

Der Motor wurde angelassen, das Fahrzeug rollte langsam auf die beiden zu. Kurz darauf waren alle SUVs verschwunden, und ich stand allein auf der Straße. Der heftige Wind ließ mich frösteln, und ich bildete mir ein, bereits die ersten Tropfen von einsetzendem Regen im Gesicht zu spüren. Ich ging wieder rein zu den toten Tschechen, um auf das LKA zu warten.

33

»Und Bassemane hat dich hierhergefahren? Woher wusste der davon?«, wollte Jana wissen, die mit Tassin und mir im Hausflur stand.

Die Techniker waren bereits am Werk und raschelten mit ihren weißen Tyvek-Anzügen von Raum zu Raum.

»Frag mich nicht. Ich nehme an, der hat Petrow nach den letzten Wochen ziemlich genau im Auge behalten.«

Densch trat zu uns. »Arne geht davon aus, dass wir mindestens einen flüchtigen Täter haben. Und vermutlich haben wir seine DNA durch die Blutspuren.«

»Hat er alle drei anderen umgebracht?«, fragte Jana.

»Sieht im Moment wohl so aus.«

»Ich bitte Henni, mit den tschechischen Kollegen Kontakt aufzunehmen und ihnen die Bilder der Toten zu schicken. Möglicherweise haben die einen Hinweis für uns, wer dieser ominöse vierte Mann sein könnte, den wir suchen.«

»Wir haben weder Geld noch Drogen gefunden«, warf Tassin ein. »Eins von beiden ist also ziemlich sicher weg.«

»Was ist mit Petrow?«

Die drei sahen mich an.

Ich räusperte mich. »Was, wenn er euer vierter Mann ist? Vermutlich hat er die Tschechen umgelegt, weil sie Ärger miteinander hatten.«

»Möglich«, sagte Jana. »Sollten wir überprüfen.«

Sie und Densch traten zur Seite, weil einer der Techniker mit ihnen reden wollte.

Tassin nutzte die Gelegenheit, um mich etwas zur Seite zu ziehen. »Wir wissen jetzt übrigens, warum Sascha unter dem Namen Schmidt gelaufen ist.«

»Ah ja?«

Sie grinste. »Im Französischen ist *le schmitt* ein generischer Name für einen Bullen. Bassemane und Touré haben einfach bloß über *den Bullen* geredet und ihn offenbar auch so angeredet.«

Ich verzog das Gesicht. »Und mich dabei wie einen Deppen aussehen lassen.«

Tassin zuckte mit den Schultern. »Normalerweise brauchst du dafür ja nicht mal Hilfe.«

»Leck mich«, sagte ich, aber ohne echten Ärger.

»Wenn ich dich gleich mitnehmen soll, sag Bescheid«, bot Tassin mir an, bevor sie noch einmal zu Jana und Densch trat.

Ich ging vor die Tür und ließ mir die Haare vom Wind aus der Stirn wehen.

Schließlich tauchte Tassin neben mir auf, hakte sich ein und zog mich mit sich. »Komm, ich bring dich nach Hause, Kleiner.«

Ich reagierte nicht, weil ich bereits tief in Gedanken war. Dachte über Jan und die Tschechen und Petrow nach.

»Alles in Ordnung?«, wollte sie wissen, als wir längst unterwegs waren.

Ich brummte Zustimmung, redete aber nicht mehr viel, bis sie mich schließlich im Wedding absetzte. Es fühlte sich komisch an, wieder zu Hause zu sein.

»Wenn du was brauchst, ruf mich an, okay?«, sagte sie, nachdem sie extra ausgestiegen war, um mich zu verabschieden.

Wir umarmten uns, und es fühlte sich bei unserem Größenunterschied merkwürdig an.

»Mach's gut«, sagte sie schließlich und warf mir beim Einsteigen einen zögerlichen Blick zu, als sei sie sich nicht sicher, ob man mich allein lassen könnte.

Oben in meiner Wohnung fühlte sich alles fremd und ungewohnt an. Ich erwartete, jeden Moment Chris oder Schoko um die Ecke kommen zu sehen, und wunderte mich immer wieder, warum es nicht nach Gras oder Shit roch.

Ich hatte die Glassplitter der kaputten Glühbirnen aufgekehrt, neue in die Fassungen gedreht und mein Blut aufgewischt.

Während ich gedankenverloren aus dem Fenster starrte, warf ich die Kaffeemaschine an, nur um dann festzustellen, dass natürlich keine Milch im Haus war.

Nachdem ich einen kurzen Einkauf gemacht hatte, um mich mit dem Nötigsten zu versorgen, machte ich mir einen frischen Kaffee und setzte mich an den Küchentisch.

Schließlich packte ich das Handy und wählte Jans Nummer. Es dauerte eine Weile, aber schließlich ging er ran.

»Ja?«, sagte er und klang heiser.

»Ich bin's.«

Stille war die Antwort.

Schließlich fuhr ich fort: »Ich habe immer noch dein Geld.«

Er schnaubte. »Ich weiß. Das ist mir aufgefallen.«

»Ich hatte nicht vor, das zu behalten.«

»Okay.« Er klang immer noch furchtbar misstrauisch, verständlicherweise.

»Wir haben Ondrej und seine Kumpels gefunden.«

Jan seufzte. »Ja.«

»Bist du verletzt?«

»Halb so wild.«

»Das war eine Menge Blut.«

»Sieht schlimmer aus, als es ist.«

»Tut mir leid, dass das eskaliert ist«, sagte ich. »Das hab ich nicht gewollt.«

»Schon gut.« Er klang tatsächlich, als würde er mir keinen Vorwurf machen.

»Ich bin bereit, dir das Geld zurückzugeben.«

»Okay.« Bei dem Erstaunen in seiner Stimme musste ich unwillkürlich grinsen. Die Kohle hatte er unter Garantie längst abgeschrieben. »Aber du musst mir dafür einen kleinen Gefallen tun.«

Er sagte nichts.

»Lass uns treffen, und ich erkläre dir, was ich von dir will.«

»Worum geht's?«

»Um Petrow.«

»Du willst, dass ich den ans Messer liefere?«

»Korrekt.« Es passte mir nicht, dass David Petrow als einziger Beteiligter unbeschadet aus dieser Sache herauskommen sollte.

Jan schien zu überlegen. Ich hatte gehofft, dass er keine allzu große Loyalität für seinen ehemaligen Geschäftspartner übrig haben würde, vor allem jetzt, da die Tschechen tot waren. Sicher gewesen war ich mir nicht. Allerdings war eine Viertelmillion ein Haufen Geld.

»In Ordnung.«

»Ich gebe dir durch, wann wir uns treffen. Heute Abend irgendwann.«

»Alles klar.« Er legte auf, ohne sich zu verabschieden.

Ich stand auf, um mir einen weiteren Kaffee zu machen, und wählte Stehrs Nummer.

»Bruder, was liegt an?«, begrüßte er mich überschwänglich. Ich musste daran denken, dass ich neulich schon einmal mit Stehrs telefoniert hatte, direkt, nachdem ich mit Jan geredet hatte. Meine beiden Brüder.

»Ich bräuchte dich und Paul heute Abend noch einmal. Geht das?«

»Warte kurz.« Er räusperte sich, und ich hörte, wie er im Hintergrund auf einer Tastatur herumklickte. »So weit steht nichts an. Aber ich weiß nicht, ob Paul Zeit hat. Ich kläre das, in Ordnung?«

»Danke, Mann.« Wir beendeten das Gespräch, und ich griff nach meinen Autoschlüsseln. Ich freute mich darauf, endlich mal wieder in einer richtigen Karre zu sitzen. Nichts gegen Tassins getunten Golf, der hatte schon ordentlich Feuer unterm Hintern, aber fuhr sich doch ganz anders als ein 74er Ford Granada mit aufgebohrtem V8-Motor. Beim bloßen Gedanken an mein Baby musste ich bereits breit grinsen.

Gut eine Dreiviertelstunde später war ich in Neukölln und parkte den Wagen in einer Seitenstraße vom Graefekiez. Ich lief rüber zu Meißners Loft und klingelte. Niemand öffnete. Also machte ich mich zu Fuß auf zur WG.

Schoko erwartete mich bereits oben an der Tür. »Du bist es«, sagte er erstaunt. »Ich hab den Kevin erwartet, der wollte was holen.«

Ich musste nicht fragen, *was* genau der Kevin wohl holen wollte. Während ich mich an Schoko vorbei in die Wohnung schob, klopfte ich ihm auf die Schulter. »Alles gut?«

Er nickte, offensichtlich unsicher, wie er mit mir umgehen sollte.

Chris starrte mich mit aufgerissenen Augen an. Er saß auf dem Sofa und war gerade dabei, einen zu bauen. »Was machst du denn hier?«

Ich ließ mich in den Sessel fallen, sah erst ihn, dann Schoko an, der unschlüssig im Eingangsbereich herumstand.

»Bau mal weiter«, befahl ich ihm.

Das löste die Verzauberung. Schoko setzte sich neben mich und schnappte sich das Zeug von Chris, um ein richtig fettes Teil zusammenzuschrauben.

»Alter, du hast vielleicht Nerven. Hier noch mal aufzukreuzen.« Aus Chris' Stimme sprach eine Mischung aus Ärger und Bewunderung.

Ich zuckte mit den Schultern. »Mit den Bossen hatte ich eine Aussprache.«

»Was, echt? Mit Meißner?«

»Und Bassemane. Wir sind cool.«

Chris warf Schoko einen Blick zu. »Krasser Typ.«

Schoko nickte und leckte die Blättchen an, um die Tüte zu verkleben. Er fackelte die überstehenden Ränder ab, zündete den Joint an und reichte ihn mir. Ich sog in tiefen Zügen daran.

»Irgendwer hat gesagt, du bist Bulle«, sagte Chris schließlich, nachdem er das Ding von mir übernommen hatte.

»War«, quetschte ich zusammen mit dem letzten Rauch aus der Lunge. »Ich war Bulle. Die haben mich rausgeschmissen.«

»Hast du das gewusst?«, wollte Chris von Schoko wissen, aber bevor der antworten konnte, lachte ich kurz und dreckig auf. »Der hatte keine Ahnung. Als wir uns kennengelernt haben, steckte ich bereits tief in seiner Tante drin. Alter, es tut mir leid, dass ich dich verarscht habe«, sagte ich an Schoko gewandt. »Dass ich euch verladen habe, aber das musste sein. Aber den Bossen hab ich's erklärt, dass das mit euch nichts zu tun hat.«

Beide nickten, und ich konnte sehen, dass Schoko zögerte. Offenbar war er kurz davor gewesen, Chris reinen Wein einzuschenken. Aber das hielt ich, trotz der momentan milden Stimmung bei Meißner und Bassemane, nicht für ratsam.

»Falls euch wegen der Sache noch irgendwer komisch kommt, Bassemane, Meißner, Alpay, Robert, *wasweißich*, dann meldet ihr euch. Dann regle ich das, okay? Dann kommt mal kurz Johnny T vorbei.«

Chris schnaubte. »Du bist nicht Johnny T!« Er kam mir vor wie ein Kind, das feststellen musste, dass sein Lieblingssuperheld im TV bloß eine Fiktion war.

Ich verzog das Gesicht zu einem Grinsen. »Alter, ich erzähl dir jetzt mal ein paar Wahrheiten. Homer Simpson arbeitet nicht wirklich in einem Atomkraftwerk, der ist bloß Schauspieler! Und ich bin Johnny Thiebeck, das Tier, und da gibt es keinen so großen Unterschied zu Johnny T, dem Ticker. Glaub's mir, wenn Thiebeck einreitet, um euch zu retten, ist euch das sogar lieber.«

Chris sagte nichts mehr.

Wir rauchten den Joint zu Ende und die nächsten beiden, die Schoko baute, auch noch, und dann machte ich mich auf den Weg, um noch einmal bei Meißner vorbeizuschauen.

»Man sieht sich«, sagte ich, stieß mit beiden an der Tür die Fäuste zusammen, aber Schoko ließ es sich nicht nehmen, mich noch einmal heftig zu umarmen.

»Pass auf dich auf, Mann«, murmelte er, und ich klopfte ihm auf die Schulter, damit er endlich losließ.

Kurz darauf befand ich mich auf dem Weg zu Meißners Appartement.

Diesmal wurde mir auf mein Klingeln hin geöffnet. Oben erwartete mich Meißner bereits im Eingangsbereich, in einem nagelneuen Rollstuhl.

»Du bist es«, sagte er und verzog das Gesicht. »Ich habe gedacht, es ist Alpay.« Er drehte sich mit einer schnellen Bewegung um und rollte Richtung Wohnzimmer. »Was willst du?«, fragte er über die Schulter.

»Ich brauche die Telefonnummer von der Vorbeck.«

Abrupt stoppte er und drehte sich auf der Stelle um. Dafür, dass er noch nicht besonders lange in dem Ding saß, machte er das schon ziemlich geschickt, fand ich.

»Wofür?«, fragte er misstrauisch.

»Keine Sorge, ich will dir die Kleine nicht wegnehmen. Sie hatte damals, auf Bassemanes Gartenparty, etwas über einen Import-Export-Laden in der Sonnenallee erzählt. Zu dem Typen muss ich noch was wissen.«

Er musterte mich einen Augenblick lang, sodass ich kurz bezweifelte, er würde meine Bullshit-Story schlucken, aber schließlich rollte er rüber zu einer Anrichte, griff nach seinem Handy und tippte darauf herum.

»Hab's dir per SMS geschickt.« Dann sah er mich drohend an. »Wenn ich Klagen von der Kleinen höre, bekommst du mit mir persönlich Ärger.«

Ich hob die Hände, als wäre das komplett undenkbar, dass sich Frauen jemals über Johnny Thiebeck beschwerten. Jans *italienische Geste*. »Danke, Mann.« Mir fiel noch etwas ein. »Petrow.«

»Was ist mit dem Wichser?«

»Wo hat der seine Lager? Wisst ihr da was drüber?«

Er sah mich mit zusammengezogenen Brauen an. »Was hast du vor?«

»Muss dich nichts angehen. Aber es wird Petrow nicht gefallen. Also?«

»Irgendwo in Treptow. Hat da eine Halle inmitten von alten Lagerhäusern. Wo genau kann ich dir aber nicht sagen. Wenn wir das wüssten, hätten wir uns selbst mal drum gekümmert.«

»Passt schon. Und weißt du, wer das Zeug für ihn kontrolliert? Hat er da so eine Art rechte Hand, die sein Lager verwaltet? Die Drogen an das Netzwerk verteilt?«

Die Antwort kam wie aus der Pistole geschossen. »Dillert. Peter Dillert. Der kümmert sich um alles.«

»Weißt du noch was über den? Irgendwelche Infos?«

Er schüttelte den Kopf, und ich konnte sehen, dass ich seine Geduld überstrapazierte.

»Danke, Meißner. Das war wichtig. Und wer weiß, vielleicht habt ihr ja auch was davon, wenn Petrow was abbekommt.«

Er nickte und machte eine Bewegung mit der Hand, dass ich mich verziehen sollte.

Als ich unten auf die Straße trat, sah ich Alpay aus einem BMW steigen, der in zweiter Reihe parkte, und machte, dass ich Land gewann. Mit dem Typen wollte ich meine Verwandlung vom Paulus zum Saulus nicht auch noch diskutieren. Ich duckte mich in eine Seitenstraße und steuerte meinen Wagen an. Inzwischen nieselte es, und ich schlug die Kapuze des Hoodies hoch, um mich davor zu schützen.

Kurz bevor ich die Karre erreichte, brummte mein Handy. Eine Nachricht von Stehrs: *Geht klar, kumpel. Paul ist an bord.*

Ich suchte die Nummer heraus, die mir Meißner geschickt hatte, und rief an.

»Ja?«, meldete sich eine weibliche Stimme.

»Jasmin Wilhelm?«

Ich bekam nicht sofort eine Antwort. »Mein Name ist Johannes Thiebeck. Sie kennen mich als Johnny Ticker, wir haben uns bei Bassemane und Meißner kennengelernt.«

Sie sog scharf Luft ein. »Woher haben Sie diese Nummer?«

»Wir müssen uns unterhalten.«

»Ich wüsste nicht …«

Bevor sie weiterreden konnte, unterbrach ich sie. »Es geht um David Petrow. Interessiert?«

Auf einmal war die Kleine ganz handzahm. Mit einem Lächeln schloss ich das Auto auf und ließ mich in den Sitz fallen.

»Ich glaube, ich habe da was für Sie.«

Es war bereits nach neun, als ich an der Spree entlang auf das kleine Café zuging. Im Sommer saßen hier die Leute in Sonnenliegen, schauten auf das glitzernde Wasser und tranken Cocktails. Aber jetzt war von diesem Zauber bloß der feine, weiße Sand geblieben, der das Laufen erschwerte.

Der Nieselregen hatte sich zu einem echten Regen ausgewachsen, sodass bereits der kurze Gang vom Auto hierher meine Jacke komplett durchnässt hatte.

Das Café, kaum mehr als eine kleine Bretterbude, die durch viele bunte Lichterketten erleuchtet war, machte ein wenig den Eindruck einer Märchenhütte. Von drinnen drang laute Musik nach draußen sowie das Lachen und die Gespräche der Gäste. Wir befanden uns auf der Kreuzberger Seite, aber man konnte ein ganz ähnliches Etablissement drüben auf der Friedrichshainer Seite erkennen, neben dem eine Art Hostel-Boot vertäut lag.

»Hier drüben«, hörte ich Jans Stimme, während ich gerade auf die Eingangstür zusteuerte.

Ich hielt inne, um mich zu orientieren. Zu meiner Rechten stand etwa ein halbes Dutzend großer Bäume, und zwischen zweien von ihnen war eine Hollywoodschaukel angebracht. Direkt daneben hingen zwei Schaukeln aus Holz. Auf einer von ihnen saß Jan und beobachtete mich wachsam. Sein Blick fiel auf die Sporttasche, die ich in der Hand hielt.

»Ist das mein Geld?«

Ich näherte mich ihm langsam und stellte mich neben einen dicken Stamm, um etwas aus dem Regen herauszukommen.

»Was ist da in der Wohnung passiert?« Ich musste nicht erwähnen, dass ich von Oberschöneweide redete.

»Sie haben nach dem Geld gefragt. Irgendwann sind sie ungeduldig geworden.«

»Was hast du ihnen erzählt?«

»Dass das sichere Versteck, in dem ich die Kohle hinterlegt habe, nicht ganz so sicher war. Dass es da ein Arschloch gibt, das unsere Kohle hat.«

Ich wartete darauf, dass er fortfuhr.

»Sie wollten, dass ich das Arschloch suchen gehe, es umlege. Wollten die Kohle haben. Das eine hatte ich nicht, das andere wollte ich nicht.«

Mich an sie verkaufen. »Und dann?«, fragte ich.

»Matyas hat irgendwann sein Messer gezogen. Zuerst im Spaß, und dann ist ihm irgendwie eingefallen, dass er auch ernst machen könnte.«

»Er hat dich verletzt.« Ich konnte seine Antwort, ein Schulterzucken, kaum in der Dunkelheit ausmachen. Schließlich antwortete er: »Keine große Sache. Ich hab's genäht.« *Das haben sie ihm auch bei der Legion beigebracht*, dachte ich. »Was war mit dem Rest?«

Er schnaubte. »Was willst du wissen? Ob das auch Notwehr war wie bei Matyas?« Ein Kopfschütteln. »Das ging nicht anders. Sie hätten mich umgelegt. Also war ich schneller.«

Ich musste schlucken. Letztendlich war ich für den Tod dieser drei Männer verantwortlich. Wenn ich Jan nicht sein Geld weggenommen hätte, wäre er wegen ihnen nicht zum Killer geworden. Ich machte mir keine Illusionen darüber, dass es Unschuldige getroffen hatte oder Jan deswegen schlaflose Nächte haben würde, aber es belastete mich trotzdem. Der Kampf in der Wohnung war eine Folge meiner dämlichen Selbstgerechtigkeit gewesen.

Ich versuchte, den Gedanken abzuschütteln, und fragte ihn: »Bist du bereit für unseren Deal?«

»Was genau muss ich machen?«

»Du rufst David Petrow an. Und dann sagst du ihm, was in Oberschöneweide passiert ist.«

»In der Wohnung?«, fragte er mich ungläubig.

Ich nickte.

»Du spinnst. Warum sollte ich ihm sagen, dass du unser Geld gestohlen hast?«

»Nicht das. Du sagst ihm, dass die Tschechen tot sind. Das Ondrej tot ist.« Ich machte einen Schritt auf ihn zu. »Du erzählst ihm, dass die Tschechen ihn ausbooten wollten. Dass sie einen separaten Deal mit Dillert ausgehandelt haben, um Petrow rauszuschneiden.«

»Wer ist Dillert?«

»Peter Dillert. Ein wichtiger Mann in seiner Organisation.«

»Und ich bin der weiße Ritter, der bei dem Scheiß nicht mitmachen wollte?« Seine Stimme hatte einen spöttischen Unterton bekommen.

»So in etwa. Du stichst ohnehin heraus. Bist kein Tscheche. Außerdem hast du überlebt.«

Er sah nicht überzeugt aus.

»Dann sagst du ihm, dass Dillert auch das Zeug, das ihr Petrow vertickt habt, wegschaffen wird. Dass er bereits neue Abnehmer gefunden hat.«

»Ist das wahr? Oder irgendein Scheiß, den du dir ausgedacht hast?«

Ich schürzte die Lippen. »Was weiß ich? Vielleicht liege ich damit nicht mal so falsch.«

»Was habt ihr mit Petrow vor?«

Ich antwortete nicht, sondern sah ihn bloß an. »Willst du deine Kohle?« Die Tasche in meiner Hand fühlte sich auf einmal schwer an. Kurz fragte ich mich, ob ich zu hoch gepokert hatte. Jan hatte vor Kurzem drei Menschen umgebracht. Was, wenn er einfach entscheiden würde, sich sein Geld zu holen? Der Mann war zum Killer ausgebildet worden und hatte offensichtlich auch keine großen Skrupel, seine Fähigkeiten einzusetzen. Hatte ich den Bogen überspannt?

»In Ordnung. Ich mache diesen Anruf, und du gibst mir die Tasche?«

Ich nickte.

»Kein Haken, kein doppelter Boden?«

»Alles koscher«, bestätigte ich ihm. »Du musst nur überzeugend sein. Mach ihm klar, dass ihn die Tschechen verarschen wollten, dass Dillert ein Verräter ist. Das ist alles.«

»Also gut. Ich konnte diesen Wichser Petrow noch nie leiden. Der hält sich für deutlich zu clever.« Jan kramte nach seinem Handy, ich sah das Display im Dunkeln aufleuchten.

»Hast du seine Nummer?«

Er machte sich nicht die Mühe, zu antworten, aber da er das Gerät ans Ohr hielt, erübrigte sich eine Antwort.

»Schalt auf laut«, sagte ich und machte einen weiteren halben Schritt nach vorn.

Er kam der Aufforderung nach.

»Ja«, meldete sich eine männliche Stimme, von der ich annahm, dass sie David Petrow gehörte.

»Petrow?«, wollte Jan wissen.

»Wer spricht da?«

»Lucien«, sagte Jan, ohne eine weitere Erklärung anzubieten. Aber Petrow schien nicht überrascht, offenbar kannte er den Namen bereits. »Was wollen Sie?«

»Ondrej ist tot.«

Petrow schwieg einen Moment, fragte dann: »Wie ist das passiert?«

»Jendrik und Matyas auch.«

Ich konnte förmlich hören, wie Petrow am anderen Ende nachdachte, zu erkennen versuchte, was das für ihn zu bedeuten hatte.

»Wer hat sie umgebracht?«

»Ich.«

»Und jetzt?«

»Es hat Streit gegeben. Das Ganze ist eskaliert.«

Jan machte seine Sache hervorragend. »Sagt Ihnen der Name Peter Dillert etwas?«, fuhr er fort, bevor Petrow etwas sagen konnte.

Man konnte Petrow atmen hören. »Ja«, antwortete er schließlich.

»Mit ihm hat Ondrej gesprochen. Über weitere Lieferungen. Der Stoff sollte umgeleitet werden.«

Wahrscheinlich begriff Petrow genauso wie ich, was das heißen sollte: keine Lieferungen mehr direkt an ihn.

»Woher wissen Sie das?«

»Dillert soll das Zeug wegschaffen, aus dem Lager in Treptow.« Er sprach es *Treptoff* aus, ein netter Touch, wie ich fand. Möglicherweise war an Jan ein echter Schauspieler verlorengegangen. »Mehr weiß ich nicht.«

»Warum erzählen Sie mir das alles?« Natürlich musste Petrow misstrauisch sein.

»Ich habe das Geld. Und werde jetzt verschwinden. Mir ist egal, was Sie mit der Information machen. Aber in dem Haus in Oberschöneweide liegen drei Tote. Ich bin keiner davon. Guten Tag.« Damit legte er auf und sah mich gespannt an.

»Das war großartig«, sagte ich beeindruckt. Ich warf ihm die Tasche vor die Füße und sah zu, wie er sie öffnete und mit dem Schein seines Displays hineinleuchtete.

Offenbar zufrieden, dass alles in Ordnung war, zippte er sie wieder zu und erhob sich von der Schaukel.

»Was machst du jetzt?«, fragte ich.

Er zuckte mit den Schultern. »Nach Westen gehen. Vielleicht eine Weile Frankreich.«

Ich nickte. Es kam mir komisch vor, weil ich irgendwie das Gefühl hatte, wir müssten uns umarmen oder zumindest die Hand geben. Aber er nickte ebenfalls bloß und schob sich an mir vorbei, die Tasche über der Schulter. Ich sah zu, wie er im Dunkeln Richtung Oberbaumbrücke verschwand.

»Pass auf dich auf«, sagte ich, zu leise, als dass er mich hätte hören können.

Als ich ihn nicht mehr sehen konnte, ging ich an der Bretterkneipe vorbei Richtung Kreuzberg. Kletterte eine schmale Treppe nach oben, bis ich am May-Amin-Ufer herauskam und auf dem nassen Kopfsteinplaster stand. Meine Klamotten waren durchtränkt, und ich fror. Direkt vor mir leuchteten Scheinwerfer auf, und kurz darauf hielt der Minivan neben mir. Ich zog die Tür auf und stieg ein, während Stehrs bereits losfuhr.

34

»Alles in Ordnung?«, wollte er über die Schulter wissen, während er auf die Oberbaumstraße einbog, um Richtung Treptow zu fahren.

»Hast du schon was?«, fragte ich Paul, der an seinen Geräten saß, ohne auf Stehrs Frage einzugehen.

»Er hat bereits einmal versucht, anzurufen«, gab der zurück. Mit einem Ende des Kopfhörers schief auf dem Ohr sah er ein wenig aus wie ein DJ, der gerade auflegte.

»Und du hast ihn blockiert?«

»Natürlich«, antwortete Paul ernst.

Ich war davon ausgegangen, dass Petrow sofort nach dem Gespräch mit Jan versuchen würde, Dillert zu erreichen, und hatte Stehrs und Paul instruiert, das auf jeden Fall zu verhindern.

»Das wird ihn richtig fuchsig machen«, hatte Stehrs grinsend vermutet.

»Hast du ihn auf dem Schirm? Wissen wir, wo er ist?«, fragte ich und beugte mich weiter vor, als würde ich auf diese Weise schneller an die Information kommen. Der ganze Plan beruhte darauf, Petrow derart aufzuscheuchen, dass er sofort zu seinem Lager in Treptow fahren würde. Und ihn auf diese Weise zu verfolgen.

»Ich hab ihn. Er ist bereits am Kreuz Schöneberg. Der kommt auf direktem Weg zu uns rüber. Die Info mit Treptow hat also gestimmt.«

Etwas beruhigt lehnte ich mich zurück, bereute es aber

gleich wieder, als die nassen Klamotten sich kalt an meinen Rücken pressten.

»Wie geht's dann weiter?«, wollte Stehrs wissen, der jetzt die Schlesische Straße hinunterfuhr, um von Kreuzberg nach Treptow zu wechseln. »Hast du deinem Kontakt Bescheid gesagt?« Er war nicht in den gesamten Plan eingeweiht, ich hatte ihm bloß das Nötigste erzählt.

»Ja. Die sind ebenfalls bereits hier und warten. Sobald wir eine Ortung von Petrow und seinem Lager haben, gebe ich Bescheid.«

»Da vorne sind die Treptowers, was mache ich jetzt?«

Wir bewegten uns auf der Puschkinallee südwärts, neben uns bereits der Park.

»Halt hier irgendwo an«, sagte ich, und Stehrs lenkte mit einem plötzlichen Manöver in eine Parklücke.

Paul, der sich den Kopf an der Scheibe gestoßen hatte, protestierte.

»Sorry«, sagte Stehrs und stellte den Wagen ab, bevor er zu uns nach hinten geklettert kam. »Und jetzt?«

»Jetzt warten wir«, antwortete ich und ärgerte mich, dass ich keine Wechselklamotten dabei hatte.

Paul gab uns immer wieder Updates von Petrows Position.

»Ist gerade Abfahrt Buschkrugallee nach Norden abgebogen.«

Ich merkte, wie angespannt ich innerlich immer noch war. Der gesamte Plan zielte darauf ab, dass die Information über Dillert und das Lager in Treptow stimmte. Wäre Petrow jetzt wie ein Berserker nach Oranienburg oder ins Umland gerast, würden wir nicht mehr rechtzeitig zur Stelle sein.

»Er versucht immer noch, alle paar Minuten diesen Typen anzurufen. Aber da beißt er bei mir auf Granit«, fügte Paul mit einem Grinsen hinzu.

Stehrs klopfte ihm auf den Oberschenkel, als wollte er ihn loben.

»Okay, wir sind jetzt in Neukölln, Höhe S-Bahn-Ring.«

»Wenn du recht hast, müsste er demnächst Richtung Sonnenallee einbiegen, um zu uns rüberzukommen«, sagte Stehrs.

Ich nickte bloß.

»Ist abgebogen, kommt über den Richardplatz.«

Wir warteten wieder einen Moment, bis Paul die nächste Durchsage machte: »Hat die Sonnenallee überquert.«

Langsam entspannte ich mich. Jetzt war Petrow so nah, dass wir ihm trotzdem folgen konnten, sollte er abrupt den Kurs ändern und woanders hinfahren. Aber mein Puls schien das wenig zu interessieren, der machte immer noch Überstunden. Immerhin trocknete meine Kleidung so schneller, während ich das ganze Adrenalin verstoffwechselte.

»Ist auf der Treptower Straße. Dauert nicht mehr lange.«

Die nächsten paar Minuten vergingen so träge, als würden sie sich durch Sirup bewegen. Ich zwang mich, die Augen zu schließen und ruhig zu atmen. Stehrs kletterte wieder nach vorn und setzte sich hinters Steuer, um sofort losfahren zu können.

Dann verkündete Paul: »Er ist vorne am Treptower Park. Jetzt entscheidet sich, wo's hingeht.«

Wenn Petrow abbog und nach Süden fuhr, führte ihn das in die generelle Richtung der Wohnung, in der die Tschechen gestorben waren. Da hätte er aber auf direkterem Weg hinkommen können. Also blieb bloß, dass er über die Spree Richtung Friedrichshain und Lichtenberg fuhr, oder aber abbog und auf uns zukam.

»Biegt ab.«

»Die Puschkinallee?«, fragte ich.

Paul nickte. »Kommt direkt auf uns zu.«

Stehrs ließ den Motor an.

»Wird langsamer. Ich glaube, der biegt wieder ab.« Paul beobachtete konzentriert den Monitor, sagte dann: »In die Eichenstraße. Da vorne.« Er zeigte mit dem Finger.

Stehrs fädelte sich in den Verkehr, fuhr auf die Stelle zu, an der Petrow abgebogen war.

»Das ist dieses alte Areal, wo früher die ganzen Trödelhallen waren und wo die Arena liegt«, sagte Stehrs, der gerade den Blinker setzte und den Wagen verlangsamte.

Schließlich konnte er in die kleine Straße abbiegen, und wir fuhren langsam in dieselbe Richtung, die Petrow genommen hatte.

»Er hat angehalten. Da hinten, fast am Wasser. Der muss auf einen Hof oder so gefahren sein.«

»Bewegt sich nicht mehr?«, wollte ich wissen.

Paul schüttelte den Kopf.

»Gib mir die Koordinaten.«

Paul sagte sie mir durch, und ich tippte sie in mein Handy, um sie dann als SMS zu verschicken. Sobald das passiert war, befahl ich Stehrs, zu parken.

»Was machst du jetzt?«, fragte er und drehte sich besorgt um.

»Ich gehe rein und warte auf die Verstärkung«, antwortete ich und zog die Wagentür auf.

»Sollen wir nicht mitkommen?«

»Passt schon«, sagte ich mit einem Lächeln. »Danke. Aber ich habe nicht vor, mich um Petrow persönlich zu kümmern. Das überlasse ich jemand anderem.«

Ich schloss die Seitentür und ging dann über die Straße auf das Gelände zu, auf dem Petrow verschwunden sein musste. Er raste jetzt gerade vermutlich durchs Lager, auf der Suche nach seinen Drogen und Dillert, um den wutentbrannt zur Rede zu stellen. Der arme Kerl würde nicht mal wissen, was ihn da traf.

Die Einfahrt des Geländes wurde durch ein großes Tor gesichert, das jetzt offen stand. Ich näherte mich vorsichtig, konnte aber niemanden sehen. Also betrat ich das Gelände, versuchte mich dabei aber im Schatten zu halten. Suchte mir einen Platz in der Nähe des Tors, von dem aus ich möglichst alles im Auge behalten konnte.

Auf dem freien Platz stand ein schwarzer BMW mit brennenden Lichtern und offener Fahrertür. Der Motor war abgestellt. An den Platz angrenzend befanden sich mehrere Hallen, deren Rolltore alle verschlossen waren. Neben jedem Tor gab es jeweils eine Eingangstür aus Stahlblech, und eine davon stand offen. Innen war es dunkel, und man konnte weder etwas hören noch sehen.

Ich überlegte gerade, ob ich einen Blick riskieren konnte, als ich eine Gestalt im Kapuzenshirt am Tor sah. Sie trat näher, und matter Lichtschein einer Straßenlaterne fiel auf Nadine Vorbecks Gesicht. Auf Jasmin Wilhelm.

»Ist er da drin?«, fragte sie mit flacher Stimme.

Ich nickte. »Ist gerade erst angekommen und reißt jetzt seinem Spezi Dillert den Arsch auf.«

»Hast du sonst noch jemanden gesehen?«

»Keine Ahnung, wer da sonst noch drinnen ist.«

»In Ordnung.« Sie griff nach einem Kabel, das ihr über die Brust hing und sprach in ein Mikro. »Leo 1 an 001. Bin vor Ort.«

Die Antwort konnte ich nicht hören, da sie den Hörer im Ohr trug.

»Leo 1 an 001: Ziel ist angekommen. Zugriff kann erfolgen«, fuhr sie fort. Fügte dann hinzu: »Korrekt. Zugriff!«

Einen Augenblick später hörte ich Motoren und das leise Surren von Reifen auf Asphalt, und noch ein paar Herzschläge später bogen mehrere schwarze Transporter auf das Gelände ein. Durch die verdunkelten Fenster war nichts zu erkennen, aber noch bevor die Autos zum Stehen kamen, wurden die Türen aufgerissen und SEK-Beamte in schwarzen Overalls, schusssicheren Westen und Sturmhauben sprangen heraus. Stumm und sich mit Handzeichen verständigend schwärmten sie aus und machten sich daran, die Lagerhallen zu stürmen.

»Warum haben Sie das gemacht, Thiebeck?«, fragte mich die Vorbeck unvermittelt, und ich wandte mich ihr zu. Sie musterte mich aus dunklen Augen, ihr Tonfall feindselig. Vermutlich passte es ihr nicht, dass ausgerechnet ich es war, der ihr Petrow auf einem Silbertablett präsentierte.

»Ich fand, Petrows Schwester und seine Nichte sollten nicht die einzigen aus der Familie sein, die für seine Taten zu leiden haben.«

»Warum ich?«

Ich hatte sie am Nachmittag angerufen und in meinen Plan eingeweiht. Ihr gesagt, dass sie Petrow ein für alle Mal wegsperren konnte. Und dass sie genügend Leute mitbringen sollte, der Schlag würde direkt gegen das Herz von Petrows Organisation gehen. Und jetzt wollte sie wissen, warum ich Petrow nicht einfach allein aus dem Verkehr gezogen hatte. Tassin oder Jana Bescheid gesagt hatte. Warum ich ihr den Gefallen tat, federführend bei diesem Schlag zu sein.

»Ich habe gehört, du hast noch eine Rechnung mit Petrow offen«, antwortete ich.

Vielleicht bildete ich mir das in der Dunkelheit bloß ein, aber es kam mir vor, als würden sich ihre Pupillen weiten. Es musste sie überrascht haben, dass der ätzende Kerl, der ihr damals im Hawaiihemd so auf die Nerven gegangen war, ein V-Mann und Ex-Bulle war. Aber dass ich über ihre Geschichte Bescheid wusste, musste ein echter Schock sein.

Ich machte eine Bewegung mit dem Kopf in Richtung Lagerhaus. »Ich würde den Moment nicht verpassen wollen, wenn sie ihn mit der Fresse auf den schmutzigen Boden drücken und ihm Handschellen anlegen.«

Sie nickte, betrachtete mich noch einen Moment lang, als müsste sie das alles irgendwie einordnen, und drehte sich dann ohne ein weiteres Wort weg und ging in Richtung Lagerhaus. Dabei sprach sie leise in den Funk: »Leo 1 an 001, ich komme rein.«

Ich sah ihr zu, wie sie an der Tür von einem der maskierten Beamten empfangen wurde und im Inneren verschwand, und ging dann durch das Tor zurück auf die Straße.

Stehrs ließ den Motor an, die Scheinwerfer erwachten zum Leben, und der Bus rollte auf mich zu, um mich aufzusammeln.

Wenig später befanden wir uns auf dem Weg zurück nach Kreuzberg.

35

Zwei Tage später setzte sich Tassin mir gegenüber an den Tisch und schnappte sich die Karte. »Kannst du was empfehlen?«

»Das englische Frühstück ist gut. Falls du auf gebratenen Speck stehst. Ansonsten das skandinavische mit Fisch.«

Sie verzog das Gesicht. »Zu früh.«

Ich hatte sie zum Frühstück eingeladen, weil sie mir am Morgen zuvor eine SMS geschickt hatte: *Petrow? Jasmin wilhelm? Wtf?*

Statt eine konkrete Antwort zu geben, hatte ich ihr die Einladung geschickt. Insgeheim hatte ich ein Donnerwetter erwartet, aber sie schien einigermaßen gut gelaunt zu sein.

Nachdem die Bedienung ihre Bestellung von einem Käsefrühstück mit Müsli und einem fetten Milchkaffee aufgenommen hatte, wandte sie sich mir zu.

»Okay, also spuck's schon aus. Was ist da gelaufen? Du hattest doch mit dem Petrow-Ding zu tun, oder nicht?«

Als ich nicht antwortete, bohrte sie nach: »Hast du der Wilhelm Petrow geliefert?«

Schließlich nickte ich.

»Warum?«

»Du weißt, was Petrow mit ihr gemacht hat. Ich fand, sie hat es sich verdient.«

»Du hättest es mir sagen sollen. Petrow und das Boom waren mein Ding. Du warst mein V-Mann.«

Die Razzia hatte fette Schlagzeilen gemacht und die Drogenfahndung in gutem Licht dastehen lassen. Selbst die Staatsanwältin Sänger, ansonsten bekannt für ihre eher kritische Haltung, hatte dieses Mal nur lobende Worte für die Ermittlungsarbeit der Berliner Polizei gefunden. Vielleicht hätte ich sie anrufen und ihr sagen sollen, dass ihr spezieller Freund Thiebeck dafür verantwortlich war. Da wären ihr die Worte im Halse stecken geblieben.

»Es tut mir leid. Ging nicht drum, dich auszubooten.«

Sie winkte ab. »Ist schon okay. Nachdem ich intern mit dafür verantwortlich bin, dass die Riesenschweinerei um Sascha und Kirill aufgedeckt wurde, wäre noch mehr Rampenlicht vielleicht auch gar nicht so gut gewesen. Ich arbeite lieber aus dem Verborgenen heraus.« Sie bekam ihren Kaffee und blitzte mich beim Trinken über den Rand der Tasse hinweg an.

»Danke, dass du mir das nicht krumm nimmst.«

Sie winkte ab. »Wie sieht's aus, hat dir der Job gefallen? Vielleicht können wir dich noch woanders einsetzen.«

Ich schnaubte und wollte gerade etwas Bissiges erwidern, als mein Handy brummte. »Entschuldige, das ist mein Vater«, sagte ich und stand auf, um draußen vor der Tür zu telefonieren.

»Papa«, begrüßte ich ihn.

»Ich wollte mich mal melden, Johannes. Gibt es etwas Neues?«

Das schlechte Gewissen packte mich, weil ich nicht direkt mit ihm telefoniert hatte, sobald die Geschichte mit Jan durch gewesen war. »Es tut mir leid, Papa, ich wollte mich längst bei dir melden. Jan ist wieder aus Berlin weg. Er hatte Ärger am Hals und musste deswegen verschwinden.«

»Wegen des Geldes?«

»Auch, ja.«

»Was hast du damit gemacht?«

Kurz überlegte ich, ob ich ihm eine Lüge erzählen sollte. Dass ich die Kohle *offiziellen Stellen* übergeben hatte, dass alles in bester Ordnung sei.

»Ich habe es ihm wiedergegeben.« Er antwortete nicht, also fuhr ich fort: »Er muss selbst wissen, was er macht. Jan ist alt genug.«

Mein Vater brummte seine Zustimmung.

»Wenn du willst, kannst du wieder zurückkommen.«

»Mal schauen. Vielleicht bleibe ich noch ein paar Tage bei Markus. Dich soll ich schön grüßen. Ich melde mich, wenn ich zurückkomme.«

»In Ordnung. Sag Bescheid, dann hole ich dich ab.«

Wir verabschiedeten uns, und für einen Moment lang stand ich draußen in der Morgensonne und dachte daran, was das alles für meinen Vater bedeuten musste. Er wusste, oder ahnte zumindest, dass sein Sohn in kriminelle Machenschaften verwickelt war. Immerhin wusste er nichts von den toten Tschechen. Und dann fiel mir auf, dass ihn die Tatsache, dass ich Jan das Geld zurückgegeben hatte, vermutlich beruhigte. Er kannte mich, und wenn ich absegnete, dass Jan das Geld behielt, konnte es so schlimm nicht sein – das musste die Logik meines Vaters sein.

Hatte er recht? War es wirklich nicht *so* schlimm? Zwischenzeitlich hatte ich befürchtet, Jan sei ein sadistischer Killer. Dagegen war die Wahrheit vielleicht weniger dramatisch, trotzdem hatte er Menschen getötet.

Ich entschied, dass ich diese Frage für mich erst klären würde, falls ich noch einmal gezwungen wurde, mich für oder gegen Jan zu entscheiden.

Ich ging wieder zu Tassin, die gerade dabei war, sich Milch auf ihr Müsli zu gießen. »Was ist mit Frau Becker?« Ich hatte von unserem unterbrochenen Telefonat erzählt.

»Wird psychologisch betreut. Vielleicht bekommen wir da noch mehr gegen Kirill in die Hand.«

»Was ist mit dem?«

»Der ist wieder bei Bewusstsein. Keine bleibenden Schäden, sagen die Ärzte.«

»Gut. Dann bekommt er wenigstens alles mit, wenn sie ihm den Prozess machen«, sagte ich grimmig. »Was steht ihm bevor?«

»Volle fünfzehn Jahre mit anschließender Sicherheitsverwahrung, würde ich wetten. Falls sie ihn nicht ohnehin in die Psychiatrische überstellen. Der kommt jedenfalls nicht wieder raus, dafür war das zu krass, was er getan hat.«

»Hat er schon was gesagt?«

Sie zuckte mit den Schultern, trank aus ihrer Tasse. Leckte sich den Milchbart von der Lippe. »Nach dem, was ich gehört habe, faselt er zwischendrin wirres Zeug. Er hat dich seinen Schmetterling genannt, sagt Jana.« Sie grinste.

»Herford hat ihn manipuliert.«

»Was meinst du?«

Ich beugte mich etwas vor. »Kirill ist ein Psychopath. Der wollte Menschen töten, um sie zu bestrafen. Sie zu befreien. Korrupte Bullen, hochgradig Kriminelle.«

Tassin nickte, um anzudeuten, dass sie verstand.

Ich fuhr fort. »Aber da gibt es echt viel Auswahl. Dass er sich gerade Bassemanes Leute vorgeknöpft hat, ist kein Zufall.«

»Hat er dir dazu was gesagt?«

»Nein. Er hat behauptet, Herfords Stunde würde auch noch schlagen. Aber ich schwöre dir, der hat so einen Knacks, dass es Herford irgendwie geschafft hat, ihn davon zu überzeugen, mit Bassemanes Leuten anzufangen. Auf jeden Fall hat Herford von den Morden gewusst!«

»Das wird schwer zu beweisen sein.«

Frustriert lehnte ich mich zurück. Tassin hatte recht. Wenn Kirill Herford nicht von sich aus belastete, dann würde es nahezu unmöglich sein, ihm sein Mitwissen zu beweisen.

»Das ist doch Scheiße!«, entfuhr es mir.

»Sascha hat genug Ärger an den Hacken«, versuchte mich Tassin zu beruhigen, aber das erreichte mich nicht.

Seinen Job zu verlieren und eine Anklage wegen Bestechlichkeit waren nicht ganz dasselbe wie für seine Mittäterschaft an den Morden verurteilt zu werden. Noch während sich meine Fäuste unter dem Tisch wütend ballten, musste ich daran denken, wie jemand wie Kirill über eine derartige Ungerechtigkeit gedacht hätte. Was er getan hätte.

Ich zwang mich, die Hände zu entspannen, und wandte mich wieder Tassin und unserem Frühstück zu.

Nachdem Tassin weg war, rief ich Jana an. »Ich will ihn sehen«, begann ich ansatzlos.

»Ich weiß nicht, ob das geht«, stockte sie.

»Er ist noch im Krankenhaus, oder?«

»Ja. Sie haben ihn noch nicht entlassen.«

»Ich will ihn sehen«, wiederholte ich meine Forderung stur.

»Warum?«

Ich zögerte. »Weiß nicht. Um zu verstehen?« Frau Körner würde vielleicht sagen, ich sei auf der Suche nach *Closure*, einem Abschluss.

Jana seufzte.

»Komm schon.«

»Du brauchst eine Genehmigung der Staatsanwaltschaft.«

»Ruft die Sänger an. Die schuldet mir noch einen Gefallen.«

»Johannes …«

»Jana!«, spielte ich den Ball zurück. »Das ist wichtig für mich. Der Kerl wollte mich in kleine Teile schneiden, mich ausnehmen. Möglicherweise hättet ihr mich ewig nicht gefunden. Ich will ihn noch einmal sehen.«

»Also gut. Ich schaue, was ich tun kann.«

»Danke.«

Am frühen Nachmittag traf ich sie draußen vor dem Justizvollzugskrankenhaus in der JVA Plötzensee.

Nach einer langen Umarmung hielt sie mich kurz auf Abstand und betrachtete mich aufmerksam. »Wie geht es dir?«

Unbewusst fuhr meine Hand hoch zum Hals, um den ich ein Tuch gewickelt hatte, damit ich nicht dauernd fragende Blicke ertragen musste. »Ich bin fit«, entgegnete ich kurz angebunden. »Was hast du machen müssen, damit ich ihn sehen darf?«

»Mirko hat tatsächlich mit der Sänger geredet, aber vermutlich anders, als du dir das vorgestellt hast.«

»Hatte er nichts dagegen, dass ich Kirill besuche?«

»Mirko ist nicht halb so schlimm, wie du ihn immer darstellst.«

»Mirko ist nicht halb so *schlau*, wie ich ihn immer darstelle«, scherzte ich.

Jana quittierte meinen zugegeben lahmen Witz nur mit einem Augenbrauenzucken.

Wir wiesen uns an der Pforte aus und betraten wenig später das Krankenhaus.

»Wie geht's ihm? Wie lange war er weg?«, fragte ich, während wir auf einen Aufzug warteten.

»Er ist knapp 36 Stunden nach eurem Kampf aus der Bewusstlosigkeit aufgewacht. Die Ärzte hatten Zweifel, ob er es schafft.«

Ich wusste, dass bei zu langem Sauerstoffmangel schwere Hirnschäden auftreten konnten. Und war mir nicht sicher, ob ich mir nicht wünschen sollte, ich hätte vielleicht doch noch länger zudrücken sollen.

»Was ist mit bleibenden Schäden?«

»Hundertprozentig sind sie sich noch nicht sicher. Eventuell hat er einen hypoxischen Hirnschaden und muss in neurologische Rehabilitation. Im Moment hat er vor allem Gedächtnisstörungen und erhebliche Probleme mit der Koordination. Aufmerksamkeitsdefizite seien ebenfalls normal, sagen die Ärzte. Kann sein, dass euer Gespräch wenig fruchtbar verläuft.«

»Wer hat ihn vernommen?«

»Mirko und ich haben bereits mit ihm gesprochen, aber für eine echte Vernehmung ist es zu früh.«

»Was war das für ein Haus, in das er mich verschleppt hat?«, wechselte ich das Thema.

»Das eines Kollegen. Bezahlt mit dreckigem Geld.«

»Von einem korrupten Bullen?«

Sie nickte. »Sieht so aus, als ob Kirill davon wusste. Der Kollege, ebenfalls aus der Vier, hatte vor einem Jahr einen Unfall. Wäre fast gestorben, sechs Monate Reha. Die Interne untersucht, ob Kirill dafür verantwortlich war.«

»Was, und dann hat er sich einfach das Haus geschnappt?«

»Beschweren konnte sich der Besitzer schlecht.«

»Gab's noch mehr solcher Vorfälle?«

»Sind die Kollegen dran.« Sie verzog das Gesicht. »Sieht so aus, als ob wir da noch so einige sprichwörtliche Leichen im Keller finden werden. Kirill scheint ein paar Polizisten *diszipliniert* zu haben. Und hatte keine Skrupel, seinem Unwillen über ihre Praktiken körperlich Ausdruck zu verleihen.«

»So wie Becker gegenüber. Kein Wunder, dass der Kerl relativ bereitwillig mit mir geredet hat. Der muss eine Scheißwut auf Kirill gehabt haben.«

»Aber offenbar auch jede Menge Angst.«

Der Aufzug kam an, ein Uniformierter stieg aus und nickte uns zu. Wir traten hinein, Jana drückte den Knopf.

Nachdem sich die Türen geschlossen hatten, fragte ich: »Kann ich mit ihm allein sprechen?«

Sie zögerte.

Unverwandt sah ich sie an, versuchte mich an meinem intensivsten Blick. Fügte schließlich noch ein »Bitte?« hinzu.

»Also gut.«

Die Türen öffneten sich, und wir liefen die Gänge entlang. Ich folgte Jana.

Kurz darauf standen wir vor dem Krankenzellenzimmer von Kirill. Ein Schließer öffnete uns die Tür, und mit einem letzten Blick auf Jana trat ich allein hinein.

»Du hast eine Viertelstunde, sagt der Arzt. Sie wollen ihn immer noch schonen.«

Ich nickte, obwohl mir seine Gesundheit vollkommen egal war.

»Das sagst du nicht Mirko«, schob sie mir leise hinterher.

Kirill lag in einem Bett. Wenn man die Tatsache ignorierte, dass wir uns in der *Plötze* befanden, und vergaß, welchen Weg Jana und ich hierher hatten nehmen müssen, hätte man fast denken können, man befände sich in einem normalen Krankenzimmer. Weiße Vorhänge, weiße Bettwäsche, Kabel, Monitore. Einzig die Tatsache, dass der Tisch an der Wand befestigt war, ließ darauf schließen, dass hier gewisse Vorsichtsmaßnahmen getroffen worden waren. Darauf lag eine Zeitschrift, anscheinend unberührt, und ein Plastikbecher mit Wasser stand neben einer einsam aussehenden Orange.

Bei meinem Eintreten wandte Krill mir langsam den Kopf zu, und ich konnte die Stärke in der Bettwäsche knistern hören.

»Thiebeck«, krächzte er. Sein Gesicht zuckte, aber ich konnte nicht erkennen, ob es ein Lächeln oder Abscheu war, was sich dort kurz zeigte.

Ich zog mir einen Vollplastikstuhl vom Fenster heran und setzte mich. Kirill bewegte die Lippen, als wären sie trocken. Nach einem kurzen Zögern deutete ich auf den Becher, aber er schüttelte den Kopf.

Wir musterten uns eine Weile, bis er schließlich ein weiteres Lächeln andeutete.

»Warum?«, fragte ich schließlich. Damit meinte ich alles: warum ich, warum Grasser, Meißner und von Geram, warum die Amputationen, warum der ganze Scheiß? Irgendwie schaffte ich es nicht, das in mehr Worte zu fassen als dieses eine.

Er schloss kurz die Augen, als müsste er sich konzentrieren. »Sagt dir *Los Zetas* etwas?«, drückte er schließlich hervor, die Stimme wie geraspelt.

Ich schüttelte den Kopf.

Obwohl er mich nicht ansah, schien er es wahrzunehmen. »Eines der schlimmsten Kartelle in Mexiko. Unvorstellbare Grausamkeiten.« Er wandte mir den Kopf zu, wieder dieses Geräusch der Bettwäsche. »Und weißt du, wie sie entstanden sind?«

Ich wartete.

»Spezialkräfte der Mexikaner, die in den Neunzigern desertiert sind und anfingen, als Killer für die Kartelle zu arbeiten.« Er keuchte, sog pfeifend Luft ein. »Polizisten, Soldaten. Abtrünnige.«

»Und die muss man bestrafen?«

»Alle muss man bestrafen.« Seine Augen rollten ein Stück weit in den Schädel hinein, er runzelte die Stirn, als würde er etwas an der Decke erblicken.

»Herford. Erzähl mir von Sascha Herford.« Ich wollte das Geständnis, ich wollte, dass er mir sagte, dass ihn Herford angestiftet hatte, sich Bassemanes Enforcer zuerst vorzunehmen. Ich musste mich zusammenreißen, ihn nicht am Arm zu packen und zu schütteln. »Hat er behauptet, Bassemane sei schlimmer als Petrow? War ihm egal, mit welchen von den beiden du anfängst?«

Kirill kniff die Augen zusammen, öffnete sie, sah mich an. »Sascha ist …«

»Was?«

»Er ist kein schlechter Mensch.«

Das war genau das, was Becker über Kirill gesagt hatte. Mussten Menschen solche Aussagen über ihre Peiniger treffen, um sich selbst zu schützen? Hatte Herford Kirill derart im Griff gehabt? Konnte er ihn so kontrollieren?

»Er hat dir gesagt, mit wem du anfangen sollst, oder? Dir eingeflüstert, dass sie Abschaum sind und es verdienen, zu sterben.«

Sein Kopf ruckte herum. »Nicht sterben«, flüsterte er. »Wiedergeboren werden.«

»Als Schmetterlinge«, presste ich sarkastisch hervor.

»Jeder hat ein Recht auf eine zweite Chance«, sagte er und starrte wieder an die Decke.

Ich versuchte es aus einer anderen Richtung. »Petrows Schwester. Was war mit der? Hatte die auch eine zweite Chance verdient?«

Sein Gesicht verdüsterte sich, ich konnte die angespannten Kiefermuskeln sehen. Beugte mich vor, sprach leise, aber eindringlich. »Wer war es, der sie totgefahren hat? Auch du?«

Kirill presste die Lippen aufeinander.

»Oder war es Herford? Hat er dir vorher erzählt, was er machen will?«

Kirill drehte langsam den Kopf, als hätte er große Schmerzen, starrte mich an. Ich bildete mir ein, dass sein Auge zuckte.

»Sag es mir. Wer hat sie überfahren? Ihre kleine Tochter saß im Auto. Hat sich das mit ansehen müssen, wie ihre Mutter wie eine Puppe auf der Motorhaube aufschlägt und mitgeschleift wird. Hast du es dir angesehen, durch die Frontscheibe? Hat Herford gesagt, dass es sein muss? Wie war das?«

Kirill sah wieder weg, gab keinen Laut von sich, aber ich konnte sehen, dass es ihm schwerfiel.

Die Tür öffnete sich, und ein Arzt mittleren Alters betrat das Zimmer. Hinter ihm konnte ich Jana sehen.

»Es tut mir leid, Sie müssen jetzt wieder gehen.«

Ich warf einen letzten Blick auf Kirill, aber der hatte sich abgewandt und starrte auf das Fenster.

Schweigend ging ich neben Jana her Richtung Aufzug.

»Und?«, fragte sie schließlich.

Ich blieb abrupt stehen und starrte sie an. »Ich will Herford!«

»Wir kriegen Herford, haben ihn schon.«

»Aber nur dafür, dass er sich hat bestechen lassen. Könnt ihr ihm sonst noch was nachweisen? Dass er mit den Morden zu tun hat?«

Jana schüttelte den Kopf. Aufgebracht ging ich weiter, hämmerte auf den Knopf ein, um den Fahrstuhl zu rufen. »Das Schwein ist derjenige, der Kirill auf Grasser und von Geram angesetzt hat. Auf Meißner. Nur für die Bestechungen belangt zu werden, das ist viel zu billig.«

»Wir haben nichts«, sagte sie hilflos.

»Das ist doch Scheiße«, begrüßte ich den Aufzug, als der seine Türen für uns öffnete.

Drinnen standen wir erneut schweigend nebeneinander.

»Vielleicht finden wir ja noch was«, probierte sie es.

Aber ich wusste, dass Herford dafür zu schlau war. Der

musste Kirill bereits seit Ewigkeiten vorbereitet haben, um ihn auf diese Schiene von Bassemanes Leuten zu bugsieren.

»Über Petrows Schwester kommt ihr an ihn ran«, sagte ich.

»Was meinst du?«

»Ich weiß nicht, ob Herford sie umgebracht oder ob er Kirill überredet hat, aber das hat Kirill nicht verwunden.«

Sie sah mich abwartend an, und ich fuhr fort.

»Er hat eine Methode. Wie alle Psychopathen. Diesen Schmetterlingstrip, die Verpuppung. Redet von der zweiten Chance. Der will seine Opfer auf eine bestimmte Art und Weise umbringen.«

»Und?«

»Das heißt, dass Petrows Schwester außerhalb seines Rasters gestorben ist. Entweder hat Herford ihn dazu überredet, dann bereut er es jetzt, weil sein Muster nicht stimmt. Oder aber es war Herford selbst, dann sitzt Kirill das ebenfalls quer. Petrows Schwester war eine Unschuldige, selbst in Kirills verquerem System.« Mir fiel auf, dass ich immer noch keine Ahnung hatte, wie die Frau hieß. »Das nagt an ihm, rumort tief in ihm drinnen. Das kann ich sehen.«

»Und du glaubst, das reicht aus, damit er Herford belastet?«

»Ich bin jedenfalls noch nicht fertig mit dem Schwein Herford«, knurrte ich, gerade als sich die Türen wieder öffneten, aber ich hatte nicht das Gefühl, dass Jana mich gehört hatte.

Ich betrat die Halle des Gyms, in der Hand meine Sporttasche. Kizzo drosch auf einen der Sandsäcke ein, während zwei von den Jüngeren sich mit Benchpresses auf der Hantelbank abmühten.

Oben im Ring boxten Marty und Albert gegeneinander, während Schmolli an den Seilen lehnte und Anweisungen brüllte.

Die Trainierenden nickten mir höchstens kurz zu, und so konnte ich hinter Schmolli treten, ohne dass er mich bemerkte.

»Geh nicht dauernd rückwärts, pendel ihn aus, greif an, Albert. Vorwärts!«

Ich schlug Schmolli auf die Schulter. »Das machst du schon wie ein Großer.«

»Alter, wer bist du denn?«, platzte er heraus, als er sich umdrehte. »Krasser Bart.« Er umarmte mich. »Wie ein Großer? Das Rumbrüllen? Hab' eben vom Besten gelernt.« Er meinte den Coach. Nach einem schnellen Blick auf die beiden Kämpfenden fuhr er fort: »Bist du wieder zurück? So richtig?«

»Ganz richtig. Ich geh mich umziehen, hast du Bock, nachher eine Runde zu sparren?« Schmolli war einer der wenigen, die mir in Gewicht und Größe nahekamen, deswegen trainierten wir oft zusammen, auch wenn der Coach das nicht gern sah. Schmolli war ihm zu langsam und schwerfällig, und er hatte das Gefühl, wenn ich zu lange gegen Schmolli trainierte, würde ich überheblich.

»Schau vorher beim Coach rein. Er hat gesagt, er will dich sehen, falls du noch mal irgendwann hier aufkreuzt.« Mit leicht gesenkter Stimme fügte er hinzu: »Ich glaub, der ist sauer.«

Ich klopfte an den Türrahmen zum kleinen Büro des Coaches. Der war gerade dabei, etwas unter seinem Tisch zu suchen, und kam mit einem Keuchen und rotem Kopf dahinter hervor. »Johannes«, sagte er bloß, als er sich wieder setzte.

»Ich bin wieder zurück«, kommentierte ich das Offensichtliche.

»Und bist du auch bereit?«

»Ich bin absolut bereit!«

»Okay, geh dich umziehen. Ich komme gleich. Schmolli und ich werden uns gemeinsam um deinen Trainingsplan kümmern. Wir haben da schon was vorbereitet.«

Ich wusste, dass das in etwa so viel hieß wie: *Du wirst durchs Feuer gehen und für die paar Tage Auszeit, die du dir genommen hast, bezahlen*. Aber das ging für mich in Ordnung. Ich war froh, wieder hier zu sein, freute mich auf das Training, die Schmerzen, den Schweiß. Die Sparrings und die Partien am Brett.

»Alles klar, Coach«, sagte ich und ging, um mich umzuziehen.

Bevor ich das Handy in den Spind einschloss, sah ich, dass Schoko mich angerufen hatte. Ich rief zurück.

»Ich habe eine Überraschung für dich«, verkündete er.

»Ehrlich gesagt stehe ich nicht besonders auf Überraschungen.«

Schoko ließ sich in seinem Überschwang nicht bremsen. »Ich habe mit dem Docker gesprochen. Der will dich in seiner Gesangskabine. Er will ein paar Tracks mit uns aufnehmen, einfach so. Der sagt, deine Stimme ist geil, das könnte was werden.«

»Pfff, vergiss es«, schnaubte ich.

»Komm schon, Alter, nur mal versuchen. Wenn's Scheiße ist, kein Ding, alles digital, dann löscht man die Tracks wieder und Schwamm drüber. Aber stell dir mal vor, das wird der Hammer. Wie cool wäre das denn?«

Ich wollte gerade eben etwas erwidern, als ich einen weiteren Anruf erhielt. Tamina.

»Moment«, sagte ich und unterbrach Schokos Redeschwall. Ich wechselte auf den anderen Anruf. »Hey«, begrüßte ich sie.

»Wo bist du gerade?« Sie klang aufgewühlt.

»Was ist los? Alles in Ordnung?«

»Ja, alles gut. Aber ich muss dich sehen. Jetzt. Wo bist du?«

»Im Gym, trainieren. Für den Fight.«

»Ja, ja. Kann ich kurz vorbeikommen?«

»Sicher«, antwortete ich verunsichert.

»Kannst du vor die Tür kommen? Mich dort treffen?«

Ein merkwürdiges Gefühl breitete sich in meiner Magengrube aus. »Willst du mir sagen, worum es geht?«

»Später. Sei in einer halben Stunde draußen, okay?«

»In Ordnung.«

Sie legte auf.

»Wieder da«, sagte ich zu Schoko.

Er versuchte weiter, mir vom Docker und seiner Gesangskabine zu erzählen, aber ich hörte bloß mit halbem Ohr hin. Was war in Tamina gefahren?

»Ich muss Schluss machen, ich ruf zurück, okay?«, sagte ich schließlich und legte auf, bevor er mir antworten konnte. Ich hatte nicht vor, mit dem Docker singen zu gehen.

Gut zwanzig Minuten später trat ich auf den Parkplatz des Gyms, hatte mir bloß ein T-Shirt übergezogen, aber der graue Stoff war sofort schweißdurchtränkt, und ich fror im Wind. Tamina wartete bereits auf mich und stieß sich von ihrem Auto ab, um auf mich zuzukommen.

»Was zum Teufel ist denn los?«, wollte ich wissen.

Sie sah mich an, schluckte, schaute zu Boden. Hatte die Hände ineinander verschränkt.

»Bist du schwanger?«, platzte ich unvermittelt heraus. Es hatte mir schwer im Magen gelegen, und ich hatte keine Ahnung, wie ich damit umgehen würde. Thiebeck als Vater! Ich wusste bloß, dass ich *nicht* fragen würde: »Ist es von mir?«

Tamina schaute mich entgeistert an. Dann verzog sie das Gesicht zu einem traurigen Lächeln, schüttelte den Kopf. Das war es nicht.

Und plötzlich begriff ich, was hier vor sich ging. »Das machst du jetzt nicht im Ernst, oder? Du kommst hierher, um mit mir Schluss zu machen?«

Ihr Gesichtsausdruck veränderte sich, von gequält zu zornig. »Schluss machen? Kann man das mit dir überhaupt? Was haben wir denn, womit man Schluss machen könnte? Haben wir eine Beziehung miteinander? Oder sehen wir uns bloß unregelmäßig und vögeln ab und zu?«

Ich war von ihrer Heftigkeit überrascht, wollte instinktiv einen Schritt zurück machen. Aber ich wusste, dass sie recht hatte. Und es war meine Schuld, dass wir uns nie richtig aufeinander eingelassen und bereits mehrfach fast oder halb oder wie auch immer getrennt hatten.

Deswegen schüttelte ich bloß müde den Kopf. »Okay.«

Tamina machte einen Schritt auf mich zu, die Stimme wieder ganz weich. »Das muss ja nicht das Ende sein. Das meine ich nicht. Aber lass uns etwas Abstand gewinnen und darüber nachdenken, was wir wirklich wollen. Jeder für sich. Und dann reden wir darüber. Wir haben nicht genug miteinander geredet.«

Ich nickte. Das stimmte. Unter anderem, weil das etwas war, das ich überhaupt nicht gut konnte. »Okay«, sagte ich deswegen erneut mit lahmer Stimme.

»Mach's gut, Johannes.« Sie strich mir ein letztes Mal über die Brust, ignorierte dabei den feuchten Stoff und wandte sich ab, um zu gehen.

Ich schaute ihr hinterher, sah zu, wie sie ins Auto stieg, und ging erst wieder ins Gym, als sie längst davongefahren war.

Drinnen warf ich mich kopfüber ins Training mit Schmolli und dem Coach, bis ich vor Erschöpfung fast das Bewusstsein verlor.

Ursprünglich hatte ich erwartet, dass ich Schwierigkeiten haben würde, wieder in meine alte Rolle zurückzufinden. Aber das Gegenteil war der Fall. Es gab kein Zögern, keine Unsicherheiten, sondern es war, als ob Johnny Ticker durch das

Gym fegte. Zwischendrin, als ich pumpend am Ringseil stand und keuchend Luft holte, fragte ich mich, wie viel Johnny T noch in mir steckte, wie viel davon ich mit zurück in mein *normales* Leben genommen hatte.

Jede Menge, musste ich feststellen. Ich hatte mich verändert, und irgendwie konnte ich mir nicht vorstellen, dass sich das so schnell abnutzen würde. Vielleicht war das gar nicht so schlecht, vielleicht konnte das Leben des Johannes Thiebeck ein wenig von dem Glamour eines Tickers gebrauchen. Ich musste bloß aufpassen, dass ich es nicht übertrieb. Für den Coach brauchte ich die Disziplin vom Thiebeck, aber ich war mir sicher, dass mir im Ring gegen Bussas eine große Portion JT nur guttun konnte.

Mit einem Grinsen ging ich auf Schmolli zu, als ich daran dachte, Schoko zu bitten, mir etwas Gras zu besorgen. Nur ein wenig, um den *Edge* wegzunehmen.

»Grins nicht so blöde«, murmelte Schmolli, bevor ich anfing, auf ihn einzudreschen.

Später taumelte ich aus der Dusche, öffnete meinen Spind und holte mein Handy hervor. Rief Schoko an.

»Ich komme vorbei«, sagte ich kurz.

»Zum Docker?«

»Zum Docker«, bestätigte ich und nickte vor mich hin.

Was hatte der Docker gesagt? *Schmerz ist der Vater und Liebe die Mutter der Weisheit.* Vielleicht würde ich das ja noch irgendwann verstehen. Dann zog ich mich an.